巧克力时代 ①

我所做的一切

[美]加·泽文 著

郭筝 译

Gabrielle Zevin

All These Things I've Done

上海文艺出版社

读客外国小说文库

读客激发个人成长

献给我无所不知的父亲——理查德·泽文

在记叙我平生的这部书里，主角究竟是我自己，还是另有其人呢？开卷读来，定见分晓。

——查尔斯·狄更斯《大卫·科波菲尔》

| 目 录 |

01

我维护自己的声誉

高三开学的前一天晚上——我刚刚过完十六岁生日——盖布尔·阿斯利说他想跟我上床，不是很久或者不久以后，而是马上。

我得承认，我对男人的鉴赏力不怎么样，吸引我的都是这种根本想不起来要问问规矩的家伙。我猜就像我父亲年轻时那样。

我们刚从地下咖啡厅回来。这家非法经营的咖啡厅离学生公寓不远，在一座教堂的地下室里。那时候，咖啡因还有其他数不清的东西都属于违禁品。违法的东西那么多（比如没有许可证的纸张、带照相功能的手机以及巧克力），法规又朝令夕改，你可能犯了罪却浑然不觉。这也没关系，警察已经忙昏了头。市政府已经破产，我估计四分之三的警察都被解雇了，剩下的人根本没有时间操心因为咖啡而兴奋的青少年。

盖布尔提出要送我回家的时候，我就该意识到有什么不对劲。至少在夜里，从地下咖啡厅到我住的东十九街这一路并不太平，盖布尔通常是让我一个人独自回家。他住在市中心，我想他猜到了我为什么一直都平安无事。

我们进了公寓。这套公寓一直是我们家的，准确地说，从1995年祖母加林娜出生时就是。我们会管奶奶叫娜娜。此刻，我最爱的奶奶正在自己的卧室里等候死神。在我认识的人里，最年迈、病得最重的人就是她了。我一打开门，就听到仪器在运转，维持着她心脏的跳动和其他器官的工作。他们之所以没像对待其他病人那样关掉仪器，只是因为奶奶得做哥哥、妹妹和我的监护人。顺便提一句，奶奶的脑子还很清醒。虽然躺在床上动弹不得，但没有什么能骗得了她。

盖布尔那晚可能喝了六杯浓咖啡，其中两杯还混着百忧解（也是违禁品），他彻底疯了。我不是在为他找借口，只是想解释一些事情。

"安妮[1]，"说着他松开领带，坐到沙发上，"你这儿一定藏着巧克力，我知道你一定有。给我来一块儿。宝贝儿，给老爸尝尝。"这是咖啡因在作怪。盖布尔一沾上这个东西，就跟变了个人似的。我特别讨厌他自称"老爸"，我想他是在哪部老电影里听到的这个说法。我想说，你不是我老爸，拜托，你才十七岁。有时候我确实会这么说他，但通常我都置之不理。父亲常说，如

1　安妮是安雅的昵称。——译注（本书中注释如无特别说明，均为译注）

果你对每件事都那么在意，那你一辈子都要不停地斗争。盖布尔说他想来我们家，就是冲着巧克力来的。我告诉他可以吃一块，然后他就得走。明天是开学的第一天（我刚才提过我要上高三了，而他是第四年上高中），今晚我得睡个好觉。

巧克力都藏在奶奶衣帽间后面的保险柜里。我走过她床边时，尽量放轻了脚步。其实没有必要，因为那些仪器和地铁开过时一样吵。

奶奶的房间里充满了死亡的气息，像是放了一天的鸡蛋沙拉（禽类是按量配给的）、熟透的甜瓜（水果非常稀少）、旧鞋和洗涤剂（凭券购买）混在一起的味道。我走进衣帽间，拨开大衣，转动密码锁。枪后面就是巧克力，产自俄罗斯的榛仁纯黑巧克力。我拿起一块放进口袋，关上保险柜。出去的时候，我停下脚步亲了亲奶奶的脸颊，她醒了。

"安雅，"她的声音嘶哑，"你什么时候到家的？"

我说我回来一会儿了。反正她也分不清楚，知道我去了哪里只会让她担心。我跟她说接着睡吧，自己没想吵醒她。"你需要休息，奶奶。"

"还休息什么，用不了多久我就可以永远睡过去了。"

"别这么说。你还能活很久呢。"我撒了个谎。

"活着和生活不一样。"她嘟囔了一句，换了个话题，"明天开学了。"

我没想到她居然记得。

"安雅，去衣帽间里拿块巧克力吃吧。"

我照做了。我把口袋里的巧克力放回去，然后换了一块完全一样的。

"别让人看见，"她叮嘱我，"也别跟人分享，除了你真正爱的人。"

说起来容易做起来难，我心里这样想，但嘴上还是答应了。我又亲了亲奶奶像纸一样苍白的脸颊，轻轻关上门。我爱奶奶，但我实在受不了这间糟糕的房间。

我回到客厅，发现盖布尔不在。我知道他跑到哪里去了。

盖布尔躺在我的床上，不省人事。当时我以为是咖啡因的缘故。少量的咖啡因能让你心醉神迷，喝得太多，你就变成一摊烂泥了。至少盖布尔是这样。我踢了踢他的腿，不过没用力。他没醒，我又使劲踢了他一脚，他嘟囔着翻了个身，仰面朝天。我想我只能等他睡醒了，实在不行，我今晚恐怕得睡沙发。不过熟睡的盖布尔倒是挺可爱的，像只小狗或是小男孩，不会给任何人惹麻烦。这样的盖布尔可能才是我最喜欢的样子。

我从衣橱里拿出校服，在椅子上摆好，为第二天作准备。整理书包，给平板电脑充上电，接着，我掰了一块巧克力，这浓郁的香气让人想起茂密的丛林。我把剩下的巧克力用锡纸包好，藏到最上面的抽屉里。我很高兴不用跟盖布尔分享巧克力。

你可能要问，既然我不愿意分享巧克力，为什么还要跟他谈恋爱？原因很简单，他不是无趣的人，甚至还有一点儿危险，而像我这样的傻姑娘偏偏觉得这样才有魅力。另外，虽然我很爱我过世的父亲，但可以说我生活中一直缺少正面的男性角色。再者，哪能随随便便跟人分享巧克力呢，现在这东西实在太难得了。

我决定洗个澡，这样明天早晨就不用再洗了。九十秒后我走出浴室（所有人洗澡都是以秒来计时，因为水非常昂贵），盖布尔正盘腿坐在床上，把最后一点儿巧克力塞进嘴里。

"喂，"我还裹着浴巾，"你怎么能翻我的抽屉！"

他的大拇指、食指和嘴角上还沾着巧克力。"我没乱翻，我闻着味就找到了。"他边吃边说。他嚼了半天，抬头看着我说，"安妮，你看起来真漂亮、真干净。"

我裹紧身上的浴巾，对他说："好了，既然你醒了，巧克力也吃了，那你该走了。"

他没有动。

"快点，起来！出去！"我的声音虽然不大，但足够强硬。我不想吵醒哥哥、妹妹或是奶奶。

他就是这时对我说我们应该做爱的。

"不行。"我拒绝了他。一个危险的、喝了大量咖啡的男孩躺在我床上，我却去洗了个澡，真是愚蠢至极。"绝对不行。"

他问："为什么不行？"然后他说他爱我，这是第一次有男孩对我说这样的话。虽然我没谈过几次恋爱，但我看得出他并不是真心的。

"我希望你赶紧走，"我说，"明天开学，我们都应该睡个好觉。"

"我走不了，已经是半夜了。"

虽然警察忙得管不过来，但半夜12点以后确实会对未成年人实行宵禁。现在是11时45分，所以我骗他说，如果他跑快点儿，还能赶在宵禁前回家。

"安妮，我赶不回去。而且，我爸妈不在家，你奶奶又不会知道我在这里过夜。拜托，对我好一点儿。"

我摇了摇头，尽量显得态度强硬，但是我还裹着黄色印花的浴巾，想显得强硬也挺难的。

"我刚才说了我爱你，这难道无足轻重吗？"盖布尔问。

我想了想，觉得确实如此："是的。因为我知道你不是真心的。"

他看着我，一言不发，像是被我深深伤害了一样。然后，他清了清嗓子，换了个说法："别这样，安妮。我们在一起都九个月了，我从没跟别的女孩处过这么长时间。所以……你看……为什么不行呢？"

我把原因一条一条讲给他听。首先，我说，我们还太小了。其次，我不爱他。最后，也是最重要的一点，我不赞成婚前性行为。我算得上是虔诚的天主教徒，我很清楚他的提议会带来什么后果：我会下地狱。我要声明，那时候我相信有天堂和地狱（现在依然相信），它们是真实存在的。后面我会详细说。

他的眼神看起来有些迷离——或许是吃下的违禁品在起作用——他下床，朝我走过来。他开始轻轻抚摸我裸露的胳膊。

"住手，"我说，"盖布尔，我是认真的，这一点儿都不好玩。我知道你是想弄掉我的浴巾。"

"如果你不想，那你洗澡干什么？"

我跟他说我要叫人了。

"那又怎样？"他问，"你奶奶下不了床，你哥哥就是个傻子，而你妹妹还小。你这样只会让他们不安。"

我不敢相信这样的事真的在我家里发生了。我居然如此愚蠢，如此脆弱。我把浴巾紧紧夹在腋下，用尽力气推开盖布尔，大声喊道："利奥不是傻子！"

我听到走廊尽头的门开了，然后是脚步声。利奥出现在我的门口，他和爸爸一样高（一米九五），身穿印着小狗和骨头的睡衣。尽管我能应付得来，但还是很高兴哥哥能过来。"嗨，安妮！"利奥抱了我一下，然后转身对很快要变成前男友的盖布尔说，"盖布尔，你好啊。我听到了吵闹声，我想你该走了。你吵醒我没关系，但要是吵醒纳蒂就不好了，她明天还得上学。"

利奥送盖布尔出门。听到门关了，利奥挂上了防盗链，我才松了口气。

利奥回到我的房间，对我说："我觉得你男朋友不太讨人喜欢。"

"你知道吗？我也这么觉得。"我答道。我捡起盖布尔丢在地上的巧克力包装纸，揉成一团。要是按照奶奶的标准，我身边唯一有资格跟我分享巧克力的男孩就是哥哥。

开学头一天总是一团糟，可这次比以往更糟糕。所有人都听说了盖布尔·阿斯利和安雅·巴兰钦分手的消息。这让我很恼火，倒不是因为前一晚他做出那种事后我还想和他在一起，而是我希望自己是提出分手的一方。我想让他痛哭流涕、大喊大叫、给我道歉，或者转身走开，任凭他在身后一直喊我的名字。这样的做法才酷，对吧？

我得承认，流言传播的速度实在是太惊人了。虽然未成年人不能拥有手机，未经许可所有人不得发布任何内容，甚至发送电子邮件都要付邮费，然而流言总能找到传播的途径。精心编织的谎言比悲伤无趣的事实传播得更快。上第三节课的时候，我们分手的故事已经传得有模有样，但作者并不是我。

我逃了第四节课去告解。

我走进告解室，一眼认出皮乌西娜司铎的剪影。说出来你可能不信，她是圣三一中学有史以来第一位女司铎。尽管现在是新时代了，人们应当摆脱偏见，但是前一年督学委员会宣布任命的时候，还是遭到不少家长抱怨。有的人就是对女性担任司铎感到不舒服。圣三一中学是个天主教学校，也是曼哈顿最好的学校之一。家长们肯支付昂贵的学费，是因为他们知道无论外面变得多么糟糕，学校都必须保持过去的传统。

我双膝跪地，用手在胸前画了个十字："司铎，我有罪。我有三个月没来告解了……"

　　"是什么困扰着你，我的孩子？"

　　我告诉她，整个上午，我满脑子全是关于盖布尔·阿斯利不好的念头。我没有提他的名字，但是皮乌西娜司铎可能知道我说的是谁，毕竟学校里的人都知道了。

　　"你想和他发生性关系吗？"她问，"与想法相比，付诸行动将是更大的罪恶。"

　　"我知道，司铎。"我回答说，"我想的不是这个。事实上，这个男孩一直在散布关于我的流言，我只是特别恨他。我真想杀了他，至少也要让他感到痛苦。"

　　皮乌西娜司铎朗声大笑，这让我感到恼火。"就这些？"她问。

　　我说这个夏天，我还有好几次妄称主的名字，大多是在市长限用空调的时候。我们的一个"关停日"正好赶上八月最热的一天。外面是43℃的高温，屋里还有奶奶用的各种仪器在不停地散热，家里如同地狱一般。

　　"还有吗？"

　　"还有件事。我的祖母病得很重，尽管我爱她，"——这件事真让我难以启齿——"有时候我真希望她已经死了。"

　　"你不愿意看她受苦。主明白你的心意，我的孩子。"

　　"有时候我对死者会有不敬的念头。"我又补充道。

“哪些人？”

“主要是我父亲。有时候也会想到我母亲，有时候——”

皮乌西娜司铎打断了我：“或许三个月的间隔对你来说实在是太长了，我的孩子。”她又笑了起来，这依然让我感到恼火，但我还是继续告解。随后要说的才是最难开口的。

“有时候我会以哥哥利奥为耻，因为他……这不是他的错。他是世界上最善良的人，最富有爱心的哥哥，但是……你可能知道他不是很聪明。今天，他想送我和纳蒂上学，但我跟他说奶奶更需要他，而且他上班会迟到的。其实这都是谎言。”

“你要告解的是这些？”

“是的，”我说着低下头，“我为这些以及过去犯下的罪过而忏悔。”然后我念了痛悔经。

“我以圣父、圣子、圣灵之名赦免你的罪。”皮乌西娜司铎说。她让我念圣母经和天主经来赎罪，这个惩罚实在是太轻了，她的前任泽维尔知道什么才叫惩罚。

我站起身来，伸手去掀紫红色的布帘时，她叫住了我：“安雅，为你天堂里的父母点一支蜡烛吧。”她拉开隔窗，递给我两张蜡烛券。

“现在蜡烛估计也是定量供应了。”我发了个牢骚。数不清的配给券和邮票（纸不应该也是限量配给吗），规则不明的点数制，再加上朝令夕改，使配给法规变得非常讨厌，而且难以遵守。难怪那么多人在黑市上买东西。

"想想好的一面，你还是想要多少就有多少。"皮乌西娜司铎说。

我接过配给券，向皮乌西娜司铎道谢。不管点多少蜡烛，我敢肯定，父亲都是在地狱里的。想到这里，我内心感到一丝苦涩。

有个修女手边放着盛纸券的柳条篮和一箱蜡烛，我把配给券递给她，然后走进小礼拜堂，为母亲点了一支蜡烛。

虽然母亲嫁到了罪行累累的巴兰钦家族，我还是为她祈祷，希望她能免于下地狱。

我也为父亲点了一支蜡烛。

我祈祷地狱里不会太痛苦，即使父亲是一个谋杀犯。

我非常想念他们。

我最好的朋友斯嘉丽正在礼拜堂外的走廊上等我。"巴兰钦小姐，开学第一天就逃掉了击剑课，干得好。"她说着挽起我的胳膊，"别担心，我替你遮掩过去了。我说你的课程安排有些冲突。"

"多谢了，斯嘉丽。"

"小事一桩。我已经预见到这一年会是什么样子了。我们去餐厅吧？"

"我还有别的选择吗？"

"你可以一整年都躲在教堂里。"她说。

"或许我可以成为修女，我发誓这辈子不找男朋友了。"

斯嘉丽转过头仔细打量着我说："别，你穿修女服可不好看。"

在去餐厅的路上，斯嘉丽告诉我盖布尔跟别人是怎么说的，不过大部分内容我已经听说了。最重要的是，他说自己之所以提出分手，是因为他觉得我可能对咖啡因上瘾，因为我是个"荡妇"，而开学是个"清理垃圾"的好时机。我安慰自己，如果爸爸还活着，他可能已经找人把盖布尔·阿斯利杀了。"你知道，"斯嘉丽说，"我反驳他们，维护了你的名声。"

我相信斯嘉丽这么做了，只是没有人在意她的话。大家都觉得她疯疯癫癫，喜欢夸张。她是个漂亮女孩，但有时显得可笑。

"不管怎样，"她说，"大家都知道盖布尔·阿斯利是个讨人嫌的蠢货。明天这件事就过去了。他们之所以对此津津乐道，是因为他们都是些没有自己生活的蹩脚货。而且，今天是开学的第一天，也没有别的事可以聊。"

"我有没有和你说，他骂利奥是个傻子？"

"没有，"斯嘉丽说，"他真是太过分了！"

我们站在餐厅门口。"我恨他，"我说，"真的特别恨他。"

"我懂，"斯嘉丽说着推开门，"真不知道你之前看上他什么了。"她真是个特别好的朋友。

餐厅的墙面上贴着木板，地上的黑白格子油毡就像国际象棋棋盘，这让我觉得自己仿佛成了一颗棋子。我看见盖布尔坐在窗边一张长桌前。不过，他背对着门，没看到我。

那天的午餐是我一向不爱吃的千层面。红色酱汁让我想起血和肠子，乳清干酪怎么看都像脑浆。我见过真的肠子和脑浆，知道自己在说什么，反正我是不饿了。

我一坐下就把餐盘推给了斯嘉丽："你把这份也吃了吧。"

"谢谢，不过我连自己这份也吃不完。"

"那好吧，我们聊点别的吧。"我说。

"你的意思是，不想聊……"

"别提他的名字，斯嘉丽·巴伯！"

"那个讨人嫌的蠢货。"斯嘉丽说完，我们大笑起来，"对了，法语课上新来的男生很不错，更准确地说，是个新来的男人。他特别——我不知道该怎么形容——有男人味。他叫古德温，不过大家都叫他温。是不是要惊呼OMG了？"

"OMG是什么意思？"

"嗯，是什么的缩写吧。我爸说，过去这个词可能表示'棒极了'，或者是类似的意思。他也不确定。你可以问问你奶奶。"

我点点头。斯嘉丽的爸爸是一位考古学家，身上总有一股垃圾的味道，因为他整天在垃圾场里挖东西。斯嘉丽继续讲这个新来的男生，说了好一阵子，但我并没有听进去。我其实一点儿不关心这个，只是不时地点点头，把令人恶心的千层面在盘子里捣来捣去。

我的目光落在餐厅的另一头，正好看到盖布尔。接下来发生的事情，现在想来已有些模糊。尽管盖布尔后来矢口否认，但我觉得他确实轻蔑地瞥了我一眼，然后跟身旁的女生耳语了几句——那个女生应该是高二的，也可能是个新生，所以我并不认识她——他们哈哈大笑。我端起一口没吃的、滚烫的千层面（法律规定所有食物必须加热到80℃，以避免细菌性传染病），像国际象棋里发疯的象，径直冲向黑白格子棋盘的对角。下一秒，盖布尔的脑袋上盖满了奶酪和番茄酱。

盖布尔猛地站起来，把椅子撞翻了。我们四目相对，餐厅里的人似乎不见了，只剩下我们两个。盖布尔开始大喊大叫，那一长串词我就不再复述了，我不想写下那么多骂人的话。

我说："我接受你的指责。"

他挥拳想要揍我，但是又住了手。"你不值得我动手，巴兰钦。你跟你爸妈一样，都是人渣。"他说，"我要让你停课。"他转身往外走，想用手抹掉头上的酱汁，但无济于事，酱汁到处都是。我不由得笑了。

第八节课下课的时候，我收到通知，要求我放学后去校长办公室。

大部分人都避免在开学第一天惹麻烦，所以办公室外等候的学生不多。门关着，这表明有人在里面。门厅的双人沙发上坐着一个长腿的家伙，我不认识。秘书说我可以先坐一会儿。

那个男生戴着一顶灰色的羊毛毡帽。我从他身边走过时，他摘下帽子冲我点点头，我也向他点头致意。他看着我："食物大战？"

"对，随你怎么叫。"我现在没有心情认识新朋友。他十指交叉放在膝上，手上结着老茧。虽然我的处境不妙，但还是觉得这很有意思。

他一定是注意到我在盯着他，问我在看什么。

"你的手，"我回答说，"对城里的孩子来说，你的手可真够粗糙的。"

他朗声笑道："我来自纽约州北部，我们过去自己种粮食吃，大部分老茧是干农活结的，还有几个是弹吉他磨的。我弹得不好，只是弹着玩。剩下的几个就没法解释了。"

"有意思。"我说。

"有意思，"他重复我的话，"对了，我叫温。"

我转过身打量他。这就是斯嘉丽说的那个新来的男生？她说得没错，他长得确实不赖。身材颀长，皮肤黝黑，胳膊粗壮，这些一定源于他提到的干过农活的缘故。他有一双浅蓝色的眼睛，嘴角总是扬着。不过他一点都不是我过去喜欢的类型。

他想跟我握手。我伸出手："我叫安——"

"安雅·巴兰钦，我知道。今天大家都在谈论你。"

"嗯。"我感到自己的脸唰的一下红了，"你可能觉得我是黑帮家族里一个疯疯癫癫、行为放荡的千金小姐，还是个瘾君子。那我就不明白了，你还对我说话干吗！"

"我不知道这里的情况，但是在我们那儿，我们喜欢自己得出结论。"

"你为什么到这儿来？"我问他。

"这可是个不容易回答的问题，安雅。"

"不，我是说为什么被叫到校长办公室来？你做错什么了？"

"你来猜一猜。"他说，"A.我在神学课上发表了一点儿尖锐的意见。B.校长想跟新来的学生谈谈在学校里戴帽子的事。C.有关我的课程安排。我很聪明，现在的课对我来说太简单。D.有个女生朝他前男友脑袋上倒千层面，我是目击证人。E.校长要离开她的丈夫跟我私奔。F.以上皆不是。G.以上全是。"

"前男友。"我嘟囔了一句。

"我很高兴知道了这一点。"他说。

这时，校长办公室的门开了，盖布尔走了出来。他脸上的酱汁还没弄干净，白衬衫上也到处都是，我想他肯定十分恼火。

盖布尔怒气冲冲地瞪了我一眼，小声嘟囔着："真不值。"

校长从办公室里探出头。"德拉克罗瓦先生，"她对温说，"你介意我先和巴兰钦小姐谈一谈吗？"

他没有反对，于是我走进办公室，校长关上了门。

我早就知道会发生什么。留校察看，而且做一周的午餐值日生。把一切算在内，朝盖布尔脑袋上倒千层面还是很值的。

校长说："巴兰钦小姐，你必须学会在圣三一之外解决这些人际关系里的小摩擦。"

"是，校长。"

这个时候如果提起前一晚约会时盖布尔试图强奸我的事，似乎有些偏题。

"我考虑过给你的祖母加林娜打电话，但我知道她身体不好。我想没有必要让她担心。"

"谢谢校长，我很感激您这么做。"

"说实话，安雅，我很担心你。如果这种行为成为习惯，会损害你的声誉。"

说得好像她并不知道我一出生就背负了坏名声。

我从校长办公室出来时，我十二岁的妹妹纳蒂正坐在温的旁边。一定是斯嘉丽告诉了她我在哪里，或者是纳蒂自己猜到的——我是校长办公室的常客。纳蒂戴着温的帽子，很显然他们已经相互认识了。这个小家伙居然学会调情了！纳蒂是个可爱的女孩，她的长发像我一样乌黑光亮，不过她是直发，而我是不听话的卷发。

"很抱歉插到了你前面。"我向温道歉。

他耸了耸肩。

我对纳蒂说："把帽子还给温。"

"我戴着挺好看的。"她说着眨了眨眼睛。

我摘下她头上的帽子还给温，又向他道谢："谢谢你帮我照看妹妹。"

纳蒂抗议说："别把我说得好像乳臭未干。"

温夸赞道："真不错，还会用成语。"

"谢谢，"纳蒂说，"我知道很多这样的词。"

为了气气纳蒂，我故意牵起她的手。我们快要走出门厅的时候，我转身说："我猜是C，现在的课程对你来说太简单了。"

他眨了眨眼——他眨了眼？"就不告诉你。"

纳蒂叹了口气说："唉，我喜欢他。"

出门后，我白了纳蒂一眼："想都别想，他比你大多了。"

"只差四岁，"纳蒂说，"我问过了。"

"可你才十二岁，差四岁也是大多了。"

我们错过了常坐的那班公交车，由于交通运输局削减了经费，下一班车还得等一小时。我希望赶在利奥下班前到家。我觉得穿过公园走回家更快一些。爸爸跟我讲过他小时候公园里的样子：有树，有花，还有松鼠，人们可以在湖上划独木舟，可以在小摊上买各种各样的零食，可以逛动物园甚至坐热气球。夏天公园里有音乐会和戏剧表演，冬天可以滑冰、滑雪橇。而现在完全不是这样了。

湖水已经干涸，或是被抽光，周边的植物大多死了，只剩一些满是涂鸦的雕像、坏掉的长椅和废弃的建筑，我想不出谁会愿意到这里玩。对我和纳蒂而言，公园只是需要快速通过的一公里路程。天黑后，这里将聚集起城里所有你不愿意碰见的人。顺便说一句，我也不知道这里为什么变得如此糟糕，不过我猜测大概和这座城市一样——缺少资金，缺少水资源，缺少领导者。

纳蒂还在为我当着温的面把她看作小孩子而生气，拒绝同我走在一起。我们穿过大草坪时（我猜过去这里一定长着草），她跑到我前面十米远的地方。

十五米。

三十米。

"回来，纳蒂，"我喊道，"这不安全！你得待在我身边！"

"别叫我纳蒂。我的名字是纳塔利娅。另外，我还要告诉你一声，安雅·帕夫洛娃·巴兰钦，我能照顾好自己！"

我跑去追她，她却跑得更远了。我甚至看不清她了，她逐渐变成一个穿着校服的小黑点。我跑得更快了。

我在那栋巨型建筑（过去是艺术博物馆，现在是夜总会）的玻璃幕墙后面找到了纳蒂，还有另外一个人。

一个骨瘦如柴、衣着破烂的小孩，他居然穿着十年前巴兰钦巧克力工厂的T恤，正拿枪指着妹妹的头。"你的鞋！"他厉声说道。

纳蒂抽泣着，弯腰去解鞋带。

我看着那个小孩。他虽然瘦小，但似乎很结实，不过我相信自己能制伏他。我观察四周，看他是否还有同伙。周围空无一人，这里只有我们。现在唯一的问题是那把枪，于是我开始考虑如何对付枪。

我接下来做的事，你可能会觉得极为鲁莽。

我一步跨到小男孩面前，把妹妹挡在身后。

"安雅！不要！"妹妹尖叫起来。

爸爸教过我摆弄枪，我发现这个孩子的枪没有弹夹。换句话说，这枪没有子弹，除非弹膛里恰好有一发——不过我敢打赌里面没有。

"你为什么不挑个跟你个头儿差不多的人下手？"我问小男孩。事实上，他比纳蒂要矮七八厘米。走近了看，我才发现他比我之前估计的还要小，可能只有八九岁。

"我要打死你，"小男孩说，"说到做到。"

"是吗？"我问，"那你试试吧。"

我握住枪管，夺下他的枪。我想把枪扔进灌木丛，可是又觉得不能再让他吓唬别人，于是把它放进包里。这是件不错的武器，能轻而易举地打死我和妹妹，当然前提是有子弹。

"别怕，纳蒂。把自己的东西拿回来。"

"他什么都没抢走。"纳蒂说。她还泪汪汪的。

我点点头，把手帕递给纳蒂，让她擦擦鼻涕。

这时，抢劫未遂的小男孩也哭了起来。"把枪还给我！"他冲我一头撞了过来，但是我猜他饿得没力气了，因为我几乎没感觉到他的冲撞。

"对不起，可是如果你拿着这把破枪到处乱晃，会害死自己的。"这是真话。别人也会注意到他没有弹夹，而注意到这一点的人，多半会毫不犹豫地将子弹射向他的眉心。拿走他的枪让我觉得过意不去，于是我把身上的钱全给了他。钱不多，但够他今晚买块比萨吃了。

他想也没想就拿走了我的钱，冲我喊了句下流话，消失在公园里。

纳蒂让我牵起她的手。我们谁也没有说话，一直走到相对安全的第五大道。

"你为什么要那么做，安妮？"我们等绿灯的时候，她小声问我，声音几乎要被街道上的嘈杂淹没了，"他要抢我的东西，你为什么还给他钱？"

"因为他不像我们那么幸运，纳蒂。爸爸总是说，我们不能忽视那些不如我们幸运的人。"

"可是爸爸杀过人，是不是？"

"是的，"我承认，"爸爸这个人很复杂。"

"有时候，我甚至想不起他长什么样子了。"纳蒂说。

"他的样子像利奥。"我说，"他们一样高，都是黑头发、蓝眼睛。不过爸爸的眼神更强硬，不像利奥那么温柔。"

到家后，纳蒂回了卧室，我转悠着找东西做晚饭。我没有什么做饭的天赋，但是如果我不下厨，我们都得挨饿。除了奶奶，她的饭是由家庭护理员伊莫金用管子喂的。

我按照包装上的说明倒了六杯水，烧开，然后把通心粉扔进去。至少利奥会很开心，因为通心粉和奶酪是他的最爱。

我敲了利奥的房门，想告诉他这个好消息。他没有应声，所以我直接推开了门。他在兽医诊所兼职，按说两小时前就该到家了，但是房间里空无一人，只有他的毛绒狮子用无神的塑料眼睛看着我，似乎充满疑问。

我走进奶奶的房间。她正在睡觉，而我还是叫醒了她。

"奶奶，利奥说过他要去哪里吗？"

奶奶伸手去拿床底下的步枪，不过她发现进来的是我，就说："哎呀，安雅，是你啊，吓了我一跳，丫头。"

"对不起，奶奶。"我亲了亲她的脸颊，"利奥不在房间里，我想问问您，他有没有说去哪儿了？"

奶奶想了一会儿，最后回答说："没有。"

"他下班以后回来了吗？"我问，尽量避免流露出不耐烦的样子。奶奶今天看起来不太清醒。

奶奶想了足有一个世纪那么长。"回来了，"她停顿了一下，又说，"没有。"她又想了一会儿，说："我不确定。"过了一会儿，奶奶问："丫头，今天星期几啊？我都搞不清楚了。"

"星期一，"我告诉奶奶，"今天是开学第一天，想起来了吗？"

"还是星期一啊？"

"快过完了，奶奶。"

"好，好，"奶奶笑了，"要还是星期一，雅科夫那个小杂种就是今天来看我的。"她说的是雅科夫·皮罗日基，爸爸同父异母的兄弟的私生子。雅科夫叫自己"杰克斯"，比利奥大四岁。一次，在亲戚的婚礼上，他喝了不少司木露伏特加，醉醺醺地想要摸我的胸，从那以后我就不怎么喜欢他。那年我十三岁，他快二十岁了。那件事真让人恶心。尽管如此，我一直有点儿同情杰克斯，因为我们家的人都看不起他。

"皮罗日基来干什么？"

"看看我死了没。"奶奶放声大笑，指了指窗台上插在半瓶水里的粉色康乃馨。这种花很便宜，我刚才没注意它。"真丑，是不是？现在不容易买到花，那是他带来的。礼物虽小，也是心意吧。可能利奥跟这个小杂种在一块儿？"

"这么说可不好，奶奶。"我说。

"嘿，安雅，我不会当着他的面这么说！"奶奶反驳我。

"杰克斯找利奥干什么？"他总是无视利奥，或者毫不掩饰他的鄙视。

奶奶耸了耸肩，她不大能动，这个动作对她来说已经很难了，我看到她的眼睛要睁不开了。我握紧她的手。

奶奶闭着眼睛说："找到利奥了告诉我一声。"

我回到厨房继续弄通心粉。我给利奥上班的地方打了个电话，看他在不在。他们说利奥像往常一样下午四点就下班了。居然弄不清哥哥的去向，我不喜欢这样。他十九岁了，比我还大三岁，但过去一直是我照顾他，将来也会如此。

父亲遇害前不久曾让我保证，如果他有什么不测，我一定要照顾利奥。那年我才九岁，跟晚上那个小劫匪差不多大，我甚至不知道自己这个承诺意味着什么。"利奥很善良，"爸爸说，"他没法适应我们这个世界，丫头。我们必须竭尽全力去保护他。"我点点头，但并未意识到，爸爸让我许下了需要用一生去履行的承诺。

利奥并非生来就"与众不同"。他像其他孩子一样，要说有什么不一样，在父亲看来，那就是比其他孩子更好。他聪明伶俐，和父亲简直是一个模子里刻出来的，而且他是家里的长子。爸爸甚至给他取了和自己一样的名字，利奥其实叫小利奥尼德·巴兰钦。

利奥九岁那年，妈妈开车带他去长岛看外婆。我和妹妹（分别是六岁和两岁）得了链球菌性喉炎，不得不待在家里。爸爸答应陪着我们，不过我不觉得这是个多大的牺牲，因为他一直受不了外婆菲比。

当然，枪击本是冲着爸爸去的。

母亲当场死亡。两颗子弹穿过挡风玻璃，击穿了母亲漂亮的额头和好闻的栗色卷发。

车撞到树上，撞伤了利奥的头部。

利奥活了下来，但不会说话，也不能读书，不能走路了。父亲把他送到了最好的康复中心，后来又送进专门接收障碍儿童的学校学习。利奥好了很多，但永远无法恢复如初。他们说哥哥的智力将停留在八岁儿童的水平，还说哥哥很幸运。确实如此。我知道利奥经受了很多挫折，但他做到了很多事情。他有一份工作，同事都觉得他很努力，他还是我和纳蒂的好哥哥。如果奶奶去世了，利奥将成为我们的监护人——在我十八岁之前。

我把奶酪放到通心粉里，正考虑报警（还是有点用处的），就听到大门开了。

利奥跑进厨房。"安妮，你做了通心粉！"他一把抱住我，"我有全世界最好的妹妹！"

我轻轻推开利奥："你去哪儿了？我担心死了。如果你要出去，应该告诉奶奶一声，或者给我留张字条。"

利奥收起笑容："别生气，安妮。我和家人在一起，你说过只要同家人在一起就行。"

我摇了摇头："我说的家人是奶奶、纳蒂或者我。最亲近的家人，也就是——"

利奥打断我："我知道那是什么意思。可你之前没说要最亲近的。"

我非常确定我说过，但是无所谓了。

"杰克斯对我说你会同意的，"利奥继续说，"他说他也是家人，你会同意的。"

"我猜他会这么说，只有你们俩吗？"

"还有胖子，我们去了他那里。"

胖子塞奇·梅多夫卡是父亲的表兄，我和盖布尔昨晚去的地下咖啡厅就是他开的。胖子真的很胖，现在这样的身材并不多见。我不讨厌胖子，就像我不讨厌巴兰钦家的其他人一样。但是我跟他说过，我不想让利奥去他那里玩。

"他们找你干什么，利奥？"

"我们吃了冰激凌。胖子关了店，我们出去吃的。杰克斯有……那个东西叫什么，安妮？"

"配给券。"

"对，就是这个！"

我了解我这个堂兄，他八成是自己伪造了配给券。

"我吃的是草莓味的。"利奥继续说。

"嗯。"

"别生气，安妮。"

利奥看起来要哭了。我深吸一口气，努力控制自己的情绪。冲盖布尔·阿斯利发火是一回事，但我不能这么对利奥："冰激凌好吃吗？"

利奥点点头："然后我们又去了……先答应我别生气。"

我点了点头。

"我们去了游泳池。"

游泳池在西区大道九十多号，过去是个女性游泳俱乐部。第一次水资源危机的时候，这里和其他游泳池与喷泉一样被抽干了。现在，我们家族（我是说巴兰钦犯罪集团）把它作为主要的会面地点，我猜他们没花多少钱就弄到了这个地方。

"利奥！"我大吼一声。

"你答应了不生气的！"

"但是你知道你不能偷偷去西区的。"

"我知道，我知道。可杰克斯说那儿有好多人想见我，而且他说他们是我的家人，你会同意的。"

我气得说不出话来。通心粉已经不烫，可以吃了，我把它们盛到碗里："去洗手，然后对纳蒂说饭做好了。"

"请你别生气了，安妮。"

"我没有生你的气。"我说。

我正要让利奥保证不再去那儿，他说："杰克斯说，或许我可以在游泳池找份工作。你知道的，家族生意。"

我费了好大力气才忍住没把盛通心粉的碗摔到墙上。我知道冲哥哥发火没有用，况且一天里用两种意大利面犯下暴行似乎太过分了。"你为什么想这么做？你不是挺喜欢在诊所工作吗？"

"是的，可是杰克斯觉得我和家人在一起工作可能更好，"他顿了顿，"像爸爸那样。"

我轻轻点了一下头："我可说不准，利奥，游泳池可没有宠物需要照顾。现在，去叫纳蒂好不好？"

我看着哥哥走出厨房，如果只从外表上看，你不会发现他有任何问题，或许我们太在意他的缺陷了。不能否认，利奥英俊、强壮，而且不管按照什么标准来看，他都是成年人了。当然，最后这一点恰恰是让我感到害怕的。成年人总是给自己惹麻烦，他们会被人利用，可能会被送进雷克岛监狱。甚至更糟的是，他们可能死于非命。

我往玻璃杯里倒满水，想着我这个不着调的堂兄要干什么，这会给我带来多大的麻烦。

02

我接受惩罚；成为"惯犯"；照料一家人

做午餐值日生最糟糕的是要穿着罩衫，它像一顶红帐篷，显得我特别胖。背后还用尼龙搭扣粘着一块小白板，上面写着"安雅·巴兰钦必须学会控制情绪"。刚开始，我的长发还能盖住板子不让人看见，但是他们让我戴上了发套。我没有抗议，因为没有发套，这身工作服看起来就不完整了。

我收拾同学的托盘和玻璃杯时，斯嘉丽一直同情地看着我，这让我觉得更糟糕了。我更愿意麻木地做完值日。

出于显而易见的原因，我把盖布尔·阿斯利的桌子留到最后收拾。

"我想我还没穿过这件东西。"他刻意压低声音，但是确保我能听见。

虽然好几种回答从脑袋里跳了出来，但我只是微笑着没有说话。值日的时候不能聊天。

我把装托盘的小推车放回厨房，然后返回餐厅。我得用最后的两分钟时间吃完午饭。斯嘉丽换了座位，坐在温的对面，身体前倾，被他的话逗得哈哈大笑。可怜的斯嘉丽，她的调情实在难称巧妙，我感觉这一招对温很难奏效。

我不是很想跟他们坐在一起，我身上散发着后厨里烟和垃圾的气味。斯嘉丽冲我挥手："安妮！这里！"

我不情愿地走过去。

斯嘉丽说："我好喜欢这个发网！"

"谢谢，"我说，"我打算一整天戴着它，还有这个罩衫。"我放下托盘，把手放在胯上比画着，"不过，可能还得再配条腰带。"我脱掉罩衫，放在旁边的凳子上。

"安雅，你见过温了吗？"斯嘉丽问我。她微微挑了挑眉毛，暗示我这就是之前她说过的那个人。

"在校长办公室见过了，她正忙着给自己惹麻烦。"温说。

"这就是我的生活。"我开始吃蔬菜馅饼，希望自己的吃相看起来还像个淑女。虽然这东西闻起来很恶心，但我实在太饿了。

铃响了，温和斯嘉丽先走了，我加快了吃饭的速度。我发现温把帽子忘在了桌上。

铃响第二遍的时候，温返回了餐厅。

我把帽子递给他。

"谢谢，"他说完转身要走，却又坐在了我对面，"把你一个人留在这里似乎不礼貌。"

"没关系，你要迟到了。"我叉起最后一块饼，"而且，我喜欢一个人待着。"

他两手交叉放在膝上："反正我下节课是自习。"

我看着他说："随你吧。"斯嘉丽喜欢他，无论如何，我不会去抢她喜欢的人，不管他的手有多好看。如果说爸爸教过我什么，那就是要讲义气。"你怎么认识斯嘉丽的？"

"法语课。"他回答说，没有再讲更多细节。

"好了，我吃完了。"我告诉他，意思是他可以去做自己的事了。

"你忘了点儿事情。"他说着帮我摘下发网，拇指轻轻擦过我的额头，我的卷发披散开来，"发网是不错，可我更喜欢你散着头发的样子。"

"噢。"我应了一声，感到自己的脸红了，命令自己停止脸红。他的调情让我有些心烦意乱，"你到底为什么搬到这儿来？"

"我爸爸刚调到地区检察官办公室做副职。"众所周知，地区检察官希尔弗斯坦基本上是个傀儡——他年事已高，疾病缠身，不怎么管事了。二把手实际上是一把手，而且免去了参加竞选的麻烦。从奥尔巴尼调人来，可见他们一定是遇到了大麻烦。从外面招人意味着管理上的重大变动，在我看来，这是件好事，反正这座城市已经糟到极点了。我记不清楚原来的二把手怎么样了，无外乎两种情况：他没什么本事，或者他自己是个贼。还可能既没本事又是个贼。

"你爸爸是新来的警察头儿？"

"他相信自己能把这里整治好。"温说。

"祝他好运。"我说。

"嗯，他可能太天真了，"温耸了耸肩，"他自称是理想主义者。"

我忽然想起他昨天的话："嘿！我记得你说过你们是农民。"

"我母亲是。她是农业工程师，研究灌溉系统，实际上是个魔术师，不用水就能种庄稼。不过，我父亲过去是奥尔巴尼的地区检察官。"

"你这是——你之前在撒谎！"

"没有，我之前只是回答了你的问题。如果你还记得，你当时问我手上为什么有老茧，这当然和我爸是地区检察官没什么关系。"

"我觉得你之所以不提，是因为你知道我父亲过去是做什么的，而且……"

"而且什么？"他催促我说下去。

"而且你可能觉得，我不想跟对头家的孩子做朋友。"

"罗密欧与朱丽叶，这可真是——"

"不是，我没说——"

"我收回刚才的话。如果我让你误会了，我向你道歉。"他好像被我逗乐了，"不过你的推测听起来很有道理，安雅。"

我告诉温我得去上课了，这不是个托词。我要去上20世纪美国史，现在已经上课五分钟了。

"回头见。"他说完轻轻碰了下帽檐。

比利先生在黑板上写了一句话："不了解历史者，必将重蹈覆辙。"我不知道这是要讨论的话题，还是这节课的主题，抑或只是一个暗示考试不及格就要重修这门课的笑话。

"安雅·巴兰钦，"比利先生说，"你来上课了，很好。"

"对不起，比利先生，我今天做午餐值日。"

"如此一来，巴兰钦小姐为我们生动地展示了犯罪、惩罚和再犯的社会问题。如果你能具体分析一下，我就不让你因为迟到再去一趟校长办公室。"

这是我第一次上比利先生的课，所以我不知道他是不是认真的。

"巴兰钦小姐，大家都等着你呢。"

回答的时候，我努力控制自己不要冷笑："罪犯因为自己的罪行而受到惩罚，然而惩罚会导致更多的犯罪。我因为打架被罚做午餐值日，但是午餐值日又害得我迟到了。"

"叮叮叮！请为这位女士颁奖，"比利先生说，"请坐，巴兰钦小姐。现在，同学们，谁能告诉我'高尚的实验'是指什么？"

艾莉森·惠勒举起了手。这个红头发的漂亮女孩很可能会成为优秀毕业生，代表我们在毕业典礼上致辞。

"在我的课上不用举手，惠勒小姐。我希望大家就像是在讨论一样。"

"好的，"艾莉森说着放下了手，"'高尚的实验'是第一次禁酒令的别称，实施时间是1920年到1933年，这一时期美国禁止买卖酒类。"

"很好，惠勒小姐。有没有人敢试着猜一猜，我为什么要在第一节课上讲'高尚的实验'？"

所有人的目光转向我，我努力装作没有看见。

最后，喜欢八卦的沙伊·品特回答："可能是因为现在关于巧克力和咖啡因的规定？"

"叮叮叮！你比看起来要聪明得多嘛。"比利先生称赞道。这节课剩下的时间里都在讲禁酒令。支持禁酒的人认为，禁酒能像魔法一样解决所有的社会问题：贫穷、暴力和犯罪等。禁酒运动成功了，至少在短期内如此，这是因为它得到了更强大的力量支持。然而这些力量根本不在乎酒精，酒精不过是一枚棋子。

我不是很了解巧克力禁令，因为它在我出生前就颁布了，但是这和禁酒令肯定有一些相似之处。爸爸过去常对我说，巧克力本身并没有什么危害，它只是卷入了有关食物、药物、健康和金钱的大旋涡之中。我们的国家挑中巧克力，是因为位高权重者必须选择一样东西，而巧克力恰好不是他们的必需品。爸爸曾说，每一代人都会去转那个转盘，转盘停下来时指的东西就是"好的"。可笑的是，他们并不知道自己在转转盘，也不知道每次转盘指的东西并不一样。

我还在想爸爸说的话，忽然发现比利先生点了我的名字。"巴兰钦小姐，你愿意说一下'高尚的实验'最后为什么会失败吗？"

我斜眼瞟他："为什么点名让我回答？"我要让他说出来。

"这只是因为你有好一会儿没发言了。"他撒谎。

"因为人们喜欢喝酒。"我的答案听起来很愚蠢。

"没错，巴兰钦小姐。不过可以再深入一点，比如结合你自身的经历说一下。"

我开始讨厌这个人了："因为任何东西成为违禁品都会导致有组织的犯罪。人们总能找到办法弄到自己想要的东西，总有罪犯愿意为他们提供这些东西。"

下课铃响了，我很高兴终于能走了。

"巴兰钦小姐，"比利先生叫我，"请留一下，我想我们的第一次课似乎不太顺利。"

我本可以装作没听见，但是我没有："我没法留下来。我还有课，会迟到的。你知道大家是怎么议论惯犯的。"

"我想请温周五和我们一起出来玩。"坐校车回家的路上，斯嘉丽对我说。

"噢，温啊，"纳蒂说，"我挺喜欢他的。"

"因为你很有品位，亲爱的纳蒂。"斯嘉丽说完，在纳蒂脸上亲了一下。

我看了她们一眼。"如果你那么喜欢他，你应该单独约他。"我对斯嘉丽说，"为什么要叫着我一起？我会成为电灯泡的。"

"安妮，"斯嘉丽发起牢骚，"别傻了。如果只有我们俩，就成了我要跟他约会，这显得我多奇怪啊。如果你去，会显得随意得多，只是朋友出来玩。"斯嘉丽转头对我妹妹说，"纳蒂也这么觉得，对不对？"

纳蒂看了我一眼才点头说道："如果进展顺利，你给安妮点儿暗示，告诉她可以走了。"

"就像这样。"斯嘉丽说完，像动画片里那样夸张地眨了眨眼睛，弄得半张脸都变形了。

"真是个不易觉察的暗号，"我说，"温肯定发现不了。"

"拜托了，安妮。我要先下手为强。你得承认，他和我简直是天生一对。"

"为什么这么说？"我问，"你并不怎么了解他。"

"因为——因为——我们都喜欢帽子！"

"而且他很帅。"纳蒂补充道。

"他确实很帅，"斯嘉丽说，"我发誓，安妮，以后我不会再让你帮我做任何事了。"

"唉，那好吧。"我不情愿地答应了。

斯嘉丽亲了我一下："我真爱你，安妮。我想我们可以去你亲戚胖子开的地下咖啡厅。"

"嗯，这可能不是个好主意，斯嘉丽。"

"为什么？"

"你没听说吗？你那天生一对先生的老爸可是新来的警察头儿。"

斯嘉丽瞪大了眼睛："真的吗？"

我点点头。

"那样的话，我们得挑个合法的地方了，"斯嘉丽说，"这基本上排除了所有好玩的地方。"

车停在第五大道，我们三个下了车，步行六个街区回家。斯嘉丽常常到我们家来学习。

我们走进公寓楼，经过空无一人的门房（上一个看门人遇害后，他的家人提起诉讼，公寓管理委员会称他们没钱再雇新的看门人了），坐电梯直达顶层。

斯嘉丽和纳蒂去了我的卧室，而我去看奶奶。

奶奶的护理员伊莫金正在为她读书："我这辈子要从一来到人世间讲起。我出生在一个周五（别人是这么对我说的，我也信）的午夜时分。据说在整点的钟敲响时，我发出了第一声啼哭。"

虽然我不是很喜欢看书，但是伊莫金悦耳的声音吸引了我，我不由得在门口站住脚听了一会儿。她读完这一章（这一章并不长）才合上书。

"你正赶上这本书的开头。"伊莫金对我说。她举起手中的小说，好让我看到书名《大卫·科波菲尔》。

"安雅，你什么时候来的？"奶奶问我。我走到她床边，亲了亲她的脸颊。"我想听点情节性更强的东西，"奶奶说着皱起鼻子，"关于女孩啊，枪啊什么的，可是她只有这本。"

"后面会更有意思的，"伊莫金跟奶奶保证，"你要有耐心，加林娜。"

"如果故事发展得太慢，我等不到就死了。"奶奶回答说。

"别再拿这种事开玩笑了。"伊莫金严肃起来。

我拿过伊莫金手里的书，凑近仔细端详。灰尘呛得我想打喷嚏。书闻起来咸咸的，还有点酸臭味，书皮都快要掉了。从我出生起便没有新书出版了（因为纸张造价昂贵），也可能比这个时间更早。奶奶曾对我说，她小的时候，有的商店里堆满了书。"我不是没去过书店，不过我有更好的事情要做。"她的声音里充满渴望，"那时候真年轻啊！"现在，大多数东西已经数字化了。所有的书化为了纸浆，用于生产卫生纸和纸币等必需品。如果你家或是学校还有一本真正的书，你最好保存好（顺便说一句，黑市纸张也是巴兰钦家族经营的商品）。

"如果你喜欢，可以借去看，"伊莫金对我说，"后面会越来越有意思。"祖母的家庭护理员喜欢收藏纸质书，在我看来这个爱好实在是过时得可笑。怎么会有人想要这些脏兮兮的破书？然而，这些书对她而言非常珍贵，所以我知道她愿意借书给我表示她尊重我。

我摇了摇头："不用了，谢谢。学校里布置了一大堆要读的书呢。"我更喜欢在平板电脑上看书，而且不是很喜欢看小说。

伊莫金又查看了一下祖母身上连的仪器，然后跟我们道了晚安。

"我想你应该找到利奥了。"伊莫金走后，奶奶对我说。

"是的。"我停顿了一下，犹豫着要不要对奶奶说利奥和谁去了哪儿。

"他跟皮罗日基和胖子去了游泳池，"奶奶说，"我今早问过他。"

"是吗？那你怎么看？"

奶奶耸了耸肩，这让她咳嗽起来："这可能是件好事，家族里的人对你哥哥有兴趣也不坏。利奥不能总和咱们几个女人待在一起，他应该跟男人多接触。"

我摇了摇头："我对这事有不好的预感，奶奶。雅科夫·皮罗日基这个人不大可靠。"

"话虽如此，他毕竟是咱们家的人，安雅。一家人相互照应，这就是他们现在做的事，咱们家一直是这样。再说，至少胖子看起来是个正派人。"奶奶又咳起来，我从床头柜的水壶里给她倒了杯水，"谢谢你，丫头。"

"利奥说要去游泳池工作什么的。"

奶奶睁大了眼睛，过了一会儿，她点点头说："他没对我提这个。没事，之前还有比不上利奥的人呢。"

"谁啊？"

"那个……那个……那个……想起来了！"她露出胜利的笑容，"维克多·波波夫。他和我是一辈的，两米高，三百斤。他是块打橄榄球的好材料，可惜总记不住规则。别人当面都叫他骡子维克多，背后叫他蠢驴。当需要人从卡车上卸货时，他们都会叫上骡子。不管高科技的玩意儿怎么发展，有时候你总得需要人干体力活。"

我点了点头，奶奶说得不无道理。自从那晚找不到利奥，我的心一直揪着，现在才觉得放松了一点儿："骡子维克多后来怎么样了？"

"这不重要。"

"奶奶！"

"他被人打中脑袋，失血过多，死了。真可惜。"奶奶摇了摇头。

"这可算不上个好结局，奶奶。利奥也没有骡子那个块头。"我说。哥哥个子很高，却像纸一样单薄。

"我想说的是，丫头，咱们家族的生意需要用到各种各样的人。你哥哥现在是个大人了。"

我把牙咬得咯咯响。

"安雅，你太像你父亲了。你想控制全世界，还有世上的每个人，但是你办不到。该来的就让它来吧，况且可能也不会有什么事。如果后面需要干预，我们再插手。再说了，利奥不会离开诊所的，他可喜欢动物了。"

"那我们什么都不做？"

"有时候你只能这样，"奶奶说，"不过——"

"不过什么？"

"到衣帽间里给自己拿块巧克力。"

"奶奶，巧克力不能解决所有的问题。"

"可是它能解决大部分问题。"她说。

我走进衣帽间，拨开一件件大衣，打开保险柜。我把枪挪到一边，拿了一块巧克力——巴兰钦特浓黑巧克力，然后把枪放回去，关上了保险柜。

有什么不对劲。

一支枪不见了，我父亲的史密斯威森枪。

"奶奶？"我叫道。

没有回应。我回到卧室，发现奶奶已经睡熟了。

"奶奶。"我摇着她的肩膀，又叫了一声。

"怎么了？"她嘟囔着，"怎么了？"

"有支枪不见了，"我说，"保险柜里的枪，爸爸的那支。"

"你今晚要用啊？换那支科尔特左轮手枪吧。"奶奶又咳起来，我给她喝了点儿水。"伊莫金可能放到别处了。我记得她好像说过要打扫卫生，要不就是说把武器放在一个地方不安全……对不起，我记不清了。"有那么一会儿，她看上去有些伤心又满是疑惑，我快急哭了。她笑着安慰我，"宝贝儿，别这么着急。你明天问问她。"

我亲了亲祖母的脸颊就出去了。回房间的时候，我从利奥的卧室门口经过。房门关着，但我看到灯光从底下的缝里漏出来。他一定是在我跟奶奶说话的时候回来的，我看了看表：16点10分，今天哥哥下班比往常要早。

我敲了敲门。

没有人应。

我又敲了几下。

还是没有人应。我把耳朵贴在木门上，隐约听到压低的抽噎。

"利奥，我知道你在里面。你怎么了？"

"走开！"他的声音带着哭腔。

"这可不行，利奥，我是你妹妹。如果有什么要紧事，你得告诉我，这样我才能帮你。"

我听到了利奥锁门的声音。

"求你了，利奥。如果你现在不开门，我只能撬锁了。你知道我能撬开。"利奥曾经不小心或是故意把自己锁在里面，我撬过很多次了。

利奥把门打开了。

他的眼睛哭红了，还有鼻涕正往外流。哥哥哭的时候，特别像个六岁的孩子。他的脸红红的，皱在一起，像朵玫瑰，又像个拳头。

我抱住利奥，他却哭得更厉害了。"不哭，不哭，利奥，发生什么事了？是不是因为杰克斯？"

利奥只是摇头。大概又过了半分钟，利奥才止住哭，对我说了他伤心的原因。他躲着我的目光，但最后终于开口告诉我，自己丢了兽医诊所的工作。

"别担心，利奥。"我轻轻抚摸他的后背，他最喜欢我这么做。等他终于平静下来，我问他到底是怎么回事。原来兽医诊所关门了，利奥吃完午饭回到诊所，发现纽约市卫生局的人来突袭检查，宣布诊所存在51项违规行为，其中大多与卫生有关。他们命令诊所立即停止营业。

"可是诊所很干净，"利奥说，"我知道那里很干净。我的工作就是打扫卫生，我打扫得很干净。大家都说我是个好员工，安妮。"

"这不是你的错。"我对哥哥说。这样的事每天都在发生，显然，诊所没给卫生局管事的人送够钱。"我和你说，利奥，我敢打赌，诊所过不了几个星期就会恢复营业，接着你就能回去工作了。"

利奥点点头，但看起来不太相信："他们把动物送走了，安妮。他们不会伤害动物的，是不是？"

"不会的。"几年前城里曾有过禁养宠物的运动，不过由于抗议而不了了之。有些人依然觉得，动物不给人干活就是在浪费有限的资源。老实说，我并不确定诊所的动物会遭遇什么，但是跟利奥说这些也没用。我想得给利奥的老板皮卡斯基医生打个电话，问问我能否帮上什么忙。

利奥说他累了，于是我让他上床睡觉，给他掖好被子，对他说晚饭做好了我再来叫他。"在诊所的时候我没有当着大家的面哭，"他说，"当时我想哭来着，但是我忍住了。"

"你真勇敢。"我表扬利奥。

我给他关上灯，带上门。

我回到房间，发现纳蒂和斯嘉丽已经霸占了我的床。我没心情和妹妹嬉闹，赶她下床，所以我直接坐在了地板上。

"你还好吗？"斯嘉丽问。

"没事，"我回答说，"一些家庭琐事。"

"那就好。我和纳蒂可是特别高效，"斯嘉丽说，"我们想出了不少地方，可以约温周五晚上一起玩。"

我说："这有点儿为时过早吧，他还没答应出来玩呢。"

斯嘉丽没有理我，伸手给我看她们列的选项：

1. 小埃及

2. 狮穴

3. 时代

4. 听音乐会或者看演出

5. 剧

选项五的头一个字因为她手心出的汗而模糊了。"最后一个是什么？"

"什么剧？"斯嘉丽瞥了一眼手心，"喜剧，挺无聊的。"

我对斯嘉丽说："当然要选小埃及。"

"你这么说只是因为那里离你家近。"

"那又怎样？如果他以前没去过，那里还挺有意思的。而且你都打算好要抛弃我了，不是吗？"

"没错，"她说，"如果进展顺利的话。"

斯嘉丽走的时候已经快5点了，可我还没看一眼作业，纳蒂也是一样。"走开。"我命令纳蒂。

纳蒂站起身，对我说："你应该告诉她。"

"快去写作业，"我在书桌前坐下，拿出平板电脑，"我应该告诉谁什么？"

"斯嘉丽。你应该告诉斯嘉丽，你喜欢温。"

我摇了摇头说："我不喜欢温。"

"好吧，那你应该告诉她，温喜欢你。"

我说："你又不知道温怎么想的。"

纳蒂反驳我："昨天我也在，我看出来了。"

我转过头去看着妹妹："斯嘉丽先看上他的。"

"这么想真蠢。"

"而且我刚刚分手，所以……"

"嗯，"纳蒂翻了个白眼，"如果你不跟她说会更麻烦。"

"你知道什么？你这个小屁孩。"真不知道我为什么要和纳蒂费这么多口舌。

"我又不是什么都不懂，安妮。比如说，不是随随便便就能遇到个不在乎咱家名声的超级大帅哥。大多数时候，你只能同盖布尔这样的傻瓜谈恋爱，温能喜欢你简直是个奇迹。跟你谈恋爱可不是什么随随便便的事，你自己知道。"

"走开！学习去！赶紧的！"我命令纳蒂，"给我关上门。"

纳蒂一溜烟儿跑了，可是关门前又小声说："你知道我说得没错。"

我和纳蒂除了发质不一样，还有个最大的区别：纳蒂浪漫，而我是个现实主义者。我不敢浪漫——从九岁开始，我就在照顾她、奶奶和利奥。我并不瞎，我看得出温可能喜欢我，但我真的没有太在意。他并不了解我，他可能只是喜欢我的褐色长发、C罩杯、独特的信息素，或是诸如此类能让人喜欢上另一个人的东西。浪漫一无是处。母亲凭着一腔浪漫爱上了父亲，可是看看她落了个什么下场——三十八岁就死了。

这倒不是说，我想不出坠入爱河能带来什么美好的事情。

我正要写作业，忽然想起来得为利奥的事给皮卡斯基医生打个电话。

我拿起电话（我们很少打电话，一方面是因为课税很重，另一方面是因为我们家历来认为家里的电话被监听了）。我拨了皮卡斯基医生家的号码，我很喜欢她。为了利奥在诊所的工作，我跟她交谈过几次，她对我一直很坦诚。更重要的是，她对利奥很好，我觉得自己欠她一个人情。

她接电话的时候听起来很焦虑。"喂，是安雅啊，"她说，"我猜你已经听说了。卫生局的人看起来就是在找碴儿。"

我问皮卡斯基医生，卫生局去检查的人叫什么？她说是"文德尔·约里克"，我又问是哪几个字？我们家在各个政府部门还有些朋友，我希望能让停业整顿的流程进行得快一点儿。

我同皮卡斯基医生打完电话，又给我们家的律师吉卜林先生打了一个（今天居然打了两通电话！）。在我出生之前，吉卜林先生就是我们家的律师了。父亲对我说过，我可以信赖吉卜林先生，他没有这样说过第二个人。

我跟吉卜林先生说了一下情况，他问我："所以，你是想让我给这个约里克先生送张支票？"

"是的，"我说，"或者，你知道的，直接送个装满现金的信封。"

"那是当然，安雅。开支票只是个说法，我可没打算真给卫生局的人写张支票送去。不过，我得插一句，这事可能需要几个星期才能摆平。"吉卜林先生说，"所以，安雅，你得沉住气。告诉利奥沉住气，别着急。"

"谢谢。"我说。

"高三了,感觉怎么样?"吉卜林先生问我。

我叹了口气。

"不太顺利?"

"别提了,"我说,"第一天和人打了一架,不过错不在我。"

"听起来像是利奥的作风,我是说老利奥。"吉卜林先生和爸爸是高中同学,"加林娜怎么样?"

"时好时坏,"我答道,"我们都是凑合着过吧。"

"安妮,你父亲一定会为你感到骄傲的。"

我正打算同吉卜林先生说再见,忽然想起来,可以问问他是否了解雅科夫·皮罗日基。

"一个无足轻重的小角色,却总想成为大人物,不过也只能做梦想想罢了。家族里没人把他当回事,特别是他父亲。你知道,他母亲并不是尤里的妻子,大家甚至怀疑他到底是不是巴兰钦家的人。说实话,我挺同情他的。"顺便说一句,尤里全名尤里·巴兰钦,是我父亲同父异母的兄弟。爸爸被谋杀后,他接管了家族生意。吉卜林先生换了个话题,"你想好申请哪些学校了吗?"

我叹了口气。

"我可以陪你去心仪的学校转转。"

"谢谢您,吉卜林先生,我会想的。"不过如果我真要去,可能会带着利奥。

"别客气，安雅。"

我挂了电话。跟吉卜林先生通话，总会在减少我孤独感的同时，又让我觉得更加孤独。有时候我想象吉卜林先生是我的父亲，想象着如果父亲做律师或其他受人尊敬的工作会是什么样，想象着有一个能带你去参观大学的父亲会是什么样。甚至在爸爸去世前，我想过如果请吉卜林先生收养我会是什么样。

可是吉卜林先生已经有一个女儿了。她叫格蕾丝，将来想做一名工程师。

我终于打开了历史课要求读的书目，却听到有人敲门，是利奥。"安妮，我饿了。"他在门外叫我。

于是我放下平板电脑，去照料一家人。

03

告解；思考死亡，研究牙齿；
合谋骗男生出来约会；让哥哥失望

周五上课前，我先去做告解。

如果你在想这事儿，我可以告诉你，我父亲不是天主教徒。他和巴兰钦家族的所有人一样，生来就接受了东正教信仰。不过爸爸算不上虔诚，我从没见过他进教堂，除了去参加我和家里其他孩子的洗礼、亲戚的婚礼，当然，还有母亲的葬礼。我也从没听他提过天主。

母亲是天主教徒，她经常会说到天主，还说自己会和天主说话。她小时候甚至想做修女，不过显然没能如愿。甚至可以说，她选择了一条完全相反的路——嫁给了臭名昭著的黑帮家族头领。我只是想说，我信仰天主教是因为母亲。没错，我希望真的有来生，能够获得救赎，也许，最重要的还是有能宽恕我的天主。但是我选择圣三一（没错，是我为自己和纳蒂选择了这所学校）的时候，考虑的不是天主，而是母亲，她会怎么选？每当我去教堂，闻到司铎焚香，我就觉得离母亲更近了。每当我告解时跪在破旧的天鹅绒上，我知道她曾有同样的感受。当我坐在长凳上，看到阳光透过彩色玻璃洒在圣母的雕像上时，我甚至能看到母亲。而在别的地方，这一切无从发生。因此，我知道自己永远不会背弃天主教。

当然，信仰天主教也给我带来了一些困扰，但是考虑到我所得到的，这些困扰就不值一提了。如果我坚持要在结婚之前一直保持处女之身呢？盖布尔不可能如愿了。

"你有多久没来告解了？"

"四天。"我回答说，然后逐一说起自己的罪过。如果你稍加留意，应该早就知道了。贿赂、愤怒，从周一开始有过好几次诸如此类的状况。我接受了不太严重的处罚作为补赎。赶紧结束告解后，我还能赶上第一节课——法医学2。这是我最喜欢的课，因为它很有趣，而且在所有课程中，只有它和这个充斥着犯罪的世界相关，还有部分原因是它是我学得最好的一门课。这是天分使然。母亲放弃成为修女的愿望而嫁给黑帮老大前，曾是纽约警察局的犯罪现场调查员，她就是这么认识爸爸的。

这是我第二年上劳博士的课，她是我遇到过的最好的老师（她也是我妈妈的第一位法医学老师）。不管我们要研究的东西有多恶心，她都不会容忍任何人做出呕吐的样子，甚至面对腐烂了一个星期的鸡、预示不祥的沾血床垫或卫生巾也不例外。"生活本就是一团糟，你要学会应对。如果你先入为主地作了判断，你便无法真正看清它。"劳博士喜欢把这句话挂在嘴边。

劳博士年纪大了，但还没有奶奶那么老，有五六十岁。

"今天以及接下来的几天里，你们将要做一名牙医。"劳博士高兴地宣布，"我这里有七组牙，但我们有十三个人，谁愿意自己单独一组？"

只有我举手，这可能显得不合群，但我真的很喜欢自己研究证据。

"谢谢你能自告奋勇，安妮。下次你可以找个搭档。"她冲我点点头，然后分发盛着牙齿的托盘。任务非常明确：通过牙齿描述主人的特征（比如他或她吸不吸烟），再基于此推断可能的死因。

我戴上一副新的橡胶手套，开始仔细观察我分到的牙齿。牙齿很小，表面洁白，没有补过。右侧臼齿磨损相对严重，似乎这个人睡觉时会磨牙。牙齿看起来很精致——不像小孩儿的，而是带着女性的特质。我在平板电脑上记录我的发现：富裕、年轻、压力大。女性？

这些词几乎可以用来形容我自己。

劳博士拍了拍我的肩膀："安妮，好消息，我给你找了个搭档。"

是温。觉得课程太简单的温从法医学1转到了法医学2。

温说："我们好像随时随地能碰到啊。"

"嗯，这个学校太小了。"我回答说，给他看了看我的平板电脑，"我还没有得出很多结论，我喜欢在开始时多想想。"

"有道理。"他说着戴上手套，这个习惯很符合我对实验搭档的期望，他指着下牙的后面说，"看，牙釉质有损伤。"

我凑过去。"啊！"我还没有看过后面，"她一定吐了一阵子。"

"她一定感到恶心。"他说。

"或者是自己想呕吐。"我补充道。

"是的。"温点点头，低下头直视着牙齿，"我想你说得没错，安雅。我们的女孩儿自己想要呕吐。"

我冲他微微一笑："她的故事写在这里，等着我们去解读。"

他表示赞同："一想到这一点就挺伤感的，但这也是一种美。"

我觉得他这样讲很奇怪，但是不用问，我能明白他的意思。这些牙齿曾经属于活生生的人，他们说话、微笑、吃东西、唱歌、咒骂、祈祷。他们刷牙，用牙线进行清洁。最后他们死了。在语文课上，我们读过关于死亡的诗，现在摆在我面前的，就是一首关于死亡的诗，只是这首诗是真实的。我经历过死亡，那时诗歌对我没有丝毫帮助。诗歌无关紧要，证据才至关重要。

现在不到早上八点，进行这样深入的思考实在为时过早。

但这正是我喜欢法医学的原因。

我不知道温是否经历过亲人的离世。

下课铃响了。温轻轻地把牙齿放回去，在托盘上贴了个标签，上面写着："巴兰钦·德拉克罗瓦——请勿触碰！！！"我把平板电脑放到书包里。

他说："午餐时见。"

我回应道："那时我就是戴发网的女生了。"

我的体育选修课（第四节课）是"高级击剑"。能上"高级"班，倒不是因为我的剑术有多好，而是因为我已经上了两年击剑课。这项运动多少有些可笑。尽管学了"高级击剑"，但要真遇到什么危险，我不会用到一丁点儿剑术，我会用枪。

斯嘉丽是我的搭档，虽然她穿上击剑服很好看，但剑术和我一样糟糕。事实上，她能做出一系列看似具有攻击力的动作，而我更擅长根据对手的招数进行防御。我有理由相信，击剑教练雅尔先生早看穿了我们的小把戏，但他并不介意。我们就是来凑人数的，如此一来，这门课才不会被取消。

做完压腿和拉伸等热身活动后，我们两两结为一组。

我和斯嘉丽开始（偶尔）击剑、（主要是）聊天。

她提醒我："今天是周五，所以我们得去约温了。"

我呻吟了一声："拜托，你自己去约吧。晚上我会去的，但是——"

斯嘉丽的剑轻轻刺中我的肩膀。"击中！"我大叫一声，当然主要是为了让雅尔先生听到，随后我踉跄着退了好几步。

"如果你在场，会显得随意些。午饭结束前五分钟的时候你过来吧。"她说，"还有，安雅，亲爱的，如果你能想起来的话，把发网摘了。"

"真可笑。"我说着击中她的臀部。

"哎哟，"她叫道，"我是说，击中！"

今天是最后一次午餐值日，我想我终于找到窍门了。我知道了怎样才能同时端着好几个托盘而不把东西沾到头发或身上，也学会了挂上讽刺的笑容收拾盖布尔的桌子。

我端起盖布尔的餐盘，他说："希望你从中得到了教训。"

"哦，得到了，"我说，"也谢谢你教会了我。"我把餐盘重重地扔进小推车里，把饭溅到了他的脸上。（小面包里夹的豆腐末和搞不清原料的红色酱汁——亚洲风味？）"对不起。"我说完就推着小车跑开了，没有给他发作的机会。

我把餐盘放到回收传送带上，这时主管过来对我说可以去吃饭了。"干得不错，安雅。"她说。我知道这只是做值日，但她的称赞还是让我很高兴。爸爸过去常说，一旦你作出承诺（或者是别人要求你作出承诺），你就得完成。

斯嘉丽和她话剧社的几个朋友同温坐在一起，我在斯嘉丽身边坐下，说出事前商量好的台词："那我们今晚还去小埃及吗？"

温问："小埃及是什么地方？"这正好和我们设想的一样。

"噢，其实没什么意思。"斯嘉丽说，"是个夜店，开在第五大道上，在废弃博物馆的北边。那里过去放着埃及的藏品，所以人们叫它小埃及。"城里各种废弃的建筑里都有这样的夜店，政府的财政经常面临危机，这是政府的收入来源之一，不多，但很稳定。"挺破的，但如果你是第一次去，倒还有点意思。是不是这么说的？'我喜欢跳迪斯科[1]！'"（你应该还记得，温和斯嘉丽一起上法语课。）

我说了第二句台词："如果你愿意，可以跟我们一起去。"

"我不确定自己能不能融入进来。"温没有拒绝。

我和斯嘉丽准备过如何应对这种回答。

"奥尔巴尼也有很多这样的夜店？"斯嘉丽调戏他。

他微微一笑："我们有时候坐着装干草的大车出去玩。"

"听起来真有意思。"斯嘉丽的讽刺里带着调情的意味。

"纽约也有很多装干草的大车？"他问。

斯嘉丽大笑起来。我看得出来，她已经想和温"深入"交流了。

我们说好晚上八点在我家碰头，那里离夜店最近。

放学回到家，我做的第一件事就是去看利奥，但是他不在。我告诉自己别担心，他可能因为寻常的事出门了。我走进奶奶的房间，她正在睡觉。伊莫金坐在床边的皮革高背椅上，这把椅子

---

1 j'adore le discothèque，斯嘉丽用法语说了这句话。

过去是爸爸的。窗台上的花瓶里插着三枝新鲜的粉色康乃馨：有人来看奶奶了。

我冲伊莫金招招手，她把手指放在嘴唇上示意我别说话。从我十三岁起，伊莫金就来做奶奶的护理员，有时候她会忘记我已经不是个喜欢跺着脚跑进奶奶卧室的小女孩了（其实我过去也不这样）。我点点头，示意伊莫金到走廊里来。她把手里的书放到酒红色高背椅破旧的扶手上，站起身，轻轻带上房门。我问她是否知道利奥去哪儿了。

"跟你堂兄出去了，"伊莫金告诉我，"加林娜说可以去。"

"他们说过去哪儿吗？"

"对不起，安妮，我没有留意，因为加林娜今天下午的情况不大好。"她摇了摇头，"也许去游泳了？不对，现在不能游泳了啊。"伊莫金皱着眉头，"但是我确定和游泳有关。"

当然了，是游泳池。

"我没有拦着利奥，是不是做错了？"

"没有。"我对她说。说实话，监管哥哥既不是伊莫金的工作，也不合她的身份，这是我该做的。为了照顾哥哥的感受，我还要表现得不像是在监管他，这就更难了，更何况我还得上学。我向伊莫金道谢，她进屋坐到爸爸的椅子上继续读书。

我正打算出门把利奥找回来，他就开门进来了。他跑得上气不接下气，脸颊通红。"噢，"他一看见我就说，"我想比你先到家来着。我不想让你担心，安妮。"

"太迟了。"我说。

利奥给了我一个拥抱。他浑身被汗水湿透了，我用手推他，对他说："你都发臭了。"利奥却抱得更紧了，这是他喜欢玩的一个游戏。我知道如果我不说爱他，他是不会放开我的。"好了，利奥。我爱你，我已经爱你了。现在告诉我你去哪儿了？"

"你一定会为我感到骄傲的，安妮，我找到了一份新工作！"

我扬起眉毛："伊莫金说你去游泳池了。"

利奥说："我就是在那里找的工作，安妮。不过只干到诊所重新开门，新工作的薪水要比诊所高。"

我清了清嗓子。"什么工作啊？"我的声音很温柔，这样利奥就听不出我有多生气了。

"搞维护，扫扫地什么的。杰克斯说他们需要人手，而我最擅长这些。安妮，你知道我擅长这个。"

我问利奥，他怎么知道有这么一份工作的？他对我说，是杰克斯堂兄上午来看望奶奶的时候说的（这也解释了康乃馨是怎么来的）。杰克斯看到利奥大白天待在家里，非常吃惊，于是利奥对他说了诊所关门的事。随后杰克斯提到游泳池那边需要个搞日常维护的人，还说如果诊所恢复营业前，利奥想挣点"来得容易的"钱，这份工作将是他的最佳选择。

我问："来得容易的钱？这是他的原话吗？"

"我——"利奥摇着头说，"我不记得了，安妮。游泳池的人给了我这份工作，但我跟他说，我得先同你和奶奶说一声。这样才对，是不是？"

"没错。可是，利奥，你和咱们的亲戚，我是指在游泳池工作的那些人，未必适合一起工作。"

"我又不傻，安妮，"利奥的声音比往常要生硬，"我没有你想得那么傻。我知道咱们家是干什么的，也知道爸爸过去是干什么的。我就是因为爸爸干的那些事才受伤的，记得吧？我很清楚，一刻不曾忘。"

"当然了，利奥，你当然知道。我知道你不傻。"

"我想出一份力，安妮。现在没了工作，这让我感觉很糟糕。如果奶奶死了，我又没有工作，他们就会带走你和纳蒂。再说，杰克斯堂兄是个挺好的人，安妮。他对我说你不喜欢他，但那只是因为他和你说了些不该说的话。"

我哼了一声。我们的好堂兄杰克斯可是喝醉了酒，把手放在了我胸上，而不是什么言语的误会。"我可不这么想，利奥。"我看着哥哥，他穿着腰身过肥的灰色长裤（爸爸的裤子）和白色T恤。他虽然瘦，但由于在诊所工作时经常搬运重物，胳膊上肌肉发达。他看上去很能干，甚至可以说，非常结实，绝不像需要保护的人，也不像有个因为担心他而失眠的妹妹的人。

利奥的眼睛同爸爸的一样，像表面微微融化的冰，透着湛蓝。他看着我，眼睛里充满渴望："我真的想做这份工作，安妮。"

"利奥，我先跟奶奶商量一下，行吗？"

利奥勃然大怒："我已经是成年人了！我不需要你的同意！你才是个孩子！我是哥哥！你别再踏进我的房间一步！"他把我朝门口推了一把，没有太用力，但我还是跟跄着倒退了好几步。

"我去和奶奶商量一下。"我又说了一遍，然后走出门。利奥砰的一声关上了门。

争吵声很可能把奶奶吵醒了，所以我又去了她的房间，她确实醒了。"你还好吗，宝贝儿？"奶奶问我，"我听到了大喊大叫的声音。"

我亲了亲她的脸颊，她脸上有爽身粉味儿和呕吐的胆汁味儿。我冲着伊莫金那边微微摇了摇头，示意奶奶我不想当着护理员的面谈家里的事。

"我该走了。"伊莫金把书放到包里，反正下班的时间也到了，她说，"我想你应该找到利奥了。"

"是的，"我勉强笑了一下，"在走廊里。"

"总是在你意想不到的地方。"伊莫金说，"再见，安雅。睡个好觉，加林娜。"

伊莫金走后，我告诉奶奶利奥去了哪里，又说了工作的事，然后问她："你怎么看？"

奶奶大声笑起来，弄得自己连连咳嗽。我给她倒了杯水，把吸管放到她嘴边。几滴水洒到紫红色的丝绸被罩上，在我看来，如同血滴。我又问了一遍："你怎么看？"

"嗯，"奶奶的声音很干涩，"我已经知道你是怎么想的了。你的鼻孔张得比一匹赛马还大，眼睛比醉汉还红。你不能把一切都写在脸上，这是你的一个弱点，宝贝儿。"

"然后呢？"我问。

"然后，没了。"她回答说。

"没了？"

"没了。杰克斯是我们的亲戚，利奥现在没有工作，一家人相互照应。就这样，没了。"

"但是，利奥——"

"没有但是！别把什么都当成阴谋，我过去也常常和你父亲说这话。"

我决定不说那件事了——爸爸的多疑没有错，他就是在自己家里被枪杀的。

奶奶继续说道："有人对你哥哥感兴趣是好事。因为在咱们这个家族看来，你哥哥是个无足轻重的人，就像女人或者孩子。没人会为他的事操心。"

可是杰克斯出于某种目的正在为他的事操心。

"安雅！我看得到你皱眉头。我的意思是，没人会枪杀你哥哥或者找他的麻烦，这样干很丢人。游泳池的人过去是你父亲的手下，而你父亲最大的一个优点就是关心别人。他们爱戴你父亲，他活着的时候他们尊敬他，现在他死了，他们也会用其他方式来表示敬意。这就是杰克斯给你哥哥找工作的原因，你明白这一点，对吧？"

我不再皱眉头了。

"乖丫头。"她说着轻轻拍了拍我的手。

"我至少应该找杰克斯聊一聊，"我建议道，"确保那是件正经差事。"

奶奶摇了摇头："别管了。你去了，只会让利奥感到难堪，让他在同事面前丢脸。再说，皮罗日基自己也是个小人物，不会给任何人造成威胁。"

她说得有道理。我说："那吃晚饭的时候，我告诉利奥，你说他应该接受那份工作。"

奶奶摇头："再有两年，你就上大学了，而我——"

"不许说了！"我叫道。

"好吧，乖孙女，依你。安雅，我觉得你让利奥自己作决定是不是更好？乖孙女，让他做个男子汉，把这当作礼物送给他。"

为了表示和解，我做了通心粉和奶酪。我让纳蒂去叫利奥，可是他不肯来吃饭。我端着碗来到利奥门外，说："利奥，你得吃晚饭。"

"你还生气吗？"他小声问道，隔着木门我几乎听不清他说话。

"不，我没生气。我从没生过你的气，我只是担心。"

利奥把门开了个缝。"对不起，"他向我道歉，眼睛里还有泪水，"我不该推你。"

我点点头："没关系，推得不重。"

利奥咬紧嘴唇，睁大眼睛，不让自己哭出来。我踮起脚尖，轻轻地拍打他的后背。"你看，我给你做了通心粉。"

他的嘴角微微扬起来。我把碗放到他手里，他开始大勺大勺地吃通心粉："如果你不同意，我就不去游泳池工作。"

"事实上，我也拦不住你，"我没有采纳奶奶的建议，"但是诊所一开门，我觉得你就该回去。他们需要你，而且——"

利奥一把抱住我。他手里还端着碗，几根通心粉撒到地上。

"而且，如果游泳池的人让你觉得不自在，你就得辞职。"

"我保证。"他说着把碗放到地上，抱着我在屋里转圈，就像父亲过去那样。

"利奥！放我下来！"我咯咯地笑着。他又抱着我转了几圈。

"今晚出去玩吧！你、我，还有纳蒂。"他提议，"你们明天不上学，我有几张配给券，我们可以去吃冰激凌。"

我对他说我很想去，但是我已经和斯嘉丽约好了。

"我喜欢斯嘉丽，"利奥说，"她可以跟我们一起去。"

"不是一回事，利奥，我们要去小埃及。"

"我喜欢小埃及。"利奥坚持道。

"不，你不喜欢。你只去过一次，你说那里太吵了，吵得你头疼，你待了五分钟就走了。"这是事实——小时候头部的创伤让利奥对噪声特别敏感。

"那是很久以前的事了，"利奥坚持道，"我现在好多了。"

我还是摇头："对不起，利奥。今晚不行，我要和斯嘉丽单独出去。"

"以后你别想叫我跟你去任何地方了！我……"天哪，利奥又要哭了。他转头看着窗外说："你就是嫌我丢人。"

"不是的，利奥，不是你想的那样。"我把手放到他肩膀上，可是他甩开了。也许他是对的。也许有一点儿这个原因，但是只有一点点。主要是，我觉得我没法在到处是人的夜店里照顾好哥哥，同时还得给斯嘉丽和温牵线搭桥。我解释道："斯嘉丽还约了她喜欢的男生，我根本不想陪她去那个破地方，你不能因为这个生我的气。"

利奥没有说话。

"你真是折磨死我了。相信我，我真的更愿意跟你和纳蒂出去玩。"这是我的真心话，"求求你了，我们改天再去行吗？"

他转过头来看着我，眼睛里毫无神采，就像那只毛绒狮子的塑料眼睛一样。"好吧，安妮。"他说，"那就改天吧。"

04

我去了小埃及

我站在镜子前为晚上出门作准备，思绪却总是飘回到利奥那里，想着怎么做才能把下午的事情处理得更好。我拿起修眉夹，拔掉一根长错位置的眉毛。

门铃响了，纳蒂大声说："我来开！"

"谢谢！是斯嘉丽！"斯嘉丽和我约好，她要比温提前半小时来，这样我们就可以——怎么说——制定策略什么的，"让她到浴室来，我在修眉毛。"

"别把眉毛拔光了，安妮！"纳蒂教训我，"你总是修得太过！"

我听到她跑到走廊那头去开门。"安妮让你去浴室，"她一边说一边开门，"噢，不是斯嘉丽啊。"

我听到一个男生的笑声。"那我还去浴室吗？"温问道，

"考虑到她只是在拔眉毛。"

我裹紧身上的浴袍，走到客厅里。喜欢卖俏的纳蒂又开始摆弄温的帽子了。"你来早了。"我略带责备。

"这栋楼真不错。"他若无其事地说，好像没有注意到我很恼火，"大堂里有大理石楼梯，外面有滴水嘴。有点儿吓人，但挺有风格的。"

"是的。"我说，"那个，你应该晚上八点来的。"

"我一定是记错时间了，万分抱歉。"他微微鞠了个躬。

我不喜欢意外："我还没准备好。那么，现在我该怎么招待你呢？"

"我来吧。"纳蒂自告奋勇。我看了一眼妹妹，她戴温的帽子还挺可爱的。这一顶比他在学校里戴的颜色更深，材质更硬。除此之外，他身上还是白天的行头——还是校服，不过他把衬衫袖子挽起来了。

"换了顶帽子。"我评论道。

"是的，安雅，这是我的晚礼帽。"他的语气带着几分自嘲。他说话的时候身子向我略微倾斜，有一种很干净的味道，带着森林的气息。

"好吧，纳蒂，"我说，"你不妨给这位早到的客人倒杯饮料。"我转身准备回卧室。

"顺便说一句，你的眉毛很好看。"他叫道，"我是说，现在这样就很好。"

门铃响了，这次是斯嘉丽。

温说："好像大家都来早了。"

"不是，"纳蒂主动解释说，"斯嘉丽本就打算早来的。"

"是吗？"温问道，"这就有意思了。"

我没有理他，转身去开门。

斯嘉丽轻轻亲了亲我的脸颊，以免留下口红印。她的打扮符合她一贯的风格：黑色蕾丝紧身外套，男士羊毛长裤，猩红的唇彩。她还想办法弄了一朵白色的百合花，插在金色长发上。

"这花真是香气迷人。"我评论道，然后又小声跟她说，"他已经来了。他记错时间了，或者是因为其他什么事。"

"噢，太讨厌了。"斯嘉丽说。她把小旅行袋放到门口的壁橱里，然后面带微笑走进客厅，"嘿，温。纳蒂，我好喜欢你的帽子。"

我走进卧室，换下身上的旧浴袍。奶奶曾对我说，我们现在这种穿着打扮，在她们那个年代称为复古风。最近十年我几乎没有什么新衣服，像斯嘉丽那样的穿戴需要花不少心思。跟我的好朋友不同，我并没有为今晚穿什么花心思。我随手套上妈妈的一件旧衣服——红色针织衫。衣服不长，松松垮垮，不过领口开得正合适。腋窝那里有个洞，不过我没打算老抬胳膊。回客厅的时候，我经过利奥的房间，想跟他道晚安，确定我们之间的不愉快已经烟消云散。他没有应声，于是我把门推开一条缝。灯已经关了，他整个人缩在被子里。我轻轻关上门，回到朋友中间。

"哇，"纳蒂一看到我就赞叹道，"你真漂亮！"

斯嘉丽冲我吹起口哨，温向我举手致意。

"别闹了，你们这样让我太窘了。"虽然我嘴上这样说，但他们的称赞确实让我很高兴。"我们去小埃及吧。"

温摘下了我妹妹头上的帽子，然后我们就出发了。

夜店离我家不过五分钟的路程，但是由于斯嘉丽穿了双不适合走路的高跟鞋，我们花了双倍的时间。当我们赶到的时候，人已经顺着长长的大理石台阶排到了楼外。小埃及大概是这一带唯一可玩的地方。

斯嘉丽拦下保安："能先让我和我的朋友进去吗？拜托了。"

保安问："先放你们进去？你能给我什么好处，金发妞？"

斯嘉丽回答："无限的谢意。"

"后面排队去。"他说。我们转身正要下去，保安忽然叫道，"嘿，你！穿红衣服那个。"我转过身去，"你是安妮，对吧？"

我做了个鬼脸："谁在问我？"

"不是你想的那样。我过去给你爸爸干活，他是个好人。"他放开天鹅绒拦绳，招手让我们三个进去，然后又从口袋里掏出一大把饮品券塞给我，"记得为老头干一杯，好吗？"

我点点头："谢谢。"我经常遇到这样的事，但依然觉得很温暖。爸爸有很多敌人，但朋友更多。

"在里面要时刻小心，"保安警告我，"今晚可够疯狂的。"

吧台上方挂着"问询处"的标志牌，柜台前面还有一块，写着当年小埃及还是博物馆时的门票价格。我们用饮品券换了啤酒。这里只有一种啤酒——泛着泡沫的黄褐色液体，味道还不是很好。为什么要糟蹋水制造这种东西呢？"干杯！"斯嘉丽举杯。

"这个词到底是怎么来的？"温问。

斯嘉丽摇了摇头说："你的问题可真多。"她摘下温的帽子，戴到自己头上。我替斯嘉丽感到悲哀，她竟然在用我妹妹的小把戏。

我喝了一口啤酒，在心里敬爸爸。奶奶说，她年轻的时候，未成年人饮酒是违法的，喝酒会给自己惹麻烦。可是现在，只要卖给你酒的人有许可，不管你多大都可以喝。弄到酒并不比吃冰激凌麻烦，也比弄张纸之类的容易得多。很难想象过去人们居然那么爱喝酒，或许正是违法才让酒更有诱惑力。不过我倒宁愿喝水，酒精总让我晕乎乎的，而生活要求我保持清醒。

我们离开吧台，走进舞池。音乐震耳欲聋，还有人带来了闪光灯，但依然能感觉到这里最初并不是为夜店设计的。由于建筑材料是石头，即使挤进来一千个人，这里依然透着与夜店不协调的凉爽。到处是大理石的柱基，衣着暴露的姑娘正站在上面跳舞。如果你离开人群，稍微走远一点，就能看到一个舞厅大小的浅水池，池底铺着图案繁复的瓷砖，旁边是嵌着马赛克的喷泉，墙上画着乡间傍水的别墅。当然，水池和喷泉早已干涸，需要翻新，不过我知道修缮遥遥无期。我闭上眼睛，想象曾经这里还是博物馆时的模样。过了一会儿，我忽然发现温站在我身旁，盯着墙壁，我不知道他是否也在想象这里过去的样子。

"别再梦游了，你们俩！"斯嘉丽冲我们大声说道，"来跳舞！"她拉起我的手，又拉住温，把我们拖回舞池。

斯嘉丽在我身边跳了一会儿，然后又靠向温。我自己跳着舞（这样不用抬胳膊，以免露出腋下的破洞，或是不小心把它弄得更大），同时观察斯嘉丽和温。斯嘉丽很擅长跳舞，温则不然。他蹦蹦跳跳的，像昆虫，动作非常滑稽。

他跳到我身边。"你在嘲笑我吗？"他俯在我耳边问。音乐太吵了，只有这样我才能听清他说了什么。

"没有，我发誓，"我停了一下又说，"我是跟着你笑的。"

"但我并没有笑啊，"他说完就笑了，"我发现你不怎么摆胳膊。"

"被你发现了。"我说着抬起胳膊。我这么做的时候，发现舞池另一边有一个人，一个不该在这里出现的人，利奥。

"天哪！"我嘟囔了一声，转头和斯嘉丽说，"利奥来了，我得过去看看。你自己行吗？"

她握了握我的手说："去吧。"

我在扭动的身体之间往前挤，告诉自己要冷静，要像平时一样自然，不能大吵大闹。

我终于挤到利奥身边，他正被一群浓妆艳抹的女孩围在中间，她们都比我大。我并不惊讶，利奥很帅气，他虽然不常出来玩，但只要出来，就会带着鼓鼓的钱包——自然会吸引这样的人。就算他有时答非所问，我猜有些女孩是注意不到的，或者注意到了也不在乎。

我挤到利奥和一个女孩之间。"嘿！"她冲我大喊，"后面等着去！"

"他是我哥哥！"我冲她吼道。

"嘿，安妮。"利奥说，似乎并不感到意外。

"嘿，"我回应道，"我还以为你今晚会待在家里呢。"

"我本来是这么打算的。"他说，"可是你走后不久，杰克斯来了，他说我们应该出来玩。"

"杰克斯也在这儿？"我问，心想也许正好可以和这个出现得越发频繁，也越发讨人厌的堂兄聊两句。

"是啊。"利奥指了指水池边上，杰克斯在跟人聊天。那人的皮肤是一种奇怪的棕褐色，红头发，正被他逗得哈哈大笑。杰克斯堂兄身边从不缺漂亮姑娘，大多数姑娘会被他吸引，不过我并不觉得他有什么魅力。他又矮又瘦，腿特别长，显得比例失调。杰克斯的母亲沦为妓女之前，是职业的芭蕾舞演员，那时候人们还能靠跳舞谋生。我猜杰克斯的大长腿是从她那儿遗传的。杰克斯的眼睛和我一样是绿色的，不过眼珠总是转来转去，像是在找周围是否有更值得聊天的对象。他手指的关节上文着一串字母"VORY V ZAKONE"，意思是"盗贼"。

我看了看哥哥，他出了点儿汗，我不知道这里吵闹的环境是否让他头疼。也许我又对他担心过度了，他可能只是因为跳舞而热得出汗。我问："利奥，你还好吗？"

"很好。"他说。

"别担心，小妹妹，"一个浓妆艳抹的女孩对我说，"我们会照顾好你哥哥的。"她大声笑着拉起利奥的手。

我没理她，而是对利奥说："我同杰克斯说句话就回家，你陪我回去好吗？"

利奥点点头。

我对利奥说："我和杰克斯聊完就来找你。"

在水池边的台阶上，杰克斯正忙着揩红发姑娘的油。她看起来并不介意。

"看呢，小孤女安妮·巴兰钦出落成大姑娘了！"杰克斯和我打招呼。他在红发姑娘大腿上拍了一巴掌，摆摆手让她离开，她甚至没有觉得受到冒犯。杰克斯站起身，亲了亲我的脸颊。我也做出同样的动作，但嘴唇并没有碰到他的脸。"安妮，很高兴见到你。"

"是啊。"我应和道。

"我们有多久没见了？"

我耸了耸肩膀，其实心里一清二楚。我说："我想我应该为利奥工作的事儿谢谢你。"

杰克斯摆了摆手："利奥是个好孩子，你知道我愿意为你父亲做任何事情。这点儿小事不值一提。"

我盯着杰克斯说："我必须提，堂兄，要是不问问对方想要什么回报就接受恩惠，这就不对了。"

杰克斯放声大笑，从裤兜里掏出一只银酒瓶喝了一大口。他把酒瓶递给我，我拒绝了。"你太多心了，小朋友。想想你是怎么长大的。我真不知道该不该怪你。"

我说："爸爸曾对我说，无论如何他都不想让利奥参与家族生意。"（这可能不是爸爸的原话，但我确定他是这么想的。）

杰克斯想了一会儿说："老利奥走了有一阵子了，安妮。他当年那么说，可能是因为没有预见你哥哥现在的能力。"

"能力？"我重复了一遍，"你对利奥的能力又了解多少？"

"或许你是因为同他太亲近才没有意识到，他已经不是当年那个因车祸受伤的孩子了。你让他半天和老太太在一起，半天和那些愚蠢的动物在一起。"杰克斯指着利奥，他正和刚才那群浓妆艳抹的姑娘跳舞，"他在这里才有些生气，得有人经常带他出来透透气。"

或许他是对的，但仍然无法解释杰克斯帮助利奥到底是图什么。我决定直截了当地问他："那么，这对你又有什么好处？"

"就像我刚才说的，我愿意为你父亲做任何事情。"

"我爸爸已经去世了，"我提醒他，"帮助利奥尼德不能给你带来任何好处。"

"你把别人想得真自私啊。不过，说实话，安妮，帮助你哥哥确实对我有好处。这能让家族里的人高看我一眼，还能跟你父亲扯上点关系，让我得点儿余荫。这对我有用处。"

他终于说到点儿上了："那好吧。"

"多好的小姑娘啊，"杰克斯说着上下打量我，"你现在和小时候不一样了，堂妹。"

"谢谢你注意到这一点。"我转身去找哥哥。就在这时，警报响了，灯开始忽明忽暗，大喇叭里响起工作人员的声音："所有人立刻离开！根据纽约警察局和纽约市卫生局的命令，这里即将关闭。所有顾客马上离开！否则立即逮捕！"

"一定是没打点好管事的人，"杰克斯对我说，"老利奥管着纽约的时候可不是这样的。"

我去找（小）利奥，但是没找到，人群开始把我挤向出口。我必须跟着人流走，否则会被踩伤。我同杰克斯走散了，这倒没什么，但也没看见斯嘉丽和温。

最后，我终于来到外面的台阶上，可以喘口气了。我定了定神，开始寻找利奥。有人拍了拍我的肩膀，是刚才和利奥跳舞的一个女孩。在夜色里，她看起来倒像个普通的邻家女孩了。她问："你是刚才那个妹妹，对吧？"

我点了点头。

"你哥哥出事了。"

05

我后悔去小埃及

她带我跨过台阶，走到建筑的南侧。四天前，纳蒂在附近差点被抢劫了。哥哥在地上痛苦地打滚，就像玻璃罩子下面被太阳炙烤的虫子。

"他怎么了？"那个女孩问我。她的声音很令人反感，我之所以忍住没把她推开，只是因为她至少来叫我了。

我告诉她："只是发病了。"我正要喊人来帮忙护住他的头，免得他总往大理石台阶上撞，却发现已经有人蹲在了他的身边。

是温，他让利奥枕在他的大腿上。"我知道这不是最好的办法，"温发现我在看他，就说，"但是现在没法把他弄到软和一点的地方。而且，我不想让他总是撞脑袋。"

"谢谢。"我说。

"刚才斯嘉丽看到了他，"温告诉我，"现在她正到处找你呢。"

我又向他道了声谢。

我握住哥哥的手,看着他说:"有我呢。"他已经不再抽搐,这意味着发作已经结束了。他出车祸后就经常会抽搐,不过有一阵子没发作了,我估计这次是因为闪光灯或者是震耳欲聋的音乐。"没事了。"

利奥点点头,但是看起来还有些恍惚。

温问他:"你还能走吗?"

"能,"利奥回答,"我觉得应该行。"

温一边扶利奥站起来,一边作自我介绍。"我叫温,"他对我哥哥说,"我和安雅是同学。"

"我是利奥。"

斯嘉丽也过来了:"天哪,安妮,我刚才到处找你。你能找到我们真是太好了。"斯嘉丽给了利奥一个拥抱。"我担心死你了。"她对我哥哥说,眼睛里还闪着泪花。

"别担心,我没事。"利奥对斯嘉丽说。我看得出,利奥因为发作的样子被斯嘉丽看到而有些难为情。"没什么。"

"嗯,刚才可不像是没什么的样子,"斯嘉丽说,"可怜的利奥。"

"我们该走了。"温说。

他说得没错。这里到处是警察,而且快要宵禁了,我们最好快点动身。

利奥走起来还有些踉跄，于是斯嘉丽站在一边，抓着他的胳膊，温在另一边。我跟在他们身后。那个浓妆艳抹的女孩已经不知去向，和杰克斯一样。

我们走得很慢，因此回程比来时花的时间要长得多。当我们到家的时候，宵禁已经开始了，温只好给父母打电话，告诉他们在我家里过夜。

斯嘉丽去浴室里处理高跟鞋磨出的水泡，我扶利奥上床休息。他的衣服在发病时沾满了土，我帮他脱掉衣服，换上睡衣。

"晚安，"我亲了亲他的额头，"我爱你，利奥。"

"斯嘉丽应该没看见吧？"我关灯时利奥问我。

"看见什么？"我问。

"那个……我尿裤子了。"

"没有，她应该没有注意，这不是你的错。即使看见了，她也依然爱你，利奥。"

利奥点点头："如果今晚我让你扫兴了，安妮，对不起。"

"别这么说，"我告诉利奥，"在遇到你之前，今晚就很糟糕了。你的出现反而让今晚变得有趣了。"

我经过纳蒂的房间，探头看了看。尽管她已经十二岁了，睡着的时候依然像个小婴儿。

我走进浴室，斯嘉丽正在包扎起了水泡的脚。"先别发表评论，巴兰钦小姐，这一切绝对值得。"斯嘉丽说，"我今晚看起来棒极了。"

"确实，"我附和道，"要不然你去客厅给温送条毯子吧？"我给她出主意。

斯嘉丽微微一笑。"那个人啊，"她用奇怪的西班牙口音说，"他不是我的菜。"

我说："可你们都挺喜欢帽子的。"

"我知道，"她叹了口气，"他也很可爱。但是，唉，没有——"她又带上了那个奇怪的口音，"该怎么说？没有化学反应，女士。"

"那真遗憾。"我说。

她又改用法语说："这就是生活。这就是爱情。[1]"她用毛巾擦掉脸上的妆容，"安雅，你应该去送毯子。"

"你说什么呢？"我问。

"我是说，我不介意你去给温送毯子。"

"我不喜欢他，"我抗议道，"如果'送毯子'是这个意思的话。"

斯嘉丽在我脸颊上亲了一口："再说了，我也不知道铺盖之类的放在哪里。"

我走到门厅，从橱子里给温拿了一套亚麻布的床上用品。

温在客厅里。他已经脱掉了衬衫，穿着白背心和长裤。

1　法文是 "C'est la vie. C'est l'amour"。

"谢谢你。"我再次向他道谢。

"你哥哥没事了吧?"温问。

我点点头。"主要是难为情。"我把床上用品放到沙发上,"这些给你。浴室在走廊那头。从我的卧室过去第二扇门,再过去是纳蒂和利奥的房间。如果你不小心走进奶奶的房间,那就是走过头了。厨房在那边,不过里面基本上什么也没有。今天是周五,我周末才能去跟人讨价还价,弄来新一周的配给。那,晚安了。"

他坐在沙发上,脸被台灯照亮。我看到他脸上有道红印,明天可能就会变成青紫色了。"天哪!那是利奥弄的吗?"

他摸了摸脸上:"可能是他发作时用胳膊肘捣了一下——他那是癫痫病发作吧?"

我点点头。

"我姐姐过去也常常这样。"他说,"哦,对,应该就是胳膊肘捣的。利奥那一下力气不大,我以为不会留下印呢。"

"我去给你拿冰块。"

"没事,不用。"

"冰敷能起点作用,"我坚持道,"等我一下。"

我走进厨房,从冰箱里拿出一袋冻豌豆,回到客厅。他向我道谢,把豌豆按在脸上。"陪我聊会儿吧,脸上敷着豌豆我没法睡觉。"

我坐在沙发旁边包着紫红色天鹅绒的扶手椅上,抱着青绿色中国风的抱枕——我想这就像我的盾牌。我说："你一定后悔跟我们出来玩了。"

他摇了摇头。"不能这么说，"他调整了一下冻豌豆的位置，"似乎你走到哪儿，哪儿就会发生有趣的事情。"

"没错，我总招麻烦。"

"我可不这么认为。你只是有一大堆事需要操心。"

他这么说真是贴心，我几乎要信了。我确实希望就是他说的这样。"刚才，你说你姐姐过去也会癫痫发作，她后来还这样吗？"

"不了，"他顿了一下，"她死了。"

"对不起。"

他摆了摆手："很久之前的事了。我想你经历的伤心事都能写一部小说了。"

当然，但那时候没有人对小说有兴趣。我站起身，把抱枕放到椅子上："晚安，温。"

"晚安，安雅。"

大约五点的时候，我被尖叫声吵醒了。我一向不让自己睡得太沉，所以我很快反应过来，尖叫声是从走廊那头妹妹的房间里传来的。

我打开灯，发现斯嘉丽从睡袋里坐了起来，睡眼惺忪但是充满恐惧。

"是纳蒂，她可能又做噩梦了。"我说着起身下床。

"可怜的纳蒂。要我跟你一起去看看吗？"

我摇了摇头。我经常安抚做噩梦的纳蒂，从七年前爸爸去世，纳蒂就常常这样。

温站在走廊里："需要帮忙吗？"

"不用，"我对他说，"回去睡吧。"他的出现让我有些心烦，了解你的私事会让人觉得他们能够控制你。

我走进纳蒂的房间，把温关在门外。

我坐在纳蒂的床沿上。她在被子里缩成一团，浑身都湿透了。尖叫声小了许多，但是她还没有醒。"嘘——"我说，"没事，只是个噩梦。"

纳蒂睁开眼，立刻哭了起来："可是，安妮，那就和真的一样。"

"你梦到爸爸了？"纳蒂总是梦到爸爸遇害的那天晚上。事情就发生在这座房子里，那天我们恰好在家。那时候她才五岁，我九岁。利奥在寄宿学校里，这让我多少有些庆幸，没人能够承受目睹双亲接连遇害的痛苦。

杀手进来的时候，爸爸正在工作。当时我和纳蒂不光在家，还和爸爸待在一起。那些人没看到我们，因为我们在爸爸脚边玩，被那张巨大的红木书桌挡住了。爸爸听到了那些人闯进来的声音，于是将头微微转向我们，把手指放在唇边。"别动。"这是他留下的最后一句话，随后他被子弹击中了脑袋。虽然我那时还是个孩子，但我已经知道，要用手捂住纳蒂的嘴巴，免得那些人听到她抽泣的声音。虽然没人用手捂住我的嘴巴，但是我也没有哭出声。

那些人击中爸爸的头部，又朝他胸口开了三枪，然后逃离了现场。我当时在书桌下面，没有看到凶手的模样，警察至今没能破案。他们并没有认真调查。我是说，爸爸是个有名的犯罪头目，在他们看来，爸爸被谋杀是迟早的事——那是身为黑帮老大面临的风险。在某种程度上，他们可能会觉得这些杀手帮了他们一个大忙。

"你梦到爸爸了？"我又问了一遍。

她看着我，眼睛里写满担心："没有，梦到你了。"

我笑了起来："那你最好跟我讲讲。说出来能让你感觉好一些，而且我可以告诉你，你的梦有多傻。"

"刚才的梦和爸爸被杀那天一样，"她说，"我在桌子底下玩，然后听到有人闯进来。这时我才发现你没跟我在一起，我往周围看——"

我打断了她："这很好解释，这表示你害怕一个人待着，你可能是因为我要去上大学而感到不安。我对你说过，我不会离开纽约的，所以你不用担心。"

"不是！你还没听我说完。那些人闯进来的时候，我抬起头，发现你正坐在爸爸的椅子上。你跟爸爸一样！我眼睁睁地看着他们打中了你的脑袋。"她又哭了，"太可怕了，安妮。我看到你死了。我看到你死了。”

“纳蒂，这样的事永远不会发生，”我说，“至少不会像你梦到的那样。爸爸以前是怎么跟我们说的？”

“爸爸说过好多事情。”纳蒂抽泣着。

我眼珠一转：“爸爸是不是说过，我们为什么是安全的？”

“他说没人会动家人。”

“没错。”我跟纳蒂说。

“那妈妈和利奥的事怎么解释？”纳蒂问。

“那是个意外。他们是冲着爸爸去的，妈妈和利奥只是恰好在那里。再说，谋划这些事的人已经死了。”

“可是——”

“纳蒂，不会再有那样的事了。没人想要杀我们，因为我们不再参与家族生意了。他们没有理由找我们的麻烦，你的担心毫无道理！”

纳蒂想了一会儿，皱起眉头，嘴巴噘得能挂油瓶了：“好吧，你说得好像有道理。我这么想是挺傻的。”

纳蒂躺下后，我帮她盖好被子。

纳蒂问：“你同温玩得好吗？”

“明天再和你说吧，”我小声说，“他还在这儿呢。”

“安妮！”她高兴得睁大眼睛。

“说来话长，而且可能没有你想的那么好玩，纳蒂。他只是在我们沙发上借宿一晚。”

我正要关灯，纳蒂又叫住我。"真希望温没听到我大喊大叫，"她说，"他会觉得我还是个小毛孩。"

我答应纳蒂会同温解释的，而且不会和他多说。纳蒂高兴地笑了："对了，你做噩梦，正说明你不是个小毛孩了，纳蒂。你小的时候经历了可怕的事，所以才会做噩梦。这不是你的错。"

"可你就不做。"她说。

"是的，不过我会把千层面的酱汁倒在别人头上。"我说。

纳蒂哈哈大笑："晚安，勇敢的安雅。"

"做个好梦，纳蒂。"我送她一个飞吻，然后关上了房门。

我到厨房里给自己倒了一杯水。在幼儿园里，老师教了一首蹩脚的歌叫《喝水之前想一想》，教育我们要节约用水。这首歌深深地印在了我的脑海里。直到今天，我每次打开水龙头，还会在心里默默计算两百毫升水要多少钱。最近，我想起这首歌的次数更多了，因为我要盘算吃穿用度。看账单的时候，我发现每月的水费一涨再涨。爸爸给我们留下了一大笔钱，但是我仍然时刻留意这类事情。

我喝完又倒了一杯。谢天谢地，水还是不限量供应的。我渴极了，虽然在纳蒂面前我表现得毫不在意，但她的梦还是让我有些不安。

有两件事我没有告诉纳蒂：

第一，如果有人想伤害她或者利奥，我会毫不犹豫地杀了他。

第二，我并不勇敢。我也做噩梦，做噩梦的次数比睡个好觉的次数要多。不过和纳蒂不同，我学会了在心里尖叫。

我听到温在客厅里发出声响，便冲着厨房外说："对不起，吵到你了。"

温走进厨房。"没事，"他说，"宵禁早上六点就结束了，过会儿我就可以回家了。"

天还没完全亮，但我能看到，他脸上被利奥撞到的地方肿得老高。"你的脸！"我惊叫起来。

他对着铬合金的烤箱照了照，笑着说："爸爸会以为我和人打架了。"

"他会发火吗？"

"他可能会觉得这有助于塑造我的性格什么的。"他回答说，"他觉得我太软弱了。"

"你软弱吗？"我问。

"嗯，我不像我父亲，这是肯定的。"他停顿了一下，又说，"我也不愿意像他一样。"

烤箱上的时钟显示六点了。我说："我送送你吧。"

站在门口，我感到气氛有些尴尬，我不知道该怎么跟他告别。他看见了很多事情，对我的生活知道得太多了。很多人和我做了好几年的同学，还是对我的个人生活所知甚少。我和盖布尔约会了将近九个月，他依然不知道利奥有癫痫，也不知道纳蒂会做噩梦。他也不会想知道这些——在某种程度上，漠不关心正是盖布尔的优点之一。

温问我："怎么了？"

我决定说实话："你对我的事了解得太多了。"

"嗯，"他说，"聪明的做法大概是找人杀了我。"

我大声笑起来。你可能觉得这种玩笑冒犯了我，但是从温嘴里说出来，并不会让我有这种感觉。在某种程度上，如果他装作对我的背景一无所知，反而更糟糕。"错，"我告诉他，"爸爸会认为这样做操之过急。他会让我再等一等，看你是否值得信任。"

"或者我可以把自己的秘密告诉你，"他说，"这样你就不用担心我到处乱说了，因为你知道的事情足以让我闭嘴，我们变得一样了。"

我摇了摇头："这个建议很有趣，但我还是想选择等等看。"

"你胆子不够大。"他说。

我告诉他，我确实不够大胆，而且恰恰相反，我非常保守。

"没错，"他说，"我看得出来。真可惜，其实我并不介意让你帮我保守秘密，我在这里还没可以分享秘密的朋友。"

站在走廊里，我感到吻他绝对是个好主意。我可以轻吻他瘀伤的脸颊，然后滑到他的嘴唇上，但我没把握。于是我清了清嗓子，再次为昨晚的事道歉。

"随时为你效力。"他说着转身离开。

不知道为什么，我一直目送他走到电梯口。可能我希望再看一眼我所错过的人？他进电梯的时候，我高声说道："晚安，温！"

"其实已经是早晨啦！"他回应道，电梯门关了。

斯嘉丽是吃完午饭走的。"谢谢你陪我完成勾引温这个注定失败的计划。"我陪她等电梯的时候，她对我说，"你是个特别好的朋友。"她清了清嗓子，飞快地说道，"如果你想和他在一起，我不介意。很明显，他喜欢你。"

"也许吧，"我说，"不过我现在不想找男朋友。"

"那就等到你想找的时候。我是想告诉你，我不是那种傻女孩。如果你和温在一起了，不会影响我们的友情。我知道你有多不容易，安妮——"

"好了，你不用说这些，斯嘉丽！"

"不，我要说。你得知道，你对我有多重要，我不会同你去争一个不喜欢我的男孩。你这么好，值得有一个特别棒的男朋友——不一定是温，但绝对不能是盖布尔·阿斯利那样的。"

"斯嘉丽！越说越没谱了。"

"我也值得一个好男孩来喜欢我。"斯嘉丽在电梯门关闭之前说道。

周六剩下的时间过得很平静，我终于做了点儿功课，包括读一篇关于牙齿的长篇论文。我发现温关于牙釉质损伤的推测可能是对的。我们的研究对象曾感到恶心，从损伤的程度来看，她的恶心可能持续了很长时间。我想给他打电话，对他说他关于牙齿的推测是对的，但又改了主意。我决定周一再告诉他，不想让他有什么误会。

06

我接待了两位不速之客；被错认成其他人

周日，家里来了两个客人。如果他们没来，我会过得更开心。

第一个是杰克斯。我从教堂回来不久，他就上门了，而且并没有提前打电话。

我打开门："你想干什么？"

"这就是你招呼亲戚的方式啊？"杰克斯拿着一个边长大概三十厘米的木盒，"我是专门来看加林娜的，她说家里的巴兰钦特浓黑巧克力不多了。"

"你知道不能带着这种东西在大街上晃悠。"我告诫他。我接过盒子，差不多是直接扔到了门厅里。

"担心我被捕？"

"太不谨慎了。"我跟他说。

杰克斯耸了耸肩。

"好吧，我会把巧克力转交给奶奶的。"我的语气暗示他可以走了。

"你不打算请我进去吗？"

"不，"我说，"利奥正在休息，奶奶也是。没人想见你，杰克斯。"

"干吗生气啊，堂妹？我还以为在小埃及聊过以后，我们的关系终于有了点儿好转呢。"

我皱起眉头："本来是有的，可接着你就消失了。"

杰克斯问我是什么意思？

"我是说，你差不多是抛弃了利奥！"

"抛弃了他？别这么孩子气！"杰克斯又耸了耸肩，这似乎是他最喜欢的动作。"他们要关店，所有人都得离开。我想利奥平安到家了，对吧？"

我意识到杰克斯并不知道利奥癫痫发作的事，犹豫着要不要告诉他。这会让杰克斯远离哥哥，还是等于把弱点暴露给了我特别不信任的人？我最终决定绝口不提。"没错，他平安到家了，但不是你的功劳。不过如果换作我，我会和同伴一起离开。"

他摇着头说："你的保护欲太强了。"他顿了一下，看着我的眼睛说，"不过我明白，这也是因为你的经历。对吧，堂妹？我们都是环境的造物。"

我说："谢谢你带巧克力来。"

杰克斯说："刚运来的。告诉利奥，他们希望他周三到游泳池上班。"

"你能对他们说再过一周吗？利奥感冒了，不想传染给兄弟会的人。"我想开个玩笑让这事显得无关紧要。可这是个错误，我以前从不跟杰克斯开玩笑，这次当然会引起他的怀疑。爸爸常说，同人打交道要维持一贯的风格，无论是语气还是行为举止，作出任何改变时都要谨慎。"要小心，"他说，"不小心的举止会让朋友看在眼里，更会引起敌人的注意。"有意思的是，爸爸对我说这些的时候，我并没有领会其中的深意。我只是点点头，或者说"好的，爸爸"。现在我长大了，却常常想起他的话，比想起他的模样更频繁。

杰克斯奇怪地看着我："好的，安妮，和利奥说隔周的周一也行。"

第二位访客是夜里十一点来的，这在周末实在是太晚了。他也没有提前打电话。

我从猫眼里看到是盖布尔。想到一周前发生的事，我决定不给他开门。"滚。"我骂道。

"别这样，安妮，"盖布尔说，"让我进去吧。"

我检查了一下门上的防盗链，然后把门开了个缝。"不行，我觉得开门可不是个好主意。"我说，"你要想在宵禁开始前到家，最好现在动身。"

"你看，让我进去吧，我觉得站在走廊里蠢极了。"盖布尔说着，把脸凑到门缝边。我们挨得很近，我能闻到他嘴里的咖啡味。"别担心，"他接着说，"我并没有因为之前的事记恨你。你因为分手而心烦，我明白。"

"不是这样的！"他似乎没有意识到自己在说谎。

"这些细节无关紧要，安妮。我来只是想告诉你，我还想和你做朋友，我的生活不能没有你。"

"得了吧！"我说，"快回家吧！"我怎么能忍受这样一个软蛋那么久？

"给我块巧克力在路上吃吧？"盖布尔问。

我摇了摇头。这就是"继续做朋友"的意思吧，我猜。

"拜托了，安妮，我付钱。"

"我可不是卖违禁品的贩子，阿斯利。"我用眼角瞥见杰克斯带来的木箱。我打开盖子，拿出两块巧克力，从门缝里塞出去。"好好享用吧。"我说完就关上了门。

我听到他还没进电梯就迫不及待地撕开包装纸，他可真是头猪。我不止一次地想过，我之所以吸引了盖布尔，可能只是因为我能弄到巧克力。

我拿起木箱，放进奶奶房间的保险柜里。我刚把最后一块巧克力拿出来，就听到奶奶在叫妈妈的名字："克里斯蒂娜！"

我没有应声，我想奶奶是做噩梦了。

"克里斯蒂娜，过来！"她说。

"不是克里斯蒂娜，奶奶。我是安妮，你的孙女。"奶奶把我当成妈妈的次数越来越多了。我走到她床边，她拉起我的手，紧紧握住，力气特别大。我用另一只手打开灯："看看，奶奶，是我。"

"是的，"奶奶说，"我现在看清了，不是克里斯蒂娜。"她笑着说，"不是克里斯蒂娜·欧哈拉，真好。我从来不喜欢那个天主教的小骚货，你知道。我跟利奥说别娶她，她就是个灾星。她是个条子。这让他看起来像个软蛋，被爱情冲昏头的傻小子。他后来真让人失望。"

没错，我以前就听过这些话。我提醒自己这是药物和疾病的作用，不是奶奶的本意。

"希望你永远不用面对那种让你失望的人，姑娘。"她继续说道，"那真是……真是……"泪水从她的脸颊上滑落。

"噢，奶奶，别哭，"我看到伊莫金的小说放在窗台上，"我给你读书好吗？"

"不用！"她大声说道，"我自己能看！你这个愚蠢的婊子，你凭什么认为我看不了书！"她甩开我的手，手背打到了我的脸，不过我认为她不是故意的。有那么一会儿，我觉得动弹不得。倒不是因为疼，而是……她从没打过我。家里人从没打过我，我在学校里打过架，但这比打架要糟糕得多。

"滚出去！听见没有？我不想让你待在我房间里！现在就出去！出去！"

我关上灯，走出房间。"晚安，奶奶，"我小声说，"我爱你。"

07

我受到指控，让自己陷入更糟糕的处境

周一一早，我已经准备好回圣三一了。跟待在家里相比，上学更像是去度假。

中午，斯嘉丽在餐厅帮我占好座位。温也在，我猜他在这里只认识我们。"你肯定很高兴不用戴发网了吧！"斯嘉丽大声说。

"没，"我说，"我倒是有点儿习惯戴那个了，还有午餐值日。我还想着要去找阿斯利，给他倒一碗——今天吃什么？"我看着温的餐盘，里面是白乎乎的一团，浇了厚厚一层棕色酱汁，旁边还有一堆紫色的东西。

"九月的感恩节大餐，"温评论道，"不太适合倒在男朋友的脑袋上。"他用叉子挑起一大块白色的东西，"淀粉含量过多，会黏在托盘上，他能轻松地躲开。"

"嗯，你说得没错。我应该瞄准射击，就像打弹弓一样。"我朝餐厅那一头盖布尔常坐的位置看过去，他不在那里，"算了，阿斯利没来。"

"他也没参加年级大会，"斯嘉丽说，"也许他病了？"

"多半是逃课了，"我说，"我昨晚见他的时候他还好好的。"

"你见过他？"斯嘉丽问。

"不是你想的那样。他想——"我没说下去。温的父亲是警察非正式的头儿，我不确定该不该谈论我们的家族生意。

"他想干什么？"斯嘉丽问，她和温都在等我说完。

"对不起，"我说，"我刚才忽然想起奶奶的事。谈一谈，他想跟我谈一谈。"

"谈一谈！这可不像盖布尔。他想谈什么？"斯嘉丽又问。

"斯嘉丽！"我挑了挑眉毛，"分手，诸如此类的。以后再和你说吧，温肯定不想听这些事情。"

温耸了耸肩："没关系啊。"

"嗯，我不是很想说这个。"我说着站起身，"而且，我该去领我的感恩球了，趁着它们还热。"

直到第二天击剑课，我才找到和斯嘉丽独处的机会。

热身的时候她小声问我："你和盖布尔到底谈了什么？"

"没什么，"我小声回答，"他想要巧克力。我不能当着温的面说这个。"

"盖布尔真是个浑蛋!"斯嘉丽骂道,"真不敢相信他会做这样的事!"

"巴伯小姐,"雅尔先生说,"热身的时候请不要讲话好吗?"

"对不起,雅尔先生。"斯嘉丽说。"说真的,"她又小声对我说,"他可真让人恶心。对了,他今天又没来。"

"为什么?"我问。

"你信不信,"她说,"他大概正忙着淹死小猫什么的。"她咯咯地笑起来,"为什么帅哥都这么变态?"

"温看起来就不像个变态。"我不假思索地说。

"噢,是吗?你也觉得他很帅,是不是?至少你现在承认了。"

我摇了摇头,斯嘉丽真是无可救药了。

"承认是第一步,安妮。"

周三早晨上法医学2的时候,我才听说了盖布尔住院的消息。

似乎无所不知的沙伊·品特,专门跑到我实验桌旁对我说了这件事。她问我:"你听说盖布尔的事了吗?"我摇了摇头。她当然很乐意告诉我,"他周一早晨觉得不舒服,但是他的父母没当回事,只是让他在家休息。他周二差不多吐了一天,他的父母仍以为只是肠胃炎什么的。可是直到周二晚上也不见好转,他们才带他去了医院。他现在还在医院里！瑞安·詹金斯听说，他甚至动了手术！"沙伊为同班同学可能做了手术而欣喜若狂，"我不清楚是不是真的，你知道人们喜欢造谣。"

我确实知道这一点。

沙伊兴高采烈地说："我以为关于盖布尔的情况，你知道得可能比我要多，毕竟你们约会了那么久。不过我想我猜错了。"

劳博士拍了拍手，示意开始上课，沙伊回到了座位上。

这节课讲的是不同疾病对尸体腐烂过程的影响，但是我没法让自己集中精力听课。我并不关心盖布尔，但这个消息依然让我震惊不已。我不由得想，自己是不是周日晚上最后见过他的人？如果真是这样，我不得不考虑，这个巧合会不会给我带来麻烦？或许麻烦会来得更快，我没法再处理更多的麻烦了。我可能太多疑了，但是……生活告诉我，智者要为最坏的情况做打算，这样才能有时间制订计划。忽然，温小声问我："你还好吧？"

我点点头，但我一点儿也不好。我想给吉卜林先生打电话，现在就打，但觉得现在冲出教室给律师打电话可能不是个好主意。所以，我坐着没动，双手叠放在膝盖上。我看着劳博士，但一个字都没有听进去。

温小声问："我能帮上什么忙吗？"

我摇了摇头，心烦意乱。他能做什么？我需要安静和时间。

下课铃一响，我径直走向办公室前面的电话亭。我得给奶奶打电话，还得给吉卜林先生打。我走得很快，但尽量避免跑起来。

我还没走到，有人拍了拍我的肩膀，是校长。"安雅，"她说，"这些人要和你说几句话。"我转过身，看到几个警察站在她身后，我没有感到特别吃惊。他们没有穿制服——我猜是便衣警探——但我依然能看出他们的警察身份。

"校长，"我问，"大概要多久？我还有英语考试，考《贝奥武夫》。"我看到走廊那头有同学正好奇地看着我，我努力让自己不要在意他们。我需要集中注意力。

"别担心，我会安排帮你补上的。"她扶着我的后背说，"警官，我们找个人少的地方谈吧。"

在往办公室走的这几分钟里，我犹豫着是否要声明如果没有律师在场，自己有权拒绝回答问题。要是吉卜林先生在身边，会让我感觉好一些。但是我也知道，过早要求律师出席，会显得我问心有愧，尽管这是我的权利。但是如果我要求吉卜林先生到场，他们可能会让我去警察局接受盘问，那就更糟了。我默默地告诉自己，冷静，安雅，先看看会发生什么。

一共有三个警探，两男一女。女警探三十多岁，短短的金色卷发（虽然处境不妙，我还是不由得想，她应该弄两张美发券），她自称弗拉佩警探。两个男警探长得很像，都是平头，脸上肉乎乎的，打着红领带的是克兰弗德警探，另一个打着黑领带的是琼斯警探。

弗拉佩警探似乎是他们的头儿，主要是她在问话："安雅，如果你能回答我们几个问题，那可是帮了我们一个大忙。"

我点点头。

她说："我想你已经听说盖布尔·阿斯利的事了。"

我仔细斟酌自己的回答："大家都在讨论这个，但我唯一能确定的是，他没来上学。"

"他住院了，"弗拉佩说，"病得很重，有生命危险。所以你应该把自己知道的都告诉我们。"

我点点头："我能问个问题吗？"

弗拉佩看了看克兰弗德，他缓缓地点了一下头，也许他才是头儿。弗拉佩说："我想没什么不可以。"

我问："他怎么了？"

弗拉佩又同克兰弗德交换了一下眼神。他再次点头："盖布尔·阿斯利中毒了。"

"噢，可怜的盖布尔，"我说，"我的妈呀！"说完，我摇了摇头，"对不起，校长，我会注意自己的用语。只是这太让人意外了。"

弗拉佩问："你怎么看这件事？"

我以为刚才的摇头、感慨以及震惊已经足以表明我的看法，但是……"我当然很难过，我们才分手不久。"

"是的，校长和我们说过。这也是我们想找你聊聊的原因，安雅。"

"好的。"

"是他提出的分手吗？"

如果我刚才忘了说，那么我要补一句，琼斯一直在打字，记录谈话内容。我可不想让"盖布尔·阿斯利提出了分手"这个说法被记录下来，于是我说："不是。"

"那是你提出的分手？"

我回答说："你可以把这称为共同作出的决定。"

"你愿意再说得详细点吗？"

我摇摇头："这算是私事。"

"这很重要，安雅。"

"问题是，我不太愿意在她面前说这个，"我看了一眼校长，"这不够体面。"我又补充道，"而且令人难堪。"

"说吧，安雅，"校长说，"我不会对你有什么看法的。"

"那好吧。"我能想象事情将如何发展。我想，在不了解盖布尔中毒的细节以及他们对我的怀疑程度的情况下，撒谎或隐瞒事实会让事情变得更糟。"盖布尔·阿斯利想和我上床，我拒绝了，可他依然坚持，最后我哥哥过来了他才住手。"

克兰弗德凑到弗拉佩耳边，小声说了几句话。我从他的口型上看出"动机"这两个字。双唇收圆，稍向前突——"动"；口型半开，牙齿微露——"机"。动机。我当然有动机。

"你是说你生盖布尔·阿斯利的气？"这次是克兰弗德发问了。

"是的，但不是因为他想跟我上床。我生气是因为他对所有人都说了谎，这才是我把千层面倒在他头上的原因。我想你们应该已经知道这件事了，如果没有，我想校长很乐意告诉你们。"我停顿了一下，"我要强调一点，警探，我没有给盖布尔·阿斯利下毒。如果你们还想问别的事情，那么必须先把我的律师请来。你们可能知道我父亲是谁，但我母亲是个警察，我清楚自己的权利。"我站起身，"校长，我现在可以回去上课了吗？"

走廊里空无一人，我不确定是否有人监视我。我装作要去上英语课，但是没有进教室，而是走到了校园里。终于有点儿秋天的样子了，以前，季节的更替总会令我感到高兴。

我穿过校园，走进教堂，然后进了秘书的办公室。这里和我想的一样空无一人，秘书上个星期被解雇了。我拿起听筒，输入拨打外线的代码（别想让我告诉你我是怎么知道的），给家里打电话。接电话的是利奥。

我问："有人跟你在一起吗？"

利奥说："没有。我还有点头疼，安妮。"

"伊莫金在吗？"

"还没来。"

"奶奶醒了吗？"

"没有。发生什么事了？你的声音很奇怪。"

"听着，利奥，一会儿可能有人要去，我希望你不要害怕。"

利奥什么也没说。

"利奥，我听不到你点头，我们是在打电话。"

利奥说："我不会害怕的。"

"我还想让你做一件非常重要的事，"我继续说道，"但是你不能告诉任何人，特别是一会儿要去咱们家的人。"

"好的。"利奥说，但是声音听起来有些犹豫。

"把奶奶衣帽间里的巧克力拿出来，扔到垃圾焚烧炉里。"

"可是，安妮！"

"这很重要，利奥。这些东西会给我们带来麻烦。"

"麻烦？我不想让任何人有麻烦。"他说。

"没人会有麻烦。然后，别忘了按下点火的按钮，做这件事的时候别让奶奶看到。"

"我想我能做好。"

"听我说，利奥，我今天可能很晚才到家。如果真是这样，给吉卜林先生打电话，他知道该怎么办。"

"你吓到我了，安妮。"

"对不起，我晚点再和你解释。"我说，"我爱你。"

我祈祷利奥能在警察去之前处理掉那些巧克力。

跟利奥打完，我又拨通吉卜林先生的电话。"今天警察来我们学校了，有人给我前男友下毒，他们认为是我干的。"电话一接通，我就把事情告诉了他。

"你现在还在圣三一学校？"吉卜林先生停顿了一下问我。

"是的。"

"我马上过去。别害怕，安雅，我们能把这件事弄清楚。"

就在这时，秘书办公室的门开了。"找到她了！"琼斯警探大喊，"她在打电话！"他转过身对我说，"我们要带你去局里作进一步调查。你的男朋友刚刚陷入了昏迷，医生觉得他可能要死了。"

"前男友。"我冷静地更正。

"安雅？"吉卜林先生叫我，"你还在吗？"

"是的，吉卜林先生。"我回答说，"你能来警察局见我吗？"

我不害怕警察局。不过，拘留也不会让我感到兴奋。尽管我在罪犯身边长大，但从未受到过指控。

警察把我带到了一间屋子里。有一面墙上是镜子，我推测外面有人在监视我。头顶上有日光灯。尽管天气还不冷，暖气却是开着的。警察坐在桌子一边，我坐在另一边。他们面前摆着水杯，但没有给我准备喝的。他们的椅子有坐垫，我的是一把折叠金属椅。很显然，房间的设计是想让面临指控的人（也就是我）不舒服。真可悲。

警探还是刚才去学校的那几个：弗拉佩和琼斯，不过克兰弗德不在。和刚才一样，弗拉佩负责问话。

"巴兰钦小姐，"她开口了，"你最后一次见到盖布尔·阿斯利是什么时候？"

"在我的律师吉卜林先生到来之前，我拒绝回答任何问题。他应该——"

就在这时，吉卜林打开门走进了审讯室。他已经谢顶，有些发福，长着世界上最和善的蓝眼睛（不过眼球有些突出）。他汗流浃背，气喘吁吁。我这辈子从没因为见到谁而如此开心。"对不起，我来晚了，"他小声对我说，"路上堵车了，我下车一路跑来的。"吉卜林先生的注意力转向两位警探，"真的有必要把一个没有前科的十六岁女孩带到警察局来吗？在我看来，这太过分了，就和你们暖气的温度一样！"

弗拉佩说："先生，这是在调查一起谋杀未遂案，我们对巴兰钦小姐采取的措施是非常合理的。"

"这一点存在争议，"吉卜林先生说，"在监护人或律师不在场的情况下，到学校里讯问未成年人，在我看来可有点儿越界了。我个人要怀疑，纽约警察局把一个孩子的肚子疼称为谋杀未遂究竟用意何在？"

弗拉佩反驳道："那个孩子已陷入昏迷状态，他有生命危险，吉卜林先生。由于时间紧迫，我希望继续盘问巴兰钦小姐。"

吉卜林先生点点头。

弗拉佩问："巴兰钦小姐，你最后一次见到盖布尔·阿斯利是什么时候？"

"周日晚上，"我说，"他来我家找我。"

弗拉佩接着问："他为什么去找你？"

"他说他为我们之间发生的事感到难过，他想跟我继续做朋友。"

"还有其他原因吗？"她问，"他找你还有其他事情吗？"

我知道她想说什么。

巧克力。

当然跟巧克力有关，总是巧克力惹祸。我让利奥销毁巧克力，只是因为拥有巧克力是违法的，如果警察要搜查我们家，我不希望给家人带来麻烦。但是如果警察认为我在巧克力里给盖布尔下了毒呢？那我的举动看起来像是指使哥哥销毁证据，我应该想到这一点的。我应该考虑得更周全，但是时间紧迫，一切都发生得太快了。

我还得给自己辩解几句，盖布尔·阿斯利可不是什么无辜的小男孩。他是个有钱的吃货，一个违禁品的行家。谁知道他给自己惹了什么麻烦？况且，我也没有理由怀疑巴兰钦巧克力有问题。虽然从我出生起巧克力就是违禁品，但我从未担心过有人会在里面下毒。爸爸一直很注重产品质量。但话又说回来，巴兰钦巧克力易主也有很多年了。

"巴兰钦小姐？"弗拉佩打断我的思索。

我只能实话实说："是的，还有别的原因。盖布尔想知道我是不是有巧克力。"

"你有没有？"

"有。"我回答说。

弗拉佩小声跟琼斯说了几句话。

吉卜林先生说："在你们俩感到兴奋之前，我要提醒你们，巴兰钦家族参与巧克力进出口贸易。他们的'巴兰钦巧克力'公司名下有生产线，产品在俄罗斯和欧洲这两个巧克力依然合法的地区销售。有些产品偶尔出现在这里是很自然的事情，所以我想巴兰钦小姐拥有巧克力也很正常。"

"吃她巧克力的人中毒了，也很正常。"琼斯发表评论。

"噢，你也开口了？"吉卜林先生说，"即使阿斯利先生是被人投毒，你有什么证据证明是巧克力有毒？任何东西都可能被下毒。"

弗拉佩微微一笑，说："实际上，我们有百分之百的把握说巧克力有毒。巴兰钦小姐准备毒害阿斯利先生的时候，给了他两块巧克力。"

"这个女孩想得可真周到。"琼斯说。

"她给了他两块巧克力，但是阿斯利先生只吃了一块。"弗拉佩继续说，"他的母亲在他房间里找到了另一块，这块巧克力随即被送到实验室化验，结果发现里面含有大量弗雷毒素。"

"你知道弗雷毒素对人有什么影响吧，安雅？"琼斯问，"最开始只是胃痛，你根本就不觉得是什么大病。"

"那个可怜的孩子可能以为自己只是得了流感。"弗拉佩插了一句。

"过一段时间，胃痛会减轻，"琼斯继续说道，"拖得久了，肠胃里会形成溃疡。肝脏和脾脏无法正常工作，其他器官也受到影响。同时，全身上下开始长囊肿。最终，你的身体受不了了，你会心脏病发作，或者因为各种感染而得败血症，所有器官衰竭。最悲哀的是，你根本不在乎，你可能只是向上帝祈祷让一切快点结束。"

弗拉佩问："要恨到极点才会这么做，是不是？"

琼斯最后说："就像你憎恨盖布尔·阿斯利那样。"

"我不知道里面为什么有那种东西！我不会给盖布尔投毒的！"我大声说道。即使在喊叫的时候，我也清楚这没什么用。这件事今天查不清楚了。

他们采集了我的指纹和照片，把我关进警察局一间单独的牢房里。我只在这里过一夜。我面临着两项指控：谋杀盖布尔·阿斯利未遂，还有罪行较轻的是持有违禁品。至于等待审判期间该如何处理我，少年法庭的法官会在明天下午作出决定。吉卜林先生认为，他们可能会在我肩部植入追踪器，然后让我回家，毕竟我没有前科。"如果法官认为你奶奶没有能力监视你，他们可能会让你跟我和凯莎待一阵子。"凯莎是吉卜林先生的妻子。

"她会介意吗？"

"不会，她将非常乐意。她非常想念我们的女儿。坚持住，安雅，"吉卜林先生在囚室外面对我说，"最后一定会真相大白，我保证。"

我点点头，但不是很有信心。"我得告诉你，"我小声说，"毒巧克力是杰克斯·皮罗日基给我的。"

吉卜林先生说他一定会调查这件事。"等我们有了更多证据，再把皮罗日基的事告诉警察。很显然他们现在认为是你干的，所以我们要谨慎行事，不能一不小心把更多证据送到他们手里。"

"我还让利奥销毁剩下的巧克力，"我轻声说道，"真是太蠢了，我竟没有仔细想想。我只顾着担心他们会搜查家里，发现违禁品。"

吉卜林先生点点头："我知道，利奥给我打电话了。警察敲门的时候，利奥还在加林娜的衣帽间里，他还没来得及销毁。"

"那就好，"我说，"真高兴没把哥哥卷进来，变成什么同谋。"说到"同谋"的时候，我的声音都有点变了。我感到喉咙发紧，快要哭出来了。不过，我不允许自己哭出来。

"别担心，安雅。"吉卜林先生说，"一切肯定会水落石出的，我相信事情会有一个合理的解释。"

我看着吉卜林先生，他的眼睛里充满血丝，脸色苍白，甚至有些发绿。我问他："你还好吗？"

"只是有些累了，真是漫长的一天。好了，不要担心我。我希望你能好好睡一觉。虽然是在警察局里，尽量睡个好觉。"他指着金属材质的床，上面只有一层纸一样薄的床垫和粗糙、扎人的羊毛毯。

我说:"枕头看起来不算太糟。"这是真的,枕头出人意料的蓬松。

"这才是巴兰钦家的姑娘!"吉卜林说。他把手从栅栏之间伸进来,用食指刮了刮我的脸,"明天在法院见,安妮。我回去的时候会去你家里看看,确保利奥、纳蒂和加林娜什么都不缺。"

警察没有拿走我的十字架铂金项链。我摘下来递给吉卜林先生,这是母亲留给我的,我不想把它弄丢或是被人偷去。我说:"请帮我保管好。"

他答应我:"我明天再带给你。"

"谢谢你,吉卜林先生。谢谢你做的一切。"我说的"一切",包括他甚至没有问我,就认为我是无辜的,他总是把我想得特别好。(不过这可能是他的工作?)

"别客气,安雅。"他说完就离开了。

现在只剩下我一个人。

一个人的感觉很奇怪。在家里,总有人需要我陪着或照顾。

如果不是在牢房里,我可能会喜欢这种独自一人的感觉。

第二天,警察带着我去法院。虽然不知道等待我的是什么,但能够离开牢房还是让我很高兴。那天太阳很好,在路上我对一切都很乐观。可能吉卜林先生是对的,一切会有一个合理的解释。我只是给自己放了个假,最坏的情况不过是要补一大堆作业。

我到法院的时候，吉卜林先生不在。虽然我知道这种事情他一向来得很早，但我也没有太担心。

我在法院里见到了弗拉佩，还有一个女人，我猜测可能是检察官。9点1分，法官进来了。"巴兰钦小姐？"她看了我一眼，我点点头。"你知道你的律师在哪儿吗？"

"吉卜林先生说，他会在这里跟我碰头。或许堵车了？"我猜测。

"你的监护人在吗？"法官又问，"我了解到你父母已经去世了，或许你的监护人可以给律师打个电话？"

我告诉她监护人是我的奶奶，她卧床不起。

"真是不幸，"法官说，"我认为我们可以在律师缺席的情况下进行。不过，考虑到你还未成年，我不希望如此。也许我们可以推迟？"

这时一个看起来比我大不了多少的男孩走了进来，他穿着西装。"对不起，我来晚了，法官大人。我是吉卜林先生的同事，吉卜林先生心脏病发作，今天无法到庭。在他缺席的情况下，由我代表巴兰钦小姐，我叫西蒙·格林。"

他走到桌子边，向我伸出手。"别担心，"他小声说，"一切会好起来的。我没有看起来那么年轻，而且在犯罪领域我比吉卜林先生懂的还多。"

我问："吉卜林先生还好吗？"

西蒙告诉我："暂时还不清楚。"

"巴兰钦小姐，"法官问，"你觉得这个安排可以吗？或许你希望延期？"

我考虑了一会儿。事实上，我不太喜欢这个安排，但延期似乎不是个好主意——我不想在监狱或是更糟糕的地方再过一夜。如果延期，他们倒不会把我送去雷克岛监狱，但在这期间，我很可能得待在管教所之类的地方。在那里我将很难照顾纳蒂、利奥和奶奶，于是我说："我同意由格林先生代理。"

"好的。"法官说。

检察官宣读了他们掌握的证据，法官频频点头，西蒙·格林也不停地点头。检察官最后给出了对我的处理建议。"应该将巴兰钦小姐送至自由儿童管教所等候审判。"

我等着格林先生提出反对，但他一言不发。

"拘留对未成年人来说似乎过于严厉了，"法官说，"目前还不能证明，这个女孩有任何罪行。"

"一般情况下，我会同意您这个观点，"检察官说，"但是您必须考虑到罪行的严重性，以及受害人生命垂危这个事实。另外，其家族过去有犯罪行为，"——我开始憎恨这个女人了——"这意味着嫌疑人可能会潜逃。"

我用胳膊肘轻轻推了推西蒙·格林，小声问："你不打算说点儿什么吗？"

"我们现在要做的是倾听，"西蒙·格林小声回答，"听完后我会发言的。"

检察官继续说道："我相信您知道她的父亲是臭名昭著的黑帮头目利奥尼德·巴兰钦，这意味着安雅·巴兰钦可能涉及——"

"对不起，法官大人。"我打断道。

法官看了我一会儿，似乎在犹豫要不要因为我插嘴而教训我。"什么事？"她最终问道。

"我认为我的家族问题跟我没有什么关系。我没有犯罪记录，也没有被判处有罪。如果把我送到自由儿童管教所，会对我造成极大的伤害。"

法官问："你是说不能去上学吗？"

"不是，"我停顿了一下，"在某种程度上来说，我要监护妹妹。我奶奶病了，我哥哥的健康状况……"用什么词合适呢？"不稳定。"

法官说："这真让人难过。"

"巴兰钦小姐说的正是我担心的问题，"检察官插话，"病重的祖母是这个女孩唯一的监护人。如果您允许安雅·巴兰钦回家，似乎没有人能够监管她了。"

法官看看我，又看了看西蒙·格林，问道："你对她家里的情况有什么要说的吗？"

"噢，对不起……我今天才接到这个案子……而且……而且……"西蒙·格林结结巴巴地说，"我的专业偏向刑法，而不是家庭法。"

"好吧，我需要一些时间考虑，再找个了解情况的人。"法官说，"在这期间，我要求将巴兰钦小姐送至自由儿童管教所。别担心，巴兰钦小姐，你只需要在那里待到我们把情况弄清楚。我们一周后再继续。"

法官敲了一下小木槌，然后我们必须离开法庭了。

我坐在法庭外面的大理石长凳上，思考下一步应该做什么。我听到检察官在安排将我移送到管教所的事情。

"对不起，安雅，"西蒙·格林说，"我真希望有更多的时间来作准备。"

在某种程度上，这是我自己的错。如果我管好自己的嘴，不提照顾奶奶、纳蒂和利奥就好了！强调自己的处境只是让事情变得更糟。不过站在我的立场来看，西蒙·格林看起来根本不知道自己在做什么，总得有人说点什么。

"安雅，"他再次道歉，"对不起。"

"现在没有时间说这个，"我说，"我需要你帮我做几件事情。首先我需要你打几个电话，吉卜林先生有他们的号码。有个叫伊莫金·古德菲洛的女人，她是我奶奶的家庭护理员。给她打电话，对她说她得全天待在我家里。我们付钱给她，多出来的时间按时薪的一半计算。"

西蒙·格林点点头。

"你需要写下来吗？"我问。我一点儿也不相信这个人。

"我录下来了，"他说着从口袋里掏出一个小东西，"请继续说。"

爸爸绝不会容忍别人录下谈话内容，但是我现在没有时间担心这些："斯嘉丽·巴伯同我和妹妹一起上学，对她说让她接送我妹妹上学。"

"好的。"他答应着。

"最后，我还需要你给我哥哥利奥打个电话。跟他说，我不希望他去游泳池工作，我需要他在家里照顾大家。我想他应该不会再吵着要去，可是如果他不愿意，对他说……"我看到检察官和一个社工模样的人正朝我走过来，我的思路一下子断了。真的没有时间了。

"说什么？"

"我不知道。跟他讲讲道理吧。"

"好的，我能办到。"西蒙·格林说。

社工走到我面前。"我是科布拉维克太太，"她说，"我将送你去自由管教所。"

"监狱叫这么个名字可真是讽刺。"我半开玩笑地说。

"那不是监狱，只是收留有麻烦的孩子的地方。像你这样的孩子。"

看来科布拉维克太太是那种特别天真的人。"是啊，当然了。"我说。如果他们像审判成年人那样审判我，如果我不能洗清毒杀盖布尔·阿斯利的嫌疑，我才会进监狱。我朝西蒙·格林扬了扬头："你会跟进吗？"

"是的，"他让我放心，"我这周末就去看你。"

我目送他离开。"格林先生！"我大声喊道。

他转过身来看着我。

"请代我问候吉卜林先生！"

泪水突然涌了出来。说到"吉卜林先生"的时候，我的声音哽咽了。我哭了出来。没有什么能让我流泪，但不知怎么的，一想到吉卜林先生住院，我感到前所未有的孤独。

"好了，好了，"科布拉维克太太说，"自由管教所没有那么糟糕。"

"不是因为那个——"我想解释，可是又改变了主意。至少这瞬间流露出的软弱没有被认识的人看到。

"我发现罪行严重的反而哭得最凶。"科布拉维克太太评论道。

随便她怎么想吧。爸爸过去常说，不用跟无关紧要的人解释。

08

我被送到自由管教所，还有了文身

我和科布拉维克太太坐轮渡去自由儿童管教所。从船上看到的景色让人无法保持乐观：几栋低矮的灰色水泥建筑，像地堡一样没有窗户。建筑中间有个基座，上面的雕塑残缺不全，女人的塑像只剩下穿着凉鞋的双脚和短裙下缘，全部泛着绿色。我觉得雕塑可能是铜的，而且有些年头了。在我的印象里，父亲好像说过另一半雕塑去了哪里，（也许是拆除报废了？）但此刻，我记不起来了。这座残缺的女性雕塑似乎不是个好兆头。雕塑的基座上刻着字，我只能分辨出"疲倦和自由"。第一个词正是我现在的状态，但第二个词已经离我很遥远。整座岛用铁链围了起来，从顶上那些盘绕的结构来看，铁链通了电。我告诉自己，我不会在这里待很久的。

"我妈妈小的时候，这里还是个旅游景点，"科布拉维克太太对我说，"你可以爬到那座女性雕塑的裙子上去，基座里是个博物馆。"

哪里不是博物馆？我家附近的半数建筑过去都是博物馆。

"你在法庭上说什么来着？自由管教所不是你说的监狱，"科布拉维克太太接着说，"你不该那么想。我们为它感到自豪，更愿意把这里当成家。"

我知道我最好还是管住自己的嘴，但还是忍不住说道："那为什么要安装通电围栏？"

科布拉维克太太眉头紧蹙，我想我可能又说错话了。她说："这是为了大家的安全。"

我没有说话。

"你听到我说的话了吗？"科布拉维克太太问，"我说，这是为了大家的安全。"

"听到了。"我回答道。

"很好，"科布拉维克太太说，"我要和你说，如果别人回答了你的问题，礼貌的做法是表示感谢。"

我向她道歉，解释说我并不想失礼。"我有些累了，"我解释说，"最近发生的一切总是让我走神。"

科布拉维克太太点点头："我很高兴听到你这么说。我还担心你刚才那么没礼貌是缺乏教养的缘故。我很了解你的背景，安雅，还有你的家族史。如果你举止粗鲁我也不会太惊讶。"

看得出她想惹怒我，但我不会跟她争执的。船即将靠岸，我很快可以摆脱这个女人了。

"安雅，你在这里可以过得很轻松，也可以很艰难，"她说，"这完全取决于你。"

我感谢她的建议，尽量让自己的措辞听起来不像反话。

"今天早晨我听说了你的情况，要求亲自来接你，虽然一般来说，这种事不需要我亲力亲为。你可以说我对你产生了兴趣。你知道吗？我跟你母亲是大学同学。我们算不上朋友，但是我经常在校园里见到她，我不愿意看到你最后变得跟她一样。我发现在这种案子里，早期干预可以产生巨大的作用。"

我做了一个深呼吸，用力咬住舌头没有出声，甚至尝到血的味道了。

船靠岸了，船长让所有前往自由儿童管教所的人下船。"好了，"我说，"谢谢你送我来。"

她说："我跟你一起进去。"

先前我以为她在法院工作，而非管教所的人。显然，是我想错了。可是听证会没多久就结束了，她怎么这么快知道我要被送到自由管教所呢？难道在我到达法院之前，我的命运已经被决定了？

"我是这里的校长，"科布拉维克太太告诉我，"有人在背后叫我监狱长。"她补充道，脸上带着诡异的笑容，"不过你最好不要像他们一样。"

我们一下船，东道主就带我走到一间水泥房前，门口写着"儿童接待室"。里面有两个人正在等我：一个是穿白大褂的金发女孩，瘦成了皮包骨头；另一个是穿黄色罩衫的男人。"亨舍恩医生，"科布拉维克太太对金发女孩说，"这是安雅·巴兰钦。"

"你好，"亨舍恩医生说着上下打量我，"我应该按照长住还是短住来处理？"

科布拉维克太太想了一会儿说："我们还不确定。为保险起见，先按长住来吧。"

我不知道短住会怎么样，但是长住的接待程序无疑是我这些年来最感屈辱的经历（注意：亲爱的读者，我要提醒你，接下来是更多让人感到屈辱的事情）。"非常抱歉，巴兰钦小姐。"亨舍恩医生的声音不失礼貌却又毫无感情，"最近几个月，这里频频发生细菌感染事件，为了避免这种情况，我们的接待程序更加严格了。特别是要长住的孩子，他们会和这里大部分人进行接触。这套程序会让你觉得不舒服。"虽然她话已至此，我还是不知道自己将面对什么。

他们让我脱光衣服，那个男性工作人员拿着水管，用滚烫的热水把我浑身上下冲了个遍。随后，他们又让我泡在放了杀菌剂的浴缸里，洗澡水刺痛了我的每一寸肌肤。他们还往我头上涂了些东西，我猜是灭虱子的药。最后是接连十针注射。亨舍恩医生说，这主要是为了预防流感和通过性交传染的疾病，同时也是为了让我放松下来。但是那时，我正在想别的事情。我以前就能这么做——让我的大脑跟当下糟糕的处境隔离开。

他们打的针让我昏了过去。醒来已是第二天早晨，我发现自己躺在铁床的上铺，宿舍里十分简陋。胳膊上被反复注射的地方很疼，皮肤烫得发红，胃里空无一物，脑子昏昏沉沉。我过了好一会儿才记起自己在哪里。

狱友们（暂且不管科布拉维克太太为我们创造了什么动听的词）还在睡觉，有一面墙上开了狭窄的窗户——比裂缝宽不了几公分。此时已是拂晓时分，我能看到微弱的光。在我关心的事情里，排在最前面的是去哪里吃早饭，早饭有什么？

我坐起身，先上下检查了一下，确定自己穿着衣服，因为我记得昏迷之前自己还光着身子。我很高兴有人给我穿上了衣服，一套海军蓝的棉布连裤衫，不是很时兴，但总比没有强。坐起来的时候，我感到右脚踝上有一种奇怪的刺痛感，像被火蚁咬了一样。我低头一看，发现那里有个文身。一个微小的条形码，可能关联着我的犯罪记录。（这是一种很常见的做法，爸爸也有一个。）

闹钟响了，房间里顿时一片嘈杂。女孩儿们争前恐后地往外跑，我下了床，不知道是不是应该跟着出去。我发现睡在下铺的女孩并没有加入进去，于是我问她发生了什么。

女孩摇了摇头没有说话，她举起一个笔记本给我看，笔记本用皮带挂在她的脖子上。第一页上写着："我叫穆斯，是个哑巴。我能听见你说话，但我得写字跟你交谈。"

"啊，"我说，"对不起。"我也不知道自己为什么要道歉。

穆斯耸了耸肩。这个女孩个头很小，安安静静。穆斯有耗子的意思，倒是人如其名。我估计她跟纳蒂差不多大，不过黑眼睛让她显得更大一点儿。

"她们去哪儿了？"

"浴室，"她写道，"一天一次，每次十秒，大家一起。"

"你为什么不去？"

穆斯又耸了耸肩。后来我才知道，这是她改变话题的方式。如果话题太复杂，三言两语说不清楚，这个方式特别管用。她放下笔记本，伸出手来和我握手。

我同她握手，自我介绍说："我叫安雅。"

穆斯点点头，拿起笔记本，在上面写："我知道。"

我问她："你怎么知道的？"

"在新闻上，"她给我看完，又补充道，"黑帮老大之女用巧克力毒害男友。"

真不错。"前男友，"我更正道，"他们放了哪张照片？"

"穿校服的。"穆斯写道。

我去上学的时候都穿着校服。

"近照。"她补充。

"顺便说一句，我是无辜的。"我说。

她上下打量我，写下一行字："这儿的人都是无辜的。"

"你呢？"

"我不是。我有罪。"

我们才刚认识，询问她做了什么似乎不合适，于是我转而问了一个更紧迫的问题："去哪里吃饭？"

早餐是燕麦粥，居然还很可口，也可能只是因为我饿了。

这里的餐厅跟学校里的很像：座位是分等级的，有势力的小圈子占据着"好"桌子。穆斯似乎不属于任何帮派，我们两个人坐在最糟糕的桌子的边上——在最里面，离窗户要多远有多远，旁边是垃圾箱。我问："你每次都坐在这儿吗？"

穆斯耸耸肩。

除了不会说话，她看起来一切正常。我不知道她独自一人是没有办法，还是因为残疾被大家孤立，抑或是因为跟我一样是新来的。"你来多久了？"

她放下勺子，写道："一百九十八天。还有八百零二天。"

"判了一千天，这么久啊。"我说道，尽管这话听起来蠢极了。只要看看穆斯的眼睛，你就能体会一千天有多漫长。

我正要为刚才的话道歉，一个橙色的塑料餐盘撞上穆斯的后脑勺，一点儿燕麦粥洒在了穆斯的头发和脸上。

"小心点儿，穆斯。"端餐盘的女孩说。这个语气嘲讽的女孩身材高挑，十分惹眼，一头长发乌黑柔顺。她身边还有两个女孩：一个胖胖的，金色头发；一个矮小结实，剃了光头，头上文了一串字母，设计得好像水纹一般，十分迷人。

光头问："你看什么？"

我本来想说"你的文身真酷"，但我没有出声。

（题外话：如果你在头皮上文字母，你应该想得到，别人可能想弄明白你到底文了什么。）

"怎么了，小耗子？舌头被猫吃了？"端餐盘的女孩问。

金发女孩说："她听不见你说话，林可，她就像聋子一样。"

"不，她只是不能说话。这不一样，克洛芙，别显得这么无知。"林可说着俯下身，快要碰到穆斯的脸了，"我们说的每个字她都能听见。如果愿意，你也能开口说话，是不是？"

穆斯当然默不作声。

"唉，我还以为能骗你开口呢。"林可接着说，"你的舌头没有一点儿毛病。你只是想坐在一边，在心里对我们指指点点，是不是？你觉得自己比我们都好，其实你不过是渣滓里的渣滓。"

"婴儿谋杀犯。"文身女孩怪声怪气地说。

穆斯一动不动。

"你不给我写张爱的小字条吗？"林可说着，一把拉过穆斯脖子上挂的笔记本。

"嘿！"我大声喝道，几个女孩这才注意到我。我换了打趣的语气说："如果你拿着她的笔记本，她怎么写呢？"

"瞧，穆斯交了个漂亮的新朋友呢。"林可说。她打量了我一会儿，说："嘿，我知道你，你可以过来跟我们坐。"

我说："我坐在这儿挺好的，谢谢。"

林可摇摇头："听着，你还不知道这里的规矩，所以我可以装作你刚才什么都没说。穆斯不是你的朋友，你在这里需要朋友。"

我说："我愿意碰碰运气。"

克洛芙，那个金发女孩，做出要打我的架势。林可摆摆手，克洛芙才作罢。"别管她，"林可又对我说，"我们会成为好朋友，你只是还没有意识到。"

等林可她们走远了，穆斯在纸上写道："别傻了，你又不欠我什么。"

"没错，"我说，"但是我不喜欢欺负人。"

穆斯点点头。

"知道吗，尽管个子小，你也应该反抗，保护自己。她们那种人就喜欢欺负弱小。"

她用眼神告诉我，这些她都知道。

"那你为什么还要忍受这些？"

她认真想了一会儿，然后写下回答："因为我活该。"

这里平时要上课，但周六是探监日。第一个周六有好几个人来看我，但是按照规定，一次只能见一个。

最先进来的是西蒙·格林。我问他吉卜林先生怎么样了，他回答说："很稳定。"显然，吉卜林先生还用着呼吸机，不能做法律咨询。"真是不幸。"西蒙·格林又说。

确实不幸。我为吉卜林先生感到担忧，但同时，我也担心自己和家人。

"按照你说的，我帮你打了电话，安雅，"西蒙·格林说，"所有事都安排好了。古德菲洛女士答应留在你家中照看奶奶，巴伯小姐会接送你妹妹上学，你哥哥暂时不会去游泳池工作。我还跟你奶奶谈过……"他的声音低了下去，"她看上去……"

"快不行了。"我替他说完。

"你是家里的主心骨，对吧？"西蒙·格林问。

"是的，"我回答说，"所以我不可能给盖布尔·阿斯利投毒，我不能冒这个险。"

"那我们现在来说说阿斯利，"西蒙·格林说，"关于毒药是怎么放到巧克力里的，你有什么想法吗？"

"杰克斯·皮罗日基把这盒巧克力送到我家。我认为巧克力是某些人给我的家人准备的，但是盖布尔从半路冒了出来。"

"我知道杰克斯·皮罗日基，一个无足轻重的人，巴兰钦家没人把他当回事。不过大家觉得他是个好人，没什么坏心眼。"西蒙·格林说，"他为什么想给你和你的家人下毒呢？"

我告诉他，这几个星期皮罗日基一直在哥哥身边打转，就是他给哥哥在游泳池找了份工作。"也许他觉得谋杀利奥尼德·巴兰钦的孩子有什么象征意义？可以提高他在爸爸敌人心中的地位？"

西蒙·格林想了想，摇摇头说："可能性不大，但他的举动还是挺可疑的，我一定要找皮罗日基先生谈谈。你想听听检方的说法吗？"

要点如下：

1. 我给了盖布尔·阿斯利两块毒巧克力，而不是一块。

2. 我对他有过暴力行为（指千层面的事）。

3. 有人听到我威胁他。

4. 我有动机（我是个因为被甩或被侮辱而生气的女人，具体取决于你相信谁的说法）。

5. 我让哥哥销毁证据。

我问："最后一点他们是从哪里知道的？"

"警察到达你们的公寓时，利奥正在你祖母的衣帽间里拿巧克力。你哥哥从未承认过什么，但是他的行为看起来很可疑。当然，他们没收了整盒巧克力。"

我解释道："我让他拿走巧克力，是不想因为持有违禁品而连累奶奶！"

"她不会受到牵连，"西蒙·格林向我保证，"他们把持有违禁品的罪名安在了你身上。但是不用担心，没有人会因为持有巧克力而进监狱或是自由管教所。"

"安雅，这件事真是让人恶心。虽然我周四在法庭上表现不好，但我一定会把这件事查清楚。"西蒙·格林让我放心，"我一定会证明你的清白，让你回家跟加林娜、纳蒂和利奥团聚。"

我问："你为什么会为吉卜林先生工作？"

"我这条命是他给的，安雅。"西蒙·格林说，"我很想和你说说来龙去脉，但是我不想违背吉卜林先生的意思。"

我尊重吉卜林先生的想法。我打量了一会儿西蒙·格林，他长胳膊长腿，像只蜘蛛。皮肤苍白，看上去不是在室内工作，而是在地下室里。他的眼睛偏绿色，看起来若有所思。不，看起来聪明过人。我为他站在我这一边而感到欣慰。

我问："你到底多大了？"

"二十七。"他说，"不过我从法学院毕业时是班上第一名，而且我学东西很快。不过，毫不夸张地说，吉卜林先生的业务很复杂，我很抱歉对你的情况所知甚少，去年春天我才开始给他做助理。"

"对，我想他可能提过，他招了个人。"我说。

"吉卜林先生对你的保护很周到，他原本打算等我工作满一年的时候介绍我们认识。我们都希望有朝一日我能接过他的工作，但是没想到，这一天来得这么快。"

"可怜的吉卜林先生。"

西蒙·格林盯着自己的手："我不想给自己找借口，可是我在法庭上之所以表现得那么糟糕，也是因吉卜林先生突然倒下而吓蒙了。真的很抱歉。他们对你怎么样？"

我跟他说，我不想说这个。

"我想对你说，我现在的第一要务是把你弄出去。"西蒙·格林摇着头说，"如果不是因为我，他们一开始不会把你送到这来。"

"谢谢你，格林先生。"我说。

"别，叫我西蒙就行了。"我还是更愿意称他格林先生。

我们握手告别。他握得不使劲，但也不是软弱无力，他的掌心很干爽。而且，他知道怎么道歉。"你还有其他访客，我不能占用你太长时间。"西蒙·格林说。

下午来看我的是斯嘉丽和利奥，但是我更希望他们谁也别来，接待访客让人筋疲力尽。他们担心我的情况，但是要装出很好的样子让我有些力不从心。斯嘉丽说纳蒂也想来，但被她拦下了。"温也想来的。"她又说。她做得对。"新闻上都是你的照片。"她告诉我。

"我听说了。"

她说："你现在可出名了。"

"应该说是臭名昭著吧。"

"可怜的宝贝儿。"斯嘉丽凑过来亲吻我的脸颊。一个保安喝道："不许亲吻！"

斯嘉丽咯咯笑起来："他们可能以为我是你的女朋友。对了，你的律师还挺帅的。"显然她在等候室里见过他。

"你看谁都挺帅的。"我说。我不关心我的律师帅不帅，我只关心他能不能帮我。

看望我的人离开后，科布拉维克太太朝我走过来。她今天打扮得更精致，一条米黄色紧身连衣裙，戴着珍珠项链，化了妆，头发盘了起来——我想可能叫法国髻。科布拉维克太太说："按规定，你们一天只能接待两位访客，但是我为你破了例。"

我跟她说我不知道这条规定，保证下不为例。

科布拉维克太太说："不用这样，安雅。说声谢谢就够了。"

"谢谢您。"我按照她说的做，但是欠她的情让我很不舒服。

"早些时候我见到你哥哥了。我听说他头脑不太灵光，但是他看起来挺正常的。"科布拉维克太太评论道。

我不想和这个女人讨论利奥的事，就说："他挺好的。"

"我看得出这个话题让你不太舒服，但我是你的朋友，你可以跟我谈谈这个或是其他任何事情。你觉得昨天的迎新怎么样？"

她说的迎新就是周四我所遭受的一切吗？"很有中世纪的风格。"我回答。

"中世纪？"她放声大笑，"你还真是个奇怪的姑娘，是不是？"

我没有说话。

一个拿相机的女人走了过来，问："科布拉维克太太，能为我们的捐赠者简报拍张照吗？"

"哦，天哪！好吧，我想没人能对公众的要求说不。"科布拉维克太太用一只胳膊搂住我。闪光灯亮了。我希望自己看上去还算体面，不过这很值得怀疑。我知道他们会把照片卖掉。我猜只需几天，甚至几个小时，这张照片会和我的校服照并排出现在一起。

我问："你觉得能卖多少钱？"

科布拉维克太太摆弄着珍珠项链，反问我："卖什么？"

我知道自己应该就此打住，但我还是继续说道："照片，我的照片。"

科布拉维克太太用她的小眼睛盯着我："你这姑娘觉得所有人都很自私是不是？"

"是的，"我说，"也许吧。"

"愤世嫉俗，缺乏尊重。也许这段时间我们可以从改正这些缺点开始。保安！"

一个男保安应声而来："我在，科布拉维克太太。"

"这是巴兰钦小姐，"科布拉维克太太说，"她过去一直生活优渥，我想去地下室待一阵子对她有好处。"

科布拉维克太太说完便离开了，把我留给保安处置。"你一定是把她惹恼了。"等她走远了，保安才说。

他带我走过很长一段楼梯，来到地下室。空气里弥漫着一股腐臭，是粪便和霉菌混合的气味。这里一片漆黑，我听到呻吟和抓挠的声音，偶尔还有尖叫。保安把我关进一间满是灰尘的小房间里，这里没有灯，闷得人喘不过气来。你甚至无法站立，只能坐着或是躺下，像是在狗窝里一样。

我问："我得在这里待多久？"

"不知道，"保安一边锁门一边回答我，"一般要等到科布拉维克太太觉得你得到了教训。我真讨厌这份破差事。别疯掉了，小姑娘。"

这将是很长一段时间内我听到的最后几句话。

保安给了个好建议，但事实证明这太难了。

看不见东西的时候，你的思绪会异常活跃。我感到老鼠在我的腿上跑来跑去，蟑螂爬到胳膊上。我好像闻到了血腥味，腿渐渐失去知觉，背部隐隐作痛。我害怕极了。

我怎么落到了这般境地？

我开始做噩梦。我梦到纳蒂在中央公园头部中枪，利奥在小埃及癫痫发作，不断用头撞台阶。然而我却被关在牢房里，只能眼睁睁地看着，什么都做不了。

我被尖叫声吵醒过一次。过了一分多钟，我才意识到，是我自己在梦里尖叫。

在地下室里，我开始对发疯略知一二，当然这可能不是科布拉维克太太的本意。人们发疯，或许不是因为精神有问题，而是因为发疯是当时最好的选择。在某种程度上，发疯可能会让我好过一点，因为这样我就不用继续待在那里了。

我不知道过去了多久。

我只是一遍又一遍地祈祷。

我不知道过去了多久。

一切都带着一股尿臊味。

我想这气味可能来自我的身上，但我尽量不去想这个。

我与外界唯一的接触，是有人会从门上的小窗里递进来一个干硬的小面包和一碗水。我不知道面包多久送一次。

四个面包。

第五个。

第六个面包送进来以后，一个保安打开了门，对我说："你可以出去了。"

我没有动，我不确定这是不是我的幻觉。

她用手电筒照着我的脸，光把我的眼睛刺得生疼："我说，你可以出去了。"

我想站起来，却发现我的腿动不了。保安把我拉起来，我的腿好像恢复了一些知觉。

"我需要再坐一坐。"我的声音嘶哑，听起来不像我自己的声音。我的嗓子很干，说话困难。

"加油，宝贝儿，"保安鼓励我，"会好起来的。我带你去洗个澡，你就可以离开了。"

"离开？"我问。我虚弱地靠在保安身上，"你是说，我可以离开地下室了？"

"不，我是说离开管教所。"她说，"对你的指控撤销了。"

09

我发现自己有个位高权重的朋友，
后来才知道是敌人

保守估计我在地下室应该待了一个星期，不过如果有人对我说是一个月甚至更久，我也不会太惊讶。

事实上，只有七十二小时。

这段时间发生了很多事情。

从地下室上去比前几天下来要费力得多。真是奇怪，一直坐着或躺着居然会让人变得如此虚弱。我更同情奶奶了。

保安对我说她叫奎斯蒂娜，她把我带到一间私人淋浴间门口，对我说："你现在得先洗个澡。有人在等你，想和你谈谈。"

我点点头。我还没有恢复，甚至懒得问谁在等我，也不关心事态为什么突然发生变化。

我问："洗澡有时间限制吗？"

"没有，"奎斯蒂娜说，"你想洗多久都行。"

洗澡之前，我从镜子里瞥见自己。我看起来像个野蛮人，乱蓬蓬的头发打了结，眼睛充血，黑眼袋像是瘀青一般。胳膊和腿上到处是瘀青和血痂（更别提脚踝上的文身了）。指甲参差不齐，血迹斑斑，我记不起自己在地下室里是否去挖过地面，但这似乎是唯一的解释。我灰头土脸地站到喷头下面，这才意识到身上的恶臭。

反正这次洗澡不花钱，我在里面待了很久，可能是我这辈子洗得最久的一次澡。

我洗完澡，发现校服已经放在了浴室的柜子上。有人帮我洗过了，甚至连鞋也擦了。

穿衣服的时候，我发现自己肯定是瘦了。几天前还很合身的裙子，现在腰里大了一圈。

奎斯蒂娜对我说："科布拉维克太太想在你走之前再见你一面。"

"哦。"我不是很想再见到那个女人。"奎斯蒂娜，"我问，"你知道我为什么会被释放吗？"

她摇摇头："我不知道具体情况，就算知道，我也不能和你说。"

"好吧。"我说。

"不过，"她小声说，"据说，城里很多人因为巧克力中毒进了医院，所以……"

"天哪。"我在胸前画着十字。这意味着货源受到了弗雷毒素的污染，中毒的不止盖布尔一个人，他很可能是第一个，因为我们最先拿到了巧克力。现在的问题已经不是我试图毒杀盖布尔，而是谁在整船巴兰钦巧克力里下了毒，这样的案子通常要花上好几年的时间才能破。

奎斯蒂娜说我刚才用的是科布拉维克太太的私人浴室，她正在楼下的客厅里等我。

科布拉维克太太斜坐在黑色帕森斯椅的边缘，穿着一条很正式的黑色连衣裙，好像要去参加葬礼一样。房间里静悄悄的，只能听到她的指甲在玻璃咖啡桌上敲打的声音。

"科布拉维克太太？"

"请进，安雅，"她的语气与之前截然不同，"请坐。"

我说我更愿意站着。我筋疲力尽，但是能够站起来走动让我松了一口气。而且，我不想与科布拉维克太太聊太久，站着应该能缩短我们谈话的时间。

科布拉维克太太坚持道："你看起来很疲惫，亲爱的。坐吧，没关系的。"

我说："这三天我一直坐着，女士。"

科布拉维克太太问："你这是在奚落我吗？"

"不，"我说，"我只是在陈述事实。"

科布拉维克太太笑着看着我。她的嘴咧得可真大——牙齿露在外面，都快看不见嘴唇了。"我知道你接下来要演上了。"

我问："演什么？"

科布拉维克太太说："你觉得自己在这里受到了虐待。"

难道不是吗？我在心里反问。

"可我只是想帮你，安雅。原本看起来你要在这里待很长时间——那么多对你不利的证据——我觉得，如果对新来的孩子严厉一点，后面大家都好过。实际上，这是个不成文的规定。这样孩子们就知道她们应该怎么做了，特别是那些像你一样生活特别优渥的——"

我实在听不下去了："你总是说我生活特别优渥，事实上你根本不了解我，科布拉维克太太。也许你自以为知道我的一些事情，在报纸上看到过我们家族的报道，但那都是传言。"

"可是——"她还要争辩。

"你知道，这里有些孩子是无辜的。就算她们真的犯了错，那也是过去的事了，她们想往前看。所以，或许你可以与她们打交道之后，再决定如何对待她们，这可能是更好的方式。"我转身准备离开。

"安雅，"她大声叫道，"安雅·巴兰钦！"

我没有回头，但我听到她追了上来。过了几秒，我感到她抓住了我的胳膊。

"什么事？"

科布拉维克太太抓住我的手："请不要和你地方检察局的朋友说，你在这里受到了虐待。我不想惹麻烦。我……我错看了人，我不知道你们家人脉依然这么广。"

"我在地方检察局没有朋友，"我说，"即使有，我也顾不上找你的麻烦。我这辈子不想再见到你，也不想再到这里来。"

"查尔斯·德拉克罗瓦不是你的朋友？"

温的父亲？"我从没见过他。"我说。

"好吧，不过他在外面等你，亲自来接你回曼哈顿。你真是个幸运的女孩，安雅，不知不觉就能交上这么有权势的朋友。"

我在释放室里等温的父亲，它是给要离开这儿的人准备的。释放室大概是这里装修最精美的地方了，当然科布拉维克太太住的地方除外。柔软的沙发垫，黄铜台灯，还有早期移民乘船抵达埃利斯岛的黑白照片。科布拉维克太太陪我一起等，但我宁愿自己一个人待着。

我以为像查尔斯·德拉克罗瓦这样有权势的人应该会带个随从，但他是自己来的。他像个没穿红披风的超人，个子比温还高，下颌骨很宽，就好像过去总吃树皮或石头。他的手掌宽大有力，但比温的柔软。查尔斯·德拉克罗瓦应该没干过什么农活。

"你一定是安雅·巴兰钦了，"他语调轻快，"我是查尔斯·德拉克罗瓦。我们一起去坐轮渡吧？"他看起来非常乐意来接一个黑帮老大的女儿坐船回曼哈顿，仿佛这是天底下最令人愉快的事了。

科布拉维克太太尖着嗓子说："德拉克罗瓦先生，您能莅临指导是我们莫大的荣幸。我是伊芙琳·科布拉维克，这里的负责人。"

查尔斯·德拉克罗瓦伸出手："哦，真是失礼。很高兴见到您，科布拉维克太太。"

"或许我可以带您参观一下？"

"恐怕今天时间不太充裕，"查尔斯·德拉克罗瓦说，"我们另找时间吧。"

"请您一定再过来，"科布拉维克太太说，"我非常希望您能看看我们这儿，我们引以为傲的地方。说实话，我们觉得这更像我们的家。"科布拉维克太太刻意笑了几声。

"家？"查尔斯·德拉克罗瓦重复了一遍，"你把这里称为家？"

"是的，"科布拉维克太太说，"可能您觉得这很可笑，但这确实是我的心里话。"

"一点儿都不可笑，科布拉维克太太，不过可能有点虚伪。你知道吗？我就在这样的地方长大。不是管教所，是孤儿院。相信我，被关在这里的孩子可不会把它当成家，"查尔斯·德拉克罗瓦转过头来看着我，"不过您可真幸运，巴兰钦小姐将做我的旅伴，我想在回去的船上，她能给我讲讲这里有多好。"

我点点头，没有说话。我可不想再让科布拉维克太太揪住哪句话不放。我把双臂抱在胸前，这让查尔斯·德拉克罗瓦注意到我胳膊打针的地方发炎流脓了。"是在这儿弄的吗？"他说话特别温柔。

“是的，”我把袖子放下来，“不是很疼。”

他的目光又落在我手上和指尖的擦伤处：“这也是吧？”

我没有说话。

“科布拉维克太太，这也是孩子们在家会受的伤？”查尔斯·德拉克罗瓦拉着我的胳膊说，“确实得安排一次参观，科布拉维克太太。不过，或许我还是不打招呼就来比较好。”

“您的前任可从未对我管理管教所的方式有过任何不满。”科布拉维克太太提高了音量。

“我和我的前任不一样。”查尔斯·德拉克罗瓦说。

我们坐上回曼哈顿的船，查尔斯·德拉克罗瓦对我说：“这是个可怕的地方，能离开真是让人高兴，我想你也有同样的感受吧。”

我点点头。

“那个女人也很可怕。”他继续说道，“我太了解科布拉维克太太这样的人了。心胸狭窄的官僚，热衷于手里那芝麻大小的权力。”查尔斯·德拉克罗瓦摇了摇头。

我问：“那你为什么不采取点措施呢？”

“我想总有一天我会做的。但是这个城市有更多更严重的问题需要处理，我没有充足的资源把这些一下子全部解决掉。这里是个败笔，那个女人也是，但是至少目前他们还在可控的范围内。”德拉克罗瓦先生盯着船舷上的铁栏杆说，“这叫优先级，小姑娘。”

优先级，我再熟悉不过了。这是我处理生活中各种事务的准则。

"你被送到这里来，我很抱歉。这是个错误。局里的人为投毒少年犯这个想法兴奋过头了，他们把罪犯是利奥尼德·巴兰钦之女这个情节过于戏剧化了。他们的出发点不坏，但是……这件事花了几天的时间商讨，当然，你现在是清白的了。你的律师，格林先生，为你作了很有力的辩护。还有，那个年轻人……叫盖布尔是不是？"

我点点头。

"他的病情有所好转。他一定能康复，只是可能需要很长一段时间。"

"很高兴听到这个消息。"我的声音很虚弱。我其实对此没有任何感觉，这真不像我。

查尔斯·德拉克罗瓦问："你跟我儿子是同学？"

我回答说："是的。"

他说："温对你赞不绝口。"

我说："我觉得他也很好。"

"是的，这正是我担心的。"查尔斯·德拉克罗瓦转过头来看着我说，"听着，安雅——你介意我叫你安雅吗？"

"没关系。"

"是这样的，安雅。我看得出你是个很有决断力的女孩儿。我是怎么看出来的呢？刚才在那里，你本可以找机会揭露科布拉维克太太做的一切，但是你没有。你一直在考虑下一步的行动，尽快离开那里。我很欣赏这一点。我想你可能把它称为生存能力，而这正是我儿子所缺乏的。我知道了温为什么喜欢你，你很有魅力，背景复杂，但是你不能做我儿子的女朋友。"

"您说什么？"

"我不能允许你和温约会。我们都是务实的现实主义者，安雅，所以我知道你能理解我。我的工作困难重重，说实话，无论我多么努力地来整顿这个城市，我可能仍以失败告终。"查尔斯·德拉克罗瓦低下了头，似乎这个重担让他无力承担。

"让我重新理一遍。安雅，你知道他们把我的前任称为什么吗？储蓄罐检察官，有这么个绰号，是因为她把手伸到了很多人的口袋里，包括——我一直尽力避免提起这个——巴兰钦巧克力。"

"我不知道这些。"

"安雅，你当然不知道。你怎么会知道呢？你只是姓巴兰钦，又不负责开支票。让我们用个礼貌的说法，我前任的兴趣可是非常广泛。事情是这样的，配给制和善意的——或许也是毫无意义的——禁令滋生了黑市，黑市导致贫困、污染。当然，还有有组织的犯罪，这又容易滋生腐败，所有这一切使得政府里到处是'储蓄罐'这样的官僚。我的任务就是清理这样的官僚，我不会成为储蓄罐检察官的。但是如果我儿子和巧克力产业的老大——利奥尼德·巴兰钦的女儿约会，别人会觉得这里头有猫腻。这会影响我的声誉，我无法承担这样的后果，而这座有过辉煌历史的城市也无法承担这样的风险。这不是你的错，我真心希望这个世界是另外一个模样。人们——人们容易产生偏见，安雅。他们匆匆忙忙就作出判断，我相信你比任何人都了解。"

"德拉克罗瓦先生，恐怕你误会了，我和温只是朋友而已。"

"很好，我也希望你能这么说。"温的父亲说。

"另外，如果你不希望我同温约会，你为什么不给他下禁令呢？"我问，"你是他的父亲，不是我的。"

"如果我禁止他这么做，他只会更想跟你在一起。他是个好孩子，但他和我们不一样。他喜欢浪漫，一直过得顺风顺水，是个理想主义者，不像我们讲究实际。"

汽笛响了，我们该准备下船了。

"所以，我们算是说好了？"查尔斯·德拉克罗瓦问我。他伸出手来同我握手。

我回答道："我父亲常说，在你不确定你会得到什么之前，不要和人达成协议。"

"真是个不一般的姑娘，"查尔斯·德拉克罗瓦说，"我很欣赏你这股劲儿。"

船靠上码头，我看到西蒙·格林正在岸上等我。我用仅剩的一点儿力气向他跑去，把查尔斯·德拉克罗瓦甩在身后。

有个陌生的声音喊道："是她！安雅·巴兰钦！"

我循声望去，被一片镁光灯刺得睁不开眼。等我能看清东西了，我发现西蒙·格林的后边有警察设的蓝色路障，路障后面至少有50个记者和狗仔。问题如潮水般涌来。

"安雅，看这里！"

我并不想照做，但我还是不由自主地转过身去。

"安雅，自由管教所怎么样？"

"像是度假。"我回答说。

"你打算起诉政府误判监禁吗？"

我感到查尔斯·德拉克罗瓦抱住了我。又是一阵镁光灯。

查尔斯·德拉克罗瓦说："拜托了，各位。巴兰钦小姐非常勇敢，也为警方提供了很多帮助，我想她可能想快点回家跟家人团聚。当然，如果你们愿意，可以向我提问。"

"德拉克罗瓦先生，关于巧克力货源被投毒有什么线索吗？"

"调查正在进行当中，我现在只能这样说。"德拉克罗瓦答道，"我现在可以告诉你的是，巴兰钦小姐是无辜的。"

"德拉克罗瓦先生，希尔弗斯坦检察官的健康状况如何？他已经好几个星期没露面了。"

"我没有评论上级身体状况的习惯。"德拉克罗瓦先生回答。

"可以认为您现在是代理地区检察官吗？"

德拉克罗瓦先生放声大笑："如果我要发表声明，一定第一个通知你。"

趁着德拉克罗瓦先生回答媒体的问题的空当，我溜走了。

西蒙·格林开车来接我，这在当时可称得上奢侈——大家都是乘坐公共交通工具或步行——我很感激他这么做。我上一次坐私家车还是和盖布尔去学校舞会的时候，再上一次则是父亲的葬礼。

"我想你可能需要一点儿空间。"西蒙·格林为我打开车门。

我点点头。

"对不起，我没想到会是这样的场面，他们竟对你这么感兴趣。"

"查尔斯·德拉克罗瓦可能想要这样的曝光机会。"我说着瘫坐在皮革沙发座椅上。

"嗯，你说得可能没错。"西蒙·格林表示赞同，"不过，今早我们在电话里安排你释放的事时，他听起来人不错。但是真到了面对面打交道的时候……"

我说："他和你想象中差不多。"

汽车发动了，我把头靠在车窗上。

"吉卜林先生让我把这个交给你。"西蒙·格林把我的十字架吊坠放到我手里。

"噢，谢谢。"我把项链戴上，但是我的手指不灵活了，没法操作细小的项链扣。

"我帮你吧。"西蒙·格林帮我撩起头发，他的指尖拂过我的颈部。"好了，"他说，"安雅，你肯定累坏了。如果你饿的话，我给你带了吃的。"

我摇摇头："能不能喝点水？"

西蒙·格林递给我一只保温杯。我一饮而尽，有水从我嘴角流下来，浪费让我感觉很不好。

"你很渴啊。"西蒙·格林说。

"是的，我——"突然，我感觉快要吐了。我按下按钮，降下车窗，尽力往外面吐，但还是弄脏了车。"对不起，"我说，"我不该一下子喝完，可我觉得自己有点儿脱水。"

西蒙·格林点点头："不用道歉。等一切安顿好了，我会亲自写一封投诉信，说说你在里面的遭遇。"

我现在不愿意想这些，于是换了个话题。"事情怎么变成了这样？"我问，"我是说，他们为什么放了我？"

"周末的时候，因为弗雷毒素进医院的人越来越多。我估计最后加起来能有几百人，这就很清楚了，是货源出了问题。"

我点点头。

"但是，我没能找到地方检察局的人听我说这些。吉卜林先生在你们家族和执法部门里都有朋友，但他们只认吉卜林先生本人，没有人相信我。虽然你是利奥尼德·巴兰钦的女儿，但家族里没有人愿意帮忙。他们不是不想帮，只是时间不巧，他们有更紧急的事要处理——毕竟毒素是从他们的巧克力里发现的。"

"你一定费了不少力气，"我说，"谢谢你。"

"这个嘛，说实话，安雅，我不能把功劳都归在自己身上，还有运气的成分。你有个同学名叫古德温·德拉克罗瓦？"

"是的，温。"

"我和你的朋友斯嘉丽·巴伯说过几次你的情况。我想，是斯嘉丽去找了温，然后——"

"他又去找了他父亲。嗯，这说得通。"

"从那时起，事情才有了转机。你看，问题出在你的名字上。当然，你跟货源那边被投毒没什么关系，但你终究是巴兰钦家的人。我想在这种情况下，地方检察局并不愿意释放巴兰钦家的人。这里还是动用了个人关系——"

我打了个哈欠："对不起。"

"没关系，安雅，你太累了。再说我从不觉得打哈欠有什么失礼的。"

"我不是很累，"我还不愿意承认，"我只是……"我的眼皮开始打架了，"回学校以后，我得谢谢斯嘉丽……还有温……"我又打了个哈欠，然后睡着了。

10

我在家休养，有人来探望我；
听说盖布尔·阿斯利的消息

我醒来的时候躺在自己床上，感觉好像什么都没有发生过。

好像，只能说是好像。因为纳蒂正躺在我身边，利奥坐在椅子上打盹。我们通常可不是这么睡觉的。

"你醒了？"纳蒂小声问我。

我对她说是的。

"伊莫金说，我们应该让你好好休息，"纳蒂说，"但是我和利奥都想第一时间知道你醒了，所以我们几乎一直待在这里。"

我问："今天是星期几？"

纳蒂告诉我："星期四。"

我差不多睡了整整两天："你现在不应该在学校里吗？"

"我去上学了，现在是晚上。"那就是两天半了。

利奥也醒了："纳蒂，别说话！你会吵醒——"然后他看到我睁着眼睛，"安妮！"利奥跳到床上，紧紧抱住我，"噢，安妮，我想死你了！"他亲吻着我的额头和脸颊。

我开心地笑了："我也想你。"

我张开双臂要拥抱利奥，才发现手背上还连着输液管。我问："这是什么？"

显然，伊莫金认为我营养不良，而且脱水了。"可怜的安妮。"妹妹对我说。

第二天，我想回去上学——我落下了好多功课——但是伊莫金不让我去："你还太虚弱。"

"我觉得好多了。"我向她保证。

"等到周一你会觉得更好。"伊莫金坚持道。

我说她是奶奶的护士，不是我的，可是伊莫金觉得这毫无说服力："回床上去，安妮。"

我没有回房间，我决定去看看奶奶怎么样了。

我走进奶奶的房间，在她脸上亲了一口。她立刻认出我来。这是个好迹象，也许她今天状态比较好。

"你好啊，安雅，"奶奶眯着眼睛端详我，"你看起来可真瘦。"

"你不记得了？伊莫金和你说过的，我因为一个案子去接受调查了。"

"案子？不，胡说。那可不是你，是你父亲。"奶奶说。

"他们以为我给一个叫盖布尔·阿斯利的男生下毒了。"

"盖布尔·阿斯利！这听着可真像个假名，我从没听说过这么个人。"奶奶挥着手赶我走。

"他以前是我男朋友，"我说，"你还见过他一次。"我站起身准备离开。奶奶看起来生气了，我可不想再被扇一巴掌。

"安妮？"奶奶叫住我。

"嗯？"

"利奥去游泳池工作了吗？"

她居然还记得这事，我真弄不清楚奶奶到底有没有糊涂。我又坐了回去。"还没有，"我说，"我们这阵子都太忙了。"

"那就好，那就好。我一直在想这个事，"奶奶说，"我觉得这可能不是个好主意。"

反正我没有什么可说的，就和奶奶争论了一会儿利奥该不该去游泳池工作的事，但是没有什么新结果。然后我觉得有些累了，和奶奶说我得走了。

"吃块巧克力，宝贝儿。"奶奶说，"记得要和你爱的人分享。"

我现在最不想看到的就是巧克力。我知道警察已经没收了家里所有的巧克力。不过，我还是走进衣帽间，假装拿了一块。

周五晚上，伊莫金允许斯嘉丽来看我，我终于能转移一下注意力了。虽然我很感激伊莫金、利奥和纳蒂对我健康状况的关心，但他们的过分担忧让我觉得自己像个残疾人。我需要有人像平常那样对待我。

斯嘉丽毫不见外地坐到我床上。我问她："学校里有什么新鲜事吗？"

斯嘉丽大笑起来："开什么玩笑？除了你的事还能有别的新鲜事？最近大家只关心你和盖布尔。"

我说："真是棒极了。"

"真的，大家都在谈论这个。"斯嘉丽盘起腿，"因为我有独家新闻，已经算得上学校里最受欢迎的女生了。"

"恭喜你。"

"真的，过去这九天，我和很多人结下了深厚的友谊，"斯嘉丽说，"你现在可有很多竞争对手了。"

我向斯嘉丽道谢，谢谢她接送纳蒂上学，还有她让温去请他的父亲帮忙。

斯嘉丽说："温？和我没关系，温自己去找他父亲的。"

"你一定参与这事了。"我坚持这么认为。

"当然，我们聊过你的事。"斯嘉丽说，"可他没说要去找父亲帮忙，我也没有请他这么做。我倒是想过——天哪，不要做出一副吃惊的模样，安妮！你这个傻乎乎的好朋友偶尔也会思考正经事的。我想过，但没这么做，因为我不确定这会不会让事情变得更糟。"

"那温为什么会这么做？我们和他不怎么熟。"

斯嘉丽眼珠一转："你一定能想出原因来的。"

这让我很恼火，因为我不想欠温的情，特别是在和他父亲有过那次谈话以后。

"别再皱眉头了！这又不是什么不可思议的事。他喜欢你，安妮。他只想让他的实验搭档快点回来，可能还希望你说声谢谢，可能还想约你去秋季舞会。"

我叹了口气。

"噢，可怜的安妮，新转来的帅小伙喜欢她，"斯嘉丽同我开玩笑，"她好可怜啊。"说完她夸张地一头栽倒在床上。

"我刚从管教所回来，你知道的。"我提醒她。

"我知道，"她小声说，"我在逗你呢。"她湛蓝的大眼睛里噙满泪水，斯嘉丽特别容易哭，"你的遭遇让我很难过，真是太糟糕了，我简直无法想象。我只是想逗你笑。"

我笑出了声。她一脸歉意的样子，让人感到特别温暖。

斯嘉丽问："我走进来的时候，看到你那么虚弱，简直不敢相信自己的眼睛。纳蒂对我说过，但是……那里很可怕吧？"

我耸了耸肩。我不想和斯嘉丽或是其他任何人讲述在管教所的经历。"我有文身了。"我脱下袜子，给她看脚踝上的条形码。

"看着让人难受。"斯嘉丽说。

我穿上袜子，问斯嘉丽："盖布尔怎么样了？"

"他死不了，我想。"斯嘉丽回答说，"沙伊·品特听说他的脸上得植皮。弗雷毒素弄得他脱皮什么的。"

"噢，天哪。"

"不过，沙伊的话不一定可靠，我甚至不知道她从哪儿听到的消息，或许是她编的。校长的说法是，盖布尔最快也得到下个学期才能回来。他现在在北边的一所康复机构里，"斯嘉丽说，"他差点儿就死了，安妮。"

"你觉得我应该给他寄张卡片吗？"我问，"或者去看看他？"

斯嘉丽耸了耸肩："盖布尔令人讨厌，他对你糟透了。生病的盖布尔可能更讨厌。"她又耸耸肩，"不过如果你一定要去，那我可以陪着你。你不能一个人去。"

"嗯，我没说明天去。或许可以等到11月？"我有一大堆功课要补，还要处理各种各样的事。

利奥进来了。"嘿，斯嘉丽！纳蒂说你来了，"他给了她一个拥抱，"你今天真漂亮！"

斯嘉丽今天穿了运动裤和T恤衫，这对她来说算得上朴素了。她今天没化妆，金色长发乱蓬蓬的，缠在一起。也许利奥觉得这样才漂亮？斯嘉丽气色特别好，不过平时都被化妆品盖住了。

"谢谢你，利奥！"斯嘉丽说，"说实话，我本来觉得自己今天很糟糕，让你这么一夸，我也觉得自己好看了。"

利奥脸红了："斯嘉丽，你一直很好看。我觉得你是世界上最漂亮的女孩。"

"嘿！"我表示抗议。

"你是妹妹的那种漂亮，"利奥对我说，"斯嘉丽的漂亮是……"

我和斯嘉丽都笑了起来，弄得利奥脸更红了。

"斯嘉丽，伊莫金说你该走了，"利奥是来传话的，"安妮该睡觉了。"

"我这两天一直在睡觉！"我抗议道。

"她猜到你肯定会这么说，"利奥继续说道，"她说不用理你。"

斯嘉丽站起来，在我脸上亲了一下："我周一早上再来，然后我们一起去学校。"出门的时候，斯嘉丽也亲了一下利奥的脸颊，"利奥尼德，谢谢你的称赞。"

周日下午，我伯父也就是奶奶的继子尤里·巴兰钦（现在整个家族的领导者）来了。尤里伯父只比奶奶小十岁，腿有点瘸，我记得爸爸好像说过，这是打仗受的伤。同上次见面时相比，他的腿瘸得更厉害了，他现在得坐轮椅。

尤里伯父偶尔会来看奶奶，但是那天，他来看望的不是奶奶，而是我。

尤里伯父身上总有一股雪茄味，他的声音也因为多年抽烟而有些沙哑。几个保镖前呼后拥，还有他跟妓女的儿子杰克斯以及"真正的"儿子和继承人米哈伊尔·巴兰钦，尤里伯父让他们在走廊里等着。米哈伊尔讨好地问："爸爸，我陪着您吧？"

"不用，米基。你也出去吧，"尤里伯父说，"我要和侄女谈点儿私事。"

我坐在沙发上。

"小安雅，"尤里伯父说，"你出落得可真漂亮。过来点儿，让伯伯好好看看，小丫头。"我往他那边靠了靠，他用手摩挲着我的脸颊，"我还记得你出生的时候。你爸爸可是自豪极了。"

我点点头。

"利奥尼德——愿他安息——他觉得你是最漂亮的孩子。那时候我倒没觉得，现在看来，他说得一点儿没错。"尤里伯父叹了口气，"我没能常常来看你和加林娜，真是抱歉，可是这间屋子里有太多让我伤心的回忆了。"

"也是我们的伤心事。"我提醒他。

"是的，当然，"尤里伯父说，"我说得不对。那些事让你更伤心。不过今天，我是为另一件事来的，我想跟你谈谈那个年轻人的意外。"

"你是说盖布尔·阿斯利？"

"是的，"尤里伯父说，"上个星期没能及时介入，我很抱歉。这件事牵涉巴兰钦巧克力，执法部门里我们能说上话的人大都翻脸不认人了。我担心如果我干预了，你可能会被地方检察局那边利用。那边管事的人是新来的，我们还没摸清楚他是敌是友。”

他说的是温的父亲。"最后总算解决了。"我说。

"我想和你说，我们一直惦念着你。你是利奥尼德·巴兰钦的女儿，如果你进了监狱，我们不会不闻不问的。"

我点点头，但是一言不发。他的话说得很漂亮，仅此而已。

"我知道你在想什么。这老头就会说漂亮话，这有什么用呢？"尤里伯父朝我这边靠了靠，"我看得出你是个聪明的姑娘。你的眼睛像你父亲一样明亮。"

"谢谢。"我说。

"你跟他一样，把什么都藏在心里，不轻易说出来。我很欣赏这一点，"尤里伯父说，"这么年轻就懂得克制，这很好。"

我不知道，如果他看到我开学第一天把千层面倒在盖布尔头上，还会不会这么说。

"我很惭愧，"尤里伯父继续说，"我觉得这一大家子人辜负了你，我让你失望了。"尤里伯父低下头，声音也弱了下去，"我希望你能知道，这后面还有更大的势力，在我掌控之外的恶势力。我必须把巧克力的事查清楚，然后就可以补偿你，还有你的兄妹了。"

他伸出手，想和我握手，我按他的意思做了。"我很喜欢你，安雅，只可惜你不是个男孩。"

我小声说："你的意思是，那样我就可以像父亲一样，在45岁的时候被杀死了？"

尤里伯父没有答话，我不确定他是不是听到了："你能把我推到加林娜屋里去吗？我想在走之前看看继母。"

往奶奶房间里走的时候，他问我奶奶最近怎么样。

"时好时坏，"我说，"尤里伯伯，有人说想让我哥哥去游泳池工作。"

"是的，我听说了。"

"我不想让他去。"

"你担心我们把他教坏吗？"尤里伯父问，"我跟你保证，我们只让他干点轻松的活儿，开一份丰厚的薪水。我们会好好照顾他，绝不让他做什么危险的事，也不会让他受到伤害。我听说他丢了工作，至少我们还能给他一份临时的工作，是不是？"

尤里伯父这番话比杰克斯的所作所为让我感觉好多了。考虑到奶奶病情不稳定，我可能不知道哪天又会出个意外，如果利奥有份薪水优厚的工作肯定好得多。再说，我不知道动物诊所的事什么时候能解决，特别是吉卜林先生现在又不能帮忙（不知道他到底怎么样了）。我和尤里伯父到了奶奶房间门口，我推开门，大声问："奶奶，你在睡觉吗？"

"没有，克里斯蒂娜，进来吧。"她回答说。

"不是克里斯蒂娜，"我更正她，"我是安妮。猜猜我把谁带来了？你的继子，尤里。"

我推着尤里进去。"噢，"奶奶说，"尤里，你怎么这么老了？还这么胖？"

我开心地退了出去。

米基·巴兰钦站在奶奶房间门口。"你可能不记得我了，我是你堂兄。"他自我介绍说。

"所有人都是我堂兄。"我开了个玩笑。

"是啊，每次我遇到一个喜欢的女孩，都得先确定她是不是我亲戚。"米基说。米基·巴兰钦个子不高，也就比我高三五厘米。他的头发颜色很浅，近乎白色，皮肤也很白，只是鼻头和脸颊上长满雀斑。他穿了一身黑衣服，跟肤色和头发形成鲜明对比，西装剪裁合体，看着还很新。他的皮靴可能还带点跟儿，好让他显得高一点儿。

"我一直想见见你，"米基说，"我是说，你都长大了。我小的时候经常替你父亲跑腿。我来过这里很多次，还见过光屁股的小安雅。"他指着走廊尽头的浴室说，"就在那个房间里，当时你妈妈正给你洗澡，而我走错房间了。"

这个信息量可够大的。

"对了，"米基继续说道，"刚才老爷子跟你聊了些什么？"

我心想，这不关你的事。我回答说："我想如果需要你了解，他会亲自和你说的。"

这时，杰克斯走了过来。他问："你们在聊什么？"

米基说："只是和我堂妹闲聊几句。"

杰克斯说："她也是我的堂妹。"

米基说："可能吧。"

"你这是什么意思？"杰克斯问，"你想说什么，米哈伊尔？你想说我是个私生子？"他眼露凶光，我敢说我都闻到他身上雄性激素的气味了。他向米基扑过去，米基纹丝不动，显然杰克斯没什么力气。

"噢，杰基，放松点儿，"米基说，"别在我堂妹面前丢人。"

杰克斯问："安妮，我能同你说几句话吗？"

我答道："说吧。"

"单独说几句。"杰克斯把话挑明了。

"看来今天大家都不愿意当着米哈伊尔的面说话。"米基调侃道。

我没有理他。我从来不回应这么幼稚的话，另外，我也有话和杰克斯说。于是我对杰克斯说："我们到阳台上去吧。"

阳台在餐厅外面。从这里可以看到中央公园，甚至还能看到小埃及的一部分，过去这里的视野一定很好。

杰克斯开门见山地说："安雅，巧克力的事我很抱歉。我没想到里面掺了东西。我真的是想做件好事，给加林娜带几块巧克力。"

"你能这么说我很高兴，"我告诉杰克斯，"我曾经以为，你早早把巧克力送来，就是想在别人出事前，把我们一家人先毒死。"

"不！"杰克斯说，"我没想给任何人下毒。这对我有什么好处？"

"我可不知道，杰克斯。这件事在我看来就是这样的。"

杰克斯揪着自己的头发。"我不用说你可能也知道，我在家族里地位不高。别人什么事都不告诉我。我跟你一样，完全不知道巧克力被下了毒。你得相信我！"

我问："我信不信你有什么关系呢？"

他压低声音说："因为现在形势在变化。巧克力造成的恐慌只是个开始，这给大家造成的印象是——我并不是说认同这个说法——尤里不够强势。我觉得这是竞争对手干的。"

"比如？"

杰克斯耸耸肩。"我猜测，可能是墨西哥人或者巴西人干的，甚至有可能是法国人或日本人。黑市上巧克力行业的任何一个竞争者都有可能，现在还没有足够的信息能够缩小范围。我想说，你原本可以把我供出来，但是你没有。虽然我不知道为什么，但是我很感激。我还想和你说，我永远不会伤害你或是你的兄妹。"

"谢谢。"我说。其实，我相信杰克斯没想毒死我们，这只是因为我觉得他太软弱。这么大的行动，他做不来（或者，别人甚至不会告诉他）。另外，我想快点把这件事翻过去，不想再听亲戚们跟我说它。

"那么我们还是朋友？"杰克斯说着伸出一只手来。我跟他握了一下，这只是为了避免尴尬。杰克斯不是我的朋友。我注意到，在我遇到麻烦的时候，他没有露面。在我看来，这可算不上朋友。

亲戚们走后，我开始写作业，这一天剩下的时间一眨眼就过完了。晚上九点的时候，电话铃响了。纳蒂敲敲门，告诉我："温打来的。"

"对他说我睡了。"

"你没有！"纳蒂说，"再说他昨天也打了。"

我站起来把灯关掉："我睡觉了，纳蒂。你看到了。"

"我爱你，安妮。可是我觉得你这样做不对。"我听到她回厨房接电话去了，但我听不清她帮我撒谎的声音。

我躺在床上，把毛毯拉过来盖上。夜凉了，秋天确实到了。

我知道自己可以不在乎查尔斯·德拉克罗瓦的话。

然而，我也知道我应该考虑他的话。

爸爸经常说，如果你知道一个选择会带来不好的结果，那这是傻瓜的选择，或者说这根本不是一个选择。我想爸爸可没有养一个傻瓜。

11

我告诉斯嘉丽什么是"悲剧"

在学校里，老师们对我特别温柔。我已经洗清了给盖布尔·阿斯利投毒的嫌疑，学校担心他们之前的处理不当——他们本不该在没有通知奶奶或吉卜林先生的情况下允许警察盘问我——我想他们是怕我起诉，或者更严重，怕我到处讲这件事，毁掉他们作为曼哈顿顶级私立中学的完美声誉。老师们说我可以慢慢来，总而言之，重返学校比我预想中更加顺利。

我去上法医学2的时候，温已经在教室里了。他没有提起给我打过两次电话，也没有说他爸爸见我的事——如果查尔斯·德拉克罗瓦屈尊提起过我的话。他甚至没有对我这些天的缺勤发表任何评论，只是说了一句："你没来，我只能一个人展示牙齿的调查结果了。"

我问："还顺利吗？"

"还不错，"他说，"我们得了个A-。"

在劳博士这里，A-算得上是个好成绩了，她非常严格。公平，但是严格。"挺好的。"我说。

"安雅。"温想聊几句，可是劳博士开始上课了。正好我也没有心情和温聊天。

这个月我不用上高级击剑课，这让我非常感激，我现在连装装样子的力气都没有。他们给了斯嘉丽一个月的假和我做伴，这再一次证明学校为之前的做法后悔了。

斯嘉丽用这些时间来准备面试《麦克白》的角色。"你一直陪我对台词，为什么不也去试试呢？"斯嘉丽问，"你可以演麦克德夫夫人，或是赫卡忒，或者……"

我确实没有理由不去试试，可是我太累了。而且这一个星期，新闻上到处是我的照片，我实在不想再站到大庭广众面前了。

"你不能因为之前发生的事就什么也不参与了，"斯嘉丽说，"你得往前看。你明年还得申请大学，而你在课外活动方面没什么亮点，安妮。"

"什么？我是著名犯罪头目的女儿，这还不算吗？"

"不算，"斯嘉丽说，"不过给你的前男友投毒倒还算得上。"

斗嘴归斗嘴，她说得没错，当然没错。如果爸爸还活着，他也会这么说。我不是指课外活动的事，我是说往前看。

我说："随便你怎么说。"

斯嘉丽扔给我一本破旧的《麦克白》。

我们一整节课都在对台词。下课后我们一起去吃饭，温已经在我们常坐的桌子旁等我们了。

斯嘉丽让我先坐下，她答应伊莫金会帮我取餐。"拜托，"我抗议道，"我哪有那么虚弱。"

"坐下，"斯嘉丽发号施令，"温，看好她。"

"我又不是小狗！"我再次抗议。

"好的。"温说。

"她可真是专横。"我评论道。

温摇了摇头。"我得承认。"他停顿了一下。我真希望他不会提起他父亲或是其他我不想聊的话题，也许他觉察到我的不适。"我得承认，"他说下去，"我低估了你的朋友。刚认识的时候，斯嘉丽看着像那种傻乎乎的女孩，实际上她很有勇气。"

我点点头："斯嘉丽最大的优点是讲义气。"

"这很重要。"他表示赞同。

尽管温不能做我的男朋友，但我意识到我很想和他成为朋友。如果要成为朋友，不对他为我释放所帮的忙表示感谢就太不礼貌了。即使不做朋友，那也不礼貌。"我早该向你道谢的，"我说，"我是说，你为我的事去找你父亲。"

他问："你现在是在感谢我吗？"

"是的，"我说，"谢谢你。"

"不客气。"温说。他开始从包里往外拿午餐（我猜他是不想吃学校提供的东西），有好几种蔬菜，包括烤土豆，还有一种形似胡萝卜的白东西。

"那是什么？"

"欧洲防风根，我妈妈想把它种在中央公园里。"

"这个名字听起来很危险。"

"你想尝尝吗？"

"不用了，这是你的午饭。"

"尝尝吧，"他鼓励我，"很甜的。"

我摇了摇头。我的胃还没有恢复，我可不想把桌子上吐得到处都是。（不过这个主意可能不坏，毕竟我已经决定不和温恋爱……如果我吐到他身上，他应该不会再被我吸引了。）温耸耸肩，又从包里拿出两个橘子。

"橘子！"我大吃一惊，"从我很小的时候开始，就没有这种东西了。你从哪儿弄的？"

"这也是我妈妈的实验品。她拿到许可，在我们家屋顶上种了一棵橘子树，不过还没结果。这是从佛罗里达进的样品，给，吃一个。"

"不用了，谢谢。"我不想再欠他的情了。

"别这么客气。"

"我真的很感激你的帮助。"

"不值一提。"温说。

"我必须得提，"我说，"否则就不对了，我欠你一个人情。"

他问："不喜欢欠别人的情是不是？"

我承认了。无论如何，我不愿意欠任何人的情。

"是这样的，我其实什么都没做，除了请我爸爸帮忙。相信我，安雅，有个这样的父亲，坏处远比好处多。你可以说——"他顿了一下，"你可以说是我父亲欠我的，不过这也不是他帮助你的原因。他之所以干预这件事，是因为他和我一样，觉得你受到了不公平的对待。"

"可是——"

"可是我们扯平了，安雅。你不欠我的情，不过法医学2的项目倒基本都是我做的。"

"对不起。"

这时，斯嘉丽端着午餐回来了，她把餐盘重重地放到桌上。"唉，又是千层面！"她叫道，"可是不能倒在盖布尔·阿斯利头上了。"温没有笑，我勉强扬了扬嘴角。"嗯，现在拿盖布尔·阿斯利开玩笑，似乎为时过早。"

晚上在房间里，我发现温把橘子偷偷放到了我背包的最外一层。我把橘子放到书桌上。虽然外皮完好无损，但整个房间里弥漫着橘子的甜味。我决定给温打电话，虽然我知道这不是个好主意。我心想，如果接电话的是查尔斯·德拉克罗瓦，我就挂掉电话。幸运的是，温自己接了电话。

我说："你有东西落在我包里了。"

"是吗？我还奇怪那个橘子去哪儿了呢，"温说，"我想你不如把它吃了吧。"

"哦，我可不打算吃掉它，"我对温说，"永远不会吃。我喜欢它的气味。橘子让我想起圣诞节。过去，我爸爸的一个生意伙伴每年圣诞节会从墨西哥寄一筐橘子来，我们从来都不吃。"我这是在闲聊。真是难为情，况且电话费还特别贵，"就聊到这儿吧。"

温问："你想知道我帮你的真正原因吗？"

"我不确定。"

"好吧，你可能已经知道了，但我还是应该告诉你。"温说，"因为我想更加了解你。如果你被关在管教所，这可不大容易。"

"哦……"我感觉自己的脸红了，"真得挂电话了，我就不该打给你。学校见。"然后我挂了电话。

早晨，杰克斯来陪利奥上班。利奥还在换衣服，所以我在客厅里和杰克斯聊了几句。

我说："如果他出什么事……"

"我知道，堂妹，我知道。别担心利奥。"

我问杰克斯，他们打算让利奥做什么。

"打扫卫生，给伙计们打饭，没什么重活。"杰克斯让我放心，"对了，你让老爷子印象深刻。"

"你是说尤里伯父？"

"他说如果你们不是亲戚的话，他都想娶你了，当然，如果他再年轻上五十岁。"

"杰克斯，他的话里有很多重要的'如果'。"

"我的意思是，他对你印象深刻，"杰克斯说，"我也是。"

我对杰克斯说我得去上学了。

我走到哥哥房间门口，敲了敲门。他让我进去："安妮，我要迟到了！帮我选一条领带。"

"我看看。"我答应道。

利奥手里拿着一条粉色的，一条紫色印花的。

"或许可以不打领带？我想这份工作可能不需要。"

利奥点点头，把领带放到床上。

"有事你往学校里打电话，我来接你。"我提醒他。

"我不需要我的小妹妹来接我！"

"别生气，利奥。我不是这个意思，"我说，"我只是想说，如果他们安排你做的事让你感到不舒服，你可以不做，我们还可以找别的工作。"

"我要迟到了！"利奥捡起地上的公文包，亲了亲我的额头和脸颊，"晚上见。我爱你，安妮！"

"利奥，"我在后面叫他，"你有一只鞋没系好鞋带！"可是他没听见。至少，他没转身。我忍住没去追他。

晚上，利奥回家的时候给奶奶带了一束花（黄玫瑰），还给我和妹妹带了比萨。他进门的时候，看起来比早晨高了一点儿，我注意到他两只鞋的鞋带都系紧了。我不由得怀疑自己之前对游泳池的工作判断有误。

"工作怎么样？"吃晚饭的时候我问利奥。

"挺好的。"他回答。他没有再多说一句，这太不像哥哥的风格了。

周四，我和斯嘉丽一起去参加《麦克白》的演员面试，地点是比利先生的办公室。所有人都得单独进去，告诉比利先生自己想演什么角色，然后再读几句台词。

斯嘉丽当然是想演麦克白夫人："除非比利先生挑演员的时候不考虑性别，不过我觉得应该不会。我最适合演麦克白夫人，你觉得呢？"

"你应该把这些话说给比利先生听，"我建议道，"不过你可能得剪短发了。"

"没问题，"斯嘉丽说，"为了演麦克白夫人，我愿意！"

斯嘉丽先面试，我等她出来再进去。

我读了几句麦克德夫夫人的台词，这不是个主要角色，她在一场戏中和孩子说话，再过一两场就被谋杀了，真是个悲伤的故事。谋杀犯出现的时候，她惊呼了一声"杀人了"，看起来很好笑，而且让人有一种满足感。但我更想演一个女巫，可是斯嘉丽觉得麦克德夫夫人更适合我。（斯嘉丽坚持说"她的服装肯定更好看"。）

"还不错，"我读完台词后，比利先生评价道，"不过你没有试演麦克白夫人，这让我有些失望。"

我耸耸肩："我更喜欢麦克德夫夫人。"

比利先生说："读几句麦克白夫人的台词。"

我拒绝道："还是算了。"

"来吧，安雅。读几句让我听听，这算不上背叛朋友，我认为你的家庭背景能帮你挖掘出这个角色更多有意思的东西。"

我摇摇头："比利先生，我对扮演麦克白夫人完全不感兴趣。你刚才说我的'家庭背景'能帮我'挖掘出有意思的东西'，这让我很不舒服。我想你是觉得我了解谋杀犯才这么说的，可事实上，我的遭遇几乎与麦克德夫夫人一模一样。我和麦克白夫人没有共同点，我没有她的野心或是其他特质。比利先生，我没有什么大志向，只想顺利读完高中。如果你让我演麦克白夫人，我会直接拒绝。我不是出于什么逆反心理才这么说的，我来参加面试的唯一原因就是陪我的朋友。"

"巴伯小姐不像你那么有才华，安雅。她没有你的爆发力！"比利先生反驳我。

"比利先生，我想你对斯嘉丽的判断有误。"他这种人我见多了。由于我的家族史，很多人喜欢美化（或丑化）我。在某种意义上，比利先生和科布拉维克太太差不多。

"好吧，巴兰钦小姐。"比利先生说，"我明天会公布演员名单。"

我出来的时候，斯嘉丽在走廊里等我。

她说："你在里面待得可够久的。"

"是吗？"

她问："怎么样啊？"

我耸耸肩膀："还行吧，我觉得。"

"嗯，他跟你聊了那么久，"斯嘉丽说，"这通常是个好兆头。"

第二天，演员名单贴在了学校剧院的大门上。斯嘉丽如愿得到了麦克白夫人的角色，我已经作好了落选的准备，但是比利先生给了我赫卡忒的角色。

我问斯嘉丽："赫卡忒是谁来着？"

"女巫之首，"她告诉我，"这是个好角色！"

我没有试演这个角色，但这个结果也不错。

我和斯嘉丽继续讨论演员名单，温走过来祝贺我们。

"女巫之首，"他对我说，"这可是所有女巫里最重要的。"

"别人也是这么和我说的。"我说。

"你得管好其他女巫。"他说。

"我想我能胜任。"我一直都在对付女巫（和更糟糕的事情）。

这个星期就这么过完了。没有人被捕，没有人死，而我得到了女巫之首的角色。即使我的麻烦事没有消失或是减少，但至少没有变得更糟糕。总体来说，这个星期过得还不错。

周五是斯嘉丽十六岁的生日，我让胖子在他的地下咖啡厅里给我们留了个房间。考虑到我遇到的法律问题还有盖布尔的身体状况，我们决定不请那么多人——斯嘉丽在戏剧社的几个朋友，还有纳蒂，就这些。我不打算请大家喝咖啡、吃巧克力之类的东西，可是我还没想好要不要请温来。我没打算把聚会作为惊喜送给斯嘉丽（我不喜欢惊喜派对这种东西，不想大吃一惊，也不确定别人喜不喜欢），所以我决定跟她商量一下。回过头来说温的事。"他知道你们家做什么生意，"斯嘉丽说，"这不是什么大秘密。要我说，我们当然应该请他。"

我还没跟斯嘉丽说过我和温父亲的谈话。事实上，我没跟任何人提起过，我觉得这太让人难为情了。我对斯嘉丽说："如果你想请他，那你去和他说吧。"

斯嘉丽想了想，摇头拒绝："多亏你，我已经在他面前出尽了丑，所以还是你去约他。"

"好吧，"我答应了，"那你介意叫上利奥吗？"

"当然不介意！"斯嘉丽说，"我怎么会介意呢？我喜欢你哥哥。"

在某种程度上，这正是问题所在。我发现，利奥对我这个好朋友的喜欢，已经超过了普通的友谊，我不希望他最后落个伤心。斯嘉丽和所有男性调情，我担心利奥可能会当真。

斯嘉丽问："再叫上你的律师怎么样？"

"吉卜林先生？他还在医院里呢。"

斯嘉丽解释道："不是吉卜林先生！年轻的那个，叫西蒙，对吧？"

我告诉斯嘉丽他其实没有看上去那么年轻。

"那他有多不年轻？"

"二十七。"我说。

"那也不是很老，只比我大十一岁。"

"你现在变得和纳蒂一样了。"我评论道。

斯嘉丽噘起小嘴："人家不喜欢与自己差不多大的男孩子嘛！"

我对着她摇摇头，说："你真是无可救药了。"

"我喜欢的偏偏又不喜欢我。"

我和纳蒂早早来到胖子的咖啡馆布置房间。咖啡馆里有锻铁打的桌椅，最里面是一张木头吧台，墙上的镀金相框里挂着过去卖酒的广告。他们应该只卖酒，但这里还弥漫着咖啡豆的香气。咖啡味不好去除，这是我最喜欢的气味，爸爸妈妈也喜欢喝这个。在咖啡被禁之前，我们家的炉子上总是煮着咖啡。

胖子过来帮忙。"你怎么样啊，丫头？"我们往房间里搬桌椅的时候，胖子问我。

我给他看了看脚踝上文的条形码。

胖子说："现在你才真正是巴兰钦家的人了。"

我叹了口气："利奥去游泳池工作了。"

胖子说："我听说了。"

"你和这事也有关系，是不是？"我问。利奥好像对我说过，最开始就是杰克斯和胖子带他去游泳池的。

胖子摇摇头："皮罗日基让我介绍他和利奥认识，我就照做了。"

"皮罗日基为什么想认识利奥？"

胖子耸耸肩："他好像是说想要了解亲戚什么的。"

这个回答看起来很可疑，好像胖子在隐瞒什么。我本想再多问几句，但是斯嘉丽来了。她穿着一条红色塔夫绸抹胸长裙，束发带上还插着一根孔雀羽毛。纳蒂跟在她身后，对我说："斯嘉丽漂亮吧？"

"简直是惊艳。"我回答说。斯嘉丽看起来确实漂亮，可是也有点儿疯狂。

"我还给你带了件衣服，"斯嘉丽说，"我就知道你没换衣服。"她说得没错，我还穿着校服。斯嘉丽从包里拿出一条装饰着亮片的黑色低腰裙。这不符合我的穿衣风格，我对斯嘉丽说。

斯嘉丽坚持道："试试嘛，今天是我的生日，我希望你也盛装打扮。"

“好吧，”我说，“如果你坚持要让我看起来那么可笑的话。对了，你来早了。”斯嘉丽说她本打算迟到15分钟，惊艳亮相。

“我不想让你一个人干这么多活，”她说，“我帮完忙就走，然后再回来，隆重登场。”

聚会非常成功。大家对斯嘉丽的装扮赞不绝口（对我的也是）。我忙着放音乐，给大家分饮料和零食。我很愿意让自己忙碌起来，反正我不想聊天。

结束后，我让利奥和纳蒂送斯嘉丽回家。我准备等大家都走了，再把桌椅放回原位，之后去向胖子道谢。

“嘿，”温说，“我来帮你吧。”他拿过我手上的椅子，和其他的摞在一起，“我帮你搬这个。”

“我还以为你已经走了。”我说。和温单独在一起并没有让我多兴奋，不过如果他想帮我搬椅子，那就搬吧。

他摘下墙上黄铜挂钩上的帽子：“我把帽子落在这儿了。”他说着戴上帽子。

“有时候，我觉得你是故意把帽子落下的。”我嘟囔了一句。

他把最后几把椅子摞好：“安雅，你为什么那么想？”

我没有回答。温走过来，摊开手掌。他的手心里有一枚黑色亮片，是斯嘉丽借给我的裙子上的。“这是你丢的。”他说。

我咯咯笑起来，为自己丢东西感到有些难为情：“我在蜕皮。”

"我确实是故意把帽子落在这儿的。"他承认道，"想单独和你说句话太难了，我有件事想问你……"他邀请我一起参加秋季舞会，"我知道，这挺幼稚的，但是，那个，我必须去。我有演出。我们几个人玩音乐，所以……"

　　"玩音乐？你是说，你有乐队？"我问。

　　"不，我们还没有组建乐队。我们几个只是为了在圣三一秋季舞会上演出而凑在一起。有些人凑到一起才不过两分钟，就宣布成立乐队，我很讨厌这样。"他的语速很快，手舞足蹈。我想他可能有些紧张。他把帽子摘下来，似乎只是为了不让手闲着。"所以，我必须去。不管你去不去，我都得去。"他说，"不过，我希望能和你一起去。"他冲我微笑，一双蓝眼睛温柔、羞涩。如果我是另一种女孩，过着另一种生活，可能就会吻他了。

　　"所以，安雅，你能和我一起去吗？"

　　"不。"我语气坚决。

　　"好吧，"他说着又把帽子戴上，"能不能告诉我，是因为舞会还是因为我？"

　　"有关系吗？"

　　"有，如果你不喜欢我，我就不再来烦你了。"温说，"我不是那种别人不喜欢还硬赖着不走的人。"

　　我想了一会儿。说实话，我不希望他不再来烦我，那就只有这个办法了。"不是因为你，"我撒了个谎，"阿斯利还在医院里，我的生活又一团糟，我觉得这个时候不应该约会。事情有优

176

先级，你明白吗？"

"懂了，不过听起来毫无道理。"他说。然后温离开了，还不忘检查一下有没有落下帽子。

这一刻，我更喜欢温了。我很欣赏他的直率，在我胡说八道的时候他能指出来。

我允许自己暂时感觉良好，同情了自己一会儿，但只能一会儿。爸爸过去常说，最没用的情感就是自我怜悯。

周一上法医学2的时候，温对我依然很友好，但吃午饭的时候，他没跟我们坐在一起，而是找了严格来说不是一个乐队的同伴。斯嘉丽问，我和温之间是不是发生了什么事，于是我告诉了她。

"你有毛病吧？"斯嘉丽居然很生气。

"没有，"我说，"可能现在找男朋友不是个好主意。盖布尔还在医院里呢，你知道的。"

"这和盖布尔有什么关系？从一开学你就无耻地与温调情！"

"不是这样的！"

斯嘉丽翻了个白眼："我，刻意地，或许还可以说无私地停止了对温的追求，因为我觉得，我最好的朋友可能爱上他了。"

"现在时机不对，斯嘉丽。"

斯嘉丽摇着头说："我真是搞不懂你。"她开始专心吃千层面

（又是千层面），我也是。

"谈恋爱有什么好的？"我问斯嘉丽，"如果你觉得男朋友那么重要，你自己找一个呗。"

"真刻薄。"斯嘉丽摇着头说我。我立刻为刚才的话感到后悔了。尽管斯嘉丽长得漂亮，又讲义气，但大家觉得她有点古怪，所以几乎没有人约她。奶奶脑子还不糊涂的时候说过，斯嘉丽这样的姑娘，等年龄再大一点儿，会得到大家的欣赏。

"对不起，"我向她道歉，"斯嘉丽，对不起，我不是那个意思。"

斯嘉丽没有说话。她端起餐盘走开了，剩下我一个人吃饭。

下午排练的时候，斯嘉丽一直不肯理我，排练结束也没有等我一起回家。我很后悔伤了斯嘉丽的心，在回家的路上，我去她家里再次向她道歉。斯嘉丽的家在六楼，没有电梯。爬楼梯要费不少力气，所以我们一般去我家里玩，那栋楼里的电梯很少出故障。

"我接受你的道歉了。"斯嘉丽说，"其实，一出门我就觉得自己的反应过激了，但是我已经气冲冲地走开了，再折回去太没面子。对了，也不是所有人都要谈恋爱。很显然你喜欢温，温也喜欢你。这很简单，或者是应该很简单。"

我看着斯嘉丽说："没那么简单。"

"那你说说看，"她说，"解释一下。"

"好吧，"我说，"你得答应我不告诉任何人。不能跟纳蒂说，特别是不能和温说。"斯嘉丽答应我，于是我告诉她，查尔斯·德拉克罗瓦对我说，他的儿子决不能和我这样的女孩约会。

"真讨厌。"斯嘉丽说。

"我知道。"

"真让人讨厌，"斯嘉丽继续说，"可是我觉得这没什么关系。"

"那是他的家人，"我说，"家人比什么都重要。"

"是的，但那是温的家人。所以如果温要惹怒他父亲，那也应该由他来决定，不是吗？"斯嘉丽问。

"也许吧，"我说，"但是再一想，我又不是要嫁给他或是已经爱上他了，所以，为什么要搞成那样呢？世界上有成千上万的人可以约会，为什么非得是那个父亲有权有势又坚决反对你们恋爱的人呢？"

斯嘉丽考虑了一下这个说法："因为这很好玩啊，而且可能会让你感到快乐。所以，就算不能长久，又有什么坏处呢？"斯嘉丽在我脸上亲了一口。

我在大概一百页之前写过，斯嘉丽是个浪漫的女孩儿。爸爸说，如果说某个人很浪漫，只是表示这个人做事不考虑后果。

"斯嘉丽，我不能这么做。"我说，"我想过，但是我不能。我得考虑纳蒂、奶奶和利奥。想想看，如果查尔斯·德拉克罗瓦报复我怎么办？"

"报复！你真是荒唐又多疑！"

"也许吧，也许不是多疑。温的父亲给我的印象是……嗯，我想你会说是雄心勃勃。他可能会让手下对我的家人下手，让我退出，不是没有这个可能。"

"你简直是疯了，安妮，"斯嘉丽说，"不会发生这样的事。"

"听着，我和你说一种可能的情况。查尔斯·德拉克罗瓦知道，我和纳蒂现在没有真正的监护人。奶奶身体不好，她脑子糊涂了。利奥……利奥那个样子。如果德拉克罗瓦先生让儿童保护机构介入怎么办？如果我被送回自由管教所或是类似的地方，而且要永远待在那里怎么办？纳蒂可能也得去那种地方。我是说，温不值得我冒这么大的险。"

斯嘉丽的眼中噙满泪水。

我问："你怎么哭了？"

斯嘉丽挥舞着手，让我觉得有点儿滑稽："那男孩看你的眼神！他甚至不知道你为什么……我真想告诉他！"

"斯嘉丽，想都别想。"

"我不会辜负你的信任，永远不会！"斯嘉丽用袖子抹了一把鼻涕，"真是个悲剧。"

"不，"我对她说，"这没什么。真正的悲剧是最后有人死了，其他的不过是一点儿坎坷。"需要说明，这句话是爸爸说的，但我相信莎士比亚也会赞同这句话的。

12

我反悔了；演出很成功

虽然我们没有舞伴，斯嘉丽还是想去参加舞会，所以我们去了。我本不想去的，但就像爸爸说的，这是友谊的代价。

舞会的主题是"伟大的爱情"或者其他乱七八糟的词。体育馆的墙上打着一些投影，应该都是比较著名的情侣：罗密欧与朱丽叶、安东尼和克利奥帕特拉、邦妮和克莱德之类的。我记得他们好像都没有什么美好的结局，不过我怀疑舞会的组织者完全没有意识到其中的讽刺意味。

发现温和艾莉森·惠勒在一起并没有让我感到太吃惊。尽管我和艾莉森不是朋友，但我们同学这么多年，彼此并没有什么敌意。她算得上漂亮，身形婀娜，一头红色长发，像是从故事书里走出来的。这表明温的品位不错，他没有为我的拒绝伤心太久，这让我很高兴。顺便说一句，没有别的男生再约我参加舞会。我想他们也许担心会落得盖布尔·阿斯利那样的下场，这怪不得他们。

夜深了，温的乐队才准备演出（他们只在主持人播放音乐的间隙演出），我问斯嘉丽想不想走。

"不，那太不礼貌了，"她说，"他还是我们的朋友，至少听一首歌再走吧。"

他们以一首老歌开场，歌名是《你抓住了我的心》。温的嗓音低沉、沙哑，吉他弹得也很好。

"他唱得不错。"斯嘉丽评论道。

"是的。"我说。

"你想现在走吗？"她问，"我刚才向他挥手了，所以他知道我们留下来看演出了。"

我摇了摇头。

这个还没起名的"乐队"还有几首原创歌曲，比起开场曲，我更喜欢这些，歌词美妙，感情细腻。温很有才华，这一点毋庸置疑。

我真希望刚才就离开了。不知道温这么有才华，我心里还能好受一点。

第五首也是最后一首是情歌，但没有那么庸俗。温好像朝我看了一眼，但随后他与所有观众都有眼神交流。舞台上的他挥洒自如。

乐队鞠躬谢幕，主持人又回到台上播放音乐，我很高兴演出终于结束了。我浑身发热，有点儿恶心，需要去外面透透气。

"我们走吧。"我对斯嘉丽说。

这时，乐队里的一个男生过来请斯嘉丽跳舞。我不想那么自私，于是说我等着她。

斯嘉丽走到舞池里。这首歌节奏很快，她跳得比舞伴好得多。我很高兴她能在舞会上跳支舞。在斯嘉丽身后，我看到温正和艾莉森·惠勒跳舞。她穿着白色的及膝裙，与她的肤色和发色十分相衬，整个人看起来优雅成熟。温已经解下领带、挽起袖子，我想他可能因为演出而感到热了。他耳边的头发打了卷，以前从没见过他这样。不知道为什么，这些小卷让我感到不可抗拒的甜蜜。

我发觉自己又要顾影自怜了，于是决定去自助餐台拿杯果汁。

过了一会儿，换了一支慢歌。我感到有人拍了拍我的肩膀。

"巴兰钦小姐。"是温。

我转过身。他的眼睛特别明亮，还有些羞涩。

不知道为什么，听完他的歌之后再站在他面前，让我有些难为情："很高兴见到你，我很喜欢……你唱得很好。"毫不夸张地说，我平时没有这么不善言辞。

"和我跳支舞吧，"温说，"我知道我可能在做傻事。你或许在想，我得拒绝这个人多少次啊，他难道看不出来吗？"

我摇了摇头。

"可是我一点儿不在乎。我看到你穿着红裙子，站在榨汁台旁边，就想再试试。我想，你是个值得了解的人。"

"你约了别人一起来的。"我指出这一点。

"艾莉森？艾莉森是我的朋友，"他说，"我们的父母认识很多年了。我只是在帮她的忙，她爸爸不喜欢她的男朋友，所以我帮他们打掩护。"

"我看不像。"我说。

"来吧，"温说，"跟我跳支舞。现在只剩下半首歌了，这有什么害处呢？"

"不行，"我说，但是我不想让他觉得我不好，所以我又补充道，"我也想跳，可是我不能跳。"

我走出体育馆，到门厅里拿外套。没有我，斯嘉丽也能回家。温跟了出来。

"你这话是什么意思？"他问，"我不明白。"

不知道为什么，我怎么也不能把胳膊伸到左边袖子里。"嘿，"他说，"我帮你。"他身体前倾，帮我把胳膊伸到袖子里。

"我不用你帮忙。"我说，但是太晚了。我感到身体已经不受自己的控制。我知道这样不会有什么好结果，但还是踮起脚，吻了他。

他的嘴唇是甜的，又带着几分咸味。他愣了一下才回应我。天哪，他的吻！

"对不起，"我说，"我不该这么做。"

"这话真是不合时宜。"温说。

然后我冲出校门，跑进11月微凉的夜色里。

奇怪的是，我本想自己跑开的，可是不知道为什么，我抓住了温的手。

最后我们一起回到了我家。

我们在客厅里亲吻，说实话（天主宽恕我吧），我不介意再发生点儿什么。可是我不是那种女孩，谢天谢地，温也不是那种男孩子。

我们说了一夜的话，可实际上又什么也没说。

太阳升起来了。我是那么喜欢他，我知道我得和他说点什么了，关于他的父亲。

我说："我喜欢你。"

"那很好。"

"我想给你讲个故事。"

温说他喜欢听故事，我告诉他，可能他不会喜欢这一个。然后我说了那天和他父亲见面的情形。

温眯起眼睛，他的眼睛从湛蓝的晴空转为暴风雨前的乌云密布。温说："安雅，我一点儿不在乎他怎么想、怎么说。"

不过我不这么认为。"我在乎他的想法，"我说，"我不得不在乎。"我解释说我不想给家人带来麻烦。温没有像斯嘉丽那样，说这个想法可笑："所以这就是我们不能在一起的原因。"

温想了一下。"我很抱歉他对你说那些话，不过，去他的，"他说，"我怎么做不关他的事。"

"可是这与他有关系，温。我明白他的意思。"

温又吻了我，至少此时此刻，我不再理会查尔斯·德拉克罗瓦的想法。

快7点30分的时候，纳蒂穿着睡衣从卧室里出来。"舞会怎么样啊，安妮？"说完她才注意到温，"噢！"

"嘿。"温打了个招呼。

"他正要走呢。"我说。

温站起身，我把他推到门口。

"我们现在就去找我爸爸。"我听不出温是认真的还是在开玩笑。

"跟他说什么？"

"我们彼此相爱，他不能阻止我们！"

"我还没说过爱你呢，温。"我提醒他。

"哦，可是你会的。"

"我有个更好的主意，"我说，"我们先不要公开，直到我们确定彼此是认真的。如果我们最后不能走到一起，为什么要这么早拉响警报呢？"

"嗯，"温说，"我想你大概是我见过的最不浪漫的女孩儿了。"

"我把这话当成是赞美吧，"我笑着说，"我只是比较务实。"

“好吧，”他说，“就算是务实吧。”

电梯来了，温走了。说实话，这可能是我做得最不务实的事了。

纳蒂正在家里等着我。她问：“这是什么情况？”

我说：“没什么。”

妹妹不信：“肯定有什么。”

“你又在发挥想象力了，”我对她说，“早饭想吃什么？”

“鸡蛋，”她说，“安妮，如果你有爱情故事，也给我来一个。一个特别浪漫、有很多亲亲抱抱的那种爱情故事。”

我没理她：“那就吃鸡蛋吧。”

纳蒂问：“你告诉斯嘉丽了吗？”

我说：“没有，因为根本没有什么要说的。”

“可是看起来肯定有什么。”纳蒂又说了一遍。

“你说过了。”我往碗里磕了两个鸡蛋打散。纳蒂期待地看着我，她的眼睛像小狗一样闪闪发亮。她表情里甜蜜的期待让我忍不住想笑，想坦白。纳蒂的生活不是无忧无虑——我所经历的事情也发生在了她的身上，但她还能保持这份纯真，还关心姐姐是不是谈恋爱了，这可真好。“我喜欢他，行了吧？”

“你——爱——他！”

我把鸡蛋倒进锅里：“你得答应我不能告诉任何人。不管是奶奶、利奥、斯嘉丽还是任何人，都不行！”

“一认识他，我就很喜欢他，”纳蒂高兴地说，“亲他的感觉怎么样？"

"你怎么知道我亲过他？"

"我就是知道，"纳蒂说，"你的脸都红了，看起来就是亲过他的样子，你得告诉我。他的嘴唇看起来可真柔软。"

我哈哈大笑："感觉挺好的，行了吧？"

"细节太少了。"纳蒂不满意。

"行了，只能告诉你这么多了。"我把鸡蛋端到桌上，这才注意到她右侧小臂上有一块瘀青，"这是怎么弄的？"

"哦，"她说，"我不知道。可能是睡觉的时候撞到了。"

"疼吗？"

纳蒂耸耸肩："我做噩梦了，一个小噩梦，我没有叫醒你。也许是撞到墙了吧？你们什么时候再约会啊？"

"也许再也不了。可能他也不会打电话。纳蒂，男孩子有时候表现得好像喜欢你，却永远不给你打电话。"

这时电话响了，是温打来的。

"你回去得可真快。"我说。

"我跑回来的，"他说，"我想在你改变主意前和你说说话。今晚能再见到你吗？"

我脑子里的小人觉得这么快就见面可能不是个好主意，可奇怪的是，这个小人没说话。"好，"我说，"晚上过来吧。"

他说："我想带你去个地方。"

"去哪儿？"

"这是个惊喜。"

我和他说，我还是觉得我们的关系保密比较好。

"我知道，我同意。"他说，"你不用担心，我要带你去的地方，没人认识我们。"

我们坐地铁到终点站，也就是布鲁克林的科尼岛。下了车，脚下是年久失修的木板路，两边有废弃的旋转木马之类的娱乐设施，看起来像彩色的大蜘蛛。

"噢，我知道这个地方！"我说。在市里关闭游乐场前的那个夏天（因为传染病暴发，或者因为电力问题，我那时还小，记不清了），爸爸妈妈还带我和利奥来过。"不过都不能玩了。"

"也不是什么都不能玩。"他说着牵起我的手，带我离开木板路。我听到远处有人说话，还看到一个小孩玩的摩天轮亮起了灯。

"上周有人向地方检察局报告，"温说，"有人违法造了发电机，每周六会开动一种娱乐设施。我爸爸根本不在乎这个，市里还有更严重的问题需要解决。你之前听过他的政治演讲。"

"真是不幸，我听过。不过，我觉得他看起来似乎想有所作为。"

"他想要的只有晋升。"

操作员跟我们打招呼："我得警告你们，这些设施没经过检查，你可能会——我实在找不到更委婉的说法——丢掉小命。"

温看了我一眼，我耸耸肩表示无所谓。

"我可是告诉过你了。"操作员又说了一遍。

"这个死法也不坏。"温回答说。我表示赞同。

温付了钱，我们坐上摩天轮。我以前从没坐过摩天轮。我们肩并肩坐在一起，更准确地说，是挤在一起。这个摩天轮是给小孩子设计的，我虽然个子不高，但屁股还挺大的。我能感觉到屁股上的肉在座位上跟他抢地盘，不过他搂住了我的肩膀，我就不再想屁股的事了。

摩天轮还没有动。操作员要等人坐满才开。等待漫长得似乎没有尽头。十一月的夜已经很冷了，我闻到远处有烧焦的味道。温刮完胡子涂了须后水，是薄荷味的，但盖不住烧焦的味道。

我不是很想说话，温似乎知道这一点。

不知道什么时候，我们已经随着摩天轮转到最高点。我能看到笼罩在黑暗中的水面、大地，还有远处曼哈顿的天际线，那里有我悲惨的生活。真希望能一直坐在这里，一切悲伤都源自大地上的生活。高空里只有安全。

温说："真希望能一直坐在这里。"

我凑过去吻他。我们的金属座舱摇摇晃晃，发出吱扭吱扭的响声。

这件事我只告诉了纳蒂，甚至没和斯嘉丽说。斯嘉丽正忙着排演麦克白夫人（事实证明扮演赫卡忒不需要花太多时间准备）。即使她注意到温又跟我们一起吃午饭了，也没说什么。斯嘉丽满脑子想的是自己的爱情——加勒特·刘，扮演麦克白的人。

在学校里，我和温很小心，绝不单独待在一起。我们一般和斯嘉丽在一起，我也从不在他的储物柜或其他地方等他。

我们上法医学2的时候还是实验搭档，这大概是我最煎熬的时刻。我想触碰他，想在试验台底下拉他的手，想给他写字条，但我忍住了。我知道如果同学知道我和温谈恋爱，或是开始讨论这事，我们就不能继续下去。如果出现这种情况，消息一定会传到温的父亲那里，而我们这傻乎乎的爱情一定会被扼杀。

所以，这对我来说真是折磨。

不过，只要我们还能恋爱，保守秘密这件事本身还是挺刺激的。

《麦克白》演出的前一天，斯嘉丽要再去排练一次，所以吃午饭的时候只剩下我和温了。大家都知道他总是跟我们一起吃饭，如果这次不坐在一起，反而显得奇怪。不过，我还是建议他和乐队的朋友坐在一起，但是他觉得最好与往常一样。

这顿午饭似乎吃了很久很久，不能和他单独在一起让我很不开心。我们好像在独处，可又不是独处。我们聊戏剧、他的乐队、天气和假期安排等安全的话题，总怕讨论更有趣的东西就会暴露什么似的。木头餐桌很窄，有那么一瞬间，我感觉他的膝盖碰到了我的膝盖。我挪开了，他的膝盖又凑了过来。我摇了摇头，幅度特别小，同时眯起眼睛。这时，和我们一起上法医学2的沙伊·品特走过来，在温身边坐下。"嘿，温，"她跟我们打招呼，"安妮。"她开始喋喋不休地谈论假期要与朋友一起看的音乐会。我实在无法用心听，因为她不停地碰温。一点儿不夸张，不停地碰。这一分钟，她的手放在温的手上；下一分钟，又搭到他肩膀上；过了一会儿，又去捋他耳后的头发。我努力克制要跳到对面把她勒死的冲动。我做了个深呼吸，把自己从邪恶的边缘拉回来。

"所以，你想去吗？"她问，"我有张多余的票。我是说，我们一大群人一起去，不是男女朋友那种……我的意思是，除非你希望像那样？"

这是怎么回事？我眼睁睁地看着别人当着我的面约我的男朋友——虽然是秘密的男朋友。我想是不是不该把我们的关系掩藏得那么好？我又有了跳到对面的冲动，不过这次是想把温拽到身边。我想当众吻他，向所有人宣布：他是我的，我的，我的！

"抱歉，"温说，"听起来很有意思，不过我女朋友会不高兴的。"

"噢，"沙伊说，"你是说艾莉森·惠勒？她说你们只是朋友关系。"

"不是。我原来学校的，异地恋。"温撒谎时面不改色，我几乎要怀疑他在原来学校里是不是真的有个女朋友。这时，铃声响了，温站起身准备离开。"再见，沙伊，"他又冲我点了点头，"安妮。"

"异地恋，是吗？"沙伊对我说，"长久不了。"

"我不知道。"我嘟囔着拿过书，快步走出餐厅，向温上第六节课的方向跑去，他要去上英语课。我知道自己可能也要迟到了，不过下节课是比利的，他正在剧院排练。我拍了一下温的肩膀。"对不起，"我说，"能和你说句话吗？"

他点点头，我把他拉到剧院旁边的一个储物间里，吻他。说"吻"可能不足以描述我的举动，我贴在他身上，舌头探进他嘴里，抵到最深处，紧紧抱住他。我说："我不想再保密了。"

"我知道，"他说，"但你说过，这是我们能在一起的唯一方式。"

我们出来的时候，走廊里空无一人。第六节课已经开始了。

剧院的门开了，斯嘉丽从里面走出来。

"嘿，"她和我们打招呼，"你们从哪里过来的？"她看起来心不在焉，我想可能是因为晚上就要演出了。

"我们刚才在那里。"温指着储物间。这是走廊的尽头，我们只能从这里出来。

"你们在那儿干什么？"斯嘉丽问，她倒没有起疑，只是单纯的好奇。

"安妮想过一遍台词，我们只能找到这么个没人的地儿。"温又撒谎了。我心想，哇，他还真是擅长这个。不过，转念一想，如果有个查尔斯·德拉克罗瓦那样的父亲，温确实经常需要撒谎。

斯嘉丽说："你怎么不和我说记不住台词的事呢？我可以帮你。"

"你可是主演，我不过演个女巫而已，我不想打扰你。"我撒起谎来也不逊色。

"女巫之首！"斯嘉丽说，"我为你感到骄傲，安妮！"她确实为我感到骄傲，我看得出来，不知道为什么，这让我差点要哭出来。虽然我的麻烦不断，但我从不缺少爱。妹妹爱我，哥哥爱我，奶奶爱我，甚至这个男孩——古德温·德拉克罗瓦——也爱我。可是谁为我感到过骄傲？我并不习惯别人为我感到骄傲。可能是因为，为我感到骄傲的人很早就去世了。

我应该说一说我们的戏剧。这是学生自己演的戏剧，可能比其他学校的要好一些，因为比利先生花费了大量的时间和精力让我们演得不至于太糟糕。而且像我之前提过的，我们学校资金充裕。斯嘉丽演得最好（你估计猜得到我会这么说，但事实就是如此）。我的角色怎么样？我只能说，在所有女巫里，只有我不用戴假发。我的黑色卷发本身就是女巫模样。现在想来，不知道比利先生是不是因为看中我的头发才让我演赫卡忒的。

13

我把注意力放在一件事上（忽视了其他事情）；
拍照

圣诞节放假的时候，我和温坐火车去了奥尔巴尼的康复中心，看望盖布尔·阿斯利。我对温说，我一个人去就行，秘密新男友陪我一起去看重伤的前男友，这感觉太奇怪了。温说他比我更熟悉那里，于是我不再坚持。随他去吧，毕竟旅途漫长，车窗外阴郁的哈德逊河实在算不上好景致。

圣诞前夜，盖布尔给我发消息邀请我去。我想圣诞节可能让他变得平和或是感到了孤独，他说生病以来，有了大量的时间思考，他觉得自己以前对我太糟糕了。他的医生认为他很快能回来上学了，他希望在这之前确定我们之间一切正常。

我以前曾去过斯威特湖康复中心，因为利奥受伤后也在这里待过一段时间。这是个不错的地方，跟同类地方相比算得上不错。医院和康复中心里，最让我害怕的倒不是那里的景象，而是气味。清洁剂糟糕的甜味遮掩着疾病、虚弱和死亡。讽刺的是，斯威特湖并没有湖，只有一个巨大的土坑，过去可能是个湖或水塘。

我们走进康复中心的大厅，温问我："你想让我陪你进去吗？"这里离家很远，我们觉得可以拉手了，但是现在我不想这么做，因为我怕碰到盖布尔的父母、兄弟姐妹或是朋友。

我摇了摇头说："不用，我一个人就行。"

"我觉得我应该陪着你。他不是那个强迫你的男生吗？"

我耸了耸肩："说实话，温，我不知道他现在是什么样，但是直觉告诉我，你进去会让他觉得"——我尽力找一个合适的词——"恼火。再说，我很坚强，这么多年来我一直是自己照顾自己。"

"我知道你坚强，这也是我最喜欢你的地方。我只是想让你过得轻松一点。"

"你已经做到了。"我说着在他鼻尖上轻吻了一下。我本打算马上进去，可是忍不住又吻了他的嘴唇。

温点点头："好了，坚强的女孩。我在这里等着你，如果你半小时还不出来，我就去找你。"

我把名字告诉接待员，她说盖布尔在六十七号房间，还给我指了指房间的位置。

我敲了敲门。

"谁啊？"我听到盖布尔的声音。

"我是安雅。"我回答说。

"请进！"他的声音很奇怪，但我又说不出哪里奇怪。

我推开门。

盖布尔坐在轮椅上，面朝窗户。他转过轮椅，我才看到他的脸，有的地方留下了疤痕，有的地方皮肤还没长好，左侧脸颊到嘴角之间有一块缝上去的皮肤——是皮肤移植影响了他说话。他的几个指尖上还缠着绷带，看上去极为消瘦、虚弱。我很奇怪他为什么坐在轮椅上，于是我的目光移到他的大腿上、膝盖上、然后是脚。只有一只脚，他的右脚被截去了。

盖布尔看着我，灰蓝色的眼睛和原来一样。"我是不是看起来很恶心？"盖布尔问。

"没有。"我说的是实话。过去的经历使我早已习惯伤病，不会因此感到不适。

盖布尔笑了——用毫无起伏的声音说："那你就是个骗子。"

我对盖布尔说，我见过更可怕的事情。

"是，你当然见过。"盖布尔说，"事实上，我自己都觉得恶心，安妮。你又怎么说？"

"我能理解你的感受，你一直很在意自己的模样。就像那天在学校里……我知道，你很讨厌衬衫被千层面的酱汁弄脏……"我稍作停顿，看了一眼盖布尔，他点点头，甚至为那天的场景面露微笑，真是奇怪。"可你现在……没人能否认你确实变了很多，但可能没你想得那么糟。"

盖布尔又笑了，笑声更像是羊叫："所有人都说我不能这样想，只有你例外。这就是我爱你的原因，安妮。"

我觉得不用说什么了，他依然是个骗子。

"有很长一段时间，我甚至希望自己死掉，"盖布尔说，"但以后不会了。"

"这样很好。"我说。

"过来点儿，"盖布尔说，"坐到床上来。"

刚才说话的时候，我一直站在门口。尽管盖布尔只能坐在轮椅上，我还是很警惕，我们单独相处的时候总会发生不好的事情。

"我又不会咬你。"他的话里带着几分挑衅。

"好吧。"房间里没有椅子，我到床边坐下。

"你知不知道我的脚为什么没了？败血症。我从没听说过这种病，它能让身体坏掉，开始攻击自身。我还没了三根手指。"他冲我挥舞着残缺的手，"可是他们说我很幸运，我还能走路，甚至能打字。我看起来是不是个特别特别幸运的家伙？"

"是的，确实是，"我想起利奥、妈妈还有爸爸，"你是从灾难中幸存下来的人。"

"我并不想做那样的人，"盖布尔说，"我讨厌幸存者。"他几乎是恶狠狠地吐出"幸存者"三个字。

"我父亲说过，一个人唯一要做的就是幸存者。"

"噢，请不要用罪犯的至理名言来教育我！你觉得我愿意听你父亲说的话吗？"盖布尔说，"我和你在一起的时候，你整天念叨爸爸说过这些，爸爸说过那些。你父亲一百万年前就死了。安雅，你该长大了。"

"我要走了。"我说。

"别，等一下！别走，安妮！我还不太适应跟人相处，对不起。"盖布尔的声音带着哭腔，像个孩子一样。我有点儿可怜他了。

"其实，你依然很帅气。"我说。确实如此，他的皮肤会痊愈，他将重新学会走路，然后他又是过去那个讨厌的盖布尔了。但愿他能多几分善良和同情心。

"你真的这么想？"

"是的。"我肯定地说。

"你这个该死的骗子！"盖布尔咆哮起来。他转动轮椅移向窗边。"我每天都在想你，安妮。"盖布尔的声音恢复了平静，"我每天盼望着你来看我，但你从未出现。你对我的遭遇总归要负点责任，我还以为你会来，但你没有。"

"对不起，盖布尔，"我说，"事情发生的时候，我们的关系算不上好，不过我确实想来看你。我不知道你听说没有，我被送进了自由管教所，然后又病了一阵子。我想我搞不清时间了，我确实应该早点儿来的。"

"应该来，想过来，打算来，然而没有来。"

"真的很抱歉。"

盖布尔一言不发，他仍然对着窗户。有那么几秒，房间里静悄悄的，然后我听到了抽噎的声音。

我走到他身旁，看到泪水从他的脸上滑落。

"我对你不好，"盖布尔小声说，"我对你说过不好的话，我还想要……"

"没关系。"这次我撒谎了。我不会原谅盖布尔想对我做的事，但他已经被惩罚得够严重了。

"你爱过我！从你以前看我的眼神中就可以知道。再也不会有人那样看着我了。"

我没有爱过他，不过现在告诉他太残酷了，也没有意义。

"你是我唯一真正的朋友。其他人在我心里无足轻重。我很惭愧，"他问，"你能原谅我吗，安妮？"

他真可怜。我想我可以原谅他，于是我告诉了他。

"回到圣三一我依然需要朋友。我们能做朋友吗？"

"能，当然能。"

他朝我伸出那只"好"手，我与他握手。忽然，他用力拉了我一把，我毫无防备，跌在了他身上。就在这时，他吻了我。"盖布尔，别这样！"我站起身，用力推开他的轮椅，轮椅后面的把手狠狠撞到窗户上。

"怎么了？"他问，"我们不是重新做朋友了吗？"

"我不会亲吻朋友的嘴唇。"我回答说。

"可是，是你扑到我身上的。"他结结巴巴地说。

"你疯了吗？我被你带倒了。"

我转身离开，盖布尔转动轮椅扑向我，速度之快、力道之大出人意料。我被他撞倒，跌在床上。就在这时，温冲进房间，推开盖布尔的轮椅。

"别碰她！"温呵斥道。

温的拳头已经挥到盖布尔面前。

"别！你会打伤他的。"我叫住温。

温放下胳膊。

"这他妈是谁？"盖布尔问。

"我的朋友。"我回答说。

"我敢打赌，是那种亲嘴的朋友吧。"盖布尔说，"嗯，这就说得通了，你朋友叫什么？看起来很眼熟。"

温和我对视了一眼。

"我叫温，不过你可以认为，我是那种不喜欢看到男人把女人压在身下的朋友。"

我们离开了。

我一直沉默不语，直到上了回家的火车才开口。

"你不该那样闯进去。"

他耸了耸肩。

"我能处理。"我又说。

"我知道你能，甜心。你是我认识的最坚强的女孩。"

"甜心？为什么这样叫我？"

"我不知道，它自己溜到嘴边了。你不高兴了？"

我想了想，说："听起来很奇怪。不过，没有，我没有不高兴。"我枕着他的胳膊，"你刚才一直在门外等着吗？"

"嗯，是的。"

"盖布尔会猜出你是谁的，一旦他猜出来了，所有人都知道我们的事了。"我说。

"也许不是件坏事呢？"温说，"我才不在乎别人知不知道。再说，盖布尔也许会保守这个秘密。"

"为什么？"

"嗯……为了勒索我们什么的？"

"可能吧。"不过我知道，勒索不是盖尔·阿斯利的风格。勒索需要计划，需要有耐心，而盖布尔是容易冲动的人。

我们在纽约市一下火车，就遇到了守在那里的狗仔队。"嘿，孩子们！看这里！笑一笑！"

"我想是盖布尔猜出来了。"温小声对我说。

"安雅，这是你男朋友吗？"

"这是我同学，"我大声说，"实验搭档。"

"嗯，没错。"

第二天一早，照片已经到处都是了，他们甚至拍到我们下火车时亲吻的照片。新闻标题都是什么"悲情恋人""黑帮千金和助理""地方检察局之子找到真爱"之类的。

下午温给我打电话。

我问："你打电话是要和我分手吗？"

"不是，"他被逗笑了，"我爸爸想请你晚上来吃饭。"

"他生气了吗？"

"他从没和我说过不能与你约会。他是对你说的，记得吧？"

"那么，你的意思是，他生我的气了？我想我还是不去了，谢谢。"

"你害怕了吗？这可不像你啊。"

我问他我应该几点到。

"7点，如果你不介意再来一波合照的话，我可以去接你。"他开玩笑地说。

"你怎么听起来这么开心？"

"嗯，我想可能是因为大家都知道你是我女朋友了。"

"我应该穿什么？"我没好气地问。

"我喜欢你那天穿的红裙子。"他说。

我穿上温喜欢的红裙子，坐公交车去温的家。公寓看起来超过了副检察官（事实上的检察官）薪水的承受范围，要么是温的妈妈种东西收入不菲（很有可能），要么是家族有钱。

我还没按门铃，查尔斯·德拉克罗瓦就打开了门。他在等我，看起来比那天在自由管教所见到时矮了一点儿，好像他能够根据环境需要而伸缩。"你看起来不错，安雅，比上次见面的时候好了很多。"

我说:"是的,我感觉好多了。"

"准备晚餐少了一些重要的材料,温和我的妻子去买了。不如来我的书房吧,我们可以聊聊天,等等他们。"

我跟着他走进书房。房间的墙壁和地毯都是紫红色的,红木书橱里放满了书。

"这是你的藏书吗?"

查尔斯·德拉克罗瓦摇摇头说:"这是我岳父的收藏品。"

这解释了我之前的疑问,钱来自温母亲的家族。德拉克罗瓦先生的电脑屏幕上是一篇关于我和温的报道。

"其实,是我安排的聚会。"查尔斯·德拉克罗瓦说,"我希望单独与你谈谈,所以就不绕弯子了。温说他爱上你了,是这样吗?"

我点点头。

"你也爱他?你比较务实,会做这么草率的事?"

"我们认识的时间还不长,"我说,"但是我想我可能也爱他。"

查尔斯·德拉克罗瓦用柴火一样没有老茧的手指揉了揉脖子。"那好吧,就这样吧。"他叹了口气,似乎想再说点儿什么,却没再开口。他拿起水晶醒酒器,给自己倒了一杯。

"就这样?"我问。

"真是失礼。你想来一杯吗?"

我摇摇头说："我的意思是，你要说的就这些？"

"听着，安雅，我确实建议过你不要和温约会，如果你能做出另外的选择，或许会让我的工作更容易一些。可我又不是个魔鬼，如果我儿子爱上你了……"查尔斯·德拉克罗瓦耸了耸肩膀，"就这样吧。我挺喜欢你的，安雅。如果我因为你的家庭背景而对你有看法，那我就是最糟糕的伪君子了。我们无法选择自己的出身，不过，如果你要嫁给温，那是另外一回事了。我的顾问同我说，虽然温和你约会，但我的竞选——当然，我是说，理论上的竞选，注意，这件事还没完全定下来——不会受到太大影响，不过温要是和你结婚就不好说了。"

"我向你保证，查尔斯·德拉克罗瓦先生，我近期没有同任何人结婚的打算。"

"很好！"查尔斯·德拉克罗瓦朗声大笑，随即又严肃起来，"温对你说过他的姐姐亚历克莎吗？她死的时候与你差不多大，我一般不愿意提起这些。"

我点点头。我理解人们不愿谈论某些话题。

"我是想说，尽管我在船上和你说了那些话，但我更希望自己唯一的孩子能过得开心，安雅。我希望他能平平安安的，我唯一的要求是，如果哪天你认为你家里的事会给我儿子带来危险，请一定来找我。明白吗？"

"明白。"我回答。

"很好。还有，当然，如果你触犯了法律，我会竭尽全力展开调查，提起公诉。我不能让外界觉得我在偏袒你。"他说的时候尽量表现得很友善，我告诉他，我能理解。

这时温和他的母亲到家了。"查理！"是一个女性的声音。

"我们在书房里！"德拉克罗瓦先生大声回应。

温和他的母亲走了进来。她的头发又黑又长，眼睛是淡绿色，身高体形和我妈妈差不多。"我叫简，"她说，"你一定是安雅了。天哪，你可真漂亮。"

"你……"我不得不停顿了一下，因为我快要哭出来了，"你让我想起我认识的一个人。"

"噢，是吗，谢谢，我想我应该说声谢谢。或者我应该问问，是你喜欢的人还是讨厌的人？"她笑了起来。

"我喜欢的人，"我回答说，"一个我非常想念的人。"我知道这么说很奇怪，但是我不想说我想起了妈妈。

吃完晚饭，温陪我走回家。晚上已经没有狗仔队了，或者他们厌倦了这个故事。温想知道他的父亲对我有没有太严厉，我说没有："他主要是想确定，我不会害你被杀死。"

温问："你怎么说？"

"我告诉他，我尽量，但我没法保证。"

我们回到家，进了我的房间。

我们没有做爱，甚至没有靠得特别近，不过要说丝毫没有过这个念头，那我就是在撒谎了。我感觉自己像温室里的玫瑰，在他面前慢慢绽放。

然而我不能。我想起不知是在天堂还是地狱的父母，想起天主。爸爸曾说："如果你不知道自己信仰什么，安妮，你就是一个走丢的灵魂。"那晚我明白了一件很重要的事，跟盖布尔独处时保持贞洁很容易，因为我从没有真的想要他。换句话说，我从未受到过诱惑。然而男朋友是温的话，要坚持原则就难得多。

　　那天晚上，温问我对性行为的看法，好像在问我的信仰。我对他说我不想在婚前发生性行为。他一秒也没有停顿，点头说道："那我们结婚吧。"

　　我给了他一拳："你就那么想做爱吗？"

　　"不是，"他说，"我有过性行为。"

　　"我才十六岁！我们都不怎么了解对方。"

　　他捧着我的脸，看着我的眼睛说："我了解你，安雅。"

　　他可能是认真的，但我开了个玩笑："你想娶我，大概只是为了惹恼你父亲吧？"

　　他咧嘴笑了："嗯，那是个额外的好处。"

　　"你为什么不喜欢他？"我问，"他看起来挺好的。"

　　"如果只相处五分钟还行，"温嘟囔着，"我想你已经注意到了，他很有野心。"

　　"没错。我父亲也这样，不过与你父亲想要的东西相反。可是我依然很爱他。"

　　"他……"他似乎要说点什么，但又打住了，"我很欣赏父亲。他没有什么背景，在孤儿院长大，父母死于车祸，只有他幸存下来了。他觉得我很软弱，但是谁又能同他比高下呢？"他看了我一眼，"噢，你可以，是不是？我可怜的、勇敢的小女孩。"他在我额头上吻了一下。

我跟他说，我不想聊我的事。"为什么他觉得你很软弱？"

"因为很久以前我遇到过一些麻烦……小孩子的事，很无聊。我可以告诉你，只是有点儿难为情。"

"现在你必须告诉我了！"

"不，我觉得很丢人，甜心，再说也不是什么有意思的事。那时我姐姐去世不久，是我最低落的时候。我爸爸觉得这是软弱，但妈妈允许我这样。"

"你父母关系好吗？"

"我爸爸常说这辈子唯一爱他的人就是我妈……"

"她看起来特别好。"我说。

"是的。可爸爸呢？他对我妈妈不忠。她没有理会，但是我不能。我是说，我怎么能尊重这样的男人？"然后他问，我父亲是否出过轨？

尽管我父亲有很多缺点，但我还是无法想象他会做出这样的事。我说我不确定，那时候我还太小，不过我觉得应该不会。"他相信婚姻。"我说。

"我父亲也是，但这没能阻止他做出那样的事，"温说，"我不会这么对你的，安妮。"

不用他说，我也知道。温很完美。

关于温，我可以滔滔不绝地说下去，但我很讨厌这个样子。爸爸常说，如果一个人交了好运，应该保守这个秘密。温的出现是我这么多年来遇到的最幸运的事。（捂好嘴巴，如果你想……）可是，没错，我一度非常开心。我变成了过去自己讨厌的那种女孩，我忽然意识到我讨厌她们只是因为嫉妒。很老套的说法？是的，可是确实如此。

＊

题外话：你可能想问利奥的工作怎么样了？毒巧克力的事解决了吗？安雅脚踝上还文着条形码吗？奶奶的身体怎么样？纳蒂还做噩梦吗？安妮不能因为交了个帅气的新男友，就觉得自己有理由忽视周围的一切了。

事实上，那段时间确实发生了一些事，可是当时我没有注意到。即使是考虑到后来几个月里发生的事情，我也不后悔拥有那段傻乎乎的、快乐甜蜜的、看起来永远不会结束，实际上却屈指可数的时光。

更正：我曾想起过脚踝上的条形码，只有一次。当时我们在卧室里，温亲吻着它。他说看起来"挺可爱的"，然后给我唱了首关于文身女孩的歌。

＊

14

以德报怨

　　我整个假期都没有给斯嘉丽打电话，这可能是我们没有联系的最长时间纪录。我直到开学后的第一次击剑课才见到她。热身的时候，她没有提起我和温的事，后来她也不怎么同我说话。我看得出她生气了，我得做点儿什么来弥补。

　　"那个，"自由分组以后，我开玩笑地对她说，"可能你已经听说了？我给自己找了个伴儿。"

　　"是的，我觉得自己好久没见到你了，现在我至少知道原因了。"她说着朝我刺了一剑，"当然，我希望自己不用从新闻上看到这个消息！对了，照片拍得不错。"她的剑又刺了过来，力道比平时大了很多。

　　"互中！"我大声说。

　　"那又怎样？"

"我们各得一分。"我告诉她。

"噢。你怎么知道的？"斯嘉丽气喘吁吁地问。

"因为我们已经上了两年半的击剑课了。"

斯嘉丽笑了起来："我真应该学点击剑的规则。"她把剑放下来，"说真的，你为什么不告诉我？"

"因为你那时候忙着排练，还有你的新男友——"

"结束了，"斯嘉丽说，"那是演戏的产物。至少，他提出分手时是这么说的。不过我想这就是演员的生活吧。"

我对她说真是遗憾。"你应该给我打电话的。"我说。

"我想打来着，可那时我听说了你和温的事，我很生气，就没给你打。安妮，我没有忙到不想知道你和温的进展的份上。我们天天在一起吃午饭，隔天一起排练，还一起坐车回家，我们还——"

"我知道。对不起，原本我打算瞒着所有人，我想这样会容易一些。"

"我要说的是，你每次见我的时候都在撒谎。那天在储物间外，我对你没有丝毫怀疑，你却骗我。但我绝不会对你做这样的事，你是我最好的朋友。"

她是对的，我应该告诉她的："我真的很抱歉。"

斯嘉丽叹了口气说："原谅你了。"

我们换下击剑服的时候，斯嘉丽转身对我说："我能这么说吗？我知道你的生活很不容易，比我不容易得多，即使考虑到我没法找个男朋友来拯救我的事实，也一样。可是，做你最好的朋友也不是件容易的事，我想我已经陪你度过了很多难挨的时光，对吧？"

我点点头。

"所以，当你遇到了好事情，我很愿意了解一下，我也愿意和你分享幸福的时光。"

斯嘉丽的话让我红了脸，我之前的做法考虑得太不周到了。

我们走进餐厅的时候，温已经等在我们常坐的那张桌子旁边。"盖布尔·阿斯利回来了。"他说。我和斯嘉丽扭头去看盖布尔，不只我们在看他。

盖布尔坐在轮椅里排队取餐，轮椅把手上挂着他的书包。他截掉手指的那只手戴了手套，棒球帽的帽檐压得很低，以遮住没有恢复的面孔。我看着盖布尔费力地接过餐盘，他只能用一只手，而且坐在轮椅里不太够高。温问："为什么没有人帮他？"

我说："因为他以前总是欺负别人。"

"因为他从没说过别人的好话，"斯嘉丽补充道，"他自己不是个绅士。"

"我倒是想过去帮他，不过我觉得因为上次的见面，那家伙可能不想见到我。"

"你为什么要去？"我问，"他把我们的事弄得全世界都知道了。"

"我们还不确定那是他干的。"温说。

"再说他还想强迫我和他做爱。"可能我经历过的不幸已经够多了，但温对盖布尔的同情还是让我很恼火。

"他坏透了，安妮，只是我不知道他怎么才能一边托着餐盘一边转轮椅。"斯嘉丽说这话的时候，盖布尔已经把餐盘小心地放在膝上，转动轮椅，离开取餐的队伍。餐盘打翻了——巧合的是，还是几个月前我倒在他头上的千层面——酱汁溅在他的裤子上、鞋上，他的一只鞋里肯定是假肢。盖布尔骂了一句，我听到餐厅里有人笑了。那个男孩——是的，那一刻，他又成了一个普通的男孩——看起来手足无措，不知道该怎么办。

"够了。"我说。就这样让他坐在餐厅中间，太不符合天主教的教义了，我不希望我那不知道在哪里的父母以我为耻。"我要帮帮他。"

"我们跟你一起去。"温和斯嘉丽同时说。

我站起身，大声说道："盖布尔，到我们这儿来。"

有那么一会儿，盖布尔似乎想说几句脏话，但他只是摇着头笑了笑："那你得答应不再给我下毒，巴兰钦！"他还是之前的模样。

餐厅里有人被他的玩笑话逗乐了。

"我帮你试吃验毒！"斯嘉丽朝他喊。

"那可全靠你了。"盖布尔说。

斯嘉丽走过去，把盖布尔推到我们的桌子旁边。温排队又给他打了一份饭，我去卫生间花光我和斯嘉丽身上的硬币给盖布尔买了湿巾，让他把身上擦干净。

等我们都在桌前坐下，盖布尔说："这是我最不想坐的地方了，身边是黑帮老大的女儿、戴软呢帽的傻瓜和喜剧女王。"

我没有说话。

温说："我们很高兴能和你坐在一起。"

盖布尔拿着纸巾，使劲去够腿和鞋上的污渍。我不得不在心里告诫自己不要帮他，幸运的是，斯嘉丽自告奋勇要帮忙。

"不用了，"盖布尔说，"我自己可以。"

"我很乐意帮忙。"她说着弯下腰，帮他擦掉鞋上的酱汁。

"这真是，"我听到他小声嘟囔着，"太丢人了。"

"不，"她说，"这就是生活。"

斯嘉丽清理裤腿上的一团污渍时，我看到他咧了一下嘴。"疼吗？"斯嘉丽问。

"有点儿，"他说，"不过还忍得住。"

"好了。"斯嘉丽高兴地宣布。

盖尔尔握住斯嘉丽的手，我感到脖子后面的汗毛都竖起来了。"谢谢，"他说，"真的。"

斯嘉丽把手抽回来，说："不客气。"

"嘿，盖尔尔，"我说，"我绝不会让斯嘉丽和你约会的，你知道的吧？"

"你又不是她妈妈，"盖布尔说，"再说我对你没有那么糟糕。"

"哼，你算得上世界上最糟糕的男朋友，不过先不说这个了。"我故作轻松地说，"我们让你坐在这儿，只是因为你腿脚不便，我们同情你。可是如果这样会让你开始追求斯嘉丽，你现在可以转着轮椅回到餐厅中间去了。"

盖布尔说："你可真坏，安雅。"

我反击道："那你就是个变态，盖布尔。"

他又说："彼此彼此。"

我翻了个白眼。

盖布尔说："说实话，安雅，我刚才只是想谢谢她。"

"这样吧，"温说，"我有个主意。我们约定一下吧，在餐桌旁不要用手碰别人。"

尽管我一下午都在担心斯嘉丽，但是直到放学坐车回家的时候才见到她。问题是斯嘉丽喜欢倒霉蛋和受伤的家伙。（或许这也是她和我特别要好的原因之一。）像斯嘉丽这样的人总是会被占便宜，特别是被盖布尔·阿斯利这样的人。

我们穿过公园往东走的时候，我说："你知道的，你不能和盖布尔·阿斯利约会。"

纳蒂也跟我们在一起，她皱着鼻子问："斯嘉丽为什么要和他约会？"盖布尔在我们家一直不怎么受欢迎。

"不会的，"斯嘉丽说，"我今天只是觉得他很可怜。"然后，她同纳蒂讲了今天吃午饭时发生的事。

"哦，"纳蒂说，"换作我也会可怜他的。"

"那是因为你和斯嘉丽是一对多愁善感的小傻瓜。他是受伤了，但这不代表他不再是原来那个可怕的家伙。"

"你要么不相信我，要么觉得我傻。"斯嘉丽说，"我还记得他对你做的事。我是想找男朋友，但还没有迫切到要放弃原则，收留你那个一只手、一条腿、外表丑陋的前男友！"斯嘉丽咯咯地笑着，"哦，这样太过分了！我不该嘲笑他的。"她捂住了自己的嘴巴。

我和纳蒂也笑了。

斯嘉丽又说："你得承认，发生在盖布尔身上的事挺可笑的。"

"确实可笑。"我说。我的生活更是荒唐可笑。

"不过，只是说说而已，"快要到站的时候，斯嘉丽说，"你不觉得这样的创伤会改变一个人吗？"

"不！"我和纳蒂同时说道。

"我只是随口说说。"斯嘉丽摇着头说，"安妮，你怎么这么容易上当啊！"她在我脸颊上亲了一口。"明天见。"她说着下了车。

我和纳蒂一到家，伊莫金就对我说，奶奶有事找我。于是我去了她的房间。

这几个星期，奶奶看起来好多了。至少，她不再把我当成我妈妈。

我弯腰亲了亲奶奶的脸颊。窗台上青绿色的花瓶里插着几枝黄玫瑰，有人来看望她了。

"真好看。"我赞叹道。

"是的，还不坏。我的继子今天来看我时拿来的。"奶奶说，"如果你喜欢，就拿到你房间去吧，安妮。放在我这里浪费了，它让我想到自己的葬礼，葬礼……"

我等她说完，但是她没有继续下去。"伊莫金说你找我。"我等了一会儿说。

"是的，"奶奶说，"你得帮我做点儿事。尤里的儿子米基下个月结婚，你、利奥和纳蒂得替我参加。"

我不是很喜欢这些家族里的事。米基要结婚了？可能是我多心了，但是我很肯定，上次见面的时候他还和我调情。"婚礼在哪儿举行？"

"在韦斯切斯特，巴兰钦家的地儿。"

那儿只有几栋房子、马厩和一个快要干枯的湖，我很讨厌那里。父亲刚去世的时候，我和纳蒂去住了几个星期，那里总会让我想起不好的事情。

"我们必须去吗？"我有点儿不高兴。

"这是个苦差事吗？我倒想自己去，但是我走不动了。另外，你可以带着你的小男朋友……"她开玩笑地说。

我问："你怎么知道的？"

"我还长着耳朵呢。你妹妹和我说的，她觉得你就要嫁给他了。我说我的安雅还小，没有那么不着边际，就算她被迷得神魂颠倒，也不会马上结婚。"

"纳蒂真是胡说八道。"

"那你去参加婚礼吗？"

"如果必须去的话。"我答应了。

"很好。哪天把你男朋友带给我瞧瞧，要不就定在去参加婚礼那天吧？嗯，就这么定了。"奶奶点点头，拉着我的手说，"我最近觉得清醒多了。"

"那太好了。"

"可是我不知道能维持多久，我想把家里的事安排好。"她继续说道，"你现在十六岁了？"

我点了点头。

"这意味着如果我明天死了，你哥哥将成为你的监护人。"

"可是你不会死的。"我说，"这些机器能维持你的生命，直到我年龄足够大。"

"机器会出故障，安雅。而且有时候——"

我打断她："我不想讨论这个！"

"你必须听着，安雅。你是最坚强的孩子，你得听我说。跟你讨论完这些事情，我才能放心。虽然利奥会成为你名义上的监护人，但是我和吉卜林先生还有他那个新助理——我忘记他的名字了——我们都安排好了，你将是唯一能支取钱的人。这样利奥就不能单独作出任何决定，你明白吗？"

我不耐烦地点点头："是的，当然。"

"你哥哥要是发现了可能会生气，如果出现这样的情况，我很抱歉。他智力受到了损伤，但依然有自尊。尽管如此，我们只能这么做。房子会放在信托机构，保证在你十八岁之前不会出售。等你满了十八岁，纳蒂的监护权也会从利奥那里转给你。"

"好了，好了。可是医生说过，这些机器至少能让你活到我十八岁的时候，我不知道为什么现在要讨论这些？"

"因为生活充满意外，安雅。我最近发现，自己不清醒的时间越来越长。你不能说没注意到吧？"

我承认我发现这一点了。

"那么，如果这段时间里，我对你说过什么不该说的话，我很抱歉。我爱你，安雅。我爱我所有的孙子孙女，可是我最爱的是你。你让我想起你父亲，让我想起我自己。"

我不知道该说些什么。

"失去身体是一回事，没了脑子可就不能忍受了。记住这一点，亲爱的。"她让我去拿块巧克力，虽然这几个月奶奶的衣帽间里没有巧克力，我还是像往常一样，走进去假装拿一块。可是这一次，我意外地在保险柜里看到了一块，一定是尤里伯父带来的。

"跟你的新男朋友一起吃！"我关门的时候，奶奶在我身后大声说。

我回到卧室，不自觉地摩挲着巧克力。是巴兰钦特浓黑巧克力，我的最爱。爸爸过去会把它溶化了，给纳蒂、利奥和我做热巧克力喝。他在炉子上热牛奶，然后把巧克力切成小块，溶化在牛奶里。我想去厨房自己做一点儿，最后还是决定不去了。尽管我听说巧克力已经没问题了，但在被捕的几个月里，我已经对巧克力失去了兴趣。

　　门铃响了，我起身去开门，从猫眼里看到是温。

　　"快进来。"我给他打开门。出于习惯，我先看了看四周，确定没人才凑过去吻他。

　　"那是什么？"

　　我手里还攥着巧克力，于是我告诉他是奶奶让我拿的，她总是说我要和我爱的人分享。

　　"然后呢？"他问。

　　"噢，不行，绝对不行。"他难道忘了吃过我巧克力的前男友遭受的折磨了？

　　"那算了，"他说，"而且，我尝过一次巧克力，我不是很喜欢。"

　　我眼珠一转："你吃的是什么样的？"

　　他说了个牌子，是那种质量很差的巧克力，爸爸把那种东西称为"老鼠屎"。爸爸对巧克力非常挑剔。"那算不上是巧克力，"我告诉温，"里面几乎没有可可。"

　　他说："那你给我点儿真东西尝尝。"

"我倒是想，可我向你父亲保证过，不能让你沾上违法的事。"我把巧克力塞进羊毛衫的口袋，拉着他的手走进客厅。"我要请你帮个忙。"我对他说了去塔里敦参加婚礼的事。

"不去。"他拒绝了我，面露微笑，十指交叉放在膝盖上。

"不去？"

"你听到我说的了，不是吗？"

"好吧，为什么？"

"因为我还记着你拒绝同我参加秋季舞会的事，我是个记仇的人。安雅，难道我得事事听你的吗？如果那样，我不就失去你的尊重了吗？"

我想他说得有道理："你看起来已经决定了。"

"是的，决定了。"说完他大笑起来，"我太失望了！你不打算试着跟我讲道理说服我吗？你不打算给点儿我无法拒绝的好处吗？"

"可是婚礼没什么意思，我自己也不想去。"我回答说。

"你就这么说服我啊？"

"我们家的人就是一群流氓。"我继续说道，"我的一个堂兄可能会喝得烂醉，最后想要摸我的胸。我只希望没人敢碰纳蒂，不然我可能不得不把某个人揍一顿。"

"我可以去，"他说，"可是我要先尝尝你的巧克力。"

"这就是你的条件啊？"

"这是你们家族里的事，对吧？我要是去参加婚礼，一定会被小报报道的，对吧？"

"算你有理，温，"我站起身，"跟我来。"

我把米糊放在炉子上热着，然后从口袋里掏出巧克力，检查了一下生产日期，确定不是去年秋天那批货。我撕掉锡纸闻了闻气味，又确认了一次。（弗雷毒素是不是有异味？）米糊沸腾以后，我把火关小，加了一点儿香草和糖，不停地搅拌直到糖完全溶化。接着，我把巧克力切碎，放到热米糊里快速搅拌，直到巧克力差不多都化了。最后我把混合好的液体用勺子舀到两个杯子里，又撒了一点儿肉桂粉。爸爸做热巧克力的时候显得无比轻松。

我把一个杯子放在温的面前，他刚要拿，我又把杯子收了回来："再给你最后一次机会，你可以改变主意。"

他摇摇头。

"你不怕落得和盖布尔·阿斯利一样的下场吗？"

"不怕。"他端起杯子，一口接一口，直到喝完。放下杯子后，他未置一词。

"怎么样？"我问。

"你说得对，确实和我之前吃的味道不一样。"

"那你喜欢吗？"

"我不确定，"他说，"我再尝尝你那杯。"

我把我的也给了他。这次他喝得更慢，一副若有所思的样子。（喝杯热巧克力还需要思考？）"跟我想象中不一样，不是甜的，味道太复杂，不能称之为甜。可能不是每个人都喜欢，但我越喝越喜欢。我知道他们为什么要禁这个了，真的是……醉人。"

我走到桌子对面，坐在他腿上，然后吻了他。我的舌尖在他唇边游走，尝到了肉桂粉的味道。我问："你有没有想过，你之所以喜欢我，只是因为想惹恼你的父亲？"

"没有，"他回答说，"只有你才这么想。我喜欢你是因为你勇敢，而且太复杂，不能称之为甜。"

这话可真可笑。可是，我还是觉得心里暖暖的，我知道我的脸可能红了。我想脱下毛衣。我想脱下别的。我想脱掉他的衣服。

我想要他。

我想要他，可是我不能。

我从他腿上下来。虽然厨房里热得人喘不过气来，我还是把羊毛衫外面的腰带又紧了紧，然后挽起袖子走到洗碗池旁边。我开始洗煮热巧克力用的平底锅，今天用的水可能是平时的三倍，我需要让自己平静下来。

他走到我身后，把手搭到我肩膀上。我还没有平静下来，一下子跳了起来。他问："安妮，怎么了？"

"我不想下地狱。"我回答说。

"我也是，"他说，"而且我不想让你去那里。"

"可是最近，每次和你在一起的时候……我会给自己找借口。温，我们认识的时间还没有那么久。"

温点点头。他拿过搭在烤箱门把手上的洗碗布说："来，我帮你擦吧。"

我把平底锅递给他，手里空了，这让我感觉自己更脆弱了。我现在手无寸铁。

"安雅，说实话，我想和你上床。我想过这事，我的意思是，这么做的可能性。我经常傻乎乎地想这事，可我绝对不会强迫你做任何事情。"

"我担心的不是你，温！是我自己！"跟他在一起的时候，我总担心无法控制自己，告诉他可真难为情。我觉得自己像个难以抑制冲动的野兽，和平时迥然不同。这让我心烦意乱，感到羞耻。我有好几个月没去告解了。

他问："安妮，我已经有过性行为了。你觉得这意味着我以后会下地狱吗？"

"不，这件事没有那么简单。"

"那你解释一下。"

"你会觉得我的想法很蠢，觉得我太老派，太迷信。"

"不，我绝不会那么想。我爱你，安妮。"

我看着他，我不确定他懂不懂什么是爱——他怎么可能懂？他的生活一帆风顺。尽管如此，我还是决定相信他。"我父亲去世的时候，我跟天主有个约定，如果他能保佑我们平平安安，我会做个好女孩。不只如此，我会保持虔诚，敬他，爱他。我会时时刻刻抑制自己的冲动。"

"你是个好女孩，安妮。没有人能说你不好，"温说，"你堪称完美。"

"不，我并不完美。我经常发脾气，我在心里说过所有人的坏话。不过我确实尽力了，可如果……我不能再这么说了。"

温点点头："我懂。"他刚才一直拿着擦好的平底锅，现在把它递给了我。他歪着嘴坏笑，"我不会答应跟你上床的，不管你怎么求我。"

"你取笑我。"

"没有，我永远都不会，"温说，"我认真地对待你还有与你有关的一切。"

"你现在就不认真。"

"我向你保证，我是百分之百认真的。你尽管来求我和你上床。来吧，即使你脱得一丝不挂，我也会一把将你推开，当你是一个烫手的山芋。"他的声音里依然有掩盖不住的笑意，"从现在开始，我们会像活在那种古书里一样，可以亲吻，但仅此而已。"

"我觉得我现在不喜欢你了。"我说。

"好极了，那我的计划成功了。"

温得回家了，我把他送到门口。

我凑过去亲他，他却把我推开，把手递给我，说："从现在起只能吻我的手。"

"你真讨厌。"

我在他手上吻了一下，他也吻了我的。他把我揽过去，凑在我耳边小声说："你知道我们该怎么办吗？我们真得结婚了。"

"快住嘴！这话真荒唐，我觉得你一点儿都不认真。对了，我永远不会和你结婚的。"我告诉他，"我现在十六岁，你真是轻率，净说些不着边际的话。"

"你说得对。"他说完吻了我的嘴唇，我把门关上了。

我们去参加婚礼的这段时间，我请伊莫金留下来照顾奶奶。

温先到我家里来，这样我们可以一起坐火车。走之前，我问他是否愿意见见奶奶。尽管我那时因为温而欣喜若狂，但对带外人去见奶奶这事依然保持着理智。她行为举止很古怪，而且，虽然家人对她的相貌习以为常，但不认识她的人可能会感到毛骨悚然（瘫痪在床，头发几乎掉光了，眼睛布满血丝，皮肤呈黄绿色，散发着一股腐臭味）。我并不是觉得她让我丢脸，我只是想保护她，我不想让陌生人惊讶地盯着她看。在走进房间之前，我把这些告诉了温。

我敲了敲门。"进来吧，安雅，"伊莫金小声说，"她让我在你走之前叫醒她。醒醒，加林娜，安妮来了。"

奶奶醒了。她咳嗽了好一阵，随后伊莫金把吸管放到她嘴里。我转头看温有没有嫌恶可怜的奶奶，他的眼神没有任何异样，而是像往常一样充满善意，甚至还有几分关心。

"奶奶，"我说，"我们要去参加婚礼了。"

奶奶点点头。

"这是我男朋友，温，"我说，"你说过你想见见他。"

"哦，是的。"奶奶把温上下打量了一番，"我很喜欢，"她最后说道，"我的意思是，我喜欢你的长相。当然，我希望你不仅有张好看的脸。这个"——她冲我扬了扬头——"这个女孩可是个好女孩，只是长得好可配不上她。"

"您说得对，"温说，"很高兴见到您。"

"你穿这身衣服去参加婚礼啊？"奶奶问我。

我点点头。我穿着一身墨绿色的衣服，这是妈妈留给我的。温给我带来一朵白色的兰花，我把它别在了翻领上。

"有点儿太严肃了，不过剪裁倒是挺合身的。你真漂亮，安雅。我喜欢这朵花。"

"温给我的。"

"嗯，"她说，"OMG，这个小伙子挺有品位的。"她又把注意力放到温身上，"小伙子，你知道OMG是什么意思吗？"

温摇了摇头。

奶奶又看着我问："你知道吗？"

这是斯嘉丽的口头禅。"'真厉害'之类的，"我说，"我一直想问你来着。"

"OMG代表'噢，天哪'，"奶奶说，"我小的时候，生活节奏太快，我们得用缩略语才赶得上。"

"OMG。"温现学现卖。

"你信不信，很久以前我看起来和安妮一样。"

"信，"温说，"看得出来。"

"奶奶更漂亮。"我说。

奶奶让温凑近一些，温照做了。她在温耳边小声说了些什么，温点点头说："是的，是的，当然了。"

"好好玩，安雅。替我和你帅气的男朋友跳支舞，向所有人问好。"

我弯下腰在她脸上亲了一下。她拉住我的手说："你是个好孙女，真给你爸爸妈妈争气。这一切上帝都看在眼里了，宝贝儿，就算这世上的人忽略了，上帝也看得到。我真希望自己能为了你再强壮一点儿。你要记住，你的力量无法估量，这是你天生的，只有这个是你与生俱来的！你懂吗？我得确定你明白我的意思。"

她的眼里闪着泪光。我说我懂了，但说实话，我不是很明白。她的话似乎没有逻辑，我想她可能又要糊涂一阵子了。我可不想让她当着温和伊莫金的面再扇我一巴掌。"我爱你，奶奶。"我说。

"我也爱你。"说完她又咳嗽起来，而且咳得比往常更剧烈，就像呛到了一样。"去吧。"她好不容易才说出来。

伊莫金用手给奶奶顺气，奶奶咳得缓了下来。

我问伊莫金需不需要帮忙。

"没事，安妮。她有点儿感冒，肺不大好。像你奶奶这样的

228

身体状况，这很正常。"伊莫金继续在奶奶胸口按摩。

"滚出去！"奶奶在咳嗽的间隙大声说。

我拉着温的手出去。

我小声对温说："对不起，有时候她会犯糊涂。"

温说他能理解，不用道歉："她年纪大了。"

我点点头："真难想象我们那么大年纪了会是什么样。"

温问奶奶是哪一年出生的，我告诉他是1995年，到今年春天已经八十八岁了。"还是上个世纪啊，"温说，"很少有人能这么高寿。"

我想象着小时候的奶奶、还是个少女的奶奶、变成少妇的奶奶。我想象着她穿什么样的衣服，读什么样的书，喜欢什么样的男孩。她也许没有想到自己会送走自己的亲生儿子；没有想过有一天会下不了床，虚弱无力，无法行走，甚至变得有点儿丑。我说："我可不想活到那么老。"

"是啊，"温表示赞同，"让我们永远年轻吧。年轻靓丽，傻乎乎的。这个计划不错，你觉得呢？"

婚礼费了不少心思，符合我们家族的一贯作风。金色桌布、乐队，还有人弄来了（肯定是贿赂了什么人）额外的鲜花和肉类配给券。新娘的礼服腰身有些肥大，但是面纱上的刺绣十分精美，看起来像是新做的。她名叫索菲娅·比特，我对她一无所知。要说长相——这么说可能太刻薄了——可是她的胸真平。她有着柔软的棕色头发，长长的鹰钩鼻，可能比我大不了多少。她说"我愿意"的时候，带着点儿口音。整个典礼期间，她的妈妈和姐妹们在不停地抹眼泪。

纳蒂和亲戚家的孩子们坐在一起，利奥那一桌是他在游泳池一起工作的同事，还有他们的妻子或女朋友。我和温这一桌既不全是家人，又不是给孩子准备的，而是些不适合坐在其他桌的人。

温去拿饮料。我穿了妈妈的一双旧鞋子，这对我的大脚来说实在是太挤了，所以我决定坐在桌旁等着。坐在我对面的人冲我挥挥手，我也挥手致意，虽然我并不知道他是谁。那是个二十多岁的亚洲人，可能是另一个巧克力家族的。

他转过来坐到我身边。他长相英俊，长长的黑头发总是落到眼睛里。他显然不是英国人，但是说着一口英式英语："你不记得我了，是不是？你小的时候，我见过你和你妹妹。那时候你父亲到我们京都的家里与我父亲见面，我带你参观了花园，你还挺喜欢我的猫。"

"雪球，"我说，"你是大野友治。我当然记得你。"友治与我握手，他的右手失去了小手指，其他手指细长冰冷。"你的手可真冷，像冰一样。"

"那句话是怎么说的，手凉心热？"友治说，"还是反过来？"

那年夏天父亲还未去世，我不满九岁，他带我们去日本出差

230

（现在出国要难多了，因为旅费高昂，还要担心得传染病）。父亲认为旅行对年轻人有好处，而且他不想在母亲被害后把我们单独留在家里。我们那次去见的人里有大野友治的父亲，他是大野糖果公司的老板，也是亚洲最大的巧克力经销商。那时，虽然他比我大七岁，我一下子喜欢上了大野友治。那年他15岁，现在应该是23了。

"你父亲身体好吗？"我问。

"他去世了。"友治目光低垂。

"对不起，我之前没有听说。"

"非常可怜，不过不是死于谋杀，是脑瘤。"友治说，"你似乎不知道这些事情啊，安雅。那我要告诉你，现在大野糖果公司由我来管理了。"

"祝贺你。"其实我不确定该不该这么说。

"我需要在很短的时间里学会大量的东西。不过我比你要幸运一些，我父亲还活着的时候教会了我很多东西。"友治冲我微笑。他的笑容很温暖，两颗门牙间有很小的缝隙，这让他多了几分孩子气。

我说："你这次可是远道而来的贵客。"

"我这次还有其他业务，而且，我还是新娘的朋友。"他说完，换了个话题，"跟我跳支舞吧，安雅。"

我看了看远处等待接饮料的长队，温站在中间的位置。我说："我和别人一起来的。"

友治朗声大笑：“哦，我不是那个意思。我已经结婚了，你比我小太多了。请原谅我这么说，不过我觉得你还是过去那个小女孩，而我能算得上是你叔叔辈的。我想我父亲会希望我和你跳支舞的，你男朋友也不会介意我这样的老朋友。”他向我伸出一只手，我握住了。

乐队奏起一支舒缓的曲子。虽然和他跳舞不会让我有什么浪漫的幻想，但也不是个苦差事。我称赞他跳得好，他说小时候父亲让他上过舞蹈课。“小的时候，我觉得上这种课简直是浪费时间，”他说，“不过现在我很高兴自己会这个。”

我问：“你的意思是因为女人喜欢跳舞？”

有人拍了拍我的肩膀。我本以为是温，转头一看发现是堂兄杰克斯。“介意我打断你们吗？”杰克斯问友治。

“这取决于安雅。”友治回答说。

杰克斯的脸通红，眼睛闪着光，我希望他没有喝醉。不过，我还是同意了，否则我觉得杰克斯会大闹一场。我说：“好吧。”

杰克斯拉起我的手跟我跳舞，友治离开了。杰克斯的手心里潮乎乎的，甚至还有点油腻。他问我：“你知道你在和谁跳舞吗？”

“当然，”我回答说，“大野友治。我认识他很多年了。”

“那好吧，可你知道他们怎么说他吗？”杰克斯又问。

我耸了耸肩膀。

“有人认为是他策划了巴兰钦巧克力的投毒事件。”

我想了想这种可能性："这对他有什么好处？"

杰克斯翻了个白眼："你是个聪明的姑娘，安雅。自己想想。"

"你刚才这么急着打断我们，为什么不直接告诉我呢？"

"那孩子——他们都是这么叫的，好与他父亲老大野友治区分开——那孩子急于证明自己。所有人都觉得巴兰钦家衰败了，还有什么比在北美市场彻底摧毁巴兰钦家的生意更能证明自己呢？"

我点点头："如果大家这么想，他为什么来参加婚礼呢？"

"当然了，他会说自己与投毒的事毫无关系。他来参加婚礼就是想让我们也这么想。我要告诉你，安雅，和他跳舞可是对你不利。"

我大笑起来，因为我想让他知道，我对这个说法毫不在意。我问他："为什么？"

"大家会觉得你同他结成了同盟之类的。"

"大家是谁，杰克斯？是几个月前我被扔进监狱时，愿意为我奔波的人吗？和大家说大野友治是我的老朋友吧，我愿意和谁跳舞就和谁跳。"

"你这是出洋相，"杰克斯说，"大家看着你呢。你可能觉得自己无足轻重，可你依然是利奥尼德·巴兰钦家的老大，你在这些人心里还是有分量的。"

"你这么说太过分了！那我哥哥利奥呢？他不算数吗？你可

是总对我说不要小看了他。"

"对不起，安雅，我不是这个意思。我……"

这时，又有人拍了拍我的肩膀。这次是温，谢天谢地。

我甩开杰克斯的手，高兴地走到温的身边。一支曲子结束了，接下来的音乐节奏更慢了。我完全没有注意，还在想刚才和杰克斯的对话。

温说："我想你可能不太喜欢跳舞。"

"是的。"我还在为杰克斯说的话生气，不是很想聊天。

"你可真受欢迎，"温继续说，"刚才你和那个黑头发的男人跳舞时，我还犹豫着是不是应该感到嫉妒。"

"我讨厌这些人。"说着我把头埋在温的怀里。他的外套有股雪茄味，温不抽烟（现在几乎没有人抽烟了，因为种烟草太浪费水），衣服上的烟味肯定是之前的主人留下的。烟味让我有点恶心，可是又有点儿喜欢。"我真讨厌卷进这些事里，有时候我希望自己从未出生，或者投胎成另外一个人。"

"别这么说，"温说，"我很高兴你出生了。"

"鞋子挤得我的脚疼。"我嘟囔着。

温温柔地笑笑："要我抱你吗？"

"不，只是别再让我跳舞了。"曲子结束，我们回到桌旁。大野友治已经离开，有人坐在了他刚才的椅子上。

我们没法在宵禁之前赶回城里，决定在塔里敦过一夜，就住在巴兰钦家的客房里。我跟纳蒂一起睡，温和我哥哥住一间。利奥和杰克斯还有在游泳池一起工作的、没结婚的小伙子们去玩了。我哄纳蒂睡下后，就去找温做伴。温经常失眠，所以我知道他肯定醒着。我是很容易入睡的人，几乎一沾枕头就能睡着。要不是为把温拖来参加如此无聊的婚礼而愧疚，我很乐意蜷缩在纳蒂身边，立刻睡去。旅途劳顿再加上鞋子不舒服让我筋疲力尽。

虽然看上去比较蠢，我还是换上睡衣，又套上从衣橱里找到的一件浴袍。我们说过要再等等，但是好几次差点没忍住，所以，还是睡衣加浴袍吧。

温正躺在床上，拨弄着他在房间里翻出来的一把跑调的吉他。吉他少了一根弦，侧面还有个洞。他看到我的装扮不禁笑了，说："你看上去真可爱。"我在房间里唯一的椅子上坐下，把腿蜷到胸前，脑袋枕在膝盖上。我打了个哈欠，温让我躺到床上，我摇了摇头。温继续摆弄吉他。暖气开了，让我昏昏欲睡，还很热，于是我脱下浴袍。

"这真是可笑。到床上来吧，我发誓，我什么也不做，"温说，"等利奥回来的时候我叫醒你。"

我点点头，躺在床的另一边，一会儿就迷迷糊糊地睡着了。

过了一小时的工夫，我醒了。我发现温睡着了，吉他还压在身上。我拿起吉他，放到地上，然后情不自禁地亲吻他。

他惊了一下，醒过来，开始吻我。

我想抚摸他，于是我把手伸进他的T恤衫。

不知不觉中，我把睡衣脱掉了。后来回想起来，一切发生得太快了，我还以为用睡衣可以挡住什么，这真是太蠢了。我问他有没有准备。我，安雅·巴兰钦，一个虔诚的天主教女孩。我简直无法相信这话是从我嘴里说出来的。

　　他回答说有："可是你确定要吗，安妮？"

　　即使我的大脑在拒绝，我的身体要。"是的，"我着急地说，"是的，我要。快戴上吧。"

　　就在这时，隔壁的房间里传来一声尖叫。纳蒂又做噩梦了。

　　"我得走了。"我说着从他身上下来。

　　时间紧迫，我没来得及捡起地上的睡衣，套上浴袍就跑了。

　　我回到纳蒂的身边时，感到浑身发烫，脸上通红，我为自己走到这一步而羞耻。那声尖叫救了我，真的。

　　纳蒂已经醒了，她的小脸通红，还挂着泪痕。

　　我把她抱在怀里，问："这次梦到什么了？"

　　"奶奶。"纳蒂小声说，"我在公寓里，奶奶死了。她的脸色铁青，像石头一样。我去摸她的时候，她的手指掉下来了，然后她化成了一堆散沙。"

　　纳蒂不是第一次做这种梦了，尽管我还想着刚才和温发生的事，还是要安慰纳蒂。"终有一天，奶奶会离开的，"我说，"我们得作好心理准备。"

　　"我知道！"纳蒂大声说，"可是奶奶的死只是个开始。我跑进你屋里，发现你也死了，你的皮肤和奶奶一样没有了血色。我又跑进利奥屋里，他也是一样，只剩下我自己了。"纳蒂又哭了。

"我和利奥不会死的，纳蒂。至少不会这么快，我们还年轻，也很健康。"

"可爸爸妈妈死的时候和我们一样年轻、健康。"纳蒂说。

我抱着纳蒂，温已经仿佛远在天边："我们不会像他们一样。你会明白的，我做的一切，想的一切，都是为了保护我们。特别是为了你，不再过那样的生活。"

纳蒂点点头，但眼睛里还存着怀疑。

我给她盖好被子，正要在她身边躺下，才想起来我没有穿睡衣。我得穿着这件被虫子蛀坏的法兰绒睡袍了，但愿我不会长虱子或是别的什么。或许这能给我个教训，让我记得不要再脱掉睡衣。

反常的是，我失眠了。我在想是不是应该找谁和妹妹谈谈，我又想起纳蒂惊醒前我和温在做的事（或者说要做的事）。我是个虔诚的天主教徒，不过并不迷信。可我还是不由自主地想，纳蒂的尖叫是不是预示着什么？天主，或者是我过世的父母，告诉我快停下。或者，是我想得太多了？毕竟纳蒂经常做噩梦，这未必是什么征兆。再说了，或许我和温会主动停下？我们之前有几次就差一点点，但是我自己刹住了，并不需要干预。

不过尖叫确实让我停了下来。

我的皮肤开始发痒，我试着不去理会，但还是忍不住去挠。最后，我放弃了，一直挠到小腿破皮了。

我听到轻轻的敲门声，是温，他拿着我的睡衣。他已经把睡衣叠好，真是个绅士。如果换作盖布尔，一定会把我丢下的睡衣揉成团扔给我。

为了不吵醒纳蒂，我来到走廊上。"谢谢。"我说，"对不起。"我又补了一句。

温摇了摇头。

"我真的非常抱歉，我不想这么对你。我想……"要把后半句说出来真是难为情，"可是，我的身体和大脑有时候没法达成一致。"

温亲了亲我的脸颊："按理说，这确实让人讨厌，可是你真幸运，我爱你爱得发狂。"

只是暂时的，我在心里想。

"怎么了？你的小眉头皱起来了。你在想什么？"

"暂时的，"我说，"你只是暂时爱得发狂。"

"永远，"他说，"我是认真的。"

温大概是我认识的最好的男孩子，他的话真让人感到温暖。虽然我并不相信，但我知道他相信自己说的话，我不想伤害他。我尽量不让怀疑表露在脸上。

我吻了他的嘴唇，努力让舌头好好待在自己嘴巴里。我关上门，回到房间里。我脱掉浴袍，换上自己的睡衣，然后回到床上躺在妹妹身边。她转过身，搂住我的腰。

她小声问："我是不是打扰了你和温？"

"没什么要紧事。"我告诉她。我决定不把刚才的事放在心上。

"我真的很喜欢他。"纳蒂迷迷糊糊地说，"如果我要找男朋友，当然我可能找不到，我一定要找像温那样的。"

"我很高兴你喜欢他。"我说，"不过，我很认真地和你说，纳蒂，以后你会有成千上万个男朋友。"

"成千上万？"她问。

"嗯，你想要多少就有多少。"

"一个就行，"她说，"特别是，如果他和你的男朋友一样好的话。"

15

我们又失去亲人；我学会了一个新词"内讧"

我们周日中午才回到城里。温从火车站直接回家了，他的家离中央火车站很近。我、利奥和纳蒂也回了家。我又困又饿，还有一堆作业要做，急切地想要回到家里。而且，离开家总是让我感到焦虑。

现在虽然还是二月，天气却异常暖和，利奥和纳蒂想从火车站走回去，不想坐公交车。我本想坐公交车快点到家，但是少数服从多数。

路程过半，不知道为什么，我忽然特别想要回到家里，于是加快了脚步。

"慢点，"纳蒂在后面叫我，"我们跟不上了。"

我转过头去建议来个比赛，看谁先到家。我们走到了名不副实的博物馆大道，这条路在公园旁边，是回家的近路。

"回来，安妮，"利奥说，"你在我们前头，这不公平。"

我退回到纳蒂和利奥站的地方。

"各就各位，"我发令，"预备——跑！"

纳蒂、利奥和我在人行道上跑了起来。利奥在最前面，纳蒂稍稍落后。我在最后面，不过我很喜欢这个位置，这样方便照看他们两个。

我们跑得气喘吁吁、满脸通红，不到10分钟就到家了。身体上的劳累也平息了我的焦虑。

"走楼梯吗？"利奥开玩笑地说。

"好样的，利奥。"我说着按下了电梯按钮。

外面虽然暖和，家里依然很冷。我感到客厅里吹过来一阵风，于是我去关窗户。走进客厅，我发现伊莫金坐在沙发上，刚才的不安立刻回来了。

我问："出什么事了？"

伊莫金摇了摇头："纳蒂和利奥呢？"

我告诉她："回房间里去了。"

"你先坐下。"她说。我知道这通常意味着一件事。

"我还是站着吧，"我坚持道，"如果你要和我说奶奶过世了，我更愿意站着。"

"她昨晚去世的。当时停电了，备用的发电机不知道为什么没有运转。等再来电的时候，已经太晚了。我相信她没有受到太多痛苦。"

"你怎么知道的？"我问。

"知道什么？"伊莫金说。

"她没受到太多痛苦！你怎么可能知道？"

伊莫金没有说话。

"你不知道！可能非常痛苦！你睡着的时候，她可能呛到了，喘不过气来。她的皮肤火烧火燎地疼，她觉得自己的眼珠要跳出来了，祈祷一切能快点过去……"

伊莫金抓住我的胳膊："求你了，安妮，别这样。"

"别碰我！"我把胳膊抽出来。我感到了自己的怒火，我轻易就陷进去了，好像它是为我量身打造的："你的工作就是确保那些机器正常运转！就这一件事你也做不好！你是个蠢货，是个谋杀犯！"

"不是的，安妮，我不是。"伊莫金辩解道。

利奥从房间里出来，问我："安妮，你为什么冲着伊莫金嚷？"

可是我没有空回答哥哥，我被愤怒冲昏了头："可能有人贿赂你，让你拔掉了奶奶的机器吧？"

伊莫金哭了起来："安妮，我怎么会做那样的事情？"

"我怎么知道？人们为了钱什么都能做，我们家有那么多仇人。"

"你怎么能这么说？我爱加林娜，我爱你，我爱这家里所有人。她的时间到了。她对我说了很多话，我知道她也和你谈过了。至少，她尽力了。"

"奶奶死了？"利奥的声音充满恐惧，"你是说奶奶死了？"

"是的，"我说，"她昨晚死的，伊莫金眼睁睁看着她死的。"

"不是这样的。"伊莫金说。

"从我家里滚出去，"我告诉她，"永远别再踏进来一步。"

"安雅，让我帮你吧。你要处理遗体，你不应该自己来面对这些。"伊莫金乞求我。

"出去。"我说。

她站起身，但是没有动。

"走！"

伊莫金点点头："她的遗体还在床上。"说完，她离开了。

利奥开始轻轻地抽泣。我走到他身边，把手放在他肩膀上："别哭，利奥。"

"我哭是因为我很伤心，不是因为我软弱或愚蠢。"

"你当然很伤心。对不起。"

利奥继续哭，我没有再说什么。说实话，我仍处在愤怒之中，还夹杂着不知道该做什么的焦虑。过了一会儿，利奥说话了。但是我当时在想别的事，没有听清，让他再说一遍。他问我，我刚才对伊莫金说的是不是真的？

我耸了耸肩膀："我不知道刚才说了些什么。我要去看看奶奶，你去吗？"

利奥摇了摇头。

我打开奶奶房间的门。奶奶闭着眼睛，粗糙的手放在胸前，显得十分平和，我想这应该是伊莫金摆放的。

"噢，奶奶。"我深吸一口气，亲吻她布满皱纹的脸颊。

忽然，我听到有人在喃喃自语，房间里并不是只有我和奶奶。纳蒂在床边靠近窗台的地方，双膝跪地，低头祈祷。

纳蒂抬起头："我刚才进来想和她说说婚礼的事……可是……她死了。"她的声音很小，充满孩子气，像是在自言自语。

"我知道。"

"这就像我梦到的那样。"纳蒂说。

"不过我还没有看到谁变成沙子呢。"我说。

"别开玩笑，"纳蒂说我，"我是认真的。"

"我没有开玩笑。在你的梦里，我们都死了，对不对？可现实是，只有奶奶去世了。你知道这一天终究会来的，我昨天晚上还和你说过。"就是在这个时候，我开始意识到自己对伊莫金说的话有多荒唐。我对刚才的言行感到后悔，我真不明白自己的第一反应为什么是愤怒。这时，我开始感到悲伤、担心和恐惧。如果我再勇敢一点，可能会放声大哭。

"是的，我知道她会死，"纳蒂承认，"可是我一直不愿意相信这个事实。"

我提议一起为奶奶祈祷。我握住纳蒂的手，在床边跪下。

"为她大声说点什么吧，"纳蒂恳求我，"就像他们在父亲葬礼上念的那样。"

"你还记得？"

纳蒂点点头："我记得好多事情呢。"

"耶稣对她说：'复活在我，生命也在我。信我的人虽然死了，也必复活。凡活着信我的人，必永远不死……'"我停了下来，"对不起，纳蒂，我只记得这些。"

"没关系，就是这样，"她说，"这些就够了。这话说得真好，是不是？这表示她不是真的死了，至少，不是在很重要的意义上。这让我觉得没那么害怕了，甚至没那么孤单了。"她的眼里充满泪水。

"你不孤单，纳蒂。我永远在你身边，你知道的。"我为她抹去脸上的泪水。

"可是，安妮，我们现在怎么办呢？你年龄还不够大，不能照顾我们。利奥可以吗？"

"当然，利奥会成为我们的监护人，我也会像以前一样，料理好所有的事。对你来说，一切不会改变，我发誓。"我忽然意识到，父母都是这样骗孩子的，他们自己也不确定，却总对孩子承诺。我祈求天主保佑一切顺利，"我得马上给吉卜林先生打电话，作些安排。"还有很多事情要做，如果我不抓紧时间，事情多得可能会压垮我。我牵着纳蒂的手走出房间，轻轻地为奶奶关上门。我回到自己的卧室，立刻拿起电话。

吉卜林先生最近才恢复工作。"安雅，"他说，"我让格林先生也听电话。从现在开始，他会参与进来，这是为我万一心脏病复发作准备，不过我想应该不会如此。"

"你好，西蒙。"我打了个招呼。

"你好，巴兰钦小姐。"西蒙·格林说。

"今天需要我做点儿什么？"吉卜林先生问。

"加林娜去世了。"我尽量保持平静。

"请你节哀。"吉卜林先生说。

"节哀顺变。"西蒙·格林也说。

"她毕竟年纪大了。"我好像在说一个不怎么认识的人。

"请节哀顺变。不过你放心，安雅，你可能知道，一切已事先安排妥当，你们兄妹能顺利度过这个时期的。"吉卜林先生说他和西蒙·格林会尽快赶到，"利奥跟你在一起吗？"

"是的。"我回答说。

"那就好，他需要参与接下来的讨论。"

"我会让他留在家里的。我要给殡仪馆打电话吗？"

"不用，不用，"吉卜林先生说，"我来安排。"

我挂了电话。

刚才我还觉得千头万绪，可是现在，除了等待吉卜林先生和西蒙·格林过来，我又无事可做。

我希望做点儿什么。

我想给温打电话，可是说实话，我并不希望他来。这是属于家人的时间。

我躺在床上。

噢，奶奶，多少次，我曾希望你不用再受病痛的折磨，希望你安详地离开；多少次，我又祈祷这永远不要发生，祈祷你可以长命百岁，至少等到我成年，可以做纳蒂的监护人。

如今，这一天真的来了，而我毫无感觉，除了为自己毫无感觉而愧疚。也许，这是因为我经历了太多苦难，可是同样经历了苦难的利奥和纳蒂却哭了。我到底是怎么了，居然没有为奶奶流一滴眼泪，我深爱的奶奶，也深爱着我的奶奶！

门铃响了，响得正是时候。我不想胡思乱想了。

我去开门，正是吉卜林先生和西蒙·格林。过去结实矮胖的吉卜林先生，因为心脏病发作而瘦了不少，像是抽走了不少填充物的泰迪熊玩具。

"安妮，"吉卜林先生说，"请节哀顺变。加林娜是个了不起的人。"

我们在客厅里坐下。利奥还在客厅里，伊莫金离开后他一直在这里。

"利奥。"我叫他。

他面无表情地看着我。他的眼睛哭肿了，他不再是过去几个月里那个自信满满的利奥，这让我感到担心。别这样，利奥，我在心里说。

我对利奥说："吉卜林先生和格林先生过来了，和我们讨论奶奶去世后要做的事情。"

利奥站起身，用弄脏的手帕擦了一下鼻涕，说："好的，我这就回屋里去。"

"不，"我说，"你得留下。在接下来要做的事情里，你要发挥重要的作用。坐到我身边来。"

利奥点点头，他走到沙发前面坐下。西蒙·格林和吉卜林先生坐在咖啡桌对面的椅子上。

首先，我们安排了奶奶的葬礼。这并不难，因为奶奶已经把要求写了下来：不要瞻仰遗体，不要昂贵的棺材，不要化学防腐，不要华丽的墓碑。我希望葬在布鲁克林的家族墓地，葬在我儿子身边。

西蒙·格林问我："你想安排验尸吗？"

"西蒙，我觉得没有这个必要，"吉卜林先生口气严厉，"加林娜病了很多年了。"

"是的，不过……"西蒙·格林说，"她到底是怎么去世的？"

我讲了伊莫金说的停电的事。

"备用发电机为什么不能用？"西蒙·格林追问道。

"我不知道。"我说。

"你信任这个叫伊莫金的人，对吗？"西蒙·格林问，"没有人能收买她吧？比如给她什么好处之类的？也许有人想害死加

248

林娜·巴兰钦。"

"什么人想害死奶奶？"利奥的声音有些颤抖。

"西蒙，你的想法真是荒唐。"吉卜林先生瞪了西蒙·格林一眼，"伊莫金·古德菲洛在这里工作多年，她很忠诚，工作出色。加林娜的死没有任何蹊跷的地方，她病得很重，能撑这么久已经是个奇迹了。这几个星期，我们讨论过好几次她的病情，她甚至对我说，觉得自己的大限要到了，她甚至希望这快点到来。"

"她对我说过同样的话，"我看了利奥一眼，"真的。"

利奥点了一下头，然后又点了点头，才开口说："可是那个也没什么坏处，那个——"利奥心烦意乱的时候，表达会出问题。他指着西蒙说："他说的那个，弄明白奶奶是怎么死的。那样我们就能确定了，对不对？"

"你是说验尸？"

"是的，验尸。"利奥重复道，"安妮也总是说，掌握的信息越多越好。"

我说那是爸爸的话。

吉卜林先生轻轻拍了拍哥哥的手。我心里一惊，就在前不久，利奥还不愿意与家人之外的人亲密接触。不过利奥没有什么异常表现，他似乎对吉卜林先生的触碰毫不在意。"利奥，尽管我很赞同你妹妹和你父亲对于信息的看法，但在这件事上，验尸确实有坏处。我可以给你解释一下吗？"

利奥点头表示同意，吉卜林先生开始阐述他的看法："你的祖母已经去世了，没有什么能改变这个事实。我们没有理由怀疑，除衰老和疾病，还另有死因。可是，如果我们要求进行验尸，显得我们认为有其他因素导致了死亡，这里面另有隐情，而这是家族里的人最不希望看到的事情。"

利奥点了一下头，但是问："为什么？"

"因为你和你的妹妹们不能受到太多关注。你们兄妹三个里，只有你满十八岁了，你将成为纳蒂和安妮的监护人，你明白这一点吧？"

"是的。"利奥说。

"如果你们的情况受到公众关注，儿童保护机构会把纳蒂和安妮从你身边带走。你还年轻，大家知道你的病史。如果出于某种原因，相关机构认为你不适合做监护人，他们会把纳蒂和安妮送到寄养家庭。"

"不行！"利奥大声说，"不行！绝对不行！"

"好了，别担心，利奥，我会竭尽全力阻止这种情况发生。"吉卜林先生说，"所以我建议不要采取过多行动，招来不必要的关注。福利机构的人忙得昏天黑地，不会主动来过问你们的情况。"

屋里一下子安静下来。

过了一会儿，利奥说："好吧……你说的……我觉得有道理。"

"那就好。"吉卜林先生说。

我问："你觉得利奥应该辞职吗？"

利奥吼道："我不想那样！"

我解释说："他还在游泳池工作。"

吉卜林先生摸着自己的光头，似乎在捋看不见的头发。"哦，对。我没能解决动物诊所的事，是不是？对不起，安雅。心脏病发作——但这不能成为我推卸责任的借口。格林先生，你能帮我记下来吗？"

西蒙·格林低头记录，没有说什么。事实上，他提过验尸的建议后就没有再开口。他的表情让我想起巴塞特猎犬。

西蒙·格林问我的哥哥："你喜欢游泳池的工作吗？"

"是的，"利奥回答说，"非常喜欢。"

"他们让你做什么？"

"给大伙儿打饭、发零食和饮料，把脏衣服送到洗衣店。"

"他们对你好吗？"

"很好。"

"我理解你的担心，安雅，不过我觉得利奥不应该辞掉游泳池的工作。"吉卜林先生说，"尽管游泳池和团伙犯罪有关联，但是有份固定工作显得更好一些。"吉卜林先生看着哥哥说，"你得保证永远不做危险和违法的事。你现在是安雅和纳塔利娅的保护人，你非常非常重要。"

利奥坐直身体，郑重地点了点头："我保证。"

"很好，"吉卜林先生说，"至于家里的其他事情，基本上和以前一样。"当然，我已经知道这一点了，吉卜林先生实际上是说给利奥听的，"财务方面，都放在一个信托里，在安妮成年之前由我来管理。"

利奥没有提出质疑，也没有像奶奶担心的那样感觉受到侮辱。他全盘接受，这让我们松了一口气。尽管西蒙·格林有所失言，但吉卜林先生让利奥觉得自己很受重视。我们又讨论了一会儿，主要是关于奶奶的葬礼。吉卜林先生坚持认为不能在我们家里举行，要选一个私密性比较好的地方，方便家族的亲戚前来吊唁。"我和格林先生会想出办法来的。"

我们快把需要处理的事情安排好时，门铃响了，是殡仪馆的工作人员。利奥先回了自己的房间。（我想他可能是害怕看到奶奶的尸体。）

"要不你去看看殡仪员是不是需要帮忙吧？"吉卜林先生对西蒙·格林说。他找个借口把西蒙·格林支开，西蒙也明白这一点。

吉卜林先生不停地出汗，于是我建议去阳台上说。

我问："你的身体怎么样？"

"好多了，谢谢，我想已经恢复到原来的62%了。凯莎照看着我的饮食，她不让我吃任何有味道的东西。"他像父亲一样扶着我的肩膀，"我知道你爱加林娜，也知道她有多疼你。我理解你有多伤心。"

我没有说话。

"我很担心你。你把一切藏在心里。安妮，这样对身体不好。"吉卜林先生笑了起来，"虽然不知道自己有没有资格，我还是要给你保养身体的建议。"

"安妮，有件事我们还没有谈。我一直犹豫要不要说，不过我觉得有这个必要。"

"什么事？"

"那个德拉克罗瓦家的男孩。"吉卜林先生说。他和大家一样看到这个新闻了，"西尔弗斯坦已经正式宣布退休，这意味着，查尔斯·德拉克罗瓦随时可能宣布竞选地方检察官。一旦宣布，公众会开始关注他以及和他有关的一切。"

我当然明白吉卜林先生要说什么，这也是我反复想过的事情："你觉得我应该和温分手吗？"这话我从11月开始就对斯嘉丽说过很多次了。

"不，这不是我该对你说的，安雅。只是所有事赶在一起了——加林娜去世，利奥成为你的监护人，德拉克罗瓦先生有政治抱负——情况可能不乐观。作为一个称职的顾问，我至少得提出这个问题：你觉得为这段感情接受审查值得吗？"

理智告诉我：不值得。

可是我的心啊！

"你不用现在回答。"吉卜林先生说，"接下来几个星期，我们肯定会经常联系。"

透过玻璃门，我看到西蒙·格林在客厅里示意我们进去。

吉卜林先生替西蒙·格林道歉："他不该当着你哥哥的面建议验尸。西蒙是好心，也是个聪明人，只是他还有很多东西要学。"

我和吉卜林先生回到客厅，殡仪员正等着吉卜林先生签署一些文件，以转移奶奶的遗体。此刻奶奶的遗体放在床上，黑色塑料袋的拉链半开着。我忽然想起没有请神父为奶奶做临终祈祷，我为奶奶和自己的灵魂担心。

"还没为奶奶做临终祈祷。"我对吉卜林先生说，"奶奶对我说她快不行了，我却没有在意！我本应为她请神父的，这都是我的错。"

"安妮，"吉卜林先生温柔地说，"你的祖母并不是天主教徒。"

"可我是！"我呜咽着，"我不想让她下地狱！"

吉卜林先生没有说话。我们知道奶奶这一辈子做过一些违心的事，否认这一点没有什么用。如果有机会去天堂，加林娜·巴兰钦不会错过的。

晚上，奶奶的遗体已经送到布鲁克林的殡仪馆。我为利奥和纳蒂做好通心粉，收拾了奶奶房间里的床铺，与吉卜林先生定好在游泳池为奶奶守灵。我让纳蒂洗澡睡下，给了因为头疼而大哭的利奥一片阿司匹林，祈祷他的头疼不会转为惊厥。我终于能睡下，却被做噩梦的纳蒂惊醒。我安慰好妹妹，回房间的时候被利奥叫住。（他想让我去看看奶奶的房间是不是还开着窗户、门有没有关。）我做完这些事情，第二次爬到床上，一切终于安静下来。这是许多年来家里从未有过的安静。过去维持奶奶生命的设备噪声很大，以至于我已经习惯了那些噪声，现在这新出现的陌生的安静反倒让我觉得是噪声了。我久久不能入睡，于是起身去了奶奶的房间。奶奶病着的时候，我总觉得房间里有一股酸味，现在那股味道已经消散殆尽。一切实在是发生得太快了！

奶奶搬来之前，这个房间曾是爸爸的办公室。我想我之前可能没提过，爸爸就是在这间房间里被杀害的。奶奶刚来的时候，我还以为她会睡在爸爸妈妈原来的卧室里，可她说让我搬到那个卧室——之前我一直和纳蒂住在一起——她就住在爸爸的办公室里。尽管那时我才九岁，但我觉得让她睡在儿子被杀害的房间里并不合适，（房间的地毯上甚至还有血迹）于是我说我可以继续与纳蒂住在一起。"不，安雅，"她说，"如果我们不用这个房间，它就永远是你父亲去世的地方，这个房间就变成了纪念馆。在房子里放个棺材可不是个好主意，亲爱的。再说了，你是个大姑娘了，你需要一个自己的房间。"那时我还不明白她的意思，我记得自己甚至有点儿生气。"这是爸爸去世的地方！请表现得尊重一点！"我本想这么说的。现在我才明白，把这里当作卧室需要多大的勇气。爸爸是她唯一的亲生儿子，虽然她没有表现出来，但一定也很伤心。

我查看奶奶的床头柜，看她是否给我留了字条什么的。可是我一无所获，只找到一些药片和伊莫金的书《大卫·科波菲尔》。

我坐在床垫上，闭上眼睛，似乎听到奶奶在说"去拿块巧克力，分给你爱的人吃"。我睁开眼睛。没有人再对我说这些了，没有人会不需要任何理由地让我吃点甜的东西，也没有人再关心我跟谁分享巧克力。在这个世界上，我所能得到的爱比24小时之前少了很多。我用双手捂住脸，哭了起来，尽量不发出一点声音——我不想吵醒哥哥和妹妹。

奶奶爱我。

她真的非常爱我。

尽管如此，她的去世还是让我如释重负。（这让我哭得更伤心了。）

这一夜我在奶奶房间里睡着了。

太阳升起的时候我才醒。我的卧室是西向的，看不到日出。我现在明白奶奶为什么喜欢这个房间了，衣帽间比我卧室里的大，早晨的阳光更加灿烂。

我和吉卜林先生讨论过一切照常的重要性，特别是我和纳蒂要像往常一样去上学。我们照做了。虽然眼睛哭肿了，功课还没有做，但我们还是去了学校。

在击剑课上，我把奶奶去世的消息告诉了斯嘉丽。她哭了，但是没说什么有帮助的话。

吃午饭的时候我告诉了温，他问我为什么没早点给他打电话？他说："我可以去看你的。"

我说："没有什么需要你帮忙。"

"可是，"他说，"你不用一个人面对这些。"

我不由想起跟吉卜林先生的讨论。我看着温，犹豫着是否应该放弃这段感情？更确切地说，我是否能放手？"温，拜托了，别对你父亲说我奶奶去世的事。"

"就好像我会说似的，"他说，"我不会跟那个人说任何事。"

"我知道，"我说，"可是我不想成为你父亲需要解决的麻烦事。"

温换了个话题。"葬礼是什么时候？"他问，"我跟你一起去。"

"不办葬礼，只是周六在游泳池为奶奶守灵，只有家人会到场。"我觉得温跟我一起去不是个好主意。

"如果你不想让我去，可以直接告诉我，你知道的。"

"不是的……"突然，我感到筋疲力尽。我昨天睡得很晚，这让我很难保持理智。

温说："好像除了去参加葬礼，我没有什么事可做的了。"

"我累了，"我说，"我们能晚点儿再说这个吗？"

"好吧，"温说，"我今晚过来。可能我之前没来得及说，我为你祖母的去世感到遗憾，节哀顺变。"他吻了我，不过不是那种性感的吻，而是温柔的轻吻。铃声响了，他要去上课了。我看着他在餐厅黑白格子的地板上一路小跑。他的臀部没有赘肉，肩膀宽阔，跑步的动作很优雅，像个舞者。从后面看，他还是个小男孩。没错，他是个男孩，他只是个普通的男孩。虽然放手并不容易，但如果迫不得已，我能做到。作为天主教徒，我很早就明白了放弃是生活的一部分。

"你是安雅·巴兰钦吗？"有人拍了拍我的胳膊，是纳蒂的一个老师。她才来了一两年，没教过我，有一种新人才有的热情。"我是凯思林·贝莱瓦尔！我一直想着今天要是能遇见你就好了！我们能谈谈你妹妹的事吗？如果你有课的话，我们可以边走边说！"她的每一句话都饱含着热情。

我点了点头："没问题。是不是纳蒂今天上课时有些心不在焉？这个，我们家里有人刚刚过世，而且——"

"请你节哀，不过，不是这样的。事实上，恰恰相反！我想说的是，她的表现非常好！你妹妹极有天赋，安雅。"

有什么？"天赋？请问您教什么科目？"

"数学。"她回答道。

"数学？纳蒂有数学方面的……天赋？"这我倒是第一次听说。

"还有科学方面的，尽管这门课不是我教的。听我说，"贝莱瓦尔小姐说，"我可以叫你安妮吗？"

我耸了耸肩。

"纳蒂就是这么叫你的！她经常说起你！"

"嗯，谢谢你告诉我纳蒂有天赋。"我说。

"你知道吗？马萨诸塞州有个天才儿童夏令营。今年夏天，八个星期。这对纳蒂来说是个机会，可以认识和她一样有天赋的孩子。她需要个赞助人，我很愿意陪她去。"

"你为什么愿意做这些？"

"我……这只是因为我相信纳蒂的能力。"

"你想从中得到什么？"我问，"你肯定有所求。"

她的脸一下子红了："不，我什么都不要！我只是想看到纳蒂成功，她应该成功。"

我甚至没时间考虑这事。我得处理奶奶的后事，应付社会福利机构，还有成千上万的事等着我。

贝莱瓦尔小姐又说："几个月前我为她提交了申请。"

"你做了什么？"这个女人觉得自己是谁啊？

"如果在这件事上我越界了，我向你道歉。可是你妹妹真的很聪明，安妮。她是我做老师以来见到的最聪明的孩子。"

她做老师多久了？大概，两年？

"噢，你可能觉得我当老师没有多久，那把我上学的时间也算上。纳蒂今后能解决水资源的问题，或是别的什么，任何事情……"她叹了口气，"听我说，安妮，我想帮你妹妹也有一点儿私心。简而言之，我讨厌现在这样，一切变得越来越糟。别对我说你从没想过，为什么事情会是现在这个样子？为什么我们要倾尽所有去解决资源短缺的问题？说实话，你能记起最近有什么新发明吗？当然，除了层出不穷的法律。你知道如果一个社会只剩下旧东西，会发生什么吗？它会衰败，会走向灭亡。我们正生活在黑暗时代，可是半数人甚至没有意识到这一点。我们不能再这样了！"贝莱瓦尔小姐顿了一下，"对不起，我充满激情的时候可能会语无伦次。我想说的是，纳蒂真的能有所作为。像她这样的人将是我们唯一的希望。作为她的老师，如果任由她的聪明才智被浪费，这将是我的失职。"

纳蒂的成绩一向很好，但这么说太荒唐了。"如果她这么出色，为什么之前从没有人对我说过呢？"

"我不知道，"贝莱瓦尔小姐，"也许他们被你们的家庭背景吓住了，或者他们一直戴着有色眼镜看纳蒂。"

"你是说他们对纳蒂有偏见？"我咬紧牙关。

"而我刚来不久，从新的角度来看待一切。现在我告诉你了。"

我们已经走到比利先生的教室外面，她说她会发给我更多的信息。贝莱瓦尔小姐爱管闲事，但我觉得她不是个坏人。

"我得跟……"我差点儿就说了奶奶，"我哥哥和律师商量一下。"

"纳蒂说你们家里的事由你来做主，"贝莱瓦尔小姐说，"你是大家的保护人。"

我说："她不该这么说的。"

贝莱瓦尔小姐说："这担子实在是太重了。"

说实话，一个外人发现了纳蒂的天赋，我却从未注意到，这让我很恼火。我觉得自己辜负了妹妹。"如果纳蒂是这样的天才，我为什么从未注意到？"

"有时候我们确实很难看清眼前的事。"贝莱瓦尔小姐说，"可是我和你说，她的天赋真的很少见。我们应该鼓励她，保护她。"贝莱瓦尔小姐捏了一下我的手，冲我眨了眨眼睛、点了点头，就好像我们是同谋一样。

我推开教室门。贝莱瓦尔小姐朝比利先生挥了挥手，示意他我刚才同她在一起，所以耽误了一会儿。他点了点头，说："你能来上课，这真不错，巴兰钦小姐。"

"我刚才同贝莱瓦尔小姐在一起，难道你没看见吗？"

比利先生没有说话。

"我的意思是，我看到你向她招手了，"我说，"所以你应该看到了。"

"够了，巴兰钦小姐。坐到座位上去吧。"

我没有走到课桌前，而是走到教室前面，站在他面前。"我认为你看到了，"我继续说，"你只是喜欢挖苦人。你喜欢贬低我们，是不是？你很享受自己手里这芝麻大小的权力。你让我们彼此为敌，这样就能从中得利，真是可悲。"

"太无礼了。"他说。

"我刚才说可悲，说的就是你。你真是可悲。"我又说。

我拿起书包，走向校长的办公室。

比利先生咆哮起来："去校长那里！"

"我会比你先到的。"我回答说。

也许我根本不应该在奶奶去世的第二天来学校。

考虑到亲人的去世，校长并未严厉责罚我，只是让我第二天停课一天。这根本算不上惩罚，而是给我一个待在家里的理由。从一开始就该这么做，这一整天我都无精打采。

我、纳蒂、斯嘉丽和温坐公交车回我们家。

纳蒂戴着温的帽子。"嘿，"我说，"你们知道我们中间有个天才吗？"

"嗯，我从没有自称天才，"斯嘉丽说，"不过我确实才华横溢。"

"不是你，"我说，"是纳蒂。"

"我信，"温说，"她的脑袋和我的差不多大。看，她戴我的帽子非常合适。"

纳蒂没有说话。

"那么，小朋友，你是哪个领域的天才？"温问道。

"数学，"纳蒂说，"诸如此类的。"

"我以前怎么不知道？"斯嘉丽说。

"我们都是第一次听说。"我说。

"嗯，那么，恭喜你，我想我应该这么说。"斯嘉丽对纳蒂说。

我们一回到家，纳蒂就跑进自己的房间，重重地关上门。我本不想去追她，可我还是去了。我转了转门把手，门锁上了。

　　"别这样，纳蒂，让我进去。"

　　"你为什么让我难堪？"纳蒂在里面大声喊道。

　　"你为什么从未说过自己是个天才？"我也高声说道。

　　"别那么叫了！"

　　"怎么叫？"

　　"天才！"

　　"这是称赞。你为什么从没和我说过？为什么我还得让一个看着比我还小的蠢老师告诉我？"

　　"贝莱瓦尔小姐不蠢！"

　　"对，我才蠢！我竟没发现自己的妹妹是个天才，"我坐在纳蒂门外，"我觉得自己蠢透了，纳蒂。这让我觉得自己一点不了解你，甚至不关心你。"

　　纳蒂打开了门。"我知道你关心我，"她说，"只是……我自己也不知道。我一直以为大家和我一样，直到贝莱瓦尔小姐告诉我不是这样的。"

　　"你知道以后为什么不告诉我？"

　　"因为我不想让你担心。那时你刚刚从那个可怕的自由管教所回来，我不愿给你惹麻烦。之后你又和温恋爱了。"

　　"可你是个天才，这是件好事，对不对？为什么你觉得这是个麻烦？"

"可能是因为，你总说我们在学校里要低调。所以，我在课堂上尽量不说话，不大举手发言。即使知道答案，我也不说出来。"

"你是说你故意表现得不那么聪明？"我的妹妹居然一直努力假装平庸，这让我感到沮丧。我感觉很头疼，眼球要进出来了，于是我用手托住脑袋。"可是，纳蒂，"我小声说，"这是不对的。"

"对不起，安妮，我只是想减轻你的负担。我对贝莱瓦尔小姐说不要告诉你，这不是什么重要的事。"

我微微抬起头，感觉眼睛好一些了。我问："你想去参加夏令营吗？"

"不。"纳蒂又说，"也许想吧。"

"那你再做噩梦怎么办？"我问，"我不能陪你去，你知道的。我不能把利奥一个人留在家里，而且，我也不是个天才。"

"我不知道，"纳蒂说，"我还没想过这些。"

"没关系，我们不用今天就想出办法来。"我说，"不过你得告诉我这样的事情，纳蒂。特别是现在奶奶已经不在了，我知道我不是奶奶，也不是爸爸妈妈，可是我在努力。"

"我知道，安妮。我知道你为我做的一切、为利奥做的一切。我希望自己再大一点，这样就能帮你了，我希望你不用那么难。"她用自己瘦弱的胳膊搂住我，我不由得想起贝莱瓦尔小姐说的话：纳蒂的天赋很少见，她需要保护。过去的几个月里，我一直为别的事而分心，这是不行的，特别是现在奶奶不在了。我要为怀里这个小女孩担负起责任，那一刻，我感受到肩上的重担。没有我，她可能没法发掘自己的潜力，她可能会遇到坏人——天知道我们周围有多少坏人。没有我，她甚至可能会死去。或者，虽然活下来，却不能成为她本该成为的那种人，而这或许是更糟糕的一种死亡方式。我把妹妹搂得更紧了。忽然我觉得天旋地转，喘不过气来，感觉自己要吐了。我有些胸闷，想重重地在墙上打上几拳。我意识到这就是爱，真是太可怕了。

突然间，我真的要吐了。我放开纳蒂，跑向走廊尽头的卫生间，勉强在吐出来之前冲到了马桶旁边。

我吐了大概有十分钟。吐完的时候，我才发现有人帮我把头发撩起来了。我以为是纳蒂，转头发现原来是温。我忘记他放学后同我们一起回来了。

"噢，"我说着按下冲水的按钮，"你该走了，我这个样子太恶心了。"

"我见过更糟糕的情形。"他说。

"纳蒂呢？"按说她应该会过来帮我挽住头发的。

"她去给伊莫金打电话了。"

想起最后一次与伊莫金的谈话，我想她可能不会来。

"你该回家了。"我对温说，"不管我生了什么病，都不想传染你。"

"我从不生病，"他说，"我的体质特别好。"

"你这么棒啊，"我嘟囔着，"你现在能走了吗？我想自己生病，谢谢。"我站起身，但是摇晃了一下。温扶着我的胳膊，送我回卧室。

我一头倒在床上睡着了。

醒来的时候，伊莫金正守在我的床边，她在我额头上放了一条湿毛巾。

我的眼里有泪水，视野模糊，感觉房间里四处飘着彩色的斑点。我觉得自己的脑子在头盖骨里左冲右突，胃里泛着酸水，皮肤特别痒："我要死了吗？"

"你得了水痘，安妮。纳蒂打过疫苗，可是你和利奥没打，因为当年疫苗实行配给。"

（你是不是担心我怀孕了？你以为我瞒着你和温发生了性行为？我不会这样的。我可不像有些人。我是个非常可靠的讲述者，并为此而自豪。）

伊莫金又说："也许你是去参加堂哥的婚礼时被传染的？当时你注意到有人生病吗？"

我摇了摇头。我觉得脸上很痒，伸手去挠，却发现伊莫金给我戴上了棉手套。

"我不能生病，我还得安排给奶奶守灵的事。奶奶过世了，有一大堆事等着我做。还有学校的功课，纳蒂和利奥需要我。还有……"我坐了起来。伊莫金把我按在床上，动作轻柔又无比坚决。

"嗯，你至少得等到下个星期才能做这些。"

"你为什么来了？"我问。

"因为纳蒂给我打了电话，"她把一根吸管塞进我嘴里，"喝水。"我听话地照做了。

"不，"我说，"我的意思是，上次我对你说了那么多难听的话，你怎么还肯来？"

她耸了耸肩。

"我有的是时间，不过我确实丢了份稳定的收入。"她又耸了耸肩。"你当时心烦意乱，"伊莫金说，"多喝点，你需要补充水分。"

"对不起，"我说，"我真的很抱歉。我当时脑子里乱糟糟的。"

"你是个好姑娘，我接受你的道歉。"伊莫金说。

"我好累啊。"我说。

"那就睡觉吧，宝贝儿。"她抚摸着我的头发。她的手凉爽、干燥，让我觉得很舒服。也许奶奶临终时就是这个样子，也许她去世时没有遭受太多痛苦。

我闭上眼睛，然后又睁开。

"你知道纳蒂是个天才吗？"

"我这么想过。"伊莫金回答说。

我想挠痒痒但是忍住了。我说了与吉卜林先生谈话后一直藏在心里的那个可怕的想法："我想我得和男朋友分手了。"终于说出来了。

"为什么？他看起来是个挺不错的小伙子。"

"确实是，他是我见过的最好的男孩。"我对伊莫金说，"但是很久之前，他父亲警告我，如果我同温约会，我的事就是他的事了。现在奶奶去世了，我担心他父亲会干涉我们家的事。你知道，如果上了法庭，我们没法证明利奥是个合格的监护人。"我咳嗽起来，我的嗓子太干了。伊莫金把吸管放到我嘴里。

"要保证纳蒂、利奥和我的安全，在我十八岁之前，我们都得做到不引人注目。"

"嗯，"伊莫金又把吸管递过来，"喝水。"

我喝了一口："如果我不和他儿子谈恋爱，他就不会来找我的麻烦，也不会找我们的麻烦。"

"我明白了。"伊莫金说。她把杯子放到床头柜上，显然觉得我喝的水已经够多了。

我又觉得身上奇痒无比，在床上蹭胳膊。伊莫金制止了我。"这个能让你感觉好一点。"她说着从床头柜上拿起一管软膏，涂到我身上红肿的地方。"你并不能确定他父亲一定会采取什么措施，"她说，"大多数父母最大的心愿是孩子能幸福。"

我想起那天从自由管教所回家时见到的查尔斯·德拉克罗瓦。我知道至少有一位父亲为了自己能赢，会不惜一切代价，哪怕是孩子的幸福。我摇了摇头："我不知道他父亲会怎么做，但我觉得和这个男孩在一起会有风险。尽管我，"我爱温吗？我真的爱他吗？是的，我想答案是肯定的，"我爱温，但我更爱纳蒂和利奥。我不能为了傻乎乎的校园恋情，把他们置于危险之中。如果奶奶还活着……我不能冒这个险。"我知道我必须做的事了，这并不容易，但我必须做。我想摘手套，但伊莫金握住我的手不让摘。

"安妮，你要记住，学校里的爱情未必是蠢事。再说，你现在什么也做不了，生病这几天你可以好好想想。"

"我真的很想奶奶。"我说。我知道大多数人觉得她只是个躺在病床上的老太太，可我还是很想她。我浑身发痒，身体虚弱，泪水流了出来。我想念和她一起渡过难关的日子，想念和她聊天的日子，我无法想象此后再也听不到她的声音。我说："我想她了。"

"先别说话了。我也很想她。"伊莫金说，"你愿意听我读点东西吗？这总能帮你祖母入睡，我正好带了我最喜欢的一本书。"她把书拿起来，以便我能看到书名。

"这是那个孤儿的故事吗？"我问。我讨厌这种书。

"孩子，你躲不开孤儿的故事，所有故事都和孤儿有关。生活本身就是个孤儿的故事。我们都要变成孤儿，只是早晚的事。"

"我很早就变孤儿了。"

"是的，你成为孤儿的时候还小。可是你很坚强，上帝不会让我们承受能力之外的苦难。"

我并不觉得自己坚强。我太累了，只想把头蒙到被子里，再也不出来。"那读读你的书吧。"我对伊莫金说。

"第一章，"她开始读了，"那天不可能再出去散步了。实际上，早晨我们已经在掉光叶子的灌木林里走了一个钟头。但是午饭后（如果没有访客，里德夫人会早早吃午饭），冬日凛冽的寒风带来了阴沉沉的乌云，随后便是瓢泼大雨。要想再去室外活动是不可能了……"

接下来的五天里，除了忍着不用手到处挠，我几乎什么也没做。因为生病，我甚至没能给奶奶守灵，斯嘉丽和伊莫金陪着纳蒂替我去了。我和斯嘉丽说，留心照顾一下利奥。（斯嘉丽很幸运，没有被我传染。奇怪的是，学校里唯一被传染的是比利先生。）

没能给奶奶守灵倒没让我觉得特别糟糕。我理解守灵的意义——这是活着的人对逝者表示尊重的做法，可我一向不善于在公共场合表达自己的情绪。比如，在爸爸的葬礼上，我觉得大家都在观察我、评判我。你不但心里要难过，还要表现在脸上让人看到。我很抱歉让哥哥和妹妹去接受这种评头论足，好在水痘给了我一个不去的借口。我在这十六年里参加的葬礼已经够多了。

我帮利奥和纳蒂选好了去守灵的衣服：替利奥准备了一条爸爸的黑领带，给纳蒂准备了一条我的黑裙子。还不到中午，伊莫金和斯嘉丽就来了。他们走后，只剩下我和我的水痘。除了浑身发痒、影响外貌，水痘倒没让我觉得特别不舒服。没过多久，门铃响了，是温。从那天下午他在卫生间里帮我挽过头发后，我再没有见到他。我现在看起来仍然很丑，更让人恼火的是，他看起来英气逼人。他穿着一件橄榄绿的长外套，衣服看起来像是在北极服役的士兵穿的。他的头发湿漉漉的——他来之前一定刚洗过澡——外面很冷，几撮头发甚至结了冰。是的，这些冰碴很可爱。"我给你带了点儿东西。"他进门之后说。他从大口袋里掏出四个橘子，"你的最爱。"

我拿过一个，把鼻子贴上去。

"我妈妈在屋顶上试种的橘子开始结果了，"他开玩笑地说，"这叫卡拉卡拉橘，里面是粉红色的，非常甜。"

他凑过来想吻我，我躲开了。我问："你不怕我传染给你吗？"

他摇了摇头："我得过水痘。"

"可是，有的人会生两次水痘，而且……"

"我不会这样的。"他坚持说。

我躲得更远了："你怎么会想吻我呢？我现在这个样子真是丑死了。"

"还没有特别丑。"他说。

"就是很丑。我照过镜子，自己知道。"

他笑了起来。"那好吧，"他说，"我来看你不是要强吻你。我只是觉得大家都走了，你可能会想找个人陪。你看，我还帮你剥了橘子。"

我对他说我可以自己剥。

"戴着那个可剥不了。"他是说伊莫金非让我戴的棉手套。他用力握住我的手，我的心怦怦直跳。得和他做个了断了。

我们走到客厅里。他坐在那个大沙发上，上面套着棕色的天鹅绒沙发套。我依偎在他身旁，头枕在他胸口。他摩挲着我的头发，我不喜欢他这么做，不过我没说什么。我是卷发，不喜欢别人弄我的头发。我倒是挺高兴被惹恼了，这让我更坚定了决心。我心里想，你看，他不完美。如果我总想着他这个惹我心烦的举动，或许我就能把分手说出口了。

我在沙发上坐直身子，然后站起来，坐到旁边的红色椅子上。

他问："怎么了？"

我知道，我最好对他说，我们没法在一起，我们合不来，这种事不需要理由。不幸的是，我没有这么说。"温，"我说，"你不能做我的男朋友了。"我分析了现在的处境，和那天我对你说的一样：我真的真的喜欢他（注意：我没有用"爱"这个词），但是家人比感情更重要。现在奶奶去世了，我不能冒险招惹他的父亲。

可是，他说服我放弃了这个想法。或许，是我任由自己被他说服，又或许，我希望自己被说服。他说，他爱我，我也爱他，这是最重要的。他还说，我不能自己作出这个决定，而他的父亲也不会找我的麻烦。如果他父亲真的来打扰我的家人，他能解决这件事。（那时我就知道，这不过是个实现不了的谎言——我的意思是，我跟查尔斯·德拉克罗瓦打过交道。）他又说，爱是这个世界上最重要的东西。（又一个谎言。）

可是我当时不够坚决。当一个女孩坠入爱河，会觉得对方的谎言格外动听。事实上，那时我无法承受失去温的痛苦。

这时，我们听到大门开了。现在才1点，我以为他们至少要再过一小时才能回来。我走到门厅，利奥气冲冲地从我身边跑过，径直回了卧室，重重地关上房门。伊莫金、纳蒂和斯嘉丽正站在走廊里脱外套。

"发生什么事了？"我问他们，心里还在为没能去守灵而内疚，"你们怎么回来得这么早？利奥怎么了？"

斯嘉丽回答说："我们也不知道。我们本来都在一起，但是利奥和几个游泳池的同事走开了。我以为这没什么关系，可没一会儿，我听到有人大喊大叫，利奥的眼上一片乌青——"

"等等，"我打断她，"利奥的眼眶乌青？"

"我得去给他敷点东西。"伊莫金说完去了厨房。

"是的，"斯嘉丽继续说道，"我没看到发生了什么——我们都没看到——他也不肯说是谁干的，然后友治让我们上了车。"

"友治？"我问，"大野友治？他也去了？"

"他跟来了。"纳蒂告诉我。

这时我才注意到大野友治站在门口，身穿一件黑色外套。

友治说："我还在美国，所以来表达一下我的敬意。"

"我……"我把身上的浴袍裹紧，此刻真想找个面纱把脸遮起来，"希望你长过水痘了。"

"是的，"他说，"他们和我说过了。"

温站在我身后，门厅里变得极为拥挤。温跟友治握手："我是温。"

"他是安妮的男朋友。"纳蒂补充道。

友治点点头："上周末在婚礼上看到过你，很高兴认识你。"

我说："我们到客厅里去吧。"

"不用了，"友治说着微微颔首，"我得走了。不知道能否和你单独说几句话？我本希望在葬礼上见到你，我不知道你病了。"

"当然，没问题。我——"

"安妮！"伊莫金在走廊那一头叫我，"我能和你说句话吗？"

"对不起，"我说，"我马上回来。"我急匆匆地跑到利奥房间门口。伊莫金正站在门外，手里拿着一包冻豌豆："你哥哥把自己锁在里面，不肯开门。你得帮我打开门。"

我敲了敲门："利奥，是我，安妮。让我进去吧！"

利奥没有理我。

我把门框上专为这种情况准备的小钉子拔出来，开始撬锁。

尽管我的脑子里满是疑问，但只用了十五秒就打开了锁，看来技术还没有生疏。我拿过伊莫金手里的豌豆，对她说我自己进去就行了。

利奥坐在床上，面朝窗户。他没有哭，我觉得这是个好迹象。

"利奥，"我轻声说道，"你得在眼睛上敷点东西。"

他没有说话，于是我坐到他身边。我抬起胳膊，把冻豌豆放到他脸上。他猛一闪身。"安妮，别管我！"

"别这样，利奥。你不用说话，让我把这个放在你眼眶上就行了。你以前生过病，我得确保你的脑袋没肿得太厉害，才能放心。我不希望你再癫痫发作。"

"好吧！"利奥夺过我手里的豌豆，自己放在脸上。

"谢谢。你对这个家很重要，对我很重要，"我又说道，"所以你得照顾好自己。"

利奥没说什么。过了一会儿，他说："眼睛疼。"他把豌豆从脸上拿开放到膝盖上，我终于能仔细查看他的眼睛了。眼皮肿了，眼睛成了一条缝，脸上有一块发紫的印子，太阳穴旁边还流了一点儿血。"噢，利奥，"我问，"这是谁干的？"

他又把那袋豌豆放到眼睛上："我先打了他。"

"谁？你打了谁？"利奥刚出车祸的时候，经常难以控制自己的情绪，不过这几年好多了。

"安妮，我现在不想说这个。"

"我需要知道你打了谁，这样我才能做点什么。"我说，

"这不是什么大不了的事，不过我们可能得道个歉。或者，至少跟人谈谈，解释一下你的情况。"

利奥把那袋豌豆砸到窗户上，袋子破了，豌豆撒了一地。"闭嘴，安雅！我又不用听你的，你什么都不知道。"

"好吧，利奥，你说得对。可是请你告诉我，你打了谁？我得知道这个。"

"米基堂哥。"他说。

你一定还记得，米基是尤里·巴兰钦的儿子，也是最有可能的继承人。我必须去道歉，最好尽快去。

"为什么打他呀，利奥？米基对你不好吗？"

利奥盯着房间的右上角，我也抬起头来，可是什么都没看见。"奶奶死了，都是他的错。"过了许久，利奥才说。

"你说什么？"

"如果我们没有出城参加他那该死的婚礼，奶奶就不会死。她还在这儿，我就不会……我们为什么非要去参加那个婚礼？"

"奶奶让我们去的，记得吗？她认为我们得表现出对家人的尊重，这很重要。"

利奥攥紧拳头："压力很大，很大，压力太大了。"

我问："什么压力？"

"照顾你和纳蒂。我想奶奶，我想要奶奶回来。还有爸爸！"

"哦，利奥！你不是一个人，还有我呢。"

"可你是我妹妹，我得保护你。"

我笑了。在某种程度上，他这样想让我很感动："利奥，我能照顾好自己。我照顾自己已经有一阵子了。"

利奥没有说话。

"利奥，你可以躺下了吗？就算是为了我，我想你休息一下比较好。"

利奥点点头。我帮他解开领带，脱下沾着血渍的衬衫。他躺下以后问我："你觉得大家会生我的气吗？"

"先别担心这个，我会给大家解释的。大家能理解奶奶的去世对我们影响有多大。"

我走出房间，伊莫金还在走廊里，我问她能否帮我照看一下利奥。伊莫金说："我就是这么打算的。"

温、纳蒂和斯嘉丽在客厅里，只有大野友治还在门厅里等着。

我重新系了一下浴袍，真希望自己早晨换过衣服了："真抱歉，让你久等了，我知道你很忙。"

友治摆了摆手。"我想和你私下谈谈，"他说，"在这里别人会听到我们说话吗？"

我建议到阳台上去。我们穿过客厅，从他们身边走过，来到阳台上。温疑惑地看着我，我冲他笑了笑，让他知道我没事。

"你今天为什么没去？"等我关好阳台的门，友治才问。

我告诉他我病了，怕传染别人。

友治盯着我的脸，这让我很不舒服。我只穿了浴袍，不一会儿就冻得瑟瑟发抖，于是友治提出把自己的外套给我。我拒绝了，可友治坚持要这么做。他把外套脱下来，披在我肩上。

我问："利奥为什么会揍米基？"

"我不太确定。一开始，利奥在和他的朋友说话，就是尤里跟那个妓女的私生子——我记不清那个小伙子叫什么了。"

"雅科夫·皮罗日基。"我告诉友治。

"一转身的工夫，利奥跑到房间那头，把米基打倒在地。我之所以想和你谈谈，就是因为我担心这个杰克斯对你哥哥有不好的影响。"

"有这个可能，但我觉得不是杰克斯挑唆利奥打米基·巴兰钦的。我想可能是我们的一个律师让利奥觉得，如果我们没去参加婚礼，奶奶就不会死。"我解释道。

友治摊开双手，深吸一口气，低下头。我看得出他在犹豫要不要说出自己的想法。"安雅，我想和你说几句话。但首先我想说，我尊重你和你的家人，尊重我们深爱的、不幸离世的父亲之间的友情。"他顿了一下，清了清嗓子，继续说道，"是时候整顿门庭了。"

"你这是什么意思？"

"你这是在任由事态失控，不过现在弥补还不晚。我敢肯定你哥哥受到了雅科夫·皮罗日基的影响。而我这次来美国，是代表了巧克力行业的五大家族。你知道是哪五个家族吗？"

我点点头："这里是巴兰钦家，亚洲是你们，墨西哥的马克斯

278

家，还有……"我卡住了，说实话，我不确定哪些家族可以占据另外两个位置。

"是的，我曾经和你一样，"友治说，"我的生活一直与这门生意息息相关，可我从未真正了解过：什么样的气候适宜可可树生长？巧克力工厂是什么样的？为什么它在一些地方被禁？什么样的人靠巧克力生意谋生？还有……"

"够了，"我打断他，我觉得自己受到了羞辱，"我又没打算从事这个行业。我为什么要知道这些？"

"是啊，"友治说，"我以前也这么想，同样非常抗拒。可是，安雅，像你我这样的人，是没有选择的。这是我们的命运。不管你愿不愿意，你都得和巧克力打交道。你是利奥尼德·巴兰钦家最大的孩子，而且——"

"我不是！利奥才是！"

"利奥以前是。"友治说，"你是个聪明的女孩，我知道你明白我的意思。"

我没有说话。

"说实话，你觉得和家族生意划清界限是个明智的策略吗？你去年秋天为什么会入狱？你的男朋友为什么会中毒，失去一只脚？你父母是怎么死的？我家里人是怎么死的？你哥哥为什么变成这个样子？安雅，你马上要成年了，是时候了。"

"是时候做什么了？"我让他说清楚。

"正视自己与生俱来的权利，好好利用。"

"不是还有尤里吗？还有尤里的儿子，他们不是在经营巴兰钦家的生意吗？"

"他们算不上聪明人，经营得不怎么样。其他家族认为你们衰败了，会发生内讧，他们把这当作机会。你伯父树敌太多，原本轮不到他来掌权的，大家心知肚明。你父亲遇害的时候，所有人都以为，你祖母加林娜会暂时接管巴兰钦家的生意，但是她选择照看你们兄妹几个。"

从没有人对我说过这个。

"你的处境很危险，安雅。还会有更多人死于非命，相信我，弗雷毒素案只是个开始。"

"我有自己的责任，"我说，"保护家人——我是指纳蒂和利奥——最好的方法是远离家族生意。"

友治直视着我的眼睛："如果我没记错的话，水痘结痂以后就没有传染性了。你今天能去给加林娜守灵的，可是你选择了待在家里。在我看来，你是想和男朋友约会吧。"

"不是这样的。"

"真的吗？"友治反问。

"你想要什么？"我问。

"我来这里，是因为我是你们的朋友，所以其他家族才会请我来打探巴兰钦家在中毒事件后的情况。"

"你会怎么说？"

"我还没想好。"友治回答说，"在我看来，你们家族即将

280

发生内讧。一方面，对其他家族来说，最有利的可能是静观其变。等到内讧结束，我们可以来个突然袭击，瓜分巴兰钦家原来占据的市场。"

我不确定"内讧"是什么意思，回头得查一查。

"另一方面，我认为有强大的合作伙伴才有利于巧克力行业的发展。你父亲是个伟大的领导者，我相信你也能成为一个伟大的领导者。"

"你和他们一样，价值观扭曲了。我父亲不是什么伟大的领导者，他只是个普通的罪犯，一个贼，一个谋杀犯。"

"不，安雅，你错了。利奥尼德·巴兰钦只是一个商人，尽可能化腐朽为神奇的商人。巧克力并非一直是违禁品，有朝一日它可能又合法了。过不了多久，巧克力可能变得无关紧要，人们的注意力会转移到其他问题上。"

"比如？"

"恐怕说来话长了，也许是童工。不过我和大多数人观点一致，认为是水。我们的水日渐枯竭，控制供水的人将控制整个世界。"

"我做不了这些！"我说，"我只是个女孩子，我得照顾哥哥和妹妹。我上完高中，还要去上大学。你想让我做的，我都做不到。"

"下面这些话是父亲常对我说的，现在我和你说一遍：'友治，你要么做一个局外人，一辈子应付别人作出的决定，要么成为作决定的领导者。’父亲是用日语说的，翻译可能不尽准确，但是你能明白我的意思。你说最重要的是保护自己的兄妹。安雅，我问你，我父亲说的这两种人，哪一种更能保护自己的家人？是疲于应对、尽力不跟人起冲突的，还是知道会有冲突但主动去解决的？你知道我父亲认为最好的东西是什么吗？”

我摇了摇头。友治充满了激情，可我并不确定自己是否弄明白了他的意思。

“催化剂。在化学反应中，催化剂加速了反应，而自身没有发生任何改变。”

“你父亲已经过世了，”我提醒他，“我的父亲也是。”

就在这时，又一个日本人来到阳台上，他算得上是我见过的人里体形最庞大的。他肚子很大，胳膊粗壮，像个相扑选手。他穿着黑色西装，黑头发扎成马尾，肯定是友治的保镖。（刚才他一定是在门外的走廊里等着。）他说了几句日语，友治也用日语回答。友治向我微微颔首。“我必须走了，”他说话更正式了一些，“我今天下午回亚洲。我已经尽可能延长了此行的时间，这并非明智之举。近期我们无法再会面了，不过，如果你想和我谈谈，尽管给我打电话。再见，巴兰钦小姐，祝你好运。”他再次颔首。我送他到门口，再次从斯嘉丽和纳蒂身边走过，然后到卫生间里洗了把脸，才回到客厅。我朝镜子里瞥了一眼，水痘已结痂，虽然感觉好多了，但看起来还是很可怕。我觉得让23岁、相貌英俊的大野友治不得不对着我这么丑陋的样子，实在有些尴尬。我不愿意在这种情况下见任何人，更别说小时候的梦中情人了。此刻，我意识到没有去给奶奶守灵不只是个错误，还是个极为自私的行为，是个罪过。我早该料到利奥会有这样的反应。友治说得对，我在为自己找借口，其实我不是怕传染给别人，也不是因为身体不好，只是虚荣心在作祟。

这是个教训。

我走进卧室，换上衣服。虽然我很想躺在床上打发掉今天剩下的时间，但我还有事要做。我得去看尤里和米基·巴兰钦，解释一下我哥哥的行为。

门铃响了。我以为是大野友治，他要折转回来说我还做错了其他事情。然而并不是，来的是吉卜林先生和西蒙·格林。他们忙完了守灵的事，过来看看利奥和我们。

"是的，"我说，"一切都好。利奥在休息，我正要去尤里和米基那里道歉。你们知道'内讧'是什么意思吗？"

"自相残杀。"他们异口同声地告诉我。

西蒙·格林补充道："就是一个群体内部发生了残酷的冲突。"

吉卜林先生问："这是学校里留的作业吗？"

我摇了摇头。

"你看起来状态不好。"西蒙·格林的话毫无帮助。

我说："谢谢关心。"

西蒙·格林解释道："不，我的意思是，你确定自己能出去

吗？"

我说："我也不想去，但我觉得不能再等了。"

"安雅说得没错，"吉卜林先生说，"如果对小伤不管不问，它就会化脓，变得更严重。如果你愿意的话，我们可以送你。"

"不用，"我说，"我想我自己去更好，这样看起来没那么正式。"

吉卜林先生同意我的想法，但他坚持要和西蒙·格林陪我一起去坐公交车。

16

我（再三）道歉；接受了（一次）道歉

我之前提过，游泳池在西区大道九十多号，离圣三一不远。其实游泳池很美，但我一直避免去那里。游泳池壁上嵌着金色、白色和青绿色的马赛克，虽然这里很多年没人游泳了，但仍有氯气的味道。由于是在地下，游泳池里安静、凉爽，发出的声音会沿着不可预测的轨迹回荡。爸爸当年选择这里，是因为它比威廉斯堡破旧的办公场所便宜、安全，也更方便，我猜也是因为环境更美。我不愿意来这里的一个主要原因，是它会让我想起爸爸。

胖子和杰克斯在大厅里。"我想见尤里伯伯和米基，"我说，"他们在吗？"

"当然，孩子，"胖子说，"他们还在办公室。抱歉，我得先搜你的身才能让你进去。"

"但愿不会把水痘传染给你。"我说着抬起胳膊。

"我小时候打过疫苗，"胖子一边说，一边上上下下地检查，"好了，身上痒的时候你怎么办的？"

"我就使劲挠那么一两个地方。如果我集中精力对付一个，就不会觉得其他地方痒了。"

"嗯，"胖子问，"管用吗？"

"不怎么管用。"我承认道。

我注意到，从我进来起，杰克斯就没有开口。这不是他的风格，我想起大野友治说杰克斯对我哥哥产生了不好的影响。我主动和他打招呼："你好啊，杰克斯。"

"很高兴见到你，安妮。"杰克斯说。

"对了，"我说，"今天利奥怎么了？我听说你当时正好和他待在一起。"

杰克斯捋了好几次头发，才说："你比别人更了解你哥哥，有时候他很容易被激怒。我想他为奶奶的死感到难过，就把气撒在了米基身上。"

"可为什么偏偏是米基？为什么不是你？"我追问道，"你当时不是离他更近吗？"

"天哪，安妮，我怎么知道。米基就是个浑蛋，也许他冲利奥做了个鬼脸。谁知道呢？我又不是我哥哥的保姆，也不是你哥哥的保姆。"杰克斯扭头问胖子，"我能走了吗？我快饿死了。"

胖子点了点头："行，但我晚上8点之前得回去，你早点回来。"

走之前杰克斯对我说："安妮，如果我刚才态度不好，请你原谅。我现在脑子里乱哄哄的。"

"别理他，"胖子说，"我想他到更年期了。"他指了指后面，"如果你想找米基和尤里的话，最好快点进去。"

尤里的办公室在更衣室最里面。玻璃窗占了办公室的一整面墙，再配上天花板角上的凸面镜，不管站在办公室的哪个角落，都能看到进出的人。所以，我根本不用敲门，尤里伯父就招手让我进去了。

"安妮，"尤里伯父站起身来迎接我，"很高兴见到你。今天我们给加林娜守灵时还在念叨你，不过我看得出你还没完全康复。"

"我现在好多了。"我让他不要担心。按照礼节，我在他的两侧脸颊上各亲了一下。

"你好，安雅。"米基也问候我。他躲在房间的角落里，我看到他的脸上还有瘀青，可他对利奥下手要重得多。

"你现在应该卧床休息，"尤里伯父说，"什么事得让你自己跑一趟啊，小安妮？"

"我是来替哥哥道歉的，"我说，"利奥有时候做事不过脑子。我想他守灵时情绪太激动了。"

"别为这个担心，孩子。"尤里伯父说，"我们知道利奥"——他在找一个合适的词——"比较敏感，但我们很喜欢他。"

我看了看米基，想知道他是否也这么想。"我想对你说，我没有做什么会刺激到他的事。"米基说，"揍一个"——现在轮到米基来找个合适的词了——"像他那样的人，让我觉得自己很糟糕。"

"现在去亲吻你的堂妹，和好吧。"尤里伯父对米基说。

"可我还没长过水痘呢，"米基说，"我没有别的意思，安雅。可是疫苗有时候也不管用。"

"没关系，"我对他说，"你们蜜月过得怎么样？"

"我们没去度蜜月，我不能丢下工作。"米基说，"大野友治在城里，盯着我的一举一动，说来你可能不信，已经好几个月了，我们还在处理弗雷毒素的事。"

"你查出投毒的人了吗？"

米基摇了摇头："有些人开始怀疑是内部作案。"

"别再谈生意上的事了，"尤里说，"安妮也不想听这个。"

我点点头，转身对着尤里。"也许利奥不要再来游泳池工作为好？"我建议道。

"没必要这样，"尤里伯父让我放心，"他是个好员工，那件事没什么大不了的。跟利奥说明天再休息一天，周一照常来上班。"尤里伯父要给我倒茶，我告诉他家里人还等着我。"加林娜不在了，你们怎么样？"他问，"你们兄妹几个还应付得来

吗？"

我点了点头。其实我不确定我们能不能应付得来，但我最不想要的就是他们的帮助。

回到家时，家里静悄悄的。妹妹房间的门缝里透出灯光，这通常意味着她在学习。我走到厨房里，伊莫金在洗碗，尽管这并不是她的工作。

"我做了晚饭，"伊莫金说，"给你哥哥吃了一片阿司匹林。"

"谢谢你，"我说，"你不用做这些的。"

伊莫金关掉水龙头："我关心你，还有你的哥哥、妹妹，安妮。虽然加林娜不在了，还有我为你担心。"

我点点头，突然想到一个我觉得很不错的主意。"我希望这个提议不会冒犯到你，你愿意再待几个星期吗？"我问，"我知道你是健康护理员，不是保姆，可是你能给我很大的帮助，而且让他们觉得一切如常。"我指了指走廊那头的卧室，"吉卜林先生会付给你和过去一样的薪水。"

"不过我不用再处理床上的便盆了。"伊莫金笑着说。

"如果你想在这里过夜，可以睡在奶奶的房间。"我说。

"这样好极了，安妮。说实话，我一直希望你能提这个建议。"

虽然我不太喜欢和人拥抱，但她已经向我张开了双臂，出于礼貌，我和她拥抱了一下。她要给我热一热晚饭，我谢绝了。我的胃里还有点不舒服。

她问："那吃片烤面包？"

我得承认，这个听起来不错。

她切下面包皮，把烤面包片放在一个漂亮的瓷盘上，送我去卧室。

我走进房间，发现温在看书。他在等我。"哦，"我说，"我不知道你还在这儿。"

"你之前可没和我说再见。"温说着把书放到床上（这是伊莫金的书），"我不知道你去哪儿了。我得等着，看你是不是被谋杀了。现在看到你没死，我可以走了。"温站起来。他足足比我高三十厘米，站在他身边，我觉得自己又矮又丑。

"对不起，"我说，"可是我必须去。"

"必须去？你是这么道歉的啊？"他说这话的时候还是一脸微笑。

"我……我的生活一团糟，真的很抱歉。"

温皱了皱眉头，然后吻了我："我原谅你了。"

"我这一整天都在道歉，我觉得自己要成为这个世界上最对不起别人的人了。"

"别这么难为自己，"温说，"我可不信你会成为最对不起别人的人。世界还是很大的。"

"谢谢。"

"我一开始怀疑你是不是和友治私奔了。你是不是说过他叫这个名字来着？"温问。

"是的。"

"我吃醋了。"

"别这样，"我说，"友治都二十三了。对我来说，他太老了。"

"那你更喜欢我，是不是？"

"是的，我当然更喜欢你。别犯傻了，温。"

"二十三岁也不是很老，"温逗我说，"等你十八岁的时候，他才二十五岁嘛。"

"真有意思。纳蒂也是这么说你的，而你只比她大四岁。"

"纳蒂暗恋我吗？"温问道。

我白了他一眼："你难道看不出来吗？她被你迷住了。"

温摇了摇头说："真可爱。"

门铃响了，我去开门。我从猫眼里往外看，一个我从没见过的男人抱着一个纸箱，外面还包着透明玻璃纸（很贵的那种，因为不能循环利用，当时已不多见）。他还没我高，细胳膊细腿，肚子却很大。我不禁怀疑他到底是真有个大肚子，还是藏了什么非法的东西——武器。

"安雅·巴兰钦的快递。"他叫道。

"谁送的？"我隔着门问他。

"上面没写。"那个应该是快递员的人回答。

"马上来。"说完，我去奶奶的衣帽间里取出爸爸的枪，塞进裙腰，回到前厅。我没摘下安全链，把门开了小缝。

我问："什么东西？"

快递员说："如果告诉了你，会破坏这份惊喜。"

我说："我不喜欢惊喜。"

快递员坚持不告诉我："别这样，哪有女孩不喜欢惊喜的。"

"我就不喜欢。"我准备关门了。

"等等！是花！"他说，"请你签收吧，行吗？这是我今天送的最后一个快递了。"

"没人说要送花给我。"我对他说。

"一般都这样，没人会等着别人送花。"

他说得有道理。

"请在这里签个名。"那人把纸盒递过来，然后又给了我一个电子设备让我签名。

我对他说我不想签。

"别这样，孩子，别难为我。在这儿签个名，行吗？"

我说："要不你帮我签吧？"

"好吧，"他答应了，喃喃自语，"现在的孩子可真没礼貌。"

箱子比看起来要沉得多，我把它搬到厨房里，用刀子裁开玻璃纸。里面是二十四枝黄玫瑰，茎秆剪得很短，整齐地插在一个浅浅的方形花瓶里。这是我收到过的最漂亮的花，盒子里还有一个乳白色的信封，写着我的名字。我撕开信封，看到一张卡片：

亲爱的安雅：

　　如果我今天太过严厉，我向你道歉。你刚刚失去至亲，我却表现得像一个毫不顾忌别人感受的坏蛋。

　　我懂得你所做的牺牲。你要知道，你不是孤身一人，你有朋友相伴。

（希望你还把我当作）你的老朋友

大野友治

　　又及：我还小的时候，曾一度处于绝望的深渊之中。你父亲对我说了这番话："我们最深的恐惧不是力所不及，而是过于强大。"这些话一直陪伴着我，现在我把它们送给你。

　　又复：或许有一日，你会有机会重返京都。

　　为了在卡片上写下这么多话，写信者不得不把字写得极小。虽然我不能确定，但我想这应该是友治的笔迹——他或许是在去机场的途中路过了花店——这束花，还有这封正式的道歉信，表明了他对我的尊重。此外，父亲的话也算得上一份礼物。即使花枯萎了，父亲的话还可以一直陪伴着我。我弯下腰凑到玫瑰旁，清爽的香气让人内心平和，似乎是来自一个我从未踏足却希望有朝一日能够前往的地方。我并不是特别喜欢花，但这些花……我得承认，这些花十分漂亮。我刚把卡片塞进口袋，就看到温走进厨房。他问花是谁送的，不知道为什么，我随口撒了个谎。

"一个没能去给奶奶守灵的亲戚。"

"这花看起来可不便宜。"他评论道。"我得走了，"他说，"我约了算不上乐队的伙伴。"

"这么快要走啊？"我觉得自己没和他待多久。

"安雅，我都在这儿待了八小时了！"

温走后，我坐在厨房的餐台旁边，远远看着玫瑰花，又读了一遍卡片。我很好奇，友治那时为什么处于深深的绝望之中？是因为父亲的离世，还是在那之前的事？我记得他小时候曾被绑架过，他就是那时失去了手指，不过我不清楚细节。

我又把卡片读了一遍，上面的内容让我觉得自己受到了关注。我一直努力地让一家人避免引人注目，这样才能平静地生活。可还是有人猜到了我的心思，注意到了我们。有人刚刚向我道歉了，不是随随便便的什么人，而是一个恰好了解这种处境的人，一个恰好懂得规则的人，一个和我一样经历过磨难的人。

我不是孤身一人。

我把卡片塞进口袋，把枪放回奶奶的衣帽间。

17

我制订了暑期计划

　　我回到学校里做的第一件事就是去找纳蒂的老师。在家休养的时候，我作了个决定：纳蒂应该去参加天才夏令营，我将竭尽全力促成这件事。贝莱瓦尔小姐一听到这个消息，反应和我预期的一样，对着我又亲又抱，然后给我发了夏令营的要求，告诉我电话号码、截止日期和费用。告别的时候，她对我说："现在我们算得上是战友了。"我并不想同她一起做什么，这是我自己的责任。

　　跟贝莱瓦尔小姐的谈话比我预想中要久，我去上劳博士的法医学2迟到了五分钟。劳博士通常不介意学生迟到，尤其是对我。可是今天，她推了推眼镜，用毫无感情色彩的声音说："巴兰钦小姐，下课后我想和你谈谈。"她的语气让同学们发出一片惊讶的"哇"。我坐在温的旁边，等待课程结束后接受惩罚。我喜欢劳博士，我也是个好学生，不过今年我的成绩确实不出色。我差不多缺了一个月的课，法医学2有很多实验，所以更难跟上进度。

下课铃响了，我让温先走。他说："祝你好运。"

我慢腾腾地走到劳博士办公桌前，忍住了为缺勤道歉的冲动。不要在弄清楚别人为何不满之前道歉，毕竟谁都不愿意给别人更多不满的理由。（如果你还没猜到，我要说明一下，这依然是爸爸的名言。）"噢，对了，巴兰钦小姐，"劳博士说，"我想让你看看这个。"

她点了一下屏幕，给我传了个文件。我打开文件，快速浏览了一下：

犯罪现场调查
青少年能力提升夏令营

2083年6月30日—8月15日
华盛顿特区
联邦调查局和国家犯罪学家协会赞助
申请截止日期：2083年4月8日

尊敬的各位老师：
请注意，仅邀请最优秀的年轻犯罪学家申请。
申请人须为崭露头角的三、四年级学生，已完成至少两年法医学课程（三年优先，包括犯罪现场处理和痕量证据处理等），在该领域展现出过人天赋。

申请人将面临激烈的竞争。

我放下手中的平板电脑，抬头看着劳博士。

"你虽然只上过两年法医学课，但你的老师可是我。我相信跟我学习两年抵得过跟其他老师学习三年的时间。"劳博士毫不谦虚，"这是个不错的项目，"她继续说，"有很多机会进行现场调查，这是我在学校里没法给你们的。你还可以和同龄人一起度过这个夏天，他们有很多活动——冰激凌联谊会和保龄球之类的，但这些不是重点。安雅，你有法医学方面的天赋，这对你来说，可能是很重要的一步。"

参观真实的犯罪现场，想想就让人激动。不过更吸引我的，还是能到别的地方过一个夏天。

很多人都会到别处过暑假，比如，斯嘉丽有好几个暑假去了宾夕法尼亚州参加戏剧夏令营，而我是一直待在家里，照顾哥哥、妹妹和奶奶。我还知道，温这个夏天将集中精力申请大学。除了同男朋友约会，这个夏天实在没什么可以期待的了——前提还是温不和我分手。

我想了一会儿，最后回答说："我不能去。"

"我知道你会这么说。"劳博士点了点头，"我知道一点儿你的情况，我已经准备了说服你的理由。你愿意听听吗？"

我点了点头。

"那我直说了。你祖母已经过世，所以你不用再照顾她。纳塔利娅十有八九会跟贝莱瓦尔小姐去参加天才夏令营——"

我打断她："你怎么知道的？"

"你要知道，老师们也会聊天的。你哥哥，利奥尼德，或许智力上有些缺陷，但他已经是个成年人了，你不能一辈子给他做保姆。这个暑假，或许正好可以试着分开一阵子。"她停下来观察我的反应，我努力不做出任何表情。"这张面无表情的脸让你很适合做个犯罪学家，安雅。最后我要说的是，你还没被夏令营录取呢。虽然我会给你写一封漂亮的推荐信，但他们只有一百个名额，何况你还有个劣势，那就是你只上过两年法医学的课。换句话说，你可以先申请，等结果出来了再作决定。"

她分析得很全面。"谢谢你。"我说。

直到复活节假期的最后一个星期天，我才完成申请。写论文花了我很长时间，一共有五个题目，我想了很久，决定选最后一个："法医学与你的生活有什么关系？"写作并不容易，这个题目涉及个人经历。我写道，父亲被谋杀，警察却因为他是罪犯而没有对犯罪现场进行彻底的调查。虽然父亲犯过罪，但他也是我的父亲、奶奶的儿子。我写道，所有案件——无论受害人有什么样的背景，无论他们的罪行看起来多么明显——都应得到彻底的调查。除了受害者，活下来的人更有权了解案件的经过，这样他们才能安心，才能继续过自己的生活。法医学家不仅是研究死者的科学家，事实上，也是生者的牧师和治疗师。

随后我支付邮资，点击"发送"，尽量不让自己产生背叛了别人的想法。

电话铃响了。我以为是温，接起来才知道是吉卜林先生。他说有个好消息要告诉利奥，利奥过去工作的那家动物诊所终于处理好了违反卫生规定的事，6月1日将重新营业。"我还没能查出是谁在从中作梗。"吉卜林先生说，"不过这是个好消息，对吧？"

"你不知道我有多高兴！"我对吉卜林先生说。我申请去犯罪现场调查青少年夏令营，而纳蒂要去参加天才夏令营。如果利奥能辞掉游泳池的工作回到动物诊所，我将放心得多。

"去外地过个暑假对你有好处，安妮，"吉卜林先生说，"这能帮你进入自己心仪的大学。你想过申请学校的事了吗？"

"哦，至于这个……"

"没关系，我们还有时间。我之前说要带你去参观，你想好了告诉我。"

吉卜林先生提议道："也许等你从夏令营回来的时候顺道去哪所大学看看？"

"我再想想。"我说。

"我刚才说过，诊所要到夏天才重新营业。我觉得利奥频繁换工作或长时间失业可能对你们的处境不利，他在游泳池的工作一直很顺利，是不是？"

"除了那次打架，不过那次好像也是他的错，其他我就不知道了。"

"所以，也许我们最好先保持原样，让利奥在游泳池工作到6月诊所营业为止。"

我挂了电话，到哥哥的房间去告诉他这个好消息。

我敲了敲利奥的门。他正躺在床上，目不转睛地盯着窗外。虽然他的眼睛好多了，但似乎有心事，一副无精打采的样子。我问了他一大串问题，他都是用一个字打发我。

"你看起来有点儿累，利奥。"我说。

"我没事。"

"头不舒服吗？"

"我没事，安妮！不用管我。"

"好吧，我有个好消息要告诉你。"我高兴地说，"我刚刚同吉卜林先生通过电话，他说动物诊所夏天就可以重新营业了！"

几个星期以来，利奥第一次露出了笑容："噢，真是太棒了！"

"你想再回去工作吗？"我问利奥。

利奥想了一会儿，然后回答说："我想我不能回去。"

我问他为什么。

"游泳池那边需要我，安妮。"

"可是诊所也需要你啊，那些小动物怎么办呢？"

利奥抿着嘴，摇了摇头。

我真想大声质问他："他们需要你做什么？随便找个人也能给他们发三明治，可只有一个人能做我和纳蒂的监护人。那里不安全，利奥！看看你的眼睛！如果我真的要去参加夏令营，我得确定你不会挨枪子！"但是我没有这么做，大喊大叫不是说服利奥的好办法。况且，利奥的脸已经涨得通红，他的嘴巴噘得能拴毛驴了。我看得出，他快要哭了，所以我决定试试另一种方法。

"利奥，"我说，"我需要你的帮助。"

"帮助？"利奥说，"我愿意为你做任何事情，安妮。"

"我最近在考虑暑假去趟外地。是个青少年项目，去的都是些打算研究法医学的孩子。如果我不在家，你能照顾好自己吗？伊莫金可以来给你做饭，钱的事可以找吉卜林先生。我保证有需要的话你能打电话找到我——"

"我不是个孩子了，安妮。我是个成年人。"

"我知道，利奥，我当然知道，我只想让你知道一切有人照顾。接下来的两年，你是我和纳蒂的监护人。你非常重要。"

"是的，我很重要，"他的语气听起来几乎带着讽刺，"我是安雅·巴兰钦重要的哥哥，我非常非常重要。我要睡觉了，你出去的时候能帮我关上灯吗，安妮？"我对这个回答并不满意，但没有再勉强他，我决定姑且相信他只是累了。

利奥翻了个身背对着我。我在他脑袋上亲了一下，亲在过去做开颅手术留下疤痕的地方。他比大野友治小不了多少，如果不是这道伤疤，他就是大野友治。我是说，像大野友治那样的人。

我又亲了利奥一下："晚安，亲爱的王子。"

利奥说："妈妈以前常这么说。"

"真的吗？"

利奥迷迷糊糊地点点头。

我不知道那晚为什么会这么说。后来我读过《哈姆雷特》才知道，有个角色曾在哈姆雷特死后这样说过。我想知道妈妈为什么用这么不吉利的话和她唯一的儿子道晚安，当然，关于妈妈，我想知道的还有很多。

她死的时候我才六岁。所以在某种程度上，她对我而言只是个虚构的角色，而且形象模糊。我只知道她是个犯罪现场调查员，爱上了我的父亲，为了他放弃自己的事业，最后死于非命。我记得她很漂亮（不过哪个小女孩会觉得妈妈不漂亮呢），她身上总有一种薰衣草护手霜的香气。如果你放一段她的录音，我恐怕听不出她的声音，也想不起跟她说过什么话。尽管我思念妈妈，渴望有妈妈，但是我几乎不会想起她。你怎么可能想一个不认识的人呢？不过爸爸就不一样了……我满脑子是爸爸，这一点你已经知道了。

所以，记得跟妈妈有关的事让我有一种奇怪的感觉，哪怕是如何和利奥道晚安这么小的事情。

"你想她吗？"我问利奥，又在他的床上坐下。

"有时候会，"利奥说，"我的脑子……很多事我已经忘了。"然后他笑着对我说，"可是你长得很像她。这个，我知道。你和她一样漂亮。"他用手背摸了摸我的脸颊，然后把我紧锁的眉头抚平，又抹去泪水——那一定是从我脸颊上滑落的。

"去参加夏令营吧，安妮。我不会让你担心的，我发誓。"

那天晚上，我梦见自己要去参加犯罪现场调查青少年夏令营，斯嘉丽在我的卧室里，帮我打包行李。纳蒂、利奥和温送我到火车站，向我挥手道别。我的新室友，一个瘦小的红头发女孩，让我先挑床铺。我还梦见人行道上标示犯罪现场的粉笔线，装在塑料袋里的证物，以及冰激凌联谊会和博物馆——那种收藏着画作的真正的博物馆。这些活动很俗套，但充满乐趣。最棒的是，我梦见了将要遇见的人，没有一个人了解我的过去。在纽约，我是安雅·巴兰钦，被谋杀的黑帮头目的女儿。但是出了纽约，我们家就没有那么出名了。奶奶是不是说过，几百年前有个姓巴兰钦的名人？好像是个舞蹈编导？或者是舞蹈家？对，我就说自己是他的后代。"我叫安雅·巴兰钦，来自芭蕾舞世家。"

我已经看到一个美好的夏天向我招手。

18

有人背叛了我

第二天，上完击剑课，我和斯嘉丽换衣服的时候，她问我和温对舞会有什么打算。斯嘉丽问："你们会去吗？"

我告诉她我们还没讨论过这件事，不过好像也没有理由不去。温挺喜欢这种活动的，秋季舞会时我拒绝了他的邀请，所以这次我打算主动邀请他。"为什么问这个？"

"你看，只剩一个月了。我是三年级策划组的成员，所以……"她的声音越来越小。"事实上，有人邀请我了。"斯嘉丽说。

"这么早啊？太棒了！"我在她脸上亲了一口，"别告诉我你跟加勒特·刘复合了。"

"不是的……"她说。

"那是谁啊？"我逗她，"是咱们的同学吗？还是个性感的大叔？"

她没有说话。

"到底是谁啊，斯嘉丽？"她越是不说话，我越觉得之前担心的事要发生了，"别对我说是——"

"我们只是朋友。他回来以后，我们经常在一起，不是什么情啊爱啊。很显然，我只是同盖布尔参加个舞会而已。"

她终于说出了这个名字。

"斯嘉丽，你不能和他在一起！他就是个浑蛋，一个彻头彻尾的浑蛋。"我气急败坏地说，头摇得像拨浪鼓。我不知道该说什么，甚至不能直视她。

"他变了，我发誓。你见过盖布尔，他跟以前不一样了。他怎么可能毫无改变呢？我是说，经历过那些事情以后。他甚至没了一只脚，安妮。我……我是觉得他很可怜。"

"真的吗？"我问，"你觉得他可怜？"

"我……听我说，我不是那种受欢迎的女孩，从没有人邀请过我。大家都觉得我……疯疯癫癫，是安雅·巴兰钦的那个怪朋友。我可能很傻，但我知道大家怎么看我。再说这对你也没什么影响，你已经有温了。"

"斯嘉丽，你知道这不重要！重点是，"——重点是什么？——"重点是，我们说的可是开学前一天想要强奸我的人。"

"我问过他，他说你误会了——"

"我没有误会！"

"先听我说，好吗？他说你误会了，误会了一点点。他是想和你做爱，但他绝不会强迫你，即使利奥没有赶过来他也不会。不管怎么说，他知道自己错了。他做错了，那天晚上他不该进你的卧室，也不该说后来那些话。他知道你是个虔诚的天主教徒——这是他的原话，安妮，虔诚的天主教徒——他不该那么对你。他知道自己占了你的便宜，他认识到了，安妮。他觉得很抱歉。我们谈过你们之间的事情，我相信他真的悔悟了，否则我绝不会考虑和他一起参加舞会。"

"他在撒谎，斯嘉丽，他是在操纵你。"我努力控制自己的呼吸。我觉得自己马上要说出什么难听的话，或是做出什么糟糕的事了。她背叛了我，而她一直是我最好的朋友。

"还有一件事，我答应过他不告诉你的。他的父母原本要为盖布尔中毒的事起诉你们家，是盖布尔说服他们放弃了。他说是他自己找你要巧克力的，这都是他的错。他承担了所有责任，和父母说后来发生的事都是意外——"

"那本来就是个意外！斯嘉丽，他能承认意外就是意外，还真是品德高尚！"

"你说得对，可是盖布尔治病花了一大笔钱，所以，虽然是他贪吃导致了中毒——"

我打断她："听着，斯嘉丽。如果你跟盖布尔·阿斯利去参加舞会，我们的友谊到此为止。"

斯嘉丽摇着头，眼睛噙满泪水。"盖布尔猜到你会这么说，我还说他想错了。安妮，你的生活确实不容易，但世界上不只是你一个人在受苦，盖布尔也经历了很多磨难。你所需要做的只是睁开眼睛，看看他的境遇。"她深吸一口气说，"人是会改变的。"

"盖布尔·阿斯利没有变。"

"我说的是我。我爱你，安妮。我爱你的家人，我爱利奥和纳蒂，我愿意为你做任何事。可是现在，我也想为自己做点儿什么。"

"跟那个瘸子一起去舞会，就是你要为自己做的？"我冷酷地说，"也许你把标准定得太低了，斯嘉丽。"

"你不该说这种话的。"她拿起自己的书包，离开了更衣室。

我把最后一个硬币用掉，洗了把脸。我觉得自己好像杀了个人。

我走进餐厅，斯嘉丽肯定已经去排队了。我没看到温，但在餐厅的另外一个角落里，我倒是看到了盖布尔·阿斯利。

此时，时间似乎静止了。

我冲向盖布尔。

我从一张桌子上拿起一个餐盘。

"嘿！这是我的午饭！"沙伊·品特大声叫道，可是她的声音像是被水淹没了。

我端着餐盘冲向盖布尔，红色的酱汁四处飞溅。

我一下子跑到他的面前。正要把千层面倒在他头上时，我突然注意到他的脸，皮肤还没完全恢复，植皮的地方有一种奇怪的粉红色。还有他残缺的手指，如果还健全的话，可能正指着他截掉的脚。

我感到温抓住我的胳膊。

斯嘉丽也过来了："安雅，别来烦他！拜托了，你不知道他有多痛苦。"

"嘘，"盖布尔对斯嘉丽说，"没关系。"

我把餐盘放在盖布尔面前的桌子上。

我弯下腰，这是从康复中心回来后，我离盖布尔最近的一次。我的脸颊已经蹭到了他的脸。我在他耳边低声说道："你也许能骗过斯嘉丽，但骗不到我，我们俩认识太久了，盖布尔。如果她出了什么事，你别指望还能好好活着。你知道我们家是干什么的，你知道他们的本事。"

"我还以为你又要把千层面倒在我头上呢，"盖布尔的声音因为紧张有些奇怪，"就像以前一样。"

我没有答话。我没跟盖布尔和斯嘉丽坐在一起，也没和他们再说话，而是把餐盘给沙伊·品特端回去。

"对不起。"我说。

"噢，盖布尔和斯嘉丽之间发生了什么事吗？"沙伊问，"你生气了吗？"

我一言不发地走开，坐在离盖布尔最远的一张桌子旁。温坐在我对面，从书包里拿出一个橘子，开始剥皮。

我问他："你知道他们的事吗？"

他耸了耸肩："我不确定。我想过可能会发生什么……说实话，我以为他们只是朋友。"

"斯嘉丽也是这么说的。可这是原则问题。她想和他一起去参加舞会，你能想象吗，居然有这种荒唐事！"

温递给我一瓣橘子："安妮，舞会这个东西，本来就很荒唐。礼服啦，酒杯啦，斯嘉丽做盖布尔的舞伴，也不会让舞会再荒唐到哪里去。"

"你到底和谁一伙儿啊？"

"当然和你，"温回答说，"但也和他们。"他叹了一口气补充道，"你的朋友斯嘉丽最大的优点就是有同情心。安妮，整个学校里找不出一个喜欢盖布尔·阿斯利的人了。他以前的朋友都抛弃了他，如果我们不同他一起吃饭，他就得一个人坐了。所以，我想如果斯嘉丽真的要对盖布尔·阿斯利好，我们有什么资格拦着她呢？"

"可是她背叛了我，温。我怎么能原谅她呢？"

温摇了摇头："我不知道该怎么和你说，安妮。她恰恰是你最忠实的朋友。"

温的父亲是个强硬的警探，他居然还这么天真。爸爸常说，在一个人背叛你之前，你可以暂且认为她是忠诚的。可是，当那一天到来，你就不应该再相信她了。

温说："我想我们不能和他们俩一起去舞会了？"

"别跟我提这个，"我对温说，"还有，我好像还没答应和你一起去呢。"我本来打算主动邀请温的，可是他毁了这个计划，这让我很恼火。

"可是你一定会的，"他说，"你只有我这一个朋友了。"

我朝他扔了块橘子皮。

我去上韦尔先生的课时，有人告诉我校长叫我去一趟。我想这可能和我午餐时的行为有关，要么是有人报告说，我像个疯女人一样在餐厅里奔跑（也许是沙伊·品特？或者是斯嘉丽——谁知道她还能干出什么事来）；要么是盖布尔打小报告，说我威胁他。无论如何，都让人心烦，事实上我什么也没干。考虑到当时的情况，我觉得我的克制已经值得表扬了。我一走进门厅，秘书告诉我："他们在等你。"

他们是谁？我在心里想。

两名警察坐在校长的办公桌前，我认出其中一个是去年秋天逮捕我的人。中午的事居然惊动了两个警察？这似乎有点过分了，他们不能因为我拿着别人的餐盘在餐厅里奔跑就逮捕我。他们不能这么做吧？

"你好，安雅，"校长招呼我说，"请坐吧。"

我没有坐下。

"弗拉佩警探，"我对认得的那个人说，"你剪了短发啊。"

"这让我更放松,"弗拉佩说,"谢谢你能注意到。那我们开始吧?你没有惹什么麻烦,安雅,可是有件事我们得同你谈谈。"

我点了点头,心开始怦怦直跳,胃里如同翻江倒海。

"今天早上,你哥哥利奥拿了你父亲的枪,试图谋杀尤里·巴兰钦。"

我让她再说一遍。她说的话让人难以置信。

"你哥哥用你父亲的枪袭击了你的伯父。"

"他们怎么知道那是我父亲的枪?"我冷冷地问。

"你堂哥米基也在场,他认出来了。红色手柄,侧面写着'巴兰钦特浓黑巧克力'。"

如果米基说得没错,就是那把很久之前就找不到的史密斯威森枪。

我问:"你刚才说试图谋杀尤里,那就是说尤里伯伯还活着?"

"是的,但情况很不好。子弹穿透了他的肺部,导致他心搏骤停。"弗拉佩说,"他现在还在重症监护室。"

我点了点头,我不知道如果尤里能活下来对利奥是福还是祸。我问:"利奥还活着吗?"

"是的,但是没人知道他在哪儿。他开了一枪,然后跑了。"

"他受伤了吗？"

弗拉佩表示不知道："你堂哥米基出于自卫还击了，但他不知道有没有打中利奥。"

可怜的利奥，他一定吓坏了。我为什么让他在那个地方工作呢？

警察问："你知道你哥哥为什么想枪杀尤里·巴兰钦吗？"

我摇了摇头。

"那如果利奥跟你联系，你能告诉我们吗？他落到我们手里，总好过落到你们家人手里，你觉得呢？"

我微笑着点点头，心想就好像我真的会把利奥交给你们似的。

警察走了，我却动弹不得。校长走到我面前，拉起我的手。"你家里还有人监护你们吗？如果我没记错的话，利奥是你的监护人？如果你和妹妹没人看护，我就得给儿童保护机构打电话，安雅。"

"有，"我稍稍夸大了一下事实，"我们有个保姆，她叫伊莫金·古德菲洛。过去她照顾加林娜，现在照看我们。"我给校长写下伊莫金的手机号，然后我问校长，我和纳蒂能不能请半天假，也许利奥会回家。

"当然，安雅。"校长说，"路上小心，外面已经有记者了。"

我往窗外看，果然，有一大群记者站在圣三一大门外的人行道上。

校长让人去叫纳蒂，我问她能否借用一下电话。我打给了吉卜林先生和西蒙·格林，至少我们需要一辆车送我们回家。我转述了刚刚知道的消息，他们一时都没有说话。我还以为电话断了。"抱歉，安雅，"过了一会儿，吉卜林才说，"这个消息让人难以置信。"

"你认为我和纳蒂需要保护吗？"

"暂时不用，"吉卜林先生说，"尤里的病情稳定之前，家族那边应该不会采取什么行动。即使他们要做什么，也是针对利奥，而不是你们。"

纳蒂来到办公室，我同她说了利奥的事。我以为她会哭，但她没有。"我们去教堂给利奥点支蜡烛吧。"她拉着我的手说。

我同意了，反正也没什么坏处。我说："我们需要配给券。"

其实我心里在想，这样做并没有什么用。

接下来的几天，我和纳蒂如同行尸走肉。我们照常吃饭、睡觉、洗澡、上学，我们做了一切应该做的事情，显得自己有人监护。然而我们真正做的只有一件事——等利奥联系我们。

我担心他已经死了。米基朝利奥开了枪，他可能已经因为失血过多死在了哪个小巷子里。我不知道当时到底发生了什么，因为跟家族里的任何人联系都不安全，让温来看我们也不好。我感到十分孤单。我想斯嘉丽了。周五的时候，斯嘉丽走到我面前说："我非常担心利奥。"

我没有理她。我想跟她说话，但我做不到。她已经算不上我最好的朋友了，她居然和盖布尔·阿斯利讨论我的事。谁知道他会把斯嘉丽说的事再告诉谁呢？

我径直走进教室，可满脑子想的是利奥为什么那么做。我知道他之所以揍米基，是因为他以为奶奶的死和米基有关。也许利奥是去找米基的，只是意外击中了尤里？我想杰克斯可能知道点儿什么，但现在还不能和他联系。

我不断地想，原本做点儿什么就可以阻止利奥，这样的想法让我备受折磨。我应该早点儿找到爸爸的枪，就不该让利奥去游泳池工作。我不该说那些话，让利奥以为奶奶是被人谋杀的。（他那么容易受到影响。天哪，奶奶当然不是被谋杀的，她去世前已经和一具尸体相差无几了。）我也不该提夏令营的事，强调他是我们的监护人，给他那么大的压力。我不该总和温在一起，任由利奥和杰克斯交朋友。我不停地想这些事情，我总觉得这是我的错，是我让爸爸失望了。

周一上午，我没有去上劳博士的课，而是去教堂祷告。可是我没法集中精力，无数的想法在我脑子里横冲直撞。

我坐在长凳上，用手在胸前画十字。

"安妮。"我听到一个嘶哑的声音。我环顾四周，没有看到任何人。

"我在中间。"那个声音又说。

我沿着过道走到房间正中，坐到另一排长凳上。地上躺着一个人，是利奥。我想过去拥抱他，但是我忍住了。我盯着耶稣，声音尽量不发颤。

"我一直在等你，"他说，"我还以为你会经常来做祷告。学校是个藏身的好地方，晚上我可以到餐厅里找吃的，白天就躲在教堂里。没有人到这儿来，就算有人，他们也会以为我是个逃课的学生。如果有活动，我就去剧院。有一天，我还看见斯嘉丽在吻盖布尔·阿斯利。安妮，你知道他们在一起吗？我没那么喜欢她了。我知道他们以为我会回家，所以我到这里来了。"

我想哭："噢，利奥，你真聪明，可是你不能待在这儿。你早晚会被发现的，然后……"

"砰！我就死了。"他似乎很高兴。他从腰间掏出枪，爸爸的史密斯威森枪，和米基说的一样。我忍住去拿枪的冲动，如果巴兰钦家的人找到学校来，利奥需要保护自己。

"你为什么要那么做，利奥？"

"有成千上万个理由。"利奥叹了口气，"因为我是利奥尼德·巴兰钦的儿子，我才应该是这个家族的领袖。"他说，"尤里已经老了，他正在着手安排，好让米基接班。他要剥夺我"——利奥努力想出那个词——"我与生俱来的权利。"

"还有，米基是个坏人。他策划了弗雷……弗雷……毒巧克力的事，显得他父亲软弱无能，这样他就能早点接班——"

我打断他："等等，你怎么知道是米基干的？"

利奥回答说："杰克斯告诉过我。"

"杰克斯还和你说什么了？"

"他还说，米基和尤里让我们去参加婚礼，这样他们就可以杀死奶奶。尤里控制着电力，所以那些机器才会停的。"

"利奥！这说不通啊？他们为什么要杀死奶奶？"

"这样我忙着做监护人，就不能要回属于我的东西了。"

我抱住脑袋。可怜的哥哥啊！"哦，利奥，你为什么要掌管整个家族呢？这是个糟糕的工作，你看看爸爸。"

利奥顿了一下："因为这是保护你和纳蒂的唯一方法，这样你们才不会被家族里的人伤害。"

"可是我和纳蒂一直好好的啊，直到……"

"不，不好。去年秋天你因为家族的事进了监狱，回来的时候像个破布娃娃，安妮。那时候我就在想我必须做点什么，爸爸死之前曾对我说，我的责任是保护妹妹。"

傻爸爸，他对我说了同样的话。"可是，利奥，保护我们最好的方法是离这个家族远远的。现在他们会来找你，如果找到了，他们可能会杀了你。"

利奥缓缓地摇了摇头："我知道你觉得我很笨，安妮。我就像骡子维克多一样。"

"骡子维克托？"天哪，骡子维克托是谁？我想起来了。

"你不知道我当时就在门外。奶奶说我像他一样，很笨，但是有力气搬箱子。你也这么说，傻利奥，就像骡子维克托。"

"不，利奥，你误会了……"其实他没有，我们就是这么说的。

"大家小看了我，安妮。我说话慢，有时候还会哭，但我不是白痴。我有时候癫痫发作，但并不意味着我软弱无能，没法保护妹妹。我是受过伤，但这并不意味着我一无是处、永远不会有长进。"

我想尖叫，但我不能吸引别人的注意。"这都是杰克斯说的？"

"不！你没好好听我说话，安妮，这是我自己想的。杰克斯和我说过一些家族里的事，但这些都是我自己的想法，安妮。我这样做是为了大家好。"

利奥被骗了，彻头彻尾地错了。我能肯定他被杰克斯操纵了，可这不能改变利奥谋杀未遂的事实。如果家族里的人找到他，他会被杀死。如果警察找到他，他就会进监狱，对我哥哥这样的人来说这种可能性更糟糕。

我得把他送到国外。可是首先，我得把他从学校里弄出去。

我在胸前画十字，快速做完祷告。

我让利奥保证，白天要不时地更换躲藏的长凳，减少被发现的可能性。我把学校的围巾给他，让他包住头，这样别人即使看到他，可能也会把他当成其他人。我离开教堂，走进教堂秘书的办公室。秘书几个月前被解雇了，他们一直没再招人，因此办公室是空的。我拿起电话，现在京都是晚上9点。我想现在打电话还不算晚，即使太晚也没有办法。

是友治接的电话，说的是日语。

"友治，我是安雅·巴兰钦，我想请你帮个忙。"我说了现在的情况，"我不是想让你帮我照看哥哥，可是我不能让他待在美国了。他会被杀死的，他们有权这么做。我不能眼睁睁看着他死，是不是？"

"当然不能。"友治回答说。

"我希望你能安排秘密转移什么的，把利奥接到日本。我知道，让他待在你家里影响不好，所以，我想也许你能找个可以照看他的地方。他简直是疯了，不知道自己能做什么，不能做什么。我认为你之前提醒我注意的那个人——杰克斯——教唆他干了这个，但我还不清楚他为什么这么做。"

友治说："我会安排的。帮你哥哥转移，再给他找个落脚的地方。"

"谢谢。当然，我会支付一切花销，不过可能要等一等。"

"没问题。"

"我……求你帮了这么大的忙才说这个，可能显得太不真诚，可是我确实想谢谢你送的花，特别是那张卡片。"

"没什么，安雅。我可以问你一个问题吗？"他说。

"请你说。"

"你想过怎么把他从学校里弄出来吗？什么时候行动？我的意思是，如果像你刚才说的，学校周围到处是记者和警察。你显然不能把他带回家。"

"两周后学校里会举行舞会。盛大的舞会，有餐饮供应，大家会穿上华丽的礼服，很多人进进出出。我想应该能把他弄出去，不过现在还没想好具体怎么做。"我回答说。

"我认为他从学校里出来就应该直接启程来日本，以免夜长梦多。"

我表示赞同。我们约定一周后再谈，到时大野友治会告诉我应该送利奥去哪儿。我还是从学校里给他打电话，因为不确定家里的电话有没有被窃听。

"谢谢。"这可能是我第四次道谢了。

"不客气。也许有一天，我可能会希望你报答我，当然我希望这一天永远不会到来。"

是的，我知道他这话是什么意思。"还有，友治，尽量帮利奥找个好点儿的地方。他的确做了一件可怕的事，但他的心是善良的。他还是个孩子。"说到"孩子"的时候，我的声音有点发颤，我本不愿意在别人面前流露感情的。

我去上击剑课。自从斯嘉丽对我说了她和盖布尔的事，我再也没理过她。我在更衣室里拦住她，这让她大吃一惊。

我小声问她："斯嘉丽，你还在策划舞会的委员会里吗？"

斯嘉丽说："噢，巴兰钦小姐决定同我说话了啊！可是，我还没想好要不要理你呢。"

"斯嘉丽，我没有时间跟你吵。我有重要的事要请你帮忙，你得发誓不告诉阿斯利。如果你告诉阿斯利，有人可能会死掉或者受伤。"

"我又不是什么都和盖布尔说，你知道的。"斯嘉丽压低声音问我，"是利奥的事吗？"

我确定没人在看我们，也没人听我们说话，然后点了点头。

她问："我能做什么？"

"他在这里，"我说，"在学校里。我已经安排好了，帮他逃得远远的，但是我得先想个法子把他弄出去。我想在舞会那天晚上行动，除了我们俩，我不想让任何人知道。我不打算告诉温，甚至不会告诉纳蒂。"

斯嘉丽点了点头："所以，尽管我要和盖布尔参加舞会，你仍然相信我。"

"我相信，"我的话像是外交辞令，"你不会做伤害利奥、纳蒂或是我的事情。你是我的老朋友，我需要你的帮助。"

斯嘉丽只是从字面上理解了我的话。她拥抱了我："我好想你！"

我抱住她，我也想她。

整节课我和斯嘉丽都在小声讨论下周的计划，不过午餐的时候我们没有坐到一起，这样别人不会起疑。

我们想的一些计划太复杂。例如，用纸糊一个装饰用的彩马，下面安上轮子，让利奥躲在里面。可是这需要复杂的工艺，还要有用纸许可，而且和舞会的主题"天堂夏威夷"毫无关系。我们最终采用的计划很简单：让利奥大大方方地走出来。既然很多男生会穿着燕尾服来参加舞会，利奥为什么不能穿着燕尾服走出呢？晚上9时30分，舞会开始一小时后，利奥从里面出来，坐上车。他看起来就是一个参加舞会的男生，我和斯嘉丽甚至给盖布尔、温和利奥租了一样的燕尾服。这些燕尾服再普通不过，会让利奥看起来只是一个普通的男生，和别人没有什么两样。

有趣的是，在舞会开始的十天之前，温问我想不想去参加舞会。"你最近压力太大了，"他说，"我知道你不像我那么喜欢这些东西。如果你不想去，我完全理解。"

"不，"我说，"我想和你一起去。我觉得我不应该沉浸在自己的小世界里，应该多出来玩玩。"我没有说假话，只是没有告诉他，我哥哥的生死取决于这次舞会。我这辈子都没有如此期待过这样的正式活动。

舞会将要举行的那个星期，我按计划给大野友治打电话，他按照之前说的安排好了利奥的转移计划："有车会去接利奥，然后坐船到马萨诸塞州附近的一个岛上，我安排了私人飞机接他来日本。"

"那到了日本之后呢？"我犹豫了一下才问。

"我找了一个很适合他的地方，我想你会满意的。是高野山上的一座真言宗寺庙，那里有一个湖，湖里鱼很多，还有其他动物。我记得你说过，你哥哥喜欢动物。那里的僧侣很和气，他们吃鱼，不吃别的肉。更好的是，你哥哥不会在那里遇到语言问题，你也不用担心周围的人会打探你哥哥的情况——那里大多数僧侣发誓要保持沉默。生活并不苦，我相信僧侣们对你哥哥会非常友善，安雅。"

我闭上眼睛，想象着利奥戴着遮阳帽，坐在小木船里钓鱼。天空和湖水是清澈的蓝色，你甚至分辨不出水天相接之处。

"这听起来像天堂，你怎么找到这个地方的？"我问。

"很久以前，我想过要留在那里。"大野友治只是这样说。

这个星期无比漫长，我跟斯嘉丽和利奥分别进行了很多次秘密讨论，我还一直担心利奥的藏身之处被发现。舞会之夜终于到了。温为我买了一朵白色的兰花戴在手腕上，兰花很漂亮，可是配上我的黑裙子，倒像是去参加葬礼。

"我不想送你玫瑰，"温解释道，"那对你——安雅·巴兰钦这样的人物来说太俗了。"

"祝你们玩得开心！"纳蒂给我们拍照的时候大声喊。她放下相机说，"真希望我也能去。"

"来，"温说着把自己的帽子给纳蒂戴上，"帮我保管好帽子。"

我们进入会场的时候是8点30分。我同温跳了几支舞之后，借口要去三楼的卫生间，在那里和斯嘉丽会合。而斯嘉丽的任务是带燕尾服帮利奥换上。

我问她："利奥换好衣服了吗？"

"是的。"利奥从隔间里出来，替她回答。他看起来英俊、成熟，我甚至希望自己带了相机，能拍张照片给纳蒂看，不过这显然是不可能的。

斯嘉丽问："他看上去是不是特别帅？"

"当然。"我在利奥脸上亲了一下。

"你确定不用我送他去坐车？"斯嘉丽问。她给利奥戴上一顶黑色的帽子，遮住他的脸。"以防万一，别被人认出来。"

这件事我们讨论过好几次了，最后还是觉得由我送利奥去坐车比较好，因为大家知道斯嘉丽的舞伴是盖布尔·阿斯利，一个坐轮椅的男生。就算有人注意到我们，也可能会把利奥当成温。"不用了，这样没问题，不过十几米的距离。"

"利奥，你准备好了吗？"

利奥伸出胳膊让我挎住。"再见，斯嘉丽，"利奥说，"你今晚看起来真漂亮。别让盖布尔·阿斯利欺负你。"

"不会的，利奥，我发誓。"斯嘉丽说。

我们走下楼梯，穿过办公区，经过体育馆——舞会仍在继续——路过检票的地方。在我们快走到校门的时候，我听到有人叫我。是劳博士，这是今晚发生的第一个小插曲。我转过身和她说话，心里默默祈祷利奥不会跟过来。

"好消息，安雅！我一直在找你，我想亲自把这个好消息告诉你。我刚刚收到通知，你参加犯罪现场调查青少年夏令营的申请已经通过了。"

"噢，真是太棒了，"我回答说，"我……我有点儿头晕，如果你不介意的话，我们一会儿再聊行吗？"

劳博士关心地问："你怎么了，安雅？"

"没什么，"我说，"我只是想透透气，我一会儿就回来。"我推开厚重的大门，拉着利奥快步走出去。我们走到人行道上，三个穿燕尾服的男生在扔橄榄球，穿着长裙的女孩坐在台阶上。沙伊·品特也在那儿，不过她没看到我。我没看到狗仔队和记者，要是有就麻烦了。利奥该走了，不能再耽误了。

今天是个特殊的日子，好几个孩子租了车。在一排黑色豪华轿车的尽头，我看到了来接利奥的车：黑色的林肯城市，后视镜上挂着绿色四叶草的空气清新剂。

我们走得不疾不缓，似乎没有人注意到我们。我们走到车旁，我在利奥脸上亲了一下，说："旅途愉快！"我觉得分别时最好不要拖拖拉拉的，"对了，你能把爸爸的枪给我吗？"

利奥问："为什么？"

"你要去的地方用不着了。"

利奥从腰间取出枪，我接过来放到手提包里。

"我爱你，安妮。跟纳蒂说，我也爱她。对不起，给你惹麻烦了。"

"别这么说，利奥。你是我哥哥，我可以为你做任何事情。"

利奥钻进车里："我能回家过圣诞节吗？"

"不，利奥，我想可能不行。我们先看看情况好吗？也许哪天我能去看你。"

"和纳蒂一起来？"

"当然，还有纳蒂。"我撒了个谎。

我看着利奥的车渐渐远去，然后回到舞会上。劳博士不在大厅里，这没什么关系。我正好可以进去和男朋友再跳几支舞，放松一下。现在终于把利奥送走了，过去两个半星期里，我一直悬着的心终于可以暂时落下来了（不过要等到大野友治告诉我利奥安顿好了，我才能完全放心）。

我找到了温，他正和一起玩音乐的几个男生聊天："你去哪儿了，怎么这么久才回来？"

"我从洗手间回来的时候碰到了劳博士。"我说，"我被那个夏令营录取了，她亲口告诉我的。"

"祝贺你！"他说，"我真为你骄傲。要去多长时间来着？"

"六个星期。"我说。

"嗯，不算太糟。可我肯定还是会想你的。"他说着把我拉到身边。

我和温又跳了好几支舞。我本以为自己不喜欢跳舞，也许只是因为一直没有找到合适的舞伴。

"最后一支曲子了，"乐队的指挥喊道，"大家跳起来吧。"

在舞池的另一头，我看到斯嘉丽和盖布尔在一起。我决定正式与斯嘉丽和好。我是说，当着盖布尔的面。"你是我最好的朋友，"我走到他们身边对斯嘉丽说，"但是我不该控制你的生活。如果你想和这个白痴跳舞，这是你自己的事。"

斯嘉丽笑着对我说："当然，安雅。谢谢。这对我意义重大。"

"嘿！"盖布尔冲着斯嘉丽嚷道，"你不应该说我是个白痴！"

斯嘉丽摇了摇头说："嗯，有时候你确实是个白痴，盖布尔。"

我回到温身边，跟他说："我们走吧。"

我们挽着胳膊离开舞会。我们没有租车，而是打算像往常一样坐公交车回去。

"今晚天气真好，"温说，"能感觉到夏天要来了。"

就在这时，我听到一声枪响。

我把手伸进包里握住爸爸的枪。

又一声枪响。

温倒在地上。

"噢，不，温！"

我掏出枪，上膛，瞄准，扣动扳机。

枪手离我们有五六米远，周围很暗，但我枪法很准，爸爸教过我。我只想打伤对方，而不是将其置于死地。我一枪打在那人的肩上，一枪打在膝盖上。

我跑过去把他的枪踢飞，然后又回到温的身边。周围围了一圈同学。"打911报警，就说温·德拉克罗瓦中枪了。"虽然我十分慌乱，但声音听起来依然冷静。

我跪在温的身旁。他疼得昏了过去，或许他摔倒的时候撞到了头。我只看到他的大腿上有一处枪伤，流了很多血。我摘下围巾，绑在他的腿上给他止血。

我又跑到枪手身边，他躺在人行道上，戴着滑雪面罩。我摘下他的面罩，是杰克斯："求你了，别开枪。我没想杀死利奥，安妮。真的，我发誓。我只是想射伤他，然后带给尤里和米基。"

"这样他们就能杀了我哥哥，而你成了大英雄，是不是？可是，你这个笨蛋，那根本不是利奥。利奥不在这儿，那是我男朋友，温。"

"安妮，对不起。真的，这是个误会。"杰克斯说。

"你从头到尾没有说过一句真话，杰克斯。"我很奇怪杰克斯怎么知道利奥藏在学校里。他自己猜出来的，还是利奥想办法和他联系了，又或者报信的另有其人？知道这个计划的，只有大野友治和斯嘉丽，我觉得他们不会告诉杰克斯。我一时弄不清楚，也不能问杰克斯，如果我问了，就相当于承认我们计划今晚把利奥弄出去。我问杰克斯："你知道我男朋友的父亲是谁吧？"

"副检察官。"杰克斯说完才渐渐意识到这意味着什么。

"干得不错，堂哥，我们的生活将陷入人间炼狱了。"我说。

警车来了。"发生什么事了？"一个警察问道。

"这个人，雅科夫·皮罗日基，绰号杰克斯，枪击我男朋友。"警察给杰克斯戴上手铐。我看到他们拉他的时候他龇牙咧嘴。

"那又是谁打了他？"警察指着杰克斯问。

"我。"我说。然后我也戴上了手铐。

这时来了一辆救护车送温去医院。我很想和他一起去，可我还戴着手铐。我大声喊斯嘉丽，让她陪温去医院，她上了救护车。

然后又一辆救护车把杰克斯带走了。

最后，又来了一辆警车，是来带走我的。

19

我做了一个交易

　　我在警察局被审问了四小时，但是关于利奥的事，我一个字没有透露。他们只知道一个笨手笨脚的歹徒打中了我男朋友，出于自卫我开枪还击。他们能给我安的罪名很轻：非法藏匿武器、非法持有许可过期的武器。更别提我还救了查尔斯·德拉克罗瓦儿子的命——虽然这个年轻人是因为我才陷入险境的，可是这有什么关系呢？在警察看来，我就是个英雄，至少是个非传统型的英雄。

　　于是我被送回家软禁起来，这期间警察局会决定怎么发落我。他们没把我送去自由管教所，因为我上次在那里的遭遇让他们的公众形象一落千丈，他们不敢再冒这个险。

　　我还能再和你说点儿什么呢？噢，对了，利奥的事。我刚被软禁不久，就收到了大野友治那边的消息，我哥哥已经平安到了日本，跟高野山上的僧侣在一起。我想，还是有点儿好消息的。友治在电话里问我是否还需要什么帮助。我说不用了，他已经帮我够多的了。

当然，你一定还想知道温怎么样了。查尔斯·德拉克罗瓦禁止我去医院探望温，也不让我给他儿子打电话或是送东西。温的父亲确实专横，不过我还挺钦佩他的。

我从新闻里看到，子弹穿透了温的髋关节，他的腿用金属杆和针固定住。他能恢复如初，可是斯嘉丽去探望他，回来对我说，他非常难受。她还说，他的父亲安排了保安，日夜看护他。

"理论上，"有一天斯嘉丽来家里看我的时候说，"这是为了确保没人能再伤害温。可实际上，查尔斯·德拉克罗瓦只是想确保温不能再和你联系。"

像往常一样，我能理解查尔斯·德拉克罗瓦的做法。在不到一年的时间里，我害得两任男朋友进了医院。别人怎么能不把我当成瘟疫呢？如果我有个深爱的儿子，也会让他离自己远远的。

"可是，"斯嘉丽说，"你猜怎么着？"

"怎么了？"

"我有张字条，他写得很匆忙。"

斯嘉丽把字条递给我。在一块干净的纱布上，有几行潦草的字迹。

亲爱的安妮

　　别听我父亲的。

　　如果可以，请来看我。

　　我还爱你，我当然爱你。

温

　　我问："你能帮我带张字条吗？"

　　斯嘉丽考虑了一会儿："嗯，给他带字条可能更难。保安不让人带任何东西进去。如果他们看到我帮你传字条，可能不会再让我进去了。要不我帮你传个话吧？"

　　"对他说……"该说什么呢？我非常愧疚。"对他说谢谢他写的字条。"

　　"谢谢你的字条！"斯嘉丽重复了一遍，兴奋得有些夸张，"一定带到！"

　　枪击事件发生两周后，我得到准许去见学校的管理委员会，西蒙·格林陪我一起去。委员会的任务是决定我能否在圣三一上四年级。

　　我就不用那么多细节来烦你了，最后的结果是，他们以11票对1票同意开除我（唯一的反对票来自善良的劳博士）。尽管我有很多违反校规的行为（打架、顶撞老师、缺勤过多），他们最不能忍受的还是我持有武器。显然，他们不希望圣三一的校园里存在这样的威胁。我可以在家自学，完成三年级的课程，之后就得再给自己另找一所学校了。我把这添加到待做事项列表里。

你问我对学校的决定有什么看法？说实话，我不能说这毫无道理。

从圣三一回家的路上，我问西蒙·格林，能否顺路去一下医院。

"你觉得这是个好主意吗？"西蒙·格林问我，"查尔斯·德拉克罗瓦清楚地表明了他对你的态度。"

"求你了。"我恳求他（爸爸总是说，唯一值得你求人的是你的命，也许他错了，有时爱情也值得你恳求别人）。"求你了。"泪水从我的脸上滑落，鼻涕也开始往外冒。我就像个婴儿，哭得脏兮兮的，惹人讨厌。西蒙·格林心软，又缺乏对付我这种举动的经验，他开始同情我。

"好吧，安雅。我们去试试。"西蒙·格林答应了。

我们坐电梯来到青少年病房区。温身材高大，已经像个成年人，可在这里还是被当作青少年对待，这还挺可笑的。现在是吃午饭的时间，温的病房外没有保安。我们敲了敲门，门漆成橘黄色，上面贴着有一把大遮阳伞的贴纸。我想这样的装饰是想告诉大家夏天要到了，不过困在病床上的温很难感受到夏天的气息。

"请进。"是一个女人的声音。我推开门，床上没有人，温的母亲坐在窗边的椅子上。我以为她会呵斥我，赶我走，但是她没有。"温去拍X光了。请进吧，安雅。"她招呼我们。

我和西蒙·格林可不用等她再邀请一次，我知道这是她给我的礼物，于是我尽量找点话题聊。我问："你的橘子长得怎么样了？"

"挺好的，谢谢。"德拉克罗瓦太太笑了，"我想告诉你，我觉得查理表现得简直像个野蛮人，"德拉克罗瓦太太继续说，"之前发生的事并不是你的错。如果要说跟你有什么关系，那也是你的快速反应救了温的命。"

"可是我不能说，他遇到这种事跟我一点儿关系都没有。"我觉得自己必须说明这一点。

"嗯，是的……但人无完人，我是这么想的。先坐一会儿吧，温很快回来，我知道他想见你。对了，他可不是一般想见你。"

房间里没有多余的椅子，于是我和西蒙·格林坐到了床上。

剩下的时间里主要是西蒙·格林和德拉克罗瓦太太在聊天，我焦躁不安，基本上没有开口。

终于，温坐着轮椅回来了。他穿着T恤衫和运动裤，一条裤腿截去了，露出固定臀部和大腿的黑色金属针之类的零件。

帅气的温。我想亲吻他受伤的每一个地方，可是他的母亲和律师都在，所以我哭了起来。

这都怪我。

尽管开枪的不是我，却是因我而起。

虽然温的伤势没有盖布尔那么严重，但温的痛苦我更能感同身受。我想这是因为我爱温。

"让孩子们单独待一会儿吧，"德拉克罗瓦太太说，"保安吃完午饭会回来。"西蒙·格林和德拉克罗瓦太太到走廊上去了。

一开始，我几乎不敢看他。他看起来那么脆弱，难怪他父亲想让所有人离他远远的。

"说话呀，"他温柔地说，"你不能站在那儿，既不说话，也不看我。我会觉得你不喜欢我了。"

"我很害怕，"我终于能开口了，"还很担心你。可是他们不让我见你，不让我给你打电话，什么都不行。现在我终于来了。你受了这么重的伤。疼吗？"

"只有我想站起来、坐起来、翻身或是呼吸的时候才会疼。"他开玩笑地说，"帮我躺到床上去吧，甜心。"他倚靠着我站起来，然后让自己躺倒在床上，这令他痛得咧了一下嘴。

"噢，"我问，"我弄疼你了吗？"

他摇了摇头："没有，当然没有，傻姑娘。你让一切好起来了。"我弯下腰，吻了一下他腿上金属针固定的地方，然后爬到床上，在他身边躺下。

我们一定是睡着了，因为接下来我知道的，就是保安冲进房间，把我从病床上拉下来。我重重地摔到地上，磕到了膝盖。后来我才发现膝盖上有一块严重的瘀青，可是当时，我什么都没有感觉到。

"别碰她，"温说，"她又不会伤害我！她什么都没做。"

"这是你父亲的命令。"保安说，语气里透着几分歉意。

"他可没说让你把一个16岁的女孩扔到地上。"温生气地叫道。

"走吧，"西蒙·格林说，"免得事情变得更糟糕。"

"我爱你，安雅。"温大声说道。

我想回应他，可是他们关上了门。西蒙·格林把我拖到电梯里，嘴里还嘟囔着："要是知道我带你来这儿，吉卜林先生会杀了我的。"

西蒙·格林把我送回了家。警察声称让我待在家里，是为了监视我的举动，同时避免受到家族里其他人的伤害。我径直走向卧室。在走廊里，我被伊莫金拦住了。

"你的膝盖怎么了？"她说话带着哭腔。那天很暖和，我穿了校服裙子，连裤袜也没穿。

"没事。"我说。事实上，我的膝盖开始打战了。可是和温的伤势比，我觉得自己没有资格抱怨。

"看起来可不像没事，安妮。"她陪我进了卧室，命令我躺下，这正好是我唯一想做的事。总有人冲我大喊大叫，好运从来不会同我相伴太久，我现在只想像熊一样冬眠。被软禁的好处就是不用见那么多人，处理那么多事，大白天睡觉也不会有人管我。

伊莫金拿来一袋冻豌豆："敷上这个。"

"没事，伊莫金。我只想睡一会儿。"

"有你谢我的时候。"她说。

我平躺在床上。她摸了摸我的膝盖，瘀伤很严重，但没伤到骨头，她对我说没什么大碍，然后把冻豌豆放在上面。

"为什么总是用豌豆啊？"我问，想起以前我经常把冻豌豆放到利奥头上，想起去小埃及那晚我给过温一袋。这是我之前给温用的那袋吗？我不确定。"我们冻过胡萝卜或玉米吗？"

伊莫金摇了摇头："玉米吃得最快。你们兄妹几个不喜欢吃胡萝卜，所以从来没买过。"

"有道理。"我说。然后我说我想睡觉，她就出去了。

那天夜里（纳蒂已经上床睡觉了），我被敲门声吵醒。是伊莫金。"有人来找你，"她说，"是你男朋友的父亲。你想让他进来，还是到客厅去见他？"

"去客厅。"我回答道。我的膝盖疼得厉害，但我不想躺着和查尔斯·德拉克罗瓦说话（这让我觉得处于弱势）。我从床上爬起来，整理了一下身上的校服裙子和衬衫，拢了一下头发，一瘸一拐地走进客厅。

"对于这个，我很抱歉。"德拉克罗瓦说。他是指我膝盖上的伤，过去的十小时里，膝盖上已变得青一块紫一块，还肿得老高。他坐在酒红色的天鹅绒椅子里，这让我想起他儿子坐在同一个位置时的情景。

"很抱歉深夜来访。工作到太晚，另外，我不想再被记者拍到。"

我点了点头："也许你还不想在我的律师在场的时候同我谈话。"

"是的，安雅，你说得没错。我想跟你单独谈谈。我们要谈的既是私事，也是公事，这是我觉得最复杂的一点。"

我说："你的公事总跟私事搅在一起。"

查尔斯·德拉克罗瓦放声大笑："是的，当然。我真是喜欢你！"

我看了他一眼。

"哦，别那么惊讶。你非常招人喜欢，不只是我儿子喜欢你。"

至少他很诚实。

"好吧，我来是要和你说说现在的情况，如果你不介意的话。我们对射击你堂兄的子弹做了测试，发现你用的枪跟你哥哥枪击尤里·巴兰钦用的是同一把。所以，我们可以推测出什么呢，安雅？"

我可不会帮他分析这个："你为什么不直接告诉我呢？"

"真是个聪明的女孩，"德拉克罗瓦先生说，"我们推测你见过你哥哥，还想办法把他带到了一个安全的地方。就是在那里，他把枪给了你。"

我深吸一口气。我永远不会告诉他利奥在哪里。

"说实话，安雅，我不在乎你哥哥怎么样了。他打的匪徒可不招人喜欢，甚至那个匪徒自己的手下也不喜欢这个人。所以，如果你把利奥活着弄出这个国家，那你干得不错。你要照顾家人，我理解。所以你应该明白，我为什么要做同样的事。我唯一在乎的是，你害我儿子中枪了。"

我低下头："我也不希望这样。如果我把他置于险境，我永远都不会原谅自己。"

"哦，安雅，别这么夸张。要不是你有时说傻话，我总会忘记你只是个十六岁的孩子。温会好起来的，这件事有助于塑造他的性格。他一直顺风顺水。现在，我在意温受枪伤，是因为他的名字上了新闻，把我和你的名字联系在了一起。你明白麻烦在哪儿了吗？"

我点了点头。

"你非法持有枪支，如果我不给你点儿惩罚，人们会说我偏袒儿子的女朋友。更糟糕的是，这个人还和黑帮有关。我的政敌会说我对集团犯罪不够强硬，我担不起这个风险。6月的第一个星期，我会宣布竞选地方检察官。"

"我明白了。"

"你看，我把自己的难处告诉你了。你想知道你的吗？"查尔斯·德拉克罗瓦问。

"说吧。"

"是这样的，你有这么几个麻烦，可怜的孩子。第一个是你哥哥。我不在乎他在哪儿，可你们家族的人在乎。如果我公布弹道测试结果，他们就会知道你做了什么，然后循着这条线索找到利奥杀了他，可能还会杀了你。第二个是你的小妹妹，她现在没有监护人了。我知道你是她真正的监护人，可大部分人很蠢，我想你应该不希望儿童保护机构干涉你们家的事。第三个是非法持有枪支的指控，这个我们已经说过了。第四个是我儿子。他爱你，你爱他。可是，他的父亲！他为什么总想拆散你们？"

是的，他基本说全了："看起来我相当悲惨。"

"我可以帮你，"他说，"我总想起从自由管教所回来的轮渡上我们谈话的情景。我一直在想你父亲和你说的话，你还记得吗？"

"爸爸说过很多话。"我回答说。

"你父亲总是对你说，如果你不知道能从协议中得到什么，就先不要答应。"

"没错，这是我爸爸说的。"

"那好，安雅，我曾要求你不能和我儿子谈恋爱，但当时我并不能给你什么。现在我可以了。不过我的提议只在很短的时间内有效，事实上，我需要你今晚作出决定。"

他向我摊牌了。德拉克罗瓦先生会保证不公开弹道测试的结果，以确保利奥的安全。作为交换，我要因非法持有枪支被送到自由儿童管教所待一个夏天。这样德拉克罗瓦先生便可以证明，他对待犯罪从不心慈手软。我去自由管教所的时候，纳蒂去参加天才儿童夏令营。（我问他怎么知道这件事的，"我无所不知，安雅——这是我的工作"。）这样，纳蒂就不需要监护人，儿童保护机构也不需要干预。这个夏天，查尔斯·德拉克罗瓦将帮我完成文件，使我成为有自主权的未成年人，同时成为纳蒂法律上的监护人。另外，我和温之间的事情必须结束。在去自由管教所之前，我可以再和他见一面，不过是为了让我对他说分手。

他说："最后这一点，我很抱歉。我说过，我很喜欢你。可是只要你和他在一起，就是我的一个麻烦。是的，也许之前，我低估了自己对温的关心。第一次挨枪子可以当作磨炼他的性格，可我希望他不要再受伤了。我想让我儿子活过二十岁。"

我考虑了查尔斯·德拉克罗瓦的提议：到自由管教所待三个月，与温分手，来换取哥哥和妹妹的安全。两个换两个。是的，看起来很公平。跟温分手也不难，因为，从某种意义上来说，这也是我的打算。我爱他，但他在我身边并不安全。"我怎么知道你会遵守诺言呢？"

"因为我能得到和失去的同你一样多。"查尔斯·德拉克罗瓦回答道。

五月的第三个星期天（两周后我就要去自由管教所了），我和纳蒂去了教堂，我们很久没去了。我没有做告解，因为排队的人太多，我的罪过也太多。不过我领了圣餐，圣餐仪式是关于牺牲的：牺牲中蕴含着救赎。尽管牺牲有时不能立即显现出回报，但这足以让我坚强起来，去面对接下来要做的事。

从教堂出来，我和纳蒂去温的家里看他。查尔斯·德拉克罗瓦放松了对他的监管，温也知道他的父亲不再苛责我。（不过没人告诉温，我要去自由管教所待一阵子。）纳蒂一直很想念温，可能和我一样想念他。温腿上的金属钉已经拆下，打上了石膏，纳蒂在上面画了几朵花。她把帽子还给了温，这帽子从舞会那晚一直在纳蒂这里。我对纳蒂说："我要同温单独说几句话。"

纳蒂取笑我们："噢，你们是要亲亲吗？"

"我们到外面去吧。"温建议道，"我现在能稍微走一走了。还有，如果不经常见见阳光，我怕我会变成吸血鬼。"

我们去了他母亲的屋顶花园。温需要多休息，所以我们在野餐桌旁坐下。阳光刺得人睁不开眼，我真想戴上太阳镜。温把手放在我的眼睛上方，帮我遮住阳光。他多贴心啊。

我已经把要说的话提前练了很多遍，听起来就像背课文一样。

"温，"我开始说，"我们分开的这段时间，我一直在思考，也意识到了一些事情。我觉得我们两个不合适。"

温听完哈哈大笑。要让温相信，我可能还得提高一下演技。

"我是认真的，温。我们不能在一起。不能。"我说这话的时候，强迫自己看着他的眼睛。眼神交流能让别人相信你，即使你说的不是真心话。

"是我父亲让你这么做的吗？"

"不，这是我自己的想法。不过我觉得你父亲对你的看法是对的，"我说，"我是说，看看你自己，你的确很软弱。我没有理由和你在一起，从长远来看，我不会和你这样的人在一起的。"

他说他不相信我的话。

"我喜欢上别人了。"我说。

"谁？"他咆哮起来。

"大野友治。"

"我不信。"

"随你吧，"我说，"从参加完堂兄的婚礼起，我们就在一起了。我们有相同的背景，他能理解我，温，这是你永远做不到的。"我哭了起来，希望这能让我看起来很内疚。妹妹和哥哥今后能否安全在此一举。

"你胡说！"温说。

"我也希望如此，"我哭得更厉害了，"对不起，温。"

"如果真是这样，那我真是看错你了。"温说。

"就是这样，温，你从来不了解我。"我从长椅上站起身来，"我不会再来见你了，我要去参加夏令营。"——我也不知道自己为什么要撒这个谎，也许我不想让他知道我整个夏天都被关着——"秋天开学我也不会再回圣三一了。我不知道你听说没有，我被开除了……我真的爱过你。"

"现在不爱了。"他说。

我点点头，转身离开。如果再开口，我害怕会被他看穿。

我下楼到温的房间接上纳蒂。"我们该走了。"我拉着她的手说。

"温呢？"她问。

"他……"我又撒了个谎，这样纳蒂才不会追着我问个不停，"他和我分手了。"

"我不信！"纳蒂说着把自己的手抽回去。

谁都不相信我。"这是真的，"我说，"他说他遇到了喜欢的人，医院里的一个护士。"

"如果是这样，我讨厌他，"纳蒂说，"我这辈子都会讨厌温·德拉克罗瓦。"

她拉起我的手，然后我们走回家。"没关系的，"她说，"你去了华盛顿也会遇到喜欢的人，我敢肯定。"

我也没敢告诉纳蒂，我要去自由管教所了。贝莱瓦尔小姐曾说，纳蒂要参加的夏令营"同外界没什么联系"，这意味着纳蒂回来发现我不在家，才会知道我去了哪里。（在她回来而我尚未释放的四个星期里，将由伊莫金照顾她。）我撒这个谎是有理由的，过去这一年对纳蒂来说已经够艰难了：利奥不见了，奶奶去世了，等等。就让她以为我在犯罪现场调查夏令营吧，我希望她能过得开心，过着属于小天才的生活，而不是担心在管教所里的姐姐。我希望她过一个我原本能拥有的暑假。如果一切不是现在这样该多好。

20

我安排好家里的事；再入管教所

六月的第一个周一，纳蒂同贝莱瓦尔小姐去了天才夏令营。

周二，查尔斯·德拉克罗瓦召开新闻发布会，宣布参加竞选。按照我们达成的协议，发布会快结束时，他向媒体宣布了对我的判决。"由于巴兰钦小姐尚未成年，"他说，"决定对她从轻处罚，她将在自由儿童管教所服刑九十天。我们不要忘记，那天晚上她开枪是出于自卫，而且她救了一个人的命，一个我非常关心的人。"

"德拉克罗瓦先生，"一名记者大声问道，"巴兰钦小姐还和你儿子在一起吗？"

德拉克罗瓦先生回答说："很遗憾，没有！我听说她有新男朋友了，青少年的爱情总是一波三折。"他的话里充满笑意，这让我恨他。

又一位记者问："雅科夫·皮罗日基因枪击你儿子而被拘留，在这期间，他供认自己策划了巴兰钦巧克力投毒事件，这是真的吗？"

"未来几天会有关于此事的声明，"德拉克罗瓦先生回答说，"不过可以先透露一下，是这样的。"

这么说，真是杰克斯干的。尽管杰克斯曾发誓不是他干的，还对我哥哥说是米基，但我对此并不感到意外。为了提高自己在家族中的地位，杰克斯什么都干得出来。我怀疑唆使利奥去枪杀尤里·巴兰钦——杰克斯的亲生父亲——这种下三烂的行为他也干得出来。虽然尤里的心脏受伤严重，但他基本上算是康复了。现在杰克斯已经供认了投毒的事，为了我和纳蒂的安全，我想是时候去弥补一下了。

周三，我约了尤里、米基和巴兰钦家里的其他人。

吉卜林先生陪我一起去。我们进去之前，他问我："你确定要这么做吗？"

我告诉他是的。

发生枪击事件之后的这几个月里，游泳池的安保措施极为严格，我和吉卜林先生接受了彻底的搜查才获准进去。

会议地点选在一个有圆形会议桌的小型泳池里。泳池侧壁专门安装了电梯，方便尤里先生坐轮椅下来。其他人只能爬梯子下去。他们都到了，我的座位在尤里的正对面，原来的深水区。

我是会议上唯一的女性，为这个场合我特意选了一身衣服。

奶奶说过，如果你打扮得像男人一样，反而会让他们疏远你，所以不能穿男士西装。我本来想穿奶奶的一条旧裙子，可是那条裙子看起来太正式了，像是我刻意打扮成大人。最后我决定穿校服，它看上去没有威胁，也挺正式的。

我坐到自己的位置上，按照惯例，吉卜林先生站在我身后。

"好了，年轻的女士，"尤里的声音在泳池里回荡，"你召集大家来开会，有什么要说的吗？"

我清了清嗓子。爸爸常告诉我，虽然讲话要发自内心，但这不过是个谎言——你说的每一句话都要经过大脑的思考。我又清了清嗓子："你们当中很多人知道，从明天起，我要到自由儿童管教所服刑三个月。那里虽不是里克斯岛，但也不是度假胜地夏威夷。"

他们都笑了。

"我今天请大家来，是因为我觉得血已经流得够多了。过去的十年里，我失去了母亲、父亲和祖母。我哥哥可能已经死了，也可能没死，但对我来说，他已经不见了。现在我只有妹妹，还有——"说到这里，我顿了一下，目光掠过每一个亲戚的脸，"在座的各位。"

他们低声表示赞同。

"我对堂哥杰克斯的所作所为，感到非常悲痛。他觉得投毒以及教唆我哥哥是他唯一的选择。你们可能会想，我是不是对杰克斯心怀恶意？在这里我要告诉你们，我没有。我衷心地希望，杰克斯供认罪行之后，我们能停止报复，我和妹妹可以平静地生活。我只是个小女孩，但我明白，如果继续自相残杀，我们会毁了自己。我们必须像一家人一样，"我又清了清嗓子，"这就是我要说的。"

这可能没有太大的说服力，但我已经把自己的想法表达清楚了。

尤里注视着我："小安雅，现在已经是个大人了。我明白你的意思了。安雅，我向你保证，如果你哥哥还活着的话，没人会找他寻仇。可能过段时间，他冷静了下来，就会回到你身边，那时也不会有人去伤害年轻的利奥。让利奥来游泳池工作违背了利奥尼德——我亲爱的同父异母的兄弟——的愿望，这是我的错，我已经汲取了教训。我还要向你承诺，你和你妹妹可以平静地生活。我儿子杰克斯受伤、进监狱不是你的责任。这么说让我很心痛，但我承认，他是一次失败的结合的产物。或许这些都是这个小杂种自找的。"

尤里伯父转动轮椅朝我过来。游泳池底是个斜坡，而我恰好在最深的底部，所以他转动轮椅并不困难。

他停在我身边，亲了亲我两侧的脸颊。"真像你父亲啊。"尤里伯父说，然后又俯在我耳边低声道，"要是让你来管事，肯定比我那两个儿子出色。"

第二天，我又回到了自由管教所。科布拉维克太太来迎接我。她对我还有几分忌惮，但还是忍不住说："我一直觉得我们还能再见面。"她带我来到接待处，完成长住的接待程序。（这次不用文条形码，因为我已经有一个了。）这里和我上次来时一样，没有丝毫改变。不过这次可能会过得更容易些，因为我知道自己要在这里待多久。另外，我吸取了教训，尽量避免跟别人产生冲突。低下头，不要发生眼神交流。

不知是巧合还是刻意安排，我分配的床铺和上次一样。睡在下铺的穆斯写道："欢迎回来。"

我问："这次报纸上怎么说我的？"

"暴徒之女勇救男友。"

穆斯不能说话，但她是个很不错的伴儿。说实话，我不介意别人的沉默，这让我有时间思考出去以后要做的事。我得找个学校，或许还得给纳蒂转学。如果她真像他们说的那么聪明，圣三一的课程可能没法满足她。可能我还可以先休息一阵子再完成高中的学业，我不知道。

有时候我会想起温，但我尽量不这么做。

无论如何，我总不缺访客。

斯嘉丽尽量找机会来看我。有一次，她甚至带盖布尔一起来了。我想他们真的恋爱了，这让我很恶心。她声称他已经赎罪了，但我会一直记得，他就是那个在我的卧室里让我害怕不已的人——我现在可以承认这一点了。我并不完全相信，人真的能改变。我想我和世界上的所有人一样持有偏见。

有一天，我的堂哥米基来了。我告诉他，他的到来让我很意外。

"爸爸快不行了，"米基说，"我怀疑他能否撑到年底。他想让我来看看你。"

"谢谢。"

"乐意之至。我是说，我自己也想来看你。我爱爸爸，但是这个家族本不该由他来掌管。爸爸只是个巧克力推销员，他不擅长和法律对着干。他也想好好干，但不知道该怎么做，反而让事情变得一团糟。这个位置本应属于你的祖母，但她是个女人，底下总有人反对。"

这和我听说的可不一样，不过无所谓了："那些愚蠢的男人。"

"我也这么觉得。所以我认为这个家族不能再重蹈覆辙，你应该和我一起来管事。"米基说，"巧克力并非一直是违禁品，也许有一天就解禁了。如果我们够聪明，也许我们能靠律师赢得这场斗争，而不是靠枪。查尔斯·德拉克罗瓦会赢得选举，他是个务实的人，我相信他能听进去我们的意见。"

我什么都没说。

"大野友治对你赞赏有加，"米基继续说，"我父亲对你评价很高。还有我的妻子，索菲娅，她同样是这么想的。我也是一样。明年你就高中毕业了，你要作出选择，是做旁观者还是参与者，完全取决于你。"

"听我说，安雅，"他继续说道，"我知道你费了多大力气保护家人，我们都看到了。你有没有想过，如果你是发号施令的人，是不是更容易保护他们？"

"跟你一起发号施令？"

"是的，和我一起。你还太年轻，而且，你自己说了，你只是个女孩子。我们可以联手，我关注你有一阵子了。我相信，只要采取正确的行动，我们的生意能再次变成合法的。如果巧克力解禁了……"

不用他说完，我们都知道这意味着什么。如果巧克力是合法的，纳蒂就安全了。我们不用再随身带枪，或是卷入黑市的活动。或许，我还能再遇到和温一样好的男孩。

甚至能和温复合，如果他还想和我在一起的话。

"咱们生在这个家族里，"米基继续说道，"不是我们能选择的，但我们可以选择未来。我们生来就姓巴兰钦，但我们不一定非要卷入暴力和死亡。你那天在游泳池也说过，不要以暴制暴。"

我点了点头。铃声响了，这表示探视时间结束。"谢谢你能来，"我说，"你的话对我很有启发。"

米基抓住我的手。"等你出来了就来找我。9月15日，对吧？我们可以再聊。"他拢了拢自己浅色的头发，"我一直想去趟京都，"他临走的时候说，"或许你可以和我一起去？"

我不确定米基是什么意思。这是在用我哥哥威胁我吗？他似乎跟大野友治很熟，也许他只是去拜访友治，没有其他目的。

8月12日是我十七岁的生日，这一天同整个夏天一样，要在自由管教所里度过。斯嘉丽想在会客室里给我办个派对，我非常反对这个提议。

"可是，安雅，"她抗议道，"我不想让你生日这天孤零零一个人待着。"

"我不孤单，"我安慰她，"我睡觉的屋里有五百个人呢。"

"至少我能来看你吧？"斯嘉丽坚持道。

"不行。我可不想记住十七岁生日是怎么过的。"

生日那天的早晨，警卫走进餐厅对我说，有人来看我。

唉，斯嘉丽，我心想，你怎么从来不听我的。

我走进会客室。时间还早，才七点半，会客室里只有来看我的人。

他的头发很短，穿着校服衬衫和一条轻便的裤子。我没见过他夏天的样子，所以没见他穿过这条裤子。相比之下，穿着海军连衣裤的我显得特别时髦。我用手拢了一下打结的头发，知道不应该再在乎温怎么看我，可我就是在乎。如果早知道他要来，我就有时间准备好面对他，也可能直接拒绝见面。但是我的双腿带领我径直走向他坐的位置，坐在与访客距离适当的那把椅子上。

如果早知道他要来，我一定会想办法洗个澡，我甚至记不起上次照镜子是什么时候了。不过没关系，我想，就当是老朋友来看我吧。

"很高兴见到你，温。我很想和你握手，"我说，"可是……"我指了指门上挂的牌子"禁止身体接触"。

"我不想和你握手。"他用那双蓝眼睛看着我。我记得上次见面的时候，他的眼睛还是晴空的颜色，这次却像是夜空。

"你的帽子呢？"我问。

"我不戴帽子了。"他回答，"我总是把它们落在各种各样的地方，这种情况越来越多，现在我有了这根手杖。"他朝靠在桌边的拐杖扬了扬头。

"那真是遗憾。你现在还疼吗？"

"不用你来可怜我，"他粗声粗气地说，"你是个骗子，安雅。"

"你不能这么说。"

"我当然能，"他说，"你说你要去犯罪现场调查夏令营，可是看看现在我们在哪儿？"

"嗯，这两个地方有不少共同点，对不对？"我开玩笑地说。

他没有接话："所以，当我终于知道了你在哪里——过了很久我才知道，因为我尽量避免和人说起你——我不禁要怀疑你的话还有哪句是假的？"

"没有了，"我说，我希望自己不会哭出来，"其他的都是真的。"

"可是我已经知道你是个骗子了，怎么还能相信你说的话？"温问道。

"那就不要相信。"我说。

"你说你爱上别人了，"温说，"这也是假话吧？"

我没有回答。

"这是假话吗？"

"事实是……事实是，是不是假话不重要。如果是假话，我需要它变成真的。温，别恨我。"

"我希望自己恨你，"他说，"我希望自己没有来。"

"我也是，"我说，"你不该来的。"

然后我探过身去，抓住他的头发，狠狠地吻了他的嘴唇。

这一刻，我不再姓巴兰钦，他也不姓德拉克罗瓦。我们没有父亲、母亲、兄弟、姐妹、祖母、伯父或是堂兄，我们不再记得自己欠了什么或被欠了什么。责任、后果、明天——这些东西都不存在，或者，我暂时忘记了它们的含义。

我满脑子是温，我只想要他。

"不准接吻！"一个刚换班的警卫喊道。

我起身。我又是安雅·巴兰钦了。我说："我不该这么做的。"

然后，我又吻了他。

愿天主宽恕我此刻的行为，宽恕我所做的一切。

马上扫二维码，关注 **"熊猫君"**

和千万读者一起成长吧！

图书在版编目（CIP）数据

巧克力时代 / (美) 加·泽文著 ; 郭筝, 范东来,
张越译 . -- 上海 : 上海文艺出版社, 2018.12
（读客外国小说文库）
ISBN 978-7-5321-6860-6

Ⅰ.①巧… Ⅱ.①加… ②郭… ③范… ④张… Ⅲ.
①长篇小说—美国—现代 Ⅳ.① I712.45

中国版本图书馆 CIP 数据核字（2018）第 202058 号

责任编辑：毛静彦
特邀编辑：武姗姗　高飞宇　徐陈健
封面设计：刘　倩　苏　哲
封面插画：Xenia Rassolova

巧克力时代：我所做的一切

（美）加·泽文　著
郭　筝　译

上海文艺出版社出版、发行
地址：上海绍兴路7号
电子信箱：cslcm@publicl.sta.net.cn
网址：www.slcm.com
新华书店经销　北京中科印刷有限公司印刷
开本 890毫米×1270毫米　1/32　11.5印张　字数 218千字
2018年12月第1版　2018年12月第1次印刷
ISBN 978-7-5321-6860-6/I.5472
定价：142.00元（全3册）

如有印刷、装订质量问题，
请致电010-87681002（免费更换，邮寄到付）

读客外国小说文库

读客激发个人成长

巧克力时代 ②

因为这是我的血脉

[美]加·泽文 著

范东来 译

Gabrielle Zevin

Because It Is My Blood

上海文艺出版社

感　谢

献给我美丽的母亲，埃兰·泽文，
她总是带着第二份晚餐送我回家，是她造就了美好的生活。

沙漠中

沙漠中，

我看见了一个生灵，赤身裸体，茹毛饮血，

他捧着他的心，

吃掉了。

我说："味道好吗，我的朋友？"

"有点苦——苦。"他回答道，

"但我喜欢。

因为有点苦，

因为这是我的心。"

——斯蒂芬·克莱恩[1]

1　斯蒂芬·克莱恩（Stephen Crane，1871—1900），美国现实主义文学家，其代表作《红色英勇勋章》（The Red Badge of Courage）奠定了他在美国文坛上不可动摇的地位。——译注（本书中注释如无特别说明，均为译注）

卡萨·马克斯热巧克力食谱

1个红辣椒

1/2个香草豆荚

1个肉桂棒

3到4片碎玫瑰花瓣

2杯牛奶

2~3块微苦、不带坚果的巧克力★

拿起你的弯刀从中间切开红辣椒,去掉辣椒籽。你还拿着弯刀吗?没有的话,你在搞什么?祖母说你永远不能在厨房放松警惕。好,拿着你的弯刀,将香草豆荚对半切开,弄碎肉桂棒。这会很困难——在这个过程中,你的脾气会得到锻炼。然后像个心碎的小姑娘,握紧拳头,碾碎玫瑰花瓣吧。(你知道那种感觉。)

将红辣椒、香草豆荚、肉桂棒碎片以及碾碎的玫瑰花瓣放到牛奶里。加热牛奶至沸腾，沸腾时间不要超过两分钟。如果时间再长，牛奶会变坏。祖母说，这样的话，整件事情绝对会变成一场灾难。

将巧克力削成细条，然后放入牛奶中搅拌直至溶化。

关火，冷却10分钟。滤掉残渣，再次加热。有些人喜欢温热的，但你不会，安雅。

服务2. 你的奶奶——愿她安息——曾经说过："和你爱的人分享。"★★

★巴兰钦微苦巧克力是首选，但你可以用你手边有的巧克力。

★★警告：这并不甜。饮用的后果自负。

| 目 录 |

01

重归社会

"进来，安雅，坐吧。我们有个事儿要处理下。"伊芙琳·科布拉维克向我问候道。她张开涂满口红的红嘴唇，露出了一颗欢快的黄牙齿。这代表一个笑容吗？我当然希望不是。在自由管教所里，我的狱友们普遍认为科布拉维克夫人最危险的时候莫过于她微笑时了。

在我被释放前的那个晚上，我被传唤到校长房间。尽管我小心翼翼地遵守所有的规则——除了那一条，除了那一次——整个夏天，我都在设法避开这个女人。"那事儿——"我说道。

科布拉维克夫人打断了我："你知道我最喜欢工作的哪一部分吗？是那些女孩子。我看着她们长大，让她们生活得更好。在她们的身心改造过程中，就好像我自己拥有了她们的一小部分，我真的觉得自己好像有数不清的女儿一样。这几乎弥补了我和前夫科布拉维克先生没有自己孩子的遗憾。"

我不知道该如何回应这些话："你说我们有事儿要处理下？"

"耐心点，安雅，我快要说到那儿了。我……你知道，我觉得咱们见面的方式糟透了，你可能对我印象不太好。去年秋天我采取的措施似乎对那时的你太严苛了，但那只是为了帮助你适应自由管教所的生活。我想你会完全赞同我的结论的，看看你在这儿度过了一个多美好的夏天哪！你一直乖乖的，又听话，在任何场合下都是模范居民。谁会想到你有这样的犯罪背景。"

这算是一个称赞吧，我向她道谢。我偷偷地扫了一眼窗户，夜空清朗，我只能看清曼哈顿的一角。离我回家只有十八小时了。

"不用客气。你在这儿的时光会成为你未来事业的基础，我很看好你。当然啦，接下来要谈谈咱们的事儿了。"

我转过头看着科布拉维克夫人，打心底里希望她不要再把它称为"咱们的事儿"。

"八月的时候，你有个访客。"我担心的事情发生了，"是个年轻人。"

我骗她我不确定她指的是谁。

"德拉克罗瓦家的男孩。"她说。

"是的。去年他是我男朋友，但现在我们已经结束了。"

"当值的守卫说你亲了他，"她停下来看着我的眼睛，"两次。"

"我本不该那么做的。但他受伤了，或许你已经在我的档案里读到了，我想我能很好地克制自己不再见他。抱歉，科布拉维克夫人。"

"确实，你坏了规矩。"科布拉维克夫人回答道，"但我觉得你的越界可以理解，人之常情嘛，我可以不追究。你或许想不到像我这样的女魔头能说出这种话，我也是有感情的，安雅。"

"你六月来自由管教所之前，地区检察官就你的待遇问题给了我非常具体的指示。你想知道吗？"

我不确定，但还是点了点头。

"只有三条。第一条是我要避免与安雅·巴兰钦有任何非必须的私下接触。你不会不同意我严格遵守吧。"

这解释了我在这儿过得相对平静的原因。如果我又见到了查尔斯·德拉克罗瓦（希望不会），我一定会感谢他。

"第二条是安雅·巴兰钦在任何情况下都不会被送到地下室。"

"那第三条呢？"我问道。

"第三条是如果他儿子来看你，我要马上联系他。一旦发生这种事情，他说，可能需要对你在这里的待遇和期限作出修改。"

"期限"这个词让我不寒而栗，我很清楚我对查尔斯·德拉克罗瓦所做的关于他儿子的承诺。

"那么，当守卫跑来告诉我德拉克罗瓦家的男孩已经见过了安雅·巴兰钦，你觉得我会怎么做？"

她令人可怖地向我微笑。

"我决定什么都不做。'伊薇，'我对自己说，'今年年底，你就要离开自由管教所了，你不用再照做他们所说的每一件事了——'"

我打断了她的自言自语，问道："你要走了？"

"是的，似乎我被强制提前退休了，安雅，他们犯了个大错。没人能玩转我的王国。"她摆了摆手，换了个话题，"就像我之前和你说的……'伊薇，'我说道，'你又不欠那个万恶的查尔斯·德拉克罗瓦什么。就算出身不好，安雅·巴兰钦还是个好女孩，她对谁来或不来看望她无能为力。'"

我小心翼翼地表示了感谢。

"不用谢，"她说道，"或许某一天你能报答我。"

我颤抖了一下："科布拉维克夫人，你想要什么呢？"

她笑了起来，紧握住了我的手，我的指关节好像要裂开一样。"只要……我想成为你的朋友。"

爸爸常说，没有任何事物比友谊更弥足珍贵或者反复无常了。我望着她眼眶泛红的黑眼睛："科布拉维克夫人，说真的，我永远不会忘记这段友谊的。"

她放开了我的手："顺便说一句，查尔斯·德拉克罗瓦蠢得不可思议。如果说那些问题女孩教会我了什么，就是对于年轻情侣来说，拆散他们只会适得其反。他越施压，你们两个越反弹。这就像中国指套陷阱[1]一样，你不可能赢它的。"

关于这点，科布拉维克夫人错了。温曾经来看望我一次，我亲了他，告诉他不应该再来了。令我非常烦恼的是，他竟然照做了。离那次见面已经过去了一个多月，之后我再没有见过或听说过温。

"你明天就要离开我们了，这算是我们的离别谈话吧。"科布拉维克夫人说道。她从石桌上打开了我的档案。"让我们来看看你的罪名是……"她扫了扫文件，"持械指控？"

我点点头。

科布拉维克夫人戴上了用黄铜链挂在她脖子上的老花镜："真的吗？就这些？我好像记得你开枪射击了某人。"

"是的，为了自卫。"

"好吧，没关系。我是教育者，不是法官。你为你的罪行感到后悔吗？"

这个问题的答案很复杂。对于指控我的罪行——拿我爸爸的枪，我确实不后悔。对我真正的罪行——在杰克斯射击了温后，我射击了杰克斯，以及与查尔斯·德拉克罗瓦做的交易我都不曾后悔，它保证了我的哥哥和妹妹的安全。当然，我知道这么说是自找麻烦。"是的，"我回答道，"我非常后悔。"

1　中国指套，又被称为手指扣，是一个管状弹性小玩具。游戏方法是左右手各伸出一个手指插进管子里，在不破坏管子的前提下把手指拔出来。通常结果是越想使劲拔出来，它会把手指扣得越紧。

"很好，那么，到明天为止，"科布拉维克夫人翻了翻日历，"2083年9月17日，纽约市认为安雅·巴兰钦已经洗心革面。愿世间诱惑不会让你再次失足，祝你好运，安雅。"

　　我回到宿舍时，已经熄灯了。我来到过去的八十九天里我和穆斯分享的上下铺前，她划亮了一支火柴，示意我来下铺坐到她身旁。她递给我她的记事本。"你走之前我要问你一些事。"她在她宝贵的一页纸上写道。（她每天的配额只有二十五页。）

　　"没问题，穆斯。"

　　"他们决定提前释放我。"她写道。

　　我告诉她这可是好消息，但她摇了摇头，递给了我另一个字条。

　　"我将在感恩节之后被释放，或者更早。可能是我表现得好，也可能是我用太多纸了。重点是，我宁愿待在这儿。我犯下的罪使我不能回家。我出去后，需要一份工作。"

　　"我希望我能帮上忙，但——"

　　她用手捂住了我的嘴，又递给我一张预先写好的字条。显然，我的反应在她意料之中。

　　"别说不！你可以的，你真的很强大。我已经考虑过了，安雅，我想成为一名巧克力商人。"她写道。

　　我笑了，因为我无法想象她是认真的。穆斯穿着袜子只有五英寸高，还完全不能说话！我转过头看着她，她的表情说明她没有在开玩笑。那一刻，火柴灭了，她又划亮了一根。

"穆斯，"我低声说，"我已经不属于巴兰钦巧克力了，就算还属于那里，我也不知道你为什么想要那种工作。"

"我十七岁了。哑巴，有前科。我没有亲人，没有钱，没受过真正的教育。"她写道。

我能理解她的想法。我点点头，她递给我最后一张字条。

"你是我在这儿唯一的朋友。我知道我很弱小，就像老鼠一样，但我不是懦夫，我能完成难搞的任务。如果你让我为你工作，我会终生效忠你。我愿意为你而死，安雅。"她写道。

我告诉她我不想任何人为我而死，接着吹灭了火柴。

我爬出了穆斯的铺位，回到自己的地盘，很快就睡着了。

早上，她正在写字时，我向她道别，她没有再说起想要我帮助她成为一名巧克力商人的事情。在守卫来接我之前，她最后写下的是："A，回头见。顺便说下，我真正的名字叫凯特。"

"凯特，"我说道，"很高兴遇见你。"

上午11点，我交出了自由管教所的连身制服，换上我的休闲装。尽管已经被踢出了学校，在自首那天，我还是穿着圣三一学校的校服。我习惯了穿着它。即使三个月过去了，当套上短裙时，我还是能感觉到我的身体渴望回到学校，尤其是圣三一学校。上周已经开学，而我缺席了。

更衣完毕后，我被带到了释放间。我曾经就是在这儿见到了查尔斯·德拉克罗瓦，恍如隔世。如今，等着我的是西蒙·格林和我的律师吉卜林先生。

"我看起来很糟吗？"我问他们。

吉卜林先生想了下，欲言又止。"不，"他说道，"就是看起来很瘦。"

我走进9月中旬闷热的空气中，尽量不去想这个夏天我失去了什么。夏天还会来，男孩也还会有。

我深吸一口气，尽可能让外面的新鲜空气灌满我的肺。我能闻到干草的味道和远处散发出硫黄味的腐烂气息，可能在烧什么东西吧。"自由闻起来和我印象中不一样。"我对我的律师说道。

"不，安雅，那只是哈德逊河的味道。它又着火了。"吉卜林先生打着哈欠说道。

"这次又是因为什么？"

"像往常一样，"吉卜林先生回答道，"低水位和化学排放引起的。"

"别怕，安雅，"西蒙·格林也说道，"这座城市和你离开时一样破败不堪。"

我们来到了我的公寓，电梯坏了，我对吉卜林先生和西蒙·格林说不用送到门口了。我们的公寓位于顶层，也就是第十三层，因为迷信，电梯上标记它为第十四层。第十三层也好，第十四层也罢，对吉卜林先生来说都是一段艰难的路程，他的心脏还那么脆弱。我的心脏非常棒，因为整个夏天我在自由管教所一天三次，有时甚至一天四次的艰苦训练中度过。我精力充沛，爬楼梯对我来说不在话下。（旁白：如果我说，当我的心脏处于良好状态的时候，我的心也开始愈合，这样是否有些赘述？哦，可能吧，但事实也是如此。不要对我太苛刻。）

我的钥匙（和其他贵重物品）落在家里了，我只好按门铃。

伊莫金开的门，我安排她照顾我妹妹。"安雅，我们没有听到你上来！"她头伸到门厅，"吉卜林先生和格林在哪儿啊？"

我说明了电梯的情况。

"哎，亲爱的，应该是刚刚才坏的。或许过会儿它自己就好了？"她乐观地说。

什么？在我生命中，有什么东西自己修好过？

伊莫金说斯嘉丽在客厅等我。

"纳蒂呢？"我问道。她四周前应该已经从天才夏令营回到家了。

"纳蒂……"伊莫金犹豫了。

"纳蒂发生什么事了吗？"我感到我的心在乱跳。

"没有，她挺好的。她今晚在她朋友家，"伊莫金摇了摇头，"要完成学校的一个项目。"

我极力不让受伤的感觉表现出来："她还生我的气吗？"

伊莫金噘起嘴唇。"我想是的，有那么一点。她发现你对她隐瞒了去自由管教所的事，很不高兴。"伊莫金摇了摇头，"你也知道，少年心性嘛。"

"但纳蒂不是——"我正要说纳蒂不是少年，随即又想起纳蒂还真是。她已经在7月满了十三岁，拜我的监禁所赐，这件事我又错过了。

一个熟悉的声音从走廊飘了下来。"我听到的是举世闻名的安雅·巴兰钦吗？"斯嘉丽跑了下来，抱住我，"安雅，你的胸呢？"

我推开她："还不是因为自由管教所的伙食太有'营养'了。"

"我在自由管教所看到你的时候，你经常穿那种海军连身制服。如今你穿着老校服，显然，看起来更……"

"糟糕。"我接话道。

"不是这样的！"伊莫金和斯嘉丽齐声说。

"这不像你上次去自由管教所的时候，"斯嘉丽继续说道，"你看起来气色不错。只是……"斯嘉丽的眼睛望向了天花板。我从学法医学的第一年就记得，当证人向上看时，意味着她在编造。我最好的朋友正要撒谎。"你看起来变了。"她温柔地说道，斯嘉丽挽着我，"来客厅看看吧。我必须告诉你发生的一切。另外，盖布尔在这儿，我希望你不要介意。他真的很想见你，安雅，他是我男朋友。"

我确实有点儿介意，但斯嘉丽是我最好的朋友，我又能怎么办呢？

我们走进了客厅，盖布尔站在窗前。他倚着拐杖，我没看到轮椅，这说明他好多了。他的肤色苍白，几乎是纯白的，在皮肤移植的地方没有明显的疤痕。黑色的皮手套盖住了他的手部，我看不到他手上的伤痕。

"盖布尔，你又可以走了！"我祝贺他。

斯嘉丽表示赞同。"没错，"她说，"很棒吧？我真为他骄傲！"

盖布尔费劲摆弄着自己转向我："是的，是不是很棒？经过几个月的理疗和无数痛苦的手术，我现在能很好地完成大多数两岁小孩所能做的动作。这么说来，我是不是现代医学的一个奇迹？"

斯嘉丽亲了亲他的脸颊："盖布尔，别去暗处，和我们一起待在亮处。"

盖布尔被斯嘉丽逗笑了，亲了亲她。接着她在他耳边低语了几句，他笑了起来。斯嘉丽扶着盖布尔坐到双人沙发上。我的天，就像奶奶说的，斯嘉丽和盖布尔可能是真的相爱了。有那么一刻，我几乎嫉妒他们了。但我再也不想和盖布尔在一起了——绝对不！斯嘉丽为我的家族做了所有能做的事，我不会舍不得给她一个男朋友。明摆着的事实是，我怀念起成双结对的日子了。

我蜷缩进熟悉的勃艮第椅子。

"说真的，盖布尔，"我说道，"你看起来好得出奇。"

"你看起来可真糟糕。"盖布尔回答道。

"盖布尔。"斯嘉丽提醒他注意点。

"怎么了？她看起来就像一个小男孩，或者长跑运动员。他们在那儿没给你吃东西吗？"盖布尔继续说道，"你的头发也挺吓人的。"

我的头发确实凌乱又卷曲。自由管教所没有护发素或者发胶，甚至没有一把像样的梳子。等盖布尔和斯嘉丽一走，我会开始解决这个问题。

"圣三一学校怎么样了？"我问道，想借此换个话题。由于盖布尔上一年缺课太多，他还在复读高三。

"你不在那儿太无聊了，"盖布尔耸耸肩说道，"几个月了，还没有人被下毒或者被枪杀。"

幽默是盖布尔的优点之一。

"盖布尔·阿斯利，"斯嘉丽皱起眉头说道，"你今天的表现让我后悔带你来。"

"安雅，如有冒犯，请原谅。"

我说这没什么，我这段时间很难被冒犯。

斯嘉丽站起来。"我们要走了。伊莫金要我们保证别待太久。"她向盖布尔伸出了手，他有些笨拙地站了起来。这时我想起电梯是坏的，盖布尔连穿过这些房间都有些困难，更不可能做到拄着拐杖下十三楼。

我们去问伊莫金，伊莫金咨询了大厦的主管，确定了电梯明天早上才能修好。盖布尔只有在这里过一晚上了，这个计划并没有让我感到兴奋。如果盖布尔待在这儿，斯嘉丽的父母是不会同意她留下来的。上一次盖布尔在这座公寓差不多待了一晚上，可没发生什么好事儿。

我决定让盖布尔睡沙发，我不想他去利奥的老房间。

安排好了后，我终于能溜进自己的卧室了，我本来想彻底地洗个澡，却在床上睡着了。等我醒来，已经是凌晨2点了，公寓很安静。我溜出房间，穿过大厅，来到浴室。

如今我可以不在乎用了多少水，我算了下，发现自己少洗了三到四次澡。当然，我要特别关照我的头发。O牌护发素——一个无趣的词语却代表这么美好的事物。

洗完澡后，我梳了一下头，涂抹了一些护发品。看着镜中的自己，我感觉差不多恢复正常了。我将浴巾裹在身上走向卧室。

灯是开着的。我怀疑是不是我忘记关了。

我打开门，盖布尔坐在我床边的椅子里。他穿着利奥的睡衣，肯定是伊莫金借给他的，他的拐杖靠在梳妆台边。

"盖布尔，"我说道，检查了手臂下的浴巾是否安全，"你不该在这儿的。"

"安雅，别这么一惊一乍。"盖布尔说道，"我听见你醒了，我也醒了，所以我想我可以陪陪你。"

"我刚从浴室出来，不需要你陪。"

"我……安雅，我不会对你做任何事的。我发誓。只要别让我起来，我的腿一到晚上就会肿。让我在这儿坐会儿吧，我保证在你换衣服的时候我会闭上眼睛。"

"盖布尔，我是坐过牢的，如果你想做什么事的话，我发誓我会……"我打开衣柜门，这样就能在它后面穿上睡衣。接着我盘腿坐在床上。"开始吧。"我说道。

"我在想上一次我们在这间房间独处的状况。"盖布尔说道，"我知道你觉得我表现得很糟糕，为此我感到抱歉。我那晚的确想和你睡觉，但是永远不会强迫你。"

我摇了摇头："这算是你的道歉吗？"

"是的，我想是的。很大程度上，我很高兴电梯坏了，否则我永远得不到和你独处的机会，这样我才能说出早就想对你说的话。顺便说一下，这里真闷热。"盖布尔脱下皮手套，我这才看见他的断肢处有三根银色手指。他看起来就像一个机器人。

"盖布尔，你的手指！"

盖布尔取笑我："你应该假装没注意到它们。"

"但它们真神奇。"

他摆动着它们："安雅，你想摸摸它们吗？"

我有点想，但是接触盖布尔身体的任意部位，即使是他的义肢，对我来说也不是什么好主意。

"来吧，安雅。握个手吧。朋友之间难道不能握握手吗？"

我们不是朋友。

"安雅，别那么无趣嘛。"盖布尔回答道，"你知道你要上什么学校了吗？"

"我想，总有我去的吧。"

"不让你回去真是太蠢了，"盖布尔说道，"你救了温·德拉克罗瓦的命。"

我注意到斯嘉丽整个下午都悄悄地避开了温的话题。我不想从盖布尔这样的旁观者口中得到有关温的消息,但是,有这样的消息我也不会排斥。"温,"我尽量使声音听起来轻松随意,"今年回学校了吗?"

盖布尔翻了个白眼:"哦,我能清楚地看出你有多不关心他。安雅,你一直是世界上最差劲的骗子。你们没有再说过话吗?"

"我们被禁止交谈。"

"这条禁令对我没用。"盖布尔用他的金属手指滑过头发,"但他今年没有与斯嘉丽和我一起吃过午饭,这很好,我总觉得他认真得烦人。我不明白,你和我分手后怎么选了他?"

我还想得到更多消息,但又不想自己问,如果你明白我的意思的话。幸运的是,盖布尔很乐意自愿提供信息:"听着,斯嘉丽说我们现在不应该告诉你这个,但无论如何你很快会发现,温和艾莉森·惠勒在一起了。"

我吸了一口气,试着让自己不去在意:"我知道她是谁。"温去年带她参加过秋季舞会。他说他们只是朋友,但现在看来不太可能。难怪我这么久没见到他了。

"你说你知道她是谁,这是什么意思?"盖布尔问道,"你当然知道她是谁,我们已经和她一起上学好几年了。"

我闪烁其词,以防被看出什么端倪。"这是怎么发生的?"我问道。

"两情相悦嘛。我想她正在帮助他爸爸竞选，就是这样。她长得不难看，换作是我也会动心。"

我眯着眼睛看着他："你的意思是如果你没有和斯嘉丽在一起吧。"

"安雅，这只是假设。"

"你现在该走了。"我告诉他。

"为什么？你好埋在枕头里想着温，然后哭一场吗？过来这里，靠在我的肩膀上哭吧。"

"快走。"我对他说。

"扶我起来，可以吗？"

我向他伸出了手。他站了起来，在我耳边低声说道："你比艾莉森·惠勒漂亮，温·德拉克罗瓦是个傻瓜。"

就算盖布尔是个讨厌的人，但他这种人有时也会讨女孩欢心。"谢谢你。"我说道。

在他转身的时候，我把他推出了门外。"问下，你还有巧克力吗？"

"难以置信，你居然问我要这个！"

"怎么了？我好几个月没吃过了。"盖布尔回答道，"另外，又不是巧克力让我生病的，是弗雷毒素。你比别人更清楚巧克力没问题。"

我告诉他，对我来说已经知道得太迟了："你需要我搀你走到客厅还是你自己搞定？"

"你来的话会更好。"盖布尔说道。

"没兴趣。"我关上了卧室的门,关了灯,上床睡觉。尽管房间里很闷,我还是把头盖上了。

我脑海中浮现出这样一种可能:温和艾莉森·惠勒在一起只是为了向他父亲掩盖来看我的事实,而这个解释唯一的问题是温并没有来看我。就像我刚才提到的,他一个月没有联系过我了。显而易见,温其实在和艾莉森·惠勒约会。

但或许这样对大家是最好的?如果我还和温在一起,就会将纳蒂和利奥置于危险的境地。这样更轻松些,对吗?查尔斯·德拉克罗瓦和我的计划成功了。八月的那一刻属于异常情况,或许真的已经结束了。

这样最好。所有人继续自己的旅程,没有人受伤(很大程度上),我付出了时间。我自由了。而温,显然也自由了。

我希望奶奶在这儿。她会让我勇敢迎接自由,也可能让我来一块巧克力。

早上,我被一阵笑声吵醒。我披上浴袍,来到了客厅。我希望斯嘉丽提前到了,来接她男朋友回家,那就再好不过了。我急切地想摆脱我的房客。

盖布尔坐在沙发上。他一边用银色指尖比画着,一边说着:"别急,别急,还没到精彩部分你就笑了。"

我望了望那把勃艮第椅子,坐在上面的却不是斯嘉丽。

"安妮！"纳蒂站起来，搂住我。她穿上鞋后比我高一些了，这可真叫人烦心，"我对自己说我不想理你，但是我做不到。你去自由管教所的事情为什么瞒着我？"

"我只想你在天才夏令营里度过一段美好的时光。"我告诉她。

"我不再是个小孩子了。你知道我能应付这些问题的。"纳蒂提醒我。

"没错，"盖布尔补充道，"她绝对不是一个小孩子。"

我让盖布尔闭嘴："她只有十三岁，你是有女朋友的人了。"然而盖布尔是对的，发生在我妹妹身上的变化是没法视而不见的。我搂住她，好仔细看看她。经过了一个夏天，纳蒂长高了大概4英寸，她的裙子变得更短了，过去的竹竿腿现在轮廓分明。她的胸部和臀部发育了，下巴上还有一个痘痘。她只有十三岁，但看上去差不多有二十六岁。我不喜欢盖布尔看她的眼神，在克制自己不要把台灯扔到他的头上。

就在这时，斯嘉丽到了。"你的头发看起来好多了，"她一边说着一边亲了亲我的脸颊，"早上好，亲爱的纳蒂！安雅，她是不是看起来太成熟了？"

"确实如此。"我说。

"这是件好事，现在纳蒂跳到了高二。"斯嘉丽继续说道。

"等下，怎么回事？"我问道。

"我告诉伊莫金我想亲自告诉你的。"纳蒂向我解释。

斯嘉丽点点头："来吧，盖布尔。电梯修好了，我们该走了，不然你又要在这儿耗一晚上了。"斯嘉丽转向我，"我希望他举止得体。"

"说真话，安雅！"盖布尔说道。

我告诉斯嘉丽，盖布尔举止和我预想的一样得体。斯嘉丽毫不怀疑。

斯嘉丽帮助她惹是生非的男朋友站起来，终于，他们走了。

我转向我的妹妹："你连跳两级？"

纳蒂担心地用小拇指摸了摸下巴上的小疙瘩。"贝莱瓦尔小姐和天才夏令营的人觉得这是个好主意，而且……"她的声音变得有些冷淡，"你又没有参加讨论。"

我的宝贝妹妹，已经是圣三一的高二学生了。

我坐在沙发上，这里还残留着盖布尔的古龙水味道。过了一会儿，纳蒂坐到了我的身边。"我想你。"她说。

"这个夏天做噩梦了吗？"我问道。

"只有一两次或者三四次吧，但是当噩梦一开始，我就假装自己是你，让自己像你一样勇敢。我会说：'现在，纳蒂，你只是在做一个梦罢了。回去睡觉吧。'还真有用！"纳蒂搂着我，"坦白说，当我发现你去自由管教所了，我很恨你。我像疯了一样，安妮。你为什么要这么做？"

我用最简单的话向她解释了为了保护她和利奥的安全，我和查尔斯·德拉克罗瓦做的交易。她想知道结束与温的关系是否也是交易的一部分。是的，我告诉她，确实如此。

"可怜的安妮。我敢打赌，这是最艰难的部分。"纳蒂说道。

我笑了："好吧，我敢说自由管教所没有天才夏令营有趣。每个人都不断地告诉我，我的外表看起来有多么糟糕。"

纳蒂认真地看着我的脸庞，修长的手指捧着我的脸颊。"安妮，你只是看起来很强大，仅此而已。但是你一直表现得很强大。"

我的妹妹，她是个好女孩。"盖布尔说温有女朋友了？"

"是的，"纳蒂承认道，"但是我也不清楚。温很奇怪，他看起来总是气呼呼的。上学的第一天，我想和他说话，想知道他是否有你的消息，可他一副拒绝我的样子。"

我提醒她，她保证过她余生都会憎恨温的。

"那是在我知道你骗我关于自由管教所的事情之前，"纳蒂说道，"不管怎样，他的腿好像痊愈了。虽然他还是要用手杖，但和盖布尔情况完全不一样。"

"纳蒂，"我说，"老实告诉我，你今天早上没有和盖布尔调情吧，是吗？"

"安雅，真恶心，"纳蒂说道，"我们只是上同一门数学课。他在给我讲老师的故事，而我只是礼貌地笑笑。"

"谢天谢地！"我说道。我不认为我可以处理好纳蒂与盖布尔·阿斯利打情骂俏的事情。等过段时间，在我的家里，我会和纳蒂来一场关于男孩们的认真讨论。

纳蒂站起来，向我伸出了手。"来吧，"她说，"我们需要去星期六市场逛逛。东西都快用完了。伊莫金说我才十三岁，还是不要独自去那里。"

"她是对的。"我说。

"你十三岁也去过啊，难道不是吗？"纳蒂坚持道。

"那时我差不多十四了，而且那是因为没人带我去。"

纳蒂和我在联合广场乘公交车去市场。你可以在那儿自由买卖。卫生纸、T恤、红萝卜或者托尔斯泰的小说，所有东西都可交易。平常，这里像一个疯人院，桌子和帐篷随处可见，人们摩肩接踵，所有人都迫不及待。或者说实际上，一周前就迫不及待了，偶尔还有人因人群踩踏事故而死。奶奶曾经对我说她年轻时，有一家杂货店，你在那儿能买到任何你想买的东西，不论什么时候想要都有。现在，我们唯一拥有的是那些不合规的藏酒。最好的购物选择确实是星期六市场。

那天，我们的购物清单包括：洗衣粉、护发素、脱水意大利面、热水瓶、水果（如果我们能找得到的话），一条给纳蒂的新羊毛苏格兰短裙（长一点的）和一本给伊莫金的纸质书（下周就是她三十二岁的生日了）。

我给了纳蒂一堆现金和配额券，把书和苏格兰短裙的任务交给她。它们的标价即是卖价，所以你不用是一个经验丰富的买家。我来负责其余的任务。我准备了一些巴兰钦特浓黑巧克力块，这些是我检查资源匮乏的厨房时的意外发现。尽管我对巧克力失去了兴趣，但这些在讨价还价的时候还是很有用的。

我穿过人群去日化用品通常的所在之处，遇到了一群正在示威的学生（政治活动在这里很常见）。有一个看起来营养不良的女孩，顶着一头油腻的棕色头发，穿着一条花裙子，将一本小册子塞到了我的手里。"拿一张吧，姐姐。"她说。我看了看她给我的小册子，封面是一幅图，我看出是一个可可豆荚，上面写道：合法化可可，就是现在！"他们告诉你的关于巧克力的事情是一个谎言，"她继续说道，"它不会比水还让人上瘾。"

"相信我，我知道这些。"我把小册子装进包里，说道，"你们怎么弄到了印刷这些所需的纸张？"

"朋友，纸张紧缺就是一个谎言，"一位留着络腮胡子的男性回答道，"他们只是想控制我们。你没发现旧美钞总是源源不断吗？"

这种人认为所有的一切都是一个谎言。在这群赞成巧克力合法化的人认出我之前，我最好赶紧走吧。

我很幸运，在第一个日化用品摊位前就得到了几乎所有需要的东西，除了水果和意大利面。在下面几排摊位，我找到了一个意大利面卖家。在我扔给他一张肉类配额券和一块巧克力后，他给了我很多通心粉。我用两块巧克力从一个卖花的女人那儿换来了一束玫瑰花——这是有些奢侈。但在经历了一个那样的夏天后，我急需一些甜美明丽的事物来调剂一下生活。此外，我还缺的就只有水果了。正要去找水果罐头的时候，我看到了一个标签写着：

简的橘子

曼哈顿土生土长的橘子

我向这个摊位走去。橘子是我的最爱，在自由管教所可没有这种东西。

温的母亲比我先注意到了对方。"安雅·巴兰钦，"她屏住呼吸说道，"没错，我觉得就是你，我是简·德拉克罗瓦。"

我退后了一步。"我该走了。"我说道。如果她的丈夫在周围，那就有好戏看了。

"等等，安雅！查理不在这儿。他一直在其中一个行政区竞选。我不想浪费掉我所有的夏橘，就来这儿了。我丈夫倒是宁愿我待在家里，但我不认同他的想法，这明明是件好事。我是农妇，不是政客的妻子。另外，我觉得吧，买卖让我感受到人们真实的生活，我们也试着融入他们。你应该知道吧？"与上次我看到她的时候相比，简·德拉克罗瓦美丽的脸庞上又平添了一些皱纹。

"哦。"我说道。

"别客气，"她说，"拿一个吧。温曾经告诉我，你喜欢吃橘子。还有，他去买网袋了，随时会回来。人们都有自己的包，但是橘子需要呼吸，你不能把它们随手扔到某个地方。拿着吧。"她命令道。

温在这儿？我扫了一眼人群，有数不尽的人，但都不是他。

她拿起橘子，我伸手去接。她握住了我的手，问道："你还好

吗？"

我思索了一会儿这个问题："我想，很高兴重获自由吧。"

简·德拉克罗瓦点点头。"是啊，自由太宝贵了。"她眼里噙着眼泪，"拿两个，别客气。拿一袋吧。"她放开了我的手，开始往她最后一个红网袋里面装橘子。

我对她说我站的地方挡住了她的摊位。市场上可没时间交换感情，况且简·德拉克罗瓦的商品不愁卖。

她把装满橘子的袋子塞给我。"我永远记得你救了我儿子的命。"她捧着我的脸，在我的两边脸颊上各亲了一口，"对于发生的事情，我感到很遗憾。我知道你是个优秀的女孩。"

越过她的肩膀，我看见温径直向水果摊位走来。他拿着一些五颜六色的网袋。

我深吸了一口气，提醒自己，温有女朋友了，而那个人不是我。

"我该走了，"我说道，"必须和我妹妹会合了。"我推开人群，离开了温。

我在纸书摊位找到了纳蒂，那儿也被称作451书店。与日化用品、意大利面和橘子摊位不同，这里空荡荡的，除了纳蒂，再没有其他人。她举起两本书。"安妮，你怎么看？你觉得伊莫金更喜欢哪本，是查尔斯·狄更斯的《荒凉山庄》还是列夫·托尔斯泰的《安娜·卡列尼娜》？我感觉一本是讲打官司的故事，另一本好像是个爱情故事？我不是很确定哪一本更合适。"

"就那本讲打官司的吧。"我说道。我的心狂跳不止。我用手捂着胸，就好像这样可以让它冷静下来一样。

"就《荒凉山庄》吧。"纳蒂说道，走去付钱了。

"等等，都买吧。我们每人送一本。你送她那本爱情故事，我送那本打官司的。"

纳蒂点点头。"嗯，她对我们很好，不是吗？"

我深吸了一口气，清点了下我所有的东西。清洁剂，在。护发素，在。意大利面，在。花，在。热水瓶，在。橘子……轰！我不知怎么搞的，将橘子留在了温妈妈的摊位上，也不可能回去拿了。

我们离开了书摊。尽管纳蒂已经不小了，我还是牵着纳蒂的手。"你搞到新鲜水果了吗？"她问道。

我告诉她我没有。我在说话的时候肯定看起来特别难过，以至于纳蒂觉得有必要来安慰我一下。"没关系。我们还有菠萝罐头，"纳蒂说道，"搞不好还有些冰冻树莓。"

快要走出联合广场时，我感觉一只手搭在我的肩膀上。"你落下了这些。"他说道。我转身，其实我已经知道他是谁了，除了温还能有谁。"我妈坚持要我找到你……"

温的妈妈在搞什么？

"你好，纳蒂。"温继续说道。

"你好，温，"纳蒂冷冷地回道，"你不再戴帽子了。我还是喜欢戴帽子的你。"

我接过这袋橘子，一言不发。

"我差点追不上你们两个了，我想，我没以前快了。"温说道。

"你的腿怎么样了？"我说道。

温笑了："还是疼得见鬼。你之后的夏天过得怎么样？"

我也笑了。"糟透了，"我故作坚强地摇摇头，"我听说你在和艾莉森·惠勒约会。"

"是的，安雅。"温停顿了下说道，"世事无常。"

人心更何尝不是如此？"我曾经告诉过你，你忘记我的速度比你想的要快，看来我没错。"

"安雅……"他说道。

我知道自己的话听起来很苦涩，这句话想表达什么意思？事实是，无论他现在对我做错了什么事，或许都是我应得的吧。这可真是一个成就啊——能让像温这么忠诚的人变得这么快。

我告诉他我为他高兴，但本意并非如此，我只是想试着假装看起来像一个成年人。（成年人说谎是这样的吗？）他看起来好像想解释下和艾莉森有关的事情，但我真的不想知道。通常，我是个刨根问底的人，但在这种情况下，我还是装糊涂吧。温让我的事情变简单了，不是吗？我倾身拥抱了他，我想这是最后一次了吧。"保重自己，"我说道，"我可能见不到你了。"

"是的，"他表示同意，"可能不会了。"

我想那时的我显得很感伤。还有一块巴兰钦特浓巧克力，我给了他。我让他保证不会让他爸爸看见。他接过巧克力，一言不发，也没有来上一句"它被下毒了吗"的俏皮话。我很感激他能这样做。他将巧克力放进口袋，消失在了人群中。他确实有一些跛，我突然觉得很高兴自己能给他的不仅是跛脚。他或许觉得自己比盖布尔·阿斯利要幸运些吧。

我们拿着袋子上了公交车。"为什么是艾莉森·惠勒？"上了车，过了一会儿，纳蒂问我，"他爱你啊。"

"我和他分手了，纳蒂。"

"没错，但——"

"我害他中枪了。"

"但——"

"或许他厌倦了我，厌倦了我们的家庭，厌倦了这多么艰难的一切。有时我也厌倦了自己。"

"温不会的，不会的，"纳蒂小声却坚定地说道，"这说不通啊。"

我叹了一口气。纳蒂或许看起来像二十五岁，但是她的心性还是与十二三岁的小孩一样，这让我感觉好点儿。"我必须找所学校入学了，不能再想他了。我必须见见米基堂哥，给大野友治打电话。但是现在，我们要去哥伦布转盘广场上的市场，"我说道，"我才不在乎我们是否要横穿公园！"

我们一走进公寓，电话就响了。我听见伊莫金接了："是的，安雅刚进门。等一下。"

我走到厨房，打开袋子。伊莫金正要把电话递给我。"是温。"伊莫金说道，脸上挂着一抹痴笑。

"看吧。"纳蒂说道，还带着那种"我就知道"的眼神，真气人。

伊莫金用手臂搂着纳蒂。"来吧，亲爱的，"她低声说，"给你姐姐点私人空间。"

我深吸一口气，穿过厨房去接电话，我感觉我的静脉中血液开始发热。我接起电话。"温。"我说道。

"欢迎回来，安雅。"这声音听着耳熟，但绝对不是温的声音。

我的手开始发冷："你是谁？"

"我是你的堂哥啊，"他停了一下说道，"杰克斯，雅科夫·皮罗日基。"

多此一举，就好像我还认识另外一个杰克斯似的。"你为什么假冒温？"我质问道。

"因为不这么做，你不会和我说话，但我们需要谈谈。"杰克斯说道。

我对他说我们没什么好说的。"我要挂了。"

"你要挂早挂了。"

他说得没错，但我一言不发。我的沉默会让他紧张起来，因此当他再开口时，态度变得懊悔了些："听着，安妮，听着。我没有多少时间了。我一周只能打一个电话，你知道，这不是免费的。"

"你的监狱生活怎么样啊，堂哥？"

"这儿真是糟透了。"杰克斯顿了一下回答道。

"我希望那儿是地狱。"

"安妮，求你了。来里克斯岛看看我。我有话想对你说，这些不能在电话里谈。你永远不知道谁在偷听。"

"为什么我要这么做？你对我的一个男朋友下毒，又在试图射击我哥哥的时候射伤了别人，我被学校开除，被送往自由管教所都是因为你。"

"别幼稚了，"他说道，"那些事情早离我远去了。求你了，在你心里，你无法真的相信我……但事情并不是它看起来的样子……我已经说太多了。你一定要来见我。"他放低了他的声音，"我相信你和你妹妹正处于可怕的危险之中。"

有那么一秒，我感觉到恐惧，但是很快就过去了。谁会在乎杰克斯说的话？他为达目的不择手段。这难道不是他用来摆布利奥的伎俩吗，告诉利奥、纳蒂和我身陷危险，以此作为控制的手段？"在我看来，杰克斯，将我的家族置于最危险境地的那个人就是你。而你，我亲爱的堂哥，你还要在监狱里待上二十五年。就个人而言，在我一生中，没有比这更安全的了。请别往这儿打电话了。"我说道。挂上电话的时候，我想我本可以听他讲讲我父亲的事，但是我没有让它发生。事实上，他有可能说任何其他的事。

伊莫金和纳蒂在客厅等着我。"温说了什么？"纳蒂高兴地问道，眼睛眨啊眨。

我看着纳蒂。我保护不了她。"不是温，是杰克斯。"

伊莫金从沙发上站起来："安雅，对不起。他确实说了他是温，我想我还不能辨别出他的声音"。

我让她安心，告诉她这不是她的错。

纳蒂摇了摇头："真是不可思议。他究竟想要什么？"

我不能告诉她杰克斯说我们两个正处于可怕的危险之中。我挨着纳蒂坐下，双手抱着她。为了保证她的安全，我愿意做任何事情。我居然会让自己沉迷于失去温的痛苦中无法自拔。纳蒂才是我生命中的挚爱，不是他。那一刻，纳蒂从我怀里挣脱出来——她长大了，已经不适应这种方式了吗——接着她又问了一遍：我们那个坏事做尽的堂哥打电话来想要干什么？

此刻，我撒了个漂亮的谎："欢迎我回家。"

02

感恩的心

星期天早晨，纳蒂和我去了教堂。新来的牧师让人昏昏欲睡，但是布道的内容对我而言，并不是枯燥无味的：它讲的是我们对没有得到的东西过分关注而忽视了正在做的事情。我确实对这种行为感到内疚。为了打发时间，我决定来数数我遇到的幸事。

我从自由管教所出来了。

据我所知，纳蒂和利奥是安全的。

温的决绝使得我很容易遵守与他爸爸的协议。

我们有钱并且身体健康。

我们有伊莫金·古德菲洛、西蒙·格林和吉卜林先生……

数到六的时候，我们站起来接受圣餐。

在离开教堂的路上，有人叫我的名字。我转过身，是米基·巴兰钦和他的妻子索菲娅。"你好，堂妹！"他热情地向我们问候，亲了亲我们的脸颊。

"你什么时候开始来这所教堂了？"我问米基，我从来没在那儿见过他。纳蒂和我去天主教堂是因为母亲这样做，但是父亲这边的亲戚都去东正教教堂。

"从他和一个天主教徒结婚开始。"索菲娅·巴兰钦用她古怪的腔调回答道。尽管她英语说得很好，但显然还达不到母语的标准。"早上好，安雅，纳塔利娅。我们只在我的婚礼上匆匆见过一面。很高兴看到你们这么好。"她也亲了亲我们的脸颊，"简直分不清你们哪个是姐姐。"

米基指着我说："你从管教所出来后就该来看我。"

我告诉他我周五下午才回家，本打算在那个礼拜去看他的。

"米基，你要给女孩儿们一些空间。"索菲娅说道。但她没照她说的做。她挽着纳蒂和我，坚持要和我们共进早午餐。"你们还没吃，"她略带责备地说，"我们住的地方离这儿只有几个街区，咱们就别站在教堂前面出洋相了吧。"她不是俄罗斯人，但是她的一些地方让我想起了奶奶。我花了点时间回忆起第一次见她的场景。记得婚礼上她还挺平易近人的，但或许是一个严厉的人。她有着棕色头发、棕色眼睛，鼻子很像马。确实，她所有的身体部位都是那么大——她的手、她的嘴唇、她的颧骨——她比她丈夫还高几英寸。（米基太矮了，我经常怀疑他是不是穿了内增高。）索菲娅·巴兰钦看起来结实有力。得知他娶了这个女人，我对堂兄更平添几分喜爱之情。

尽管纳蒂和我试着拒绝提议，索菲娅还是不为所动。后来我们稀里糊涂地发现自己已经在他们位于东五十号街的宅子面前了，这儿离温的家也不远。

他们的房子是一栋三层褐色砂石建筑，索菲娅和米基住在一二层，顶层是米基的爸爸尤里·巴兰钦和他的护士住。索菲娅·巴兰钦告诉我，现在，他们都宁愿尤里死掉。"这对他来说是一种仁慈。"她说道。

"是的。"纳蒂表示同意。我确信她在想着奶奶。

在午饭时间，我们聊着一些无关紧要的话题。我发现了索菲娅有不同寻常的口音的原因——她父亲是德国人，母亲是墨西哥人——米基和索菲娅问我接下来的学年怎么打算，我告诉他们我还不确定自己要做什么。这学期的第三周就要开始了，我害怕找不到一所理想的学校愿意要我。我的意思是，考虑到我的犯罪记录。

纳蒂叹了口气："我希望你还是回圣三一。"

某种程度上，对于不回圣三一学校这件事，我暗暗高兴。这是一个机会，可以暂别熟悉的日常，熟悉的人。至少我是这么告诉自己的。

"在你经历了这些事以后，我认为改变一下是好事。"索菲娅说道，她的想法与我不谋而合，"但是你不得不去一所新学校读高三，这不是件容易的事。"

"这是侮辱，"米基说道，"那些浑蛋没有理由开除你。"

他错了。管理层有无懈可击的理由：我带了一把枪去学校。

话题转向了纳蒂在天才夏令营的时光，我自己很少听到对这个话题的谈论。她花了一个夏天的时间去做一个项目：在水从人们的房子里流出之前，将其从垃圾中分离出来。她说起她的工作时，看起来很聪明，有感染力，而且是发自内心地高兴。我立刻明白了确保她参加夏令营是对的。我很骄傲有这么一个妹妹，甚至对自己为她所做的付出而感到一丝骄傲。我有些哽咽了，主动站起来收拾桌子。

索菲娅跟着我来到了厨房。她告诉我哪里放盘子，接着她扶着我的手肘。"你和我有一个共同的朋友。"她说道。

我看着她："有吗？"

"当然是大野友治了，"索菲娅说道，"你可能不知道他和我是比利时一所国际高中的同学。友治是我认识时间最长、最亲近的朋友了。"

这说得通。他们一样大，都二十四岁。事实上，他们说话的方式也很相似。这就解释了他为什么要参加她的婚礼，不仅仅是要监视我的家族。我想知道，她是否了解她认识时间最长、最亲近的朋友在利奥的逃亡过程中扮演了一个什么角色。这想法让我有些不舒服。"是友治，"她继续说道，"介绍我和我丈夫认识的。"

我不知道这件事。

"他告诉我在看到你时，代他向你致以问候。"

难道在教堂的见面不是巧合？"你不知道你今天会见到我？"我顿了一下，说道。

"我知道我终究会见到你，"她毫不犹豫地解释道，"我丈夫去自由管教所探望过你，不是吗？"

这个索菲娅·巴兰钦到底是谁？我试着回想她的婚前名。比特？索菲娅·比特？要是奶奶还在就好了，我可以问她，她无所不知。

索菲娅笑了："友治对你评价很高，有时，我都难免嫉妒。我一直渴望见到传说中的安雅。"

我提醒她，事实上我们见过面。

"婚礼上？那不算真正的见面！"她反驳道，"我想要了解你，安雅。"她黑黑的眼睛注视着我。

我问她目前为止她对我的印象。

"我对你唯一的印象是身体上的，就外表而言，你已经够迷人了，不过你的脚却大得出奇。"索菲娅说道。

"这些外表上的印象真的重要吗？"

"你这么说是因为你很漂亮，"她回答道，"我向你保证它们非常重要。"

索菲娅·巴兰钦真是个怪人。

"你和友治曾经是恋人吗？"我问道。

她又笑了："你是在问我是不是你的对手吗？安雅，我可是结婚了，你难道不知道？"

"不，友治和我不是那种关系。"我涨红了脸，"我只是好奇。如有冒犯，请原谅。"

她摇了摇头，脸上却带着微笑。"这是一个非常美国式的问题。"她说道。我怀疑我被侮辱了。"我非常爱友治，我和他兴趣相投。也就是说，我希望能和你成为非常好的朋友。"

我妹妹和索菲娅的丈夫走进厨房加入了我们。"我聪明的小堂妹说她需要回家学习了。"米基告诉我们，"我想，在你走之前，你愿不愿意和爸爸打个招呼？"

"下周，你理清楚学校的事情后，再来看我吧。"米基说。我们走过了两段楼梯，来到了我的尤里伯父的病榻前。"他夏天又中风了，所以很难理解我们说的话，"米基继续说道，"或许他甚至还没醒，就算他醒着，也可能认不出你了。医生给他用了很多药。"

我已经习惯于应对垂死衰弱之人。

窗帘被拉开了，房间里闻起来有一股腐臭，很像奶奶去世前的那一年。尤里张开了眼睛，在看到我时，眼睛似乎亮了起来。他伸出一只胳膊给我。"安……"他口齿不清地说着我的名字。我靠近些看他，他半边脸是瘫痪的，他的一只手永久地缩成了一个拳头。他向米基和房间里的护士摇着他那只完好的手："走……阿罗哈。"

米基翻译给我听："爸爸想单独和你说话。"

我坐在尤里伯父旁边的椅子上。"Ahhhhnuh。"他的嘴不停地动着，"Ahhhhnuh, gooooooooo theeeeee ahkkkkkk。"

"尤里伯父，对不起，我不知道你想要说什么。"

"Theeeee okkk。"我的脸上沾满了口水，但我不想擦，怕伤害到他，"Mahhhh pohhh booooooi. Theeeeeee yahkkkkk. Yakkkk！"

我努力想要搞清楚他说的话，但还是失败了。我坐到他面前，看到床边有一个写字板。"或许你能写出来吧？"

尤里点了点头。好一会儿，他自己在那儿写写画画。我去看的时候，只看到一个杂乱无章的迷宫。"对不起，尤里伯父。或许我们还是找米基来吧，他比我更了解你。"尤里猛地摇了摇头。"Ahhhhnuh, ohfffffeeee ohhh noooo！"尤里伯父抓着我的手摁在他心口。他流着汗，眼里留着无奈的泪水。"Luuuuuuuuuuuufffffffffff。"

"爱？"我问道。我还是不知道他想要说什么，但他解脱地点了点头，我知道我至少翻译对了一个词。我用那只空着的手，从床头柜拿出一张纸巾，擦了擦他的前额。

"Luuuufff，"他重复说道，"Thhhhhaaaaaaaaaahhhrrrr。"

我感觉到他手的力道慢慢变弱，身体也放松下来。一开始我还以为他死了，但他只是睡着了。我把他的手放到他胸前，接着溜出了房间。那一刻，我又一次从死亡身边逃走了。

在回家的两英里路程里，我在自己的清单上又加了几件幸事：

我还年轻，可以纠正我犯下的错误。

我很健壮，可以走到任何能去的地方。

我可以对任何活着的人说任何话，我仍然可以说话。

"出来后你就没说过话，你在想什么呢？"纳蒂问道。

我们才走到公园的南边。（不可否认，自从查尔斯·德拉克罗瓦来到镇上，公园多少比以前更安全了。）我转过头看着妹妹，尽管我没有像尤里伯父那样中风，但还是很难表达我心中的感受。我想告诉她我爱她，她是我在世界上最重要的人，我真的很抱歉向她撒谎关于自由管教所的事情。但是，我没有说出口。我问她晚饭想吃什么。

"要吃晚饭了？"她问道，"我们刚吃过啊。"

周一，纳蒂和正常学生一样上学去了，而我开始为自己找一所新学校。吉卜林先生一直认为我应该等到离开自由管教所以后再寻找新学校，他认为和监禁完全脱离关系似乎对我更好一些。

根据西蒙·格林的事先调查，有十二所学校比得上圣三一学校，其中，八所学校不接收高年级插班生，那么总共就只有四所学校会考虑我。但还有个问题是，用西蒙·格林的话说："你是臭名昭著的安雅·巴兰钦——对不起，安雅，但这是真的。"媒体可能会发现任何接收我的学校，这会对学校造成负面影响。经过多番选择，西蒙·格林只筛选出一个有可能的选项，在东村的利里非传统学校，走路就能到堂兄开的地下酒吧。下午有个和他们安排好的面试，吉卜林先生陪我去。

通常我只穿圣三一校服到处走，但是穿着它去参加其他学校的面试无疑不太合适。我决定穿那套在米基和索菲娅婚礼上穿过的正装去。

如果你明白我的意思，利里还有一些艺术气息。没有人穿校服，很多教室没有桌子，孩子们围成圈席地而坐。许多男老师留着胡子，我还看见一个女老师没有穿鞋。这地方有一种独特的香气——泥土的芬芳？草药味？显然，它和通常意义上的学校不同，但我告诉自己这不一定是坏事。

吉卜林先生向前台报了我的名字，接着我们被指向了一堆豆袋椅的方向。"有趣的地方。"在等待的时候吉卜林先生对我说道，他放低声音，"你觉得你能适应这里吗？"

我还有其他选择吗？尽管有一些公立学校可选，可是但凡一所好的学校都有着长长的候选名单，我的很多学分甚至不被承认。这样我可能二十岁才能毕业。

过了半小时，这所学校的校长，一个卷发、穿着棕色灯芯绒西装的男人出现在他的办公室前。"进来吧，安雅、斯图亚特。"听见他叫吉卜林先生的名字，我抬起了头，"抱歉让你们久等了，我下午的冥想开始得晚了。我是这里的校长，西尔维奥·弗里曼。所有人都叫我西尔。"

我们走进他的办公室，里面铺着一张红橙相间的基里姆厚地毯，却没有放家具。"请坐。"西尔校长指着地毯说，他给我们倒了两杯甘草茶，"我读过所有关于你的资料。你的学术成绩很完美，但你应该知道这里不会给你相应的成绩。"他顿了顿，

"法医学，那是你的专业，对吗？"

我点点头。

"我们没有这个学科，你可以自主学习。无论如何，我乐意接收你。"

"哇，那太好了。"吉卜林先生说道。

"我向监察委员会提出了这个想法，"校长继续说道，"巧克力之女事件对他们来说不是问题，我们的孩子来自不同的背景。不幸的是，好吧……看，这都是为了和平。关于持枪这件事，嗯，就有点严重了。我的董事会不想这种事出现在利里。"

"我们来这儿就是为了听这个的？"吉卜林先生问道。

"是我自己想要见见安雅。并不是没有希望入学，斯图。董事会的董事们同意明年，再过段时间，他们很乐意重新考虑这个申请。"西尔冲我们笑笑，"安雅，再过一年。随便去哪儿当当志愿者，或者在大学里上上法医学的课，然后就到我们这儿吧。"

一年的时间太长了，我所有的朋友，就连盖布尔·阿斯利都毕业了。我站起来，对西尔表示感谢。吉卜林先生还在挣扎着起来，我伸出手帮了他一把。

出门的时候，西尔校长抓住我的手臂，他放低声音："我参加了可可合法化运动。或许你愿意在我们的某次集会上讲话，我相信你会有非常深刻的见地。"

终于，见面的真正主题浮出水面了。吉卜林先生和我来到市中心，不是为了让我被拒绝。这个人简直和我以前的历史老师比利先生差不多。

"这些日子我一直在想办法避免抛头露面，西尔……呃……先生。"我说道。

"了解了，"他说道，"尽管如此，我在想……"西尔皱起眉头，"不管怎样，你是知名人士，这就是力量啊，我的朋友。别大材小用。"我握了握西尔伸出的手。"或许某天我还会见到你，安雅·巴兰钦。"

我表示非常怀疑。

"不管怎样，我还是觉得那地方不适合你。"我们向吉卜林先生的办公室走着，他说道。这里下着小雨，吉卜林先生的光头在雨雾中闪闪发亮。"没有学业成绩，还有股怪异的气味。什么样的校长会没有家具？"我们停下来等着交通信号灯，"别着急，安雅。我们会找到一所学校的，比这所好得多。"

"说实话，吉卜林先生，如果利里非传统学校不要我，什么学校还会要我呢？城里面没有一所学校的风气比利里更以自由著称的了，连他们都认为我是害群之马。或许他们是对的。"星期一下午一点半，我站在街角，而这不是我想要的。我想要的是在圣三一学校里，我想练习击剑，或者抱怨难吃的豆腐卤面。我还没意识到我的身份被包裹在了那件校服里，那所学校里。我觉得我不属于任何地方。尽管我决心数数我遇到的幸事，但还是对自己感到非常懊恼。

"哦，安妮。我真希望我能让你轻松些。"吉卜林先生握住我的手。雨下起来了，灯也亮了，我们谁都没有动。"我只能说，这也会过去的。"

我看着我的法律顾问。如果说他有什么弱点的话，或许就是太爱我了，希望世界上其他人都听从他的观点。我亲了亲他的光头。"谢谢你，吉卜林先生。"

吉卜林先生脸涨得通红："谢什么啊，安妮？"

"你总是信任我。我现在已经长大了，能够明白这些了。"

回到吉卜林先生的办公室，我们和西蒙·格林一起仔细斟酌了所有的备选。"如我所见，"西蒙·格林说道，"曼哈顿还有一些其他学校可以尝试——"

我打断了他："但你不觉得其他人甚至更有可能像利里非传统学校那样对我持反对意见吗？"

西蒙·格林对此想了一会儿："虽然我不会读心术，当然，我不是同意他们，但是，是的，我确实是这样认为的。"

"或许那个嬉皮士校长说得对，"吉卜林先生说道，"你可以等一年再——"

"但我不想再等一年！"我表示反对。那样我毕业时实际上都十九岁了，马上就二十岁了，那可太老了。"我想和其他所有人一起毕业。"

"那我们看看纽约以外的学校，"西蒙·格林建议道，"人们不会知道你在那里。你可以在欧洲上完学，例如大学预科，甚至军事学校。"

"军事学校！我……"我甚至不敢想象这个主意。

"西蒙，安雅不会去军事学校的。"吉卜林先生温柔地说道。

"我只是在头脑风暴，"西蒙·格林道歉道，"我觉得或许军事学校在学期开始后，对转入要求会比较宽松。考虑到安雅的……过往。"

我的过往。我曾经天真地以为一旦我熬过在自由管教所里的日子，最糟糕的事情就算结束了，但是事实并非如此。我走到窗边，从吉卜林的办公室可以看到麦迪逊广场。夜色降临，所有巧克力商人都出现在那儿，小时候我跟爸爸去过那里。你在那儿可以买到任意品种的巧克力，例如比利时牌的、苦中有甜的、烘焙的，当然，还有巴兰钦牌的。在巧克力带走了几乎所有我爱过的人，摧毁了我的生活之前，它是世界上我最喜爱的味道了。我的侧脸靠在窗上。"我恨巧克力。"我低声说道。

西蒙·格林的手放在了我的肩膀上。"别那样说，安雅。"他轻轻地说道。

"为什么？它是棕色的、丑陋的，看上去完全没有美感。它不利于健康，使人上瘾，还是非法的。好的巧克力是苦的，便宜的巧克力又太甜了。老实说，我不能理解为什么有人会为这玩意儿而困扰。如果明天醒来发现世界上没有巧克力了，我会更加开心的。"

吉卜林先生的手放在了我的另一只肩膀上："今天，你大可以憎恶巧克力，我不会强迫你不能这样做。但你的祖父是做巧克力的，你的父亲是做巧克力的，而你，我的安妮，注定与巧克力相伴。"

我转过身看着我的律师："我找遍所有学校，心中想的是我真的不能离开纳蒂。如果我们一无所获，或许我会去找一份工作。"

"工作？"西蒙·格林问道，"你会做什么？"

"我也不知道。"我告诉他们这周晚些时候我们再谈，然后向门外走去。

西蒙·格林追上我时，我还在公交站等车。"吉卜林先生让我陪你回家。"

我告诉他，我想一个人待着。

"吉卜林先生非常担心你，安雅。"西蒙·格林继续说道。

"我挺好的。"

"如果我不和你一起，我会有麻烦的。"

公交车来了。车一边的屏幕上显示着一则广告：查尔斯·德拉克罗瓦地区检察官。他上了年纪，超级英雄般的面容让他的竞选口号呼之欲出：伟大的城市需要伟大的领导人。这让我感到恶心。若不是班次总是不稳定，我会等下一班车。看来只能坐查尔斯·德拉克罗瓦快线了。

西蒙·格林挨着我坐，对着公交车的后部。"你认为德拉克罗瓦会赢吗？"他问道。

"老实说，没怎么想过。"我说道。

"但我以为你们是很好的朋友啊。"西蒙·格林开了个玩笑。

我笑不出来。

"我觉得这比他想的还要难。但是我告诉你，我不认为他很坏。"西蒙·格林顿了一下说道，"我的意思是，我认为他心肠不坏。"

"心？"我嘲笑道，"他没有心可言。"

"安雅，事实是，我认为他对我们很有好处。他有很多关于城市安全需要法治的言论，我觉得有道理。"

"我不在乎。"

"可是你应该在乎，"他责备我道，"我很遗憾你在这些事情中失去了男朋友，但眼下有更重要的事情。查尔斯·德拉克罗瓦不仅是温的父亲，假设他这次赢了，没有人会觉得地区检察官就是他的最后一站。他可能会是市长、州长甚至总统。"

"太好了。"

"有一天，我或许会投身政治。"西蒙·格林说道。

我翻了个白眼："你真的认为投身政治最好的办法是去当犯罪组织头目长女的法律顾问吗？"

"是的，"他说道，"我是这样认为的。"

"你得找个时间跟我解释下。"

西蒙·格林的笑声被一阵令人难受的尖叫声所淹没，随之而来的是一声不祥的重击声。

我的头被推到了前面的座位里。周围响起更多的尖叫声，接着公交车停了下来。西蒙·格林抓着我的胳膊："安雅，你没事吧？"

我的脖子受了点伤，其他地方还好："刚才出什么事了？"

"我们肯定撞到什么东西了。"西蒙·格林喃喃道。我转过来看他，他的右太阳穴有一道深深的伤口，眼镜刺破了他的皮肤。"格林先生，你在流血！"

"天哪。"西蒙·格林虚弱地说道。我命令他把头向后靠，我脱下外套，用它来吸干血液。

"所有人待在车上！"司机吼道，"出事故了。"

明摆着的。我从窗子向外看，在麦迪逊大街的中间，一个和我差不多大的女孩失去意识，躺在地上。她的四肢扭曲成骇人的角度，最糟糕的是她的头部，几乎从脖子那里被扭断了，只有一小块皮肤连着头和脖子。

"西蒙，"我说道，"我觉得她死了。"

西蒙向我这边靠过来，看到了这一场景。"天哪。"他低声说了这么一句话就昏过去了。

在医院里，我等着医生为西蒙·格林做检查。医生确诊，除了失血，他没有什么大问题。他们把太阳穴上的伤口缝了起来。

由于他刚才昏过去了，医生决定让他留院观察一晚。

我打电话给吉卜林先生，他向我表示他在赶来的路上。西蒙·格林和我在等吉卜林过来的时候看到了平板电脑上的新闻，头条报道就是关于公交车事故的。"在市区，一辆搭载有查尔斯·德拉克罗瓦竞选广告的城市公交车撞上了一个行人，多人受伤。"

"噢，"西蒙·格林说道，"这是负面影响，德拉克罗瓦的拥护者要炸锅了。"

新闻切换到一个人在街上接受采访："那个女孩——她肯定是十六岁或者十七岁——她从川流不息的街道中间穿过。下面的事情你都知道了，她躺在地上，头几乎断掉。可怜的人。发生这种事情，你禁不住与她的父母产生同样的感受。"

记者打断了受访者："这名少女当场被宣布死亡，其他受伤乘客被送往西奈山医院救治。在一个非同寻常的巧合下，安雅·巴兰钦，臭名昭著的犯罪大亨利奥尼德·巴兰钦之女，也是乘客中的一员，相信也受了重伤。"

"真是太讨厌了！"我冲屏幕大喊，"我没有受伤。我好着呢！"

西蒙·格林耸耸肩。

"他们没有权利公布我的名字。"我抱怨道。

"去年春天，安雅·巴兰钦因为枪击她的堂哥而被捕，那时她堂哥正准备朝安雅·巴兰钦的男朋友——威廉·德拉克罗瓦——代理地区检察官查尔斯·德拉克罗瓦之子射击。"

"他的名字是温!"我抗议道。

"尽管查尔斯·德拉克罗瓦最初在民意调查中领先,但上个月,他的主要竞争者独立党候选人贝莎·辛克莱把差距缩小到了5%。现在评判这个最新事件会如何影响选民还为时过早。"

"一辆有他照片的公交车撞上那个女孩就好像是他的错一样。"西蒙·格林评论道。

一个护士敲了敲门框。"这儿有个男人找你,"她对我说,"我可以让他进来吗?"

"好的,我们在等着他。"

护士去接吉卜林先生去了。

我坐在西蒙·格林的病床边。今天一整天可够让人欲哭无泪的了,但我仍要细数自己受到的恩赐。那个女孩和我一般大,我敢肯定她早上醒来的时候不知道自己会死。第九条幸事:至少我没有被公交车撞掉头。尽管诸事不顺,我还是笑了起来。

"笑什么呢?"西蒙·格林问道。

"我只是在笑——"我正要说下去,西蒙·格林打断了我。

"嘿,那可不是吉卜林先生!"他说道。

我转身。透过西蒙·格林病房的窗户,我看到了温。他穿着圣三一学校校服,朝我招手。

"我去去就来。"我对西蒙·格林说道。我站起来,整理了下衣衫,走到走廊。

"对于一个受重伤的姑娘来说，你看起来可真不错。"温向我问候道，他的声音很放松，"你这身衣服在你堂哥的婚礼上也穿过。"

我低头看着我的外套，上面还有西蒙·格林的血污。"我再也穿不了了。"这不是我的衣服第一次（也不会是最后一次）落得如此下场。我向他伸出手，他却拥抱了我。这是个有力的拥抱，一个弄疼我本还在痛的脖子的拥抱，一个太长的拥抱。"我是在公交车上，但是他们搞错了所有事情。"我说道。

"能看出来。"

"你为什么来这儿？"我问道。

温摇摇头："听说这场事故时我就在附近。我想确认你没有生命垂危。安雅，我们还是朋友啊，不是吗？"

我不知道我们是否还是朋友："你的女朋友呢？"

温告诉我她在大厅。

"她不介意你来这儿吗？"

"不会的，艾丽知道你对我来说很重要。"

艾丽。亲密无间的称呼，好像我从来没存在过一样。"你不应该来这儿的。"我对他说。

"为什么？"

"因为……"我无法说出所有原因。因为我们再也不属于彼此了。因为待在他旁边会伤害到我。我答应过他的父亲，如果我不遵守诺言，他父亲可以让我的生活过得很艰难。

"安雅，如果你觉得我快死了，你会不来吗？"温问道。

我还在思考这个问题的时候，吉卜林先生来了。在看到了温以后，吉卜林先生看起来不知所措。"你为什么来这儿？"吉卜林先生瞪着他。

"我现在就走。"温说道。

"孩子，离开的时候当心点，狗仔队刚刚来了。他们或许想拍一张受伤的安雅·巴兰钦的照片，但是我打赌能拍到代理检察官的儿子会让他们心满意足。你知道什么能真正地让大家高兴得发狂吗？你和安雅的镜头。"

温说去年春天他在这儿住院时知道了一条可以离开医院的秘密通道，他和艾莉森从那条路走。"没有人知道我曾经来过。"

"好，现在就走吧。"吉卜林先生命令道，"安雅，我先去看看西蒙怎么样了，但我想和你一起回家。等会儿那些记者我来对付。"吉卜林先生走进了西蒙的房间。

"好吧。"就剩我们两个人，他开口说道。他笔直地站起来，两只手都握住我的手。"你没事我就放心了。"他正经得有些反常。

"呃，好吧。你放心……我也放心了。"

他放开我的手，转身的时候他被拐杖绊了一下。"我希望我能更优雅地退场。"他说道。

我笑了，我提醒我自己一点也不爱他，然后回到了西蒙·格林的房间。

当吉卜林先生和我乘电梯准备离开医院时，已经快九点了。

"我安排了一辆车等着我们。如果外面还有记者，让我来回应。"吉卜林先生说道。

"她在这里！"

虽然只剩下为数不多的人，但黑暗中相机的闪光还是令我目眩。

"安雅，离开医院高兴吗？"其中一个记者问道。

吉卜林先生走在我前面。"安雅很高兴逃过了重伤，"他说道，"她度过了漫长的一天，伙计们，她只想回家。"他拽着我的胳膊向路边走去，车就停在那儿。

"安雅，安雅，自由管教所怎么样啊？"另一个记者喊着。

"谈谈你对查尔斯·德拉克罗瓦的看法！你认为他应该对这次车祸负责吗？你认为他会赢得选举吗？"

吉卜林先生钻进了车里，我正要跟着他，有件事情却使我停下来了。"等等，"我说道，"有些事情我不吐不快。"

"安雅，"吉卜林先生低声道，"你到底在做什么？"

"今天逝去的那个女孩，她和我一样大，"我说道，"她在过街，接着就离我们而去了。我为她的朋友们、她的家人尤其是她的父母感到遗憾。这是一个悲剧，我认为一个臭名昭著的人乘坐公交车的事实也无法掩盖它。"

我坐进车里，将车门关上。

吉卜林先生拍拍我的肩膀："做得好，安妮。你父亲会为你感到骄傲的。"

我回到家，伊莫金和纳蒂在等着我，看到我安全回家，她们没少掉眼泪。我对她们说，她们已经为我做了太多事了，我很高兴自己并不是无人问津。无法否认的是，我一直被牵挂、被思念、被爱。是的，被爱。至少，在这方面，我是幸运的。

03

回到校园；我的祈祷有了回应；金钱至上

到了星期一，查尔斯·德拉克罗瓦的支持率在最新民调中下降了两个点，正式将他与贝莎·辛克莱置于僵持的境地，而我找学校的事情一点儿进展也没有。吉卜林先生和我在日常通话中讨论着这些问题。我们为了节省开支，通话时长一般都相当短，但它们高得离谱的频率，正好说明了吉卜林先生有多担心我。

"你认为是公交车的原因吗？"我问道。

"嗯——安雅，你可能不想听这个——你在那辆公交车上的事实使辛克莱的支持者将你和德拉克罗瓦父子的旧事挖了出来。有些人觉得你被判入自由管教所服刑太轻了，是一种偏袒，而且，辛克莱的竞选团队正在对此做文章。"

"太轻了？显然他们从来没有去过那里。"我打趣道。

"是的，的确如此。"

"你知道，西蒙喜欢他。我是说，查尔斯·德拉克罗瓦。"

吉卜林先生笑道："是的，我想我这位年轻的同事是他的粉丝。就是从去年9月，西蒙和他安排你从自由管教所释放的事宜开始。"

"安雅，我不希望你认为我是在侵犯你的隐私，但我有个问题想问问你。"他吸了口气，"为什么温会在医院？"

我告诉他我也不清楚。

"如果你还和他在一起，作为你的律师，我应该知道。"

"吉卜林先生，"我说道，"温有了新女朋友，他还天真地以为我们仍然可以做朋友。"我告诉他艾莉森·惠勒的事情以及他们是如何在查尔斯·德拉克罗瓦的竞选工作期间再续前缘的。

"我很遗憾，安雅。但说实话，我确实是松了口气。"

我把电话线缠绕在手腕上，我的手开始因为缺血而变白。

"振作起来！我们来说说学校的事。"吉卜林先生轻快地说。

"有什么发现吗？"

"没有，但是我有个主意，和你说下。你觉得家庭学校怎么样？"

"家庭学校？"我又说了一遍。

"是的，你将在家里完成高三的学业，我们会聘请一名甚至几名家庭教师。你还是会参加大学入学考试……"吉卜林先生滔滔不绝地说着家庭学校，但我没有在听。家庭学校会引起社交方面的缺失吗？这是一种放逐吗？我很快发现，如果这么做的话，答案是肯定的。"你觉得怎么样？"吉卜林先生问道。

"有种走投无路的感觉。"我顿了顿，说道。

"不是走投无路。只是暂时的，直到我们想出更好的办法。"

"好吧，往好的方面说，我想我会以全班第一名的身份毕业。"

"安妮，要的就是这种精神。"

我在和吉卜林先生互相道别后挂上了电话。现在才是早上十点，而接下来的时间除了等纳蒂回家，我无所事事。我不禁想起了利奥去年丢了工作后的状态。他是什么感觉？被遗忘，被遗弃，被放逐？

我想我哥哥了。

我和纳蒂周日的时候没有为利奥祷告，所以无所事事的我决定去教堂。

我之前可能没有提到过，纳蒂和我去的教堂是圣帕特里克大教堂。就算它渐渐地破败下去，我还是很爱这个地方。我能重温它一百年前的景象，那时还有炮台，而天花板上也没有洞。但我真的喜欢那个洞，我喜欢在祷告时能看见天的感觉。

我放了些钱在篮子里，用于圣帕特里克大教堂的重新修缮，然后走进了中殿。星期一早上，在这座衰败的城市里，那些出现在教堂的人都是无比凄凉的——他们上了年纪、无家可归。我是那里唯一的少女。

我坐在一张长凳上，然后双手交叉，开始祷告。

我想着天堂里的母亲和父亲，念着往常的祷词。

我请求上帝照看在日本的利奥。我感谢上帝让我能够保障我们的安全。

接着，我又为自己祈祷。"请您，"我低语道，"让我找到按时毕业的方法。"想到我生命中和这世界上还有一大堆更麻烦的难题，我知道这个愿望其实够愚蠢的。话说回来，祈祷这种事情也太廉价了——上帝又不是圣诞老人。我已经失去了太多，但内心仍是诚实的，而我的愿望就是走过高中毕业典礼上的走廊而已。

当我准备从教堂回家时，电话响了。

"我是罗斯，是圣三一的学校秘书。我想和安雅·巴兰钦通话。"

看来圣三一学校终于聘请了一名新的学校秘书，上一个也就待了两年吧。"我就是。"

"明早九点，校长希望和你会面。你有空吗？"

"什么事啊？"我问道。有可能与我妹妹有关。

"细节方面，校长希望和你当面详谈。"

我没有告诉纳蒂或者斯嘉丽关于会面的事情，也不会穿圣三一的校服。我不想去幻想我所期盼的事情——因为某种原因，圣三一的行政管理委员会修改了他们的决定。他们可怜我，让我回去继续读高三。

吉卜林先生自告奋勇地想陪我去，但我觉得还是一个人去比较好。我不想提醒校长，本该父母在的位置，我却只有一个律师。

　　上个五月我在学校时，学校的主要入口就已经安装了金属探测仪，我只能推测这和我有关。安雅，这不失为一种留下标记的方法。

　　我径直走向校长的办公室，罗斯先生在那儿迎接我。"很高兴见到你，"罗斯先生对我说道，"你马上就能见到校长了。"

　　办公室熟悉的气息几乎让我无法忍受。这是我得知我哥哥射击尤里·巴兰钦的地方，这是我被指控对盖布尔·阿斯利下毒的地方，这是我遇见温的地方。

　　校长把头伸出门外："进来吧，安雅。"

　　我跟着她走进房间里，她关上了我身后的门。

　　"很高兴你没有在公交车事故中受伤，"校长开口道，"我必须要表扬你。我在新闻中看见你在采访中表现得很不错。"

　　"谢谢。"我说道。

　　"安雅，我们算是老相识了，所以我不打算在这里兜圈子。一名匿名的捐赠者对圣三一捐赠了一笔巨款，唯一的条款是允许安雅·巴兰钦继续完成学业。"

　　"我……不知道此事。"

　　校长看着我的眼睛："真的吗？"

　　我回应着她的凝视："是的。"

　　"这个捐赠者，如果不是你或者你家族中的某人，那么就是因为他或她声称在新闻中看到了有关你的采访并对你印象深刻，这个人对你的评价是'优雅'。捐款数目是如此之大，董事会和我都认为在没有和你谈谈之前，我们不能简单地视而不见或者全数返还。你也知道，没有人想让你的枪和毒品回到校园里。"

我点点头。

"你有没有找到另外一所学校？"校长谨慎地问我。

"没有。我试过的其他学校也是像你这么看我的，另外，我是毕业班学生，所以……"

"是的，我猜这会让事情更加复杂。我们也不会接受插班毕业生。"校长靠在椅子上，叹了口气，"如果我让你回来，你的自由必须被严格限制。安雅，我也要对其他孩子的家长负责。每天早上，你需要到我的办公室，罗斯先生会查看你的包，还会对你搜身。此外，你不能参加课后活动、社交或者业余活动。你能忍受吗？"

"是的。"此时我几乎会答应任何事情。

"违反任何一条的后果就是立即开除。"

我告诉她我明白。

校长皱起眉头："这是一场公关危机。换作你是我，你会对其他孩子的家长怎么说？"

"首先也是最重要的一点，圣三一是一所天主教学校。天主教学校必须践行宽恕。在其他学校不要我的时候，你给予了我宽容。"

校长点点头："听起来说得通。你一点都不要提捐赠的事情。"

"当然。"

"你还想回来吗？"校长缓和了语气，比以前亲切了些，"对你来说，圣三一的日子确实算不上幸福时光吧，不是吗？"

我告诉她实话："我很爱圣三一。如果我之前看起来不是那样的，我很抱歉，校长。尽管发生了这么多事，它仍然是我人生中一如既往美好的地方。"

"明天见，安雅，"校长顿了好一会儿，才说道，"别让我为此而后悔。"

我回到家，给吉卜林先生打电话，看看向圣三一捐款的人是否是他。

"我对此一无所知，"吉卜林先生说道，"我按免提了，这样西蒙也能听到。"

"现在怎么样了？"我问西蒙·格林。

"好多了，"西蒙回答道，"校长说了捐赠数目有多大吗？"

"只说了相当大。"

"安雅，小心点，有人或许怀有不可告人的动机。"吉卜林先生警告我。

我问吉卜林先生是否建议我回去。

"事实上，我们别无选择。"吉卜林先生长叹一口气，"我只是想让你多留意那些看起来反常的事情。有人想要你回到圣三一学校，这个身份和动机成谜的人让我有些紧张。"

"我会小心的。"我答应道。

"不必让我说你要和温·德拉克罗瓦保持距离了吧？"吉卜林先生又说道。

我发誓说我会的。

"安雅，高兴吗？"西蒙·格林问道，"你会和你的同学一起毕业。"

"我想是的。"我说道。而且，在很长一段时间里，这是我第一次感到快乐，哪怕只有一点点。

那晚，我打电话给斯嘉丽，告诉她我要回来了。我不得不把电话从耳朵旁拿开。（读者们，我发誓你能听到斯嘉丽的尖叫声响彻布鲁克林。）

接下来，我回到了圣三一学校。除了日常的搜身以外——罗斯先生和我正发展出一种相当亲近的关系——就好像我从未离开似的。

好吧，还是有些变化的，有些变好了，有些则不然。在没有我拖后腿的情况下，斯嘉丽的剑术绝对有所提高。纳蒂现在在高中部的教学楼上课，所以，我一天能看见她好几次。温和我同班，FS三班，他与艾莉森·惠勒形影不离。他对我很友好，但是保持了距离。午饭时，我跟斯嘉丽和盖布尔一起，尽量显得不那么像电灯泡。但是，好吧，生活中肯定会有比电灯泡更糟的事情吧。比利先生宣布校剧剧目是《罗密欧与朱丽叶》，斯嘉丽建议我去试试，我很高兴地告诉她学校禁止我参加这种课外活动。

这不算是忍痛割爱。尽管前一年我在《麦克白》中成功饰演了女巫首领，但我并不是演员，另外，我这辈子已经经历了太多的戏剧性事件了。

我恪守对吉卜林先生的诺言，时刻留意那些阴谋的痕迹，但是我一无所获。或许是我不想看到任何东西。你或许能想起，我还对过去犯下类似的错误感到内疚。我忽视了来自米基·巴兰钦的消息，而我本不该忽视的。在我的辩护过程中，我也漏掉了很多工作，我想，总会有足够的时间让我得到自己与生俱来的权利。

回学校大概有两周的时候，我在图书馆遇见了艾莉森·惠勒，那时我正在用午饭时间完成一个补考测试。图书馆是少数拥有纸质书的地方，尽管没有人看它们。这些书在这里的真正用途是装饰。

夏天的时候，艾莉森剪掉了红色的公主头，换成了现在的"精灵头"，这让她的绿眼睛显得异常大。她坐在我对面的位子上。我们很早就彼此认识，但我不记得我们曾经有过交谈。

"这儿错了。"她指着我的答案说道。（你或许能想起她是班上的第一名。）

本能地，我把平板电脑朝自己拉了拉，我可不想因为作弊被赶出去。

"你难得一个人,"艾莉森评论道,"你总是和斯嘉丽、盖布尔或者你妹妹一起,要不就是在校长办公室接受检查——他们是这么做的吧?"

我没说话。

"要我说,"艾莉森·惠勒对我说道,"有时候,事情不合理是因为它们本身没道理。"她绿色的眼睛平视着我。

我关上平板电脑,把它塞进书包。

"我觉得温和我应该与你们一起吃饭,我认为这是我们该做的。"

"为什么?这样就能把我曾经爱过的男孩和他的新女朋友看个够?"

艾莉森仰起头,仔细地看着我。"你这样认为?"她过了一会儿说。

"是的。"

艾莉森点点头:"这也难怪。是我太鲁莽了。"

我一言不发。

"我觉得或许温有好朋友的陪伴是好事。安妮,他父亲的竞选对他来说是个难题。"

我不想让她叫我安妮。我开始不喜欢艾莉森·惠勒这个人了。

第二天,我的测试得了个B,温和艾莉森加入我们的饭桌。

尽管我试图劝阻艾莉森·惠勒，但午餐的气氛确实比只有盖布尔和斯嘉丽更加活跃。斯嘉丽不那么无聊了，盖布尔不那么沉闷了。艾莉森·惠勒虽然很古怪，但同样沉着、聪明。还有温，好吧，你现在知道我对他的感觉了，我已经把我的情绪说得够明白了，或许还夹杂了些感伤。可以肯定地说，自从那天在医院见面之后，这是我和温离得最近的时候了，你可能认为这对我来说是煎熬，但情况并非如此。看着温和他的新女朋友比我想象中要容易。

直到这个星期五，我还没有单独与他相处过。其他人因为某种原因早早地离开了餐桌，就剩我们俩，只隔着几盘吃剩的烤宽面条和一张粗糙的木质餐桌。

"我该走了。"他说道，但他没有动。

"我也是。"我表示同意，但我也没有动。

"你肯定——"他开口道。

"那——"我同时说道。

"你先来。"他说道。

"我是想问问你父亲竞选的情况。"我说道。

温轻笑道："那可不是我想说的，但既然你问到了，我就说说，我觉得爸爸会获胜。"他看着我的眼睛，"你或许鄙视他吧。"

我对查尔斯·德拉克罗瓦的感觉和对他儿子的感觉几乎一样复杂。某种程度上，我钦佩温的父亲。他是一个值得尊敬的对手，但是我同样恨他。对某人的儿子说这话似乎不太礼貌，所以我决定一言不发。

"我希望我能够去恨他，但他是我的父亲。"温说道，"我想，尽管发生了这么多事情，他仍是一名非常优秀的地区检察官。竞选活动……"他的声音变小了。

"什么？"

"他们看起来似乎要一直针锋相对下去，但是总有结束的时候。"突然间，温绕过桌子握住了我的手，我马上抽了回来。

"朋友之间不能握握手吗？"他问道。

"你知道我不能握你手的原因。"

我站起来，抓起我的餐盘。我将餐盘猛地扔到通向厨房的传送带上，一点酱汁溅到了我的毛衣上。

铃声响起。我正要离开餐厅，突然感觉到一只手搭在我的肩膀上。我转身，是劳博士，我的法医学老师。她是去年春天唯一一位在我的辩护中发言的教职工，也是唯一一位对我的回归感到高兴的教职工。"安雅，"她说道，"我不会这样做的。"

"不会做什么？"我天真地问道。

我赶去上20世纪历史这门课，我们才刚刚开始研究导致第二次禁令的事件，其中几个加粗的名字我很熟悉。

04

惊喜与惊吓

　　星期五的晚上，我计划待在家里，但斯嘉丽非要我跟她和盖布尔一起出去。"你从自由管教所回来就没出去玩过，"在从学校骑车回家的路上，她对我说道，"你不能把所有时间都耗在家里，陪着纳蒂和伊莫金。我们好好打扮下，然后去个老地方。你堂叔胖子那儿怎么样？"

　　除了小埃及，我哪儿都不想去。

　　"或者，你也许更想去小埃及？"斯嘉丽问道。

　　"还是胖子那儿吧。"我说道。

　　"我就知道你会这么说。我们晚上8点在那儿碰面。还有，安雅，"我们分开前她补充道，"别穿校服！"

　　7点30分左右，我打扮了一下，上了辆出城的公交车。

　　"嘿，孩子，"胖子和我打招呼，"你的朋友们在里屋。"

自从我上次见他以来，胖子已经瘦了很多。"你瘦得只剩皮了。"我说道。

　　"不吃甜食了。"他告诉我。

　　"可可也不吃了？"

　　"是的，一点也不吃了，安妮。"

　　"或者我们该给你换个外号了。"

　　"别，现在有点讽刺意味也不错。"

　　我走进里屋。

　　"惊喜吧？"

　　这地方挤满了人，我花了一秒才意识到我认识这儿的所有人。斯嘉丽、盖布尔、纳蒂、伊莫金、米基和索菲娅、吉卜林先生和他的夫人、西蒙·格林、沙伊·品特，还有几个同班同学。就连艾莉森·惠勒也来了，尽管她是一个人。

　　你也知道，我不是惊喜派对和特别聚会的忠实粉丝。尽管如此，我还是忍不住要感谢有这么多人为我而来。斯嘉丽走出来亲了亲我的脸颊："如果你回到圣三一连一个派对都没有，我算哪门子挚友啊？"

　　我四处走着，和他们每一个人交谈，感谢他们的出席。

　　"温非常想来。"艾莉森·惠勒在我耳畔低语道。

　　在房间的后面，与其他人离得有些远的地方，米基和索菲娅·巴兰钦站在那儿，他们在和第三个人谈话。我之前怎么没有注意到他呢？

"大野友治！"我喊道，不管不顾地抱住了他。毕竟，他救了我哥哥的命。

他害羞地朝我笑。

"你在这儿干吗啊？"

"当然是公干啊。"他说道。

"你如果回过我电话，就会知道他要来。"米基·巴兰钦责备我说。

大野友治看了我一眼。我能感觉到他对我的失望。

"解决高中入学问题所花的时间比我想的要长。"我解释道。就算这么说，我还是知道这听起来有多苍白。

我转向大野友治，想问问我哥哥的情况，但又不想当着米基和索菲娅的面问。"你明天能来公寓看我吗？"

"我不知道是否有时间。"他说道，"我在城里只待三天，日程不太灵活。"

"那我去看你吧。你住哪里？"

"我会尽量去看你的。"大野友治淡淡地说道。他没有告诉我他住在哪里，因为他并不完全信任我，而我可是一辈子都信任他的，这让我感到恼火。

"让这孩子休息下，友治。"索菲娅戏弄他道。

我不喜欢被当成一个孩子。"要来就来，不来就算了。"我说道，转向米基，"你爸爸怎么样了？"

"随时有可能去世。"米基低声说。此时此刻，索菲娅用她的大手握住了米基的小手。

我对他们三人的前来表示感谢，接着我去和西蒙·格林聊天，他并没有融入这场派对的气氛中。

"你看起来相当痛苦。"我对他说道。

西蒙·格林笑道："派对真不是我的菜。"

"也不是我的，"我说道，"你的理由是？"

西蒙·格林取下了他的眼镜，用袖子擦了擦："恐怕是因为我的童年非常孤独，以致我从来不习惯和人们在一起。"

"恰恰相反，对我而言，周围从来就不缺人。我将这称为中间儿综合症[1]。"

西蒙·格林朝着屋子的角落扬扬下巴："那个人是大野友治？"

"是的。"我不想谈论有关他的事情。

"那又是谁？"他指着艾莉森·惠勒，她正和一个我在历史课认识的女孩跳着舞。

"啊哈，她就是我前男友的新女友，我们是朋友。心存芥蒂是不成熟的表现。"

"她？"西蒙·格林难以置信地问道，"我们说的是那个剪了'精灵头'的红头发女孩吗？"

"是的，就是她。"我顿了一下，"为什么不会是她？"

1　中间儿综合症（Middle-child syndrome），心理学名词，指家庭里排行老二或排在中间的孩子容易被忽略或被排斥。

"只是有点儿出乎我的意料。"我试着引导他解释其中缘由，西蒙·格林却惜字如金。

我继续挨个儿感谢。不知不觉间，已经是夜里的11时20分了，只剩斯嘉丽与盖布尔还在。斯嘉丽叫我回家，但我还是留下来了。我知道盖布尔不太会帮忙清理这里。

"不算太糟吧？"斯嘉丽问我，"今晚你不会恨我吧？"

"当然不会了，你这个傻丫头。"我亲了亲斯嘉丽的面颊，"有谁能比你对我更真心呢？"

"太感人了，"盖布尔酸溜溜地说，"请问我们现在能回家了吗？"

我问斯嘉丽愿不愿意和我坐公交车回家，她告诉我她今晚准备和盖布尔在一起。

"斯嘉丽！"我内心深处的天主教女生对此感到震惊。

"不会的，没事。"她坚持道，"盖布尔不喜欢我晚上在郊区逛，他父母不介意我用空房间。"

现在已经不早了——还有十分钟就到城市宵禁了——胖子堂叔坚持要看着我回上东区。

我们在等车的时候，一辆黑色汽车在公交站停了下来。车门开了。有那么一秒，我以为自己会被射杀，如果这样，一切都结束了。（但这才第二卷第六十九页，所以肯定不会是结束。）

胖子的手伸进了口袋。我想，万不得已，他只能开枪还击了。

大野友治探出车外："安雅，上车？"我向胖子点点头，让他放心，然后上了车。

那天晚上我喝了几杯咖啡，想借此幻想自己成为耀眼的派对焦点。我一坐下就感觉身体里的咖啡因开始作祟，心跳得像蜂鸟一样。我难掩激动之情，变得大胆又紧张不安，此刻我觉得自己更像斯嘉丽一些。"我认为你在生我的气。"我对他说道。

"是的，"他说道，"气得不行。"我不确定他是否是认真的。

"我哥哥怎么样了？"我问道。

"很好。"友治向我保证，"我有个礼物要给你，不过你要先告诉我你怠慢米基·巴兰钦的原因。"

爸爸常常说只有失败者才找借口。"从自由管教所回来后生活比我想象的要艰难得多。"

"你是说再找一所学校？"大野友治做了个鬼脸，"谁说你一定需要一张毕业证书的？"

"你宁愿我不去上学，变成一个傻瓜？"

"我不是这个意思。但是你需要学的东西，在学校里学不到。"

"每次我见你，你都对我长篇大论。"我抱怨道。

"这是因为我还对你有期望，安雅。我想你也同意我为你付出了很多。"

"是的，友治。"

"你可是我的投资。"

"但我不属于你。"

汽车刚刚经过公园的东南边。友治把手伸进口袋。他握住我的手，掰开手指，在我的掌心放了一只木头小狮子。

"这是利奥做的吗？"我静静地问道。

"是的，他开始雕刻了。"

我看着这只狮子，我的小奇迹。利奥触摸过它。利奥是安全的。我向友治笑着，忍住不哭："他擅长这个。"

我转过身来感谢他。我正要亲他脸颊的时候，汽车却驶过路面的一个凹坑，结果我亲上了他的嘴巴。这可一点都不浪漫，我们的牙齿撞到了一起。"我很抱歉，"我说道，"我的目标是你的脸颊。结果遇上了个凹坑，你知道的，在这座城市到处都是！"

友治涨红了脸。"我知道，安雅。"他漆黑的眸子望着我，"你才不会去亲一个像我这样的老人的嘴唇。"

"友治，你可不老。"我反驳道。

"和你比起来，我算是了。"他转过头望向窗外，"另外，我听说你和你男朋友还在秘密交往。那个政治家的儿子。"

我直起身："什么？这绝对不是真的！谁说的？"

"米基和索菲娅猜的。"

"他们完全不了解我的情况！他们应该管好自己的嘴巴。"

"你回到了你以前的学校，是吗？"友治问我。

"那只是因为没有其他地方会要我。友治，我不可能和温在一起。而且你应该知道，即使是被人怀疑和温在一起，对我来说也可能是灾难。"

友治耸耸肩。他或许是我认识的人中最令人不爽的了。

"索菲娅·比特是你的女朋友吗？"我问道。

友治对我笑道："今晚是考古之夜吗？"

"这可不算是回答。"

"这么说吧，她是我在学校里的朋友，"友治停了好一会儿才说道，"她是我在学校里最好的朋友。"

"在婚礼上你为什么不告诉我？"我问道。

"它无关紧要。"

"那么我的私人生活也无关紧要。"

我们在沉默中驶过麦迪逊大街。

我握紧手中的狮子，任由它的边缘和瑕疵部分刻进我的皮肤。友治把手放在我的拳头上："你看，我们的生命是彼此相连的。"

他的手冰凉，但不是很令人难受。

车停在了东九十号街，我住的地方。我打开车门。

"对于我们的争论，我很抱歉，"他说道，"我……事实上，我视你为……我自己的一部分。尽管我不应该这样想。"

我从车里出来，往楼上走。我走进纳蒂的屋子。她已经睡着了，但我还是叫醒了她。

"纳蒂。"我低声说道。

"什么？"她睡眼蒙眬地问道。

我伸出手掌，让她看到这只木狮子。

"利奥？这是利奥做的，是不是？"她的眼睛变得明亮、机灵起来。

我点点头。

她接过木狮子，亲了下它的头："我们还能见到他吗？"

我告诉她，但愿如此。接着我就上床睡觉了。

当我被一阵砸门声惊醒时，我还没有完全睡着。"警察！"

时钟显示凌晨5点12分。我披上睡衣，向门走去。我从门镜中向外看去，确实，有两名穿制服的警察站在那儿。我打开门，但还是挂上了安全链："有何贵干？"

"我们来这儿找安雅·巴兰钦。"其中一名警官说道。

"我就是。"

"我们需要你打开门，小姐。我们来这儿是带你回自由管教所的。"警官继续说道。

我迫使自己冷静下来。纳蒂和伊莫金在我背后的走廊里惴惴不安。"安妮，发生什么事了？"纳蒂问道。

我没有理会她，我必须集中精神。"理由是什么？"我问警官。

"你违反了你的释放条例。"

"违反了什么条例？"我追问道。

警官说他不知道——指示只说带我回自由管教所："小姐，我们需要请你和我们走一趟。"

我告诉他我会出来，但需要一会儿时间换衣服。

"五分钟。"警官说道。

我关上门，走出了走廊。我试着分析我的选项。我跑不了，除了自杀，没有其他路可以从公寓出去。另外，我也不想逃跑，就目前的情况，我猜测可能是某种误会导致的。我决定和警官们走一趟，消除这个误会。伊莫金和纳蒂站在走廊的尽头，她们两个似乎在等我的指示。"伊莫金，我需要你给吉卜林先生和西蒙·格林打电话。"

伊莫金点点头。

"我该怎么做？"纳蒂问道。

我亲了亲她的头顶："别担心。"

"我会为你祈祷。"纳蒂说道。

"谢谢你，亲爱的。"

我跑回卧室，取下项链，换上校服。接着跑到浴室，花了几秒刷了刷牙，洗了下脸。我看着镜中的自己，告诉自己，你很坚强，上帝不会将你无法承受之事强加于你。

我又听到砸门声。"时间到了！"警官叫道。

我回到门厅，纳蒂和伊莫金还没缓过神来。"我们很快会再见的。"我对她们说道。

我走到门前，放下安全链，推开门。"我准备好了。"我说道。

那名警官拿着一副手铐。我知道会发生什么事情，伸出了手腕。

到了自由管教所，我已经是常客了，所以没有被带到接收间。他们甚至没有让我换上自由管教所的制服，相反，我被一个我不认识的管教所守卫带着，走向了一条走廊。

沿着走廊走着，我们经过了几段楼梯。

我认出了这条路，它只会通向一个地方。

地下室。

我之前来过这里一次，那次几乎要了我的命，或者说，至少也让我崩溃。

我差不多能闻到粪便和发霉的味道，恐惧蔓延到我的内心。我蓦地停住了。"不，"我说道，"不，不。我要见我的律师。"

"我只是奉命行事。"守卫冷冷地说道。

"我以我去世的双亲发誓，我一直安分守己。"

守卫用力推我，我跪倒在地。我能感觉到双膝摩擦着混凝土。这里漆黑一片，恶臭熏天。我暗下决心，假如我站不起来，他们就无法让我走下去。

"女孩，"守卫说道，"如果你不站起来，我就打晕你，扛着你走。"

我双手紧握。"我站不起来。我站不起来。我站不起来。我站不起来。"我苦苦哀求，"我站不起来。"我抓住了守卫的腿，尊严早已抛诸脑后。

"请求援助！"守卫呼叫道，"犯人现在不配合。"

不一会儿，我感到注射器扎进了我脖子一侧。我没有昏过去，但思绪变得一片空白，仿佛烦恼已经离我而去。守卫把我甩在肩膀上，就好像我轻如鸿毛，然后他带着我走下了三段楼梯。他把我放到狗笼里时，我几乎没有感觉。在我最后失去意识的时候，笼门刚刚关闭。

我醒来时，身上的每一个部位都隐隐作痛，校服也不幸湿了。在关着我的小笼子外面，我能看见相互交叠的、裹着昂贵羊毛料裤子的腿和穿着锃亮皮鞋的脚。我想知道这是不是幻觉——我从来不记得在地下室里有任何灯光。一道闪光灯向我移动过来。"安雅·巴兰钦，"查尔斯·德拉克罗瓦向我打招呼，"我等了十分钟你才醒来。你要知道，我可是个大忙人。这里真是个糟糕的地方，我得记住要把这儿给关了。"

我的喉咙发干，可能是他们给我注射了什么药的原因。"现在几点了？"我怒吼道，"今天几号？"

他从栏杆之间递过来一杯热水，我贪婪地喝了起来。

"凌晨两点，"他告诉我，"星期天。"

我睡了大概有二十小时。

"我在这儿是因为你？"我问道。

"你太看得起我了，就不能是我儿子吗？或者是你自己，或者是某些大人物，又或者是你珍视的耶稣基督？你不是个天主教徒吗？"

我没有回答。

查尔斯·德拉克罗瓦打了个哈欠。

"这么长时间没睡了？"

"相当长。"

"那还真是谢谢你百忙之中抽空了。"我挖苦道。

"好了，安雅，你和我通常能对彼此坦诚相待，所以就直奔主题吧。"他从口袋里拿出了一个平板电脑并启动，然后把它递给了我，上面是一张我和温在圣三一餐厅的照片，温的手伸过桌子抓着我的手。这是在星期五拍的。他抓着我的手有多长时间？在我抽出来之前也就两秒吧。

"事情和看上去的不一样，"我说道，"温正跟我握手。我想，我们正努力成为……朋友。那只不过是一瞬间的事情。"

"我的确相信你，但不幸的是，这个轻率的行为足够被某人拍到了。"德拉克罗瓦说道，"到星期一，就会出现一则名为'查尔斯·德拉克罗瓦与暴民有联系：他和谁认识？这对于选民来说意味着什么？'的新闻报道，再配上这幅图，无须多言，这是我不想看到的，你也一样。"

是的，我能想象。

"那笔给圣三一学校慷慨的匿名捐赠——"

"和我没关系！"

"安雅，我知道和你没关系。你就没有怀疑过是谁捐的钱吗？"

我摇摇头，他们在我脖子上注射的地方钻心地疼了起来："实际上，德拉克罗瓦先生，我不在乎。我只是想回到学校。我也去找过另一所学校，但是由于我的持械指控，没人愿意接收我。"

查尔斯·德拉克罗瓦面带怜悯地嘀咕道："我们的系统机制确实让假释人员很难过上正常的生活。"

"谁捐的钱？"我问道。

"钱是——"他戏剧性地停顿了一下，"贝莎·辛克莱之友（一个协会）捐的。"

"贝莎·辛克莱？"熟悉的名字，如果不是我脑子现在还有些混乱，我或许能想起来。

"哎，安雅，我太失望了。你一点不关注竞选吗？贝莎·辛克莱女士是竞选地区检察官的独立党候选人。照这样下去，她甚至有可能击败我。"

"太好了！"

"听到你这么说真是太伤我心了，现在的你真残忍。"德拉克罗瓦说道。

"到底是谁在狗笼里？这个笼子连狗都住不下！"

"言归正传，在不幸的公交车事故发生后，可爱的贝莎的竞选活动开始起势了。顺便说一句，很高兴你没事。你大概知道这个势头从何而来吧？"

我慢慢地点点头。就像吉卜林先生说的那样："因为新闻又将你我和温的名字联系在一起。我们的关系让你有腐败的嫌疑，而你应该是廉洁先生。"

"答对了，你是我所知道的最聪明的十七岁女孩了。所以这些不算太蠢的'辛克莱之友'，提出了一个计划，让你和我那倒霉孩子再次相聚。他们等待时机，好拍下你们俩。一个吻或一次约会。但是你和温之间并没有发生这些，所以他们只能拍到他们能看到的。一个轻率行为的一瞬间：温的手伸过桌子抓着你的手。"

我的脸颊随着记忆的铺展变得发烫，幸好灯光不是太亮。

"坦白说，我很惊讶他克制了这么久。温从来不是一个自制力强的孩子，他像他妈妈——非常感性，毫不理性。亚历克莎，他的姐姐，就像我，勇敢而且理智。她也像你。说实话，或许这就是温被你深深吸引的原因。"

我无言以对。

"所以，总结一下。每次报道你和温的新闻时，辛克莱的人不需要说些什么，媒体就会暗示我是腐败分子。"

"但是现在已经结束了啊，"我反驳道，"照片明天公开，然后就结束了。你会受到一些非议，随后每个人都会忘记它的。"

"不，安雅。这只是开始。他们会每天在放学后守候你，他们会尝试在课堂上抓拍你。你的同学们，他们年少无知，会想办法满足他们的要求的。对他们来说，不需要温抓着你的手这种重复的剧情。他可以站在你身旁。他会被发现和你在同一栋楼。这张照片改变了游戏的玩法，你看不出来吗？"

"但是温有女朋友！你就不能告诉他们吗？"

"他们会说照片不会说谎，而且艾莉森·惠勒就是一个幌子。"

"一个幌子？"

"一个冒牌货，一个谎言。她是我的竞选团队为了让你和温看起来没有在一起而雇用的。"

"但是我没有和温在一起！"

"我相信你。如果民意调查的结果表现得更好些……"查尔斯·德拉克罗瓦用他疲惫的双眼看着我，"我已经想过要做些什么才能彻底结束这起事件，而这也是我唯一能想出来的办法。"

"把我扔回这儿？但是我并没有违反我们的约定！你不能因为某人和你儿子约会就监禁她吧。我要让吉卜林先生告诉媒体，这样让你看起来像一个怪兽！"

查尔斯·德拉克罗瓦似乎没有听我说话："但你离开自由管教所以后，已经违反了几条法律，不是吗？"

他把平板电脑朝向我。第一张是我在星期六市场换巧克力的照片。接着，第二张是我在胖子那里喝咖啡的照片。最后一张是我从大野友治车里出来的照片。照片的时间都是凌晨12点25分，换句话说，宵禁开始了。所有的这些都属于性质轻微的违法行为。倒霉的是，坐在我对面的正是轻微违法的执法之王。

"你一直在跟踪我！"

"我需要有预防措施，以防你没有遵守我们的约定。无论是否犯错，你都会被认为是犯罪分子。你知道的，只有当你不继续犯罪了，你所受到的轻微的三个月判决才成立。如果我把你送回自由管教所一年，两个问题都会迎刃而解。其一，没有人可以说我对你徇私；其二，你和温的故事就到此结束了。"

"我不能在这儿待一年。"我低声说道。

"六个月怎么样？那时选举应该彻底结束了。"

"不行。"我不会在查尔斯·德拉克罗瓦面前哭出来，"我就是不能。"

"作为交换，我可以保证没人去找你妹妹的麻烦，如果你担心的是这个的话。"

"你在威胁我吗？"我问道。

"不是威胁，协商而已。我们在这里协商，安雅。别忘了，我确实有正当理由送你回自由管教所：持有巧克力、消费咖啡因、违反宵禁。"

我感觉我像一头困兽。

我就是一头困兽。

尽管想和吉卜林先生说话，但我隐约知道他对此无能为力。我一直不走运，是的，我也一直非常愚蠢。"选举是十一月的第二周结束。为什么不让我在圣诞节出来？那就刚好是三个月。"

查尔斯·德拉克罗瓦考虑了下我的提议。"那就四个月吧，一月底是更好的选择。如果你在选举刚结束后的那个月就抛头露面，可能会引起不必要的麻烦。"

我点点头。查尔斯·德拉克罗瓦从栏杆之间向我伸出手，过了一会儿，我才握住了它。我的手腕剧痛无比，于是把手缩了回来。

查尔斯·德拉克罗瓦站起来："很抱歉让你来这里，我保证你不会再被送到这儿了。我只是想确保我们能在不被监视的情况下进行交谈。"

"谢谢。"我虚弱地说。但我知道他在说谎，送我来地下室无疑是一种非常特殊的威胁形式。

在离开之前，他转身并弯下膝盖，这样我们就能面对面了。"安雅，"他低声说道，"为什么你不能让我们俩的生活都轻松些呢？消失一年，去看看你俄罗斯的亲戚？我知道你有朋友在日本，像你这样的女孩或许朋友遍布全世界。"

"纽约是我的家，我想高中毕业。"我无力地说道。

"你的律师绝不应该让你回到圣三一学校。"

"吉卜林先生是不想我回去。所有发生的事情，都是我自己一手造成的，我本该提高警惕。"

"不算公交车事故，"德拉克罗瓦说道，"这实在是不走运。我的意思是，对我们都如此。"

"尤其对那个被撞死的女孩。"

"是的，你说对了，安雅，尤其是对她。她的名字是伊丽莎白。"查尔斯·德拉克罗瓦从栏杆之间伸手摸了摸我的脸颊，"这里危机四伏，遍布着无数个深渊。如果你不小心在一两周内失足，落入了其中一个，恐怕就会消失了。"

"你想吓唬我。"

"恰恰相反，我在试着帮你。"

我开始明白他的意思："我怎么才能回来？"

他站起来，拿着他的热水瓶："你在纽约有一个将要成为新一任地区检察官的朋友。一个认为禁令法是一个难以置信的错误，除了毁灭生命别无他用的朋友。一个记得你救了他儿子一命的朋友。一个一旦这该死的竞选活动完成就能更好地帮助你的朋友。"

"我们可不是朋友，德拉克罗瓦先生。"

查尔斯·德拉克罗瓦耸耸肩："此刻或许还不是。但等你活了和我一样长的时间，你会欣然接受这个看法：去年的敌人，今年的朋友。晚安，安雅·巴兰钦，保重。"

大约在德拉克罗瓦离开十五分钟后，一名警卫前来，带我去了接收间。即使是将近凌晨三点了，科布拉维克夫人和亨舍恩医生还在等着我。"很遗憾看到你回到这儿，安雅，"科布拉维克夫人说道，"但是我对此并不感到意外。"

科布拉维克夫人看着她平板电脑上我的档案："我的天哪，违反多项假释条例。你可干了不少事情啊：消费咖啡因，违反宵禁和交易巧克力。"

我沉默不语。

"你不能学着遵纪守法吗？"

我还是一言不发。我实在是太累了，我想我快崩溃了。

"那我们不妨开始吧。安雅，请脱掉你的衣服接受去污处理。"科布拉维克女士命令道，她转身对亨舍恩医生说，"恐怕这些衣服只能丢弃，它们实在是太脏了。"

我弯下腰准备脱下裙子。弯腰时，我感到胸口一阵奇怪的疼痛，接着我就跌倒在地板上，头撞在瓷砖上。腹部的肌肉剧烈地抽搐，我开始呕吐。亨舍恩医生跑到我身边。"她的心脏在猛跳，脸色发青，我们需要把她送到医务室。"

接下来的事情就是，我躺在一张轮床上，被推着横穿自由岛，来到了医疗区。我之前没来过这儿，但与岛上其他的地方比起来，这里出人意料地干净和现代化。一位医生剪开了我的圣三一校服，接着把传感器放在了我赤裸的胸部上，我甚至没有感觉到尴尬。然后，在二十四小时内，我第二次晕了过去。

第二天醒来时，我试着坐起来，但手腕被铐在了床栏上。

一名医生走进房间："早上好，安雅。感觉怎么样？"

我想了想这个问题："剧烈疼痛，筋疲力尽。但总的来说，还没那么糟。"

"很好，很好。你昨晚心脏有些异常。"

"就像心脏病发作？"

"差不多，但轻微得多。你的心脏没有任何问题。你有过敏反应，这可能是你吃的东西引起的，也可能是有人悄悄给你下了什么药，幸好它的剂量不足以杀死你。等到毒理学报告出来，我们才能确定这一点。也可能只是单纯因为压力过大，我想你最近一直处于压力之下吧。"

我点点头。

"以防情况变糟，至少在接下来的几天里，你需要待在这里接受监控和检查。"

"在周六凌晨，我被自由管教所的守卫注射了镇静剂。难道是因为这个？"

医生摇摇头。"我表示怀疑——时间上确实说不通——尽管知道这个还是有帮助的。所以好好休息一下，巴兰钦小姐。走廊里有几个人迫不及待地想见你，如果你感觉还好，我就去告诉他们现在可以进来了。"

我尽可能地调整好在床上的坐姿，整理好我的住院服，盖住了身上的重要部位。

吉卜林先生、西蒙·格林、斯嘉丽、伊莫金和纳蒂来到了房间里。他们被告知的是官方说辞——我因犯下一些微不足道的罪行而违反了释放条例。不出所料，纳蒂小声哭着，而斯嘉丽是号啕大哭，接着我要求除吉卜林先生和西蒙·格林外的所有人离开。我简明扼要地向他们复述了我和查尔斯·德拉克罗瓦之间的对话，西蒙·格林叹了口气，吉卜林先生站起来用拳头重重地敲了下桌子。

"这样很多事情就能解释得通了，但我还是对他们拿咖啡和宵禁做文章感到奇怪，"西蒙·格林说道，"那么，你打算怎么办，安雅？"

"我觉得我应该离开纽约。"我把话说出口的时候就决定了。

"你确定？"

"我不能待在自由管教所，天知道查尔斯·德拉克罗瓦会把我关在这儿多久。他现在说的是到1月，但我再也不相信他了。"更何况，我不知道自己能否挺过来。昨天晚上有人可能试图毒死我。我别无选择，必须得走。

吉卜林先生向西蒙·格林点点头："那我们帮你制订一个计划。"

西蒙·格林压低他的声音："照我说，把你弄出去的最好机会是你还在医院的时候。这之后，在自由管教所，我们就不能轻易接触你了。"

"我们主要需要做两件事情。首先是确定你从这儿出去的最佳方式，然后再决定你要去哪里。"吉卜林先生说道。

"日本？"西蒙·格林建议道。

"不，一定不要。"我不想让家族的其他成员直接和我哥哥有接触。

"巴兰钦家族的朋友遍布全世界，我们会找到合适的地方的。"吉卜林先生说道。

我点点头："当然，我还需要安顿好纳蒂和伊莫金。"

"当然，"吉卜林先生说道，"你走了以后，我保证西蒙·格林或者我每天都会探望她们。但显然，我觉得没这个必要。"

"如果我离开，我的亲戚们或者媒体开始对纳蒂感兴趣了呢？"

吉卜林先生思索了下："如果你愿意，我可以成为纳蒂的法定监护人。"

"你会为我这么做？"

"是的。很早以前我有过这个想法，不过我担心这会使我的业务复杂化。但自从加林娜去世以来，我一直在考虑这个可能性，并且我认为这是我帮助你的最好方式。去年我就想提出来，但是在利奥击中尤里·巴兰钦后，事情发展得如此之快。接着，你与查尔斯·德拉克罗瓦解决了问题，似乎又没有必要了。但这也许是一劳永逸地解决问题的最好办法。"

"谢谢你。"我说道。

西蒙·格林看着吉卜林先生："我们还可以把纳蒂送到州立或者国立寄宿学校，这在短期内可能更简单易行。恕我直言，斯图亚特，你心脏不好，申请的时机或许会引起人们的注意。"

一名护士走进屋子："巴兰钦小姐现在需要休息了。"

吉卜林先生亲了亲我的脸颊："我很抱歉没有给你更好的建议。"

"你尽力了，吉卜林先生。你告诉我不要回到圣三一学校，要避开温，是我不想听。我总是觉得自己很聪明，但是后来，才发现自己犯了这么多错。"

吉卜林先生握着我戴了手铐的手："这不完全是你的错，安雅。绝对不是。"

"我总是搞砸事情，什么时候我才能不这样。"

"你有一颗善良的心，还有一个聪明的大脑。但你毕竟还是个年轻人，所以这是必经之路。"

05

离开家乡

接下来的五天里，我被铐在床上，这段时间里，我盘算着逃离自由管教所的计划。在医院里，我的访客并没有受到严格的限制，这给了我极大的方便。或许有一天，我会感谢这个对我下毒的人。（是的，读者们，我被下毒了，如果我有时间来回答这个问题，投毒者是显而易见的。）

我的时间是这样度过的：星期二早上，第一个来看我的人是大野友治。"你的心脏怎么样了？"他朝我打招呼。

"还跳着呢。"我告诉他，"我以为你周一要走。"

"我找了个理由留下来。"他弯下腰，半跪在床边，嘴唇挨着我的耳朵，低语道，"西蒙·格林告诉我你想离开纽约。这是好事，我觉得你应该去对你事业有帮助的地方。"

"我不能去日本。"我说道。

"我知道，尽管从我的角度来说，我不希望如此。我有个提议。索菲娅·比特的家族在墨西哥西海岸有座可可农场。你可以坐船去那里，它与巴兰钦巧克力的联系不那么明显，没有人会想到去那儿找你。"

"墨西哥，"我说道，"我可是个城市女孩，友治。"一座墨西哥农场听起来离我熟悉的事和人都很遥远。

"你不觉得你爸爸会希望你去看看种植可可的地方吗？"友治问道。

我并不知道爸爸希望我将来做什么，甚至不确定自己是否在意他的想法。

"你不想知道这一切苦难的根源是什么吗？"友治在灰暗的病房里挥舞着戴着手套的手。

我告诉他，我从来就没有想太多。

"你信任我吗，安雅？"他握着我被铐住的那只手，"你相信我比任何人都为你着想吗？"

我考虑了下。是的，我决定了，我信任他，就像我信任所有人一样。

"我信任你。"我说道。

"那么你要知道，我不会轻易说要你去哪里的话。如果你知道一点可可种植的情况，有朝一日你在运营巴兰钦巧克力时会更加得心应手。对我来说，这会使你成为一个优秀的伴侣。我的意思是，商业上的伴侣。"他放下我的手，离我更近了些，"别害怕，安雅。"

"我没有。"我看着他的眼睛，"再也没有什么东西让我害怕了，友治。"

"温暖的气候加上明媚的阳光对你有好处，而且索菲娅家族非常和蔼可亲，你不会感到孤单的。如果你特别在意孤单，那我就随便找个理由去看你好了。"

我去什么地方真的有区别吗？我就要离开我熟悉的、唯一的家。"我不会说西班牙语。"我叹了口气。我在学校里只学过中国话和拉丁语。

"那里的很多人都说英语。"友治说道。

那就这样决定了。我在星期天黎明时分离开这里。

星期二下午，斯嘉丽来了，她一见我又开始哭。我告诉她如果每次见我她都要哭一次，就别再来了。她抽噎着，出乎意料地宣布："我已经和盖布尔分手了！"

"斯嘉丽，我很抱歉，"我说道，"发生什么事了？"

她举起她的平板电脑。屏幕上的标题是查尔斯·德拉克罗瓦两天前给我看的：查尔斯·德拉克罗瓦与暴民有联系，下面是我和温在餐厅的照片。

"我才是那个该抱歉的人，安妮。照片是盖布尔拍的，更糟的是，他把它卖了！"

"你什么意思？"

"他十八岁生日那天收到了一台长焦照相手机，"斯嘉丽说道（注：你可能还记得，未成年人不允许拥有拍照手机），"我昨天早上看到了那张照片，就知道是我们学校的某个人拍的。我不相信是我们的某个老师，这样范围就缩小到那些超过十八岁的孩子了。'谁会对安妮做这种事啊？'我问盖布尔，'谁会这么卑鄙啊？她过得还不够艰难吗？'他没有正面回答我。我就知道了，我就是知道！接着我用尽力气推他，他失去了平衡，摔倒在地上。我俯视着他，向他吼道：'为什么？'他说道：'我爱你，斯嘉丽。别这样！'我没理他：'回答问题，盖布尔，你到底为了什么？'最后，他叹了口气，说这并不是针对你或者温。他是为了钱。一星期前有人接触他，说只要他愿意给他们一张安雅·巴兰钦和温·德拉克罗瓦的照片，他们愿意付一大笔钱。盖布尔说因为你，他失去了很多，他的脚，他俊朗的面容。他认为是你欠他的，他想借此来粉饰他的行为。他还说就算他不拍，也会有其他人拍。"

说到这儿，斯嘉丽又开始哭起来了："我真是太傻了，安妮！"

我告诉她这不是她的错："我倒想知道他拿了多少钱！"

"我不知道，我恨他，我恨他入骨！"她站在门边，弯着腰抽泣着。我想安慰她，但手铐让我行动不便。

"斯嘉丽，到这儿来。"

"我做不到。我恨我自己，我让毒蛇又回到了你的生活。你警告过我要小心他。我只是没想到受伤的居然是你。"

"事实是，斯嘉丽，我不应该和温之间发生这种事情。"

"什么事情？你们只是在吃午饭。"无论何事斯嘉丽都站在我这边。

"温不应该抓我的手，我也不应该让它发生。我可能根本就不应该回圣三一学校的。盖布尔说对了一件事，相信我，无论盖布尔·阿斯利是否参与，总会有人拍下那张照片的。总有一天，我会搞清楚整件事情。"

斯嘉丽走近我的床边："你要知道我可没有掺和这件事。"

"斯嘉丽，我连想都不会这么想！"

斯嘉丽放低声音："我从来没有告诉他我们为利奥做的事情。"

"我知道你不会的。"

斯嘉丽微微一笑。突然，她穿过这间袖珍的病房跑到了厕所，吐了起来。我听见厕所冲水的声音。"我觉得我感冒了。"她一回来就说道。

"你该回家了。"我告诉她。

"我好一点再来看你，爱你，安妮。要不是怕你也得病，我就亲你了。"

"没事，来吧。"我说道。万一她没有在周日之前再来自由管教所，我希望我们有过一个正式的道别。

"好的，安妮。如你所愿。"

她亲了亲我，我抓住她的手："别因此自责了，斯嘉丽。我只是很抱歉那些伤害我的事情也让你感到悲伤。那次派对后，我说过……你真的是无论谁都会想要拥有的最忠诚和最真心的朋友。想想最近几年，我甚至无法想象如果没有你，我的人生会是多么黯淡无光。"

斯嘉丽脸上泛起红晕，正如她的名字一样[1]。她点点头，然后离去了。

这周剩下的时间过得飞快，几乎每个人都来看我，我们计划着逃离方案。

到了星期四，西蒙·格林和我已经计划好了。星期天早上，我将被送出医院。在星期六晚上或者星期天凌晨，最后一位护士检查完我后，我就下床，找到一条离开医院的路，然后翻过自由岛周围的围栏。那时，会有一条船把我送到埃利斯岛。在埃利斯岛，我会见到另一条船，这条船会带我去纽华克海湾，在那里，我将乘轮船去墨西哥西海岸。早上，当护士来把我转回到自由管教所的宿舍时，我已经走了。

西蒙给了我一把手铐钥匙的复制品，我把它藏在床单下的床垫边上。我们唯一需要解决的是如何避开走廊尽头的守卫。"你认识什么可以分散别人注意的人吗？"西蒙·格林问道。没办法，我想起了穆斯，想起她与我的约定，她说她可以完成"难搞"的任务。就算需要她的帮助，我还是不想让她因为我惹上更

---

1 斯嘉丽的英文名Scarlet又有"猩红色"的意思。

多的麻烦，但我没有其他选择。

我给她发了条消息让她来见我，当天下午，她来了。她有一只眼圈变成了黑色，我问她怎么了。

她耸耸肩，写了一句："一肘打在脸上了，林可干的。"

我告诉她我的需求，她点点头。动笔之前，她又点了点头。"我会想出办法的。我很荣幸你来找我，A。"她写道。

"一旦我走了，他们或许会查出是你帮我。这意味着你就不能在十一月释放了，明白吗？"

"我知道，没关系。我本来就没有什么地方可去。在这一两年里有个朋友总好过十一月时孤独一人，没有家也没有钱。"她写道。

"我觉得要你来帮我是一种自私的表现，"我说道，"我要求你留在这儿，而我却跑了。"

穆斯又耸耸肩："我们的情况不一样。我是一个罪犯，你可是一个名人。另外，他们很蠢，不会猜到的，总之你欠我个人情。如果你愿意在我身上赌一把，我也愿意为你放手一搏。大约凌晨两点是吧？"

"是的。等你被释放了，去找我的律师西蒙·格林。无论你需要什么他都会帮你。"

她写了个"OK"的符号。

"谢谢你，凯特。"我说道。

她弯下腰，溜出了房间。没有人看见她进来，也没有人看见她离开。我想知道这样一个安静的女孩，能指望她引起足够大的动静吗？

星期六早上，纳蒂和伊莫金来看我。她们对我的计划一无所知，我尽量将感情按捺在心中。拥抱纳蒂时我格外使劲，谁知道我什么时候还能再见到她。

西蒙·格林和我决定下午不安排访客了。我需要为漫漫长夜提前休息。

但我还是睡不着。我陷入焦虑，甚至无法通过走路让自己冷静下来。我开始希望我们没有告诉所有人不要来看我。

我看看钟，五点了。六点以后就不允许访客进来了。

我闭上了眼睛。

有人走进了房间，我还沉浸在一种半睡半醒的状态之间。

我翻了个身，看见了一个高大的男孩，他有着金色长发小辫和厚厚的黑眼镜。直到他开口，我才认出他来。"安妮。"温说。

"你看起来真蠢。"我告诉他，还是忍不住笑了，"你的拐杖呢？"

他走到我身边，我挣扎着坐起来，拉扯起他乱麻般的假发。

"我不想别人看出我是谁。"

"你不想让你父亲的情况更糟糕。"

"我是不想让你的情况更糟糕！"他放低声音，"爸爸说你明天要从医院转走。如果我坚持要见你，今天是最佳的时间。假如一定要做这种傻事，我至少应该伪装下。所以，就戴假发

了。"

我摇了摇头，想知道查尔斯·德拉克罗瓦对我的计划猜到了几分："他为什么要那样做？"

"我父亲就是一个谜。"

他把凳子拉到床边，揉了揉臀部。

"是盖布尔拍的照片。"我告诉他。

"我知道。"温说道，他低下头，"我不应该那么做的。我的意思是，在大庭广众之下握着你的手。"他说这些的时候，指尖摩挲着我的指尖。

"你无法知道这一切会发展至此。"

"我确实知道，安妮。我知道。我已经被我父亲、我父亲的竞选经理、艾莉森·惠勒，甚至你，警告过了。我不在乎。"

"'被艾莉森·惠勒警告'，你的意思是？"

温看着我："安雅，你还没猜到吗？"

我摇摇头。

"是我叫艾莉森·惠勒去图书馆找你的。"

"她为什么会这么做？"

"好吧，她是不想，但她知道我希望在你身旁。我说服她，因为盖布尔和斯嘉丽也在那儿，午餐会是足够安全的。"

我还是很疑惑："为什么你的女朋友会这么做？"

"安雅！别告诉我你没怀疑过！"

"怀疑什么？"

"艾莉森是我的朋友，但她也为我父亲的竞选而工作。他们问她是否可以在竞选期间假扮成我的女朋友，这样就看起来像是我已经把安雅·巴兰钦——你——忘掉了。那是在7月——我们不在一起——尽管发生了这么多事情，我还是想帮我父亲一次。我怎么能说不？他是我的父亲啊，安雅。我爱他，如同我爱你一般。"

如果安雅·巴兰钦——我——没有被铐起来，她会逃离这间房间。我感觉我的心脏和脑袋要炸开一般。他的手伸过床栏杆，用袖子擦了擦我的脸颊。我想我哭了。

"你真的没有怀疑过？"

我摇摇头，一时语塞。"我以为你厌倦了我。"我说话的声音和尤里伯父一样含糊。

"安妮，"他说道，"安妮，这绝不会发生。"

"我们会分开相当长的一段时间。"我低声说道。

"我知道，"温低声回应道，"爸爸告诉我可能会这样。"

"有可能几年。"

"我等。"他说道。

"我不想你等我。"我告诉他。

"除了你，我不想要任何人。"他回头看了看，谨防我们被人看见。他靠在床上，手放在我的脑后。"我真爱你的头发。"他说道。

"我准备把它全剪了。"西蒙·格林和我都认为如果我没有了这长而浓密的头发，在旅途中我就不容易被认出来。一到埃利斯岛我就会把头发剪了。

"老实说，我很高兴不用亲眼看见。"他托起了我的头，使我离他更近了些，然后吻了我。就算这样可能会用掉我的运气，我还是回吻了他。

"我怎么才能联系上你？"他问道。

我考虑了一会儿。电子邮件不安全，而即使我有地址，也不能把可可农场的地址给他。或许大野友治可以给他送信。"过一到两个月，去西蒙·格林那儿，他知道怎么联系上我。别找吉卜林先生。"

温点点头："你会写信给我吗？"

"我试试看。"我告诉他。

他的手伸过床栏杆，放在我的心上："新闻说它几乎停止跳动了。"

"有时我真心希望如此。你说呢？"

温摆了摆手："别这样说。"

"世界上所有的男朋友中，你是最不适合我的人选。"

"你也如此。我的意思是，你是我唯一的女朋友。"

他把头靠在我胸前，我们就这样静静地待着，等待着探视的时间结束。

温走到门口，整理了下他的假发。

"如果你和别人好上了，我能理解。"我告诉他。拜托，我们都十七岁了，我们的未来也是未知数。"我们不应该做出那些很难遵守的承诺。"

"你真的这样想？"

"是的。"我说道。

"有什么我能为你做的？"他问道。

我想了想："或许你可以时不时地去看看纳蒂。她崇拜你，没有我，她会很孤独的。"

"好的。"

他走了。

我所能做的只剩下等待。

大约凌晨1点55分，我听到护士和守卫跑过走廊。我叫住一位护士。"发生什么事情了？"我问道。

"女生宿舍发生了一起打架事件，"她告诉我，"至少六名女生严重受伤。我得走了！"

我点点头。谢谢你，穆斯。我祈祷她伤得不重。

是时候了。我把钥匙拉出床垫，打开了手铐。我的手腕很痛，但没时间顾及这些了。我赤着脚，还穿着医院的病号服，沿着走廊，溜进了标有消防梯的门。我的腿一星期没动过了，因此我动作僵硬地跑下楼梯。到了底楼，我将头探出走廊外。一名守卫正推着那些轮床在走廊里穿梭。这是不容错过的机会，但我不知道如何穿过出口而不被守卫和轮床上的女孩发现。这时穆斯从一辆病床车上抬起头。她两只眼睛都变成乌黑的了，额头上有一道伤口，鼻子好像也被打伤了。她用肿胀的眼睛看着我。我挥挥手，她点了点头，嘴形好像在说"就是现在"。一秒后，她大声喊起来。我以前从来没有听穆斯说过话，而此时此刻，她却为我尖叫。接着穆斯的身体开始扭动、抽搐起来。她的手臂看似胡乱地摆动，但我明白她的想法。她正设法吸引其他女孩和周围人的注意。

"这个女孩的病发作了！"一个守卫叫道。

当所有人的注意力转向穆斯时，我就能溜出去了。

我光脚跑到了外面。

现在是十月下旬，差不多五十华氏度，但我感觉不到冷。我必须到大门那边。西蒙·格林保证他买通了看门的守卫，为了防止意外，他给我手铐钥匙的时候还给了我一支镇静剂注射器。我希望我用不着，但是如果迫不得已，我知道要瞄准脖子。

我跑过一片漆黑的草地，小心翼翼，尽量不让毛刺划破我的脚。

我终于到达了鹅卵石铺就而成的车道，它通向大门口。大门是敞开的。我看了看哨岗，那里空无一人。或许西蒙的收买起作用了，也可能只是守卫被叫去女生宿舍了。

我快到岸边了，这时一个声音叫住了我："安雅·巴兰钦！"

我转过身。是科布拉维克夫人。

"安雅·巴兰钦，站住！"

我犹豫了，拿不准是跑回去给她一针让她安静下来，还是径直向前。我扫视了下岸边，带我去埃利斯岛的小船还没到，必须承认，让她安静下来的想法占了上风。

我转过身，科布拉维克夫人正向我跑来。我听到泰瑟枪嘶嘶的声音。

"站住！"

在她的泰瑟枪面前，我的注射器没有胜算。

我朝着水边跑去。

"你会淹死的！"科布拉维克夫人喊道，"你会冻死的！你会失去方向！这不值得！你觉得自己身处绝境，但总是可以绝处逢生的。"

我能看见埃利斯岛的探照灯，这意味着它差不多在半英里之外，而且生在这个极为限制水的时代，我并没有多少游泳经验。我很清楚"水下一英里，地上十英里"。但我有什么选择？这是最后的机会。

我猛地扎进水中。

在潜入水中前，我好像听到科布拉维克夫人说祝我好运。

水冷得彻骨。我的肺一阵紧缩。

我的病号服在水中翻腾，它会淹死我。我解开它，只穿着内衣，开始在漆黑如墨的海水中游泳。

我尽力回想关于游泳的知识。呼吸很重要，肺不要进水，还要直着游。别胡思乱想。爸爸说过关于游泳的事情吗？除了游泳，其他事他都说过。

我不去想寒冷。

我不去想不堪重负的心肺。

我不去想酸痛的四肢。

我不停地游着。

呼吸，安雅。保持直线。我手臂向前划着，腿不停踢着。

差不多还剩四分之一的距离，我已经筋疲力尽。这时爸爸的声音突然在我耳畔响起，我也不知道他是否真的对我说过这番话，还是这只是我的臆想。这个声音在说："如果有人把你扔进池子里，你唯一要做的就是别淹死。"

游。

呼吸。

别淹死。

游。

呼吸。

别淹死。

我感觉一小时过去了，我到了。

我撞上岩石，咳嗽起来，但是还得继续前进。此时此刻，我知道我可能已经来迟了，可不想错过第二条船。我手臂酸软，爬上了陡峭的岩石。我能感觉到四肢和裸露的肚子被锋利的石头划伤，但不知怎的，我竟然做到了。

我试着站起来，腿绵软无力，嗓子和肺里泛起一股恶心而湿润的味道。我还活着。我沿着岸边跑着，直到发现了那艘接我的船——一艘摩托艇，船身的一边漆着船名：海翎号。

水手在看到半裸的我时移开了目光："不好意思，小姐。包里有为你准备的衣服。即便如此，我没想到你就这样来了。"

水手发动船，我们驶向新泽西。"我还担心我们错过了接你的时机，"水手说道，"我正要离开。"

在为我准备的帆布包里，我找到了男孩子的衣物——一件男式白衬衫、一顶报童帽、一条灰色的背带裤，还有一件大衣——接着，我找到了一大块纱布、一副圆眼镜、一张亚当·巴纳姆的假身份证、一些钱、一条假胡须和化装胶水，最后，一把剪刀。我先穿上衣服，把头发卷成一个圆髻，藏在帽子下面。这感觉不太对。我问水手有没有镜子，他朝下层的客舱点点头。我拿着剪刀、纱布和假胡须走了下去。

舱内只有一个灯泡照明，镜子的直径只有六英寸，上面还有被海风侵蚀出的瑕疵。不过，该做的还是要做。我把胶水涂在我的上唇，然后把胡子粘在上面。我已经认不出自己了，但是眼前的伪装还是不能让人信以为真。头发必须得剪掉。

我把包腾空，用来装剪下的头发。我很少剪头发，也从来没有给自己剪过头发。我脑海中想起了温的双手，但只有一秒。没有时间感伤了。我拿起剪刀，三分钟不到，我只剩下了一英寸的卷发。我感到脑袋和脖子空空的，一阵清凉。于是又看看镜中的自己：头太圆了，眼睛太大，如果有什么不同的话，就是看起来比以前更稚嫩。我又戴上了帽子。嗯，要我说，这顶帽子会起到关键作用。

戴上帽子，就认不出我了。如果眯起眼睛，我甚至看起来有点像我哥哥。

我试了试眼镜，效果更好。

镜子太小，我后退一步，好好地看了看自己。

从衣服上倒是看不出我是女孩子，但总感觉有什么不对劲。

哈，胸部。

我解开衬衫的扣子，这样就能给胸部紧紧地围上一层绷带——绷带挤压我皮肤撕裂的地方，刺痛了我——然后我扣上扣子。

我仔细端详着自己。

效果还过得去，这让我有些沮丧。听起来可能很傻，但我一生中的大部分时间都是别人口中的"漂亮女孩"。我不再"漂亮"，甚至也不帅。我和平常人一样了。我想我会以新名字——那什么来着——亚当·巴纳姆过完一生。

我不确定在墨西哥的所有时间是否都要如此打扮，还是只在逃亡过程中这样做。

我猜只有不仔细看我，这个伪装才最有效。

我爬上梯子回到主甲板，把剪碎的头发扔到水里。

水手看到我，吓了一跳。他拿起了枪。

"船长，别开枪，是我。"

"哎，我都没认出你！十分钟前你还是个迷人的小东西，现在就成了个乡巴佬。"

"多谢夸奖。"我说道。

我双手交叉放在胸前。

在纽华克湾，充斥着数以百计的集装箱和船只。有那么一瞬间，疲倦感迎面而来，我对找到那艘船几乎不抱希望了。但接着，我记起了西蒙·格林的指示——第三排，第十一号货轮——我很快找到了那艘船，它会带我去墨西哥西海岸的瓦哈卡州埃斯孔迪多港。

西蒙·格林和我决定坐货轮的原因有三个：（1）假如当局处心积虑地想找到我，他们可能会去机场、火车站甚至客轮码头。（2）由于我的家族与出口贸易商联系颇深，很容易就能找到一艘为我提供庇护的船只。（3）货船的安全措施是出了名的松懈——只要我头埋低点，甚至没人会想看亚当·巴纳姆的身份证。

这个计划唯一的问题是货轮运载的大多是货物。大副给我安排了一间房间，它是由一口打开的生锈货柜改造而成，里面有一张小床和一个水桶，以及一盒看起来不新鲜的水果——但至少还是水果！——而且没窗户。

"不算太豪华。"她说道。

我走进屋。它比自由管教所的地下室稍微宽敞些。

大副疑惑地看着我："你没有带行李吗？"

我压低声音，模仿出男孩子般的口音，告诉她我的行李已经提前送了。顺便说一句，其实没有。我现在身无分文。

"你为什么去墨西哥，巴纳姆先生？"

"我是个还没毕业的博物学者。在瓦哈卡州有世界上最多的植物种类。"西蒙·格林已经告诉我了。

她点点头。"这艘船实际上并没有在埃斯孔迪多港的停泊权限，"她告诉我，"但是我会让船长先停船，然后我的一个船员会划船载你走完剩下的路。"

"谢谢你。"我说道。

"去往瓦哈卡州的路途大概有三千四百海里，即使我们以十四节的速度航行，到那里也需要大概十天。但愿你不要晕船。"我从来没有在广阔无垠的海上旅行，所以并不知道自己是否容易晕船。

"我们应该在大约四十五分钟后离开。这里挺无聊的，巴纳姆先生。如果你想和我们玩牌，我们每天晚上都在船长宿舍玩红心大战。"

如你所料，我不知道红心大战的规则，但我告诉她我会试着玩玩。

她一离开，我就关上货柜的门，躺在小床上。尽管筋疲力尽，我还是睡不着。我在等待那声警报，它意味着我被发现了，要被送回自由管教所。

终于，我听见这艘船鸣笛了。我们要离开了！我一头躺在一袋薄薄的羽毛上，它一定曾经是个枕头。我很快就睡着了。

06

我在海上；离不开水桶；难受得想死

对于这十天的旅途来说，除了一种我亲切地称之为"穿过集装箱去水桶的比赛"的游戏，我没有机会玩红心大战或者其他游戏。（是的，读者们，我晕船了。我觉得没有必要用细节来烦你，除了有一次，我吐得太厉害，把胡子甩得飞过了整间房间。）

可能晕船让我睡得不是很沉，但我确实产生了幻觉，也可能是醒梦[1]。有一次，我梦到参加了一场圣三一举办的圣诞节盛会。当然了，斯嘉丽是女主角。她打扮得像圣母玛利亚一样，抱着一个婴儿，婴儿的脸和盖布尔·阿斯利一模一样。温站在她的旁边，或许他是耶稣吧，我说不准。他又戴着一顶帽子，没有拿拐

---

1 Waking dream，医学名词，是指清醒时做的梦。

杖，而是拿着一支权杖。他的身边是纳蒂，拿着一盒巴兰钦特浓黑巧克力，纳蒂旁边是利奥，拿着一壶咖啡，牵着一头拴在绳子上的狮子。不知道怎么回事，我就是那头狮子。我能认出自己是因为我剪掉了头发。纳蒂在我两耳之间挠了挠，接着给了我一块巧克力。"吃一块。"她说道。我吃了，一秒后，我醒了，又奔跑着穿过房间，让自己重新熟悉了一遍水桶。我不知道现在吐的是什么东西——我已经好几天没怎么吃东西了。腹部的肌肉隐隐作痛，喉咙疼得厉害。幸运的是，我已经剪掉了所有头发，不然的话可没人帮我把头发撩到后面。我孤独一人，亡命天涯，我怀疑整个世界上没有比安雅·巴兰钦更惨的人了。

07

新的篇章；在明天农场的生活

在经过了备受煎熬的十天后，我们到达了瓦哈卡州，在那里，我跟着一个叫皮普的水手乘坐一条小艇出发了。

我们到达了海岸线，晕船的感觉开始消失不见，取而代之的是一种我从未感受过的乡愁。倒不是说瓦哈卡州的海滩缺乏魅力。屋顶上点缀着橙色、粉红色、绿松石色以及黄色等一派欣欣向荣的颜色，海洋比家乡所能找到的任何水域更加蔚蓝和好闻。我能辨认出远处的丛山与茂林，郁郁葱葱，山林之间萦绕着白色的气流。这些气流是云霭还是薄雾？我不知道——这种气象可不是我们这种城市女孩所熟悉的。温度是19.5℃，非常温暖，我十天前游泳到埃利斯岛所经历的寒意开始消失。不过，这里终不是我的家乡，不是我妹妹居住或者我祖母与父母去世的地方，也不是我与星球上最不合适的男孩坠入爱河的地方。这里没有圣三一学校，也没有车身上贴着我男朋友父亲的照片的公交车。这里没有巧克力商人和干涸的游泳池。这里没人认识我，我也一个人都不认识——也就是说，吉卜林先生和西蒙·格林的计划成功了！或许计划进行得太顺利了。我本可能会死在这艘船上，没有人在乎，我会成为一具有着糟糕发型的神秘尸体。也许，在某个时候，当地的某个警察会想到通过我脚踝上的文身来辨认我。那是能辨认出我——也就是这具身体——是安雅·巴兰钦的唯一标志。那令人后悔的文身成了把我从遗忘中分离的唯一事物。

我想放声大哭，又怕这样对水手来说不够男子气。尽管我还没有照过镜子，但能想象自己看起来有多糟糕。我能看见（以及闻到）呕吐物污渍，更别提我的头发了。我能感觉到凌乱的胡子正从我的脸上滑下，一和水手分开我就会立刻把它扔了。如果我要作为一个男孩死去——还不知道什么故事会传到索菲娅的亲戚那里——故事里一定是没有胡须的。

快靠近海岸的时候，水手对我说："他们说这里有世界上最古老的树。"

"呃，"我说道，"真……有趣啊。"

"船长说你是学博物学的，我才跟你说。"

差点忘了。那个彻头彻尾的谎言。"是的，我会去看看。"

水手好奇地盯着我，然后点点头。到了埃斯孔迪多港的海滩，总的来说，我很高兴摆脱这条船，还有沿途中的其他那些船。

"有人来接你？"水手问道。

我点点头。我原计划是在卡米诺酒店见索菲娅的表妹，一个叫西奥布罗玛·马克斯的女人，那个地方据说在一个名为埃尔·阿朵奎因的购物区。当然，我不确定该怎么读这个地名。

我为他这一路上的照顾道谢。

"不用谢。给你一个建议？"

"好的。"我说道。

"把手揣进口袋里。"水手说道。

"为什么？"

"男孩们的手可不会像那样。"

我想说的是，好吧，我就喜欢这样。我的意思是，如果我真的是个男孩呢？关他什么事儿？我为文雅的博物学生亚当·巴纳姆感到愤愤不平。"哪条路去埃尔·阿朵奎因？"我用我最粗野的声音问道。

"就快到了。埃尔·阿朵奎因与波多黎各海滩平行。"他指了指那个方向，接着就划走了。他一走，我就撕下了胡子，把这双多事的女孩子的手揣进兜里。

我朝着城镇广场走去。我的衣服太厚，适合纽约的秋天，在湿气中，我渐渐感到头昏眼花。另外，在这几天里，我除了一个过期的苹果外没有吃任何东西，这或许是我头昏的原因。我的胃里空空如也，还泛起一阵酸水，脑袋隐隐作痛。

这是星期三的早上，尽管我看起来衣冠不整，但没有人注意到我。

一场葬礼的队伍沿着街道走过来。棺材覆盖着红色玫瑰，一个被棍子控制的紫色木偶悬挂在空中。女人们穿着到脚踝的黑色裙子。手风琴在恸哭，每个人都唱着不一致的曲调，听起来好像悲怆的哭声。

我自顾自地穿过人群，往前走。凑巧的是，我正好经过了一家巧克力商店！我从来没见过一家巧克力店在光天化日之下开着。商店橱窗里堆着一些小巧的、像冰球一样的巧克力圆盘，外面包裹着蜡纸。商店的外面镶嵌着奢华的红木，里面是几张红色的凳子和一个吧台。当然了，这是合情合理的。巧克力在这儿是合法的。我朝窗子里望去，看到了自己在玻璃上的倒影。我压低了帽子，继续寻找着酒店。

我很快认出了卡米诺酒店，因为它是这里唯一的酒店，我走了进去。此时此刻，可以说我再不坐下，就会昏过去了。我走进酒店的酒吧，扫视着屋子里的人，寻找着西奥布罗玛·马克斯的身影。我在找一个像索菲娅的女孩，尽管我发现除了她的身高，自己几乎无法记起她的任何事情。酒保还没有上班，这里只有一个与我年龄相仿的男孩。

"早上好。"他对我说。

我真的快要晕倒了——我知道这不是维多利亚时代[1]——我坐在一张桌子上，脱下帽子，捋了捋头发。

---

1 维多利亚时代盛行女性束腰，有些女性因过度减肥瘦身而经常容易晕倒。

我开始意识到那男孩在盯着我看。这样让我有些不自在，我又戴上了帽子。

男孩走到我的桌前。他露齿一笑，让我感觉到似乎我闹什么大笑话了。"安雅·巴纳姆？"这就说得通了。他没把我的名字叫成安雅·巴兰钦，这让我如释重负。这个叫法似乎是一种很好的折中。他向我伸出手。"西奥布罗玛·马克斯，但所有人都叫我西奥。"他说英语，这让我有一些宽慰。

"西奥。"我重复道。他看起来很矮小，身体却很结实。他深棕色的眼睛乍一看几乎是黑色的，黑色的眼睫毛像马的一样长。他有些胡茬儿，说明开始长胡子了。虽然这样说有些不敬，但他看起来就像西班牙版的耶稣。

"对不起，对不起，一开始没认出你来，"他说道，"她们说你很漂亮。"他边说边笑，没有什么恶意，我也没有因为被取笑而感到恼火。

"他们告诉我你是个女孩。"我回应道。

西奥又笑了起来："都怪我这个愚蠢的名字，没办法，家族姓氏。你需要我做些什么吗？你饿了吗？到恰帕斯州还有好长一段路程。"

"恰帕斯州？我以为农场在瓦哈卡州。"

"瓦哈卡州境内不允许种植可可，安雅·巴纳姆。"他耐心的解释说明了他在和一个无知的人打交道，"明天农场在恰帕斯州的伊斯塔帕。我的家族负责瓦哈卡巧克力的供应，并在瓦哈卡拥有巧克力工厂，所以我今天必须接到你。"

瓦哈卡还是恰帕斯？我想，哪一个都无所谓了。

"你饿不饿？"西奥问道。

我摇摇头。我虽然饿，但更渴望到达目的地。我告诉他我需要用下卫生间，之后我们就可以上路了。

在卫生间里，我打量了镜中的自己一小会儿。西奥是对的。我不再漂亮了，但幸运的是，我也不再贪慕这些虚荣。此外，我还有个男朋友，不必费心如何吸引男孩子们了。我洗了洗脸，特地洗了洗胡须在我上唇留下的黏黏的残留物，又把头发向后梳了梳。（读者们，我太想念我的头发了！）我把领带扔进了垃圾箱，卷起了衬衫的袖子，又回到了西奥的身边。

西奥仔细看看我："你不那么难看了。"

"谢谢。"

"来吧，车在这里。"我跟着他走出酒吧，"你的行李呢？"

我故技重施，告诉他它们正在途中。

"没关系。有什么需要，我的姐姐们会借给你的。"

西奥口中的"汽车"是一辆绿色的皮卡。车的一边漆着金色的字样：明天农场。字的下面画了一组我认为是秋叶的画。

迈上卡车需要跨很大一步，西奥向我伸出了手。"安雅，"他皱着眉头说，"别告诉我的姐姐我说你不漂亮。她会觉得我很失礼，也许这方面我还需要努力，但……"他向我微笑。我怀疑这个笑容让他摆脱（和惹上）了各种各样的麻烦。

我们驱车离开埃斯孔迪多港的小镇，驶上了一条公路。路的一边是连绵不断的葱郁山峦和雨林，另一边是大海。"这么说你是索菲娅表姐的朋友了？"西奥问道。

我点点头。

"你来这里是学习可可种植的吗？"

我又点点头。

"你有很多要学的。"他可能在回想我刚才认为可可是种植在瓦哈卡的大笑话。

西奥斜着看了我一眼："你从美国来。你的家族与巧克力有关吗？"

我顿了下。"并没有。"我说谎了。

"我只是问问，因为索菲娅的很多朋友和巧克力有关。"

我不清楚西奥或者马克斯家族是否值得信任。在我离开纽约之前，西蒙·格林告诉过我，他认为最好尽可能地保守自己的秘密。幸运的是，西奥没有进一步深究这个话题。"你多大了？"他问道，"你看起来就像一个小孩子。"

这都是头发惹的祸。我再次撒谎道："我十九岁。"我觉得最好不要说成十七岁，而说成十八岁不知为何听起来更假。

"我们同岁，"西奥告诉我，"我一月就满二十岁了。我是家族的老幺，所以简直被宠坏了。周遭的环境已经把我变成了备受宠爱的无脑哈巴狗。"

"那里还有谁？"

"我的姐姐卢娜。她二十三岁，非常好管闲事。比如说，对我，你可以说：'呃，西奥，我的家族与巧克力没有什么关系'，我不会深究，这是你自己的事。但是对她，你就得准备一个更好的答案了，你知道了吧。那里还有我的哥哥，卡斯蒂洛，他二十九岁了。他周末都待在家里，但其余时间通常会离家去参加牧师培训。他非常严肃，你不会喜欢他的。"

我笑道："我喜欢严肃的人。"

"不，我开玩笑的。每个人都会爱上卡斯蒂洛。他非常英俊，每个人都喜欢他。不过你应该会更喜欢我一些，因为我不严肃。"

"如果他不在我认识他的第一分钟里就说我丑的话，我或许会更喜欢他。"我告诉他。

"我以为我们已经和解了。我解释过了！我道过歉了！"

"是吗？"

"是的，是的，在我脑海里。我的英语没有那么好。对不起。"

我认为他的英语还不错。我当时就认定西奥是个让人又爱又恨的人，他所说的大部分话都只能当作耳旁风。西奥将卡车转向另一条向上的公路，驶离海边。他继续说道："我还有个姐姐，伊莎贝尔，她已经结婚了，住在墨西哥城。家里面还有妈妈、祖母和娜娜。妈妈负责运营，祖母和娜娜知道所有配方，她们来制作巧克力。她们会觉得你太瘦了。"

听到娜娜这个名字，我不禁感到一阵难过[1]。"祖母是你的奶奶，对吧？那娜娜是谁呢？"

"我的曾祖母，"他回答道，"奶奶的妈妈。她都九十五岁了，身体健康。她出生于20世纪80年代！"

"你家族的人很长寿。"我说道。

"对于女性来说，是的。她们都很健壮。男人们就没有这么好了。我们的心脏很虚弱。"

车外，一位老太太正推着一辆小车沿路的一侧走着，车中装满了黄色的水果，似乎是熟透了的苹果。西奥把车开到路边。"不好意思，安雅。她的房子离这儿不远，但我知道下雨的时候，她会背痛。我十分钟之内回来，你自己别开车。"西奥跳下卡车，跑向她。她亲了亲他的双颊，接着他沿路推着小车，与她一同消失在一片森林的入口处。

西奥回来的时候，双手各拿着一份水果。"给你的。"他说，塞给我一个大果子，"这是百香果。"

"谢谢你。"我说道。我从来没吃过百香果，见也没见过。

西奥重新发动了卡车："你有过一段伟大的爱情吗，安雅·巴纳姆？"

"我不明白你的意思。"

---

1 安雅已去世的奶奶也叫娜娜（Nana），第一部中提到过。

"伟大的爱情！澎湃的激情啊！"

"你是指男朋友？"我问道。

"是的，男朋友，如果你非要用这么无聊的字眼。回家后，是否有一个你为他落泪，他也为你哭泣的人？"

我仔细想了想："希望渺茫的爱情算吗？"

他冲我笑了："希望渺茫的爱情当然算。我刚才帮助的那位女士，她是我爱的女孩的祖母。悲伤的是，那女孩告诉我，她绝不会爱我，但我还是停下车去帮助她的祖母。你能解释下吗？"

我无能为力。

"你能想象出这种女孩有多狠心吗？竟然拒绝了像我这么可爱的人。"

我笑他："肯定发生过什么故事。"

"哈，是的，惨不忍睹。为什么每个人总是喜欢爱情故事呢？来点缺爱的故事怎么样？它们不是更容易引起共鸣吗？"

窗外，路上坐落着一座大型的石砌建筑。"那是什么？"

"玛雅遗址。在危地马拉边境的恰帕斯还有更大的遗址，要知道我们的祖先是玛雅人。"

"西奥布罗玛是一个玛雅名字吗？"

西奥取笑我："你确实还有很多要学的，巴纳姆小姐。"

道路崎岖不平，一阵晕车的感觉袭来。我把头靠在窗户上，闭上了眼睛，很快就睡着了。

外面山羊咩咩地叫，西奥摇晃着我的手臂把我叫醒："来吧，我必须下去推车。我挂空挡，你来开车。"我看看窗外，已经开始下雨了，雨水使得部分路面泥泞不堪。他说："你知道怎么开车吧？"

"不太会。"我承认。我是一个城市女孩，这意味着我对于公交车时刻表和步行鞋了如指掌。

"问题不大。尽量把车保持在路中央。"

西奥推车，我握着方向盘，起初力道太轻，后来我就找到了它的窍门。大约过了二十分钟，我们回到了路上。我想，这就是可可农场的第一课吧：所有事情都比它看上去费时间。

我们继续开车上山，随着森林越来越茂密，山也变得越来越黑，但我这辈子还没到过这么湿润、苍翠的地方，我忍不住对着西奥不停地说话。"是的，安雅。"他用一种我后来才熟悉的"极度包容"的语气说道，"这就是生活在雨林中的感觉。"

我们开到了一道金属门前，上面写着"明天"。后面的那道门是开着的，我们驶过的时候，能看见上面写着"格兰雅"。

我们沿着一条很长的土路行驶着。"这就是农场。"西奥说。

农场的可可树大约有看管它们的工人两倍高，这些工人使用长度超过一尺的刀刃修剪树木。

"他们在修剪树枝。"西奥对我说。

"他们使用的工具叫什么名字？"我问道。

"大弯刀。"

"我以为它们是用来杀人的。"我说道。

"是的，我听别人也这么说过。"

终于，西奥停在了明天农场的主屋前。"这就是我的屋子。"西奥说道。

西奥口中的屋子和一所小型酒店差不多大。有两层楼，窗口和拱门上环绕着因褪色而发黄的灰色石雕。门廊下的地面上铺就的是一层蓝白相间的瓷砖，第二层有一排石头做的社交阳台，屋顶上铺了一层喜庆的陶土砖。这栋房子无疑是很大的，但在我眼中，并没有那么友好。

我下了车，西奥的母亲站在门廊中。她穿了一件宽松的白上衣，一条卡其色裙子，戴着一串珊瑚项链，深棕色的长发已过腰。她用西班牙语对西奥说了些什么，接着她拥抱了他，像是几周没有见面。（事实上，他只离开了一天。）

"妈妈，这是安雅·巴纳姆。"西奥介绍我说。

西奥的妈妈拥抱了我。"欢迎，"她说道，"欢迎，安雅。你就是我侄女索菲娅的朋友，来这儿学习可可农场方面的事情？"

"是的。谢谢你们收留我。"

她看看我，摇了摇头，用西班牙语和西奥嘀咕了几句，又摇了摇头。她挽起我的手，领我进门。

到了室内，房子显得更加色彩斑斓。所有的家具都是用漆黑的木头制成，但是墙面、枕头和地毯如彩虹一般五颜六色。壁炉架上有一幅充满稚气的画作，当时我认为图中画的是红玫瑰花丛中的圣母玛利亚。（后来我才得知，图中的圣母被称为瓜达卢佩圣母。）这里还有几个插着兰花的蓝色厚玻璃瓶（兰花产自果园，我的奶奶会爱死它们的）。堂屋正中心是一架螺旋状楼梯，铺着和门廊一样的蓝白瓷砖。尽管我认为不是这些装饰物，而是空气中的湿度和长时间未进食的原因让我头重脚轻，但这一切还是压得我喘不过气来。

"叫我卢斯就好了。"西奥的妈妈说道。

"卢斯，"我说道，"我……"在过去的几个星期里，我对昏倒这种突发情况做了些练习，因此能感觉到自己开始站不稳了。我努力倒向沙发的一边，这样我的头就不会撞在像铁一样硬的美丽瓷砖上了。我快倒下了。我看见西奥跑向我，但是来不及了。在我快碰到地板的时候，一双手接住了我。

我抬起头。在我上方是一张非常方正的脸，大下巴，宽鼻子。他的眼睛是浅棕色的，非常严肃，不知何故，他紧绷着嘴。他有很多胡茬儿，快连成一片了，还有着密密的睫毛。"你受伤了吗？"他用西班牙语问道，但我还是能够明白他的意思。他的嗓音低沉，如果橡树会说话，听起来就会是这种风格。

"没有，我只是需要躺一会儿。"我说道，"谢谢你接住我。顺便一提，你是谁？"

我听到西奥长长地叹了一口气："安雅，这是我的哥哥，卡斯蒂洛。"

卢斯大声地发号施令，接下来，我知道自己被安顿在二楼的一间卧室里。

我第二天早上醒来时，一名美丽的女孩坐在我的床前，她的头发像我妹妹的一样浓密。她看起来和卢斯一模一样，只是要年轻上二十岁左右。"太好了，"她说道，"你醒了。妈妈让我们看着你，万一你病情加重，我们就要送你去医院。她觉得你可能只是营养不良，不适应这种湿度。她说你会没事的。都怪西奥太蠢，他应该带你吃午饭的。我们已经吼过他——'西奥，你算什么主人？'——现在他的心情相当糟糕。他想来这儿向你道歉，但是妈妈比较传统，女孩子的房间里不允许有男孩，就算是成年人也不行。我二十三岁了。"我以为她还要年轻得多。"你十九岁，对吧？你看起来就像一个小孩！还是来说西奥。除了他自己，他从来不会考虑其他人。他是家族最小的孩子，玩世不恭，我们太溺爱他了。其实朝他吼也没用。顺便说一句，我是卢娜。"她停下来和我握手。卢娜和西奥说话语速都很快："你不难看，但你需要换个更好看的发型。"

我有些不好意思地抓了抓头发。

"如果你愿意，我等会儿可以帮你做头发。我的审美不错，手也很巧。"

这时，两个年纪大一些的女士走进房间。她们看起来长得很像，只是第一个上了年纪，而第二个是真的年纪很大。我意识到她们一定是西奥在车里提到过的祖母和曾祖母。年纪大些的那位叫娜娜，她塞给我一个陶制的杯子。"喝吧。"她说道。她冲我笑的时候，我能看见她缺了一个门牙。

我接过杯子。饮料呈棕色，略微发红，黏稠得像湿水泥。我不想对主人们显得粗鲁，但这杯东西看上去很难下咽。

"喝吧，喝吧，"娜娜说道，"喝了你会感觉好点的。"两位老人和卢娜用一种未卜先知的眼神盯着我。

我举起杯子，又放下了。"这是什么？"我问道。

卢娜笑着对我说："只是热巧克力啊。"

我告诉她们我曾经品尝过热巧克力。

"和这个不一样。"卢娜向我保证。

我小心地抿了一口，又试着喝了一大口。确实，这不像我之前喝过的任何热巧克力。味道辛辣，一点也不甜。里面加了肉桂，还有一些其他调料。或许还有红辣椒？我还尝出了些柑橘味的东西。我一饮而尽。"里面有些什么啊？"我问道。

曾祖母摇摇头。

"家族机密。"祖母说道。

虽然我不太熟悉西班牙语，但我听得懂。

曾祖母接过我手中的杯子，随后祖母们离开了房间。我从床上坐起，感觉身体好多了，我告诉了卢娜。

"这是巧克力，"她说道，"这可是保健饮品。"

以前我听到过关于巧克力的各种称谓，但"保健饮品"还是第一次听说。

"娜娜说这是一种古代阿兹特克的配方。阿兹特克人在出征前会将巧克力赠予战士们。"接着她告诉我，如果我想进一步了解，应该问问曾祖母或者西奥，他们对所有的巧克力民间传说都很感兴趣。

"这是一种风俗习惯还是真实存在过的历史呢？"我问道。

"两者兼有吧。"她说道，"来吧，安雅，在衣橱里有我为你准备的一些衣服。"

她为我指出淋浴的方向。为了成为一名讨人喜欢的客人，我问她是否有用水限制。卢娜做了个鬼脸。"没有，安雅，"她耐心地说，"我们居住在雨林里。"

到了下午，西奥带我参观了他们的农场。他向我展示了种植可可树苗的大型苗圃；豆子发酵成熟后装在木箱里，而木箱存放在露天建筑里；在种植园阳光最充足的一边，是一些在售卖之前用来弄干豆子的露台。最后，我们去了果园。由于位于雨林的林冠下，果园非常凉爽、湿润。西奥告诉我，可可需要雨林的遮挡和湿度才能茁壮成长。显然，我从来没有到过可可果园，也从来没有近距离见过可可豆荚。一些可可树叶是紫色的，但许多已经开始变绿，中心粉红色的白色花朵沿着树枝丛生。"可可是仅存的同时拥有花与果实的作物之一。"西奥告诉我。豆荚本身比我手掌略小，但最令我吃惊的是它们的颜色。一直以来，我知道巧克力是棕色的，但这些可可豆荚是红褐色，接近于紫色，其他的则是金黄色与橙色。这看起来很神奇，真希望纳蒂能看看它们。那一刻，我在想是否应该安排纳蒂和我一起来这儿。当然了，很多原因使得这一想法不可能实现。"它们可真漂亮。"我情不自禁地说道。

"谁说不是呢?"西奥附和道,"一个月以内,它们就要被从树上砍下来,以便进行发酵流程。"

"那些农民今天在做什么?"那些人使用的大弯刀与我昨天看到的一样,他们脚边放着篮子。

"他们在把那些有霉菌感染迹象的豆荚砍掉。这对于可可来说是一种讽刺——它渴望水,但也能被水反噬。这种霉菌被称作白色念珠菌,如果不及时发现,只要一丁点儿,就能糟蹋了整株作物。"他熟练地扫视离他最近的一棵树,挑出了一个黄绿色豆荚,豆荚尖端是黑色的,周围白色的斑点呈放射状,"看见了吗?这就是豆荚开始腐烂的模样。"他把大弯刀从腰带上解下来递给我,"你把它给切下来,但这没看上去那么简单。可可农场可不是女孩子来的地方,这些树结实得很。"西奥给我展示了下手臂上隆起的肌肉。

我告诉他我可不是弱不禁风的女孩。我从西奥手上接过"武器",它放在手上沉甸甸的。我举起它在树旁边挥舞,然后停了下来。"等等,该怎么切下它?我不想搞砸。"

"调好角度。"西奥对我说。

我举起弯刀,切下了感染的豆荚。我的切口看起来参差不齐,这棵树可真是坚韧。干一整天这个绝对会让人筋疲力尽。

"不错。"西奥说道。他接过我的弯刀,又切了下我刚切的口子。

"我没听错吧？"

"嗯，你会做得越来越好。"西奥露齿一笑，"我在鼓励你。"

"也许我应该有一把自己的弯刀？"

西奥冲我笑笑："那倒是。弯刀的选择很大程度上看个人喜好。"

"你们为什么不用机器来做这事儿？"

"天哪！可可抗拒机器，它喜欢人亲手抚摸，它需要人的眼睛来发现白色念珠菌。它讨厌农药，修改可可豆基因的尝试都彻底失败了。它需要与霉菌抗争，这样可可的油脂才最丰厚。它需要一次又一次地去面对注定的死亡。爸爸过去常说21世纪80年代人们种植可可的方式与20世纪80年代或者11世纪80年代无异——也就是说，它一直都不太容易种植，过去如此，现在仍然如此。所以它在你那边的世界里是违法的，知道了吧？我相当肯定是可可让我父亲英年早逝。"西奥双手合十，接着他笑了起来，"不管怎样，我还是爱它。每个值得爱的事物都不会轻易得到。"西奥狠狠地亲了口一个豆荚。

我离开西奥，沿着果园的一条路走下去，观察着每一棵树，看是否有霉菌感染的特征。光线有些暗，增加了工作难度。"那里！"我喊了起来，终于找到了一棵，"把你的弯刀给我。"

西奥递了过来。我模仿着他那种迅速的摇摆动作，这次切的口子，我觉得是相当整齐的。

"有进步。"西奥说道，但他还是又切了下。

我们继续步行穿过果园。我观察霉菌感染的迹象，指出受感染的豆荚，这样西奥就可以切掉它。西奥对待可可的态度非常认真，他的话比前一天开车来明天农场的路上少多了。在农场，他如同换了一个人，我发现此时的西奥比卡车里的他更好相处。当走向农场边上的雨林时，我们越发觉得潮湿阴冷。奇怪的是，这些树，这些开着奇形怪状花的树，一直是我生命中无数麻烦的根源，我之前却连它一张照片都没见过。

三小时过去了，我们只走了果园的很小一部分，但西奥说，我们要回去吃饭了。

"西奥，"我说道，"你之前说的有些事情我不太理解。"

"什么？"

"你说可可变得违法是由于它们种植起来很困难？"

"对，是真的。"

"但我被告知的有些不同，"我说道，"在我之前生活的城市里，我们被告知可可变得违法的原因是它们不利于健康。"

西奥停下脚步，注视着我："安雅，你在哪里听来的这些谎言？可可不利于健康？恰恰相反！它对人的心脏、眼睛、血压以及差不多所有方面都有好处！"

他涨红了脸。我担心冒犯了他，于是避重就轻："我的意思是，显然，这件事比看上去更复杂。我们被告知，美国大型食品公司承受着关于禁止生产不健康食品的压力，作为让步，它们同意停止生产巧克力。原因是巧克力富含卡路里并容易上瘾，等等，这样一来，公众对巧克力的态度基本上就转变了。他们认为它是危险的，爸爸常说就是这人云亦云的偏见造成了如今的局面……"是的，爸爸这样说过，在盖布尔·阿斯利的惨剧发生的那段时间，我甚至没有想到这一点，"最后导致了可可被纳入严格的药物管制，接着发展为巧克力禁令。"

"安雅，连襁褓中的婴儿都知道巧克力有毒的论调是由那些食品公司背后的富翁们编造出来的。他们停止制造巧克力的理由是可可难以种植与运输，以及可可供应价格越来越高。这样食品公司就可以很容易地摆脱可可业务，维持盈利的底线。事关金钱，无外乎金钱。就这么简单。"

"不。"我轻声说道。我仍然在怀疑这种可能性。巧克力并不危险，甚至也对人无害？我在学校宣讲中学到的，那段为了达到目的而东拼西凑的历史，是对事实的歪曲吗？如果所言非虚，为什么爸爸和奶奶从来没对我说过？

西奥从树上切下一个豆荚："看这里，安雅，这个成熟了。"他把豆荚放在地上，用弯刀的钝面将其一分为二。在豆荚里，大约有四十颗白豆子整齐排列着。他拿起一半，置于掌中，递给我。"往里面看，"他低声说道，"它只是一颗豆子，安雅，就像你我一样，是上帝的豆子。还有比这更自然、更完美的事物吗？"他用小拇指熟练地取出了一颗象牙色的豆子。"尝尝看。"他说道。

我放进嘴中。像坚果一样，类似杏仁的味道，但随后而来的是一种若有若无的甜蜜。

每天清早，西奥和我，以及其他农民会到果园里寻找霉菌感染的迹象，另外，尽可能地找到成熟的豆荚。可可特别的地方在于，并不是所有的可可豆同时成熟，有些早一些，有些晚一些。需要勤加练习才能在豆荚成熟的时刻及时地辨认出来。豆荚的重量、大小、色泽以及壳厚厚的纹路——所有的这些特征都有可能变化。我们小心翼翼地使用着我们的工具（靠近地面的豆荚用弯刀，较高位置的用长柄钩子），否则会对树造成损害。树皮很脆弱，所以我们的工具是钝的。虽然绿树成荫，但我还是晒黑了。我的头发长出来了，双手开始饱受水泡的困扰，接着长出一层厚厚的老茧。卢娜不用参与这个过程，所以我借用了她的弯刀。

一年中主要的丰收季是在感恩节前，但是，在明天农场，没人会庆祝。我还是情不自禁地想起了在日本的利奥，还有在纽约的妹妹以及身边的所有人。在丰收的第一天，邻居们带着篮子赶来，我们用将近一周的时间，采摘那些成熟的可可豆荚。在完成采摘以及运输豆荚到农场烘干处的工作后，碎荚工作开始了。我们用木槌和铁锤打开豆荚。西奥一小时可以完成大约五百个。在粉碎豆荚的第一天，我一共搞定了十个。

"你挺擅长啊。"我对西奥说道。

他对我的赞美不屑一顾："这是我应该做的。这些在我的血脉里，我一生都在这么做。"

"你觉得你会做一辈子吗？我的意思是，种植可可。"

西奥重重地敲开了另一个豆荚："很早以前，我想成为一名巧克力匠。我想在国外的某个地方学习手艺，或许跟随一位欧洲的大师，但是现在看起来不太可能。"

我问他原因，他告诉我他的家族需要他。他父亲去世了，他的兄弟姐妹们对家族事业不感兴趣。"我的母亲负责工厂的经营，我负责农场的。我不能丢下他们，安雅。"他对我坏笑，"能够远离家乡一定很好吧，那就不用尽义务和履行责任了。"

我想告诉他我理解他的感受。我想告诉他关于我自己的真相，但是我不能。"每个人都有责任。"我坚持道。

"你的责任是什么？你独自一人，什么东西都没带就到这儿来了。没人联系你，你也不联系别人。对我来说，你显得太自由了，事实上，我嫉妒你！"

把所有豆子从豆荚中取出后，我们把它们舀到通风的木箱里。将香蕉叶盖在豆子上，然后让豆子发酵约六天。第七天，我们把发酵好的豆子搬到了木台上，铺开后在阳光下晒干。

这时候，卢娜接管了在我看来最难的那部分工作，她让西奥抽出时间去瓦哈卡检查马克斯的工厂。偶尔，她和我来回翻弄豆子确保它们被均匀地晒干。整个干燥过程花了一周多，因为每次一下雨，我们只好用叶子再将豆子盖好。

"我觉得我弟弟喜欢你。"在我们翻弄豆子的时候，卢娜对我说。

"卡斯蒂洛？"自从他抱住我后，我几乎没有见过他了，尽管我对他的印象非常好。

"卡斯蒂洛会成为一名牧师，安雅！我说的当然是西奥。"

"或许他把我当妹妹了吧。"我说道。

"我是他姐姐，我不这样认为。他总是对妈妈说，你是个多么优秀的工人，你如何像他。你的血液里流淌着可可！妈妈、祖母与曾祖母都很喜欢你，我也一样。"

我停下手中翻弄豆子的工作，注视着卢娜："我真的不觉得西奥喜欢我，卢娜。我们见面的第一天，他提到过一个他爱的女孩，而且他告诉我，他觉得我太丑了。"

"呃，西奥。我弟弟就是这么笨得可爱啊。"

"好吧，我发自内心地希望他不喜欢我，卢娜。在家乡，我有一个男朋友，并且……"我点到为止。

有好一会儿，卢娜一言不发，她再开口时，声音带着不小的怒气："你为什么从来没说起过这个男朋友？为什么他从来不联系你？他如果不联系你，就不可能是个非常称职的男朋友。"（读者们，关于明天农场，我必须提的一点是，我没有平板电脑。）显然，温从不联系我的理由很充分。我是一名逃亡者，但我不能对卢娜明说。

"我甚至不认为你有男朋友。或许你这么说是出于礼貌，但这一点儿也不礼貌。或许你只是认为自己高人一等！"卢娜喊道，"因为你来自纽约。"

"不，没有的事。"

卢娜用手指指着我："你不能再误导西奥了。"

我向她保证我从没这么做过。

"你每天像胶水一样粘在他身上！他还是个孩子，当然会误解。"

"我真的只是想学习关于可可的知识。这就是我来这里要做的事情！"

卢娜和我继续沉默地翻弄豆子。

卢娜叹了口气。"对不起，"她说道，"但他是我的弟弟，我只是想保护他。"

对于这点，我感同身受。

"别提起我们的对话，"卢娜说道，"我不想让他尴尬。我弟弟自尊心很强。"

豆子晒干后被装进粗麻布袋，这样西奥就能开车把它们送到山下瓦哈卡的工厂里。这需要送好几趟。"你想和我一起去吗？"在丰收季最后一趟运送出发前，他问道。

我确实想和他一起去，但是和卢娜的那次谈话让我不确定自己是否应该去。

"来吧，安雅。你该看看这个。你不想看看这些豆子的最后一站吗？"

西奥伸出手来帮我登上卡车。考虑了一会儿后，我上车了。

我们在沉默中行驶了一段时间。"你怎么不说话？"他责怪我，"自从我从瓦哈卡回来后，你就一直这样。"

"这……好吧。西奥，你知道我有个男朋友吧，不是吗？"

"是的……"他拉长了语调，"你告诉过我。"

"所以，我不想你对我有所误会。"

西奥笑道："你在担心我太喜欢你了吗，安雅·巴纳姆？"西奥又笑道，"你真是自我感觉良好！"

"你姐姐……她以为你爱上我了。"

"卢娜是个爱胡思乱想的人，她试图安排我和每一个人在一起。你不能听信从她嘴巴里冒出来的话。你应该知道我一点也不喜欢你，我觉得你还是跟我们见面那天一样丑。"

"现在的你可伤人了。"我的头发已留长，我知道自己看起来没有刚来时那么令人不适了。

"谁才是那个伤人的人？我的感受呢？当你觉得不得不拒绝我时，你都几乎没有正眼看我。"他取笑我说，"显然，我们俩是完全不待见对方的。"西奥跨过座位，弄乱了我的头发。"噢，卢娜！"

豆子在瓦哈卡的工厂里被卸下来，在那里，它们开始了"变成巧克力"之旅。"我带你参观下。"西奥说道。他带着我穿过工厂，和我那座黑暗而永恒的农场（是的，我开始认为它就是我的农场了）相比，这座工厂显得明亮而且非常现代化。我们今天送到的豆子会被清洗，西奥解释道，接着它们将在本周剩下的时间里进行烘焙、分选、碾磨、榨取、提纯、搅拌，最后再加工处理。每一个步骤都有相应的车间。最后，就剩下一些圆形的冰球状——像盘子一样——的巧克力，它们是马克斯出品的标志。参观的最后，西奥递给了我一个巧克力盘："现在你已经从头到尾地看过了西奥布罗玛可可的整个生命故事。"

"西奥布罗玛？"

"我告诉过你这是一个姓。"西奥说道。他继续解释他以可可树种类命名的原因，这是一位受到玛雅人和法国人启发的瑞典人起的希腊名字。"所以你看，我的名字来自世界各地。"

"真是个迷人的名字……"

"有点女性化，你不是曾经说过吗？"

"在我来的那个地方，他们一旦发现你的名字，可能会认为你是一名罪犯。"我脱口而出。

"是的……我经常好奇为什么一个来自不能种植可可以及禁止可可出现的国度的女孩对它的生产感兴趣，以至于和一个恰帕斯的家庭待在一起？你是怎么变得对可可感兴趣的，安雅？"

我脸红了。我能感到我们开始触及危险的话题："我……好吧，我父亲去世了，巧克力是他的最爱。"

"是的，有道理。"西奥点点头，"是的，是的。一旦你回到家里，会用你的知识做些什么呢？"

家？我何时才能回家？温度将近27℃，我能感到巧克力在我手中融化。"或许参加合法化可可运动？还有……"我想告诉他关于我的事，但我不能，"我还没有决定，西奥。"

"那么就是你的心驱使你来到墨西哥。有时候是这样，我们做事情完全不知道为什么，只是我们的内心告诉我们必须这样做。"

西奥不可能理解我的感觉。

"来吧，安雅，我们要回屋了。完成收获后的那个晚上，我的祖母们总是要举行摩尔。这要花费一整天，是极为重要的活动，我们不能晚到。"

我问他什么是摩尔。

"你从来没参加过摩尔？我为你感到遗憾，你可真不谙世事。"西奥说道。

摩尔其实是一次非常大型的活动，会邀请所有农民像邻居一样共进晚餐。卡斯蒂洛也会从神学院回来，到时候会有40个人围坐在马克斯餐厅的长餐桌前。我坐在卡斯蒂洛和卢娜旁边，因为除了西奥和他的母亲，只剩他俩会说英语了。卡斯蒂洛讲完恩典后，宴会开始。

原来，摩尔可以说是墨西哥风味的炖火鸡大餐。味道辛辣，肥美多汁，相当美味。我吃完第二份，接着又吃了一份。

"你喜欢吃这个？"曾祖母露出了缺少门牙的微笑，说完又为我舀了一份。

我点点头："里面有什么？"我脑海中浮现出当把这些食材扔

到我们常见的通心粉和奶酪里时，家人们一脸震惊的表情。

"家族机密。"她说道，接着她又用西班牙语说了什么，这些话超出了我有限的理解范围。

卡斯蒂洛解释道："她的意思是，不是她不想说，而是不能说。她不相信食谱，对于摩尔来说，她尤其不相信食谱。每次做得都会不一样。"

"但是，"我坚持说，"总会有些通用的小诀窍吧。我的意思是，比如什么让这个酱汁如此浓厚？"

"当然是巧克力了！你没猜到为什么祖母们是在丰收节后举行摩尔的？"

巧克力酱汁火鸡？我从未听说过。"在我的家乡，你没法做这个。"我告诉卡斯蒂洛。

"这就是我从来不想去美国的原因。"他对我说着，又吃完了一份。

我看着他笑起来。

"你脸上还有酱汁。"卡斯蒂洛说道。

"噢！"我抓起餐巾，擦了擦嘴角。

"让我来吧。"卡斯蒂洛边说边抓起我的餐巾，把它浸进他的水杯里。"这事比你想的要费力。"他毛手毛脚地擦了擦我的脸，就像我是个小孩子一样。

甜点是三奶蛋糕，一块涂抹着三种奶油的海绵蛋糕。吃过甜点后，一位农民拿出了他的吉他，其他客人开始跳舞。西奥和在场的所有女孩跳了舞，包括他的姐姐、母亲和祖母们。我独自坐在角落里，心满意足，肚子有些发胀，差不多忘了所有的烦心事和我丢下的那些人。后来，夜色已深。卢斯——西奥的母亲，把剩下的摩尔打包放在饭盒里，这样每个人就可以来场她所谓的"第二次晚宴"了。

所有客人离开后，我开始将凳子放回原位。"不，不，安雅，"卢斯拍拍我的手对我说，"这些事情我们明天来做。"

"我不太擅于把事情延后。"我说道。

"但你必须习惯。来厨房吧，我的母亲为家人做了巧克力。"说到巧克力，她指的是我第一天早上喝的巧克力饮料，所以我急于去厨房看看它里面究竟是什么。西奥、卢娜和卡斯蒂洛已经围坐在厨房餐桌前，曾祖母肯定上床睡觉去了。柜台上堆满了锅碗瓢盆和烹饪的残渣。最靠近祖母的柜台上，还有一些剩下的食材，一个红辣椒、一块橘子皮、一个装着一半蜂蜜的塑料熊，还有一些看起来像揉碎的玫瑰花瓣。

"不，不，不。"祖母一看到我就说道，然后用双臂遮住了柜台。我知道她在开玩笑，并不觉得被冒犯。

"我不会看的。"我承诺道。

接着，像经常发生的那样，祖母用西班牙语说了些我听不懂的话，但我确实听到了我的名字。（正如她的发音。）过了一秒，西奥冲了出去。

"西奥，"卢斯叫道，"回来，宝贝！祖母只是在开玩笑。"卢斯对她妈妈说道，"妈妈，你不该那样戏弄他。"

"怎么了？"我问道，"刚刚发生什么了？"

"没什么。祖母和西奥开了个小玩笑。"卢娜解释道。

"我听到了我的名字。"我继续问道。

卡斯蒂洛叹了口气："祖母说只要安雅成为家庭的一员就可以了解配方。"

我看了看祖母。她耸耸肩，像在说"我能有什么办法"。然后，她开始猛烈地搅拌锅里的那些东西。

我告诉他们我会和西奥谈谈。

我走到起居室。他不在那儿，我拿了只手电筒，跑到外面的果园，那里是西奥的最爱之处。尽管夜色深沉，我知道他就在那儿。果然没错，他手里拿着弯刀，正在为他心爱的可可树检查霉菌感染情况。

"西奥。"我说道。

"正因为是季末了，你绝不能对这些可可树掉以轻心。安雅，你能照着这里吗？"

我调整光线朝向他。

"看这里。白色念珠菌。难以置信！"西奥切掉了这个小豆荚，切口有些不整齐。如果是我切的，西奥会再切一遍。

"这里。"我说道，从他手里接过弯刀，"让我来。"我挥起了弯刀。

"还不错。"西奥承认道。

"西奥——"我开口说道，但他打断了我。

"听着，安雅，他们都想错了。我不爱你。"他顿了下，"我只是恨他们。"

我问他，"他们"是指谁。

"我的家族，"他说道，"他们所有人。"

我好奇他怎么会恨他们。他们是那么有趣，对我也很好。

"生活在一屋子女人周围就是一种折磨！她们是一群愚蠢、迂腐的女人。我无法逃离她们。自从我出生起，她们就希望我来经营这个地方。就连我的名字也是这样，安雅。她们希望我来做所有的这些事情，但她们从来不过问，没有人问。我不爱你，不爱。"

"你说过了。"我开了个玩笑。

"不，不，我的确很喜欢你。但自从你来到这里以后……我嫉妒你！我想见识下这座恰帕斯农场和那些在瓦哈卡与塔巴斯科的工厂之外的东西。我想和你一样，迎接未知的一切。"

"西奥，我爱这里。"

"不，对你来说这里只是有趣，因为你不用一辈子待在这儿。他们觉得我爱你，从某些方面来说，我想是的。我很高兴认识你这样的人，一个觉得我知识渊博的人，不会像我一样说话的人，没有从我穿短裤起就认识我的人。如果爱意味着我害怕你离开的那天会到来，也许我是爱你的。因为我知道我的世界会再次变得狭隘许多。"

"西奥，我爱这里……这个地方。你的家族对我非常好。我来的那个地方……不是你想的那样。我没有选择，只能离开。"

西奥看着我："你什么意思？"

"我真希望我能解释，但是我不能。"

"我告诉你我所有的秘密了，你却没说任何一件有关自己的事。你认为你不可以信任我吗？"

我仔细考虑了下。我的确信任他，我决定告诉他我的一部分经历。一开始，我让他承诺对他家族的任何一员都要绝口不提。

"我就是个保险箱。"

"相当吵闹的保险箱。"我说道。

"不，你了解我的，安雅。我只说废话，重要的事情我从来只字不提。"

"你说你嫉妒我，但我发誓，西奥，我有一大把理由嫉妒你。"我告诉他我父亲和母亲被杀，我的哥哥受伤，在潜逃中。（我决定不提起，其实我也在潜逃中。）奶奶去年去世，而我就剩下一个小妹妹，却不能每时每刻和她在一起，这让我饱受煎熬。"我更希望遇到你的那些烦恼。"

西奥点点头。他的眼神和下颌透露出他还有后续的问题想问，但是他没问。相反，他安静了很长一段时间。"你再一次让我觉得自己是一个蠢货。"他握住我的手，向我露齿一笑，"你要待到下一个丰收节，不是吗？我还有很多可以教你的，而且我喜欢和人聊天。"

"是的。"我当然会待到下一个丰收节。我和西奥一样无处可去,只是程度不同。我会一直待在这里,直到我收到可以回纽约的消息或者直到马克斯家族不再想收留我为止,看哪种情况先出现。

08

不速之客，不情之请

　　我尽管是个天主教的乖女孩，但大多时候很讨厌圣诞节。这与耶稣出生在马槽倒没什么关系，而是节日本身。一开始，是因为我的母亲去世了，没有母亲陪伴的圣诞节是一种煎熬。我父亲一去世，这种厌恶变成了一种真正的痛恨。接下来一小段时间，由于奶奶所做的一切努力，我对圣诞节的态度有所缓和。她会带我们去看火箭女郎秀，（是的，过去有火箭女郎秀，以后也会有的！）会和那些跳舞的女郎开玩笑，给我们橘子瓣和马卡龙。自从奶奶病了以后，这些传统活动也随之停止了，我对圣诞节的厌恶之情又恢复了。这是奶奶去世后的第一个圣诞节，我的思绪全在纽约的纳蒂身上。我只能寄希望于斯嘉丽、温和伊莫金能帮助妹妹度过这段时期。

　　明天农场的圣诞节是个严肃的活动。准备食物要花上好几天，到处都装饰着弓、鲜花和耶稣降生画像。马克斯巧克力工厂还制作了降临节日历，里面塞着迷你巧克力雕像：一头小羊羔、一颗心、一个雪人、一顶墨西哥帽、一个鸡蛋和一颗可可豆荚等。纳蒂会喜欢这个日历的，真希望我能给她一个。

由于他们是一个大家族，马克斯一家玩起了神秘圣诞老人的游戏——游戏里，每个人只需买一件礼物。我写下了卢娜的名字。我给她买了一套我和西奥在埃斯孔迪多港吃午饭时看到的绘画颜料。西奥坚持要为我的工作付钱。起初，我拒绝了，但最后还是很高兴有这笔钱为卢娜买礼物。我暗下决心，一有钱就会还给西奥。

在圣诞节前夕，伊莎贝尔——马克斯家族的大姐，和她丈夫从墨西哥城赶来。她非常漂亮，身材颀长，有一个尖尖的鼻子。她看起来就像油画里的天使，不仅气场强大，还隐隐带有怒气。我看得出她不喜欢我。"母亲，她是谁？"我听见她用西班牙语问卢斯。我的西班牙语水平日益提高，尽管不能说出所有我想说的话，但是我的理解能力正变得越来越像样。"安雅。她过来学习可可种植，是你表姐索菲娅的朋友。"卢斯回答道。

"呃，索菲娅。我不喜欢那个女孩推荐的任何一个人。为什么安雅要在这儿过圣诞节，妈妈？她自己没有人陪吗？"伊莎贝尔问道。

"她会和我们一起度过下一次丰收节，"卢斯说道，"她是个非常好的女孩子，你的弟弟妹妹们都很喜欢她。给她个机会，亲爱的。"

到了晚上，我们去做了午夜弥撒。整个过程除了用西班牙语，与纽约没什么不同。

终于，到了圣诞节的早上，我们交换了礼物。如我所料，卢娜爱死了那套颜料。但我没想到的是，马克斯一家玩神秘圣诞老人的玩法是匿名为除自己以外的每一个人都买了礼物。所以尽管我只买了礼物给卢娜，却收到了马克斯家族的所有人（当然，除了伊莎贝尔）的礼物。祖母们送了一本空白食谱册，卢斯送了一顶太阳帽，卢娜送了一条红裙子，我最爱的是西奥送的一把大弯刀。这把弯刀是轻量级的，但很结实，棕色皮革包裹的手柄上刻着"安雅.B"。"我自己刻的，"西奥抱歉地说道，"你的姓我刻不下了，第一次用之前我会把它开锋。"我亲了亲他的脸颊，告诉他这太棒了。

晚上，伊莎贝尔回墨西哥城了。"好吧，或许我们这辈子不会再相见了。"伊莎贝尔亲我的双颊之前说道。那两个吻如此冷淡，就像离开前的命令一样。我在想过去了这么长时间后，是不是可以试着联系西蒙·格林了。

总的来说，这是一个美好的圣诞节。到晚上，在床上的我才感到孤单的袭来。或许我还哭了会儿，即便如此，那也是非常小声的，我想不会有人听到。

第二天早上，我决定睡个懒觉。我不需要去果园或者其他地方。卢娜敲门时，我还在睡觉。"安雅，楼下有个人说他认识你。"

我的心脏在胸腔里猛地跳动起来。会是温吗？

但我转念一想，如果是温的父亲，或者是温父亲的使者来带我回自由管教所怎么办？

"年轻人还是老人？"我尽量克制声音的颤抖。

"年轻人。当然是年轻人，"她回答道，"还非常英俊。"

我匆匆地穿上卢娜送我的红裙子，因为我实在不想把它丢在一旁。我穿上一件白色上衣，系上一条皮带。我把新弯刀别在腰上以防不测，又在外面套上了一件毛衣。我走出卧室，下楼，手里虚握着弯刀的刀柄。

大野友治站在门边。他没有穿着往常的正装，而是穿着棕褐色的长裤和一件轻便的黑色毛衣。

"惊喜吧！"卢娜说道。

我把目光移到卢娜身上："你认识友治？"

"我当然认识了，"卢娜说道，"他在索菲娅表姐结婚之前与她订过婚。友治说你们三个曾一起上学。安雅比你低一两个年级吧，友治？"

"或许是三个年级，"友治说道，"安雅。"他从头到脚地打量了我，接着向我伸出了手，"你看起来不错。"

我很高兴看到一张熟悉的面孔。我把他拉到身边，吻了吻他，虽然我们一般不这样。我能感觉到他对我身上刀柄的反应，因为它抵到了他的大腿之间，我推开了他。"你在这儿准备待多久？"我问道。

"最多两天。我在考虑更换我的可可供应商，我觉得在作决定前，应该来这里看看马克斯家族的农场和工厂。尽管这是圣诞节的后一天，马克斯夫人和她的儿子今早还是非常友好地接待了我。就像卢娜提到的，我是这个家族的老朋友了。想象下我发现老同学安雅·巴纳姆在马克斯家族这里时的惊讶之情吧。

"西奥说你已经可以带我去可可园逛一圈了。他说你对可可了解的程度差不多和他一样了。"

"他夸张了，"我表示反对，"我勉强算个初学者吧。"

我们把卢娜留在家里，我带着友治进入可可园。

"我说过我会来的。"他低声说道。

"我们是校友，嗯？"

"这似乎是最简单的解释了。"

"大家怎么样？"我问道，"我一点消息也收不到！"

"等会儿说这些，安雅。我给你带了件圣诞礼物，你绝对会喜欢的。"

我不关心圣诞礼物，我只想知道他们的音讯。

"我妹妹怎么样？"

"据我所知，很好。"

"我哥哥呢？"

"他——"友治顿了顿，"还不错。"

"你犹豫了。怎么回事？"

"说来话长了，安雅。等会儿我告诉你。但利奥是安全的，如果你是担心这个的话。"

"利奥发生什么事情了吗？"我在果园里没有看到任何人，所以放心地喊了起来。

"你的哥哥，看起来，坠入爱河了。"

利奥应该和僧侣们住在一起啊。谁能在那里坠入爱河？"她是谁，友治？"

"无名之辈。有人告诉我说是一个渔村女孩。如果两人的关系要再进一步的话，她的家庭是不会反对的。"

我考虑了下："这个女孩不介意他做了错事？"

"不知道。我甚至不确定她是否知道这件事。"

我在可可豆荚上发现了一点霉菌，于是从皮带上解下弯刀，切下了感染的豆荚。"腐烂的豆荚。"我解释道。

"安雅·巴兰钦，我从未像现在这样欣赏你。"友治对我说道。

我已经几个月没有听到别人说起我的真实姓名，这让我感到有点陌生。我坐在草地上，背靠着树干。

"说你见到我很高兴。"友治命令道。

"当然了，我见到你很高兴。"

"告诉我你在这里的经历，我都想知道。另外，我很快就能见到你的家人，他们会渴望得到你的消息的。"

我告诉他货轮的货柜，剪掉的头发，学习种植可可以及所有马克斯家族的事情，尤其是西奥。

友治安静地听着。"你曾经告诉我你恨巧克力。你现在还是这样认为吗？"

"不，友治。不再是了。"在这里的时光改变了我的想法，我能感觉到。

"那温·德拉克罗瓦呢？你很想他吗？"

事实上，我没有——不是因为我不爱他，而是我受不了自己想着他。今天清晨，我为之怦然心动的人还是温。

"你还记得我对你说过，有一天我会需要你的帮助吗？"友治问道。

我点点头。我怎么会忘记？那是在我请求他把我的哥哥藏在日本那个晚上。

"好，那现在时候到了。"

我毫不犹豫地问他需要我做什么。

他抓住我的手："我想和你结婚。"

"友治，我……我……我……我，"我一时语塞，"我不能和你结婚。我才十七岁。我不能和任何人结婚！"我退缩的时候，弄掉了我的弯刀。友治弯腰把它捡起来。

"不用，"我说道，"我自己来。"

"我知道你才十七岁，所以我们不必马上结婚。你只需和我订婚。"

"友治，但我不爱你。"

"我也不爱你，但是我们必须结婚。你没发现吗？这是拯救巴兰钦巧克力的唯一途径。如果我成了你的丈夫，我就能帮你重组业务，保护好我们的利益。

"关于这件事，我想了很久。本来，在巴兰钦毒巧克力事件后，我不知道该做什么。我应该彻底消灭掉巴兰钦巧克力吗？我应该袖手旁观看着它毁掉自己吗？或者我应该介入此事吗？我相信我都已经告诉过你了。"

当时他可没有这么直截了当地说。

"但是后来我在婚礼上遇见你时，我想：'还有另一种方式。这个女孩很强大，她可能会是一个好领导。对我来说，和她成为利益上的伙伴，让我们的公司越做越大该有多好。'于是我开始着手制订一个计划。"

"和我结婚的计划？"

"不。起初，我想让你与米基合作，一旦他父亲去世，你们两个应该足以稳定巴兰钦巧克力的局面。但是由于很多原因，这个计划失败了。我不是在责怪你，安雅。你的心思被你的男朋友、学业和法律问题占满了，我想，这些也是你的责任吧。你还很年轻。虽然米基年纪大些，但他太过依赖于他的父亲。我知道这种要求对你来说太过分了。"他顿了下，"你应该知道在你走之后，巴兰钦家族内部的斗争正逐步加剧。"

"为什么？"

"谁知道呢？因为新地区检察官的选举？致力于合法化可可

的人群的呼声？不管是什么原因，巴兰钦巧克力公司的普通员工都很愤怒。我的意思是，我唯一能介入的方式就是让我有权这么做。如果能成为你的丈夫，我就会有这个权利。”

“我能带来什么不同，友治？”我问道，“我已经是个边缘人物，现在还在逃亡。没有人在意我。”

“那不是真的。你很清楚那不是真的。你仍然是巴兰钦巧克力的继承人，还有，因为你的恶名，人们想起巴兰钦巧克力时，脑海中都会浮现出你的脸庞。”他握住我的手，但我推开了他。

他以前对我说过的每一句善意的话，对我做过的每一件善意的事情，我现在都要好好想想。我想知道自己是否是被精心安排的棋子，他的计划是否是利用我以控制巴兰钦巧克力。

还有……

不可否认的是，我欠他人情。我想把哥哥弄出国的时候，他帮助了哥哥。而且，某种程度上说，他也为我做了同样的事情。这值多少？或者说，我欠他多少？

“友治，”我问道，“如果我拒绝你会怎么样？”

友治用手托住下巴：“我希望你不会。”

“这是个威胁吗？”

“不是，安雅，我……或许我的方式错了。我本应该说我有多钦佩你，以及在你身上看到了多少值得我尊敬的地方。如果我没有提及‘爱’，也许是因为我不认为爱如此重要。”

“那什么重要？”

"在婚姻中，重要的是情感的分享、共同的利益以及共同的目标。"

"那并不是很浪漫。"我说。

"你想要我来一出小女生的浪漫爱情幻想舞台剧吗，我应该单膝跪地吗，我应该告诉你我觉得你很漂亮吗？我觉得你已经不需要这些无意义的姿态了。"

事实上，我觉得自己更喜欢舞台剧，但是一切都太迟了。

"如果我拒绝你会怎么样？"我重复自己的问题。

友治点点头："好吧，那么我们的合作就此破裂。我不会成为你的敌人，但我当然无法忘记你没有给予我你所欠的恩惠。"

"友治，要点别的！"

"除了你，其他的我都不想要。"他的声音如往常一样冷静，而我被激怒了。

"你所要的可不止一点恩惠。你非常清楚你提出这样的请求是不公平的。"

"为什么？"终于，他开始听起来像我一样沮丧，"我喜欢你，这让我想和你联手，而不是毁了你。这还不够吗？像我们这样的人，婚姻就是商业性质的安排，没别的了。我父亲这么想，如果你的父亲还活着，他也会这样告诉你的。"

他说的这些听起来合情合理，只可惜他完全错了。

"为什么不公平？"友治又问道。

"因为这是我的感情。"

"因为你爱其他人？"

"你为什么要在乎这个，友治？反正你又不想要我的爱，只想要我的顺从。"我开始往家走。友治抓住了我的肩膀。

"安雅，晚上好好想想我的要求吧，想想你的处境，还有你妹妹的和你哥哥的。我不是在威胁你，我是在陈述事实。我一直是你忠实的朋友，如果你愿意的话，我还可以做得更多。"

我摇摇头。

"我说过了，你在晚上的时间好好想想吧。我走之前会来见你的。"他低下头，从口袋里掏出一小沓纸，上面系着一条红丝带，"拿去，这是给你的礼物。"

"这是什么？"

"信，"他说道，"你的家人和朋友寄给你的。西蒙·格林把它们收集好给我，让我转交给你。"

我从他手中接过这一小捆信。我以前还从来没有收到过信。"谢谢你，"我说道，"真的非常感谢你。"

"如果你今晚回信，我可以把信带回美国。我至少一个月不会回那里了，不过我应该能很快见到你的哥哥。"

我不知道是否可以相信他，但还是谢谢他的提议。

我意识到我的弯刀还留在那棵可可树下的时候，友治已经开始往主屋走，去和马克斯家族道别了。我告诉友治待会儿见，往回跑向了果园。西奥站在空地上，他拿着我的弯刀，表情有些羞怯。

"西奥！"我吼道，"你一直在那儿吗？"

和往常不一样，西奥没有回答。

"你听到了我们整场对话吗？你在跟踪我吗？"

"听着，安雅，不是那样的。我只是跟着你到果园确保你的安全。我不太了解友治这个家伙。"

"那就是在跟踪我！"

"原谅我。这不关我的事。"

"西奥！"我的心在狂跳，我真想掐死他，"那你知道我是谁，知道我的名字了？"

西奥叹口气。

"说我的名字，西奥。"

"安雅，我知道你是谁已经好几个星期了。自从你告诉我关于你的家人被杀的事，我就大致猜到了事情的全貌。你认为我在刀柄上只刻了一个字母是为了什么？"

"你把我的事告诉其他人了吗？"

"当然没有。我没有告诉任何人。你认为我是这种毫无信用的人吗？就像我告诉你的那样：西奥布罗玛·马克斯就是一个保险箱。"

"但是你刚才听到了所有的事情？"

"是的，我很抱歉。"西奥顿了顿，"你不能和这个男人结婚，安雅。他在欺负人，要我说，他可不是什么绅士。"

尽管我已经与友治讨论过，但还是不能像西奥那样看待他。我告诉西奥我很疲惫，虽然我的身体真正疲惫的部分只有嘴巴。我不想再说话了。我想回屋一个人读信，这就是我要做的。

09

家中来信

亲爱的安雅：

　　我希望这些信能安全地到你手中，也希望你去×××的旅行不会太艰辛。预计×××会去×××，格林先生和我准备好这些信，希望它们能够在圣诞节前寄到。特别要说的是，我曾经权衡过把这些信放在一个包裹里是否明智，因为一旦被截获，这些信可能会成为罪证。但是在严肃地告诫了寄信人后，我最终认为利大于弊。你的父亲，我的上一位客户，一定希望你知道在这个假期里，你的朋友和家人认识到了你是多么重要。

　　书归正传。

　　Re：纳塔利娅监护权的问题

　　我已经完成了文书方面的工作，所有的工作都按照我们讨论的在进行。

Re：你离开纽约的行为

尽管后来有人对你的失踪感兴趣，但是市政方面的官方说辞是他们既没有资源也没有人力去追踪安雅·巴兰钦。

Re：你何时能够回来

地区检察官办公室经历了政权更替，我不知道他们是否会关心我们的利益。

Re：你的尤里伯父

他还活着。

Re：家族生意

格林先生相信胖子或许正试图在公司里发挥更积极的作用。

我经常会想起你，凯莎和格蕾丝也是。

假日快乐，

S. 吉卜林先生

2083年12月7日

最亲爱的姐姐：

（你喜欢这个问候吗？我在伊莫金的一本书里看到的。）

好吧，距离你离开我们快两个月了。一开始我很生气，但是后来西蒙·格林解释了你不能告诉任何人你去了哪里的原因，你甚至不能告诉别人你要走了，我就或多或少原谅你了。要我说，这就是姐妹的好处吧。

家里的情况尚可——起先我写的是"还好"，但我觉得你会喜欢一个更书面的词汇。在你离开后的某一天，他们搜查了屋子，但一无所获。

学校的情况也还可以。

温有时来看看我。他真好，安雅。说真的，他是世界上最好的男孩。他有时带我去上课，甚至感恩节也过来了一两天。

哈，查尔斯·德拉克罗瓦输掉了竞选！消息到你那儿了吗？我感觉温对于此事很高兴，但在败选演说中，他还是站在他爸爸的边上。

发生的另一件事情是斯嘉丽怀孕了。我知道她也写了一封信，所以我猜她会和你详细说说。她没说孩子的父亲是谁，但是所有人都认为是盖布尔·阿斯利，即便他不再是她的男朋友。学校里的人对斯嘉丽很刻薄。有一天，我发现她在三楼厕所里哭泣，她说她很想念你，希望你此刻在这里。她很伤心。（有趣的是，我去那里也是想自己一个人哭一会儿。）

好了，就这样吧。我一直在想你。我想知道你身在何方，希望那里的人会对你好。

就像我之前说的，我没生气，安雅，但我还是希望你告诉我你在哪里。我是你的妹妹，我宁愿自己决定是否要和你在一起。我不是有意抱怨。

爱你的妹妹，

纳塔利娅·巴兰钦

2083年11月5日

P.S. 你觉得吉卜林先生成为我们监护人的计划怎么样？

P.P.S. 我不想烦你，但你什么时候回家啊？

P.P.P.S. 写一封信比我想的要难。

P.P.P.P.S. 我没有做那么多的噩梦了。

安雅：

长话短说，纳塔利娅一切都好。她很想念你，但你的朋友温和斯嘉丽尽他们所能逗她开心。我要承认，没有你，公寓显得空荡荡的，我们消耗豌豆的速度也比以前慢了。我们都盼望你快点回来。没有人告诉我你在哪儿，但我知道，你第一次离家出走可能会感到迷茫。引用我最喜欢的一本小说里的一段话——我相信你也会认同这句话的："我感到自己在世上孤苦无依，一切联系都已断绝，难以预测能否到达目的地，返回原地又障碍重重。对一个毫无经验的年轻人来说，这实在是一种十分奇特的心情。

冒险的魅力使这种心情显得美滋滋的，自豪的喜悦使它变得热乎乎的，紧接着恐惧的战栗又使它不得安宁。当半小时过去，我依然孤身一人时，恐惧在我的心里占了上风。我决定自己按响餐铃。"在我看来，这是个好建议。如果失败了，就按铃吧。

伊莫金·古德菲洛

2083年11月30日

我亲爱的安妮：

我的人生陷入了彻底的悲剧。

你还记得你在自由管教所医院时，我是怎么吐的吗？好吧，我从来没得过感冒。我想，噢，斯嘉丽，这是多么幸运啊！但后来，每天下午我都准时在同一时间不停地呕吐，这说明，我，你这个傻傻的、失恋的朋友怀孕了！是盖布尔·阿斯利的，那个禽兽。我还没告诉他宝宝是他的，但是他知道，我确定他知道。事实上，自从那天和他闹翻了后，我就没跟他说过话了。他想和我说话，但我不理他。我不在乎。我绝不会和他一起抚养宝宝。连一只猫我都不会和他养，哪怕是一只毛绒玩具猫。

至于怀孕……最大的悲剧就是我原本会在秋季莎士比亚剧里扮演朱丽叶，后来我告诉比利先生我怀孕了，那个畜生就把我赶出了剧组。你能想象吗，安雅？演出没有我了。

还有，我的胸现在和你一样大了。它之前还跟猕猴桃一样大，现在却成了西柚！我还不算很胖，但很快就不得不穿有松紧带的圣三一校裙了！你能想象吗？斯嘉丽·巴伯用松紧带？

还有，还有，我现在形单影只。剧组里面的所有人都忙于演出的事情，其他人都无视我。温是我这些日子里唯一的朋友。他经常和我说起你。要是我不经常想想你，日子真是太难熬了。

猜猜谁步你后尘在"被圣三一驱逐的女孩排行榜"上占有一席之地？显然，怀孕是天主教学校所唾弃的。谁知道呢？因为我高三了，他们让我留下来，但我已经清楚地知道，自己成了一个活生生的反面教材。

说到这个问题……我怎么能傻到和盖布尔·阿斯利睡到一起？是的，他说他爱我。但他也对你说过，你还是没有向他张开双腿，不是吗？

我还有数不清的事情想对你说，但是我很困，最近我老是打瞌睡。如果知道哪里能弄到巧克力的话，我就去吃了。

圣诞快乐，安妮，我的爱。

我爱你！我爱你！我爱你！

斯嘉丽

安雅：

　　吉卜林先生叫我在没有更多的确切消息前，先不要告诉你关于生意的事情，但我觉得我必须这么做。我相信你的堂叔胖子正在采取行动，从尤里和米基手里抢生意。如果这最终发生，巴兰钦巧克力将陷入一片混乱。胖子是一个只会小打小闹的人，他无法理解宏观组织策略在过程中起的重要作用。我目前正在努力安排你的回归。一月，我安排了与贝莎·辛克莱的会面，看看能做些什么。等时机成熟，我就联系你。

　　记住，安雅。你仍然是利奥尼德·巴兰钦之女。你比尤里、米基或者胖子更名正言顺。你越早回家越好。即便是回到自由管教所的安雅·巴兰钦，也比看不见摸不着的安雅·巴兰钦要好。如果有所越权，请原谅我。

您谦卑的仆人

西蒙·格林先生

安妮：

　　这不是一封情书。

　　如果写一封情书给你，我觉得你会笑我，所以我不会这样做。如果无意间还是成了一封情书，我允许你把它烧了。

那么，如下：

我吃了一个橘子，我想起了你。

我做了一个组织分解的实验，我想起了你。

我坐火车去看我姐姐在奥尔巴尼的坟墓，我想起了你。

乐队在秋季舞会上演奏，我想起了你。

我在街上看到一个黑色卷发的女孩，我想起了你。

我把你妹妹带到科尼岛，她是唯一一个像我一样忧郁的人。纳蒂是世界上最聪明的孩子，也是个好同伴。我还是想起了你。

你经常说，你认为我喜欢你的唯一原因是因为我父亲——我喜欢你，是因为我父亲希望我不喜欢你。好吧，你可能会想知道爸爸输掉了选举。他出局了，我仍然喜欢你。

以上。

这不是一封情书。

温

我读了好几遍。我把它们贴在脸上，这样就能感觉到亲人、朋友们曾经触摸过的地方。我还试着闻了闻信，但除了墨水和新鲜纸张的味道，一无所获。（如果你从来没有闻过，墨水味是一种奇怪的苦味，和血差不多。）

在经过这么长时间的杳无音信之后，消息如排山倒海般涌来。我离开纽约时，埋葬了安雅·巴兰钦。在墨西哥，我以另外一个女孩的身份重生。我喜欢另一个安雅，但是这些信提醒了我，我永远无法成为她。

有人在敲门。"我能进来吗？"西奥问道。

我把这一沓信塞进了枕头下面。

"进来吧。"我说道。西奥走了进来，关上了身后的门。"别人告诉我，在明天农场，男孩子是不允许进女孩子房间里的。"我说道。

"这是特殊情况。我觉得你可能需要谈谈。"西奥说道。

他已经知道了我的秘密，所以我决定对他卸下心防。除奶奶以外，他是我第一个真正的密友。

西奥静静听我说完，他沉默了一会儿，开口说道："你要做的是，首先，不要和大野友治结婚。他不爱你，安雅，显然，他只是想扩张他的版图。其次，不要回纽约，"他顿了下，"永远。"

"但是西蒙·格林说所有事情都在崩溃。友治，先不管他的动机，他也是这么说的。"

西奥耸耸肩："就算巧克力公司倒闭有什么关系？都是骗子。它对于你意味着什么？你为什么要关心巴兰钦巧克力的结局？这家公司带给你的只有痛苦。"

我想了下他说的话："我关心是因为我父亲建立了这家公司。如果巴兰钦巧克力倒闭，就好像我父亲再一次死去一样。"

　　西奥慢慢地点点头："你爱巴兰钦巧克力就像我爱可可一样。"

　　"我不会说'爱'这个字，西奥。"

　　"是的，你说到点子上了。'爱'这个字不准确，对我来说也是这样。有时我恨可可。"西奥看着我，"你不爱巴兰钦巧克力。你就是巴兰钦巧克力。"

　　"是的，我想是这样。"

　　"那你必须回去。但我认为这事急不得，你应该让律师安排你回归的事宜。在那之前，你可以帮我为下一个丰收节作准备。"

　　"谢谢你，西奥。"和别人讨论后，我感觉好多了。

　　"不客气。"西奥站起来走向门口。突然，他停住了脚步："安雅，告诉我一件事情。"

　　"什么？"

　　"那一包信里面有你男朋友写的吗？"

　　我笑西奥："是的，西奥。可笑的浪漫。"

　　"读给我听听。"

　　"不行。"

　　"为什么？这对我来说是好事。你不想我向温这样一个情场高手学习下吗？"

我对西奥摇摇头。我走到门边，亲了亲他的脸颊，然后把他推出了门外："你该走了。赶紧的，西奥，马上！别让卢斯把我们逮个正着！"

早上，我走出门外，友治正在等我。"我们去我车里说。"他说道。

车是黑色的，有着厚厚的着色窗户，可能是防弹玻璃。他的司机依然是那个在去年春天奶奶去世时我见到的魁梧男人。友治让司机离开，然后为我打开了门，让我可以和他一起坐在后座。

"友治。"我开口说道。昨晚我未能入眠，一直翻来覆去地想我要对他说的话。我的话听起来就像预先排练过的一样："友治，首先我想谢谢你的友谊。你是我最好的朋友，也是我家族的朋友。"

友治轻轻点了下头，一言不发。

"非常感谢你关于——"对我来说，哪怕是说出"结婚"这个词都很困难。

"结婚的提议，我知道你不是随便说说，我真的很荣幸。但是，我想了很久，我想让你知道我的心意并没有改变。对于结婚，我太年轻了。就算我不年轻了，在离开家乡这么久的时候，我也不想作这么大的一个决定。"我打算绝口不提爱的事。

友治盯着我的脸，接着低下了头："我尊重你的决定。"他又低下了头，这次埋得更深。

我向友治伸出手。"我希望我们还是朋友。"我说道。

友治点点头，但没握我的手。我当时能感觉到他很受伤。"我得走了。"他说道。

他打开车门，我下了车。他的司机钻进车里，接着他们就离开了。我注视着车离开，直到它消失在我的视线外。

尽管那天是21℃，但是一股不寻常的风刮过，我的头发拂过了脸颊，手臂上起了一片鸡皮疙瘩，心里升起一股难受的寒意。我走进屋里，看看能不能向卢娜借一件毛衣。

10

种瓜得瓜

新年一过，我们马上开始了在果园的劳作。我要赶在黎明之前起床，把我新长的马尾辫盘在头上，然后加入西奥和其他工人中去。我的身体比刚来这儿时壮些了，所以感觉一月的工作要轻松些。当我和西奥说起这个，他笑了。

"安雅，"他说道，"我们可是在午睡季哦。"

"午睡季？"

"大部分作物都已经收割了，而第二个可可季收成总是没那么好。所以我们就工作一小会儿，吃个丰盛的午餐，打个小盹儿，再工作一会儿。午睡季嘛。"

"没那么轻松。"我抗议道。为了证明我的观点，我给他看我的手，使用新弯刀的手磨出了新的水泡。西奥之前按承诺帮我开锋了这把刀。

"哈，你可怜的手。"他握着我的手，把它靠在自己粗糙的手掌上，"你很快就会长出像我这样漂亮的老茧。"突然，他拍了一下我的手。

我毫无招架之力。"疼啊！"我叫道。

西奥发现事情闹得不愉快了。"我只是想帮助你长出老茧。"他辩解道。

"是的，那可真好玩。你知道吗？有时你真是一个蠢货。"我从他身边走开。自从上次和他祖母的那件事发生后，西奥时不时地会向我展示下他有多不喜欢我。

西奥抓住了我的肩膀。

我挣脱开："让我一个人待会儿。"

"原谅我。"他单膝跪下，"原谅我。"

"不管是不是午睡季，工作都不轻松，西奥。"

"我知道，"他说道，"是的，我很清楚。在其他国家，他们让小孩在果园里工作。父母们将他们免费出售。我告诉你，这让我恶心，安雅。所以，我的可可会贵些，因为我给货真价实的农民付实实在在的薪水，我认为这是值得的。优秀的农民产出优秀的产品。我的可可味道更好，我也不用去教堂忏悔，你明白吗？"

我压低声音，问他是否知道巴兰钦用的是哪种可可。

"没用我的，"西奥说道，"我不知道你的家族具体用的是哪一种可可，但是大部分黑市巧克力品牌只能用他们能弄到的最便宜的可可。这就是做黑市生意的事实。"

西奥太好了，没说出这个事实对我家族来说意味着什么。

"我确实见过你父亲一次，"西奥说道，"他来明天农场见我的父母，想把可可供应商换成我们。我的父母也认为他很有诚意。我记得妈妈和爸爸甚至在考虑购置更多的土地，成为巴兰钦巧克力的供应商对我们家族来说意味着很多收入。但大约一个月后，我们就听说利奥尼德·巴兰钦死了，所以交易取消了。"

西奥见过我父亲！我垂下弯刀："你能记起爸爸说了什么吗？"

"那都是很久以前的事了，安雅，但是我记得他告诉我他有个儿子，和我差不多大。"

"我哥哥，利奥。那时候，他病得很重。"

"他现在怎么样了？"西奥问道。

"好多了，"我告诉他，"好很多了。大野友治还说他坠入爱河了。"我转了转眼珠。

"你不相信？"

我没有理由不相信大野友治。还有其他的原因是，在过去的几个月里，我开始意识到我其实对利奥所知甚少。我总是想保护他，但我认为我没有真正地去了解他。我耸耸肩："如果真是这样，我为他高兴。"

"好样的，安雅。这个世界需要更多的爱，而非更少。说到这儿，我想带你去工厂里看看我们为情人节制作的巧克力。这是我们工厂里一年之中最忙的时间。"

我问他为什么要为情人节做巧克力。

"你在开玩笑吗，安雅？我们制作心形巧克力和糖果盒还有其他所有东西！在你的国家，人们在情人节干什么呢？"

"什么也不干。它不再是一个非常流行的节日了。"我记得奶奶告诉我们情人节曾经是一件大事。

西奥张开了嘴："没有巧克力，没有鲜花，没有贺卡，什么都没有？"

我点点头。

"太悲伤了。哪里有浪漫？"

"我们仍然浪漫，西奥。"

"你是说你的温吗？"西奥打趣道。

"是啊，他非常浪漫。"

"我去纽约时，必须会会这个情圣。"

我问他何时会去。

"快了，"他说道，"你前脚走，我后脚跟去。"

"那农场和工厂怎么办？"

"你担心这个？自有人经营。不妨让我的姐姐和哥哥们来作个改变。"西奥笑道，"准备好哦，安雅。我要和你待在一起了。我只期待一个隆重的接待。"

我告诉他，他想来，我随时欢迎。

"安雅，现在我和你说点儿正经事。"

我已经知道那事儿一点也不正经："什么事啊，西奥？"

"在我和温之间，你其实该选我。你和我有这么多的共同点，多说一句，我真的很可爱。"

我无视他，回去继续工作。

"安雅，温他……很高吗？"

第二天，西奥和我驱车前往工厂，在那里他们生产如西奥所说的产品，还有其他商品：护手霜和保健粉，甚至还有能做出祖母牌热巧克力的散装小包。

等我们回到明天农场的时候，已是日落之后，工人们已经回家了。我和西奥快速检查了一番果园。我听着树叶的沙沙声，静静地走在西奥的前面。有可能只是一只小动物，但我还是摸出了我的弯刀。我握着刀，这时一个有念珠菌发霉迹象的豆荚吸引了我的注意力。我弯下腰，把它切下来。

过了一秒，西奥大声叫道："安雅，转身。"

我以为西奥在开玩笑，所以继续做手里的工作。

"安雅！"

我仍然蹲在地上。我转过头，在我后面站着一个身材高大的男人。我首先注意到他戴着一个面具，然后发现他有枪。枪指着我的头，我很确定我死定了。

我眼角的余光看到西奥跑向我，刀已出鞘。

"不要过来！"我尖叫道，"西奥，回去！"我不想西奥因此送命。

我的尖叫肯定吓到了那个戴面具的人，因为他犹豫了一秒。面具男子转过身，这时西奥一刀砍在他的肩膀上。枪响了。枪装了一个消音器，所以发出的声音非常小。我能看见枪口喷出的火花。我能确定西奥被击中了，但还来不及确定是哪个部位。我拿起我的弯刀，举起手臂。来不及思索，我就切下了面具男子的手。是他的右手，拿着枪的手。这很难，但我的刀已经磨快，我在可可豆荚上做了很多练习。（旁白：回想起来，这感觉就像我从十一月以来一直训练的那样。）切下一个人的手和一个可可豆荚的唯一区别在于有没有血。有如此多的血。血喷涌而出，溅到了我的脸和衣服上，片刻过去，目光所及之处都是红色的斑点。我擦了擦眼睛。这个男人放下了枪（和他的手）。我能看见他握着手腕，跑向雨林深处，消失在黑暗中。他有可能流血至死。

　　"Fffffiiiickerrrr."他号叫道。或者类似的语言，我不太分得清。

　　我转身走到西奥躺着的地方。

　　"你还好吗？"我问他。光线变暗，我看不清他流血的地方。

　　"我……"

　　"你伤口在哪儿？"我问他。

　　"不知道。"他的手虚弱地指了指胸口的那个方向，我的心跳骤然变慢。

　　"西奥，我必须回去求助。"

　　他摇摇头。

　　"西奥！"

"听我说，安雅。别告诉我母亲发生了什么。"

"你疯了。我必须告诉你母亲发生了什么。我得帮你。"

西奥摇摇头："我要死了。"

"别乱想。"

"妈妈会怪你。这不是你的错，但是她会怪你。不要告诉任何人你是谁。"

"我现在要走了！"我从西奥手里抽出手，跑向屋子。

接下来的几个小时，我的记忆一片模糊。卢斯、卢娜和我把西奥抬到我们用床单临时铺就的担架上，拖着他上了卡车，然后开车去离这儿半小时路程的医院。在那个时候，西奥已经昏了过去。

我尽可能清楚地向卢斯和卢娜解释了事情的经过，虽然我自己也不清楚事情的来由。

我们到了医院，我向当地警察又讲了一遍事情经过，接着他们向我提问，卢娜在一旁翻译。"不，我不认识这个男人。不，我不知道他为什么出现在果园。是的，我切掉了他的手。不，我没有拿走它，它和他的枪应该还在那儿。"

"你叫什么名字？"其中一个警察问道。

我没有马上回答。卢娜替我答道："她是安雅·巴纳姆。她和我们在一起是为了学习可可生意。她是西奥非常好的朋友，也是我们表姐的密友，我不喜欢你问她话的方式。"

终于，警察扔下我去看看他们是否能够找到枪和手，还有那个一只手的男人。

卢娜轻轻拍了拍我。"不是你的错，"她说道，"我们有很多可可竞争对手。虽然之前从来没有演变成暴力事件，但……我一点也不明白！"卢娜开始哭起来。

一个医生走过来告诉我们："子弹穿过了他的肺和食道。西奥的情况很严重，但是他现在稳定下来了。"医生说的是西班牙语，"如果愿意的话，你们可以回家了。"

"他醒了吗？"西奥的母亲问道。

医生说西奥的家人可以进去，我走出了病房，试着打了一个电话。

已经快晚上十点了，也就是说纽约这时快11点了。我知道打电话是危险的，因为有可能会向政府暴露我的位置，但是我需要和吉卜林先生谈谈。我需要回家。

我拨了吉卜林先生家里的号码。尽管很晚了，他还是立刻接了电话，能听出他是完全清醒的。我告诉他我是谁，他听到我的声音甚至没有感到一丝惊讶。

"安雅，你怎么这么快就知道了？"

在那一刻，我被搞晕了。我在想他是否从某处得知了西奥·马克斯被枪击的事情。"你怎么知道的？"我问道。

"我……你妹妹，纳蒂，给我打电话。她现在和我在一起。"

"纳蒂为什么会给你打电话？为什么纳蒂和你在一起？为什

么纳蒂不在家？"

"等等，"吉卜林先生说道，"我觉得我们说的不是一件事。你先说吧。"

"西奥布罗玛·马克斯被枪击了。我认为杀手的目标是我。"

吉卜林先生清了清喉咙："噢，安雅，我很抱歉。"

"我……我想回家。我不想给马克斯家族带来麻烦。就算我必须回到自由管教所，我也要走。"我补充道。

"我明白。"吉卜林先生听起来有些心烦意乱。

"你之前说的事是什么？"我问道。

"安雅，这里的情况非常严重，对我来说也没有更好的处理办法。伊莫金·古德菲洛死了。"

我在胸前画了个十字。我几近崩溃。我怎么能生活在一个伊莫金·古德菲洛死去的世界？那个爱纸书的女人，那个精心照顾奶奶的女人。伊莫金，我的朋友。

"她是因为保护你妹妹而死的。当时枪击发生在公寓外面的街上，伊莫金替你妹妹挡了一颗子弹，她死在了去医院的路上。纳蒂立即被送到了我的住处。当然了，她现在情绪异常激动，必须要注射镇静剂才行。安雅，你还在吗？"

"是的。"我虽亲耳听见却无法相信，"你认为这两场对我和纳蒂的袭击是有关联的吗？"我问出口的时候，就知道答案是肯定的。

"我担心它们有，"吉卜林先生说道，"在接到你的电话之前，我还希望对你妹妹的这次袭击只是一场随机的暴力行为。"

"有人试图除掉利奥尼德·巴兰钦的孩子？"突然间，我想到了在日本的哥哥。

"利奥。"吉卜林先生和我同时说道。

"我马上给大野友治打电话。"

我挂掉电话，随即拨通了另一通电话。这次，是打给大野友治的。他没有接。我急得想大声喊叫，但是考虑到医院里有许多病人正准备睡觉，我忍住了。除了大野友治，我竟然没有其他任何方法联系到我哥哥。我太信任这个人了，这个——让我们面对现实——我几乎一无所知的人。

卢娜拍我的肩膀时，我正要再次试试拨打大野友治的电话。"安雅，西奥现在想见你。"

我点点头，跟着她进了西奥的病房。我忍不住想起了温和盖布尔。我所到之处，暴力如影随形。

西奥戴着一个呼吸机。尽管他皮肤黝黑，但脸色看起来还是那么苍白，没有血色。由于做了气管切开手术，他无法和我说话，但她们给他在床上留了一台平板电脑，这样他就能在上面写一些信息。"安雅，"他写道，"我爱你就像爱我的妹妹……"

屏幕上，他的笔迹很微弱。

"我爱你就像爱我的妹妹，但你必须得走。做这个事情的人……"

我把手放在他的手上。我知道他想写什么。"做这个事情的人可能会回来完成任务，或者再派另一个人来。你爱我就像爱你的妹妹，但你更爱你的家人。只要我在这儿，她们就不再安全。"我说道。

西奥悲伤地点点头，他的眼里泛着泪光。

"我很抱歉，西奥，我真的非常非常抱歉。我收拾东西今晚就走。"

他用力抓住我的手。"你去哪里？"他写道。

"回家，"我说道，"我不确定自己是否应该来这里。我不觉得人能逃避现实，它们总会伴你左右。"

"我很高兴你来这儿。我的心……"平板电脑从床上滑落，我来不及接住，它掉落在地上。西奥把手放在我的心口上。

"我知道，西奥，"我说道，"答应我，别再想着我了。我只想你快点康复。"

卢斯在医院陪着她的儿子。在车里，卢娜没怎么和我说话。我告诉自己她也累了。

我们到了明天农场，卢娜走到厨房告诉祖母们西奥最新的情况，我走到房间里打包我的东西。我来墨西哥时一无所有，而离开时带着一本几乎是空的食谱册、一沓信件还有一把弯刀。我决定把信烧了。我还不知道要如何离开，如果我被捕，我不想牵连到我的朋友们。我到厨房去要了一根火柴。只有曾祖母在那里，她看起来对于我的请求并不意外。她只是说我应该用炉子把信烧了。对温的信我犹豫了下，但最终还是烧掉了。我决定只留下伊莫金的信。此时此刻，我哭了。

曾祖母搂着我。"怎么回事啊，宝贝？"她问道。她不怎么会说英语，而我也不怎么会说西班牙语。

"我的朋友去世了。"我说道。

"西奥没死啊。他只是受伤了，他会活下来的。"我看到了她眼中的困惑。

"不，不是西奥，是别人。是我家里的某个人，"我顿了顿，"我要回家。"

此时，卢娜走进厨房："安雅，你现在不能走。"

我想解释。我知道如果我解释清楚，她会让我走的，但是我答应过西奥不说。"我必须得走。"

卢娜交叉着双臂。"你怎么能现在走？你就像我们的家人。西奥生病的时候，你可以负担起农场里的工作。求你了，安雅。"

我告诉她我们在医院时，我已经给家里打了电话。我的一个家人去世了，我要马上回到纽约。当然了，这些都是真的。

"你家里的什么人？"卢娜问道。

"她负责照看我妹妹。"

"那都不算你真正的家人！"

我无言以对。

"如果你现在离开，我永远不会原谅你！西奥也永远不会原谅你!"

"卢娜,西奥想让我离开。"

"你什么意思?他绝对不会这样说的。你在撒谎,安雅。"

"我没有……是这样的,西奥说他理解我要回家。"

"我看错你了。"卢娜说道。她痛哭流涕,我走到她身旁想拥抱她,但她推开了我,跑出了厨房。曾祖母也跟着她出去了。

我走过大厅,到卢斯的办公室拿起她的电话。(虽然我对于费用心生愧疚,但是事态已刻不容缓。)我打给了大野友治,他还是没接电话。接着我打给了吉卜林先生,是西蒙·格林接的电话。"安雅,我在图斯特拉机场安排了一架私人飞机。"

"私人飞机,贵吗?"

"贵,但这是最快的方式。你没有身份证,就算你有,离你最近的机场也没有去美国的定期航班。说实话,这是我在这么短时间里能做到的最好的方式了。你将搭乘它飞往长岛的机场。你到了,我会在那儿等你。如果当局发现了你的行动,你可能会被逮捕,但是我仍然认为飞往长岛要安全些。"

"是的,当然了。你和利奥或者大野友治说过了吗?"我问道。

"我一直在尝试联系大野友治,但还没联系上。"西蒙·格林说道,"我会一直试的。安雅,你怎么样?"

"我……"我无言以对,"我想见纳蒂。"

我挂了电话,接着又拨通了大野友治的号码。我正要失望地挂断时，友治终于接起了电话。"嘿，安雅。"他说道。他问候的方式似乎有些不自然，不知道是否是因为我们上次见面的谈话。

"你怎么一直不接电话？"

"我一直在忙——"

我意识到我不关心他在做什么。"我需要知道利奥是否安全。"我说道。

有一秒的时间，友治没有回答我："发生了一起爆炸。"

"爆炸？哪种爆炸？"

"汽车炸弹。我很抱歉，安雅。你哥哥的女朋友伤得很重，并且——"

"利奥怎么样了？"

"我很抱歉，安雅。他死了。"

奇怪的是，我知道我不会哭。我身体里的那柔软的部分已经变成了坚硬的骨头，而我已经无法再做出类似的举动了。"是你吗，友治？这些是你一手策划的？就因为我不会嫁给你？是你吗？"

"不是我。"友治说道。

"我不相信你。没有其他人知道这个信息。没有其他人知道我和利奥在哪里。没有人，除了你！"

"还有其他人，安雅。好好想想。"

我无法思考。利奥死了。伊莫金死了。有人曾试图杀了我和纳蒂。西奥受了重伤，就因为帮我挡了一颗子弹。

"你说的是谁？"

"我不会去猜测，我只能说不是我干的，"友治又说了一遍，"但我也没有阻止这些事情的发生。"

"你的意思是你任由我哥哥死了吗？你也会任由我死去？"

"我已经说得很清楚了。对于你的遭遇，我非常抱歉。"

我挂上电话。我也很难过。如果事实证明是他杀了我的哥哥，大野友治必须得死。

11

友谊的代价；金钱依然至上

这飞机比一个桶大不了多少，旅途中颠簸不止。尽管我差不多超过二十四小时没合过眼，但我的思绪没有休息。我无法让自己不去想利奥，每一次他想要跟着我时，我都拒绝了。我就是那个送他去日本的人。这是个错误吗？为什么我会信任大野友治？我和利奥几乎十几个月没联系了，利奥怎么会死了？这一切似乎不可能发生。

我的眼帘开始下垂，似乎失去意识可以让我暂时摆脱内疚之情。我开始回忆伊莫金。奶奶死的时候，我曾经指责伊莫金做出了不可理喻的行为。伊莫金，她除了照顾奶奶、纳蒂和我以外，就没有做过别的事情。现在伊莫金死了，因我们而死。

我想起西奥。她们说他病情稳定，但他还是有可能死去。没有了他，她们会在农场做什么？西奥撑起了那座农场。因为我，他很长一段时间都无法继续他的工作。接着我的思绪又回到了我的哥哥身上。我开始感觉再也无法入眠。

飞机在凌晨四点左右抵达了长岛。我望向窗外，令人欣慰的是停机坪空着。我走下阶梯，呼吸到了第一口纽约的空气——清新而甜美。尽管我曾爱过墨西哥，尽管我希望在更好的情况下回归，但我还是很高兴回到我的城市。顺便说一句，这里天寒地冻。我还穿着参观瓦哈卡州的工厂时穿的衣服，那里可是22℃。

停机坪上停着一辆孤零零的车，车窗是黑色的。司机那侧的车窗摇下来了三英寸，我能看见西蒙·格林正在睡觉。我敲了敲玻璃，西蒙惊醒了。"安妮，快进来，快进来。"他边说着边开了门锁。

"没看到警察。"我一进去就说。

"我们很幸运。"他发动汽车，"我计划带你去我在布鲁克林的公寓。我想你也能猜到，伊莫金的谋杀案已经吸引了相当多的关注，吉卜林先生的公寓和你的公寓周围挤满了人。"

"我今晚要见纳蒂，"我坚持道，"如果她在吉卜林先生那里，我就去那儿。"

"我不确定这是不是一个好主意，安妮，我刚才说过——"

我打断他："利奥死了，西蒙，我只想让我妹妹从我这里得到这个消息。"

那一刻，西蒙没有说话。"我真的很抱歉，真的，真的很抱歉。"他清了清喉咙，"我真的不知道该说什么。"西蒙摇了摇头，"你认为大野友治与此事有关？"

"我不知道。他说他没有，但……现在不重要了。我需要到纳蒂那儿。"

"听着，安妮，你痛失亲人。现在的你疲惫又不堪重负，所以请听我的话。如果你今晚没有被警察逮捕，对你和纳蒂来说当然更好。在必要的时候，我们会和警察就你的自首进行谈判。我带你回我公寓吧——没人会去那里找你——我保证一旦安全就尽快带纳蒂过来。我不想让你们两个都处于危险的境地。"

我点点头表示同意。

在后面的旅途中，尽管我可以告诉西蒙·格林他想知道的事情，但我们都没说话。"你身上有血。"汽车驶进布鲁克林时他说道。我看看我的袖子，血要么是西奥的，要么就是那个面具男子的。一定是那一天弄上去的。

西蒙·格林的公寓在六楼，需要爬上一个咯吱作响的陡峭楼梯。在爬了三层楼梯后，我想放弃。有时候，这种不剧烈的运动似乎是最难以忍受的。"爬上去后我要睡一觉。"我告诉他。

"进来吧，安雅。"西蒙推我进门。

终于，我们站在了他的公寓里。这是这层楼唯一的住宅，对于一栋都市大楼来说还算宽敞，但是只有一间房间。天花板是拱形的，房间就在屋顶下面。西蒙·格林住在顶层的阁楼上。他说我可以用他的床，他睡沙发。

"安妮，我现在开车回吉卜林先生那里。你还需要什么东西吗？"他掩住了一个哈欠，取下了眼镜擦拭着。

"不，西蒙，我很好。我——"

（我告诉过你我再也不会哭了，当时我很确信这点，结果证明，这对于我来说过于乐观了。）

我跪了下来，我能感觉到膝盖撞到木质地板上的时候擦伤了。"利奥，"我哽咽道，"利奥，利奥，利奥。对不起，对不起，对不起……"

西蒙·格林笨拙地把手放在我的肩上。这不是个特别令人舒服的姿势，还好他的体重不重。

我开始用力呼吸，感觉自己可能噎住了。西蒙帮我脱掉了那件血渍斑斑的衣服，就像我是一个学步的小孩。他借给我一件T恤，扶我躺到了床上。

我告诉他我想去死。

"不，你不能这么想。"

"我每到一处，暴力就如影随形。我无法摆脱，因为这是我引起的。我不想生活在一个没有哥哥的世界里。"

"还有其他爱你、依靠你的人，安雅。想想纳蒂。"

"我的确考虑过她，无时无刻不在想。我觉得没有我，她也许过得更好。"

西蒙搂着我。我之前还没有离他这么近过，他闻起来有股薄荷味。他摇摇头。"不是这样的。相信我，不是这样的。纳蒂是纳蒂，你是你。"西蒙轻轻地放开我，"睡觉吧。等我回来的时候，会带纳蒂一起来，好吗？"

我听到门被关上，锁了两次，后来我就睡着了。

我醒来的时候，一只黑色斑点的白猫在旁边看着我。猫在我妹妹的臂弯里。"你知道西蒙养了只猫吗？"纳蒂问道。

我太心烦意乱了，没有注意到。不过在她提起之后，我在他屋子里确实闻到了一股微弱的臭味。

"她是个斗士，"西蒙·格林说道，"她喜欢晚上出门。"

我看着纳蒂。她的眼睛哭红了，她比上次见面时看起来更成熟也更高。纳蒂放下猫，我站起来，猛地把妹妹拉向我。我们的头撞在一起。她的个头比我习惯的位置还要高。

"我就知道你会来，"纳蒂说道，"我就知道。"

为了给我们一些私人空间，西蒙·格林说他要出去走走。

"真可怕，安妮。我们在公寓外的街道上，一名蒙面男子不知道从哪里冲了出来，伊莫金想给他手提袋。'拿着，'她说道，'拿着吧。我只有二十二块钱。'他一把抢过手提袋，那一刻，我们以为他要离开了，但接着他把钱包扔在地上。伊莫金的所有东西都散落出来——她的书，她的日记和所有东西！我当时在想，这些东西也许不能再装回包里了。他拿出枪指着我的头，但伊莫金跳出来挡在了我的前面。这时枪响了，但我不清楚击中了哪个部位。这感觉很奇怪，距离这么近，我不清楚是否射中了我，也顺势倒在了地上。我猜是因为枪声。"

"很明智，"我告诉她，"他们以为目的达到了，就走

了。"

"你说'目的'是什么意思？"

她不知道袭击是想将我们三个一网打尽。她不知道利奥的事情。我告诉她在墨西哥发生的事情，接着我告诉了她利奥的遭遇。

她没有哭，非常冷静。

"纳蒂？"我过去抚摸她的手臂，但她推开了。

我看着她的脸。她在想事情，顾不得悲痛。"如果你不信任大野友治，你怎么确信利奥死了？"她问道。

"我确信，纳蒂。大野友治没理由骗我们。"

"我不信！如果死不见尸，你就不能确定某人死了！"纳蒂的声调变得越来越高，她听起来歇斯底里，"我要去日本，我要亲自去看看。"

西蒙·格林散步回来了。外面开始下雨了，他的头发打湿了。"想一想，纳蒂，"他轻轻说道，"你和安雅在同一天晚上被袭击。你和安雅幸运地逃脱了，但你的哥哥没有。"

纳蒂转向我："这是你的错！是你送他去的日本。如果他在这儿，或许会进监狱，但至少还活着。他还活着！"

纳蒂跑向西蒙·格林的浴室，摔上身后的门。

"门没锁。"西蒙·格林低声对我说。

我跟着她走进去。她站在浴缸里，背对着我。"我真蠢，"她泪眼婆娑地说道，"但我不知道还有哪里可以去。"

"纳蒂，是我送利奥去的日本。没错。如果真的做错了，那也是我当时能想到的最好的办法了。我们会去日本安葬利奥，但不是现在。现在太危险了，我还有事情要安排。"

慢慢地，纳蒂转过身来。她红肿的眼睛愤怒地眨着，但没有哭。她张开嘴的那一刻，眼泪滚落下来："他死了，安妮。利奥死了。利奥真的死了。"她从口袋中拿出木质狮子雕像，"我们要怎么做？没有伊莫金，没有利奥，没有奶奶，没有妈妈和爸爸，只剩下自己。我们真的成孤儿了。"

我想告诉她我们还有彼此，但这太肉麻了。我拉她入怀，任她泪流满面。

西蒙·格林敲了敲门："安雅，我现在要带纳蒂回吉卜林先生那儿了。他认为我的房子对你来说不是很安全。"

我捧起纳蒂的脸，亲了亲她的额头，然后她就走了。

我在西蒙·格林的床上坐了下来，猫跳上了我的膝盖。我端详着猫，猫也端详着我，它灰色的眼睛让我想起了我的母亲。它想让我挠挠它，我满足了它的愿望。有太多事情我无能为力，但给这只猫挠痒痒，是我力所能及的事。

我试着去想象在这种境地下，父亲会给我何种建议。

爸爸会说什么？

爸爸，如果你的兄弟因为你的决定而死，你会怎么办？

我想不出来。爸爸的建议也无能为力。

房间变得越来越暗，我懒得去开灯。

伊莫金的追悼会在下下周的星期六举行，我认为我和纳蒂都需要出席以表达我们对她的尊敬，但问题是我现在还是一名逃犯，所以我决定是时候解决这个问题了。我不能在西蒙·格林阁楼的一方天地中度过余生。我在这里已经耗去了足够久的六天时间。

在公寓里，我唯一被允许打电话的人是吉卜林先生。

"三件事情，"我告诉办公室里的吉卜林先生和西蒙，"我想参加伊莫金的追悼会；我想向政府自首；我想安排纳蒂到寄宿学校上学，最好是在另外一个州或者国外。"

"好的，"吉卜林先生说道，"让我们一个一个来看。寄宿学校的事够简单，我会和那个纳蒂非常喜欢的老师谈谈。"

"你是说贝莱瓦尔小姐？"

"是的，完全正确。尽管我们在下一学年才能着手处理此事，我还是同意这是个好计划。下一件事，我相信如果你参加伊莫金的追悼会，就会被逮捕，也就是说我们必须在那之前安排你的自首事宜。"

"我一直在与新检察官办公室交涉，在上周五的一系列事件发生之前就开始着手了。"西蒙·格林插话道。

"你该不会忘了贝莎·辛克莱给圣三一学校的捐献吧？"我问道。

"那都是政治，"吉卜林先生说道，"这不是针对你，德拉克罗瓦失势了对我们来说实际上是件好事，因为辛克莱政权可以全盘推翻前任的决定。辛克莱方面听起来很乐意和你达成共识。或许你在自由管教所待上一小段时间就会被释放，人们对你的侧隐之心比你想的更多。"吉卜林先生说他原计划周三与贝莎·辛克莱会面，但会努力安排把时间提前。

我问他们是否有关于谁精心策划了针对我家人的袭击的线索。

"我们一直在讨论。太复杂了，"西蒙·格林开口说道，"三个国家，三个杀手。安排这件事的人只可能是一个手眼通天之人。"

"但任务还是失败了三分之二。"吉卜林先生补充道。

"或许是刻意为之？"西蒙·格林抛出一个想法，"你说你不认为是大野友治做的，但是在我考虑剩下的人选时，似乎没有其他选择。杰克斯身在狱中。米基没有这个能力。如果不是大野友治，我唯一想到的一个人就是胖子。他来自家族的另外一股势力，但是有些人认为他在密谋推翻米基。让利奥尼德·巴兰钦所有的直系后裔出局对他有利。"

我不认为胖子会想要杀我。"但如果是米基呢？他知道我在哪里，而且我相当肯定他也知道利奥在哪里。如果是在我失去了大野友治的帮助之后，米基决定趁机为父亲的枪伤复仇呢？尤里·巴兰钦已经抱病很长一段时间了，而且没有什么好转的迹象。"

"失去了大野友治的帮助？"

"在她拒绝了他的求婚之后。"西蒙·格林解释道。

"求婚？"吉卜林先生问道，"这算什么？安雅太年轻了。"

"我可从没和你说起过这件事。"我责怪西蒙。

西蒙·格林顿了下："我把信给大野友治的时候，他把他的计划告诉了我。我不确定你是否拒绝了他，我只是这样猜测。"

"西蒙，"吉卜林先生语气严肃，"如果你知道求婚的事，就应该告诉我。或许我们就可以安排利奥离开京都！"

"如果是我的过失，我道歉。"

"格林先生，这绝非只是过失这么简单。"

吉卜林先生当然有他的道理，但是我决定为西蒙·格林辩护。我回来以后，他一直对我很好，我知道我可不是最让人省心的房客。（尽管我决定不在这里过多赘述，但自从回来以后我一直很沮丧，并且常常失眠。）"吉卜林先生，在12月26日，我也知道了这场求婚。我本可以打电话给你，但我认为不需要转移利奥。老实说，我真的没意识到，拒绝大野友治的求婚这件事情严重到需要我们作出改变。错主要在我。"

"谢谢你这么说，"吉卜林先生说道，"但是我和格林先生的工作就是对你提出忠告。预测到最坏情况是我们的本职工作，我们又一次失职了。西蒙和我后面会讨论这件事情。"吉卜林先生最后说，他们一旦和贝莎·辛克莱办公室谈好，就给我打电话。

我挂了电话，看了看时钟。早上九点。一天的时间画卷在我面前徐徐展开，永无止境又糟糕透顶。我思念起那些照料可可农场的日子，上学的时光，还有那些朋友。我厌倦了西蒙·格林的公寓，这里开始散发着猫砂的臭气。我甚至厌烦了无法散步的日子。

我向窗外望去。这里有座公园，但是空无一人。我甚至不知道我在城市的哪个地区。（布鲁克林，是的。但是，读者们，布鲁克林还有好多地方。）西蒙·格林住在哪儿？我都待在这儿一周了，还没有问过。

我需要出去走走。我从主人的衣橱里借了一件蓬松的外套，把帽子拉起来。我没有钥匙，所以没有办法锁门，但锁不锁又有什么关系呢？没有人会抢劫六楼的公寓。即使他们这么做，这里也没什么值得拿走的。要说西蒙·格林的公寓有什么值得注意的地方，就是没有什么值钱的东西。

我走下楼梯。

外面比我刚回纽约时还冷。天空是灰色的，看起来可能会下雪。

我走了大概有半英里，爬上一座小山。中途路过酒店，穿过一群学生，走过复古服装店和教堂。没有人注意到我。终于，我来到了公墓的大门。

大门上写着公墓的名字：格林伍德公墓，尽管自从爸爸的葬礼之后，我就没来过了，但我仍记得家人们的安葬之处。我的母亲也安葬于此，还有奶奶，她的坟墓我还没来看过。（旁白：这也回答了西蒙·格林住在布鲁克林哪一个片区的问题——他住在日落公园，很多巴兰钦家族的成员在搬到上东区之前居住的地方。）

我穿过了墓地。我依稀记得我家人安葬处的方向，但还是不得不来回找了一会儿。最后，我意识到自己没有头绪，就去了信息中心。我在一台老旧的电脑上输入"巴兰钦"，地图上弹出了一个位置。我又出发了。天气越来越冷，天空越来越灰暗，而我没戴手套。我后悔过来了。

家人的安葬之处在公墓的外侧：那里有五块墓碑和其余空着的空间。不久，我的哥哥会加入他们中去。

奶奶的坟墓是最新的。石碑小巧而简单，上面刻着铭文：*深爱的母亲、妻子和祖母*。我想知道这是谁写的。我跪了下来，画了个十字，吻了吻石碑。尽管在坟墓前留下鲜花的习俗已然过时，但我还是见过这种景象的照片。真希望我带过来了一些花，哪怕是一束奶奶不喜欢的康乃馨。我要如何才能告诉她我来了？我要如何让她知道我仍然思念着她？

母亲的坟墓挨着奶奶的。她的墓碑是心形的，写着：*爱我所爱*，并没有提到她身后留下的孩子们。我对她的了解少得可怜，而她对我也一样。一些小草围绕在她的坟墓边上生长着。我从刀鞘里拔出弯刀，把它们割掉了。

爸爸安睡在母亲后面，墓碑上写着：*心之所向，光芒万丈*。在他的墓碑上面，有人放了三枝看起来像某种草药的绿色树枝。这些小树枝被一块小石头压着，看起来很新，很显然是最近才放在那里的。我弯下腰闻了闻，是薄荷。我想知道薄荷的花语是什么？谁把它们放在这儿的？或许是为爸爸工作过的某个人吧。

你或许认为我冷酷无情，但看到这三座坟墓的时候我并没有太多的感觉，泪水也没有随之而来。利奥的死，伊莫金的死，西奥的枪击——我的泪腺早已干涸。逝者已逝，你可以尽情地哭泣，但他们也不会回来。我闭上了眼睛，作为一个初出茅庐的愤世嫉俗者，嘴里嘟哝着不虔诚的祈祷。

我回到西蒙·格林的公寓，他在等我。"我还以为你被杀了。"他说道。

我耸耸肩："我需要出去走走。"

"你去见温了？"

"当然没有。我散了会儿步。"

"好吧，我们得走了，"西蒙·格林说道，"我们和贝莎·辛克莱有个会，我们必须在二十分钟内到达市中心。她只愿意当面和你谈谈。"

我穿着西蒙·格林的外套、裤子和衬衫，没有时间换衣服了。

我们跑下楼梯，坐进一辆车里。在枪击事件之后，西蒙·格林花费相当大的代价借到了一辆车，这样纳蒂和我就可以避免使用公共交通了。

"你觉得会有狗仔队吗？"我问他。

他说希望没有，但不敢肯定。

"你认为我会立即被送往自由管教所吗？"

"不会，吉卜林先生和辛克莱的人达成了共识，至少在伊莫金的葬礼前你会在家中关禁闭。"

"好的。"我向后靠在座位上。

西蒙·格林拍了拍我的膝盖："别害怕，安妮。"

我没有害怕。知道再也不用东躲西藏了，我感到一阵轻松。

地区检察官的办公室坐落在城中心的一片区域里，我和我的家人们都对这里唯恐避之不及——整个区域是执法部门专用。台阶上没有任何媒体人员，但地区检察官的办公室前面正在举行一场合法化可可的集会。他们大概只有十二个人，却已经足够吵了。

"最近这里发生了很多这样的事情，"西蒙·格林把车停到霍根广场前面的路边时说道，"你就在这儿下车吧。吉卜林先生在大厅等你。"

我拉上西蒙·格林外套的帽子："为什么最近会有这么多支持可可的集会？"

西蒙·格林耸耸肩："时代变了，人们受够了巧克力如此匮乏。你的堂兄米基没有做好本职工作。他爸爸生病了，让他的精力有所分散。祝你好运，安雅。"西蒙·格林伸手帮我打开车门，我下车了。

我费力穿过集会的人群。"拿着。"一个梳着辫子的女孩递给我一本小册子，"你知道可可有益于健康，被禁止的原因是生产成本太高吗？"

我告诉她，我对此有所耳闻。

"如果我们不必依赖这些不法奸商给我们提供巧克力，就完全没有风险！"

"还我可可！还我可可！还我可可！"人群在高呼，拳头在挥舞。

我，这个不法奸商的后代，费力地从激愤的群众中突围而出，走到大厅。吉卜林先生在那里等我。

"好，"吉卜林先生说道，"我们进去吧。"

"外面可是一出好戏啊。"他说道。他拉下我的帽子，吻了吻我的额头。自从自由管教所一别，我们还没见过面。"亲爱的安妮，近来如何？"

我不想细说最近的遭遇，因为实在没有什么好事："我想尽快与贝莎·辛克莱会面。希望不虚此行。"

"很好，"吉卜林先生说道，"我们进去吧。"

我们在前台报上名字，然后乘电梯上十楼。我们再次报上名字，接着在一个不起眼的大厅里经过了漫长的等待。最后，一位助理陪同我们进入了办公室。

贝莎·辛克莱独自一人。她四十多岁，比我矮一些。她腿上安着金属支架，当她晃晃悠悠过来和我握手时，它们发出吱吱呀呀的响声。"欢迎逃亡者安雅·巴兰钦，"她向我问候道，"你就是执着的吉卜林先生吧？请进。朋友们，坐吧。"

她回到座位旁。她的膝盖不能很好地弯曲，所以她只能向后重重地坐回椅子里。我很想知道在贝莎·辛克莱身上到底发生了什么。

"那么，回头的浪子，你妹妹的保姆死了，你哥哥失踪了，你回到了曼哈顿，自己送上门来。我该怎么处理你呢？你的律师认为你该被处以缓刑以及刑期减免。你觉得呢？对于一个开枪射击别人并且越狱的女孩，答案难道不是显而易见的吗？"

"在我看来，"吉卜林先生说道，"查尔斯·德拉克罗瓦并没有把安雅送进自由管教所的权力。他考虑的是他的竞选而非公众的最大利益。尽管安雅逃走这件事做错了，但她逃离的是一个原本就不公平的环境。"

贝莎·辛克莱按摩着她的膝盖。"是的，"她说道，"如果你说查尔斯·德拉克罗瓦是一个野心勃勃、目空一切的浑蛋，我无法反驳。"

"其实，"贝莎·辛克莱继续说道，"我应该谢谢你，安雅。你恰好就在那辆公交车上！我和我的竞选团队反复地炒作'安雅和地方检察官儿子'的故事。讽刺的是，我怀疑公众对这件事的关心度并不高，不会比查尔斯·德拉克罗瓦认为的高多少。以我的观点来看，导致他败选的原因不是你而是他的误判。或者，换一种说法，责任在我。"贝莎·辛克莱笑道，"所以，我是这么看的，朋友。我不关心什么巧克力。我不关心安雅。我当然也不关心查尔斯·德拉克罗瓦的儿子。"

"你在乎的是什么？"我问道。

"问得好。你一开口就问到点儿上了。我在乎我的人民，在乎为他们做正确的事情。"

这对我来说太空泛了。

"我在乎连任。而获得连任需要很多资源，吉卜林先生。"

吉卜林先生点点头。

"巴兰钦家族曾经是这间办公室的好朋友。我想我们可以重拾这段关系。"那一刻，贝莎·辛克莱从办公桌上拿出一本小便签本，潦草地在上面写了些东西。她把便签给吉卜林先生。他看了看。我眼角的余光中可以看到一个至少有四个零的数字，或许还更多。

"这串数字能给我们什么？"吉卜林先生问道。

"友谊，吉卜林先生。"

"具体是指？"

"朋友必须相互信任，不是吗？"她开始写下另一张便签，"我从不理解为什么不流行纸了。阅后即焚这么方便。用数字化方式写下的东西会被每个人看到，并且永久保存。或者说它会给人一种永久不变的错觉，却总是可能被篡改。纸能带给人更多的自由，但是现在纸已经没了。"她把笔放在桌上，交给我第二张便签：

八天自由管教所

三十天家中禁闭

一年缓刑

一年护照没收

我点头表示同意，然后把纸张对折。即使我们要为此付出代价，但这似乎仍然是合情合理的。我需要在某个时间去趟日本，但我想可能要推迟了。

"你从自由管教所释放后，我会在新闻发布会上说我准备着眼未来，既往不咎。我会揶揄下查尔斯·德拉克罗瓦纠缠你的方式——老实说，我会非常享受这部分的。接着，对我而言，就到此为止了。你会回到你的生活。而我们会成为生活中的朋友，除非你激怒我。"

我看着贝莎·辛克莱的眼睛，是近乎黑色的深棕色。有人说她的眼睛就像她内心一样黑暗，或者其他一些类似的话，但我并不相信眼睛的颜色还具有遗传学以外的意义。尽管如此，这个女人无疑是腐败的。爸爸常说腐败的人最好打交道了，因为他们是表里如一的——你至少可以指望他们是腐败的。

"你回自由管教所的时候，我会让人和吉卜林先生一起安排你入管教所的事宜。"我们站起来要走时，辛克莱说道。

"我想现在就去。"我说。

吉卜林先生停下脚步："安雅，你确定吗？"

"是的，吉卜林先生。"我已经不害怕自由管教所了。我害怕的是无限期地待在那儿。我越早回去，就能越早处理接下来的生活，我还有很多事情要安排。"如果我现在去，就能按时出席伊莫金的葬礼了。"

"你真是勇气可嘉，令人钦佩。"贝莎·辛克莱说道，"如果你愿意，我会陪你去自由管教所。"

"如果地区检察官辛克莱陪你去的话，媒体会抓住这个事情不放的。"吉卜林先生警告我。

"那就正中下怀。"贝莎·辛克莱转着黑色眼珠说道，"安雅·巴兰钦向我自首，一周后，我宽大处理。这可是一出好戏啊，吉卜林先生，对我来说是一枚不折不扣的重磅炸弹啊，不是吗？"她转向我，"我们从这里出发吧。"

吉卜林先生和我走进大厅，当贝莎·辛克莱离开了我们的视线时，我把系在我（西蒙·格林的）腰带上的弯刀递给他。

"你就带着这个来地区检察官办公室了？"吉卜林先生半信半疑，"幸运的是，这座城市太破败了，无法修好那些老旧的金属探测器。"

"我忘了我还带着它，"我向他保证，"小心点。这是我最爱的墨西哥礼物。"

"你介意我问你是否曾经有机会使用这个……这是把弯刀吗？"他用两个手指捏住它，就像它是一条用脏的纸尿裤，然后把它扔进了旅行袋里。

"我用过，吉卜林先生。在墨西哥，我们用它把树上的可可豆荚割下来。"

"只这么用过？"

"大部分时间，"我告诉他，"是的。"

"安雅·巴兰钦！安雅！看这边！安雅，安雅，你去哪里了？"人群在自由岛码头涌向我们。

贝莎·辛克莱让我不要发表任何言论，但我还是忍不住转过头。再次听到我的名字让我感到如释重负。我被推搡着上了船，而贝莎·辛克莱停下脚步与记者们交谈起来。

尽管她是一个女人，贝莎·辛克莱的嗓音与查尔斯·德拉克罗瓦如出一辙。在船上，我都能听见她的声音："今天下午，安雅·巴兰钦向我自首，她是完全自愿的，这将会被记录在案。在我们想出最适合的解决方法之前，她会被拘留在自由管教所里。"贝莎·辛克莱难掩高兴之情，"很快我会告知大家最新的消息。"

这是我一年半内第四次来到自由管教所了。科布拉维克夫人已经走了，取代她的是哈克尼斯小姐，无论什么天气，她都穿运动短裤。哈克尼斯对名人毫无兴趣，我指的是我的坏名声。这使得她比科布拉维克夫人要好些。穆斯也走了——我想知道她是否去见过西蒙·格林——所以我自己独占一张双人床，也没有人和我一起在餐厅吃饭。我停留的时间太短了，就不必费心结交新朋友了。

在我被释放前的周四那天，我正坐在餐厅一张半空的桌子前，林可坐在了我对面。林可独自一人，没有追随者。不知为何，她看来更娇小了。

"安雅·巴兰钦，"林可问候我，"介意我坐这儿吗？"

我耸耸肩，她放下餐盘。

"你来之前克洛芙和佩勒姆都走了。我下个月就出去了。"

"你到底做了什么？"

林可耸耸肩："没你厉害。我同一个有点蠢的泼妇在学校打了一架。是她挑事的，但我把她打到昏迷了。所以，无论如何，我和你一样，也是自卫。我不知道她最后会昏迷。"她顿了下，"你知道，我们并没有太多不同。"她把她闪亮的头发拂过肩膀。

我们可不同。我从来没有把一个人打到无意识："怎么说？"

她压低嗓音："我来自咖啡世家。"

"噢。"

"咖啡让人坚强，"她继续说道，"如果有人越界，我就会自卫。你也一样。"

"我不这么认为。"

"你开枪射击了你堂哥，不是吗？"林可问道。

"我是不得已这样做的。"

"我也是如此。"

她向前倾身靠在桌子上，然后放低声音："你看起来天真烂漫，但我知道这是表象。有传言说你用弯刀切下了某个人的手。"

我不动声色。在美国没有人知道墨西哥发生的事情："谁告诉你的？"

林可吃了一勺土豆泥："我认识的人。"

"无论你听到什么说法……都不是真的。"我撒谎道。内心深处，我却想问问，她认识的人指的是谁。但是我不想向一个我既不喜欢也不信任的人吐露心声。

林可耸耸肩："我不会告诉任何人，如果你担心这个的话。这不关我的事情。"

"那为什么你今天会坐在这里？"

"我一直相信我和你应该成为朋友，总有一天，你或许想认识某个熟悉咖啡的人。而总有一天，我或许会想认识某个对巧克力略知一二的人。"她在餐厅里挥了挥手，"剩下的这些孩子……他们会回到家里，或许他们都会改过自新。但你和我，我们深陷其中。我们生来如此。我们终其一生都会与之相伴。"

铃响了，意味着我们要回去做下午锻炼了。

我正要拿起餐盘放到传输带上，林可拦住了我。"无论如何我都会走向那条路的。"她说道，"再见，安雅。"

星期六早上，我被释放了。我担心会出什么意外，但吉卜林先生资助了竞选，腐败的贝莎·辛克莱信守了承诺。我坐船从自由管教所回来，吉卜林先生在码头等我。"你要准备好，有一大群人等着听贝莎·辛克莱讲话。"吉卜林先生提醒我。

"我应该说点什么吗？"

"适时微笑就好。"

我深吸一口气，走近贝莎·辛克莱，她握住了我的手。"早上好，安雅。"她转过身面对聚在一起的媒体，"正如你们所知，安雅·巴兰钦一周前向我自首。在过去的八天里，我对此进行了深思熟虑，并且"——她顿了顿，就好像她不知道后面该做什么一样——"我无意中伤我的前任，但我认为他处理安雅·巴兰钦的方式是粗暴而残忍的。无论她受到的最初判决公平与否，我的前任还是没有理由在去年秋天将安雅·巴兰钦送回自由管教所。他的行动纯粹出于政治目的，在我看来，发生的所有一切都该被宽恕。我与我的前任观点不同，他认为法律大于正义，而我想让你们知道，你们的地区检察官更在意正义。一个全新的行政机关是开启新起点的大好时机。这就是我决定从自由管教所释放安雅·巴兰钦——这位曼哈顿之女，并采取刑期折抵的原因。"

贝莎·辛克莱转身拥抱了我："祝你好运，安雅·巴兰钦。祝你好运，我的朋友。"她铁钳一般的手抓住了我的肩膀。

12

行动受限；对人类好奇天性的反思

我被释放的那天早上正好是伊莫金的葬礼。我们直接从码头驱车前往河滨教堂，吉卜林先生和我在那里与西蒙·格林和纳蒂会合。葬礼过后，我将会立即开始一个月的家中禁闭。我身穿奶奶的黑裙子，它是吉卜林先生专门为我送到自由管教所的。裙子的肩部略紧，令人有些不舒服。我想是因为挥动弯刀的动作把我的身体练壮实了吧。

河滨教堂位于游泳池以北一英里处，游泳池是巴兰钦犯罪家族的纽约分支开展业务的地方。我们驶过游泳池的时候，我紧握住车门把手，想着是否是那里的人——我的亲戚们——一手策划了伊莫金和利奥的死亡。

教堂紧挨着河流（因此得名河滨教堂），一月下旬的风凛冽刺骨。我们到达时，一群记者站在台阶上瑟瑟发抖。

"安雅，这段时间你去哪里了？"一名摄影师朝我喊道。

"很多地方。"我回应道。我绝不会牵连到墨西哥的朋友。

"你认为谁杀了伊莫金·古德菲洛？"

"我不知道，但我会找出答案的。"我说道。

"拜托，伙计们，"吉卜林先生说道，"这是一个非常难过的日子，安雅和我只是想进去向我们爱戴的同事兼朋友致敬。"

尽管场地可以容纳大约一千五百人甚至更多，里面大概只有五十个人。纳蒂和西蒙·格林身着黑衣。我站在他们中间，纳蒂紧握住我的手。她披了一件外套，外套不是她的，但我还是认出了这件外套。我知道我的脸紧贴着它的感觉。我知道它闻起来的味道——烟和松树味——我知道它搭在我爱的男孩肩上的样子。

我往下看。斯嘉丽坐在另一边，腹部隆起，脸颊红润。"斯嘉丽！"我低声叫道。斯嘉丽向我挥挥手。我越过纳蒂把手放在斯嘉丽的腹部。"噢，斯嘉丽，"我说道，"你……"

"我知道，我很胖。"斯嘉丽接过我的话。

"不，你很可爱。"

"好吧，我还是感觉自己很胖。"

"你很可爱。"我又说道。

斯嘉丽的蓝眼睛像湖泊一样泛起了泪光。"真高兴你安全回家。"她站起来亲了亲我的嘴，"我亲爱的朋友，我最好的朋友。"

斯嘉丽将头向后仰了仰，这样我就能看见在她旁边的人：

温。看来纳蒂不只是借了外套。

我早就知道还会再见到他，但没想到这一天来得这么快。我没时间调整自己来面对他。我的脸颊像火烧一样，我无法思考。我俯身探过纳蒂和斯嘉丽，才发现自己笨手笨脚地向温伸出了手。

"你想和我握手？"温低声说道。

"是的。"我想找个理由触摸他。我想触摸他的手，或者其他地方，但我想我们会从握手开始，"我……谢谢你能来。"

他抓住了我的手，握了握。他想收回手的时候，我其实不想松手，但还是放手了。

在我们分开的这段时间，我在想自己是否还喜欢他。现在看来，这不过是一种情绪上的应对措施。我当然还喜欢温。我对他的感情已经超出了喜欢。问题是，他还喜欢我吗？我的意思是，在我做完了所有的这些事情之后。

我知道，在葬礼上担忧这些是非常不合时宜的。

温看着我——他的目光是沉稳的，并没有非常热切——他一本正经地点点头。"纳蒂希望我们在这里。"他低声说道。

我的心脏在胸腔里剧烈地跳动着。咚咚的心跳声是如此猛烈而响亮，我怀疑纳蒂和斯嘉丽都能听得到。

随即，葬礼开始了，我们全体起立。我提醒自己，伊莫金，我的朋友，去世了。她因救我妹妹而去世。

仪式结束后，我们走到教堂的前面去致敬。"我很抱歉，"我对伊莫金的母亲和姐姐说道，"纳蒂和我都感到很抱歉。伊莫金把我祖母和妹妹照顾得这么好，我们对她的思念之情无法言尽。"

"我会永远记住她的书和她的那些趣事，"纳蒂用柔和而坚强的声音说道，"我爱她，我会非常思念她的。"

伊莫金的母亲哭了起来。她的姐姐指着纳蒂说道："你就不该在这里，女孩。是你害伊莫金被杀的。"

这时，纳蒂也哭了起来。

"你们这些人！"伊莫金的姐姐朝我们吼道，"你们这些人都是罪犯！我告诉过伊莫金你们这些人的劣迹，但她从来不听。'这个家族就是个祸害，'我说，'那不安全。还有其他工作可以做。'现在看看她的下场吧！"伊莫金的姐姐继续说道，"你们这些人坏透了。"

"喂！这样说不太合适吧。"温为我们辩护道。

伊莫金的姐姐转向温："你最好快跑，年轻人。腿能跑多快就跑多快，否则你的下场就会和伊莫金一样。"

"我为伊莫金的事情感到非常抱歉。"我说道，我想转移她们在纳蒂和温身上的注意力。

伊莫金的姐姐转向我："托你的福，外面有个马戏团。现在就滚，带着你肮脏的马戏团滚吧。"

我把纳蒂推出了教堂。温搂着她。他弯腰在她的耳边说道："你能来这里很勇敢。别管那个女人说了什么。你做了正确的事情。"

自从我离开的那个早上，这间公寓没有任何实质性的变化，但它被一种异样的感觉笼罩着，就像戴着面纱的寡妇。伊莫金走了，利奥再也回不来了。至于我，我深感岁月徒增，智慧却原地踏步。

"记住，安妮，直到2月28日和我一起移除它之前，你不能离开公寓。"吉卜林先生说道。

好像我能忘了似的。那天早上，我小腿下部的文身上方被注射了一个追踪器，这个部位肿得发红，就像被狠狠亲过的嘴唇。尽管如此，行动受限还是有一个令人安慰之处，我有时间思考下一步的行动方针。

西蒙·格林告诉我雇来的保安就站在公寓外面（以防有人想谋杀纳蒂和我），接着他和吉卜林先生离开了。斯嘉丽和温在葬礼结束后也直接回家了。

"这么安静不是很奇怪吗？"纳蒂问道。

我点点头。但也让人觉得很安全。

星期日凌晨，门铃响了。如果不是因为被关禁闭，通常在这个时刻之前我就起床为礼拜仪式穿衣打扮了。

我还是昏昏沉沉的，在走廊里跌跌撞撞地走着。我从猫眼里看了看。是温的母亲还有她身后的温。我本来准备去开门，但停了下来。也许这听上去很奇怪，但是我想在他不知晓我在看他的时候看看他。在葬礼上，我并没有机会好好看看他。他还是那么英俊。和夏天相比，他的头发已经长了出来，他又戴了帽子——一顶带着毛绒绒耳罩的红色格子羊毛猎手帽！他的外套和葬礼上以及2082年的秋季舞会上穿的那件一样。我喜欢那件外套。我喜欢他穿那件外套。我好想解开它，从衣服的前襟溜进去，把自己扣在里面，忘掉发生的所有事情。

他们又按了一次铃，铃声把我的思绪扯了回来。纳蒂走到走廊里。"安妮，你在干吗？开门啊！"她从我身边挤过去，打开了门。

温和他的母亲都提着麻布袋。"安雅，你好！"简·德拉克罗瓦说道，"我希望你能原谅我的自作主张，我给你和纳蒂带了些生活用品以及其他必需品。我知道对你的家庭来说，这是一段艰难时期。我想略尽绵薄之力。"

"请进，"我说道，"进来吧。"我看了看胀鼓鼓的袋子，"谢谢你。"

"东西不多，"温的妈妈说道，"至少这些是我能做的事情。"

纳蒂接过温的包，接着她带着温的母亲到了我们的厨房。

温犹豫不前，似乎不想离我太近。或许是我多心了，或许他只是想和我保持一个礼貌的距离。"你哥哥和伊莫金的事情，我很遗憾。"他说道。

我点点头，目光停留在他的肩膀上。门后的我有些手足无措，我几乎害怕看着他的眼睛。

　　"我母亲，是她坚持要来，"温说道，"我本打算下午过来。"

　　"我……"我本以为自己要说出一些意味深长的话，却什么也没说出来。我咯咯傻笑起来——是的，傻笑起来——我把另一只手放在胸口，试着阻止我那愚蠢的、抑制不住的心跳声。"温，"我说道，"你父亲输掉了竞选。"

　　他微微一笑，我能看见他漂亮的牙齿："我知道。"

　　"好吧，你见到他时告诉他我没有——"我又傻笑起来，这傻笑越来越让人尴尬了。唯一能解释的原因是，我还没有睡醒。"说安雅·巴兰钦一点没觉得遗憾！"

　　温笑了，他的眼角变得柔和。他握住了我胸口的那只手，把我拉近，直到我的脸对着他那件我熟悉的羊毛外套："我一直很想你，安妮。我几乎感觉不到你。我担心我一转身你就消失不见了。"

　　"我这段时间哪里都不会去。"我告诉他，"家中禁闭。"

　　"很好，知道你在哪里的感觉真好。我已经喜欢上了这名新的地区检察官。"

　　有太多的事情让人悲伤和担忧，但在那一刻我既不悲伤也不担忧。在温的身边，我感觉到勇敢、坚定。对我来说，再一次爱上他轻而易举。突然，我把他推开。

"怎么回事？"他问道。

"温……伊莫金的姐姐在葬礼上说的是事实。我周围的人容易受到伤害，你知道的。"我的指尖触摸着他的臀部，"我们不必重新开始这一切，仅仅是在高中时遇到了一个喜欢的女孩，并不意味着你必须永远和她在一起。我的意思是，没有人这么做。至少理智的人不会这样做。我……"我刚想说我认为自己是一个足够理智的人，说出口的却是另外一回事，"我爱你。"确实如此，我很确定，"我爱你但我不想——"

温打断我。"别说了，"他说道，"我也爱你。"他顿了顿，"你小看我了，安妮。我对你的缺点并非视而不见。例如，你有太多的秘密；有时你会说谎；你很难吐露心声；你脾气差；你记仇。我接下来说的这点不是你的错，但认识你的人都有一个令人不安的趋势，那就是最终他们会挨子弹。你不信任任何人，包括我。你觉得有时候我就是一个傻瓜。别否认——我看得出来。或许一年前我是，但从那以后发生了很多事。我变了，安雅。你曾经说过我不懂爱，但我认为我学会了。在我以为失去你的那个夏天，我学会了；在我的腿疼痛难忍的时候，我学会了；在你走了，我不知道是否还能见到你的时候，我学会了；即使我再也见不到你，每天晚上在我祈祷你安全的时候，我学会了。我不想和你结婚，能在你身边待上一会儿我就很高兴了。因为除了你，我从来没有喜欢过任何人。除了你，我不会再喜欢其他人了。我很清楚。真的，安妮，我的安妮，别哭……"

（我在哭吗？是的，我想是的。但我仍然非常疲倦。这一点你无法反驳。）

"我知道爱你会很难，安妮。不管发生什么，我都会爱你。"

我们看着彼此的眼睛。他的眼神不再是一年前看我时一味的爱慕，它们清澈而干净。我也是，除了泪水模糊了视线。

"那么，我所有的一切你都爱吗？"我问道。

他想了想。"除了你的头发，"他终于说道，"以及去年你不算是一个很好的实验课伙伴。确切地说，是你在我身边的时候。"

"我必须剪掉大部分头发。它只长了一半。"

"我知道，安雅。损失惨重。"

"反正头发对我们的关系影响不大。"我说道。

我踮起脚尖，吻了吻他的嘴唇。第一个吻很轻柔，接着我又吻了吻他。第二个吻很用力，我的牙齿咬到了我的嘴唇，我能感觉到流血了。我舔了一下血，笑了起来。温又过来亲我。"停，温！"我说道，"我在流血。"

"我没想到这么快就流血了。"他说道。

我说我也不希望发生这件事。

"或许我们应该慢慢来。"他说着又把我拉向他，"这样就能确保没人会受伤。"

"来吧。"我说道。接着我摘下他的帽子。从进门开始，他一直戴着那顶愚蠢的帽子。我摸了摸他的头发，柔软而干净。

心真是非常奇特的东西。在同一时刻，它可以感到很沉重，也可以感到很轻松。

多么轻松啊。

Re：在剩余二十九天的家中禁闭期间，我不能外出，这意味着我无法着手解决我生活中的所有问题。温每天过来，斯嘉丽大部分时间会过来，时间过得很快。

我们玩拼字游戏，纳蒂和我有时会哭一会儿，对于想找我的人，我通常置之不理。我还不知道自己想对别人说些什么。

大约三周后，来了一场暴风雪，那种让整座城市都瘫痪的暴风雪。温找了个理由待在了郊区，他待了三天。

我晚上一直睡眠不好，老想着利奥、西奥和伊莫金，有时还会想起那个差一点被我杀死在果园的男人。所以我很高兴有温的陪伴。

"放松自己，"温坚持道，"说出来吧。"

"我不能。"

"你如果还是什么也不说，会因此而死。我想知道那些事情。"

我看着温。我无法去见牧师，而我也厌倦了保守秘密。于是我对温全盘托出。我告诉了他关于可可种植的事情；我告诉了他关于求婚的事情；我甚至告诉了他我用弯刀切掉了某个人的手，感觉像是切开了人体骨骼，还有那只手躺在草地上的样子，那个男人的血闻起来的味道。我现在知道不是所有人的血都一样。

"你认为大野友治是这一切的幕后凶手吗？"温问道。

"他说不是他，我相信他。"

"那是米基、胖子，或者完全是其他人？"

"我想是米基，"我想了一会儿说道，"自从我回到纽约，还没有听到他的消息。我想一旦我失去了大野友治的帮助，米基可能会认为他可以杀了利奥来报他父亲的一枪之仇。"

"你认为其他枪击事件只是为了恐吓而非谋杀？"

"是的。"我说道。

"从那以后就什么也没发生了，"温说道，"或许这件事已经结束了。"

并没有结束。如果利奥死了，我必须要某人付出代价。我皱起了眉头，温用手指将它展平。

"此刻我能读懂你的心思，安妮。如果你去追杀你认为杀利奥的人，他们就会找上你或者纳蒂。事情永远不会结束。"

"温，如果我不去找他们，他们会认为我胆小怕事。如果这样的话，他们为什么不直接回来干掉我和纳蒂，了结这件事情呢？终其一生，我都会为之胆战心惊。我可不想成为一个被随意玩弄的人。"

"如果你说你对巧克力生意不感兴趣呢？如果你说你要重返

学校，上大学，成为一名犯罪现场调查员，然后皆大欢喜呢？"

"我希望我可以……"

"为什么？为什么你不能？我不理解。"

"因为……我是一名罪犯，温。我有前科。我已经错过了无数的学校。没有高中会愿意要我，更不用说大学了。我被这个问题难住了。"

"总会有一所学校的。我们会找到的。我可以帮你，安妮。"

我摇摇头。

"好吧，我们去一个没人知道我们的地方怎么样？我们带上纳蒂，然后远走高飞。我们可以隐姓埋名，重新开始。"

我又摇了摇头。我已经试过逃亡了，我不想温、纳蒂和我再过上那种生活。

"没那么简单，温。我在墨西哥的时候，发生了一些改变。我意识到我永远无法逃离巧克力。所以逃避是没有意义的，甚至连恨它也没有意义了。"

"爸爸总是说，一开始就不该将巧克力定为非法的。"

"真的吗？查尔斯·德拉克罗瓦说过这话？"

"无时无刻不在说。通常说完这个，他会接着说，如果我不再来见你，他就太省心了。"

我笑了。"我的老朋友怎么样了？"我问道。

"爸爸？很糟糕。他完全消沉了，蓄起了胡须。但谁在意他？就说说我吧，爸爸输掉了竞选，但我一生中从来没有这么高兴过。"温停下来看着我，"你真的用弯刀砍下了那个杀手的手？"

"是的。"我在想，告诉他这件事是不是一个错误？他如果知道我有多暴力，可能会不这么爱我了。"对此我不后悔，温。我也不后悔在我堂哥对你开枪时射击了他。"

"我的安妮。"他说完把我拥入怀中。

我提议给他看看我的弯刀，他说他很愿意，我带着他到了我的卧室。吉卜林先生把弯刀还我之后，我就把它藏在床垫和箱型弹簧之间。

"关上门。"我告诉他。

"现在感觉像是一个圈套了。"他说道。

"现在，关灯。"

在我禁闭的最后一天早上，就在我正要离开公寓去取出追踪器的时候，我收到了米基·巴兰钦打来的电话。

"安妮，你怎么样了？"他问道，"我很抱歉。之前一直没空和你联系，但是我想让你知道我对你和纳蒂，尤其是利奥所发生的事情感到非常抱歉。可怜的孩子。真是太疯狂了。"

我一言不发。我不知道是否能相信他。

"但这不是我打电话的原因，我只是想告诉你尤里死了。"米基大声地抽噎着，"我希望能告诉你爸爸没受太多痛苦就走了，但我不知道。我就是不知道。自从枪击事件发生起，过去的一年真是太可怕了。"

"爸爸在他弥留之际提到了你，他说你是一个好女孩。我想他喜欢你更胜于我。"米基无力地笑笑，"我觉得你让他想起了他的弟弟。"

他指的是我爸爸。

"我知道……我提出这样的请求很奇怪，但如果你能来参加葬礼，对每个人来说都意义重大。"

我告诉他我会去，然后挂断了电话。米基听起来不像是刚刚安排谋杀了我的哥哥。不过，我确实也听起来不像是那种可以用弯刀切掉别人手的女孩。

但我曾经是。如果需要，我知道自己可以再次成为那种女孩。

13

买巧克力作为消遣；收到两张便条和一个包裹

吉卜林先生陪我去东九十三街的警察局移除追踪器。这家警察局是我的伤心之地，就在这里，我被认为毒害盖布尔·阿斯利而遭到逮捕，进而被拘留。至于追踪器，尽管取出来应该不会很痛，但确实很痛。警官说我最好去看看医生以防感染。"这些追踪器按理说该扔了，但是，"他抱歉地说道，"有些时候我们会重复利用。削减预算，你知道的。"

我正要离开的时候，另一个警官交给我一张便签：

恭喜重获自由。请来里克斯见我。我有你需要的信息。

爱你的

堂哥

我确信写信的是杰克斯，尽管说实话我身陷囹圄的堂亲可不止一个。

警察局外面，雪已经融化了。在纽约二月末的这一天，我已经明显感觉到很热。

"那么，现在干什么？"吉卜林先生问我。

前一天晚上，我在床上睡不着，想着那些一旦我恢复自由就要去做的事情。清单太长，我就把它写到了我的平板电脑上：

1. 为纳蒂找一所寄宿学校。

2. 为我找一所学校。

3. 找出杀害我哥哥和伊莫金的人。

4. 为我哥哥报仇。

5. 找到从日本把我哥哥的骨灰弄回来的办法。

6. 弄清楚我高中毕业后要做什么。（确切地说，我应该设法毕业吗？）

7. 打电话给明天农场，看看西奥怎么样了。（不能用可追踪电话，这是必须的。）

8. 剪个头发。

9. 盘点伊莫金的遗物。

10. 给温买生日礼物。（在星期六市场？）

但是此时我一件都不想做。"吉卜林先生，"我说道，"我们走一会儿好吗？"

我们走了很长一段路，沿着第五大道向西，经过了小埃及。

小埃及还是如以往一样破败。"我还是个孩子的时候,"吉卜林先生说道,"我觉得这是世界上最酷的地方。我爱那些木乃伊。"

"后来发生了什么?"我问道。

"所有商人、商店都破产了。我想,没有人觉得木乃伊有保存的价值。"吉卜林先生顿了顿,"现在这里是愚蠢的夜总会。"

我很清楚。

在小埃及的前面,我已经察觉到在外面兜售的黑市产品比查尔斯·德拉克罗瓦任地区检察官时还要多。我走过一个巧克力商贩。你不会知道他正在售卖巧克力,因为视线所及之处看不到巧克力。桌子上铺着一张深蓝色天鹅绒布,上面大概有一百个俄罗斯套娃,每个人都知道俄罗斯套娃意味着什么。我走到桌子前。吉卜林先生问我是否确定要这么做:"如果有人在看着我们怎么办?"

我们已经和贝莎·辛克莱两清了,所以我并不害怕。

"你有巴兰钦特浓黑巧克力吗?"我问商贩。

商贩点点头。他走近桌子,从下面拿了一袋单条装出来。我能从包装上分辨出那不是真货。颜色太淡,纸张表面粗糙、无光泽,无法引起食欲。这可能是某种可可含量1%的巧克力,用假冒的巴兰钦包装包了一下。我还是买了这条。可笑的是,商贩竟然为这袋冒牌货开价十美元。

222

"你是认真的吗？"我问道。一条巴兰钦特浓黑巧克力通常最多卖三四美元。

"现在供应短缺。"商贩回答道。

"你我都知道这不是真的巴兰钦巧克力。"我说道。

"你算老几？冒充专家？不要就走。"

我还是把钱放在了桌子上。尽管价格不菲，我还是好奇，想看看打着我爸爸的名号卖的是什么东西。

我在交易的时候，吉卜林先生和我保持了一定的距离。我想，他是不想被吊销律师执照吧。

我把巧克力揣进包里，接着就和吉卜林先生走回了公寓。

"我们谈谈学校？"吉卜林先生说道。

有什么好谈的？"家庭学校看起来是目前的唯一选择。我会在家学习，在夏天前取得高中毕业文凭。"

"在那之后呢？大学？"

我看着吉卜林先生："我觉得我们都清楚我不再是上大学的料了。"

"才不是！"他和我争论了一会儿，我不理会他。"安雅，你的父亲希望你上大学。"

如果他还在世，或许还可以考虑。"纳蒂会去的。"我回答道。

"但你呢？那你要做什么？"

短期来说，我要找出杀害利奥的人和幕后主使。至于长期目标？这对于我来说似乎没有意义。"吉卜林先生，我日程满了。"我轻轻说道，"我要参加伯父的葬礼，要去见我在狱中的堂哥，还有下周六是温的生日派对。我怎么还会有时间上学？"

我们的散步结束了，吉卜林先生对我板起一张脸："好吧，亲爱的，我会为你安排一名家庭教师的。"

在公寓外面的前门，有人送来了一个中等大小的盒子和一个信封。我把它们拿进屋，放在厨房的角落里。信封上没有邮戳，但是信封不太可能携带炸弹，所以我先拆它。

里面是一张便签：

亲爱的安雅：

　　或许你还记得我？我是西尔维奥·弗里曼。去年秋天，你来我学校面试的时候我们有幸结识。我知道你现在已经回到了这座城市，并且至少从目前来看，你似乎遇到了一些法律上的困难。我曾希望你或许能在一场"还我可可"的集会上讲讲你的经历。如果你觉得合适，请来——

我连读完都嫌费劲，看到这里就把便签扔到一边。现在来看看盒子，邮戳显示的是日本，回寄地址是大野甜食公司，当然，指的是大野友治。盒子出人意料地沉。我内心挣扎于是否要打开它。里面可能会有炸弹，但是我怀疑大野友治如果真的想干掉我，不会寄一个署着自己回信地址的包裹给我。

我从卧室取回弯刀，切开了盒子。

里面是一个一加仑大小的塑料袋，里面装满了粉末，还有一张小小的白卡片。

利奥。

亲爱的安雅：

　　我很抱歉不能亲手把这个交给你。但生意上出了点麻烦，糟糕的身体也拖累了我。现在时机非常糟糕，我希望将来的某天我能更好地解释我的行为。所以你知道，在火化前，我确实有机会亲眼目睹了利奥的尸体，但是他的尸体已经所剩无几。我确信这就是他。他女朋友纪子的尸体还可以辨认出来，而且从那以后，我就没在日本见过利奥了。

你一直在我心里

大野友治

噢，利奥。

我的潜意识里——我想，是我的内心深处——希望利奥的死或许是搞错了，但是现在我知道没有。理智无法推翻这些存在的证据。利奥死了。

我很欣慰纳蒂在学校里，因为我还不知道要对她说些什么。

我把骨灰放在客厅的咖啡桌上，思考下一步的安排。利奥需要一场葬礼，但是如果要举办的话——我说的是如果——让他葬在布鲁克林的墓地可能会牵出我帮他逃跑的旧事。我可不想五进自由管教所。所以，或许利奥的葬礼只能采取非常规的方式了：找一个阳光明媚的日子，把骨灰撒在墓园里，纳蒂在一旁读着一首诗，等等。利奥的骨灰和我父母的共用同一块地方真的没关系吗？反正他们都死了。

　　我想为利奥哭泣。我能感觉到生锈的齿轮在我的眼睛后面转动，我的胸部收紧，但是眼泪始终没有出来。

　　奇怪的是，看利奥骨灰的时间越长，我越觉得羞愧。我为保证利奥安全所采取的行动恰恰是错误的。看看结果！我的父亲，无论他在哪里，或许都会以我为耻。

　　纳蒂从学校回来的时候，我已经一动不动好几个小时了。她的目光从我身上移到了包上。"可怜的利奥。"纳蒂说完坐到了沙发上。

　　纳蒂倾身到咖啡桌前，拿起袋子的一个角，掂了掂，仿佛她想尽可能少地接触它。"都在这儿了吗？利奥可是很高的。"她把利奥的骨灰放回桌子上，"我昨晚梦见他了。"

　　"我没有听见你的尖叫或者其他声音。"

　　"我不再是个孩子了，安雅。"她翻了翻白眼，"另外，这不是一个噩梦。利奥好好的，完完整整的。"她顿了顿，"我觉得我们不应该埋葬他。利奥不喜欢这样。他喜欢和我们在家里待着，他喜欢在这儿。"

我告诉她下周会去选一只骨灰盒。

我走进我的卧室，从包里拿出巧克力棒，放在我的梳妆台上。

巧克力静静地躺在那儿，看起来这么香甜、无害。至少不会置人于死地。

周六，我穿上我那件不会出错的黑裙子，这是我能找到的最合适的穿着了。我硬着头皮去参加尤里伯父的葬礼。葬礼没在我常去的教堂举行，而是在一座东正教教堂，家族大部分的成员都喜欢那里。我考虑了下是否要带纳蒂去，但很快放弃了。纳蒂比我更不熟悉尤里伯父，我并不想让她接近我们这群亲人。我考虑了下是否要带我的弯刀去，很快也放弃了。因为我会被搜身，所以没有意义。我从吉卜林先生雇来保护我们的保镖们中挑了一个——一个叫黛茜·果戈里，壮如一堵墙的女人。她身高六英尺，手臂和我的腿一样粗，眉毛很淡，嘴唇有一抹淡淡的胡须。尽管如此，她还是我和纳蒂的最爱。黛茜·果戈里说话声音很悦耳。我曾经对她提起此事，发现她在转行更赚钱的安保行业之前，曾经学习过当一名歌剧演员。纳蒂曾经告诉我，她发现黛茜·果戈里在我们的阳台上喂鸟。

葬礼的仪式很乏味，我几乎感受不到尤里·巴兰钦的离世。然而，黛茜却号啕大哭。我问她是否认识尤里。她说对他一无所知，只是被传道书的内容所感动。她肉嘟嘟的手紧紧抓住我的手。

自从发生过三起袭击事件后，我就再没有和我的家族成员们共处一室。米基在前排挨着他的妻子索菲娅坐着，胖子坐在他身后距他两排的位置。教堂里剩下的位子坐满了巴兰钦巧克力的雇员，我隐隐约约知道其中的有些人是我的亲戚（但在这里没必要提及）。我突然想到，他们中的任何一个人都有可能对利奥和伊莫金的死负有责任，也可能一个都没有。世界那么大，在这个时代，我相信坏人无处不在。

当轮到我去瞻仰尤里的遗体时，我在棺材前俯身，然后画了个十字。殡葬师设法消除了尤里中风的痕迹，与我上次见他时相比，他两边脸颊看起来差不多一样了。他的嘴唇被涂成了一种不自然的紫色，我想知道他在九月的那天想告诉我什么。我想起了他的另一个儿子，杰克斯。他没有被允许出狱参加葬礼，但尤里也是他的父亲。尽管杰克斯做了很多不好的事，那一刻，我还是对我可怜的堂兄感到一丝怜悯。

我走上前向米基和索菲娅致以我的敬意。正如预想的那样，米基穿着一套深色正装。索菲娅穿着一套宽松的深红色裙子，像长袍一样披着。这对于葬礼来说真是一个奇怪的选择。

米基的眼睛布满血丝。他抓着我的手，感谢我的到来。

索菲娅对我微笑，但看得出是强颜欢笑。"安雅，最近怎么样？"她在我的双颊上吻了下。她突出的颧骨与我的脸碰在一起。"你回来以后，我们一直想去看你，奈何一直在忙尤里的事情。国外的生活怎么样？"索菲娅低声说道，"和我的那些表姐妹处得怎么样？"

"我爱她们，"我回答道，"谢谢你。"

"你和我——我们必须振作起来，"索菲娅说道，"过去的几个月发生了太多的事情。"

在出去的路上，我被胖子拦住了。"安妮，"他说道，"你回来后还没去过我那儿。"

"是的，"我回答道，"还没有。"

"你不用怕我，"胖子说道，"我和那些袭击事件无关。"

"每个我认识的人都这么说，"我说道，"但是袭击确实发生了，不是吗？"

"听着，安妮。对于利奥的事情，我真的感到很抱歉，但我的兴趣在生意上。米基将巴兰钦巧克力经营得越来越糟糕，他人不坏，但不知道怎样才能做得比他爸爸出色。我和销售第一线的人一起工作，知道什么样的供货质量上乘，而且能准时到货。靠米基经营巴兰钦巧克力，没有人会信任他的，他失去了自己在他们心中的信誉。"

"胖子，我现在无法想别的，等我知道了谁——"

"听我说，安妮！"我以前从来没有听到过胖子大声说话，"这就是我要告诉你的，谁做的不重要。你现在没有时间去揪出参与此事的人。必须有人介入来重振巴兰钦巧克力，我认为这个人该是我。"

我一言不发。

"我希望你能支持我。你的支持对我来说很重要。"

我一字一句地说道："从我的角度来看，更像是你想干掉纳蒂、利奥和我，这样你就能掌控巴兰钦巧克力。"

胖子摇摇头："不是的。不是这样的。"

"那么，谁干的？你知道的话，说啊。"

"孩子，我告诉你，不是我干的。我希望知道是谁干的，但我觉得是组织外的某个人想要制造混乱，就像去年的中毒事件一样。"

"你指的是大野友治吗？"

"安妮，我不知道。可能是。"

"如果你知道得这么少，为什么我应该支持你来经营巴兰钦巧克力？"

"好吧……我是这样想的。"他压低声音，看着屋子那边的索菲娅，"如果她参与其中呢？她家族的名字是比特，比特家族是德国第四大巧克力老牌经销商。"

我看着屋子对面的索菲娅·巴兰钦。如果是这样的话，她似乎没理由将我送去墨西哥藏身，这样会将她的家族置于危险的境地。此时，胖子感觉像是会把矛头指向任何一个人，以防我怀疑他。

黛茜·果戈里把手放在我的肩膀上："你还好吗，安雅？"

我点点头，告诉她我准备走了。

胖子抓住我的手臂："我还记得你出生那天，你爸爸带着你的照片来游泳池给大家看。你得知道，我永远不会做任何将你或你哥哥、妹妹置于危险境地的事情。"

我唯一确定的事情，就是我一无所知。

14

宿敌重逢；另一个提议；温看了包装纸的下面

在温的十八岁生日那天，他父母在自家公寓里举行了一场生日派对。说是温的父母，其实我指的是他的母亲。按照温的说法，温的父亲仍然很沮丧，他对于举办派对的计划毫无帮助。

斯嘉丽来到我的公寓，同我一起打扮。纳蒂和黛茜·果戈里也会过来。

斯嘉丽此时大概有六个月的身孕，身形已经非常明显。她穿着一件大号的黑色薄纱裙和一件扣不上的粉色天鹅绒外套。她的金发即将齐腰，很有光泽。她一如既往地漂亮，我对她也是这么说的。

她亲了亲我的脸颊。"为什么我不能和你结婚，安妮？你会是我的完美丈夫。"在天主教学校里待了七年以后，盖布尔·阿斯利固执地想和斯嘉丽结婚。

斯嘉丽没办法再像过去几年一样为我们准备衣服了，她快筋疲力尽了。她只负责把关我们的选择。纳蒂穿着我的红色裙子（也是我母亲的），温一直喜欢我穿这件。我穿着黑色的裤子——我正处于人生中的裤装阶段——和一件斯嘉丽在多年前穿着去小埃及的紧身衣。我的上身打扮显得开放，而下身打扮则显得保守。其实是因为经过农场的劳作后，我喜欢上了我的手臂。因为黛茜·果戈里和我们一起去，我忍住了将自己的弯刀作为装饰的冲动。黛茜身材太高大了，我们没有什么衣服能借给他。但事实证明，她自己有很多衣服。她穿着一件古怪的挤奶女工连衣裙和一顶有角的头盔。"旧的歌剧服装，"她说道，"这会非常有趣！"她拍了拍手。

我们乘坐公交车到温父母的公寓。有趣的是，我只去过那里两次，因为某个显而易见的原因——也就是查尔斯·德拉克罗瓦——温和我都避开了那个地方。

简·德拉克罗瓦是那种可以把一切东西变得美丽动人的女人。为了装饰房间，她会在天花板上吊起一串串水果。房间里到处都有蜡烛以供照明，当然还有一个吧台和一个乐队。事实上，我怀疑温甚至没有察觉到她为他所承担的痛苦。他是一个男孩，还没有失去过母亲。

几乎每一个人都是我的毕业班同学，除了盖布尔·阿斯利——谢谢你，温的母亲。自从我那个糟糕的"欢迎重返圣三一学校"的派对之夜结束后，他们中大部分人我都没见过了。沙伊·品特来到我身边说个不停。"噢，安雅，你看起来太棒了。见到你真是太高兴了！"她给了我一个拥抱，就像我们是亲密无间的朋友，"这几个月我一直很担心你。你去哪里了？"

像是我真的要给班级八卦女王透露我去哪里了一样。"很多地方。"这是我雷打不动的回答。

"好吧，你这个小心谨慎的人！那么，你明年要干什么呢？"

我想，可能会安排对某些亲戚的刺杀行动吧。"待在这儿。"我说道。

"太好了。我已经被纽约大学录取了，所以也会待在这座城市！我们应该一起出去玩。"

纽约大学？我的母亲曾经就读于这所大学。愚蠢的沙伊·品特被纽约大学录取的想法让我感到难以名状的厌恶。我知道我应该为她感到高兴。可是为什么我没有？沙伊·品特是一个爱说长道短的人，但她是一个足够好的女孩，也是一个努力的人……

"你准备花时间读完高中吗？"沙伊问我道。

"我找了个家庭教师，现在正在准备GED考试[1]。"

"那挺好！说不定对你来说轻而易举。你一直都很聪明。"

我告诉沙伊我需要喝一杯。我走过房间，迎面碰到艾莉森·惠勒和我打招呼。"安妮，"她说道，"我猜你现在知道我

1　GED考试，全称是General Educational Development，即美国高中同等学力证书考试。

没有插足你和温之间了吧？"艾莉森·惠勒穿着一件黑色紧身连衣裙和黄色高跟鞋，我以前没看过她这样的打扮。

我笑了："你们俩把我骗到了。"

她靠近我的耳朵："我的意思是，我喜欢温，但他不是我真正喜欢的类型。你才是我喜欢的类型。"

"噢！"

"是这样的。更准确地说，我喜欢你的朋友斯嘉丽。但是圣三一学校太无聊了，有着天主教学校特有的刻板。我等不及上大学了。不管怎么说，我只是在帮查尔斯·德拉克罗瓦竞选，而贝莎·辛克莱就是头怪兽。"

至少我没有在自由管教所一直待着。

"她就是这样的，安妮。她会让水源枯竭。她站在所有大公司一边，任由他们污染水源而不付税。她是个彻头彻尾腐败的人。查尔斯·德拉克罗瓦并不完美，但他……是个好人。"她指着屋子那头的温，他在和一名年长些的女人交谈，"他养育了温，不是吗？"

艾莉森谈起了大学，因为除此之外显然没有什么可谈了。她得到了耶鲁的提前录取，计划学习政治学与环境工程。我心头泛起与对沙伊·品特同样的——是的，就是这种——嫉妒之情，不得不再次为自己找借口。

我已经厌倦了倾听所有同学的来年计划。我想上楼去温的房间躺躺，但我上去的时候发现房间里面有人。温父母的房间也有人——真讨厌。我转身下楼。我知道温父亲的办公室是禁止进入的，但查尔斯·德拉克罗瓦那天晚上外出了，所以我决定去那里。我解下了系在门把手上的金线，走进房间。

我坐在一个皮沙发上，脱下鞋子，躺了下来。我刚刚打了个瞌睡，就有人进来了。

"安雅·巴兰钦，"查尔斯·德拉克罗瓦说道，"我们又见面了。"

我挣扎着坐起来："先生。"

他穿着一件红色格子的法兰绒浴衣，蓄了一脸胡须。这个组合让他看起来有点像流浪汉。我在想他是不是要把我扔出他的办公室，但他没有。

"我太太坚持要举办这场该死的派对，"查尔斯·德拉克罗瓦说道，"现在我失业了，我的意见没有我想的那么有分量了。希望这个噩梦般的派对不会持续太久。"

"你真是可笑。这只是场生日派对，这就是一个普通的夜晚。"

"是的。这些日子里，鸡毛蒜皮的小事似乎对我影响更大。"查尔斯·德拉克罗瓦承认，"看看你拥有的时光多美好吧。"

"我更喜欢拥有你的儿子。"

"这就是你闯入我办公室的原因？"

"解下绳子不叫闯入！"

"原来你是这么想的。你一直有——怎么说呢？对法律抱以灵活解读的态度。"我确信查尔斯·德拉克罗瓦是在嘲弄我。

我告诉他实情——我厌倦了听我的同学们谈论他们的来年计划。"你看，我没什么计划，德拉克罗瓦先生。你必须承认我目前的处境有你的一份功劳。"

德拉克罗瓦耸耸肩："我敢打赌，像你这样聪明的女孩，心里已经有一两个计划了吧。比如为你哥哥的死复仇，从无能之辈手中接管你的巧克力帝国。"

我什么都没说。

"好了。我说到点儿上了吗？"

"你欠我一个道歉，德拉克罗瓦先生。"

"是的，我想是的，"他说道，"自从我们上次见面以来，这几个月对你来说无疑很难熬。但你还很年轻，会走出来的。而我年纪大了，或者说至少是个中年人吧，失败的滋味会伴随着处于我这个生命阶段的人更长时间。尽管我的阴谋诡计得逞了——请注意，它们从来就没有阻碍你——你和温还是在一起了。你赢了，安雅，而我输了。恭喜你。"

我对他说，他的声音听起来有一些苦涩和绝望。

"那我还能怎么样？你见过我的继任者了。你是怎么被释放的？是被要求向她行贿，还是她乐意再一次羞辱我呢？"

我承认她收受贿赂了。"你知道她怎么说你的吗？"我问道。

"我猜没什么好话吧。"

"没有。她说她的竞选团队一直盯着温和我的故事不放的原因，在于它极大地困扰了你。而那些选民，她认为他们关心这件事的程度比你低得多。"

查尔斯·德拉克罗瓦沉默了一小会儿。他皱了皱眉，然后笑了："可能吧，这是一个迟来的好教训。好吧，总之你这几个月跑到哪里去了？我知道肯定是对你有好处的地方。"

我没有告诉他："有一天你会用它来对付我的。"

"安雅·巴兰钦，我们一直都坦诚相待。难道你不知道我现在只是没了爪子的老虎吗？"

"对于现在来说，你是的。但没了爪子的老虎还有牙齿，我并不认为你已经出局了。"

"那你真是太好了。"他说道，"你难道不为我把你扔回自由管教所的事生气？还是说你把怒气埋在了那可笑的少女心深处，某天我睡觉的时候，说不定床上会有一个马头在等着吓唬我呢？"

"我太喜欢你的太太和你的儿子了，我做不出这种事情。"我说道，"我有一张列有敌人名字的长长清单，德拉克罗瓦先生。你肯定榜上有名，但你现在不是第一名。"我顿了顿，"你无所不知。关于索菲娅·比特，你知道些什么？"

查尔斯·德拉克罗瓦皱起了眉头："你堂哥米基的妻子。"他摇了摇头，"我想，她是德国人？"

"还是个墨西哥人。"我问他是否怀疑过她和中毒事件有关。

"没有。我们怀疑投毒行为发生在制作环节，是美国以外的某个人干的。但是我无法调动资源调查纽约市以外的地方，更不用说美国以外的地区了。而后来你的堂兄就很配合地交代了。"查尔斯·德拉克罗瓦转了转眼珠。

"你知道那是个谎言？"

"当然了，安雅。但是，由于多种原因，对我来说，能够结案就足够了。另外，这给了我一个绝佳的理由让雅科夫一直坐牢。他开枪射伤了我儿子，我确定你还记得这件事。"

我记得。

"我是一个容易感伤的人。"查尔斯·德拉克罗瓦给自己倒了一杯饮料。他递给我一杯，但我拒绝了。"我知道你认为索菲娅·比特策划了投毒行动，这似乎是个足够合理的猜测。她在国外的利益通过她的丈夫——那时还是她的未婚夫——与你家族的生意完美地融合在一起。"

我顿了下："我认为她杀了我哥哥，并且还想杀掉我妹妹和我。"

查尔斯·德拉克罗瓦痛饮了一口，然后又给自己倒了一杯。他考虑了一会儿："我们年轻的时候，觉得每件事情都要在一个月内做好。但对于这件事情，你要深谋远虑。在你采取行动前，一定要确认无误，安雅。就算你确认无误，也要小心行事。还有，记住你不必做任何他们期望你做的事情。"

但这是个问题，我无法确认无误。"我怎么才能确认？我身边都是些骗子和罪犯。"

"啊，这倒是个难题。如果我是你，我会把这个问题直接抛给索菲娅·比特。看看她会说些什么。"

这个建议听起来很好："我喜欢你不处心积虑对付我的时候。"

这时，温推开了门。"爸爸。"他朝他的父亲点点头，"安妮，"他抱怨道，"我整个晚上都没见到你！"

"安雅，"查尔斯·德拉克罗瓦在我离开的时候说道，"找个时候再来看看我。"

温抓着我的手，我们又回到了派对上。"这是怎么回事？"他问道。

我亲了他，他似乎就忘掉了刚才的问题："不管在谁面前，我们都可以随时随地接吻，这不是很好吗？"

"你真是个非常奇怪的女孩。"温说道。

过了不久，斯嘉丽、纳蒂、黛茜·果戈里和我就离开了。当我们沿着温住的那条街走了一半，离公交车站还有三分之二的距离时，一个黑影从一条小巷里窜出来。

"斯嘉丽！斯嘉丽！"一个声音冒出来。

纳蒂尖叫起来，黛茜·果戈里摆出一个半蹲的姿势，我想这和她的马珈术[1]训练有关。突然间，她跳起来，用手臂勒住了那个

1　一种以色列近身格斗术。

人的脖子。

"这是什么鬼？"黑影说道。无论在任何地方，我都能辨认出这个声音。是盖布尔·阿斯利。

"噢，盖布尔，说真的，走开！"斯嘉丽说道，"你为什么在这里？"

"门口的那个家伙不让我参加温的派对，好像我很糟糕一样。温父亲做的事情比我坏一百万倍，他却在里面。你就不能原谅我吗？"盖布尔试着挣脱，但黛茜·果戈里更强壮，"安雅，告诉你的野兽放开我。"

黛茜·果戈里看着我，我摇摇头。让盖布尔·阿斯利再挣扎一会儿挺好的。

"真没礼貌，盖布尔。黛茜比你壮，并不代表她是野兽。"纳蒂说道。

"闭嘴，迷你安妮。"盖布尔说道，"说真的，斯嘉丽，我需要和你谈谈。我们不能去别的地方吗？"

黛茜·果戈里松开了盖布尔，因为情况已经变得明朗，我们显然是认识他的。

斯嘉丽摇摇头："我们可以在学校里谈，盖布尔。"

"求你了！给我一分钟和你独处的时间，没有你这些残忍的同伴的一分钟。我现在很绝望。我会去做疯狂的事情！"

"你要对我说的话也可以在她们面前说出来。"斯嘉丽说道。

盖布尔挨个儿打量我、纳蒂和黛茜·果戈里："好吧，如果只能这么做的话。我很抱歉，我真的真的很抱歉。对于发生的每一件事情，我真的很抱歉。你想象不到我有多抱歉。我真希望自己没有拍下那些愚蠢的照片。我真希望能回到过去，让一切重来，因为我就是一个白痴。"

"那倒是真的。"我插嘴道。

盖布尔没理我："但是如果必须中毒，失去我的脚才能遇见你、爱上你，我愿意再来一遍。你完美无瑕，斯嘉丽。你完美得难以置信。我是个怪物。我做了可怕的事情。我卑鄙无耻。"

"这也是真的。"我插嘴道。但是没有人注意我。

"求你了，斯嘉丽，你得原谅我。你得让我走进你的心扉。你得让我和你一起抚养我们的孩子。你必须这么做，如果你拒绝我就死在你面前。"

我无法相信那是盖布尔·阿斯利说的话，听起来就像是一个女孩说的。（说到这里，我无意冒犯女孩们——毕竟我也是她们中的一分子。）我真想扭头不看这一出双人舞，但我不能这么做。

盖布尔单膝跪下，他的假肢让这一幕变得尴尬。斯嘉丽呼吸急促起来。"起来，盖布尔。"斯嘉丽命令道。

他不理她。他开始掏自己的口袋，我知道要发生什么事。"斯嘉丽·巴伯，嫁给我好吗？"戒指是银做的，看起来像一个用绳子系成的蝴蝶结。

我想说，她不愿意，她当然不愿意。但是我没有说出来。

"上一次，因为我没有带戒指，你说我不是认真的。这一次，我准备好了。"盖布尔继续说道。

斯嘉丽大吼道："盖布尔，走开。这既不有趣也不浪漫，只能徒增，"她顿了顿，"悲伤。我再也不能爱你了。"

"为什么你不能？"他呜咽道。

"因为你真的很讨人厌。我以为你会改变，但是我错了。像你这样的人是不会变的。在中毒之前你就令人讨厌，而现在你依然讨人厌。你把我最好朋友的照片卖给——"

"但不是你的照片！"盖布尔辩解道，"那是她的啊！我从来没有做过伤害你的事情。"

斯嘉丽摇摇头："安妮就是我。你难道不知道吗？求你了盖布尔，走吧。快十一点了，我不想违反城市宵禁的规定。"

盖布尔想去抓斯嘉丽的手，但黛茜·果戈里横在他们中间。"你听到这位女士的话了。"黛茜像熊一样对他咆哮道。

在公交车上，斯嘉丽和我坐在一排双人位上，黛茜和纳蒂坐在我们后面一排。我原以为斯嘉丽睡着了，因为她的头靠在窗户上，一言不发。离我的公寓还有三站时，我听到了一阵喃喃自语。

"斯嘉丽，你在说什么？"

"没什么，"她回答道，"也许是荷尔蒙作祟。别管我。"

我包里有一条手绢，我拿出来递给她。她擤了一下鼻子，声音大得仿佛半个街区都能听到。她停了下，然后又擤了一次。"我这个样子太粗野了。"她说道。我告诉她，她看上去没那么糟糕，但我敢说她没有听我在说什么。"噢，安妮，我该怎么办？"

"什么怎么办？"我问道。

"我不想用它们来烦你，因为显然你有你自己的麻烦事。但这一切都是一场彻头彻尾的灾难！"

我最好朋友生命中的灾难体现在以下几个方面：

1. 她的父母是天主教徒，所以毫无疑问，她不能堕胎，但斯嘉丽不确定她是否想要一个孩子。

2. 她父母说他们不想支付大学的学费（"更别提戏剧学校了！"），因为斯嘉丽不自爱。

3. 她的母亲真心想让她和盖布尔结婚，还威胁说如果不这么做就把她扔出去。

4. 戏剧俱乐部不会让她出现在照片里了。（"我为他们做了所有的事情，他们却这样对我！"她愤怒地说道。）

5. 如果斯嘉丽在毕业前没把孩子生下来，圣三一学校说他们不会让斯嘉丽参加毕业典礼。

6. 盖布尔经常骚扰她，想让她回心转意，她害怕自己招架不住。

说到这里，斯嘉丽叹了口气。

我尽量以无私的心态从斯嘉丽的角度来考虑问题。我建议如果她还喜欢盖布尔的话，应该回到他的身边。

"安妮，我厌恶他！我真的不知道我在想什么。"她顿了顿，"我开始相信我真的是世界上最蠢的女孩了。"

"斯嘉丽，别这样说！"

"真是这样。有时我看着镜中的自己，肚子这么大，让我恶心，我不得不转过身去。我想：'斯嘉丽·巴伯，你去年唯一做的事情，就是酿成了几个大错。'"

我告诉她，不久以前我也是这么认为自己的。

"但是我比你差一百万倍！因为你是被迫接受，而我是自找的。"她顿了顿，"我的确恨盖布尔，但是……一个令人悲伤、厌恶的荒谬事实是，我独自一人。我很孤独，安妮。我甚至感觉盖布尔是这世上唯一乐意见到我的人。"

我搂着她。"郑重声明，我可是一直很高兴看到你的，"我说道，"如果你父母遭遇不测，你可以随时与纳蒂和我一起住。你和宝宝都是。"

斯嘉丽亲了下我的脸颊："真的吗，安妮？你是说真的？"

"当然了，这就是没有父母和监护人的好处。我现在就能作决定。虽然你的确有可能被卷入暴力犯罪中，但是我们有足够富余的卧室。"

"我讨厌你让人毛骨悚然的样子，"斯嘉丽说道，"我只听到你这么说就觉得很意外。即使对我而言，你也有不为人知的一面。"

我最近意识到这不是最好的生活方式。"奶奶过去常说'家人要照顾家人',而你是我的家人,斯嘉丽。比起那些和我有血缘关系的罪犯来说,你对我更为重要。自从我们在普里切特小姐的课堂上按字母顺序坐到一起的那一天起,我们就成了最好的朋友——"

"巴兰钦·安雅。巴伯·斯嘉丽。"

"纳蒂和我都爱你。利奥也爱你——"

斯嘉丽把手按在我的嘴上:"求你了,求你了,别说了!我今天晚上不想再哭了。过去两年,我的眼泪就没断过。"

公交车到了斯嘉丽家附近的站台。裙子和腰带的束缚,以及她脚上的高跟鞋,让斯嘉丽起身有些困难。我站起来伸出手扶了她一下。

那天深夜,派对结束后,温来到了公寓。我们刚刚才见过,但是我怀疑他过来的主要原因是他可以这样做了。他现在正式十八岁了,这意味着宵禁不再适用于他了。我们来到了我的房间,这样就不会弄醒纳蒂。她已经上床睡觉了。我们都饿了,但是屋子里没什么吃的。温注意到梳妆台上那条假冒伪劣的巧克力:"这是什么?"

我告诉他这是我在公园里买的:"如果你想吃就吃了吧,但味道可能不好。"

我走到厨房去接水,水龙头没有出水,管道里传来一阵可怕的轰鸣声。我在想水是否已经耗尽了。但是，最后水流了出来。

我回到自己的房间，发现温在研究巧克力。他撕下了外包装，拿着金色锡箔纸包裹的巧克力。"看，不是巴兰钦，"他说道，"外包装看起来像，里面却是别的东西。"

"是的，我有思想准备，"我说道，"我在小埃及前面买的。外包装都没了，因此我想它可能是某种地下的无牌巧克力。"

"它不是无牌的。"温递给我锡箔纸包好的巧克力，这样我就能看到上面写着：比特巧克力，慕尼黑比特巧克力有限公司生产。

"在葬礼上，有人说他们是德国老牌的第四大巧克力家族，"我平静地说道，"实际上是米基妻子的家族。你记得……"索菲娅·比特·巴兰钦。索菲娅·M.比特·巴兰钦。索菲娅·马克斯·比特·巴兰钦。过去的索菲娅·马克斯·比特，西奥的大姐不喜欢她。索菲娅·马克斯·比特，曾经和大野友治订过婚……

我所到之处，她都先我一步。

包着巴兰钦包装纸的比特巧克力。

谁有能力策划供应范围内的下毒事件？

谁有能力发起一宗跨三国的袭击？

谁是那个让大野友治连我也不告诉的人？

我把巧克力扔到地上。它很薄，陈腐而廉价，所以碎成了好几块。

这么明显的事。我一直都很蠢。

又一次这么蠢。

我不得不坐下来。

"安妮，你还好吗？"温问道。

我正要说谎，告诉他我感觉不舒服，明天我会去找他。我会和他走到电梯。接着，我再回到自己的房间里，关上门，独自解决这个问题。但事实是，我用这种方法时结果都不是很好——也就是说，最后一无所获。而温知道很多关于我的令人害怕的事情，但他仍然没有离开。

我深呼吸了一下："如果是索菲娅·比特策划了弗雷毒素中毒事件呢？那时她来纽约同米基结婚。西奥的姐姐说索菲娅曾经与大野友治订过婚。"

温点点头："不过杰克斯已经认罪了，不是吗？"

"是的，但没有人真的相信是他做的。"我说道，"我觉得是家族里面的某个人说服他认罪的，因为他本来就会因射击地区检察官儿子的罪行而入狱。"

"哦，对，是他啊，"温说道，"那个以为自己能参加毕业舞会的人。"

"他——你。"我停下来亲了亲他的嘴唇，"重点是，杰克斯无论如何都会进监狱的，所以这件事情很可能是其他人做的。"

纳蒂走进我的房间。她穿着睡衣，揉了揉眼睛。"如果比特巧克力真的是德国第四大的巧克力公司，"纳蒂说道，"索菲娅就可以通过拓展业务到美国来提升他们家族的市场占有率。听着——她和米基结婚，就是为了刻意接近巴兰钦家族以摧毁我们，或者至少是来接管我们的业务。"

"你什么时候醒的？"我问道。

"现在。你们两个说话的声音太大了。嘿，温。"她说道。

"纳蒂，我的女孩。"温问候她，"问题是，米基是帮了她，还是毫不知情？"

"还有，是不是她一手策划了利奥被杀的事情？"纳蒂补充道，"她想杀了安妮和我？"

"除了大野友治，我认为她是唯一有能力安排这种袭击的人。"我说道。

纳蒂叹了口气。

"我们要怎么做？"温问道。

"我们"？他可真自以为是，但我反而感觉好多了。"我还不确定。"我说道。如果真是她指使人杀了利奥，我可能会做出一些非常无情的事情。但是如同查尔斯·德拉克罗瓦所说，我首先需要确定。我需要找出她的同谋。此外，虽然我很高兴有温和纳蒂陪我一起做事情，但我还没准备好告诉他们，我可能需要杀掉某个人。"我要去看看杰克斯，"我说，"他可能有一些信息。这几个月他一直在烦我，让我过去看看他。"

我跪下来，捡起了比特巧克力碎块，把它们扔到了垃圾箱里。我拿着金锡箔包装纸，正要把它放进包里时，纳蒂从我手里拿走了。她把它对折一次，这样纸的形状变得类似方形，接着她又折了几次。她给我的时候，包装纸变成了一条小金龙的形状。

　　"嘿，你在哪里学的？"温问道。

　　"天才夏令营。"她告诉温。

　　我心想：所以你看，它并不是一无是处。

15

前往里克斯岛

周一和周二不是里克斯岛的探视时间。我没有周三去，因为那里的探视日程是由姓氏决定的。在经过一番搜索后，我查明杰克斯的探视日在周四。我读到了一份极其详细的着装要求：除了普通要求，不允许身着泳装、破洞装、透视装、莱卡面料装、帽子、兜帽或者制服。它还写着"来访者必须穿着内衣"。（我不穿的可能性极其渺茫。）

禁止穿制服让我不禁想起了一个事实，那就是我不再是圣三一的学生了。身穿校服的生活总是那么轻松自在。那天早上我在穿衣服时，一个"我需要为自己制作一套新校服"的想法跃入脑海。但是，要是什么样的制服呢？制服应该反映你生命中的某个身份。我不再是一个准大学生，甚至不是一个学生。带着一长串罪名，我也不可能成为一名刑事学家。我不再是自由管教所的

251

囚徒，不再是一个种植可可的农民。我不再是我哥哥、妹妹的守护者。纳蒂似乎越来越有能力保护自己了。

此刻，我只不过是一个有着声名狼藉的姓氏的人，背负着一起家族仇杀，或许还是两起。

为了替我被杀的哥哥报仇，我要穿什么见杰克斯呢？

我换乘了两班公交到里克斯，接着登记身份，最后被带到了一间房间。房间里的桌子和椅子用螺栓固定在地板上。我宁愿像你在那些老电影中看到的那样，隔着塑料板，用电话与杰克斯沟通。或许他们认为我的堂哥不够危险，享受不了这种待遇。

我坐了下来，十分钟后，杰克斯被带到了屋子里。

"感谢前来，安妮。"他说道。自从我上次见到堂哥以来，他的外表发生了很大的变化。他剃光了头。虽然伤口已经愈合了，但鼻子明显破了好几处。他的颧骨平坦得令人不安，眉毛上方还有刚缝合的针迹。"我不再是那个漂亮男孩了吧，堂妹？"

"你从来就没有漂亮过。"尽管忍不住同情杰克斯，但我还是这样说道。他总是对自己的外貌如此自负。

杰克斯笑了起来，坐到了桌子对面。

当然了，我需要从他那里得到我想要的，所以对付杰克斯最好的办法就是让他说话。

"你最终还是来了。"他讲道。

"你这几个月一直在乞求我。"我说道。

杰克斯摇了摇头："不，那可不是你来的原因。没人爱杰克斯。你现在仍因我开枪射击了你的男朋友而对我心怀怨恨。你只是有求于我。"

我看了看钟表："你有什么是我想要的？"

"正如我写的那样。你想要信息。"杰克斯说道。

确实如此。"你的父亲死了。"我告诉他。

"尤里。是的，我听说了。谁在乎？那个男人对我来说可不算哪门子的父亲。"

难以置信他对自己的父亲如此冷漠。"在九月的时候，你说纳蒂和我处于可怕的危险境地。也许你已经知道，从那以后，我们的生活中发生了一些事情。而且利奥已经死了。"

"利奥死了？"杰克斯摇了摇头，"不应该这样的。"

"不应该什么？你指的是什么？"

"我曾经听说过，"杰克斯压低声音，"家族里的某个人试图干掉你和你妹妹。这样一来，利奥尼德·巴兰钦这边就没有人能够妨碍到生意。利奥去了你送他去的那个地方，但利奥不在计划中。"

"谁，杰克斯？说，你指的是谁？"

杰克斯摇摇头："我……我不确定。好吧，那么，这儿有件事。注意，我没有毒害任何人。"

"我相信你。"

"真的吗？"杰克斯惊讶得说不出话，"我也不是故意射击你男朋友的。我去年对你说的话是真的。我只是想射伤利奥，这样就能把他带回到尤里身边。但不幸的是，我射成你男朋友了。如果只是射伤了利奥，我只会入狱几个月，但……好吧，你知道后来是怎么回事。

"所以，尤里让米基来看我。他说：'市政厅希望某个人能把巴兰钦下毒这件事情扛了，这样家族就可以把这件事情揭过去。'我接受了。"

"以什么做交换？"

"米基说，我一出狱他就会照顾我。"

"但是，这和纳蒂与我有什么关系？"

杰克斯转了转眼睛："所以我才说：'我出狱的时候，安雅·巴兰钦和她妹妹已长大成人，接下来会发生什么？有什么能够阻止她们在我脑门上开一枪，以报我所作所为之仇？'然后米基说他会搞定你。"

杰克斯对索菲娅·比特一无所知。"杰克斯，这就是你想告诉我的？但那并不意味着米基会对我开枪！我想他是有意和我合作的。"

"你说最近你和你妹妹发生了一些事情。所以……"

"米基的妻子参与其中了吗？"

"索菲娅？不，对此我表示怀疑。她不过是个女人。"

"你可真是大男子主义。"我站起身，和杰克斯说话无异于浪费时间。

"等等，安雅，别走！既然你说起了她，我记得第一次见到索菲娅·比特时，正好是在中毒事件发生前。"

我慢慢地坐回到椅子上。

"她可能是在那件事发生的一两周前抵达纽约的。当时我没有多想，但或许你是对的，或许米基的掩饰就是为了保护她。"杰克斯苍白的脸变得红润起来，"或许那个婊子就是我在这儿的全部原因！"他问索菲娅参与其中的证据，我告诉他包装纸的事情，以及她是少数知道我哥哥、妹妹和我的下落的人之一。

"她不可能独自完成，"杰克斯说道，"她必须有一个帮手。"

我知道谁是显而易见的人选："大野友治？"

"他是个不错的选择。但我指的是内部的某个人。"

"她的丈夫。"

谈话陷入了一个死循环。

"有可能。但问题是，你可能没发现中毒事件同样伤害了米基。他要经营巴兰钦巧克力，而中毒事件让每个人都以为他和尤里不堪一击。"杰克斯用手捋了捋他那看不见的头发，"胖子呢？不，胖子永远不会。他太喜欢巧克力了，他爱你们这群孩子。那个为你工作的律师呢？"

"吉卜林先生？"我问道。

"不，西蒙·格林。"

我希望这是从杰克斯嘴里冒出的最后一个名字："你怎么知道西蒙·格林？"

"几年前，我和他还是小孩的时候，我在巴兰钦遇见过他。"

"那个地方？你想要说什么？"

"没什么。或许我不是家族里唯一的浑蛋。"

"你在说什么？"

"你就没怀疑过吗？"

"怀疑什么？"

"或许，西蒙·格林与尤里，或者是你的父亲有血缘关系。如果是真的，你能相信——"

我站起来，在杰克斯丑陋的、伤痕累累的脸上扇了一个耳光。在做体力劳动的日子里，我变得强壮起来。我感觉他脸颊内有什么东西碎了。

一名警卫跑过来，把我和杰克斯拉开。这时，我被要求离开里克斯岛。

"没关系，安雅！我很抱歉。我没有对你父亲有任何不尊重的意思，"杰克斯在我身后绝望地喊着，"我不能待在这儿！你知道我和下毒无关，我不该在这儿的。你得帮帮我。我会死在这儿的，安妮！你可以让你男朋友的父亲帮我！"

我没有回头，是因为有一个警卫一直推我到出口处。但即使能转身，我也不会这么做的。

这是杰克斯的问题，他总是会信口开河。爸爸曾经说过，完全不必理会那些信口开河的人。

但爸爸还知道些什么？现在我长大了，开始回忆他和我说的话中，哪些是幸运饼干里的废话。

看看杰克斯是多么成功地在我脑子里下了毒。

黛茜·果戈里在探视大楼外等我。

回家的公交车上并不是那么冷，但我还是开始发抖。

"怎么回事，安雅？"她问道。

我告诉她，我去见的那个人说了一些侮辱我死去的父亲的话。

"这个人——很明显是个罪犯。"黛茜说道。

我点点头。

"还是一个骗子？"

我又点点头。

黛茜耸耸她巨大的肩膀："我想你可以完全不必理会他。"

黛茜用厚重的臂膀搂着我，把我拉向她宽阔的胸肌下。

她是对的。杰克斯所说的爸爸的那些事不可能是真的。我不想去问吉卜林先生，我不想再提起此事。我想把这个片段从脑子里抹掉。我想把它放到我脑袋里某个角落，和那些我在学校里学到的却永远用不到的东西待在一起：《麦克白》中赫卡忒的台词、毕达哥拉斯定理，还有关于我父亲是否忠诚的话题。消失吧，一切都消失吧。（如果我有一个女儿，我给她的第一条忠告就是故意的视而不见通常是一个错误。）

回到公寓的时候，我需要一些东西来占据我的思绪，或者至少让我的双手别停下来。我决定去整理伊莫金的遗物。她没有多少书、衣服、化妆品——但是我想她的姐姐可能会想要回它们。如果是纳蒂,我也会想要回她的遗物的。(利奥的东西是怎么处置的?)

在伊莫金的床头柜里,我找到了《荒凉山庄》的复印本,这是纳蒂和我送给她的生日礼物。《荒凉山庄》是一部相当长的小说,伊莫金只看了大概两百页。可怜的伊莫金永远不会知道故事的结局了。

我正要将伊莫金的手提袋扔进一个盒子里时,注意到里面有一本皮面的书,这本书就是纳蒂提到的日记。伊莫金非常喜欢保存纸质的日记。我不想窥探她的隐私,但想知道她上个月的生活是什么样子的。她一直是我的好朋友。好吧,我想她了。

我快速扫过页面,还是熟悉的潦草笔迹——一种娟秀而女性化的斜体。

这本特别的日记是从两年前开始写的,主要详细地记录了她在读什么。由于我不是爱读书的人,所以我发现整本都相当枯燥。接着,一个一年多前,也就是2083年二月的条目吸引了我的目光:

G日益虚弱,她让K先生和我都助她死去。

接着又过了几周:

完成了。G打发孩子们去参加婚礼。K先生切断了一小时的大楼电源。我提高了G的用药剂量，这样她就不会有任何痛苦。我握着她的一只手，K先生握着另一只，最后她的眼睛闭上了，心脏也停止了跳动。愿她安息吧，加林娜。

我把日记本扔过房间，当它落地时，我能听见精美的书页撕裂的声音。伊莫金·古德菲洛帮助奶奶自杀！K先生只可能指的是我的吉卜林先生。

我把日记本扔到帆布包里，然后离开了公寓，走向吉卜林先生的公寓。整个下午，天空一直乌云密布，到了晚上时压迫感有所好转，一场真正的强降雨开始了。黛茜·果戈里坚持要和我一起去，我和她都没有带伞，到达吉卜林先生在萨顿广场的公寓时，我们全被淋湿了。

我很少去吉卜林的公寓拜访他，大多数工作上的事可能会等到早上再联系。我请门卫打电话，但他认出了我。他朝电梯挥了挥手。

黛茜·果戈里决定留在大堂里。吉卜林先生的妻子凯莎开的门。"安雅，"她说道，朝我伸出手臂，"你一定被冻坏了。你都湿透了。进来吧，我给你一条毛巾。"

我走进门厅，身上的水全部滴在了大理石地板上。

过了一分钟，凯莎带着毛巾和吉卜林先生一起过来了。吉卜林先生脸上写满了关切："安雅，这是怎么回事？发生了什么事情？"

我告诉他，我需要和他单独谈谈。"好的，当然可以。"吉卜林先生说道。他带我去他的办公室。

办公室的墙上挂满了照片。大多数照片是他的妻子和女儿，还有一些是我的父母、我、纳蒂和利奥。我还注意到有一两张是西蒙。

我把伊莫金的日记拿出来放在他的木质写字台上。

"这是什么？"

"伊莫金的日记。"我说道。

"我不知道她还留了一本。"吉卜林说道。

我告诉他，我也不知道。"她在里面写了一些东西，"我顿了顿，"关于你的东西。"

"我们虽然是朋友，"吉卜林先生说，"但你不说清楚的话，我还是不知道你想说什么。"

"是你和伊莫金杀了奶奶吗？"

吉卜林先生重重地叹了口气，两只手捂着谢顶的头："噢，安妮。加林娜希望我们这么做。她非常痛苦，一直忍受着病痛的折磨。她在逐渐失去意识。"

"你怎么能这么做？你知道奶奶的死导致了什么吗？利奥和米基在葬礼上大打出手，利奥开枪射击了尤里·巴兰钦，利奥差

260

点向自己开枪，我又不得不开枪射击杰克斯，最后我不得不去自由管教所。每一件事情，每一件可怕的事情都源于奶奶的死！"

吉卜林先生摇摇头："你是个聪明的女孩。我想你知道这一切早就开始了。"

"我知道什么？我一无所知！我被蒙在鼓里一年了。你干的好事。"我的脸泛起了红晕，喉咙沙哑，"你背叛了我！奶奶和伊莫金或许在地狱里！你也会去那儿的！"

"别那样说，我永远不会背叛你，"吉卜林先生坚持道，"事实上，在为你工作之前，我为加林娜工作。我怎么能拒绝她？"

"你应该来找我。"

"你的奶奶想保护你，她不想你牵连进来。"

"她当时思维混乱，不知道想要什么！你自己也说了，你无法两者兼得。"

"安妮，我爱你的家族；我爱你的父亲；我爱加林娜；我爱你。你得知道我尽力了。我做了我认为正确的事情。"他绕过桌子，把手搭在了我的肩膀上，但我挣脱了。

"我应该开除你。"我低声说道。我的嗓音沙哑，快要失声了。我一整天都在对着人吼。

"让我留下吧。就这一次。"吉卜林先生恳求道，"我爱你，安妮。我爱你就像爱自己的女儿。或许有比我更好的律师，但是你的生意对我来说不是生意，它是我的心和我的生命。你父亲是我所认识的最好的人，我保证会尽我所能来照顾你。如果我再次背叛了你，哪怕是无意的，你也可以立即开除我。天地可鉴，我自己也会离开的。"

我转身看着吉卜林先生，他张开手臂，恳求我留下来。我走近他，接受了他的拥抱。因为种种原因，我无法让自己提到西蒙·格林。

16

前去教堂

除了葬礼，圣诞前夕我再也没去过教堂。一开始，我有完美的理由来解释我的偷懒——避风头、被关在自由管教所、家中监禁——但即使重获自由以后，我也不想回来这里。说我失去了信仰可能言重了，但我想不出还能怎么形容这种行为。一直以来，我都很虔诚，但上帝是怎么对我的？利奥死了，在信仰方面，我就像乘坐在大西洋里摇曳的货轮一般，晕船不止。

（那么，我为什么要在那个星期天去教堂？是我希望重燃信仰的余烬吗？不是的，读者们。）我去教堂的原因显然是不虔诚的。我希望遇到索菲娅·比特。我的敌人查尔斯·德拉克罗瓦是对的，确定索菲娅是否参与其中的最好办法是当面问她。就算她对我撒谎，我也能知道一些事情，并且她无法在教堂里杀死我。

纳蒂告诉我要叫醒她，这样我们就能一起去了。但我不想让她或者其他任何人陪我去，便提前出发了，因此我能步行而不用坐公交车去圣帕特里克大教堂。

做弥撒的过程中我心不在焉。从阳台上，我看到了索菲娅·比特。她坐在中间的位置上，戴着一顶蜘蛛形状的红帽子。米基并不在她的身旁。

弥撒一结束，我就跑到走廊，和索菲娅说话。

"索菲娅。"我叫道。

她不慌不忙地转过身，像在跳一曲华尔兹。目光所及，我能看见帽子的装饰不是一只蜘蛛，而是两只互相重叠的深红色蝴蝶结。"安雅，"索菲娅问候我，"看到你真好。原谅我，我正在忏悔。"索菲娅靠近我，亲了亲我的脸颊。她的嘴唇温润，涂着唇膏。我问她米基在哪里。她说自从尤里去世后，米基一直去他父亲的教堂，这样他们俩就不会错过任何一方的星期天弥撒了。

"好了，"她说道，"我必须要忏悔了。"

我问她灵魂是否承受着重负。

索菲娅转过头，微微一笑。她停下来看着我友善而天真的眼睛："这是种幽默，是吗？"

我压低声音，就像蝴蝶扇动翅膀一样轻。"索菲娅堂嫂，最近发生了一件很奇怪的事情。我在博物馆路上看到一个人兜售巧克力。当然了，我问他是否有巴兰钦特浓黑巧克力，这是我的最爱。自从奶奶去世、杰克斯入狱后，就没有人把它带到公寓了。"我停下来看着索菲娅，她和我一样面无表情，但我察觉到她的瞳孔微微扩张。劳博士在谈到瞳孔放大时说过些什么？"所以，我买了一条，然后把它给忘了。直到我的男朋友，温——你记得他吗？——想要它。但你永远猜不到当我剥下巴兰钦的包装时，下面是什么。是一条比特巧克力。我想：'比特，那是我堂嫂的家族。在巴兰钦的包装纸下，一条比特巧克力显得多么奇怪啊。'"

索菲娅张开嘴想要说话，那一刻，我甚至认为她或许会对此给出一个完美的、合情合理的解释。其他教友从我们身边走过，而她果断地闭上了嘴。她的笑意比以前更浓了。"所有的蜂蜜。"她哼了一声说道。

"什么意思？"

"所有的蜂蜜里，都一定会有一只蜜蜂，安雅。"索菲娅理了理她可笑的帽子，接着眯着眼打量我。"那么，这是我们第一次开诚布公，"索菲娅边说边脱下手套，"真是一种解脱。当然，我知道你说的那种疏忽，那是之前发生的事儿。那些工人应该剥掉两层比特包装纸，但是他们很懒，安雅。有时他们会忘记。"

"你为什么要用比特巧克力冒充巴兰钦巧克力？"

索菲娅没有回答，取而代之的是她用舌头发出的一种好笑的咯咯声，就像响尾蛇的尾巴一样。

"是你安排了刺杀我和纳蒂的行动吗？"

她一言不发。

"你杀了利奥吗？"

"汽车炸弹杀了利奥，大野友治这么说的。与我无关。"

我试着控制自己的声音："所以你确实安排了刺杀我和纳蒂？"

"如果说我只安排了刺杀你，侮辱会不会少一些？你是一个愚蠢的女孩，安雅·巴兰钦。大野友治对你评价很高，但除了令人失望以外，我在你身上什么都没发现。"

"我不关心你是否喜欢我，我只需要知道是否应该杀了你。"

索菲娅的下唇做出了一个模拟惊恐状的表情。"这可是星期天，安雅。我们在教堂里！"她顿了顿，"除了利奥，没有人死，或许你应该把发生的事儿当作一个警告。"

"那你的表弟呢？西奥非常虚弱。"

"他不应该试图阻止的。我一直讨厌那里的家族，他们也一直讨厌我。"这不可能。那为什么他们会对我这个被认为是索菲娅朋友的人这么友善？"所有的都过去了，安雅。你现在想干什么？你杀了我也没用，我在德国的亲戚们将会为你和纳塔利娅而来，比特家族会让巴兰钦们如小兔子般慌乱。"

她搂着我，在我耳边低声说道："我和利奥的死没有任何关系，是我丈夫干的。他是个感情用事的白痴。你不同意和友治结婚时，米基借此机会从友治那里找到利奥的藏身之处，然后杀了他。"索菲娅离我仅一步之遥。她靠近我，亲了亲我的嘴唇。

"这真是白费工夫。尤里·巴兰钦已经老了，而且利奥在日本没有影响到任何人。"

"我不明白。为什么要杀我们三个？我们都已退出了巴兰钦巧克力。"

索菲娅笑了。"你知道巴兰钦巧克力现在的问题是什么吗？不是因为它是一个有组织的犯罪团伙，而是整个家族陷入了无组织的混乱中。像巴兰钦巧克力这样混乱的公司，是没有理由在市场上占据主导地位的。你能想象这对我来说挑战有多大吗？如果我和你堂哥结婚，就有机会让一切再次正常运转……"

她说，比特巧克力走了一段时间的下坡路了。德国的市场竞争太激烈，拯救比特家族生意的唯一办法就是将其业务转移到其他地区。自从我父亲去世后，巴兰钦巧克力便发展不顺，这让美国成为他们业务落脚点的明智选择。她和她的高中密友大野友治想出了一个计划，两人在美国市场制造混乱，然后乘虚而入以分得收益。她想出了下毒事件，而她与米基的婚礼是大野友治的另一项策划。声名狼藉的巴兰钦供应商会被其他品牌替代——那些仓库里不是正好堆满了未开封的比特牌巧克力吗？

这个计划只有一个问题：在某个时候，大野友治改变了想要摧毁巴兰钦巧克力的想法。

说到这里，索菲娅转了转眼珠："他看见了你身上的潜力。而且他也说服米基看到你的潜力。所以，大野友治改变了意图，认为与其让巴兰钦巧克力衰落下去，不如拯救它。为了你，安雅。

而我认为那是个错误的想法。我被困在这座可怕的城市，和一个愚钝的人结了婚，所以我只能尽我所能。"

"你还是没有说是不是你想杀了纳蒂和我？"

索菲娅摇了摇头："你们都还活着，不是吗？一次失败的尝试能改变什么？要我说，一切都过去了。"

"你的表弟差一点就被杀了！我的朋友伊莫金死了。这都是为了什么！"我的手卡着她的脖子，但我没用力，她也没有尖叫。

"为了所有普通的小事，安雅。为了钱。还有一部分是为了爱。"她顿了顿，"如果我答应离开呢？如果我回到德国，解除我和米基的婚姻关系怎么样？你可以和他清算一下利奥的死，我不会干预。或者你也可以决定就此罢手，尤里的命已经换了利奥的命。我们俩永不相见怎么样？"

"为什么我不直接杀了你？"

"在这里？在圣帕特里克大教堂？像你这样的天主教好女孩？除非亲眼所见，否则我才不信。"索菲娅笑道，"你不会杀我，因为你不是一个谋杀犯。这是我第一次见到你后对大野友治说的话：这个孩子或许比她的堂兄弟们更有前途，但是她对我们的行业没有兴趣。"

"事实并非如此。"

"你认为自己很坚强，因为你砍掉了刺客的手。但当人真的被逼入绝境了，这其实不难做到。

"现在，甜心，明智的做法是拿出你外套下面的那把弯刀，然后刺穿我的心脏。但是你不会。我很庆幸没有处在你现在的艰难境地。你是警察和罪犯生出的女儿，你的内心该有多么挣扎啊。所以，你会让我走。你以为自己还犹豫不决，但其实心里已经有答案了。"

我放下了在她脖子上的手，她离开我，沿着过道向后走。

我跑向她，用弯刀抵着她的身体，但刀尖只是刺破了她的羊绒外套。

"该死，我喜欢这件外套。"索菲娅说道。

"就告诉我一件事情。谁在帮助你？你不可能一个人安排下毒。你肯定在巴兰钦有个帮手，是胖子吗？"

她摇了摇头，帽子上的蜘蛛上下晃动。

"是尤里、米基、杰克斯？"

她眯起眼睛，似乎这样可以清楚地看到我。她的嘴唇抿在一起，就像一个微笑。"年轻的律师。"她低声说道。

"西蒙·格林……西蒙不会的。"

"西蒙干的。他恨你的父亲，安雅。他也恨你。"

"我不相信你。西蒙·格林也不恨我。"我不禁想起杰克斯对我说的话。

"什么都有可能发生。"索菲娅耸耸肩，"我们的牌都摆在桌面上，我没有理由说谎。"

她转过身，步履轻盈地走出了教堂。我希望自己能杀死她，但索菲娅说得对，当时我还是个天主教徒，不能在教堂里做这样的事情。

我犹豫了。在教堂不行的话，我在想是否可以在教堂外的台阶上杀死她。

我正要去追她，却感到有什么东西重重地砸向了我的后脑勺。

虽然教养不允许我这么做，但必须承认我还是骂了句脏话。

我转过身来，看到一本《圣经》直奔我的额头。

在那一击前，索菲娅笑了。

我在医院的床上醒来，感到轻微的痛楚和难以置信的烦躁。我让索菲娅·比特走了。谁知道她会去哪儿，或者接下来会造成什么麻烦，另外，我几乎像厌倦自由管教所一样厌倦了医院。

我得走了。我站了起来，感觉有点头昏眼花。我来医院的时间还不长，所以仍然穿着自己的衣服。我在衣橱里找到了自己的鞋子（尽管还是没找到我的弯刀），走到厕所查看伤势。前额肿了一大块，后脑勺上也肿了一块，但它被头发挡住了，所以我看不见它。除此之外，我似乎安然无恙。

我把头探出门外，发现一个护士也没有，于是我开始行动。我穿过走廊，走过接待区。没有人注意到我。在等候区，我看见了黛茜·果戈里和纳蒂。我妹妹急红了脸，脸上还挂着泪痕，而黛茜·果戈里面色苍白，紧绷着脸。虽然不想被她们拦下来，但我也不希望她们太过担心。

我向她们走去。"嘘。"我说道。

"安妮，你下床干什么？"纳蒂叫道。

"我没事，但我必须走了。"我告诉她们。

"你这是胡说八道，"纳蒂说道，"谁打的你？发生了什么事情？"

"我随后会解释。我会没事儿的。"

"你看起来可不好，"纳蒂坚持说道，"你看起来一点也不好。如果你不回到医院的病房，我对天发誓，我会尖叫的。"

我看着前台。尽管我妹妹的声调越发歇斯底里，我们还是没有引起太多注意。这所繁忙的医院身处在一座充斥着犯罪的城市里，在这里工作的人都习惯于过滤掉令人烦躁的哭声。

"纳蒂，我需要处理一些事情，时间紧迫。"我转向果戈里，"你有我的弯刀吗？"

黛茜·果戈里没有回答我的问题。相反，她把目光从我身上移到了纳蒂身上。"我感觉很糟糕，安雅。我不该让你自己去教堂的。我以为你会没事的，毕竟那是教堂。"

"没事的，黛茜。"

"如果你开除了我，我理解。"黛茜·果戈里说道。

我不想开除她，但我想知道她是否有我的武器。

"在我这儿，安雅，"她说道，"但是我不能把它给你。"

"噢，看在上帝的分儿上。"我说道。

"我很抱歉。我的工作是保护你，而不是做你的帮手。"黛茜·果戈里把我从地面上举起，就好像我没有任何重量——相信我，我的确有些分量。或许我个头很小，但我也很紧实（是的，这个词偶尔也会有其他意思）。她把我放到等候区的台子上。"这个女孩头部受创，她跑出了病房。"黛茜·果戈里对护士说道。

护士看起来对我们很不耐烦，似乎对那些壮实的女人背着娇小女人四处走动的场景习以为常。她指示黛茜把我带回房间，医生很快就会来看我。我们沿着走廊走的时候，我掂量了下自己的选择。我无法制服黛茜·果戈里，但确信可以摆脱她。

她轻轻地把我放回床上，如同我是一个她心爱的洋娃娃："我很抱歉，安雅。"

"我理解。"

"但我的确对头部创伤略知一二，至少你需要在第二天做检查。在你的思绪变得清晰之前，无论发生了什么都要放一边——"

我直起身，然后尽我所能将她推开。这没有起到太大的效果，但她惊呆了，这样我就有时间跑出病房。"带纳蒂回家！"我一边跑一边叫道。

由于没有拿到我的弯刀，我去的第一个地方是胖子的地下酒吧。在面对米基和索菲娅之前，我需要支持。"安妮，哪阵风把你吹来了？"胖子问道。

我从医院跑到这里，上气不接下气。"你是对的，索菲娅·比特策划了袭击，并且我认为她主导了下毒事件。"我说道。

胖子给自己倒了一杯浓咖啡："是的，这就说得通了。你认为米基参与其中吗？"

"我不确定。索菲娅说，他杀害利奥只是为了报复利奥对尤里做的一切。事实是，为了洗清杀死利奥的嫌疑，她可能在撒谎。"

"这样做可以轻而易举把矛头指向她的丈夫。"他停下来看着我，"天哪，孩子，你额头怎么了？"

"一个罪人和她的《圣经》把我弄成这样的。"我解释道，"我想直面米基，我需要你和我一起去。"

胖子点点头："我带上枪。"

我们来到米基的褐色砂石屋子前。一名仆人应了门："巴兰钦先生和夫人刚走。他们说去看他们的亲戚去了。"

我对胖子说我们应该去机场，但他摇摇头。"我们都不知道是哪一个机场。或许他俩离开了这座城市，这是可能发生的最好结果。想想吧，安雅——如果他们两个留下来了，我们将会发起一场内战。现在他们两个出局了，巴兰钦巧克力又恢复了往常的生意，这是一件非常好的事情。"

"但我想确定米基是否杀了我哥哥！"

"我明白，安妮。但你知道真正重要的是什么吗？索菲娅说是他做的，而米基走了。你把他们赶出了城镇，你得从中感到欣慰。这就是你现在得到的全部真相。"

这对我来说非常可笑。他们只是离开了这座城市，不意味着他们会永久消失。"我们需要去见见西蒙·格林。"我告诉他。

"那个律师？为什么？"胖子问道。

我告诉他，索菲娅说西蒙和下毒事件有关："胖子，你听说过西蒙·格林可能与我们有某种血缘关系的传闻吗？"

胖子扬起了头，把嘴巴拧成一个怀疑状的O形："安妮，总会有关于我们家族的流言蜚语，绝大多数流言你都不必理会。"

但我并没有打消念头。在西蒙家所在的大楼里，我们上到了六层。

我的脑袋开始嗡嗡作响，真希望自己事先想到在跑出来之前让医院的人给我一片阿司匹林。

我们发现门是开着的，吉卜林先生站在屋子正中间。他一定来了没多久，因为他还在因为上楼而喘气。"他走了，"吉卜林先生说道，"西蒙·格林走了。"

"你怎么知道？"我问道。

吉卜林先生向胖子点点头，然后递给我一张字条：

亲爱的吉卜林先生：

　　我即将被指控犯罪，现在我必须离开以洗刷罪名。

　　对我来说，你一直就像父亲。

　　请原谅我简短的留言。

　　请原谅我。

西蒙·格林

"你知道这是什么吗？"吉卜林先生问我，"安雅，你额头怎么了？"

我提出了一个问题来回答他："吉卜林先生，你为什么在这儿？"

"西蒙·格林叫我过来的，我就来了。不过，我也想问你同样的问题。"

我告诉他索菲娅·巴兰钦说过的下毒事件，以及西蒙·格林恨我的父亲和他的孩子们。

吉卜林先生看着胖子："你能让我们单独待会儿吗？"

胖子点点头："需要我时，我就在大厅里。"

吉卜林先生摇摇头："不，安雅。她错了。西蒙·格林爱你，我也爱西蒙。"

我提醒他回忆那天他心脏病发作时的情况："你可曾想过这是事先安排好的？"

"没有，我没有想过。是我没注意自己吃了什么，是我没有照顾好我自己。"

"你应该听听那天西蒙·格林在法庭的发言。假如他是故意发挥失常，假如他想让我被送到自由管教所去呢？"

吉卜林先生说我听起来疯狂而偏执。

"我的情况，他全都知道。他知道我们所有人在哪里，他知道一切，吉卜林先生！如果他一直与索菲娅·比特合作……"

"不！他绝不会与索菲娅·比特合作。"

"为什么？"我问道。

"因为他的身份。"

"那么他是谁？"我问道，"吉卜林先生，西蒙·格林是谁？"

"我的护卫。"吉卜林先生回答道。

"对我父亲来说，西蒙·格林是谁？"

"在他是我的护卫之前，他是你父亲的护卫。"

"为什么他是我父亲的护卫？"

"安雅，我答应过保密的。"吉卜林先生说道。

"他是我的……"我无法说出口，我无法让自己说出口，"他是我同父异母的兄弟吗？"

"这都是很久以前的事情了。追问下去又能有什么不同呢？"吉卜林先生说道。

"告诉我真相！"我怒吼道。

"我……听我说，西蒙·格林有一个永远不会做伤害你的事情的绝佳理由。"吉卜林先生从钱包里拿出了一个迷你平板。他打开平板，给我看屏幕。照片里，我父亲站在一个小男孩旁边。这个男孩是西蒙·格林，我认出了那双眼睛，像利奥和爸爸的那种淡蓝色眼睛。"你的父亲，好吧，你可以说他收养了西蒙。他把西蒙置于他的羽翼之下。"

"我不明白'你可以说'是什么意思？他要么收养他，要么没有。他为什么会收养他，却从来没有告诉我们任何人呢？"

"我……或许他计划将来的某一天说，但活得还不够长。我得知的故事是西蒙·格林的父亲曾为你父亲工作过。他的父亲因公牺牲，当西蒙的母亲也去世时，你的父亲认为照顾他是自己的责任。你的父亲是个好人。"

"为什么你说'故事'？别说得这么模糊，吉卜林先生。"我浑身是汗，感觉头要爆炸一样。某种可怕的事实在我体内灼烧。

吉卜林先生走到窗前，带着一种遥远的神情："你遇见西蒙的那天，他想见你很久了。但我总是让他和你保持距离。"

"为什么？他为什么想见我？对他来说我是谁？"

"你从未注意到相似之处吗？"吉卜林先生转过身来，"眼睛和皮肤。难道他看起来不像你的米基堂哥或者杰克斯堂哥吗？他看起来不像你的兄弟还有你的父亲吗？格林是他母亲的名字。"

"他是我父亲的儿子吗？"

"我不确定，安雅。但我为西蒙安排了一切，包括他的教育和这间公寓。我做这些是因为你的父亲告诉我要这么做。"

我有种想吐的感觉："你无权对我隐瞒此事。"我一直认为在故事或者电影中，某个人听到戏剧性的消息时想吐是很可笑的，但我真的觉得自己可能会吐出来。（当然，这也可能与我的头部受伤有关。）

"索菲娅·比特说西蒙·格林去年秋天协助策划了下毒事

件。"我对吉卜林先生说。

"西蒙是个好孩子，"吉卜林先生说道，"他绝不会做那样的事情。从他出生起我就认识他。"

我看着吉卜林先生迂腐的脑袋。我喜爱这个大脑，这是我一生中为数不多的宝贝。也就是说，接下来我要做的事情对我来说并不轻松。"我相信你作出了不可原谅的误判，吉卜林先生，我不能再让你为我工作了。"

吉卜林先生想了想我说的话。"我理解，"他说道，"安雅，我真的理解。"

那一刻，西蒙·格林的猫钻进了屋子。"上这儿来。"吉卜林先生招呼道。猫小心翼翼地走近他，吉卜林先生诱使它进了西蒙床上的一个宠物篮里。"西蒙·格林打电话时，托我照顾这只猫。"吉卜林先生解释道。

我离开了西蒙·格林的公寓。吉卜林先生没有试图阻止我。

"那么，接下来做什么？"在布鲁克林大桥到曼哈顿的电车上，胖子问我。

我摇了摇头。在这个一无所获的下午，太阳下山了，我也有些气馁。我曾经设想过一个场景，在那里，我与米基和西蒙正面交锋，也许我们中只有一个人能活着走出来。但现在相反，他们全不见了。"米基走了，我对此很惊讶。"我承认。

"我们不知道索菲娅对他说了什么。"胖子说道，"你还不知道发生了什么，但是巴兰钦的经销商现在对米基非常失望。"胖子看着我，"孩子，别难过了。就目前的状况而言，这是一个很好的结果了。你揪出了坏蛋，把他们打包送走，而每个人都还活着。"

"除了利奥。"

"上帝保佑他。"胖子画了一个十字，"我告诉你，你爸爸会为你感到骄傲的。他不相信暴力。"

我哼了一声。

"有时他不得不使用暴力，但对他来说，这是他的最后一招。"

"我不想巴兰钦巧克力因为米基走了而消失。我不想爸爸的公司消失。"我说道。我知道米基和索菲娅的离开，会让巴兰钦巧克力变得更加不堪一击。

"现在的关键是尽快推举一名新的领导。我们必须统一意见。"

"胖子，你认为你真的可以比米基更好地经营巴兰钦巧克力吗？"

"没有人可以确定，安妮。但是，如果你支持我，我会尽我所能。我一向对人坦诚，并且比任何人都更了解巴兰钦巧克力经历的磨难。"

这是事实。这么多年来，胖子经营他的地下酒吧，干得很成功，并且他人脉很广。我现在意识到大野友治、尤里和米基可能就是在讨好我，向我鼓吹应该由我来经营巴兰钦巧克力。因为我年幼无知，他们可以利用我来达到他们自己的目的。我轻信人言，最后又一次以自己的愚昧无知而收场。"为什么你还在意我的支持？"

"你不懂巧克力生意，但是普通民众仍然在意你的想法。他们记得你爸爸，他们在新闻中见过你。我会很感激你的支持。"

"如果我真支持了你，我会怎么样？"我的话可能听起来有点孩子气，或者至少稚气未脱。

我们正要坐车通过布鲁克林大桥回到曼哈顿。胖子把手放在我的肩上："看，安妮。看这座城市，什么都有可能发生。"

"对我来说可不是，"我说道，"我是安雅·巴兰钦。巧克力犯罪团伙首领的长女。我背负着家族姓氏和犯罪记录。"

胖子摸了摸他的山羊胡子："这并没有那么糟糕。去完成学业，孩子，然后到我这儿来。我会给你安排一份工作，你可以学习这一行的门道，甚至可能会发现他们在莫斯科的勾当。"

此时，我不得不下车去换乘那趟回家的公交车。胖子说第二天在游泳池有场会议，我能到场的话他会很感激。

"我不确定自己是否想要支持你。"我说。

"是的，我能看出来。但我认为你应该这么做。睡个好觉，当你早上醒来的时候，问问自己永远摆脱巴兰钦巧克力是什么感觉。你的哥哥死了，米基走了。如果你明天支持我，我会确保没人再来找你和你妹妹的麻烦。"

我在晚上十点左右回到公寓。黛茜·果戈里、纳蒂和温在等我，没人有好脸色。

"我们应该马上送她到医院。"纳蒂说。

"我很好，"我一头栽进沙发，回答道，"筋疲力尽，但是还好。"

黛茜·果戈里恶狠狠地看着我："我本可以制止你，但我不想伤害你。我不习惯被一个我应该保护的人一把推开。"

我向黛茜道了歉。

"在医院里，他们说应该有人看着她，确保她不会昏过去。"纳蒂从沙发站起来，双手交叉着，"我愿意看着她，但我现在一点儿也不想正眼看她。"

"我来吧。"温自告奋勇，虽然听起来他对这项任务不是特别感兴趣。

"听着，纳蒂，别生气。我想我发现了是谁试图杀死我们。"然后我告诉他们我今天的收获。

"你不能再这么下去了，"纳蒂教训我说，"跑来跑去，也不告诉别人你在哪里，发生了什么。我厌倦这种事了。而且，说真的，我不想失去哥哥后最终也失去——"她顿了一下，"姐姐，安妮。"我起身去抱她，但她推开了我，沿着走廊跑回她的卧室。一秒后，我听到了摔门的声音。我转向黛茜："如果你愿意，现在就可以回家了。"

黛茜摇了摇头。"我不能。吉卜林先生打电话告诉我应该整晚保持警惕，他非常关心你的安全。"

"好吧，但你应该知道，我今天下午不得不解雇了吉卜林先生。"

"是的，"黛茜回答道，"他也这么说。他告诉我，他会亲自付我的薪水。"

黛茜到走廊上站立守卫。

我坐回到沙发上。温走进厨房，拿着一袋冻豌豆回来，要冰敷我的头部。

"现在做这个晚了吧？"我说道。

"冻豌豆永远不会太晚。"温乐观地说。

"你不生我的气吗？"我问道。

"为什么？就因为你把自己的生命置于危险的境地，而不告诉别人自己在做什么吗？为什么我应该在意？我根本不担心你。"

他把豌豆放在我的前额上，就像我对利奥做过很多次的那样。我冷得哆嗦了一下。我坐直去亲他，但我的脑袋里好像有东西在跳。我躺回到枕头上。"对不起。"我说道。

"你觉得我还想被你亲吗？你可真变态。"他俯身轻柔地、甜蜜地吻了吻我，"下面我们要怎么做呢？"他的声音温和而低沉。

由于我自己还需要理清楚事情的头绪，所以决定对他说说这一天发生的令人困惑的事情，以及最后胖子要求我放弃在巴兰钦巧克力事业上的领导地位这件事。

"这样会不会太糟了？"温问道，"他对你说的话意思基本上等同于'你可以走开了'。"

"但是你看利奥呢？"我问道，"还有爸爸呢？"

"你为巴兰钦巧克力做的任何事，都不会让他们中的任何一个回来，安妮。"

这是个很好的建议。事实上，对我来说，摧毁巴兰钦巧克力和我爸爸遗产最快的方式——比如说——就是与胖子来一场关于领导权的战争。此外，无论从哪个方面来说，我对经营巧克力业务又了解多少？

我移动了一下豌豆袋，这样它也遮住了我的眼睛。就算会让眼睛受伤，但它让我在寒冷黑暗中感到平静。

去年进自由管教所之前，我在游泳池发表了讲话，之后我一直就没去过那儿了。除了胖子，我认识的很多人都已经死了，走了，或者在监狱里。虽然我隐约记得每个人，但并不真正了解他们。这就是犯罪组织的家族——你不该对任何人产生依恋之情。

胖子要求我解释关于米基失踪、索菲娅参与下毒以及刺杀我家人的原委，我照做了。然后我表示支持胖子成为巴兰钦巧克力的临时负责人的决定。我说完后，周围响起了一阵稀稀拉拉的掌声。胖子本人也就他对于家族的愿景发表了简短的演说。他的愿景似乎与任何一位家族领导人没有多少不同之处：主要是保证产品质量，缩短货源供应的时间，减少延迟。最后，胖子开始了提问环节。

一个留着卷毛胡子、戴着圆形眼镜的男人转过身来，对我说："安雅，我是皮普·巴兰钦。我想知道你和新任的地区检察官打交道的结果怎么样？她看起来反对巧克力生意吗？"

"不怎么反对，"我说道，"她唯一关心的就是金钱和晋升。"

游泳池的人对我的说法感到好笑。

一名头发微红的黑人插嘴道："你是个好人，胖子，但你经营着一家酒吧。你真的认为自己能胜任巴兰钦家族的领导人一职吗？"

"是的，"胖子说道，"我认为是的。"

"因为我个人厌倦了动荡的局面，它不会对生意有任何好处的。在这种情况下，肯定制作不出上好的巧克力。我认为我们低估了自己。中毒事件本该成为彻底检视生意的好机会，而不是……"

尽管我的存在不是必须的，但会议还是持续了一会儿。黛茜·果戈里按这类会议的惯例站在我身后，偶尔会推我。但是我要说什么？事实上，我内心深处有一部分是真的乐意让胖子来经营公司的。或许我已经学到了一些可可方面的知识，但是还有很多关于生意方面的东西不知道。而且大野友治还灌输给我关于我是"催化剂"这种没完没了的垃圾理论——好吧，或许我自身没有成为催化剂的能力。我曾试图在前一天给大野友治打电话，告诉他索菲娅·比特所说的一切。我仍然有很多疑惑。他是出于对索菲娅的爱或者对我的恨，抑或完全是其他原因而策划了对利奥的谋杀吗？他相信自己说过的话吗？还是他觉得我年幼无知，轻信人言而把我当成猎物？他对西蒙·格林有多少了解？但是我手上大野友治的电话号码已经失效，对我来说他和以前一样神秘。

我在游泳池的底部思绪飞扬。我想到了墨西哥，那里的水很蓝。我想知道西奥怎么样了，我一直不好意思联系他。但如果打电话，我将要直面马克斯家族最强大的女人之一。一封信似乎也不太可能——我不善于遣词造句。

一名穿着紫色衣服的人转向我："安雅，你会和胖子一起商议事宜吗？我希望至少有一个利奥尼德·巴兰钦的孩子还在负责家族事业。"

我保证我会密切关注我的堂叔。接着，出于尊重，我向胖子低下了头。

"安雅知道我的门总是对她开着的。"胖子回答道，"如果她想继承家业，我想当她年纪稍长、知道得更多时，再介入生意会更好。"

没过一会儿，会议结束了。我的让位过程是短暂、平和的。或许正如比利先生所说的，这是一出《威尼斯商人》，而不是《麦克白》。

17

心存疑惑

在复活节前，传来了索菲娅和米基的消息。他们在比利时着陆，计划在那里开设一家新的比特巧克力分公司。在纳蒂找到的照片中，我注意到他们的随从包括一名只有一只手的巨汉，看来这个在明天农场被我砍掉一只手臂的人没有在墨西哥流血而死。我的灵魂上还没有烙上谋杀的黑色印记。

复活节正好在周日，纳蒂和我去教堂。就算对于一个遭遇信仰危机的半堕落天主教徒来说，复活节假期也太长了，实在让人无法忽略。黛茜·果戈里已经回家过周末了，因为索菲娅和米基在比利时，杰克斯尚在狱中，我们似乎不怎么需要安保措施。正因为我们坚持到了最后，纳蒂和我才是安全的。爸爸不是曾说过"活下来的人就是赢家"吗？不过，有谁在乎爸爸说的话？

我一直很喜欢复活节的礼拜仪式。我喜欢照明的蜡烛，也喜欢那一天的主题：重新开始。但这一年，我感到自己与周遭事物脱节了。在宣读受洗誓言的时候，这种感觉最为强烈。牧师问会众："你能心向基督吗？"这个问题够简单。我想，是的，当然会的。接着牧师问道："你忏悔你的罪孽吗？"这个问题要困难些。我的罪孽清单很长，其中绝大多数是故意为之。例如，我能诚实地说我不后悔砍掉那个男人的手吗？如果我没有这么干，他会杀了西奥和我。尽管如此，我很高兴我还活着。在仪式结束的时候，我们一遍又一遍地说"我相信并依靠他"。我说了这句话，是因为我周围的每个人都这么说，但说真的，我无法说我的确相信并依靠基督。我曾经祷告过，一直很虔诚，但结局怎么样？利奥死了，我的父母死了，奶奶死了，伊莫金也死了。我无法毕业，因为我有犯罪记录。有时候，我的整个生命似乎从我出生的那一刻就决定了。如果是这样的话，为什么还要为信仰、祷告或者其他东西而烦恼呢？还不如做你想做的事情，在星期六和你想要的人睡觉，周日再睡个懒觉。

那一刻，纳蒂看着我。"我爱你，安妮。"她说道，"我是如此地感谢你。请不要难受了。"

我摇了摇头。"我也爱你。"我告诉她。这是唯一真实的事情。

离开教堂，我们走路回家。虽然一缕暗淡的阳光刺破了天际，但三月下旬的天气还是潮湿而灰暗的。身上的春装太厚了，我解开了它。

"今年夏天我想回天才夏令营去。"纳蒂在我们回家途中宣布。

"很好，你应该去。"

"但是你看起来……"她在脑海中搜寻着想说的词语，"无所适从，安雅。还有暴躁，我很担心留你独自一个人。"

"纳蒂！"对她来说，我是不是已经变成利奥，变成一个她感觉需要她照看的人了？"纳蒂，我有朋友，有自己的兴趣。追寻你的命运去吧，去天才夏令营吧。"

"说到兴趣，你的意思是有仇报仇？"

"不是的！"

"听着，安妮。"纳蒂温柔地说，"利奥死了，幕后凶手走了。温会去上大学，他是世界上最好的男孩，但是你必须作好他会遇到其他人的准备。斯嘉丽怀着孩子，她甚至可能与盖布尔·阿斯利结婚。你已经解雇了吉卜林先生和格林先生。一切都将改变，你需要准备应对新的环境。"

我聪明的小妹妹当然是对的。但是我该怎么做？我不想终其一生都与法律作对——从自由管教所里进进出出，直到我超过年龄被拒之门外，然后又在里克斯岛或者为十八岁以上的女性惯犯准备的地方来来去去。我不想像杰克斯和爸爸那样结束自己的生命，这就是我同意让胖子来接手家族事业的原因。不过，事实是，我不适合其他任何事情。我对巧克力与犯罪组织略有所知，我有一个臭名昭著的姓氏。这些事情加起来意味着什么？

"所以，"纳蒂继续说道，"如果你希望我留下来陪你，我会——"

"纳蒂，我想让你去！我当然想让你去。"

纳蒂看看我的眼睛，然后点点头。"也许你应该去看看劳博士。"

我摇摇头。

"每次见到她，她都会问起你。"

我又摇摇头，说道："她就是很友善。"

纳蒂和我乘上电梯到达我们的楼层。我们家的门开着一条缝。

"待在这儿。"我告诉纳蒂。我伸出手，从外套下抽出弯刀。

纳蒂的眼睛越睁越大。"或许我们应该逃跑？"她低声说道。

我不是会逃跑的人。我命令她待在走廊里的消防通道处。"如果你听到我尖叫，我要你尽快下楼梯，跑到温住的地方。到那里之前，不要和任何人说话。"

纳蒂点点头。

那一刻，前门敞开了。

一个鬼魂站在那里。

我觉得我失去了理智。

"安妮。"鬼魂说道，然后他用手臂搂住了我。

这是个有血有肉的鬼魂。

"利奥，"我说道，"利奥，利奥。"我无法呼吸，脑袋轰然作响。我抓着他的脸颊和胳膊，又捏又戳，想确保他是真实的。"这是怎么回事？"我喃喃道，"怎么回事？"我看着利奥的浅蓝色眼睛，拽起他波浪般的黑头发。我把脸埋在他的胸前去闻他的味道。

"我伪造了我的死，这样我就可以回纽约了。"利奥说道。

"你说什么？"这是一件对他来说非同寻常的事情。

"我太想家了，安妮。我很想你和纳蒂，而且我也很无聊。我没法再待在那儿了。请别生气。"

我感觉呼吸困难，快要处于昏厥的边缘。"噢，利奥，你不该这么做的。"虽然这会带来很多无法想象的问题，但我的心仍然充满了力量。"纳蒂！"我喊道，"过来！"纳蒂从消防梯的那个门走了出来。"利奥？"她问道。

然后纳蒂昏过去了。

我和利奥抱着她进了屋子。

西蒙·格林和一名我不认识的日本女孩待在客厅里。

我怒视着西蒙："你在这里做什么？"

"他帮我策划了一切。"利奥说道，"当大野友治说你要离开纽约时，我就在秋天联系了西蒙·格林。我不希望纳蒂独自一人。"

那意味着针对利奥的袭击是假的？我知道针对我和纳蒂的袭击是真的，但为什么两起真正的袭击与一起假的袭击恰好撞在一起？这意味着什么？

我坐在沙发上："西蒙，为什么你不告诉我利奥还活着？"

西蒙取下了眼镜，用衣服擦拭着："因为我觉得你不信任我，这和谋杀你和纳蒂未遂的可怕巧合无关。我意识到索菲娅以某种方式察觉到了利奥和我的计划，并且在利用它获利。"

这个日本女孩亲切地对我微笑。虽然她很明显已经是个女人了，但是她的体形和小孩一样大，没有胸部可言，四肢就像小树枝一样。"对不起，"我说道，"你是谁？"

"这是纪子，"利奥说道，"她的英语说得不好，但她正在学习。她是大野友治的侄女，也是我的妻子。"

"你结婚了，利奥？"进展也太快了吧。

纪子伸出手，她的手上戴着一只银手镯。

纳蒂醒了过来。"利奥？"她问道，"利奥？"纳蒂已经开始哭起来了。

"噢，纳蒂，快别哭了。"利奥用袖子擦了擦她的眼泪。

他挨着她坐在沙发上，就这样互相拥抱了好久。我站起来给他们留出一些空间。尽管我对利奥还活着的事实感到开心，但此刻我却无法完全沉浸在喜悦里。我有太多东西需要弄清楚。我走到阳台上，西蒙·格林在我身旁踱来踱去。

"你必须明白，安雅，我从来没有策划过任何会伤害你、纳蒂或利奥的事情。"

"索菲娅·比特说你帮助她策划了下毒事件。"我告诉他。

"我没有！"

"如果不是真的，她为什么会这么说？"

"她是个骗子，安雅。我想她只是在掩盖她的企图，污蔑那些她认为不堪一击的人。"

我看着西蒙·格林的眼睛，它很像利奥和爸爸的眼睛。"你是谁？"我低声说道。

"我不确定，安妮。但是我可以告诉你，我相信什么。"他握着我的手，"我相信我是你的兄弟。我相信我是你同父异母的兄弟。我相信这就是你父亲照顾我的原因。"

"他知道吗？"我看看利奥。

西蒙·格林摇了摇头："没有。你是一家之主，你来决定什么时候告诉利奥和纳蒂。"

我告诉他，对于这一点我很感激："那么，为什么利奥知道找你伪造自己的死亡呢？"

"他没有来找我。"西蒙·格林说道。他一发现我拒绝了大野友治，就开始计划让利奥离开日本。"我认为那里对他来说不再安全了。"

我想知道我是否误解了利奥对我说的话——利奥明确表示是他决定伪造自己的死亡，不是吗？

我问他，吉卜林先生是否知道此事？

西蒙·格林摇摇头表示否认。

"为什么爸爸从来不对我们说起你？"

"想想吧，安雅。我比利奥大八岁。在我母亲快要去世之前，你爸爸才知道我的存在。"

爸爸应该告诉我们。

"你父亲是个好人。"西蒙·格林继续说道。

"他只是个凡人。"

我转身，穿过玻璃门来到了客厅，利奥正在向纳蒂介绍他的妻子。妻子！

西蒙·格林握住我的手："我希望你相信我，安雅。我想成为你的伙伴。我想成为你的哥哥，一个利奥无法做到的哥哥。我希望为你承担一些重任。"

我摇摇头。

"为什么不能？难道你没有看到我冒一切风险救利奥？你要知道我所做的一切都是为了你。"

"我现在脑子太乱了，给我一点时间，"我恳求道，"我们必须为利奥存在的合法性做点什么。"我告诉他，"把他藏在公寓里没什么用。他肯定不能作为逃犯一辈子东躲西藏，我们不能置之不管。"

西蒙·格林表示同意："复活节假期一完我就去找贝莎·辛克莱。"

"或许吉卜林先生能帮上忙？"我提议道。

"是的，我想这是可行的。"

西蒙·格林离开后，其他人都去睡了。我走进厨房，毫无睡意。现在打电话给温太晚了（他和他的母亲在康涅狄格州参观大学），就算他没有去，我也无法从头到尾解释清楚这一天发生的事情。

我从水龙头接了一杯水，坐到了桌边上。厨房看起来亮得有些不自然，和早上有些不同，房间里有了更多的色彩。我有种不知所措的感觉。现在利奥回来了，对我来说有太多事情要解决。

我紧握双手，低下头。"谢谢你，上帝，让我哥哥回来，谢谢你。"我低声说道。

那一刻，利奥走进厨房，穿着他的睡裤和白色T恤。

"安妮，"利奥说道，"我感觉你起床了。"他坐在桌子对面。

我对他说希望没有吵醒他。

"你经常吵醒我，"利奥说道，"和盖布尔·阿斯利那天晚上来找你时一样，我一直在听你的动静。"

我对他微笑："利奥，你和纪子是怎么回到美国的？"

"坐飞机，"利奥回答道，"西蒙·格林过来接的我们。"

我还是有很多问题，但我不想让利奥淹没在问题的海洋里。"利奥，你能给我解释下吗？大野友治告诉我，你的妻子来自一个渔村，她和你一起遇害。但他从未说起过纪子是他的侄女。"

利奥耸耸肩。"纪子来自一个渔村。"利奥说道。

"当大野友治说我和僧侣待一起不再安全时，我就在十月左右搬去和她的家人同住。纪子是大野友治同父异母的兄弟的女儿。"

大野友治让利奥转移的？这件事情他从来没有说起过。如果这是真的，西蒙·格林对于大野友治的描述就说不通了。也就是说，一旦我拒绝了大野友治，利奥在日本就会一直不安全。为什么大野友治谎称他看见了纪子的尸体？我需要和大野友治谈谈，但我仍然联系不上他，他也没有试着联系我。

我抱着哥哥的头，分别在他的脸颊两侧亲了亲："利奥，我问你，你认为大野友治是个好人吗？"

"是的，"利奥说道，"但是我很长时间没见过他了。大约一月的时候，他就消失得无影无踪。纪子觉得他或许在旅途中感染了某种疾病。他家族的人也不知道这事儿，大野友治非常注意个人隐私。"

我抓住了利奥的手。看到他无名指上的银色戒指，我还是很惊讶。"利奥，你很爱纪子吗？"

"是的！"利奥说道，"除了你和纳蒂，她是我所遇见的人里最爱的一个。"

"为什么？"

"好吧，我觉得她是世界上最漂亮的女孩，除了你和——"

我打断了他："我和纳蒂，我知道。我也同意她很漂亮。还有什么呢，利奥？"

利奥脸色变得严肃起来："是这样的，安妮，她并不把我当傻子。你可能不会相信这点，但是她觉得我真的很聪明。"利奥的眼角有泪光闪烁，"我很抱歉，安妮。我为去年春天给你带来的麻烦抱歉。我知道你为我所做的一切。大野友治说你甚至为我坐了牢。"

我告诉他我愿意为他再坐一次牢。他是我哥哥，我会为他做任何事情。"利奥，尤里死了，米基走了。但我还需要和政府协商，确保你和纪子在这里能够安心生活。"

利奥点了点头。

"你或许还要自愿去坐一小会儿牢。"

"好的。"利奥非常坦然地说道。我不禁想知道他是否理解我说的话，"可是只要纪子与你和纳蒂待在这里，你就要照顾她。"

"当然，利奥。她现在是我的嫂子了。"我说道。这个世界真奇妙。我和我妹妹开始了这一天，又和妹妹、嫂子、哥哥和同父异母的哥哥结束了这一天。

在这一天开始的时候，我的信仰摇摇欲坠，而现在我的信仰坚定不移。

18

参加毕业舞会；无人中枪

利奥被判处在哈德逊河精神病院七个月的监禁和两年的缓刑，这样他就能赶得上感恩节。作为交换，我们对贝莎·辛克莱的竞选提供了一笔恰如其分的贿赂。

在四月的第三个星期六，吉卜林先生、黛茜·果戈里、纪子和我开车去了利奥那里。他吻了他的妻子（妻子！），接着向我们挥挥手，就这么离开了。纪子在回去的途中，整整哭了三小时。我们试着安慰她，但她几乎不会说英语，而我们也不会说日语，所以我很怀疑安慰的效果。

巧合的是，那天是学校的毕业舞会。我不想去，但温说服了我，我们应该去，哪怕仅仅是为了弥补去年的灾难。"你觉得他们还会让我出现在校园里吗？"我问过他。他提醒我，严格说，我上一次还没有被开除。

我没有费心去买衣服，而是去淘了淘奶奶和我母亲的旧衣服。我挑选了露背高领的带袖海军蓝裙。我认为这件衣服很合身，但看到我的打扮后，纪子大叫："不！"

"不好看？"我问道。

"不好看。"她一边说，一边拉开了我背上的拉链，"像个老妇人。"

纪子走进了利奥的房间，拿着一条白色蕾丝裙回来，它看起来很适合纪子，但是对我来说有些短。穿着它，我会看起来像个疯狂新娘一样。"你穿这件。"她微笑着说道。这是她那天第一次笑。我想起答应过利奥照顾他的妻子。不管怎样，我真的不在意看起来像个疯狂新娘。我答应穿上这件衣服。

我照着镜子。衣服上半身有些紧，除此之外，它出人意料地合身。

纪子在我身后调整着腰带，它让我背部有些紧。"真漂亮。"纪子说道。

我摇了摇头。纳蒂走出她的房间过来看我。"你看起来……"纳蒂顿了顿，"疯狂又迷人。"她亲吻着我的脸颊，"温会喜欢它的。"

我和温在公寓里碰面。他拿了一支兰花胸针别在我的手腕上。我等着他笑话我那件疯狂的衣服，但是他似乎全然没有注意到有什么不对劲。"你看起来真漂亮，"温说道，"希望今年没人中枪。这件衣服很难洗掉血迹。"

"说真的，我觉得现在开这种玩笑还太早了。"我告诉他。

"噢，"他问道，"什么时候才合适？"

"可能永远不会，"我告诉他，"顺便说一下，你穿了件有趣的夹克衫。"夹克是白色的，配上黑色镶边。总的来说，俗气。

"说到'有趣'，你的意思是你觉得不好看？住在玻璃房子里的人[1]，尤其是那些穿得像新娘去参加毕业舞会的人，不应该——"

"我没说难看啊。穿得，嗯，挺出乎意料的。"

他说晚礼服正装前一年在医院里和其他衣服混在了一起。我告诉他，我很确定它找不回来了。"是这么回事儿，"温说道，"这件夹克是我父亲的。他有黑白两色的领结款式，我选了白色的，这样就没有人会把我认错。"

在舞会上，同学们似乎都很高兴见到我，而校方也睁一只眼闭一只眼。舞会的主题是"未来"，但是组委会缺乏构建场景的能力，他们没有想出一种用装饰物衬托出主题的办法。场地只布置了少数几个反光的装饰物和一些时钟，还有一个数码横幅，上面写着：2104年，你会在哪里？他们对未来的憧憬模糊不清，而我发现这句话让人焦虑。我不知道自己明年会在哪里，更不用说二十年后了。事实上，在读到这条横幅时，我脑海中跳出的第一个答案是，死了。在2104年，我可能已经死了。

1　这是一句谚语：People who live in glass houses shouldn't throw stones. 温想说的是住在玻璃房里的人就不要扔石头了，意在反讽安妮自己也穿得另类。

我悲观的思绪被斯嘉丽打断。她已经快八个月身孕了，穿着一条大号的粉红色连衣裙，显得很漂亮，也很可怜。她独自一人参加舞会。温一开始说服我参加这场可笑舞会的说辞就是让她有个伴儿。

"安妮，我喜欢这裙子！"她当然喜欢了。如果我介绍斯嘉丽和纪子认识，她们可能会很投缘的。斯嘉丽亲了亲我，温给我们拿了些喝的过来。"我真高兴你做到了。利奥在阿尔巴尼还好吗？"斯嘉丽说。

我点了点头。"你感觉怎么样？"我问道。

"糟糕，"她说道，"我不应该来。没有什么事比舞会上挺着肚子更让人悲伤了。我讨厌我穿的衣服，太笨拙，无法跳舞。"

"你想多了。"

"好吧，除了盖布尔，没人愿意和我跳舞。"我告诉她，我愿意和她跳，但斯嘉丽摇摇头，"我们再也不是十二岁了，安雅。"

"别为自己难过，校长一直在用相机拍我这副狼狈的模样，这个'未来'主题把我搞得很紧张。"

斯嘉丽漫不经心地笑了笑。

温放回饮料。"我和你跳支舞吧。"温对斯嘉丽说道。

"我成什么了？每个人都可怜的老阿姨？"斯嘉丽故作惊恐地说道。

"不是的。她讨厌跳舞，"温指着我，"而你是我可怜的大肚女孩。来吧。"温向斯嘉丽伸出了手，"说真的，和一个我不用去哄骗的人跳舞真好。"

"我应该泼你一身。"斯嘉丽把饮料递给我，对温说道。我看着他们走到舞池里去。

就算她怀孕了，斯嘉丽依然舞姿轻盈。我尽管有些渴望跳舞，但还是饶有兴趣地注视着他们。我看着斯嘉丽，她鼓起的肚子让我想起了我的一整年。好吧，你知道我在说什么。这么说吧，我在做其他事情而错过的一年。当盖布尔·阿斯利坐在我旁边的椅子上时，我还在惊叹于所有发生过的喜怒哀乐。

"安雅。"盖布尔向我打招呼。

我点点头，尽量不看他。和面对野外的动物时一样，我希望如果我没有与他眼神接触，盖布尔就会离开。

"我没想到会在这里遇见你。"盖布尔说道。

"我受邀了。"我说。

"我毫无冒犯之意，"盖布尔说，"我……你得了我和斯嘉丽谈谈。"

我眼角瞟着他，扬起了眉毛："我干吗要这么做？"

"因为她怀着我的宝宝啊！因为她一直不讲道理。"他顿了顿，"如果你同意和我谈谈，她或许会原谅我。"

我摇了摇头："我不同意，盖布尔。你卖了我的照片，而这只是你一长串恶行中最新的一件。"

"我只做了这件，因为我需要钱。"盖布尔抗议道。

"这是理由吗？"

盖布尔抓住我的手。

"别碰我。"我挣脱开来，"我是认真的，不要碰我。"

盖布尔又抓着我的手。我能透过手套感觉到他的金属指尖。

"我不想在这儿闹。"我又挣脱开来。

"你必须让斯嘉丽和我结婚。"盖布尔发狂地说。

"我做不到。"

"告诉她，你已经原谅我了。"

"但我没有，盖布尔。"

盖布尔瘫倒在椅子上，他交叉着双臂："我仍然可以起诉你，你知道的。我希望我这么做了，那样我就再也不必工作了，而且会有很多钱来照顾斯嘉丽和宝宝。"

"你真是太高尚了。听着，盖布尔，如果你真的想起诉某个人，应该起诉索菲娅·比特。她才是该为你中毒而负责的那个人。"

"索菲娅·比特？"盖布尔问道，"那是谁？"

温和斯嘉丽回到桌前。"你好，盖布尔。"温冷冷说道。

"他在烦你吗？"

我的朋友们一直觉得盖布尔·阿斯利找我没什么好事，这真是太好笑了。

盖布尔站起身来，一瘸一拐地回到了角落里。

一首慢歌响起，斯嘉丽坚持认为温和我至少要共舞一曲。"你们这些人，这可是高三毕业舞会！"

在舞池里，温把我拉近。简单来说，我能想象，如果一切有所不同，这一整年可能是什么样子。

我的弯刀抵到他大腿时，我感觉到他身体僵硬了。

"你总是带着它？"

我脸红了："对不起。但这就是我，温。"

温点点头："我在逗你啊，我知道这一点。"温轻拂我前额的一缕卷发。

"要么带弯刀，要么带黛茜·果戈里。"我开玩笑说，"今年的舞会可没人射击我的男朋友了。"

温透过我的衣服敲了敲弯刀："我想知道为什么你这么坚持从后门进来？"

"金属探测器。"我说道。

"好吧，我理解你的做法。我想与你共度生命中很长的一段时光，如果我活着，这多少会容易实现些。"

此时，舞曲变为一首节奏更快的歌曲。我们在舞会上玩够了，温也同意回家。斯嘉丽计划在我家过夜，所以我们去和她会合，再出去坐跨区公交车回家。

外面有很多穿黑色夹克的男孩，但只有我的男孩穿了白色夹克。

19

我毕业了；还有另一个提议

五月初的时候，纳蒂正在为期末考试而复习功课，我以前的同学们正忙着穿上毕业服，而我参加了纽约州的GED考试。这场考试由坐落在西五十二街的纽约市教育局主办，念旧的我穿上了旧的圣三一校服。在一个没有窗子的考场里，我偷偷观察了其他考生的脸庞。他们看起来并不是那么愚蠢不堪或者饱受折磨，甚至还很年轻。所以我不禁想知道，他们生活中发生了什么样的变故才使他们来到了这间房间？他们犯了什么错，遇见了不应该遇见的人，还是在错误的时间，被错误的父母带到人世间？也许我是消极的。也许在一间没有窗户、只有着旧空调的教室结束高中生涯不是一件坏事。最起码，这些人从他们的歧路上重回正轨，并且走出了一条路。

吉卜林先生聘请了一名家庭教师，尽管我学习得马马虎虎，但是测试很简单。如果通过了测试，我就不用再花上三到四周时间苦读。如果一切顺利，对我来说，就意味着高中的结束。有点虎头蛇尾，不是吗？而且，在过去的一年里，我经历过很多次剧情的高潮部分，肯定比剧情中冲突和铺垫的部分还要多。这样的结尾我还能接受，至少结局中没有人被枪击。（如果你想知道的话，GED有一项关于文学术语的章节。）

家里来了一封新来的电子邮件。当我看见国家域名是墨西哥时，感到很惭愧。我至少对西奥的受伤负有部分责任，却没好意思打电话或写信给马克斯一家。一个品格优良的人无论如何都应该发送一些问候的话语。

亲爱的安雅：

你好。我希望你还没有忘记你最好的朋友西奥。我写信给你，是因为你不写信给我。为什么你一直不给我写信？你难道不知道你的好朋友西奥想你了吗？你难道一点也不关心他吗？

我想，你会想知道我现在情况如何，但或许你羞于启齿。好吧，你应该感到非常内疚，安雅，因为我一直病得很厉害。我差点死了。直到上周，我才被允许回到果园。我现在好多了。你可以想象我的姐姐和哥哥，还有我的祖母们是多么不安。

我们在这里得知索菲娅表姐策划了对我们的攻击。

她一直是个奇怪的女人，因为各种各样的原因，她从来不是我们家族中的宠儿。我很愿意为你详细介绍这些原因。（你可以把它看作是一个邀请。）但是我今天给你写信，是因为祖母们觉得她们对你遭受的袭击负有责任。她们认为自己不够爱索菲娅。（她们确实认为世界上所有问题都可以归咎于缺乏爱。）为了弥补，她们让我给你卡萨·马克斯热巧克力的食谱。我为你翻译了它，但不是直译。我在会让你发笑的地方做了些润色（见附件）。祖母希望我提醒你，这是个非常古老有效的食谱，非常有益于身心。"西奥，拜托你，"她恳求道，"确保她明白不要让食谱落入坏人手中。"

安雅，当我们在一起时，我知道自己对于承担农场和工厂的责任颇多微词。我是多么渴望自由。但很奇怪，在生病的那几个月里，我唯一想要做的就是回到工厂和农场里去。所以，我差一点就死了也许是件好事。（这就是我。开个玩笑，我打赌，我还是你认识的最有趣的人。）

我希望你有一天会回到恰帕斯州。你现在对可可制作的流程已经熟练，但我仍然有很多可以教你的东西。

吻你，

西奥布罗玛·马克斯

我读了食谱，然后去了厨房。我们没有玫瑰花瓣或者红辣椒，但是星期六市场有，所以我决定乘坐公交车去联合广场采购配料。黛茜今早休息，纳蒂正忙于学业，所以我决定一个人去。玫瑰很容易弄到，但很难弄到辣椒。正准备放弃时，我发现了一个摊位有售。它的牌子上写着：药草、香料、酊剂以及调制品。我拉开条纹的门帘，走了进去。空气中弥漫着香味，木质的架子上摆满了一排排贴着手写标签的玻璃罐。

店主很快找到了一个装着红辣椒的小玻璃罐。"这是你要的吗，女孩？"老板问道，"我有很多好货，买二送一。"店主有一个玻璃眼球，穿着一件天鹅绒斗篷，拿着一根手杖，看起来很像一名巫师。玻璃眼球是材质非常好的那一种，唯一看得出它不是真眼珠的地方就是它不随着我在商店里行走而转动。

在最低的货架上，放着一罐可可豆。我拿起它来，怀念起在明天农场的时光。我把它递给店主："你怎么能卖这些？我的意思是，居然没被抓。"

"这完全是合法的，我向你保证。"他停下来，意味深长地看了我一眼（理论上，只是一只眼睛）。

"你为政府工作吗？"

我摇摇头："恰恰相反。"

他疑惑地看着我，但我并不想说自己的人生故事。相反，我告诉他，我是个巧克力爱好者。他似乎信了我的话。

店主用他的手杖指着瓶子标签上的医学用语："在我们这个

腐败的国家，只要用于医学目的，你便可以出售你想要出售的所有可可。"他从我手上夺过这个小玻璃罐，"但是，除非你有处方，否则恐怕我不能向你销售这种特定产品。"

"噢，"我说道，"当然了。"出于好奇，我问他如何才能得到一张处方。

店主耸耸肩："我想，患有骨质疏松症、贫血或者是抑郁症，因为可可是一种情绪增强剂。小姐，我不是医生。不过我有一个熟人用它来制作护肤霜。"

我站起来，递给他一个装有红辣椒的玻璃瓶："那么，我想要这个。"

店主点了点头。我向他付钱的时候，他说道："你是巴兰钦家的女孩，对吗？"

我是偏执的暴徒之女。在回答之前，我特地扫视了一下店里："是的。"

"好吧，其实我猜到了。我一直在密切关注你的案件。整件事情对你非常不公平，不是吗？"

我告诉他，我尽量不去细想这件事情。

在回家的公交车上，玫瑰的香气一直弥漫着。我看了一下袋子里，发现在红辣椒中间，那个神似巫师的店主悄悄地加了些可可豆。

自从上次撞车事件后，我乘坐公交车时总是会有些紧张不安，但玫瑰的香气让我沉浸在一种平静而——我敢说是——清净的感觉里。我的思维很放松，大脑放空，接着脑海中开始浮现出一张图片。首先，我看见了瓜达卢佩圣母，而我认出她的原因是她周围有像光环一样的玫瑰，并且她的形象在明天农场已经深入人心。接着，我发现她不是一个真正的人，而是一幅墙上的油画，下面写着字：不要害怕任何疾病、烦恼、焦虑或者痛苦。我难道不是你的母亲吗？你难道不在我身影的庇护之下吗？我不就是生命之源吗？你还有什么需要的吗？这堵墙是一家小商店的后墙，巴兰钦巧克力被堆放在墙边深红色的木架子上。巧克力就这么光明正大地放在店里，放在橱窗前。商店里的海报写着：

巴兰钦药用可可吧

一款呵护您健康的巧克力 仅对持执业医生处方者销售

我从位子上坐起来。

我不是我妹妹，从来没有人建议送我去天才夏令营，他们也不用这么做，因为我没有想出过绝妙的点子。如果说我有什么天赋，可能也是生存方面的天赋，再无其他。但这个点子似乎可行。或许可可永远不会合法，但是如果有合法的解决方法呢？这是爸爸、尤里伯父和现在的胖子从来没有考虑到的事情。

公交车离温的住址大概有一个街区。我不想等了，我想知道他会怎么想。我摁了停车铃，示意公交车停下来，接着就下了车。

我按了按温公寓的门铃，查尔斯·德拉克罗瓦开了门。温和德拉克罗瓦夫人还在外面，如果我愿意等的话，他预计他们随时会回来。德拉克罗瓦今天没有剃胡子，但至少衣衫整齐。

查尔斯·德拉克罗瓦领我进客厅，我还在想着我的憧憬。

"你最近怎么样？"查尔斯·德拉克罗瓦问我。

"德拉克罗瓦先生，你是一名律师。"

"你今天给人的感觉很直截了当，安雅。是的，我是一名律师，目前失业中。"

"你曾经听说过有谁卖过药用可可吗？"我问道。

查尔斯·德拉克罗瓦笑了："安雅·巴兰钦，你遇到什么麻烦了吗？"

"没有。"我坚持说道，我能感觉到自己脸红了，"我只想知道一个人是否可以合法地在本市销售药用可可。我听说在有处方的情况下可以出售。"

查尔斯·德拉克罗瓦仔细看了我一会儿："是的，我想理论上是可以的。"

"如果这是真的，就是说只要有处方，店主就可以向顾客销售巧克力健康棒或者热巧克力维生素奶昔？"

德拉克罗瓦先生点点头："是的，但我必须更加仔细地研究这个问题。"

"如果你仍然担任地区检察官，你会逮捕在曼哈顿商店里售卖药用巧克力的人吗？"

"我……这样的人或许会引起我的兴趣，但是如果他们有一位好的律师来确保一切顺利，并且所有的处方都是合法的，我们可能不会去打扰他们。安雅，你现在看起来眼睛亮得惊人。别告诉我你认识这样一位我们想象出来的店主。"

"德拉克罗瓦先生……"

温和他的母亲回到了家里。"你们俩很合得来嘛。"德拉克罗瓦夫人说道。

温亲了亲我："我们说好在这儿见面吗？我以为你还在参加GED考试。"

"我之前在逛市场，想着你在家的话我就过来看看你。"我还拿着我的玫瑰花和装有红辣椒和可可豆的袋子。我告诉他，我在墨西哥的朋友寄给我一份食谱，我准备照着试试。温的母亲想知道食谱的内容。虽然向温的父亲询问假设的法律问题是一回事，但是在他面前承认消费过可可就是另一回事了。"一种来自恰帕斯州的古老的家庭健康饮品。"我说道。

查尔斯·德拉克罗瓦扬起了眉毛。我没在骗他。

"天快黑了，"温说道，"我陪你走回家吧。"

"再见，安雅。"查尔斯·德拉克罗瓦说。

我们一出门，温就用一只手拿过我的包，一只手挽着我。

"你和我父亲在说什么？"温问道。

在去温家里之前，我一心想告诉他我的想法，但是现在他就站在我的旁边，我却说不出口。如果他认为这是个愚蠢的行为怎么办？我不想看见他皱眉或者噘嘴的样子。我只是在刚刚一小时里才想到这个点子，但在这短暂的时间里我已经对这个概念着迷了。它对我来说非常重要，它是能改变我命运的想法。我，在很长一段时间里第一次，感到充满了希望。

“安妮？”

“没什么事，”我强调道，“我在等你。”

他停下脚步，看着我：“你在骗我。你擅长这样，但你忘了——我知道你说谎时的样子。”

我说谎时是什么样子？找个时间，我得问问他。“我没有骗你，温。这只是我的一个想法，但是我还没有准备好讲出来。”我说道，“在等你的时候，我想我可以就这个想法的几个部分咨询你爸爸，因为里面有一些法律问题。”

“好吧，他确实欠你一些免费的建议。”他又握住了我的手，我们继续走着。然后，我们开始讨论余下的周末计划。

“温，”我问他，“如果我们找个时间去看合法化可可的集会，你会介意吗？”

“当然不会……但你为什么要这么做？”

“我想，主要是好奇心吧。也许我想看看那个阵营是什么样子的。”

温点点头。“这和你与我爸爸谈论的事有关吗？”“我还不确定。”我承认道。

回到家时，我发现下次“还我可可”的集会在周四晚上举行。

困难的地方在于我不想被人认出来，我想在不暴露自己的情况下去看看。纪子借给我们假发，还提供了些乔装建议。我顶着一头金色的直发，涂着红唇。（我没有贴在墨西哥用过的胡子，当然了，我不想在温面前展示我的胡须。）温留着一头长辫子，戴了一顶网眼帽，这是他去自由管教所看我时装束的改进版。

温和我乘公交车前往市中心废弃的图书馆大楼，集会在那里举行。

我们到的时候有一点晚，所以决定从后门溜进去。

那里有一百来人。大厅讲坛的后面站着西尔维奥·弗里曼，他正在介绍演讲人。"伊丽莎白·伯杰龙医生会和我们聊聊关于可可对人体有益的事情。"

伯杰龙医生是一个皮肤苍白、身材瘦小、有着高亢嗓音的女人。她穿着一条到脚踝的扎染长裙。"我是一名医生，"她开始说道，"我会从医生的角度和大家分享我的观点。"她的演讲内容和西奥在恰帕斯对我说过的大同小异。我看看温，看他是否觉得无聊。他似乎没有厌烦。

"那么，这是为什么？"她总结道，"如果天然可可中发现了如此丰富的营养物质，它还是非法的吗？我们的政府允许出售大量的有毒物质，但我们应该用常识而非金钱来决定我们消费的东西。"

"还我可可"集会上的人没有给我留下太深的印象。他们混乱无序，主要计划似乎就是在政府大楼外面发传单。

在回去的途中，温开始讨论起明年的计划。"我一直想去读医学院预科。"他说道。

"医学院预科？"我之前从来没有听说过，"你的乐队怎么办呢？你这么有才华！"

"安妮，我不想告诉你事实，但我的水平一般。"他害羞地看着我，"乐队仍然没有名字，如果你在关注它，会知道今年我们几乎没有演出。起初是因为我受伤了，后来我只是没有那么感兴趣了。而且，很多高中组乐队的人家庭条件优渥，不必用它谋生。你知道，我也热衷于其他事情。我从来没有想要子承父业，但是我喜欢帮助别人。集会上的那个医生，当我看着她时，心里想着她会是多么伟大。"

"具体做什么呢？"

"我想让人们对自己的身体健康不再那么一无所知。"他顿了顿，"另外，如果我和你在一起，医疗技能可能派得上用场。每个在你身边的人，都会受伤。"

"如果……"

公交车停在了某个红绿灯处，我用眼角余光看了看温。路灯照亮了温的脸庞，让他看起来不同于往常。

在我们身后两排的位置坐着黛茜·果戈里，她整晚跟着我们，插话道："我以为我会成为一名歌手，但我很高兴懂得了马珈术。"

"谢谢你的支持，黛茜。"温说道，"那些赞成可可的人要做些什么呢？"

"我觉得他们的目光太短浅。他们需要律师。还有钱，很多钱。一头脏发地站在法院门口发传单不会起任何作用。他们需要打广告，需要让公众相信他们应该得到巧克力，并且从一开始就理应如此。"

"安雅，你知道我会支持你的，但是世界上就没有比巧克力更大的问题吗？"温问我。

"我不确定，温。虽然问题很小，但不意味它不应该被解决。小的不公正里隐藏着大的不公正。"

"这是你父亲过去常说的话吗？"

不，我告诉他，这是我自己的所见所得，是我从人生经历中学到的。

星期天，去了教堂后，我准备去找游泳池的胖子谈谈。他的胃鼓鼓的，眼睛发红。我担心他已经中毒了。"你感觉还好吗？"我问道。

"我看起来有那么差？"他咯咯地笑了起来，接着拍了拍他的肚子，"我吃东西很随意。"

我问他是否有什么事情在困扰他。

他摇了摇头："没什么值得你这个漂亮的小脑袋瓜担心的。我晚上在地下酒吧，白天在这里工作，不过难怪我们说在我这个位置上的家伙都活不长。"

胖子笑着说的这句话，所以我想他在开玩笑。我提醒他，我的父亲也曾是"这个位置上的家伙"。

"绝无不敬之意，安妮。你的想法是什么？"胖子问道。

"我有个提议，"我说道，"一个商业提议。"

胖子点点头："我洗耳恭听，孩子。"

我深吸了一口气："你听说过药用可可吗？"

胖子慢慢点头："是的，也许听过吧。"

我描述了我和德拉克罗瓦的讨论内容，以及那个市场上的人。

"那么你有什么好主意吗？"胖子问道。

我又深吸了一口气。我不想承认自己在这个想法中投入了多少。在索菲娅重击我头部的那天，她曾经称呼我为"警察和罪犯之女"。我总是在自我挣扎，这让人感到痛苦。我在每个冲动中都感受到了这种挣扎，而我极度厌倦这种生活方式。对我而言，这个想法是结束挣扎的一种方式："好吧，我想与其在黑市上出售巧克力，不如开一个可可药房。"我看着胖子，想知道他对此的看法，但他面无表情。"最后，甚至可能是接二连三的，"我继续说道，"一切变得光明正大。我们会聘请医生来写处方，甚至可能是营养学家来帮我们编写食谱。当然了，我们只使用巴兰钦牌巧克力，我们也需要纯可可。我知道一个地方，我们可以从那里进口可可。如果诊所取得成功，也许会改变舆论，甚至说服立法者，巧克力本来就不该是非法的。"我又看了眼胖子，他点点头。"我来找你是因为你对酒吧生意无所不知，当然了，你现在是家族的负责人。"

胖子看着我："你是个好孩子，安妮。你一直是个好孩子。我可以告诉你，我对这个提议有很多想法。它无疑很有趣。我很高兴你来找我，但是我要告诉你，从家族的角度来说，这行不通。"

我没准备就此放弃："为什么它行不通？"

"很简单，安妮。巴兰钦巧克力组织设立的初衷是服务于非法的巧克力市场。在解决巧克力合法性的问题上，如果巧克力变得合法甚至变得比较流行——你提议的药房的主意——巴兰钦巧克力将会破产。我们存在的目的是服务于黑市，安雅。我知道经营一家酒吧，或者经营其他类型的违法生意的方法。巧克力合法了，胖子也就过时了。也许有一天巧克力会再次合法，但我真的希望那时我已经死了。"

我一言不发。

胖子悲伤地看着我："我还是个孩子的时候，我的老祖母常常给我念吸血鬼故事。你知道什么是吸血鬼吗，安雅？"

"知道一些吧，不确定。"

"他们就像喝人血的超能力者。我知道，这有点说不通，但祖母奥尔加为他们感到生气。好吧，我记得其中一个吸血鬼故事。也许我记得它的唯一原因就是它是最长的。一个吸血鬼男孩爱上了人类女孩，他爱她，但是他也有点想杀了她。这个过程持续了很长时间。你不会相信有多久！他应该吻她还是杀了她？好吧，他最后热烈地吻她——你不会相信有多热烈！但最后，他还是杀了她，把她变成了吸血鬼。"

我打断他："胖子，你想说什么？"

"我的意思是，吸血鬼一直是吸血鬼。我们巴兰钦家族就是吸血鬼，安妮。我们会一直是吸血鬼。我们生活在夜晚，在黑暗中。"

"不，我不同意。巴兰钦巧克力存在于巧克力禁令出现之前。爸爸并不一直是个罪犯，他是一个克服困难的诚实商人。"我摇了摇头，"一定有更好的办法。"

"你还年轻。如果你不这么想，那才是有问题。"胖子说道，他的手伸过桌子，"带着你下一个好主意来见我吧，孩子。"

我从游泳池走回家。这是一段漫长的路程，途经圣三一并穿过中央公园。公园和我上次来时没什么不同，依旧破败。我慢跑过大草地，刚跑到小埃及的南边，就听到了一声女孩的尖叫。她站在一个满是涂鸦的熊铜像边，没有鞋子，身上只穿着一件T恤。我走上前。"你还好吗？我能帮你吗？"

她摇摇头，开始哭起来。这时一个男人从后面跳下来，我感觉到他的胳膊勒着我的脖子。"把钱都交出来。"他说道。显然，他和这个小女孩是一伙的。这是一起抢劫，我只能将自己的鲁莽归咎于因胖子的拒绝而心神不宁。

我身上只有一点钱，全给了这个男人。我的确带了弯刀，但我不会因为一点钱就杀人。

"住手，"一个刺耳的嗓音说道，"我认识她。"

我循声望去。一个灰褐色短头发的女孩看着我。我的老室友，穆斯。

"放了她，"穆斯说道，"我们在自由管教所认识。"

身后的男人松开了手："真的？她？"

穆斯向我走来。"是的，"穆斯对她的同伙说道，"她是安雅·巴兰钦。你不会想惹她的。"穆斯闻起来很臭，头发也乱糟糟的。我怀疑她一直在外面睡觉。

"穆斯，"我说道，"你现在可以说话了。"

"是的。我被治好了，多亏了你。"

我不必问自己要再做些什么。她显然是某个少年犯罪团伙的一员。

我问她是否找过西蒙·格林。

"是的，"她告诉我，"但他不知道我是谁，所以我基本上是被他赶走的。我不怪你，你手上的事情太多了。"

"我很抱歉，"我说道，"如果有什么我能帮得上忙……"

"那份工作怎么样？"穆斯问道。

我告诉她，我已经退出家族生意，但或许我可以给她一些金钱方面的援助。

穆斯摇摇头："我不要施舍，安雅。就像我在自由管教所对你说的，我可以养活自己。"

我的的确确亏欠她："也许我的堂叔胖子可以给你一份工作。"

"是吗？我觉得这提议不错。"

我问她如何联系她。"我在这里，"她说道，"我睡在这座雕像的后面。"

"很高兴终于可以和你说话了，凯特。"我说道。

"嘘，"她说道，"名字是机密。"

我回到家里，第一件事就是联系游泳池的胖子。他说很吃惊这么快就再次听到我的声音，但他很乐意给我朋友一份工作。尽管他一口回绝了我认为可以拯救我们所有人的想法，但我认为胖子是个好人。

温那天晚上过来了。"你很安静。"他说道。

"我认为我想出了一个很妙的点子。"我说道。我向他描述了我的想法，然后我告诉他胖子认为行不通的原因。

"所以这就是参加可可集会和你一直神神秘秘的原因？"温说道。我点了点头："我真的想实现它。"

温握住我的手："希望你不要误会，但我很高兴它行不通。就算可以合法地销售巧克力，你余生都会纠缠在法庭上，和市政厅、舆论甚至是你的家族斗争。你为什么想要承担所有的一切？高中毕业后没有事情做？这个理由可不够好。"

"温！这不是理由！你觉得我有多蠢？"我摇了摇头，"对你来说，这听起来或许很蠢。但是某种程度上，我一直想成为那个让巴兰钦巧克力变得合法的人。为了爸爸。"

"听着，安妮。你把生意交给了胖子，索菲娅和米基走了，大野友治也走了。你现在真的可以解脱了。如果你选择从这个角度来看待它，这是一个礼物。"

他亲了亲我，但我很抗拒。

"你在生我的气吗？"温问道。

"没有。"但我生气了。

"让我看看你的眼睛。"

我转向他。

"我父亲也是这样。"

"别把我和他比。"

"过去六个月他什么都没做，因为在竞选的时候，他输了。但实际上，败选对我们所有人来说都是一个礼物。我、你、我的母亲。尤其是对他而言，如果那个浑蛋能睁开眼看看的话。"

我沉默了很长一段时间，温终于改变了话题。

"下周三是毕业典礼。你来吗？"温问道。

"你想要我来吗？"我以退为进。

"无所谓。"温说道。

但既然他提出来了，显然希望我参加。

"如果你感兴趣的话，我会代表毕业生致辞。"温继续说道。

"这就对了。你很聪明，我有时会忘了这点。"

"喂！"温笑道。

我问他是否知道应该说些什么。

"这会是个惊喜。"他承诺道。

纳蒂、纪子和我就这样来到了圣三一学校的高中毕业典礼。

我认为，温的演讲部分针对我，部分针对他的父亲。演讲内容是关于质疑社会告诉你的东西、抵抗强权和其他无数毕业典礼上常说的内容。我和其他人一样起劲地鼓掌。他已经继承了他父亲的演说天赋，所以人群的反应和他所讲的内容没太大关系。

看到我的那些同学走过舞台，我是否感到一阵刺痛？是的。实际上不止是一阵刺痛。

斯嘉丽被授予她的毕业证书时，朝我们挥了挥手。经过几次谈判，学校允许她在怀有身孕的情况下参加毕业典礼，她的毕业服基本上像是一件孕妇装。校方认为，留着孩子比不留好。盖布尔在舞台的另一边等她，帮助她走下台阶。

当他们走到了台阶底部，盖布尔单膝跪下。

"噢，不，"纳蒂说道，"我想，盖布尔要再试一次求婚。"

我反驳她："盖布尔不会在这里这么做的。"

"他做了。看，他从口袋里拿出一个小珠宝盒。"纳蒂说道。

"真浪漫，"纪子说道，"太浪漫了。"如果不知道双方发生过什么事情，这确实看起来很浪漫。

"可怜的斯嘉丽，"我说道，"她肯定觉得很尴尬。"

那一刻，体育馆里传出一阵欢呼声。我们坐在后面，看不到斯嘉丽和盖布尔。"怎么回事？"我问道，"发生什么事了？"我站起来。

斯嘉丽和盖布尔在彼此亲吻。他搂着她。

"或许她不想让他那么难堪？"我说道。即使这么说，我也知道她不是这么想的。

毕业典礼结束后，我费力地走到前面去找斯嘉丽，但她已经走了。我看见斯嘉丽和她的父母在外面，他们和盖布尔·阿斯利的父母聚在一起。我抓住斯嘉丽的手，把她拉了出来。

"你是怎么回事？"身边一没人，我马上就问她。

斯嘉丽耸耸肩："我很抱歉，安妮。我知道你的感觉，但是……孩子快生了，我只是身心疲惫。"她叹了口气，"我很疲惫。我甚至穿平底鞋来参加毕业典礼，你能想象我——"

"我告诉过你，可以和我一起住啊！"

"真的可以吗？这是个不错的建议，安妮，但我不认为可行。利奥的妻子在，利奥也会回来，那里容不下我和孩子的。"

"可以的，会有地方的，斯嘉丽！我会腾地方的。"

她一言不发。即使穿平底鞋，她也比我高。她的视线越过我的头，漫无目的地向四处看，想避开我的目光。她面无表情，嘴唇紧闭。

"斯嘉丽，如果你真的和盖布尔·阿斯利结婚了，我们就再也做不成朋友了。"

"别那么激动，安妮。我们永远是朋友。"

"我们不会的，"我坚持道，"我了解盖布尔·阿斯利。如果你和他结婚，你的生活会被毁掉。"

"好吧，那就毁掉吧。它已经被毁掉了。"她平静地说道。

盖布尔向我们走过来："我猜你来这里是为了恭喜我们吧，安雅。"

我眯起眼睛看他："我不知道你是如何骗她的，盖布尔。你一定使了某些伎俩让她回心转意。"

"和斯嘉丽无关。这取决于你，安妮。这件事一直如此。"盖布尔平静地说道。

这不是我第一次想扇他一耳光。突然，我感觉到了纳蒂的手。

"我们走吧。"她低声说道。

"再见。"斯嘉丽说道。

我的下巴像一个缺了一条腿的凳子般抽动着，但我没哭。

"安雅，我们再也不是孩子了。"斯嘉丽说道。

那一刻，我讨厌她——她在暗示我反对她嫁给那个反社会的人是因为我在某种程度上发育迟缓，并且在童年时期就暂停发育了，就好像我还留着多年前的孩子气。"你的意思是因为我们毕业了，还是因为你怀孕了？"我一说出口，就知道这很残忍。

"我们没有毕业！"斯嘉丽大声回敬道，"是我毕业了。郑重声明，我的职位不是安雅·巴兰钦的忠实好友！"

"如果是的话，你会被开除！"

"好了，"纳蒂说道，"你们两个真得停下来了。你们俩都很差劲。"纳蒂走上前拥抱了斯嘉丽，"恭喜你，斯嘉丽。我想，为了……嗯……你作了一个能让自己开心的决定。走吧，安妮。我们得走了。"

毕业典礼之后，纳蒂和我参加了一个在温的父母住处举行的庆祝早午餐。我仍然对于我和斯嘉丽的争吵耿耿于怀，整个用餐时间我都在想这件事情。在甜点之前，温的父亲在杯子上敲了一下，然后站起来发表演讲。查尔斯·德拉克罗瓦喜欢发表演讲。在我生命中，我已经听得够多了，所以觉得没有必要留心听。终于，我们待了足够长的时间，这样我们离席也不会显得无礼。

"别走，"温对我说道，"回到家你还是忘不掉斯嘉丽和盖布尔的事儿。"

"我没有忘不掉。"

"得了吧，"他说道，"你不觉得我还算了解你吗？"他抚平了我眉毛间的沟壑。

"那不是我唯一忘不掉的事情，你知道的，"我反驳道，"我没那么肤浅，我自己的问题也很多。"

"我知道。至少你的男朋友去其他地方上大学不是其中之一。"

我问他什么意思。

"你没留意我爸爸的演讲吗？我决定留在纽约上大学。这意味着去爸爸的母校，这让他感到高兴。我不想做任何取悦他的事情，但……"温耸耸肩。

我后退一步："你不会在说，你是为了我而留在这里吧？"

"就是这个意思。学校什么的无所谓。"

我没有回答。相反，我玩弄起我的项链来。

"你看起来不像我希望的那么高兴。"

"但是温，我没有要求你留在这里。我只是不想你做任何你不愿做的事情。过去的这两年，我学会了不要为将来作太多计划。"

"那是胡扯，安雅。你不是这么想的。你总是在考虑下一步的行动，这是我喜欢你的地方之一。"

他当然是对的，我不希望他留下来的真正原因难以启齿。温是一个正派的人——或许是我认识的人当中最正派的了——我不想他留在纽约，他之所以这么做是因为他觉得对不起我，或者出于某种错位的责任感。如果他这么做了，过一段时间后，他只会感到后悔。

自从我了解西蒙·格林的存在后，我对父母的婚姻作了一些反思。在母亲去世的一年前，我的父母经常吵架。他们争论的主要问题是她对辞掉纽约警察局的工作感到不满，想要重回工作岗位——考虑到爸爸赖以谋生的手段，这显然是不可能的。我的观点是，我不想温最后以这种方式怨恨我。

"温，"我说道，"我们已经度过了一段不错的时光，但我连之后的几周会发生什么都不知道，更别说一年的时间了。你也一样。"

"我猜我必须抓住机会。"温仔细看了看我的脸，"你是一个有趣的女孩。"他笑了起来，"我不是在要求你嫁给我，安雅。我只是想当你的邻居。"

一提到婚姻，我就退缩了。

"我已经成功转移了你对斯嘉丽婚礼的注意力。"

我翻了个白眼："她是怎么回事啊？"

他耸耸肩："没什么。不过是生活不易，复杂多变。"

我问他是否站在斯嘉丽一方，他说本来就不存在阵营："但我的确知道一件事情，那就是斯嘉丽·巴伯是你的朋友。"

斯嘉丽·巴伯或许是我的朋友，但很快她就会成为斯嘉丽·盖布尔。

温的母亲把他拽去和餐桌上其他宾客交谈。他让我保证再多待一会儿。纳蒂似乎挺享受的，她在和温的一位堂兄交谈——所以我踱步到了花园里。天很热，没有人在外面。我上一次来花园还是很久以前的春天，那时我和温结束了恋情。

我坐在板凳上，看到了德拉克罗瓦夫人在篱笆上种植的豌豆，这种长着白色小花的植物让我想起了墨西哥可可树的花朵。我很高兴回到纽约——而不是东躲西藏——但也想念墨西哥。或许不是想念墨西哥本身，而是想念我的朋友们和那种发挥自我价值的感觉。西奥和我都是在巧克力中长大的，但我们的生活截然不同。因为巧克力在墨西哥不是非法的，所以他生活在光明之处，而我一直东躲西藏并以之为耻。我想这就是我被药用可可这个主意深深吸引的原因。

我正要起身离开时，查尔斯·德拉克罗瓦走进了花园。

"你是如何忍受这种高温的？"他问我。

"我喜欢。"我说。

"我猜到了。"德拉克罗瓦先生回答道，他挨着我坐下，"药用可可生意怎么样了啊？"

我告诉他，我想借助巴兰钦巧克力的力量来实现这个想法，但被人一口回绝了。

"我很抱歉听到这个消息，"查尔斯·德拉克罗瓦说道，"我认为这是一个很好的概念。"

我看着他："你是这么认为的？"

"是的。"

"我原以为你会认为这是一个骗局。"

他摇摇头。"你不太了解律师，我们以灰色地带为生。"他点点头，摸了摸胡子，"实际上我们就住在灰色地带。"

"你能刮掉它吗？它让你看起来像公园里的流浪汉。"

查尔斯·德拉克罗瓦没有理我："我能想象出这个主意威胁到了你的堂叔塞奇，也就是胖子——有传言他现在是家族的负责人？我已经和外界大大脱节了，但会努力赶上。他可能会说，巴兰钦家族的商业模式是建立在非法供应的基础上。当然了，这是实话。"

"差不多类似的话吧。"我顿了顿，"你总是以为你知道一切，不是吗？"

"没有，安雅。如果真是这样，我会在市中心发表演说，而不是在毕业派对上。至于你的堂叔，我能预测他的反应是因为整件事完全在意料之中。他一步一个脚印走到现在的位置，他有着自己的地下酒吧。是的，我知道这个事情，我当然知道。你的想法会使他这种人感到害怕。"

现在已经不重要了。

"无论如何还是去做吧。"查尔斯·德拉克罗瓦说道。

"什么？"我从板凳上站起来。

"这是一个绝妙的想法，甚至可以说很有远见，这样的灵感可不常见。这个机会可以真正地改变一些事情，我相信它能赚到钱。你还年轻，年纪轻是件好事。多亏了你，我对巧克力略知一二。某一天，你将不得不告诉我有关你的墨西哥之旅的所有事情。"

他知道墨西哥？我试图不动声色，但肯定让查尔斯看出来了。查尔斯·德拉克罗瓦冲我微笑。

"安雅，实际上是我把你送上了那艘小船，不是吗？"

"德拉克罗瓦先生，我……"

"你要确保聘请一个优秀的安保团队——那个像墙一样壮实的女人是个好的开始——还要一个更好的律师。吉卜林先生不会帮你这么做的，你需要一个具有民法知识的专业人才，例如——"

正在这个时候，温走进了花园里："爸爸又在烦你了？"

"安雅正在和我讨论她下一年的计划。"查尔斯·德拉克罗瓦说道。

温看着我："具体什么计划？"

"你爸爸在开玩笑，"我说道，"我没有计划。"

查尔斯·德拉克罗瓦点点头："好吧，那可真令人惋惜。"

温维护我："不是每个人在高中过后都会上大学，爸爸。那些最有趣的人根本就不会上大学。"

查尔斯·德拉克罗瓦说他知道这个事实，在生活中可以有很多种方式接受教育："比如说，国际旅行。"

查尔斯·德拉克罗瓦回到屋里后，温说道："我很惊讶在他去年对你做了那些事情后，你还是有礼貌地待他。"

"他只是在履行自己的职责。"我说道。

"你真的这么认为？你比我想象的更宽容。"

我踮起脚尖，倾身吻他："我曾犯过的最糟糕的错误，就是爱上了代理检察官的孩子。"我又推开他，"但是你也错在不该追求我。"

温吻了我："大错特错。"

"为什么你还是这么做了？我的意思是追求我。我很确定我一直告诉你让你走开。"

温点了点头："好吧，其实真的很简单。我第一次看到你时，你正在把那盘意大利面——"

"是烤宽面条。"我插言道。

"烤宽面条，倒在盖布尔·阿斯利的头上。"

"那可不是什么光荣的事情。"

"从我坐的位置看过去，我喜欢你当时的样子。我喜欢你为自己挺身而出。"

"就这么简单？"

"是的，就这么简单。这些事情通常并不复杂，安妮。那时我很清楚你和你男朋友已经分开了，我知道那天你会出现在校长办公室，所以就编造了一个去那里的理由。"

"你真有一套啊。"

"毕竟我是爸爸的儿子。"他说道。

"值得吗？你最后挨了一枪。"我搂着他的腰。

"不算什么，一道皮外伤而已。我给你造成的所有麻烦，对你来说值得吗？我几乎，"他顿了顿，"有时候觉得自己有罪。"

我想过这个。

爱。

有那么多种爱。其中一些是我对纳蒂和利奥那种永远不变的爱。其他种呢？如果你想猜测它们能持续多久，你就太蠢了。但那些爱就算不一定长久，也不是没有意义。

因为当爱降临时，所爱的人、事、物就是你整个人生的意义所在。就爱而言，我无法否认自己收到了比我给出的那份还要多的爱：奶奶、爸爸、我的母亲、利奥、纳蒂、温，甚至西奥。还有斯嘉丽。

我皱起了眉头。

"你在做鬼脸。"温说道。

"我只是意识到我将不得不原谅斯嘉丽。"

我看着温，他也看着我。

"我的意思是说，我将不得不请她原谅我。"

"我认为这很明智。"

"我喜欢你今天的演讲。"我说道。

"我很感谢，"他说道，"你真的不想我待在纽约吗？"

"我当然希望你留在……我只是不想你最后恨我。"

"到最后，我无法去恨你。让我恨你就像砰的一声关上一扇旋转的门一样无法做到。我送你和纳蒂回家。"他从棚架上摘下一朵花，别在我的头发上。夏天来了。

20

新的开始

　　我父亲讨厌夏天，因为夏天是一年中最不适宜制作巧克力的时间。高温使配送面临严峻的挑战。火车晚点或者冷藏卡车故障都可能意味着整车货物受损，也就是融化。爸爸总是说人们在夏天就失去了对巧克力的喜爱——巧克力是一种寒冷天气的食物，在高温下，人们宁愿吃冰激凌或者西瓜。运输成本一年到头都很高，在夏季甚至更高。按照我父亲的说法，可以显著缓解夏季损失的一种方式是法律允许在美国境内制造巧克力："当然了，我们不能在这里卖，但如果只是制作巧克力的话，他们没有理由关心。"我知道爸爸经常幻想巴兰钦巧克力从五月到九月停业。每次爸爸这么说时，他就会紧接着摇摇头："不可能的，安妮。如果强迫人们五个月不吃巧克力，他们可能会完全失去对它的喜爱。美国公众的购买力就像青少年的心一样反复无常。"那时我还不是一名青少年，所以并不觉得这个类比有什么冒犯之处。

尽管现在是六月了，我还没有意识到这一点。眼前我的注意力都集中在帮助纳蒂打包她的第二次天才夏令营的行李上。我正在卷起一件T恤时，电话铃响了。

"你有没有听到消息？"他没有作自我介绍，但我变得比以前能更好地辨认出他的声音。

"电话费很贵，杰克斯。你不应该把你的周末浪费在不想听你说话的人身上。"

杰克斯没有理会我："街上都在说巴兰钦巧克力不在夏天供应巧克力了。胖子认为这成本太高了，他说巧克力应该是季节性的生意。经销商们准备找他麻烦。"

我告诉他，爸爸也说巧克力是季节性食物。不管季节与否，都不关我事了。

"你不是认真的吧？胖子正在搞砸生意，你竟然觉得这不是你的生意。告诉你吧，你支持错了人，那家伙唯一关心的就是他的地下——"

"我退出了，杰克斯。你想让我说什么？"

"你知道我没有其他人可以打电话，对不对？现在米基无法联系上，尤里死了，没有人会接我的电话。我离开这里时，希望能有份工作。"

"或许你应该考虑下换个行业？"

"对你来说很容易，对我来说很难，你知道的。"

"这是你的事情。"我说道，接着挂断了电话。

我回到了纳蒂的房间，她正在叠雨衣。她想知道电话是谁打来的。

"没人打。"我说道。

"没有人？"她又问道。

"杰克斯。他担心胖子在……"我的声音渐渐小了下来。如果胖子在瞎搞巴兰钦，一定不是我的问题，但它绝对是我的机会。"对不起，纳蒂。我得去打个电话。"

我回到厨房。如果要这么做的话，我需要一名律师。我想过打电话给吉卜林先生，但自从西蒙·格林回来以后，我们的关系一直没有回到从前。我想过打电话给西蒙·格林，但是我不信任他。吉卜林先生和西蒙·格林面临的更大问题是在整个职业生涯里，他们都在为违法的一方辩护，此刻我需要的是为正义而战的人。

我想过打电话给查尔斯·德拉克罗瓦。就不利因素来说，他曾两次把我扔进自由管教所。温肯定讨厌我这个主意。

给吉卜林先生打电话的做法看起来最合理。也许我们之间有过一些问题，但他是一个好人，他总是站在我这一边。退一万步说，吉卜林先生可以给我指明哪种类型的律师是我需要的。

我拿起了电话，正想给吉卜林先生打电话，却发现自己拨通了温公寓的号码。温接听了电话。"你好。"他说道。

"你好，"温又说了一遍，"有人在线吗？"我本来可以问温是否想过来，我至少可以告诉他我的想法，但我什么都没做。

这听起来或许很差劲，但我决定掩饰我的声音。我压低声音，故意弄出沙哑的感觉，还带一点纽约腔。"我找查尔斯·德拉克罗瓦。"我喉咙哼哼着。我不是一个嗓音多变的人，某种程度上，我内心深处希望温突然爆笑起来，说："安妮，你在搞什么？"

"爸爸！"我听到温叫道，"电话！"

"我在办公室里接！"查尔斯·德拉克罗瓦回应道。

一秒后，查尔斯·德拉克罗瓦接起电话，我听到温放下电话。"喂？"

"我是安雅·巴兰钦。"我说道。

"这是一个惊喜啊。"查尔斯·德拉克罗瓦回答道。

"我会去做那件事，"我说道，"我会去经营一家药用可可药房。"

"好样的，安雅。这非常明智。"他说道，"什么改变了你的想法？"

"我看见了一扇窗户——这是一个无法放弃的机会。"我说道，"我想你应该来做我的商业律师。"

查尔斯·德拉克罗瓦清了清嗓子："为什么我要这么做？"

"因为你有城市治理方面的专业知识。因为你没事可做，而你觉得它是个好主意。"

"见面谈吧。"查尔斯·德拉克罗瓦最后说道，"除了家里的办公室，我没有其他办公室了，而且很明显你对你的男朋友——我的儿子隐瞒了这个信息，那么……"

我们最后决定在我的公寓见面，尽管我已经多次在远比此时更险恶的环境下和查尔斯·德拉克罗瓦见面，但我仍然很紧张。我花了一些时间来决定穿什么。我不想看起来像是一名女学生，也不想看起来像一个精心打扮的小女孩。最后，我挑选了一条可能属于爸爸的灰色裤子，还有一件斯嘉丽不知什么时候留下的黑色背心。裤子太大，所以我用束腰带把裤子系到腰上。我看着门后镜子中的自己，得出一个结论，这身打扮很傻。

门铃响了——来不及换了。我邀请德拉克罗瓦先生来到了客厅。他仍然没有刮干净胡子，但是看起来已经修剪过。

"给我说说你的计划。"查尔斯·德拉克罗瓦坐在沙发上，跷着二郎腿。

"你，嗯，已经知道了大体的想法。从那以后，我做了些小小的研究。"我打开了平板电脑，我在上面做了一些笔记。但当我浏览笔记时，它们看起来并没有我想的那么详细。"那么，你肯定知道2055年禁止可可的《兰波法》吧？尤其是巧克——"

"我记得，安雅。我那时比现在的你和温要年轻一点。"

"好吧，但是，这条法律是为了禁止食品公司生产巧克力。大多数城市，包括纽约，只要出于药用目的，仍然允许销售少量纯可可。我想这包括美容产品，但它也可以包括任何与健康有关的产品。所以，我的想法是，我可以从一家不到五百平方英尺的小商店起步，也许在郊区的某个地方，这样我就不会与胖子形成竞争关系。我会聘请一名医生和一名女服务员，我会在那里出售由可可和巧克力制作的药用保健饮料。但是，与胖子不同的是，一切都将公开化，没有必要偷偷摸摸。"

"嗯，"他回答道，"很聪明，但就像我告诉过你的那样，你的想法格局太小了。"

我问他是什么意思。

"我在政府里工作了很长时间。你知道如何让这座城市不会成为你的绊脚石吗？成为那里最大的企业，成为城市正中央的一头大象，变得流行起来。给人们他们想要的产品，整座城市都会支持你。你把他们从来就不认为是非法的东西合法化，他们会因此而感谢你。"他顿了顿，"另外，药用可可药房没有什么亮点，人们甚至不知道你在说什么。虽然你聘请了医生和营养师，但你还是需要让整家企业听起来很吸引人。"

我考虑过他的话："按你说的做，可能会花费很多钱。"我还要考虑纳蒂和利奥。

"确实如此，但它也能给你赚很多钱。至于场地，这座城市很多被遗弃的空间比它们的实际价值要便宜很多。你认为小埃及的罪犯们是怎么经营的？顺便说一句，那里还应该可以跳舞。"

"跳舞？你的意思是我应该开一家夜总会？"

"好吧，这听起来很艳俗。休息室怎么样？或者就是一家俱乐部。大胆想象一下，如果它是一家俱乐部，所有成员在加入之前必须提供处方。这是一个会员的准入条件，是的，这样你甚至不需要医生在现场。"

"这些想法，呃，很有趣。你确实启发了我很多。"

查尔斯·德拉克罗瓦沉默了一段时间："自从你打电话给我以后，我就一直在想这件事情，我想帮你做成这件事。因为我尊重你，所以会完全坦诚地告诉你，我为什么想帮你。不是因为我喜欢巧克力或者你，虽然我确实也喜欢。事实是，我现在是个失败者。但是，如果我将巧克力还给民众，我会成为英雄。对我来说，还有什么比这更好的平台去竞选地区检察官甚至更高的职位呢？"

我点点头。

"那么，你为什么想让我来帮助你？"查尔斯·德拉克罗瓦问道。

"你不知道吗？你总是洞悉一切。"

"你讽刺我。"

"因为你有道德上的美誉，并且始终站在善的一边。如果你说这是合法的，人们就会相信你。在我离开的那些时间里，我清楚自己不想在东躲西藏中度过余生，德拉克罗瓦先生。"

"好，"他说道，"这说得通。"他伸出手，接着又缩回去了，"在我们达成合作前，你应该知道某件事情。我想没有人知道我接下来要说的，但等会儿你听到之后，我希望你不至于太震惊——去年秋天，我对你下了毒。"他说这句话的时候，就好像请我把糖递给他一样随意。

"你说什么？"

"去年秋天我对你下了毒，但我不认为这是我们不应该共事的理由。我向你保证，我的目的是非常好的，而且你从未处于真正的危险中。也许是我错了，但我想把你从女生宿舍弄出来，弄到医务室，一个你认为更适合逃走的地方。"

"你做的？"我气急败坏地说道。

"我们在地下室讨论事情的时候，我给了你一杯水，水里面加入了一种可以模拟心脏病发作症状的物质。"

虽然我很吃惊，但并没有你想的那样震惊。我看着他："你真是冷酷无情。"

"一点点吧。我会以同样的方式为你服务。"

最近两年，如果说地球上出现了一个道貌岸然的恶棍，那就是查尔斯·德拉克罗瓦。爸爸曾经说过什么？"游戏规则变了，安雅，玩的人也一样。"我向这个男人伸出了手，他握住了。我们开始列出需要做的所有事情。

早上，我把纳蒂送上开往天才夏令营的火车，下午，查尔斯·德拉克罗瓦给我打电话。他说尽管作出这样的决定可能还早，尽管超出了他的职责范围，但他已经意识到城中心一处不起眼的场所可能适合我们。"在第四大道和第五大道之间。"

"城中心不错。"我说道。

"我知道，"他回答道，"这是个好主意。我在外面见你。"

这地方除了宽敞，最引人注目的特征是外面一对布满涂鸦的、互相依靠的狮子雕像。"我知道这个地方，"我对他说，"过去它是狮子巢穴夜总会。我们都不喜欢来这里，因为它太糟糕了，而且小埃及更近一点。"

查尔斯·德拉克罗瓦说显然它已经够糟糕了，所以还是早点关门好。

我们走上宏伟的阶梯，穿过一些圆柱子。我在里面见到了一名房地产经理人。她穿着红色西装，翻领下插着一枝病恹恹的康乃馨。房地产经纪人疑惑地看着我。"她是客户？她看起来像个孩子。"

"是的，"查尔斯·德拉克罗瓦说道，"她是安雅·巴兰钦。"

房地产经纪人吃了一惊。沉默了片刻后，她向我伸出了手。"按照你的预算，我们不能把整块地盘都给你，但我们有间房间可以满足你的需求。"

她领我进入第三层楼。房间宽约八十英尺，长三百英尺，大约五十英尺高。拱形窗户列在两侧，整体给人开阔的感觉。天花板是圆顶的，有深色木质线脚。我最喜欢的部分是天花板上的壁画，画里有蓝天和白云。房间给人的感觉是这样的，你在里面的时候，就像在户外。我很快喜欢上了它，因为它能给我的生意带来足够的私密性，但也表明了巧克力可以并且应该公开销售。

我体会到一种神圣而庄严的感觉，就像在教堂里一样。

房间里的大多数物品处于破损状态——破败的玻璃窗格，石膏墙上的洞——但似乎没有东西看起来无法修复。

房地产经纪人说道："上一任租客在室外还有一间厨房，附近也有厕所。"

我点了点头："过去这里用来干什么？"

"狮子巢穴，某种俱乐部。"房地产经纪人做了个鬼脸。

"在这之前呢？"我说道，"最初的目的是干什么？"

房地产经纪人打开了她的平板电脑："呃，让我看看。可能是一座图书馆？你知道的，保存纸质书，或者类似的东西。"她皱着眉头，说道，"纸质书。""那么，你怎么看？"查尔斯·德拉克罗瓦问。

我不算是一个迷信的人，但外面的狮子雕像让我想起了利奥，当然还有伊莫金的书籍。我觉得这个地方很适合我，但我想要个好价钱，所以没表现出对此满意的样子。"今天就到这儿吧。"我说道。

"不要等太久。有人或许会中途买走。"房地产经纪人警告道。

"我很怀疑，"查尔斯·德拉克罗瓦说道，"这些废墟不能被廉价处理掉。你知道，我曾经是市政府官员。"

查尔斯·德拉克罗瓦和我从房间走出来，走进了纽约六月黏糊糊的空气里。

"怎么样？"他说道。

"我喜欢这里。"我说道。

"这里地段不错，并且具有某种历史意义，从这一点来看是值得买的。但主要是你的这一举措——如果你拿下一块地盘，对人们来说，你的想法就不再仅仅是一个想法，它被付诸实施了。我怀疑你会面临很多租客的竞争。"

"我要和吉卜林先生谈谈。"我说道。直到今年8月12日，我满十八岁之前，吉卜林先生会一直管理我的财务。到目前为止，我不觉得有必要让他批准我的商业计划。

回到家后，我给吉卜林先生发了条信息，说我需要在他的办公室里和他谈谈。自从西蒙·格林回来后，我还没有见过他。

我来到了他的办公室，他热烈地问候我，接着拥抱了我："你好吗？我正要打电话给你。看看昨天寄来的是什么！"

他从办公桌上递给我一个信封，是我的GED成绩。我必须填我的商务地址。"我没想到它会用纸寄过来。"我说道。

"重要的事情都是用纸通知的。"吉卜林先生说，"恭喜，亲爱的！"

我拿起信封，把它揣进口袋。

"也许我们可以谈谈你毕业后的计划。"吉卜林先生小心翼翼地建议道。

我告诉他，这正是我来的原因，然后我讲述了我计划开张的生意，以及我想在市中心租一块地盘："我需要你为我安排两笔付款。第一笔是预付给我聘请的商业律师，"——我故意没有提及商业律师是谁——"第二笔是作为我租房的订金。"

吉卜林先生仔细听着，然后说出了我害怕他要说的话："我不确定这件事是否可行，安雅。"尽管我没有要求他说，但他开始列举出他的反对意见：主要是这个想法可能会触怒家族，还有开设任何类型的企业都是风险投资。"饭馆是个烧钱的地方，安雅。"

我告诉他这是家俱乐部，不是饭馆。

"你真的清楚你在做什么吗？"

"谁能说得准呢？"我顿了顿，"你真的不认为这是一个好主意吗？"

"可能是个好主意吧，我不知道。我认为一个真正的好主意是你去上大学。"

我摇了摇头："吉卜林先生，你曾经告诉我，我永远都逃不开巧克力，所以没有理由恨它。这就是我想要做的事。我相信这是个好主意。"

吉卜林先生没有再说什么。相反，他捋了捋他不存在的头发："我可能不再是你的律师了，但我仍然是你信托财产的受托人，安雅。"

"两个月后，我就十八岁了，那时我将不需要征求你的同意。"我提醒他。

吉卜林先生看着我："我想你应该再等两个月，这会给你更多的时间仔细考虑。"

我告诉他，我已经制订好了一份详细的商业计划。

"这如果是一个好主意，那么从现在开始再过两个月也仍然是个好主意。"

两个月。我可没有两个月。谁知道两个月后巴兰钦巧克力的情况？谁知道我在哪里？现在的机会难得。我心里知道，就是它了。

"我可以把你告上法庭。"我说道。

吉卜林先生摇了摇头："那就太傻了。你会白白花掉法律费用，而且八月之前问题不会解决。如果我是你，我会等的。"

吉卜林把手放在我的手臂上，我甩开了。

"我这么做只是出于爱。"他说道。

"爱？那也是你杀了奶奶的原因，对不对？"

我离开了吉卜林先生的办公室，心情低落，但意志坚定。我想找一个人借给我租房所需的钱。得到那间房间只需五千美元，我不想失去它。我想不出有什么人能借给我钱，哪怕是不想我的新企业欠他钱的人。我想过有什么东西值得卖，但是那段时间里我没什么值钱的东西。

吉卜林先生给我打电话的时候，我正处于绝望的边缘："安雅，我知道我们今年有过争吵，但我也反思过了，如果那是你真正想要的，我会为你起草付款协议。你说无论如何两个月后这就是你的钱了，你说得对。与此同时，我希望你在商业、法律、饭店管理或者医疗方面报名参加一些学校的拓展课程，作为让我起草付款协议或者其他款项的条件。"

"谢谢你，吉卜林先生。"我给了他房地产经纪人的名字和付款金额。

"你提到了一位商业律师？他是谁呢？"

"查尔斯·德拉克罗瓦。我想你不需要我拼写了吧。"

"安雅·帕夫洛娃·巴兰钦，你疯了吗？你在开玩笑吧！"

我告诉他，我已经考虑过了，出于各个方面的考量，查尔斯·德拉克罗瓦是满足我需求的最佳人选。

"好吧，这是一个非常大胆的选择，"他过一会儿说道，"令人完全措手不及。你父亲可能会批准吧。你需要开设一个公司账户。"

"德拉克罗瓦先生也这么说。"

"当然了，能帮助你让我很高兴，安妮。"

我将与查尔斯·德拉克罗瓦在狮子巢穴夜总会的旧址见面并签署租约。在前往那里的路上，我路过了圣帕特里克大教堂。我决定进去快速地祷告一下。

这并不是因为我对未来抱有疑虑，而是我知道一旦签署了这份文件，一切将变得真实起来。我想，为我的新事业祈求祝福是个好主意。

我跪在祭坛上，低下头。我感谢上帝让利奥回来，并保证了纳蒂的安全。我感谢上帝让我不再受法律问题的困扰。我感谢上帝，为了那段墨西哥的时光。我为了父亲感谢上帝，父亲在我们彼此熟悉的短暂时光里教会了我很多东西。我也为我的母亲和奶奶感谢上帝。我为温而感谢上帝，在我无比确定我无法被爱的时候，他还爱我。我感谢上帝让我成为安雅·巴兰钦，而不是其他女孩。因为我，安雅，生而坚强。上帝从来没有给我不能承受之重。接着，我也为自己感谢了上帝。

我站了起来。在篮子里放了一个小贡品后离开了教堂，然后向南走去签署租房合约。

六月的第二个周五，我决定在新场地举行一场小型派对，告诉朋友们我明年会做什么。在邀请其他人之前，我知道我必须告诉温关于他父亲加入的事情。

这个夏天，为了试图表明纽约市没有那么糟糕，市长安排在布莱恩特公园放映古老的电影。温想去看电影，就像那些有钱有权的人，总是喜欢做一些有潜在危险的事情。我告诉他，我会去的，但我一如既往地会带上弯刀。

在这次放映过程中，没有人与我们搭讪——警察在场，这对于一次娱乐活动来说是相当少见的。不过，我的心思几乎没在电影上，因为我一直在想必须对温说的话。

在回家的路上，温还在谈论电影："还记得那个女孩骑着马过河的部分吗？真是太棒了，我想那么做。"

"好吧。"我说道。

温看着我："安妮，你一点都没看吗？"

"我——我有一些事情要告诉你。"我和他说起了生意，我签署的租约合同以及我聘请的律师名字，"下周我会举行一个派对宣布整件事情，我真的希望你能来。"

我们走过了一整个街区，温一言不发："你不必这么做，安雅。签署了租约合同，并不意味着你必须这么做。"

"我的确要这么做，温。你不明白吗？这是一种救赎的方式。这是我能够在这个城市作些改变的方式。如果我不这么做，我将永远活在黑暗中。"

"你认为你必须这么做，但其实不是的。"他抓住我的手，猛地把我转向他，"你能想象这会有多艰辛吗？"

"是的，我能想象。但我还是要做，温。"

"为什么？"他用一种比我以前听到的更尖锐的声音说道，"你的堂叔接管了巴兰钦巧克力。你出局了！"

"我永远也不会出局。我是我父亲的女儿。如果不这么做，我会永远后悔的。"

"你不是你父亲的女儿，而我也不是我父亲的儿子。"

"我是，温。"我告诉他，否认这点就是否认本质上我是谁，我不能改变我的名字或者我的血脉。然而，我说的时候他没有在听。

"你为什么要聘请我的父亲？"他用一种平静的声音问道，这比他大声说话更可怕。我试图解释，但他只是摇了摇头。

"我有理由，温。"

温把我逼到墙角："我一直忠于你。如果你这么做，我不会再留在你身边。我们可以做朋友，但仅此而已。我会尽可能地远离你。我不会看着你把自己毁了。"

我摇了摇头。我的脸颊湿了，我想我在哭："我必须这么做，温。"

"我对你来说就那么微不足道？"

"不是……但这就是我。"

温带着一种厌恶的表情看着我："你知道他去年对你下了毒，对吧？"

温知道这件事。"他告诉我了。"

"你很清楚他是哪种人，但你无论如何还是要做这件事！如果他帮助你，那是因为他看到了可乘之机。"

"我知道，温。他在利用我，我也在利用他。"

"你们可真是同类。"温摇摇头，"我们结束了。"

"不要这么做，温。不要在这里，不要是现在。花点时间考虑下吧。"令人尴尬的是，我跪在地上，双手紧握。他说他不需要思考："我不会重蹈我母亲的覆辙。我不会长期忍受折磨。"

接着他离开了。我站起来去追他，但我摔倒在地，膝盖磕在了人行道上。我站起来的时候，一辆公交车已经到了，温站在车上。

我一回到家就给温打电话。"他已经睡了，"德拉克罗瓦夫人平静地说道，"你想和查尔斯说话吗？"

我告诉她不用了。我整天都能看见查尔斯·德拉克罗瓦。

这样的情况持续了好几天（每天我都会找个合适的借口），直到最后德拉克罗瓦夫人说温去见奥尔巴尼的朋友了。

或许我应该跳上第一班去奥尔巴尼的火车，但我不能。我不知道我应该说什么。事实上，他可能是对的。我不顾他的感情去追求这一切，我无法自圆其说。或者说，我怀疑如果我真的向他解释，他不会喜欢这个答案：温是坚定的、忠诚的、善良的、完美无缺的，但这些对我来说还不够。无论是好是坏，我在父亲失败的地方获得成功远比我对温的爱要重要。

所以，没有，我没有追到奥尔巴尼。我忙于安排生意，以及完成周五派对的筹备工作。

电话响了。尽管我还是希望是温打来的，但不是。

"听到老朋友的声音高不高兴？"西奥问道。

几天前我给他发了消息，询问了祖母可以用什么来代替冰镇热巧克力中的可可，我打算在派对上准备这种饮料。

"祖母说，没有什么可以替代可可！她们想知道你为什么做这种亵渎神明的事情。"

我告诉了他我的生意："我们正在作派对前的准备，但我的合伙人认为提供违禁品不是一个好主意，因为我们现在是公开经营。"

"我懂了。好吧，要不你试试角豆粉？这是一个无奈之举，但……"

我向他道谢。

"我还能帮你什么吗？"西奥说。

"来做笔可可的生意怎么样？"我提议，"我需要一个供应商。"

"这是一笔最好的交易，"西奥说道，"我为你感到骄傲，安雅·巴兰钦。你似乎已经摆平一切了。"

"谢谢，西奥。要知道，你是唯一对我这么说的人。"

"因为我懂你，安雅。在我的心中，我们是一类人。"西奥顿了顿，"你男朋友还好吗？"

"他在生我的气。"我说。

"他会理解的。"

"或许吧。"但我不确定这次他会不会。

我们聊了一会儿，西奥保证会尽量来看我。我问他，她们是否愿意放他走。他说自从他病了以后，卢娜在明天农场起到了更大的作用。"我想我应该谢谢你让我中枪。"

"不幸的是，你不是第一个对我这么说的人。"

到了星期五，派对随之到来。我仍然没有温的消息。我花了一天时间来清理房间，在房间的两边摆上了装有冰镇热巧克力的茶壶。我邀请了我圈子里的所有人——虽然没有人来自家族内。查尔斯·德拉克罗瓦也邀请了包括潜在投资人在内的一些人。

斯嘉丽和盖布尔是第一批到的。此时，她已经快生了，我不确定她是否会来。我给她发了条消息，她一秒就回了：真的很高兴有个理由离开屋子，真的很高兴你邀请我！P.S. 这是否表示我们不生彼此的气了？没有你，我真是太孤独了。她来到这儿，拥抱了我。

"你们俩还没结婚吗？"我问他们。

"我们考虑等她生了孩子的一个月后再说。"

斯嘉丽摇摇头："我的婚礼不能没有你，安雅。"

"这地方真棒，"盖布尔说道，"你到底在计划什么啊？"

"你很快就会听我宣布了。"我说道，"嘿，盖布尔，今晚你想拍几张照片吗？"

盖布尔咆哮说，斯嘉丽已经没收了他的拍照手机。"你男朋友哪儿去了？"他问。

我假装没听到他说的话，转身走向其他客人了。

大多数人到场后，我走到讲台上。我环顾四周，想看看温是不是来了。他没来。没有他、纳蒂和利奥在我身边，我心里有些没底，这当然不是我一生中最好的演讲。我迅速讲了自己打算开设俱乐部的重要原因，想要提供的服务，以及俱乐部完全合法等内容。我在谈论生意的时候，能感觉到屋子里变得非常安静，但安静并没有吓倒我："今晚，你们会喝到角豆版本的药用保健饮料，这种饮料会在秋天开始售卖。我承诺，接下来我会对口味进行大幅改良。"我举起了杯子，但在开始演讲前，我忘记把它斟满。我假装喝下去，化解了这个尴尬。"有人曾经告诉我，去年的敌人很可能成为今年的朋友，所以，讲到这里，我想向各位介绍我的新任法律顾问。"

查尔斯·德拉克罗瓦登上讲台。他剃光了胡须，我对此很感激。"不好意思，如果有些生疏，是因为我疏于练习了，"查尔斯·德拉克罗瓦带着故作谦虚的笑容开始说道，"七个月前，我的政治生涯——这里我想不出一个更好的词了——结束了。我们不需要深究其中的原因。"他瞥了我一眼，这让人们开怀大笑起来，"但是今晚，我在这里谈谈未来。"他清了清喉咙，"巧克力很甜蜜，令人愉悦，但不值得人们为了它去死，当然也不值得为它输掉一场竞选。过去的一年里，我有很多时间来思考巧克力，原因也是显而易见的——"他又看了看我，"巧克力之所以重要，不是因为我输掉了竞选或者因为有组织的犯罪是不对的，而是因为巧克力禁令一直都是一项糟糕的法案。

"衰落的城市如何成为未来之都？这是我过去十年几乎每天都在问自己的一个问题。我得出的答案是：我们必须重新考虑法律。法律改变是因为人们要求改变，或者是人们找到了诠释旧法的新方式。我的朋友——我想我可以这么称呼她——安雅·巴兰钦想出了一种新方法来满足以上两种诉求。"

"女士们，先生们，你们站立的位置不仅是一家夜总会，还是一个更大的起点。我看到纽约市再次成为一座闪亮的城市，一座有着合理法律的城市。我能预见到，人们为了巧克力来到纽约，因为它是这个国家中唯一有意识为其立法的城市。我看到了这座城市意料之外的经济收入，这座巧克力城市。"他顿了顿，

"就算没有选中我们来提供巧克力服务，人们仍然可以找到其他服务的方式。我希望是这样的，这就是我同意尽我所能帮助安雅·巴兰钦的原因。我希望你们，我的朋友们，能够加入我们。"

这比我的演讲好太多了，不过应该指出的是，尽管查尔斯·德拉克罗瓦有很多练习的机会，但要说明，这位同事的目标比我自己的要远大一点。他从来没有对我说过有关巧克力城市的事情，这个词对我来说很荒唐。我在人群中穿梭，停下来和沙伊·品特简短地聊了几句。接着我看到了出现在"还我可可"集会上的弗里曼博士，他握了握我的手："非常感谢你邀请我。你今年夏天可要来给我们演讲一次。你很有远见，安雅。很有远见！"

当我到达宴会桌的时候，我临时聘请的一位女服务员告诉我，有人在外面等我。如果我告诉你，我不希望是温，那我就是在说谎。

我走进走廊，这里没人。我走下楼梯，发现胖子在楼梯的尽头。他出了很多汗，脸色红润。不用说，他没有被邀请。在下一层楼梯，我能看到他的保镖，那是个新人。胖子通常独自行动。

"胖子。"我轻轻说道。当我离他足够近时，他亲了下我。他的嘴唇差不多猛地撞到了我的脸颊上。"什么风把你吹到了这儿？"

"听说这里有个派对，"他说道，"你和你的朋友们在我的酒吧里待了这么多年，我却没被邀请。我很受伤。"

"我认为你不会有兴趣参加。"

胖子抬头看看楼梯："这个——你叫它什么？——健康可可场所？"

"我去找过你，但你不喜欢这个主意。"

"也许是这样。我以为最后你不会去实施它。"胖子说道。他把我拉近，湿热的呼吸喷在我的皮肤上，他在我耳边低语："你确定要做这个，安妮？你确定你想要四面树敌吗？还有时间容你改变主意。你为你哥哥想想，还有你的妹妹。我知道你已经有足够多的敌人了。大野友治、索菲娅·比特、米基·巴兰钦。你真的想让我也成为其中一员？"

我把他推开了，我确定他是在吓唬人。就算没有，距离俱乐部开张还有好几个月，这意味着如果有必要，我还有几个月的时间来和他达成某种和平协议。我也许有点蠢，但确信能用自己的想法说服他。胖子爱我的父亲，我知道自己在做着父亲想让我做的事情，只是不想在今天晚上讨论这件事。"好了，"我说道，"祝你晚安。"我必须回去照顾我的客人了。

我头也不回地走上楼梯。

派对结束后，我拿起一个茶壶，斟满杯子，查尔斯·德拉克罗瓦静静地走到我旁边。"你做得很好，"他说道，"这是一个伟大的夜晚。这是一切重新开始的地方。"

"只有你这么说。'巧克力城市'？"

"我认为它有很好的戏剧效果。人们喜欢戏剧效果，安雅。他们会印象深刻。"

我品尝了手中的饮料。我按照西奥信中的说明做的，但味道有些重，还略微发酸。派对上没人注意到这点，但我知道应该是有些配料在混合的过程中变质了。西奥告诉我没有什么好的巧克力替代品，也许他是对的。茶壶已经空了一半，也许我是个过度敏感的女主人。我又抿了一小口。当我环顾四周时，我看见了温，他站在房间那头，挨着斯嘉丽和盖布尔。我没有看见他来。尽管如此，他是为我而来。那一刻，我的心，我谦卑的、健忘的心，想不到比那双眼睛、那双手、那张嘴更重要的东西。我想对他说，原谅我，我知道我会伤害你，我的确也这么做了。我不知道我为什么是这个样子。我不知道我为什么要这么做。求求你，温，不要放弃我。就算我不完美，请再给我一点爱。"谢谢你。"我刻意压低了声音。他听不到，但我确信他看见了我的嘴唇在动。他没有穿过房间来找我。他没有回应我，哪怕是一个微笑。我还没有被原谅，还没有。过了一会儿，他举起了酒杯。我也模仿他举起酒杯，将苦涩的饮料一饮而尽，只留下杯中残渣。

马上扫二维码，关注 **"熊猫君"**

和千万读者一起成长吧！

图书在版编目（CIP）数据

巧克力时代 / （美）加·泽文著；郭筝，范东来，
张越译 . —— 上海：上海文艺出版社，2018.12
（读客外国小说文库）
ISBN 978-7-5321-6860-6

Ⅰ . ①巧… Ⅱ . ①加… ②郭… ③范… ④张… Ⅲ .
①长篇小说—美国—现代 Ⅳ . ① I712.45

中国版本图书馆 CIP 数据核字（2018）第 202058 号

责任编辑：毛静彦
特邀编辑：武姗姗　高飞宇　徐陈健
封面设计：刘倩　苏哲
封面插画：Xenia Rassolova

巧克力时代2：因为这是我的血脉

（美）加·泽文　著
范东来　译
上海文艺出版社出版、发行
地址：上海绍兴路7号
电子信箱：cslcm@publicl.sta.net.cn
网址：www.slcm.com
新华书店经销　北京中科印刷有限公司印刷
开本 890毫米×1270毫米　1/32　11.5印张　字数 221千字
2018年12月第1版　2018年12月第1次印刷
ISBN 978-7-5321-6860-6/I.5472
定价：142.00元（全3册）

读客外国小说文库

读客激发个人成长

巧克力时代 ③

在爱与巧克力的年代

[美]加·泽文 著

张越 译

Gabrielle Zevin

In the Age of Love and Chocolate

上海文艺出版社

献给那些内心坚强，既相信爱情又无法抑制地对其他东西充满渴望的人。

甜蜜降临时，

常常像是借来的，所能持续的时间

足以彰显活着的意义，

随后，重归于黑暗的原初。

至于我，我并不在乎

它于何处游荡，或沿着怎样苦涩的道路

前行才抵达这里，酿出美好的滋味。

　　　　　　　　　　——史蒂芬·邓恩[1]《甜蜜》

1　史蒂芬·邓恩（Stephen Dunn），生于1938年。美国诗人和教育家，已出版十五本诗集，曾获得2001年普利策诗歌奖。——译注（本文中注释如无特别说明，均为译注）

目 录

巧克力的时代

爱的时代

巧克力的时代

01

在可可的苦涩回味中，我不情不愿地成了教母

我从来没想过要当谁的教母，但实在拗不过最好的朋友。我试图抗议："我真的是受宠若惊，但教父教母应该找有好名声的天主教徒吧。"读书的时候，老师总说，教父或教母要负责孩子的宗教教育。我可是自打复活节之后就没有参加过弥撒了，也有一年多没去告解了。

斯嘉丽看着我，脸上挂着生完孩子那个月熏陶出来的、委屈不平的神情。孩子开始扭来扭去，所以斯嘉丽把他抱了起来。"哦，当然啦，"她拖着长音，模拟婴儿的语调又充满讽刺地说，"我和我们菲利克斯，当然想找一个人品好又正直的天主教徒当教母。可是，谁叫我们没的选，只能找安雅来凑合。安雅是谁啊，人人都知道她是个顶坏、顶坏的天主教徒。"小男婴发出咕咕的声音。"菲利克斯啊，你说你这可怜的、未婚先孕，甚至

没成年的妈妈究竟在想什么呢？她肯定是累疯了，给压垮了，脑子都不转了。这世界上，再没有比安雅·巴兰钦更差劲的人了。要不你直接问问她？"斯嘉丽把婴儿往我面前一送，他笑了。一个高高兴兴、脸颊如苹果、金发碧眼的小家伙，而且他机灵得很，一声没出。我也冲他笑笑，尽管说老实话，在婴儿周围，我手脚都不是那么自在。"哦，对了。你还不会说话呢，宝宝。但总有一天啊，你长大了，要亲口问问你教母，她到底是多么恶劣的天主教徒。不不不，重说重说，她是个多坏的人。她居然砍了别人一只手！她为了和一个糟糕的男人合伙做生意，不惜放弃了这个世界上最棒的男孩子。她进过监狱，虽说是为了保护哥哥和妹妹，但还是进了监狱。但凡有别的人选，谁会找个少年犯给自家孩子当教母？她啊，还曾经把一整盘热气腾腾的千层面全泼在你爸爸脑袋上，有人还觉得她想下毒毒你爸爸呢。要真被她得逞了，这世上也就没有你了……"

"斯嘉丽，当着小孩的面，你不该这么说话的。"

她无视我，接着跟菲利克斯絮絮叨叨："你能想象得到吗，菲利克斯？你的人生说不定就这么毁了，因为你妈蠢到让安雅·巴兰钦当你的教母。"她转向我说，"瞧出我在干什么了吗？我已经把你当教母这事儿演得跟真的一样，因为你当定了。"她又转回菲利克斯那边，"有这么个教母，估计你会毫无悬念地走上犯罪之路，妈妈的小小男子汉。"她亲了亲婴儿肥嘟嘟的双颊，又轻轻咬了两口，问我："你要不要来尝尝？"

我摇头。

"随你便，但你正在错过可口的好东西。"她说。

"你当妈以后说话都连讽带刺的，你自己能听出来吗？"

"有吗？那你最好就按我说的做，别那么多意见。"

"我都不确定自己还是不是天主教徒了。"我说。

"天哪，你还在纠结这个问题吗？你就是菲利克斯的教母了。我母亲非让我办个受洗仪式，所以你得给我在旁边，当教母的角色。"

"斯嘉丽，我真的做过坏事。"

"我知道啊，而且现在菲利克斯也知道了。幸好我们心里都清楚，才定下你。很明显，我自己也干过坏事儿啊。"她轻拍宝宝的脑袋，然后指指这间在盖布尔父母家临时收拾出来的婴儿室。这里以前是食品储藏室，现在满满当当地挤着我们三个大活人，还有好多婴儿用品，都挪不开脚了。但斯嘉丽仍然尽最大的努力，把这间小小的房间布置起来，墙都重新漆过，淡蓝色的天空上飘着朵朵白云。"那些东西能有什么实质意义呢？你是我最好的朋友，你不当谁当呢？"

"你是真的发自内心在拒绝我吗？"斯嘉丽的嗓门拔到一个相当不悦耳的高度，连孩子都开始挣扎了，"我根本不在乎你上次去弥撒是什么时候。"斯嘉丽漂亮的眉毛拧起来，看上去要哭了似的，"你不干的话，也没别人了，求你别神经紧张了。只需要在教堂里站在我旁边，如果牧师、我妈或者其他什么人来问你是不是个好的天主教徒，你就骗他们说是。"

在酷夏最炎热的一天，七月第二周的圣帕特里克教堂里，我站到了斯嘉丽身边。她把菲利克斯抱在怀中，我们仨出汗出得都能缓解用水危机了。盖布尔，孩子的爸爸，站在斯嘉丽另一侧，他旁边是自己的哥哥马多克斯，也就是孩子的教父。马多克斯就是个脖子加粗、眼睛更小、举止更佳版的盖布尔。牧师大概看出来我们快热昏了，誓词念得很精短，也没怎么调侃新晋父母。天气实在太热了，他甚至觉得没必要提一提，这对父母还未婚，而且是未成年人。这是一场很质朴的受洗样本。牧师问我和马多克斯："你们是否作好准备，以教父教母的身份帮助这对父母尽责？"

我们回答，准备好了。

随后的问题指向我们四个："你们是否拒绝撒旦？"

"拒绝。"我们齐答。

"你们是否愿菲利克斯以天主教的信仰受洗？"

"愿意。"而那时候我们的语气就像是被问到什么都会答应，只希望尽快把仪式混过去。

随后牧师就在菲利克斯的头上泼洒圣水，菲利克斯咯咯乐起来。我能想象得出来那水该有多清凉，清凉到我自己都想沾几滴。

仪式结束之后，很多人来到盖布尔父母家继续庆祝受洗完成。斯嘉丽约了一群我们高中的同学，其中就有我的前男友——温，我有近一个月没见他了。

派对沉闷得简直像是场葬礼。斯嘉丽是我们这一伙儿当中最早生孩子的，大家都不怎么知道如何应付这种场合。盖布尔和哥哥在厨房玩喝酒游戏。那几个来自圣三一高中的学生聚成一堆儿，压低着嗓音，有礼貌地交谈。角落里是盖布尔的父母，他们紧盯着我们，让我们别胡闹。温陪着斯嘉丽和孩子。我本可以过去找他们，但内心更盼着温能穿过一屋子的人，来到我身边。

"夜总会筹备得怎么样了，安雅？"沙伊·品特问我。沙伊是个超级大嘴巴，不过倒是没什么恶意。

"九月底就开张。到时候你在的话，要来啊。"

"肯定去。顺便说一句，你看起来累极了，"沙伊说，"都有黑眼圈了。你是不是担心夜总会赔钱，所以睡不着觉？"

我笑了。如果没办法把沙伊晾到一边不理，那最好就用嘲笑来对付她。"我没怎么睡，是因为真的有好多事要忙。"我说。

"我爸说纽约九成八的夜总会都倒闭了。"

"这数字也太惊人了。"我说。

"说不定有九成九呢。不过安雅，万一真不成，你要怎么办？会重新回学校读书吗？"

"我去年春天就拿到毕业证了。"不用说也看得出来，沙伊开始让我不耐烦了。

她压低了声音，眼神瞟了瞟房间对面的温："听说温跟你分手，是因为你和他爸爸在合伙做生意，真有这么回事？"

"我不想谈这个。"

"所以，是真的咯？"

"这事儿三言两语说不清。"我说。这句话倒是实情。

她看看温，然后满怀惋惜地望向我。"什么甜头都不会让我对这样一个男孩放手的，"她说，"如果被他爱上，我肯定会觉得，这世界上还有比这更甜更美的事吗？你真是比我强悍了不止一星半点，我是说真的，安雅。我对你佩服得五体投地。"

"谢了。"我说。沙伊·品特的佩服，让我完完全全觉得过去两个月所作的一切决定都糟糕透顶。我直起脖子，肩膀也往回收："我说，我要去阳台上吹吹风。"

"外面得有四十好几摄氏度呢。"沙伊冲着我的背影嚷嚷。

"我就喜欢热。"我回道。

我把推拉门打开，踏入了傍晚热浪逼人的空气中。我坐在一张灰扑扑的躺椅上，那垫子都绽线了，露着海绵芯儿。我这一天从菲利克斯下午的受洗仪式开始忙，一大早就在夜总会里停不下来。作为一个清晨五点就起床的人，只沾一沾那旧躺椅都能把我的瞌睡虫引出来。

虽然我一般不爱做梦，那次却做了个最诡异的梦，梦里面我成了斯嘉丽的孩子。她双手把我抱在身前，我被那感觉淹没了，瞬间想起有妈妈的日子。多有安全感，妈妈爱我胜过爱一切。梦里，不知怎么的，斯嘉丽变成了我妈妈的模样。

我并不总能拼凑得出妈妈的脸，但在这个梦里，我却能把她看得清清楚楚——她机智的灰色眼睛、棕红色大波浪头发、胭红分明的唇线，还有那些散布于鼻翼周遭的小雀斑。事实上我都忘记她长的那些雀斑了，意识到这一点，我更伤心了。她在世的时候是个美丽的女人，但绝不随意听人摆布。我知道当年爸爸为什么那么想和她在一起，尽管放眼望去，他最不该娶的就是她，娶谁也不该娶个女警察。安妮，妈妈轻声对我说，你是被爱着的，允许你自己被爱着吧。梦里的我止不住地哭泣。这大概就是婴儿经常啼哭的原因吧——爱的重量真的很难承受。

"嘿。"温说道。我坐直了，假装自己没有睡着。（话说，为什么大家都这么干呢？睡觉到底有什么好丢脸的？）"我要走了。我想在走之前跟你谈谈。"

"我猜，你并没有改变心意。"我没有直视他的眼睛。为了让自己的声音听上去很酷，我的语调没有起伏。

他摇头："你也一样。我爸爸有时候会提到夜总会的事。生意照做，我了解。"

"那你想说什么呢？"

"我想知道，方不方便去你那儿拿几样我落下的东西。我要去我妈妈在奥尔巴尼的农场待一阵子，然后回来几天后就准备去大学报到了。"

我疲惫不堪的大脑试图理解这句话："你要走？"

"是，我打算去读波士顿大学。没什么理由让我再继续留在纽约了。"

这事我倒是没听说。"嗯，祝你好运，温。在波士顿一定要过得精彩。"

"我该先和你商量吗？"他问道，"你可从来不跟我商量什么。"

"没你说的那么严重。"

"诚实点，安雅。"

"如果我早告诉你，我会请你爸爸来帮我忙，你会怎么说？"

"你反正也没机会听到我的意见了。"他说。

"我知道你会说什么！你会劝我别这么干。"

"当然。就算是盖布尔·阿斯利问我，我都会说千万别跟我爸合伙儿，哪怕我根本就不喜欢盖布尔。"

说不上为什么，但我抓住了他的手："我家有你什么东西？"

"有我几件衣服，冬天的大衣，你妹妹那儿应该还有我的一顶帽子，不过纳蒂想留着也没关系。我的《杀死一只知更鸟》在你房间里，说不定将来我还想再看看。不过最要紧的是我得把滑板拿回来，上学用得到，我估计它还在你床底下。"

"你不必跑一趟了。我可以把你的东西打包起来，带到夜总会去，让你爸帮忙带回去。"

"你要想这样，就这么办吧。"

"这样省事。我不是斯嘉丽，我对无意义的戏剧化场面没有兴趣。"

"随你安排吧，安雅。"

"你总是这么彬彬有礼，真叫人讨厌。"

"那你呢？总是把一切埋在心里。我们实在是相当不合适的一对。"

我抱起手臂，转过身背对他。我很生气，却并不清楚自己为什么生气。如果我没那么累，肯定能控制好自己的情绪。

"如果你甚至都不打算试着原谅我，那究竟为什么还要来参加夜总会的开业典礼呢？"

"我试了，安雅。我想看看自己能不能放下那件事。"

"结果呢？"

"结果发现我没办法。"

"你可以的。"应该没人能看到我们在做什么，就算有人看，我也不在乎。我张开双臂抱住他，把他推到阳台另一边，用自己的双唇压上他的唇。没过几秒我就发现，他事实上并没有回吻我。

"我做不到。"他重复着这句话。

"所以就这样了吗？你不再爱我了？"

他停顿了一刹那，没有立刻回答，然后摇了摇头："我猜，应该没有爱到可以放下那些事。我没有那么爱你。"

也就是说，他爱过我，只不过不够深。

我没办法再对此争辩什么，但还是不死心。"你会后悔的，"我说，"夜总会肯定会大获成功，到时候你就会后悔没有支持我。因为一旦你爱上一个人，就会一直爱下去。就算你爱的人犯了错，你还是会继续爱下去。这是我对爱情的看法。"

"不管你做了什么，我都要理所当然地爱你吗？如果真是那样，我甚至没办法看得起自己。"

他的话大概是对的。

我也受够了一直为自己的立场辩护，试图说服他从我的角度来看问题。我看看温的肩膀，那双肩膀离我的脸也不过六英寸[1]远。这样的距离很容易让我低下头，把脑袋蹭到他肩膀和下巴之间，搁到那舒服的肩窝中去，那儿简直就是为我而生的。枕在那里告诉他夜总会也好，跟他爸爸合伙也好，通通是最可怕的错误抉择，然后求他让我回到他身边，也显得顺理成章。有那么一刹那，我闭上双眼，试图想象如果跟温在一起，我的未来会是什么图景。我可以看得到一座郊外的房子，里面有温收藏的旧唱片，说不定除了通心粉炒冷冻豆子之外，我还能学会一两道菜。我甚至能看到我们的婚礼会在海滩举行，他穿着蓝色绉条布西装，婚戒是白金的。我能看到一个有着深色头发的婴孩，如果是男孩的话，就沿用我爸爸的名字，叫利奥尼德。如果是女孩，就随温的姐姐叫亚历克莎。我能看到未来在眼前展开，一切都显得如此美满。

那样的人生显得很轻松，但我会恨自己。我本有机会创造出什么，甚至可以成就我父亲无法达成的事业。我不能任机会溜

1　六英寸大约是十五厘米。

走，就算为了这样一个男孩也不行。未来里面只有他，对我来说是不够的。

于是，我把累坏了的脖子立起来，目视远方。他要走了，我也会放他走。

从阳台上，我听到孩子哭了起来。那些老同学把菲利克斯这一哭当成聚会结束的标志。我透过玻璃门，看到他们鱼贯而出。不知道为什么，我试着开了个玩笑。"感觉这像是最差劲的舞会。"我说，"算上高二那一次，也许这是倒数第二差劲的。"我轻轻抚上温的大腿，那里被我堂哥射中过一枪，就在高二那场史上最糟糕的舞会上。有那么一刹那，他看上去要笑出声，但随后他的腿移了移位置，好从我的手下挪开。

温把我拉到他的胸口处。"再见了，"他用一种温柔的语气轻声说道，而我已经有一阵子没有见过他的这种温柔了，"希望生活能给你想要的一切。"

我知道结束了。跟我们其他的吵架不同，这一次他听起来一点都不生气。他只是放手了，听上去他好像已经身在很远的地方。

一秒后，他放开了我，然后真的走了。

我转身，看着城市日落的景象。尽管我已经作出了选择，但实在受不了眼睁睁看着他离我而去的模样。

过了十五分钟左右，我才回到屋里。那时候就只剩下斯嘉丽和菲利克斯了。"我喜欢聚会，"斯嘉丽说，"但这一场太糟糕了。别说它并不糟糕，安妮。你可以对牧师撒谎，但你要想骗我，已经太迟了。"

"我帮你打扫，"我说，"盖布尔去哪儿了？"

"跟他哥哥出去了，"她回答，"然后他就得去工作了。"盖布尔有一份听上去很痛苦的工作，在医院当护理员。工作内容包括更换便盆，还有清洁地面。那是他唯一能找到的工作，而我觉得他接下这工作很伟大。"你觉得，我是不是不该请圣三一高中的那些人来？"

"我觉得还好。"我说。

"我看到你同温说话了。"

"那也没改变什么。"

"真令人难过。"她说。我们默默地打扫，斯嘉丽开始吸尘，所以我才没有在第一时间发现她哭了。

我走过去关掉吸尘器："怎么了？"

"我想不出，如果你和温都没办法继续走下去，我们这些人还能有什么指望？"

"斯嘉丽，那不过是段高中恋情，本来就不是必须天长地久的。"

"除非你蠢到意外怀孕。"斯嘉丽说。

"我不是这意思。"

"我知道。"斯嘉丽叹口气，"我也知道你为什么要开那家夜总会，但你真的确定查尔斯·德拉克罗瓦值得你放弃温吗？"

"我确定。我以前就告诉过你了。"我又把吸尘器打开，继续干活。我把它胡乱地拖过长长的地毯，用的是所谓疯狂吸尘的招式。我又把它关上了。"我现在做的这一切并不容易。没人帮我的忙，没有人支持我。吉卜林先生没法支持。我父母和祖母也没法支持，因为他们都不在世了。纳蒂没办法提供什么支持，因为她自己还是个孩子。利奥也没办法，因为他还在监狱里。更别提巴兰钦家族了，他们觉得我是在跟他们抢生意。当然温也不会支持我。没人支持我，只有靠我自己，斯嘉丽。我这辈子就没有这么孤立无援过。而且我很清楚，是我自己选择了这条路。但当你站在温的立场而不是替我着想的时候，我很受伤。聘请德拉克罗瓦先生，是因为我要靠他打通纽约的人脉。我需要他，斯嘉丽。从一开始，他就属于我计划里的一部分。没有人能够替代他。温要我做的，恰恰是我唯一做不到的事。你难道感觉不到，我有多希望自己能答应他吗？"

"对不起。"她说。

"我不能只为了不让自己最好的朋友对爱情失去信心，就跟温·德拉克罗瓦在一起。"

斯嘉丽的眼睛里充满了泪水："咱们别争了。我是个笨蛋，别理我。"

"我讨厌你管自己叫笨蛋。没人觉得你是笨蛋。"

"我觉得自己是笨蛋，"斯嘉丽说，"你看看我。我该做什么呢？"

"嗯，至少有一件事你可以做，我们要打扫完房间。"

"可是打扫完之后呢？"

"然后我们就带着菲利克斯到我的夜总会去。我的调酒师露西今天会忙到很晚，她那儿有一大堆可可饮料给我们品尝。"

"然后呢？"

"我不知道。你到时候自然就知道该干什么了。这是我所学到的唯一能让自己继续前进的方法。给自己列个待办事项清单，然后一个个去完成。"

"还是苦。"喝完一轮儿，我一边把最后一只烈酒杯递还给新雇的调酒师，一边对她说。露西的发色金得发白，留着不规则的短发，有着浅蓝色的眼睛和苍白的皮肤，外加一弯丰润的双唇，身材颀长健美。她身穿厨师服、头戴厨师帽的时候，看起来像一根巴兰钦牌白棒。她只要一在厨房里干活，我准能听出来。因为即便隔着走廊，我也能在办公室里听见她在大声嘟囔或者咒骂。脏话似乎属于她创作的一部分。顺便一提，我很喜欢她，如果她不是我的员工，我们很可能变成朋友。

"你觉得该多加些糖吗？"露西说。

"我觉得它横竖是缺点什么。这杯比上一杯还苦。"

"可可就是这个味道，安雅。我开始怀疑，你不喜欢的其实是可可了。斯嘉丽，你觉得怎么样？"

斯嘉丽啜了一口："不算甜，但我绝对能尝到一丝甜味。"她说。

"谢谢你。"露西说。

"斯嘉丽就是这样，"我说，"总是在寻找哪怕一丝一毫的甜味。"

"而你大概一直在追求苦涩吧。"斯嘉丽打趣我。

"漂亮、聪明而且乐观。我希望你来当老板。"露西说。

"她没看上去那么阳光，"我告诉露西，"一小时之前，我还见到她一边吸尘一边哭呢。"

"每个人都在吸尘的时候哭。"露西说。

"是这样的，对吧？"斯嘉丽赞同道，"那种吸尘的律动让人变得情绪化。"

"不过我是说真的，"我说，"在墨西哥，饮料没这么灰暗。"

"那你是不是该请你那些墨西哥伙伴来这儿调酒？"我的调酒师是从美国餐饮学院和法国蓝带餐饮学院毕业的，对批评相当敏感。

"哦，露西，你知道我是从心底尊重你的。但饮料必须十全十美。"

"让我们来听听这个小伤心人儿的意见吧。"露西说，"当然得经过你的允许，斯嘉丽。"

"我倒没觉得有什么不可以。"斯嘉丽说。她把小手指头伸到杯子里蘸了蘸，然后让菲利克斯舔掉。他试探地尝了尝，笑了一下。一脸得意的神情爬上露西的脸庞。

"他对着什么玩意都能笑起来。"我说。

忽然，他嘴巴瘪得像蔫坏了的玫瑰。

"哦，对不起，宝宝！"斯嘉丽说，"我真是个差劲的妈妈！"

"看到了吗？"我说。

"我想对一个婴儿的味蕾来说，可可的味道太过复杂了。"露西说。她叹了口气，然后把调酒杯里剩下的酒都倒进水槽。"明天，"她说，"明天再接再厉。接着失败，然后改进。"

02

我正式迈入成年人行列；
对朋友和家人产生一系列不善的念头；
被人恶意比喻成氩[1]

"一项投资失败的原因，可能有上百万种，安雅。"查尔斯·德拉克罗瓦教育我。事实证明他是个很靠得住的生意伙伴，但实在太爱说教。"失败的地方才能让人印象深刻。比如说，大家都不记得，原本要当上纽约市地方检察官的人，却被个十七岁的孩子拉下马。"

"是这么回事吗？"我问，"我记得那个人没当上地方检察官，是因为痴迷于插手儿子的恋情，然后他的对手就把这事儿抖了出来。"

德拉克罗瓦先生摇了摇头。

"简直像一头狮子，轻易就被一阵微弱的呼呼声吹垮了。"

---

1 一种气体元素，符号Ar。无色，无臭，化学性质不活泼，是惰性气体的一种。

我说，"再说，我也不再是十七岁的小孩了。"

"我早等着你用这句话反驳我了。"他把手指往唇边一放，然后打了个口哨，就像叫出租车的时候那样。口哨声在没什么家具的夜总会里面回绕。几个我新雇的工作人员捧出了生日蛋糕，粉色的糖霜拼出"生日快乐，安雅"的字眼。

"你记得我生日？"我说。

"2066年8月12日。说得好像我会忘了你的十八岁生辰似的，从今以后再惹麻烦，可就不是进自由管教所那么简单啦。"

员工们又是鼓掌，又是给我唱生日歌。我们都还不太熟，但我是他们的老板，所以他们别无选择。这种故作的欢乐一结束，大家就返回到各自的工作岗位上了。我并不享受受人瞩目的感觉，再说距离开业只剩一个月，实在有太多事情要忙了。我已经雇好了（这是第二批，因为前一批被炒鱿鱼了）承包商、服务员、设计师、厨师、公关、医生、保安和活动策划人员。必须得从市里弄到各种许可证，没完没了，虽然大部分证都归德拉克罗瓦先生负责。我试着找人调解，跟我堂叔胖子还有其他亲戚和好，但事没成。倒是成功地跟我的朋友西奥·马克斯谈了个好价钱，从明天农场那里进可可。有各种各样的瓷砖、桌布还有油漆的颜色需要我去选，还有烤箱要去租，再加上菜单和新闻稿要去拟。更不要提那些无上光荣的任务，诸如安排垃圾清理，还有挑选厕纸之类的事儿。

"香草味的，"我注意到了，一边看着切好的蛋糕一边说，

"不是巧克力味的。"

"你可不能因为一点不如意就被打击到了，"他说，"你现在是成年人了。下次你再有麻烦，就有可能要进监狱了。我和简有约，要回家一趟。答应我，明天之前你会定下店的名字。咱们得放出风声了。"

事实证明，给店起名字是很困难的。不能直接用我的名字，那样一来别人会觉得这家店肯定跟什么预谋的犯罪有关。可可或者巧克力也不能在名字里出现，尽管必须得让人们知道这里能买到巧克力。名字要起得既有趣又激动人心，但不能有一丁点不合法的意味。我仍然傻乎乎地觉得应该起一个听起来就有益身心健康的名字。

"说实话，我一点头绪也没有。"我说。

"这可不行。"他看看手表，"距离简等得不耐烦到要把我杀了，还有一点时间。"他坐下来，"咱们先来看看你瞧得上的前五个名字吧。"

"第一个，'可可树家'。"

"不行。不够上口，也不好写。太傻。"

"第二个，'禁酒令'。"

他摇头道："没人想来上历史课。再说了，这名字太政治化。我们不能展露明确的政治倾向。"

"第三个，'药用可可公司'。"

"一个比一个烂。我跟你说过，不能给一家夜总会起什么和

'药用'沾边的名字。听上去就好像遍地是病人，像个医院，而且好像细菌横生似的。"他耸着肩说。

"你哪个都瞧不上的话，我往下说也没什么意义了。"

"你必须接着想。门口的牌子上必须得有个名字，安雅。"

"好吧。第四个，'黑暗之心'。"

"这是在引经据典吗？有点做作。不过我喜欢'黑暗'，'黑暗'这个字眼好一些。"

"第五个，'大人物'。"

"大人物。你开玩笑吗？"

"他们来点可可以后，就觉得自己是大人物了。"我解释道。

"听起来又脏又怪。相信我，要是有间夜总会叫'大人物'，肯定没人去。"

"我只想到了这么多，德拉克罗瓦先生。"

"安雅，我觉得到了这个地步，我们可以试试称呼彼此的名字了。"

"我更习惯称你为德拉克罗瓦先生。"我说，"说实话，我觉得你直接喊我的名字，也有点冒昧。"

"你想要我尊称你为巴兰钦女士？"

"直接叫女士也行。我是你的老板，对不对？"经过他2083年给我带来的那些麻烦（牢狱、毒害），我刁难他一下也情有可原。

"应该说是生意伙伴更恰当，或者是这间没有名字的曼哈顿夜总会的法律顾问。"他停顿了一下，"科布拉维克太太是个令人生畏的女人，你在自由管教所的时候，她难道没有好好教教你怎么尊敬长辈吗？"

"没有。"

"那管教所还真是空占着地方。我们还是回到刚才讨论的话题上来，你觉得'黑屋'怎么样？"

我想了一下，说："一般。"

"这名字当然很容易让人产生画面联想。不过感觉上还是带着点邪恶，暗示了我们卖的东西。再说到了这个时候，我们必须得定个名字。你难道不知道宣传是怎么运作的吗，安雅？把一个信息反复重复，越大声越好。不过要想宣传，我们首先得有个名字好和人家说。"

"黑屋夜总会，"我说，"就它了。"

"很好。那我今天晚上就不来了。生日快乐，女士。等会儿有什么安排吗？"

"我要和我最好的朋友斯嘉丽一起庆祝，还有纪子。"纪子是我哥哥的老婆，现在也充当我的助理。

"你们要去看什么？"

"斯嘉丽买的票，我真希望她买的是喜剧的。我讨厌在公共场合掉眼泪。"

"这是个好习惯。我尽量让自己永远不在公众面前哭。"他说。

"除非当众哭对你有利吧，我猜。你儿子怎么样？"我问得漫不经心。我们从来不讨论温的事。能开口问出这个问题，对我自己来说都算是个意外。

"哦，他呀。他改主意了，打算去波士顿读大学。"德拉克罗瓦先生汇报温的近况。

"这事他说过。"我已经把他的东西打好包了，但一直还没能带到夜总会来。

"我估计他只有寒暑假才会回来。"德拉克罗瓦先生说，"我和简会想他的，不过波士顿也不是那么远。"

"那就替我向他问好吧，可以吗？"

"你也可以当面来问候他。作为他父亲，我并不会阻拦。"

"还是算了吧，德拉克罗瓦先生。"我说，"他根本不理解我们生意上的事。"

德拉克罗瓦先生点点头："是不理解，而且我也想不出他能有开窍的那一天。他很骄傲，而且从小到大被保护得太好。"

我很想知道温有没有问起过我的情况，但这问题实在太难启齿。"恋爱并不都是要长长久久的。"我说，尽量让自己听起来很睿智。如果这句话多说几次，说不定我就真的开始相信了。"你不是一直都这么告诉我的吗？"

"对于有抱负的人，生活并不容易，安雅。"

"我没什么抱负。"我说。

"你当然有了。"他嘴上乐呵呵的，但眼睛里放射出恼人的肯定目光，"这点我深有体会。"

"谢谢你给我准备生日蛋糕。"我说。

他伸出手来和我握了握:"生日快乐。"

德拉克罗瓦先生一走没多久,我就坐公车回家了。

事实上,我并不是想念温。

也许我只是想念那种感觉。

(注意:不对,才不是单纯想念那感觉。想念的明明就是他。我真想念那个蠢男孩,但又有什么用呢?我已经没有权利想念他了。我已经作出了选择。原谅我吧,那自欺欺人的甜蜜谎言,那一遍遍自我安慰的"你还年轻"。人年轻的时候,甚至并不清楚自己究竟放弃了什么。)

(注意:我想说的是,你可以为自己作决定,从理智上对这个决定心满意足,但仍然对没有选择的念念不忘。可能就像是点甜品,已经到了二选一的地步,要么花生酱果子奶油蛋糕,要么草莓朱比丽[1]。你点了果子奶油蛋糕,觉得相当美味,但仍然会禁不住向往草莓的滋味……)

(注意:是啊,有时候我就是会怀念草莓的味道。)

我和纪子在戏院门口等了半小时。比起四个半月前刚来美国时,纪子的英语可是进步了不少。

"我去用公用电话打给她。"我说。直到今天我都没办法合

---

1 一种甜品,把草莓放在香草冰激凌上,逐次淋上烈性甜酒(通常是樱桃酒),再用火点燃。

法申领手机。

在电话响到第五声的时候，斯嘉丽接了。"你到哪儿了？"我问。

"盖布尔应该来哄菲利克斯的，但他一直没出现。我去不了了。你们直接进去，别等我。真的很抱歉，安妮。"斯嘉丽说。

"别放在心上。"我说。

"我怎么能不上心呢？今天是你的生日，而且我也想去看演出。我能不能晚点来找你？我们可以去跳舞，或者去喝酒。"

"说实话，我从早上六点就起来工作了。我看完戏可能就直接回家睡觉了。"

"生日快乐，亲爱的。"斯嘉丽说。

斯嘉丽挑的这出戏，是关于一个老头和一个年轻女孩在一场婚礼上互换身体的故事。姑娘的丈夫得学着去爱自己的妻子，尽管她被困在一个老头的身体里。最后，所有人在爱和接受方面都学到了很多，也了解到其实你处在怎样的身体里并不重要。很浪漫，但我没有什么心情看这种爱情喜剧，而斯嘉丽应该能体会我的情绪。

演员们谢幕的时候，全场观众都起立鼓掌，但我仍然坐在座位上。爱情是骗人的，骗得我怒火中烧。爱情就是荷尔蒙和小说在作祟。"嘘，"我轻声道，"我嘘这一整场傻透了的戏。"没人听见我说什么，掌声太热烈了。我想怎么喝倒彩就怎么喝倒彩，真叫人解气。

但最糟糕的是，我根本不喜欢看话剧。斯嘉丽倒是喜欢，可她甚至懒得出现。而且这也不是她第一次对我失约了。我都不知道自己为什么还费事和她定下约定。"斯嘉丽，嘘！这破剧场，嘘！"

纪子又是哭又是鼓掌，像个疯子似的。"我想念利奥，"她说，"我好想念利奥。"

也许纪子是真的想念利奥，但那个当下，我对什么都充满怀疑。他们几乎没法用同一种语言交流。他们才认识一个月多一点，就决定结婚。而且，她嘴里的那个人可是我哥哥。他是个好人，但是……我一整个夏天都和纪子一起工作，她很聪明。并不是我说话刻薄，但利奥算不上聪明。

我解冻了一些豆子，几乎就要为这个毫无记忆点的十八岁生日画上句点，而此时电话响了。

"安雅，我是贝莱瓦尔老师。"凯思林·贝莱瓦尔是纳蒂在圣三一高中的数学老师，夏天的时候她在天才夏令营上班。"纳蒂在这边遇到了些麻烦，我想通知你，她明天会回家。"

我把手按在心窝上："怎么了？她病了吗？"

"哦，没有，并不是那样的原因。但出了个意外，其实应该说是出了几起意外。教职工都认为她早些回家比较好。我这通电话的目的，就是要确保明天她到家的时候，你在家。"

"什么样的意外？"我问。

纳蒂的罪状

1.没有参加理科和数学实验

2.习惯性不尊重教职工和其他营员

3.在营地食用巧克力

4.熄灯之后出现在男生营房

5.偷溜出营，偷窃营地车辆，并且开进沟里

最后也是最新的这起事故，彻底摧毁了天才夏令营教职工的耐性。

"她受伤了吗？"我问。

"有一些红肿和瘀青，但车的状况就不是太好了。我爱你妹妹，她去年夏天在这里表现得太好。所以大家，包括我本人在内，在她开始惹麻烦的时候都尽量容忍。但也许我应该再早一点打电话通知你的。"

我想冲贝莱瓦尔老师大声嚷嚷，质问她为什么不把纳蒂看紧一些。但我知道大喊大叫是不明智的。我舔了舔嘴唇，那里开裂了，并且开始流血。

纳蒂第二天晚上六点回到了家，刚巧是星期天。她几乎浑身都缠着绷带，脸颊和额头瘀青着，下巴上有深深的伤口。"哦，纳蒂。"我说。

她张开双臂，像是要来拥抱我，但紧接着她的脸色骤变，咆哮了起来。"看在上帝分上，安妮，别那么看着我。你又不是我妈。"她大步迈进房间，狠甩上房门。

　　我让她自己冷静了十分钟，才去敲门。

　　"走开！"

　　我转动门把，但门被锁上了："纳蒂，我们得谈谈到底发生了什么。"

　　"你从什么时候开始愿意和我谈了？你不是从来不流露感情吗？你不是最擅长把什么都憋在心里吗？"

　　我从利奥的房间（现在属于纪子了）里拿出钉子，来开纳蒂房门的锁。

　　"走开！你就不能让我自己清静一会儿吗？"

　　"不能。"我说。

　　她把毯子盖到头顶上。

　　"这个暑假到底出了什么事？"

　　她没回答。

　　我有一阵子没进过她的房间了。看上去这里就好像居住了两个主人，一个是小孩，一个是年轻姑娘。里面既有胸衣，又有娃娃；既有香水，又有蜡笔。温的帽子，一顶灰色软呢帽挂在墙上的衣服钩上。她一直很喜欢温的帽子。镜子边上是张化学周期表，我看到她圈了其中的几个元素。

　　"这些被圈住的元素是什么意思？"我问。

"意思是我喜欢那几个。"

"为什么喜欢这几个？"

她从被子底下出现了。"选氢和氧的原因很明显，因为它们生成水，而水是生命之源。如果你对水感兴趣的话，这就算是个理由。我喜欢Na（钠）和Ba（钡），因为刚好是我名字的缩写。"她指着没被圈住的Ar说，"氩完全是惰性的，不受其他元素影响，也很难形成化合物。也就是说，它很难和别的元素发生一段关系。这是个不合群的元素，从来不向任何人提任何要求。它让我想到你。"

"纳蒂，不是那样的。我会受影响的，我现在就很心烦。"

"是吗？真看不出来，氩。"纳蒂说。

"你在夏令营到底干了什么事不重要。暑假归暑假。不管怎样，暑假不能算真实生活的一部分。"

"不算吗？"

我摇摇头："你过了个糟心的暑假，仅此而已。再过几个星期学校就开学了，你该上高三了，我想这将会是很不错的一年。"

"好吧。"她过了一会儿回答道。

"我得去夜总会了，不过我晚点会回来。"我说。

"我能一起去吗？"

"下次吧。"我说，"我觉得你今晚需要休息。顺便说一句，你看起来很糟糕。"

"我觉得我看起来挺顽强。"

"大概用'乱糟糟'形容更准确。"

"像个罪犯，这才是真正的巴兰钦家的人。"

我亲吻了纳蒂的额头。我一直都不善于言辞。词语从我的心到大脑、再到嘴巴，就会变得扭曲，变得无可救药地令人费解。而我真正的意图，从来没有被真正地表达出来。我心里想的是"我爱你"。我的大脑却会发出警报，这多难为情、多蠢、多危险啊。到嘴边就成了"请你离开"。甚至更糟糕，变成无意义的玩笑。我知道在这种时候，自己应该为纳蒂多做一些。"不是的，你才不是那样。"我说，"你是这世界上最聪明、最棒的女孩。"

没有坐公交车，我选择走到夜总会。那时候天已经黑了，一个人走在街上已经有些晚，但即便像氩这种貌似不受影响的惰性气体，有时候也需要放空一下大脑。我已经走了一半，差不多快到公园那里了，天空下起了雨。

我的头发卷曲起来，但我不在乎。我喜欢雨中的纽约。那种腐烂的气味退却了，人行道几乎可以称得上干净。色彩缤纷的雨伞一顶顶撑起来，就像是头朝下的郁金香。空荡荡的摩天大楼的玻璃在闪光，就像只为夜晚奉献光亮一样。雨中，没人会觉得我们可能会面临用水危机，也没人觉得自己所爱的人会真正地离开。

我一边走，一边想纳蒂的事，反思自己今天晚上所说的话、所做的事是不是恰当。像她那么大的时候，我的生活一片惨淡。那时候父母都去世了，奶奶的状况也在一天天恶化。在学校，我就斯嘉丽一个朋友。我疯狂地认为每个人都在冒犯我，而事实上，也许他们当中只有几个人真的在这么做。我常常被卷入或者蓄意挑起争斗。（回想起来，我竟然没有早在那几年就被圣三一高中开除，真是个奇迹。）十四岁的时候，我也没有什么性魅力——一头蓬松的头发、一张太过圆润的脸，连胸部都还在探索怎样蜕变成乳房。十五岁的时候，我的长相有了改观，那时候我开始跟盖布尔·阿斯利约会，他后来成了我真正意义上的第一任男朋友，也是第一个说我漂亮的人。看出来了吧，雨实在很机灵，甚至能勾出一段对盖布尔的美好回忆。

我正踩上夜总会门前的台阶，一个男人忽然从黑暗的阴影中闪身出来，抓住了我的手。"安雅，索菲娅在哪儿？"他粗暴地把我拽到拱卫门口的一尊无头石狮子像后面。

这人是米基·巴兰钦，我堂哥，也是索菲娅·比特的丈夫。他瘦了，即使在黑夜中也能显出患了黄疸的样子。自从几个月前他和索菲娅忽然离开纽约起，我有一阵子没见过他了。"我不知道你在说什么。"我想挣脱被他紧攥着的手，但他却把我拉得更近。我都能闻到他的气息中，那股病恹恹的甜腻和莫名其妙令人生厌的味道。这气味让我想到潮湿的天气。

"我们在瑞士筹开一家新的比特工厂，"他说，"当时住在宾馆里。有一天她跟保镖一起去吃早餐，就再也没有回来。我知道你觉得她曾经要杀你——"

我打断了他的话："她本来就要杀我，不是吗？"

"但她还是我妻子，我得找到她。"

"听着，米基，你这话不合逻辑。我有几个月没见过你，更没见过她，我根本不清楚她在哪儿。"

"我怀疑你为了报复绑架了她。"

"绑架她？我才不会绑架她呢。我忙着新店开张，根本没空绑架谁。信不信由你，我这几个月根本就没有想起过她这个人。我相信就她那样的女人，除了我之外肯定还有别的仇家。"

米基掏出一把枪，抵在我胸口近旁的肋骨上："你完全有理由咒索菲娅，但要想咱们之间太平无事，你就只有说出她的下落这一条路。"

"米基，拜托。我是真的不知道。我真的——"我开始摸索夏天常放在背包里的弯刀。在没有外套掩映的情况下，我不能把刀明晃晃地裹在腰带附近。我一直没习惯给刀上鞘。

另一个声音忽然说："米基·巴兰钦，欢迎回家。有一把枪正指着你的后脑勺，所以我劝你放下武器。"德拉克罗瓦先生正拿一个什么物件抵着米基的头骨，尽管天色昏暗，但那东西在我看来也不像一把枪。应该是一瓶什么东西，是酒吗？"除非你还有同党，我建议你放下枪。你现在可是一对二，而且我估计巴兰钦小姐正巴不得抽出那把她以为没人知道的弯刀。"

"就我一人。"米基边说边慢慢放下武器。

"真是个听话的好人。"德拉克罗瓦先生说。

"我并不想伤害她。"米基说。他咳嗽起来，从喉咙深处发出咳咳声，"我只是想知道我妻子的下落。"米基把枪放在地上，我顺势捡起来。不管这场景看上去怎样，我当下并不是很乐意德拉克罗瓦先生的干预。我并不觉得堂哥真的会开枪，也不想让德拉克罗瓦先生以任何方式卷入我们家的纷争。说实话，他自以为当了英雄，却让我生厌。我看透他了，打从我请他来帮忙时起，我就知道他很自私，目空一切。而且他甚至都懒得装装样子，把他的自私藏一藏。再说，我不需要被拯救，我已经在生活中做自己的主好长一段时间了。

"真是那样的话，就进屋来，像个文明人一样，好好谈。"德拉克罗瓦先生对我的堂哥说，"我们身上都淋湿了，你看上去再淋一会儿雨就要得肺炎了。"

"好吧。"他说。

一进到屋里，我就到保安室，找到夜总会的安保负责人琼斯，让他看着米基。

有了琼斯加入，我们一行四人上了楼梯，穿过夜总会的场地，来到我的办公室。我打开门，让琼斯和米基在里面等我。随后转身回到走廊，告诉德拉克罗瓦先生他可以走了，今晚不用再来。他递给我一条小毛巾，八成是从夜总会的厨房里拿的。

"你需要保镖，"他说，"我不能时时刻刻守着准备救你——"

我打断了他的话："你提起这话正合我意，德拉克罗瓦先生。我想提醒你，我雇你来并不是为了让你充英雄的。"

"充英雄？"他问道，"雇？"

"是雇，"我说，"你是我的员工。"

"我是你的生意伙伴。我对于自己拟的合同了如指掌。"

"这家店里我的股份远远超过你，我做任何事都不需要经过你批准。"

他平视我，说："好吧，安雅。请问女士您需要我做什么？"

"法律顾问。"我说，"仅此而已。"

"那我就清楚自己的职责了……如果我看到你在夜里，在又黑又有暴风雨的夜里，被一个男人袭击，而这男人我恰好认得，正是你那黑手党的堂哥，说不定还参与过谋杀你们全家，包括谋杀你。按照合同我应该——"他耸耸肩，"把脸转向另一边，让你自生自灭？"

"是的，但是——"

现在换他打断我了："很好。很高兴我们都说清楚了。"

"我不会死的，我到现在都没死。你要知道，我连被下毒都扛过来了。"

"就算是这样吧，作为你的法律顾问，也仅仅是从法律顾问的立场出发，我不认为玩火有什么好处。如果你雇个保镖，会对你有帮助。"

"你没理解我的意思。我是说你我之间应该有条界限，我们要分清相互的职责。我知道你需要对大小事宜都有所了解，但我们不是商量过，有关我家的问题你得置身事外吗？这会对整个夜总会，也会对你个人更好吧？"

他考虑了一会儿我所提的问题："那就如你所愿吧。那个一天到晚跟在你身边的大块头女人去哪儿了？"

"我让黛茜走了。"

"为什么？"

"既然我现在正努力在合法范围内做事，我觉得天天带个保镖并不能给人留下什么好印象。我现在也是这么觉得。我也不想带着一个像黑社会一样的保镖在纽约城走来走去。你非常清楚观感的重要性。"

"看来你已经作了决定，"他说，"我并不赞同，但我明白你这么做的原因。"

"晚安，德拉克罗瓦先生。"

我回到办公室。米基和琼斯都挤在我的双人沙发里。我用德拉克罗瓦先生给我的毛巾擦干了头发，然后递给米基，让他也擦擦。

"那是你男朋友吗？"米基朝走廊支了支下巴问。

"男朋友？你开玩笑吧？那是查尔斯·德拉克罗瓦。你应该记得他曾经在2083年竞选地方检察官吧？"

"想起来了，是他。"

"他没竞选上，所以现在在给我的夜总会当法律顾问。"

"这倒高级。"米基说。

"男朋友！"一想到有人竟然会觉得查尔斯·德拉克罗瓦是

我男朋友，我就烦躁不已，"太恶心了，米基。他差不多要大我一倍，说不定不止呢，老得可以当我爸了。他是温的爸爸。记得我前男友温吗？"

"嘿，我对别人怎么生活没意见。"他的眼神呆滞，还不聚焦。我觉得他简直要昏过去了，我得抓紧时间在他昏之前问出点什么。

"你对那个企图把纳蒂、利奥，还有我统统杀掉的阴谋，知道多少？"我问道。

"不知道，我了解得并不比你多。出了那事儿，我才发现索菲娅也掺和进去了。她说服了我，让我觉得必须逃跑，不然家里会宰了我。她说你是整个巴兰钦家族最著名也最受宠的孩子，家里人肯定会站在你这一边，痛痛快快把我这个不肖子孙抛弃。她坚持说，所有人会觉得我才是那个精心布置陷阱的人，因为如果你父亲利奥尼德·巴兰钦的孩子都出事，我会是最大的获益者。所以我跟她一起跑了。也许这样做很蠢，但我当时根本来不及细想，再说她到今天都还是我妻子。但是才跑了不到一个月，有个老朋友告诉我你让胖子接掌了整个家族事务，我才意识到索菲娅肯定骗了我。"

"这里面还有谁的事？"

"当然还有大野友治。"米基咳嗽得太严重，我担心他背过气去，那块我递给他的毛巾上好像沾了几滴他咳出来的血。"你知道吧，他们有一腿。"

倒是一直有这个传言，不过我能肯定的不过就是友治和索菲娅以前是同学："还有别人吗？"

"没了，有的话我也不知道了。其他人应该没那么重要。"

"那西蒙·格林呢？"

"那个律师？"

我很想说，其实是我老爸的私生子。

"这世上有那么多律师，"米基说，"西蒙算不上坏的。"他又开始咳嗽了，听上去就好像他肺里塞满了弹珠。

"你怎么了？"我问。

"我觉得自己大概在国外的时候染上了什么病。"

"传染病？"琼斯问。我的保安队长平常并不喜欢多嘴。

"我不知道。"米基说。

琼斯在那张小小的双人沙发的空间里，尽可能地和米基拉开距离。

"你为什么还要找索菲娅？如果有人绑架了她，你一个人过日子只会更好。就让她消失吧。"我说。

"我和她还有事没解决，我得见她。"

"你介不介意告诉我，是什么事？"

"如果她没有被人绑架，那我就是被她设计了。她把我从纽约带走，让胖子有机可乘。也许她觉得你会掌权吧，我也不清楚。我完全不明白。"尽管这场雨削减了夏末夜晚的暑热，米基仍然浑身是汗。"她——"他又开始咳嗽，但这一回他咳出一大坨带血丝的痰，那痰在我桌子上一蹦一跳，就跟小皮球似的。

"米基，你身体不舒服。"我说。连瞎子也能看出来他不舒服，"你想喝水吗？"

米基没有，或者应该说，无法回答。他双眼一翻，浑身抽搐。

琼斯面无表情地看着我："带他去医院吧，巴兰钦女士。"

"看来也只能如此了。"我对这个堂兄没什么感情，但我也不想看着他死在我办公室里。

三天后，米基·巴兰钦死了。他至少比他父亲多活了一年。官方称死亡原因是某种相当罕见的烈性疟疾，但官方什么时候说对过？

（注意：我有充分的理由怀疑，米基其实是被毒死的。）

03

我谋取老朋友的帮助；沉溺在一丝怀疑之中；
挣扎着学舞蹈；亲吻了一个帅气的陌生男子

"医生信奉的是不要让身体受伤害。"帕拉姆医生说，"服用一点巧克力并不会危及灵魂，你想开多少巧克力就开多少，我都会帮你在处方上签字的。"他六十二岁了，视力下降得厉害，所以不能再给病人做手术，反而愿意接受黑屋夜总会的雇用。而我所聘请的其余七名医生，也各有到夜总会工作的原因——最主要的、共通的原因是，他们都需要钱。可可有药用功效，从疲劳到头痛，从焦虑到皮肤暗淡都能治。我们夜总会不成文的规定是，但凡年满十八岁想要尝试可可的，都可以拿到医生的处方。出于这个原因，我们给医生开的待遇不菲，因此希望他们开药的时候别太畏首畏尾。我告诉帕拉姆医生，他得到了这份工作。

"这个世界实在是变幻莫测啊，巴兰钦小姐。"他摇了摇头，说，"我还记得巧克力被定为违法物品那时候——"

"对不起，帕拉姆医生。我以后肯定会找个时间，兴致勃勃地听您聊这件事的。"夜总会明天就要开张，我有太多事要忙。我站起来，和他握手："请把您制服的尺寸告诉纪子。"

我来到楼下建造一新的吧台，穿过它走进干净无瑕的厨房。我从没在曼哈顿的其他地方见过如此华丽的厨房，简直就像是从二十一世纪早期的广告片里复制出来的一样。调酒师露西和我聘请的巴黎巧克力师布丽塔，正对着一口冒泡的锅皱眉头。"还是太苦。"我说。

露西骂起脏话，把锅里的东西都倒进了水槽。她们在研制招牌饮料。我们差不多定好菜单了，但我觉得应该有一款代表饮品。我希望那饮料会和我在墨西哥尝到的一样与众不同："继续努力，我觉得马上就要成功了。"

我可以看到她们身后的储藏室里放着满满几柜子的原材料，足够用几个星期了。这些都是从明天农场运来的，我去年在那里的可可农场过了一个冬天。现在想想，我应该让祖母们，或者至少让西奥来这边一趟，教教我的大厨们该怎么调可可酒。

我又回到吧台，德拉克罗瓦先生在那儿等我："你要不要看一看《每日问讯》上的报道？"

"并不想看。"德拉克罗瓦先生坚持要请一名公关，还要请一名媒体策划师。近两个星期以来，我被采访了无数次，并且逐渐发现，惰性气体氩实在不适合跟人谈论自己。"很糟糕吗？"

"听着，要想在采访的时候自如应对，你需要一段时间的锻炼。"

"应该是你去接受这些采访。"我说。他已经拿到应得的股份，但仍然坚持要我出面做夜总会的发言人。"我觉得跟人谈我自己，实在蠢透了。"

"你不能这么想。你并不是在谈论自己，你是要让人了解到你所参与的这件大事。"

"可是他们总想挖掘我的私生活，还是我并不愿意谈论的那部分。"痛苦之处在于，记者们觉得这世界上没有什么是超过界限的，而我作为一个自然生长的人，觉得处处是界限。我并不想谈自己的过去，不想谈我妈妈被杀、我爸爸被杀、我的亲戚们、我被关在少年管教所的日子、我被学校开除的原因、我哥哥还被关在监狱里的原因、我前男友中毒而另一个前男友受到了枪击的事。"德拉克罗瓦先生，他们想深挖我的过去，而这些事跟夜总会根本没关系。"

"忽略那些问题，只需要谈你想谈的。这才是受访的秘诀，安雅。"

"你觉得会不会因为我实在不擅长被采访，夜总会的生意就完蛋了？"

"不会。这家夜总会太好了，不会完蛋的。客人肯定络绎不绝。我对这份生意很有信心，真的。"

我想用手捋头发，然后忽然意识到，我的长发已经没了。那个媒体策划师觉得夜总会开业之前，我换个新造型比较好。我的卷发不见了，人们说那发型看上去像个头发乱蓬蓬的儿童，而不像"纽约城最新鲜热辣的夜总会"（她的原话）的老板。取而代之的是个圆鼓鼓、有蓬松弧度的波波头，上了烫发药水后，就只剩下一英寸左右的长短。我并不想叹气，但控制不住自己。

"你还是想念长头发，可怜的小家伙。"

"你在嘲笑我，德拉克罗瓦先生。"我说，"不管怎么说，我以前也留过短发。不过是头发而已。"剪完头发以后我哭过。发型师把椅子一转，想给我的新发型来个重大亮相。我盯着镜子里的外星人，她看上去活生生像是宇宙飞船坠毁后，在条件恶劣的星球上苦苦求生的模样。我看起来很脆弱，而这正是我最不喜欢的模样。那女孩是谁啊？肯定不是安雅·巴兰钦。肯定不是我。这种跟我本人相去甚远的造型实在令人不安，我把自己那剪了头发的脑袋埋进两手之间，哭了起来。太尴尬了。眼泪是在葬礼上掉的，不应该是因为剪头发。

"你讨厌这个发型。"那可怜的发型师说。

"不是。"我的鼻子抽抽搭搭，想要给自己这样子找个借口，"嗯，是因为……因为我的脖子太冷了吧。"

幸运的是，就只有发型师看到了我脆弱的瞬间。

"我忘了。女孩子对发型是很在意的。我女儿住院的时候——"德拉克罗瓦先生开玩笑地点点头，截断了自己要说的话，"我现在不打算讲这件事。"他仔细看着我，"我喜欢你的新发型，也喜欢你的旧发型，不过这个新的还不算太糟。"

"你这一说，可真是了不起的认可。"我说，"不算太糟。"

"我现在有个傻乎乎又可能有些尴尬的问题要问问你。"他停下来，"媒体策划师智慧无限，觉得明天开业的时候，你带个伴来会对夜总会比较好。"

"这个'伴'，不能是我妹妹，是吧？"

"我估计如果你没有现成的，他们有人选可以安排。"

"我猜温已经上大学去了。"我开玩笑地说。

"他上星期走的。"

"再说了，他讨厌我。"

"嗯，对。"他说，"我没有当上纽约的地区检察官，但我的确是拆散你们了。"

"干得不赖，你。"

我真的没有什么男伴可以选。我一直忙于工作，没有时间约会。我跟前男友们的关系也很僵。"我不要他们安排的人，"我最后说，"我要带我妹一起来，就这么定了。"

"好吧，安雅。我会告诉他们的。顺便一提，我告诉过他们你会这么干的。"德拉克罗瓦先生开始朝门口走去。

"你总觉得你对我会干什么都一清二楚。"

他又走回我身边："不是，我并没有预见到这些。"他指一指周围。近几周下来，这里已经有个夜总会的样儿了。地板都抛光打蜡了，漆满云彩的天花板也装潢一新。银色天鹅绒窗帘掩映在窗户两边，从天花板垂到地上。墙壁都被刷成巧克力棕。沿着房间的一面墙，是一条新添的桃花心木长桌，此外还有一个演奏台。当天下午，红毯就会铺满地面。要说这屋里唯一缺什么，那就是只等掏钱的顾客进门了。"这场面真是相当宏大，"他说，"别待得太晚，晚上尽量好好睡一觉。"

尽管德拉克罗瓦先生叮嘱过，但那天晚上我躺在床上还是睡不着。按照我那令人痛苦的习惯，我把有可能出错的事项——列出来。电话铃响起来的时候，它对我来说简直是个解脱。这是琼斯打来的。

"很抱歉打扰你休息，巴兰钦女士。有人故意搞破坏，把可可原料上都泼了酸——至少在我们现在看来像是酸。"

我到店里的时候，琼斯直接把我带到了食品储藏室。这一整批可可都被某种化学液体泡了，看上去要么是漂白剂，要么是酸。麻袋都被烧出一个一个的洞，透出湿泥块儿似的深棕色可可。

"你不能在这里待太久，"琼斯说，"这里通风不好。"

我的眼睛已经开始泛泪，我得好好想想。这事情可不好解决，要在一个白天之内找到二百五十磅生可可，否则就赶不上晚上的开幕式。

我正打算出去的时候，在某个架子上发现了巴兰钦家族的特制黑色包装。这实在太明显了，我想。当然了，他们原意也并不是要遮遮掩掩。

我已经很久没有胖子的消息了，他现在是巴兰钦家族事业的掌权人。在六月的那场早午餐会上，他曾经恐吓过我，说执意开新夜总会会惹麻烦。我想这就是他所指的麻烦了。我知道自己要过后再找他算账，现在当务之急是要补充可可储备源。我拿出手机，给墨西哥的可可供应商打电话。

"安雅，这个时间打电话也太夸张了。这么早，我的英语还在睡梦中呢。"西奥一接电话就这么说。

"西奥，我遇上麻烦了。"

"我很严肃地说，我愿意去替你杀人。我个子小，但是很强悍。"

"不用，你这荒唐的家伙。我用不着你去杀人。"我解释了事情的经过，"我想知道纽约当地有什么地方能买到二百五十磅生可可。今晚就要用。"

西奥有几秒没有说话："这真是个灾难。下一次进货要到星期三的时候了。在你们国家，哪儿都找不到这么大一笔可可，就算你找得到，也没办法确保质量。"他朝他妹妹嚷嚷，"卢娜，醒醒！我们需要雇一架飞机。"

"一架飞机？"我的西班牙语在离开马克斯家的这几个月内退化了，"等等，你说的是一架飞机吗？"

"是的，安雅，我去找你。我不能让你用次品可可做开张的原料。恰帕斯这里是早上五点，卢娜觉得我能在下午之前赶去纽约。你能找一辆卡车来接我吗？"

"当然。但是西奥，货运飞机是很贵的。我不能让你或者你们家承受这样的损失。"

"我有钱，我可是墨西哥富得流油的巧克力大亨。我帮你送货，你拿——"他停顿了一下，想了个数字，"第一周50%的利润来报答我就好。"

"50%有点多，西奥。再说，你不是应该早点跟我讨价还价吗？你已经让卢娜预约了飞机，不是吗？"

"你说得倒是，安雅。要不然15%，直到你把我雇飞机、烧油，还有可可的原料费付清？"

"西奥，现在你又开得太低了。我的生意有可能会垮，到时候你就什么都没有了。"

"我相信你。我手把手教过你的，不是吗？再说，这样一来我还可以趁机好好逛逛纽约，如果你需要，我还能帮你。我也挺想见见你的。你的头发长出来了吗？"

我对他说要他到了以后亲自来看。"西奥，一路平安。"我用西班牙语对他说道。

"很好，安雅。你没有把西班牙语忘干净。"

我没有回家，因为我知道自己反正也睡不着了。我坐在办公室里爸爸留下的老板椅上，而他就是在这张椅子上被人杀死的。我陷入了沉思，万一飞机坠毁了怎么办？万一生意砸了，所有人都嘲笑我，怎么办？我想到了索菲娅·比特、大野友治、西蒙·格林，当然也想到了胖子。万一他们真找到嘲笑我的理由了怎么办？万一开夜总会的主意很蠢，就连相信自己能徒手开创新生意的想法也很蠢，怎么办？万一被吉卜林先生说对了怎么办？我懂做生意吗？万一可可运到了，饮料也调出来了，仍然没有顾客，怎么办？万一我得去开除雇员，怎么办？他们要怎么谋生呢？说到这个问题，我又要怎么谋生呢？我只有个高中文凭，没有进大学的希望，还有案底。万一我破产了怎么办？谁供纳蒂上大学？万一房子也被没收了怎么办？万一我才十八岁就把自己的一生毁了怎么办？我以后该怎么走？我完全无依无靠，还顶着一头丑兮兮、傻乎乎的短发。

万一我放弃了挚爱的男孩，却一无所获，怎么办？

我不怎么跟别人谈论温，甚至和斯嘉丽也不说，尤其跟她更不能说。但我还是很想念他。我当然想念他。尤其在这种时刻，我感到失去他的痛苦是如此巨大。

我们已经彻底分手三个半月了，而我才逐渐意识到，到底发生了什么。

我并不无辜，我知道自己干了什么。我知道自己错在哪儿（也知道他错在哪儿）。我们高中就相识了，所以能走到最后的概率真是微乎其微，就算我们一开始没有情路坎坷也一样。

是，我做了选择。选择开夜总会就意味着放弃温。因为认定自己可以创造更伟大的事业，我牺牲了和他的感情。但是，上帝啊，如果你觉得放弃温对我来说没什么损失，那可就错了。我知道自己很能惹人生气，我可能看起来禁欲而枯燥。比起大多数人来说，我的本性就是隐藏内心最神圣的情感。尽管我的情感都被克制着，但并不意味着它们不存在。

我想念温的气息（松木和柑橘）、他的双手（柔软的手掌，修长的手指）、他的嘴巴（丝绒一般、干干净净的），甚至他的帽子。我想同他说话，同他探讨问题，同他调笑，同他亲吻。我想念被人爱的感觉，不是那种出于血亲的爱，而是因为他觉得我无法抗拒，觉得我独一无二，觉得为了我甘愿冒险。

因此，我更无法入睡。

可可下午两点左右到了，西奥也到了。

"你的头发太丑了！"

"我以为你会喜欢呢。"

"我鄙视它。"他绕着我走了一圈，"为什么女孩子要这么糟蹋自己的头发？"

"这是为了生意考虑。"我告诉他，"你要是再揪着这个问题不放，就有可能伤害我的感情了。"

"安雅，你是不是太久没见我，都忘了我是怎样一个笨蛋了？别理我。呃，头发也许，也许没那么糟。我现在看它越来越顺眼了，希望你自己也越来越喜欢。"他亲吻了我的脸颊，"这地方看起来相当帅。我们去看看厨房吧。"

我和西奥把生可可运进来的时候，员工们都欢呼起来，露西甚至跑来亲了亲西奥。他很容易讨得亲吻，西奥那家伙。虽然可可酒仍处在研发改进阶段，她还是调了招牌酒给他喝。西奥尝了尝，慢慢地吞下去。他对露西有礼貌地微笑，把酒杯放在吧台上。然后他把我拉到一边，轻轻地跟我耳语道："安雅，这酒不好喝。你不能把这个端出去。"

我跟他解释道，美国调酒师都没有调可可酒的经验，因为可可是违禁品。我们已经在条件允许的范围内尽了最大努力。

"我是认真的。这酒尝起来跟土一样。可可应该要处理得更巧妙一些。她得受受嘲笑，受受刺激。我都来了，让我帮你吧。"他把袖子卷起来，戴上了围裙。

他看向露西："听着，我并不是对你不敬，不过在墨西哥，我们有别的料理可可的方法。你想不想尝尝？"

"这酒我已经研究了几个月了，"露西抗议，"更别说我有美国餐饮学院的饮品糕点专业证书。我很怀疑，你能不能在一个下午之内，调出一款更好的酒。"

"我只不过想跟你分享一些调酒技巧，来帮我的朋友。我这辈子都在和可可打交道，所以毫不谦虚地说，我还是有两手的。"

露西退到一旁，尽管她看上去并不是特别愿意让西奥执掌厨房。

"好，很好。谢谢。我很感激你让我借用厨房。我需要橘皮碎、肉桂、红糖、玫瑰果、椰奶……"他一口气说出了好长一串配料，助理厨师们急匆匆地去准备。

二十分钟后，西奥完成了他为我们夜总会打造的招牌酒。

"神之可可，"他说，"还要在杯子里加上兰花。"

我尝了尝。那味道富有巧克力香气，但并不会重得过分。可可味道馥郁，却只是隐匿在整个饮品的基调中。相反地，椰子和柑橘的味道鲜明，口感清新，而我迷恋的一切味道都融合其中。

"知道吗，西奥？兰花在这里并不是那么好找的。"我说。

西奥盯着我："但更要紧的是，你觉得这款饮料怎么样？"

"很好，非常好。"我说。

露西不情不愿地尝了一口，但一喝完，就把自己的主厨帽摘下来，递给了西奥。她冲我点点头。我举起酒杯说："敬神之可可！黑屋夜总会的招牌酒！"

"二十分钟内必须走，不然就迟了。"我一进家里就嚷嚷道。我得回家换衣服，接上纳蒂。我把钥匙放在门厅，进入客厅，而我妹妹正跟一个年纪大一些的男孩坐在沙发上。他们肯定没听到我进门，一看到我就赶紧分开了。两人坐得尽可能的远，这让他们看起来很有问题——我甚至没有想他们在干什么。不过，看到我妹妹在招待异性客人，本身就已经很令我反感了。

"纳蒂，这位是你的朋友？"

男孩站起身，很有男子气概地自我介绍："我是皮尔斯，在圣三一比你低一年级。我跟纳蒂是理科课的同学。"

我眯起眼睛看他:"很高兴见到你,皮尔斯。"这男孩看起来很眼熟,也似乎足够正派。然而……尽管他只比纳蒂大一年级,但做她男朋友还是太老了。我转向纳蒂,"二十分钟内必须出门。你能不能请皮尔斯先离开,这样我们好尽快准备。"

皮尔斯刚一出门,纳蒂就朝我开火了:"刚才那是什么意思?为什么你对他那么没礼貌?"

"你觉得呢?他少说也有十八岁了。"

"十九岁。他有一个学期去矿井工作了。"

"你才十四岁。他对你来说太老了,纳蒂。"

"你简直完全不讲理。我三年级,他四年级。"

"但你本应该上高一。"她跳了两级。

"我比同年级的同学小,又不是我的错。再说五岁的差距根本不算什么。"

"那他是你男朋友吗?"我问。

"不是!"她叹口气,"是。"

"纳蒂,我不允许。你不能跟一个十九岁的人谈恋爱。他已经是个男人了,而你还是个孩子。是男人,就会有欲求。"

"你不允许?"她尖叫,"你几乎一天到晚都不在家。你根本没权利禁止我做任何事。"

"我有这权利,纳蒂。纽约州法律认定我是你的合法监护人,而我刚好有权利,想禁止你做什么就禁止你做什么。如果你不跟皮尔斯分手，我会给他父母打电话。我也会让他们知道，如果他们儿子对你动手动脚，我会起诉。你知道什么叫法定强奸罪吗？"

"你不能这么干。"

"我会这么干的，纳蒂。别考验我。"连我自己都觉得这句话说出来很荒谬。

纳蒂开始哭了："你为什么变得这么可怕？"

"我也不想，"我说，"我在尽量保护你。"

"保护我什么？保护我所以不让我交朋友？保护我所以剥夺我的生活？我在学校没有朋友，你知道吗？我就像，就像是个怪胎。皮尔斯简直就是我唯一的朋友，安妮。"

我看着我妹妹，才意识到自己对她的生活一无所知。"纳蒂，听着。我们必须准备出门了，这件事晚点再谈。很抱歉我没有多陪你。我真的很希望了解你生活中都发生了什么。"

纳蒂点点头，进了她房间，我也回到自己的房间。已经没时间洗澡了。

为了今晚的开幕式，品牌推广的人给我挑了一件纯白色的晚装，是用一种有弹性的丝毛混合物织的，紧裹着身体。裙子的后背开得很低，一条条绷带平行围绕整个背部。正面是个超级大V领，一直开到我乳沟正下方。这裙子实在没有给人留下什么遐想余地。他们告诉我，裙子的颜色需要传递出纯真的意味，而裙子的剪裁却在说，黑屋夜总会会成为纽约最令人激荡的地方。但这条裙子对我来说，就是大写的暴露。

我把头发烫平了，涂上红色唇膏和深色眼线。我穿着斯嘉丽为我挑的绑带黑色高跟鞋，穿过客厅，来到纳蒂的房间。

纳蒂躺在床上，被子蒙着头。"安妮，"她说，"我不舒服。"

"你得赶快收拾好。车还有两分钟就来了，而你本来是要担任我开幕式上的舞伴的。"

她把脑袋探出来："噢，你看起来很美。"

"谢谢。但说真的，纳蒂，你得赶快了。我不能迟到。"

纳蒂没有动。

"如果你现在这么磨蹭是因为生我的气，那就幼稚得过分了。"

"我还是个孩子。你刚才不就这么说的吗？"我开始拉扯她身上的毯子，她更用力地拽回去。

"拜托了，纳蒂。走吧。"

"我不想去。"

"我想让你去。"

"你以前并不想让我去。所以怎么着？我现在必须去是吗？扮演你听话的妹妹？我跟那家夜总会一点关系都没有，所以就这么没关系下去，挺好。"

我没时间同她争辩。"好吧，那就别来。"我说，然后转身离开。

夜总会门前的台阶上已经散布着人群。我能看到红毯两侧摄影师和记者们严阵以待，只等贵宾到来。媒体闪击战果然有效。现在我们就要瞧瞧是不是真的会有顾客临门。一名记者叫我过去："安雅·巴兰钦！有没有时间接受我们纽约《每日问讯》的采访？"

跟纳蒂谈过之后，我的心情相当差，而且我本来也不喜欢接受采访。但我是个成年人了，成年人就意味着要做一些自己不愿意做的事。我把坏心情丢到一边，微笑起来，来到记者身边。

"这里太棒了！"记者兴奋道，"这场面太轰动了。一个姑娘家，单枪匹马就把巧克力带回了纽约，感觉怎么样？"

"嗯，首先它本身就不是巧克力，而是可可。可可是——"

记者打断了我："两年之间，你从纽约最声名狼藉的少女变成夜总会幕后老板，有着近十年来整座城市中最大胆的主意。你是怎么做到的？"

"回到你上一个问题，不能说我是'单枪匹马'——为了这个夜总会能付诸实践，很多人帮过我的忙。比如说，西奥·马克斯和查尔斯·德拉克罗瓦，他们都对我大有帮助。"西奥在夜总会里面，但我能看到德拉克罗瓦先生就站在几节台阶下。他正在和另外一群记者交谈，比我游刃有余得多。

尽管跟德拉克罗瓦先生合伙，让我和温的感情泡了汤，但他绝对是个极佳的生意伙伴。他在纽约人脉很广，而且了解政府怎么办事。正如我希望的那样，当他说我们的生意合法的时候，人们愿意买账。

"有意思，"记者说，"德拉克罗瓦曾经是你首要的敌人，而现在似乎变成了你最重要的同盟者。"

我根据德拉克罗瓦先生的建议，把话头转回我想讨论的内容上。"等你尝到西奥·马克斯的可可饮品，你说不定会觉得他才是我最重要的同盟。"我说。我又回答了几个问题，然后感谢记者花时间来采访我。

进入夜总会之后，我迅速逛了一圈。医生们正在他们的小单间里面，水晶吊灯也亮起来。乐队正在彩排，天花板上的吊扇让房间里保持凉爽，还送来阵阵柔和而惹人愁思的巧克力香——不对，该说是可可香才对。香气在房间里弥漫。我人生中第一次觉得，这世界的一切都如我所愿。

我走进办公室，我有将近二十四小时没有合眼了。我正打算小睡一下的时候，德拉克罗瓦先生走了进来。

他盯着我看了一会儿："你看上去非常困倦。醒醒，安雅·巴兰钦。夜总会还有十分钟就开门了，还有大把事情等着我们去做，也有大把事情等着我们发现。"

"比如说？"

他伸手把我从椅子里拉出来，我随他来到窗户边，眺望夜总会外的东楼梯。

他掀开红色天鹅绒的窗帘。"看。"他说。

整片楼梯上挤满了人。等着排队进场的人一直延伸到人行道上，都看不到头。

"他们甚至还没有尝过我们的饮料。"我轻声道。

"无关紧要。"他说。

他在微笑，这是很难得的。他笑的时候，我能看到一丝温的影子，我禁不住盼望温能出现。

他继续说："你给了人们他们想要的东西，他们想念的东西。这样一来，你让人们又变得完整起来。我曾经也想过要成就这样的事。"他停了一下，"也许轮不到我说这话，但我想你父母一定会以你为荣的。"

"你怎么能肯定呢？有什么证据让你相信我父母会为我骄傲？"

他笑我："哦，你可是片刻福都不享的，是吧？你什么都放不下。你的小脑瓜肯定累疯了。"

"拜托，我想知道。你没仔细考虑过是不会随便开口的，所以请告诉我，我的父母理论上会感到骄傲的理由。还是刚刚那番话不过是政客常用的伎俩？你是不是只不过像个小公务员一样，在剪彩的典礼上适时送上几句赞美而已？"睡眠不足让我变得暴躁，而这暴脾气显然不受我管束。

"我觉得自己并不一定能说得好。"他皱起眉毛，"好吧，为已故的父母，找到为女儿骄傲的理由。我能分析出一些门道。你妈妈以前是个警察，对吧？"

我点头。

"如果说，她为你探索出怎么把你父亲的生意合法化而自豪，会太牵强吗？"

"说不定看到我在钻法律的空子，她会生气。"

他继续说："还有你父亲。在生命最后的时候，他一直在努力把巴兰钦巧克力纳入现今的时代，不是吗？俄国人正是因此而动了杀机。你才刚从高中毕业，就已经成就了你父亲所未能达成的事，而且整个过程没有人死。"

"只是到目前为止没有人死而已。"

"你现在心情可真愉悦。无论怎么样，我已经提供了足够丰富的论据，证明你的父母肯定会特别为你开心的，我的同事。"他向我伸出手，我握了上去。

杯子碎了，饮料都洒了。也有很多闹事的，女孩们在卫生间尖叫。男男女女们离开的时候，所携带的伴儿都和来的时候不是同一个。可可全都消耗光了——得增加订单才行——排队想进来的人里，也就只有一半真的进了夜总会大门。整个场子脏兮兮、闹哄哄的，但我好喜欢，喜欢得超乎自己的想象。

这是个小小的奇迹：我这样一个天天处在忧虑之中的人，竟然不再忧虑。大概是忙到这一夜快结束的时候，露西叫我一起下舞池，跟店里的一群女店员一起跳舞。我喜欢这些姑娘，尽管她们是我的雇员，而不是我的朋友。（事实上，我那天晚上几乎没有怎么看见我最好的朋友——她早早就走了，亲了亲我的脸颊，轻声而仓促地致歉，说是菲利克斯的保姆出了状况。）

"我不会跳舞。"我冲露西大声说。

"你可是穿着一条专门用来跳舞的裙子。"她吼回来，"你可不能白白穿了这么条裙子却不跳舞。那简直就是犯罪。来吧，安雅。"

负责媒体公关的伊丽莎白冲我晃着胳膊，说："你要是不跟我们跳舞，我们就会觉得你是个势利鬼，然后很有可能在你背后说坏话。"

纪子也站在这群姑娘那边："安雅！开家夜总会又不跳舞实在太傻了。"

说得实在很有道理，所以我向舞池走去。纪子伸出胳膊搂住我，并且亲吻了我。

多年前，我和喜欢跳舞的斯嘉丽在上城区的小埃及玩。我对她说："越琢磨跳舞，我越迷惑。"

"那就别琢磨了，"她那时候说，"这才是关键。"

那天晚上在黑屋夜总会，我终于理解了斯嘉丽的意思。舞蹈是一种对感情、声音和当下的臣服。

我跳了一会儿以后，一个嘴唇丰厚、醉眼迷离、二十多岁的男人跳到了我身边。

"你跳得很好。"他说。

"从没人说过我跳得好。"我很诚实地说。

"这太难以置信了。我可以和你一起跳吗？"

"可以。"我说。

"这是个有意思的地方，对吧？"

"是啊。"能看出来他并不知道我是老板，这倒是很合我意。

"姑娘，你的裙子真是性感翻了。"他说。

我脸红了。我几乎要告诉他，这裙子并不是我的风格，是别人挑的，但我最后没说。对他来说，我就是他目之所见的样子。一个性感的姑娘，穿着条性感的裙子，跟朋友们一块儿到夜总会找乐子。我用手搂住他的脖颈，亲了他。他那双丰润的深色嘴唇看上去很适合被亲吻。

"哇，"他说，"那我现在可以知道小姐的芳名吗？"

"你看起来人很好，而且相当可爱，但我最近并没有约会的打算。"

"为了自由！"布丽塔用法语说。她挥舞着自己的拳头。

"自由！自由！"露西回应道。我都不知道她们一直在留心我。

"好的，"他说，"我明白。"

我们跳了几支舞曲，然后他离开了。

太奇怪了，明明知道他什么都不算，明明确信我以后也不会再见到他，而我当下所有的感受只会一闪而过，我竟然还是去主动亲吻了一个男人。这和亲吻温太不同了——跟温接吻似乎是循序渐进的结果，甚至带着一丝呆板、笨重。

但是我亲吻那个男人的时候，只需要对当下负责。我一直都试着做个好女孩，直到那天晚上我才意识到，某些接过吻的男人并不一定会成为男朋友。但这实际上完全没问题，甚至还挺让人满意。

我还在舞池中旋转，一只手抓上了我的手。是纳蒂。"我不能错过你这么重要的一夜，"她说，"很抱歉没有早点跟你说皮尔斯的事。"

我亲了亲她的脸颊："晚点再说。我很开心你来了。来跟我跳舞，好不好？"

她笑了，我们跳了几个小时。我甚至忘了身体会疲惫。直到第二天，才发现脚上都磨出了水泡。

我和纳蒂终于回到家的时候，太阳正在渐渐升起。她问我要不要顺道去一趟教堂，反正去教堂只要绕一点点路。

直到十六岁，我仍然相信虔诚的信仰可以保护我的身心免受现实世界之苦，并能舒缓人终有一死的苦痛。而今到了十八岁，经历过那么多风风雨雨，我的信仰消失殆尽。

不过，我并不介意妹妹仍怀有信仰。事实上，她有信仰，反而让我觉得安慰。

在圣帕特里克教堂，我们为母亲、父亲、奶奶还有伊莫金点燃蜡烛。"他们在看着我们呢。"纳蒂说。

"你真的这么认为吗？"我问。

"我不确定，但我想要相信这是真的。就算不是真的，也没什么损失。"

我下午才睡醒。生意都是晚上做，我和吸血鬼一样昼伏夜出。经营黑屋夜总会的第一年里，我几乎完全穿梭在夜幕下的各式黑屋里。我慢悠悠地走到客厅，发现西奥正坐在沙发上，眼睛不可思议的明亮。我对他说过，只要他在纽约，就可以随时来住奶奶的旧卧室。

"安雅，我等了你好几个钟头了。"八成是等了好久，种植园的工作让他养成了清晨起床的作息，这生物钟大概很难改变。"听着，咱们有事情要谈。"

"我知道。"我说，把睡袍在身上紧了紧，"但能不能先吃点早饭？"

"都过了午饭时间了。"西奥说，"你家厨房是我所见过的厨房里最最可悲的。"他从口袋里变出一个橙子递给我，说，"来，吃橙子吧。这是我从家里带来的。"

我接过橙子，开始剥皮。

"我已经安排好了下个月可可的发货时间。"西奥说，"看过你的进货记录，考虑到昨天晚上的盛况，我觉得你对原材料的消耗率低估了至少一半。"

"我会追加订单的，谢谢安排，西奥。"我把剥下的橙子皮整整齐齐码成一堆。

"我不是在跟你客气，安雅！我想帮你的夜总会做事。不对，不是这话。我想跟你合作。我能预见到，夜总会一定会大获成功，如果你想保持这个势头，肯定需要可可的持续供应。而夜总会的后厨，也需要有个对可可了若指掌的人监工。而我刚好能做到这两点。"

"你想说什么，西奥？"

"我是说，我想跟你搭档。我想留在纽约，担任黑屋夜总会的执行总监。"

"西奥，种植园那边难道不需要你吗？"

"咱们不提这个。假装你根本不认识我，假装我们只是陌生人。不过，其实他们并不是离了我就不行。做你的可可供应商，我能赚到好大一笔钱。再说去年我生病的时候，种植园都是卢娜在打理。"他看着我，"听着，安雅。你需要我，并不只是因为我是你认识的小伙子里面最英俊的那个。我昨晚仔细观察过，德拉克罗瓦帮你征集资金，帮你跟媒体打交道，还负责法务方面。你也管一点儿这些事，还要忙其他林林总总的事。我并不是在挑你刺，但你的确是个生意场上的新手，需要有个人专门负责后厨和供货。我保证夜总会出品的一切饮食都美味、安全、高质量。昨夜我不在的话，会出岔子的——"

"你总这么谦虚。"

"我想来帮你统筹夜总会的事，这样你以后就不会再遇到原材料短缺的问题了。无论发生什么事——鼠疫、世界末日、战争——黑屋夜总会永远有饮料供客人喝。"

"那你的收益是什么？"

"我给你提供可可，再抽夜总会收益的10%做管理费。此外，我想成为团队的核心成员，我也想要靠自己的双手创造出一些东西。这里很激动人心。我的心跳得就像疯了一样！"他一把抓起我那沾满橙子味的手，拉到他的心窝上，"感觉一下，安雅。感觉一下我的心跳。昨晚我那么累，竟然睡不着。我这辈子一直都想参与到这样的事业当中。"

这个提议并不是没有道理的。可可是夜总会的一大开销，西奥昨天一到，就在店里忙得不可开交。（开业就在昨天？只过了一天而已？）我犹豫，仅仅因为我只把几个人当作真正的朋友，而西奥正是其中之一。"万一生意不成，我希望不会影响我们的友情。"我说。

"安雅，我们是一样的。无论发生什么事，我知道自己承担着怎样的风险，不会怪在你头上。再说，我们肯定永远都会是朋友。就算我生你的气，也是像气我姐姐一样。我是指我姐姐卢娜，不是伊莎贝尔。伊莎贝尔可能真的会让我讨厌，你知道她什么嘴脸。"

这个决定太正确了。是西奥·马克斯教我去了解可可，没有他，可能不会有黑屋夜总会。

04

我从默默无闻变得名声在外，
结果敌人自然也成了朋友

生日的前一天，我收到吉卜林先生的严正警告，让我别盼望夜总会的生意会立马红火，说不定永远都红火不了。"酒吧很难经营，"吉卜林先生说，"夜总会就更糟了。以当前这种状况，你知道夜总会倒闭的概率有多高吗？"

沙伊·品特不是说有九成九吗？不过那个数字也太高了。"我不清楚。"我回答。

"这正是让我担忧的地方，安妮。"吉卜林先生说，"你都不知道自己将要面对什么。顺便告诉你，夜总会倒闭概率有八成七。大部分人一辈子都不会蠢到去开一家夜总会的。"

然而，吉卜林先生的预言对于黑屋夜总会来说并不成立。不知道出于什么原因，黑屋夜总会一夜爆火。从我们开张的第一夜起，每张桌子都挤满了人，等待入场的队伍越排越长。很长时间没联系的人也想方设法地找到我，只为了订个位子。以前在管教所工作的科布拉维克快五十岁了，想要在黑屋夜总会庆祝五十岁生日。她是个可怕的女人，不过曾经卖过我人情。我为她安排了靠窗的位子，还附送了一轮神之可可。地区检察官贝莎·辛克莱想带情人一起来，不过需要安排从后门进出，免得受到媒体的纠缠。因为各家媒体总是在前门严阵以待。贝莎·辛克莱也不是我喜欢的人，不过能够结交有权有势的朋友很重要。我把她安排在最隐蔽的位置上。还有以前的老同学、老师（其中有几个还投票赞同学校开除我）、我爸爸的朋友，甚至在2082年审问我有没有对盖布尔·阿斯利投毒的警察都在联系我。我对每个人的订位要求全部应承下来。我父亲曾经说过：慷慨，安雅，永远是一笔好的投资。

从前，人们一看到我，想到的永远是我有个怎样的父亲。而今，我终于靠自己的名头书写了新的篇章。除了被当成"黑帮公主"，人们现在叫我"夜总会女神"或者"黑发老板娘"，甚至"可可神童"。人们开始想要了解我穿什么牌子的衣服，找哪个发型师做头发，跟什么人约会。（不过顺便一提，我没有在约会。）走在街上的时候，开始有人认出我来，挥着手跟我打招呼，大声喊我的名字。

这段时间，我的整个家族都在保持沉默。我准备好要应对更多像可可被毁的事件一样的蓄意破坏，不过竟然相安无事。

十月底的一天，胖子联系了我。他问能不能来夜总会坐坐，我答应了。

　　胖子只带了一个人来和我会面，是穆斯，我在少管所里面的狱友。"穆斯，"我说，"你好吗？"

　　"很好，"她说，"多谢你把我引荐给胖子。"

　　"我现在简直离不开她，"胖子说，"我能把一切都放心交给穆斯处理，她是我有史以来最优秀的雇员，这是真心话。你的直觉很准，安妮。"

　　他们坐在我办公室的双人沙发上，纪子送来饮料。我问他们找我有什么事。

　　"是这样，"胖子说，"我改变主意了，我希望咱们能握手言和。你的确把这里经营得相当成功，而我也是勇于认错的那种人。"

　　我坐在父亲的椅子上，往后一仰，觉得没有必要提起可可原料被毁的事。我知道是他干的，他也知道我对此心知肚明。最好关注未来，而不是过去。"谢谢你。"我说。

　　"从今以后，你将得到我百分之百的支持。不过有件事情你需要知道。"

　　"什么事？"

　　"巴兰钦斯一脉，也就是巴兰钦家族在俄罗斯的分支，对你很生气。"

　　"为什么？"

　　"因为他们觉得你的夜总会是一大威胁。如果人们都来你的夜总会尝可可，说不定就会对黑市巧克力失去胃口。而你，利奥尼德·巴兰钦的女儿，竟然是执掌这项新财路的人，这更让他们感觉受到威胁。

"他们一直向我施压，让我破坏你的生意，但我不会这么做的。我做过一回，不过想必你也清楚。"

我点点头。

"从此之后，我会竭尽全力地帮助你，不让他们危害到你。我和穆斯会很努力地确保这一点。我也会一直保持这个策略，直到我死，或者其他人取代我，当上家族的掌门人。而且我还想告诉你，我很为你骄傲，孩子。很抱歉我这么晚才醒悟。我希望这么说不会显得很唐突，不过大概你也从我这里学到了一两手管理夜总会的经验。你和你的朋友们过去总是泡在我那地下酒吧里。"

"也许吧，"我双手合十，叠放在桌子上说，"你需要我做什么？"

"不需要，安雅。我只是想给你报个信，让你不用担心我会搞破坏。"

他站起身，亲吻了我的两颊："你做得很好，孩子。"

05

我阻止了历史的重演；
试验了古老的科技模式

所有人都知道，当生活中的某一部分进展顺利时，其他部分很可能忽然坍塌。

我正在跟露西和西奥开会时，手机响了。我才刚有了手机，因为十八岁成人以后才能买到它，而我总是忘记关静音。我看了一眼来电显示：圣三一高中。有一刹那，我暗暗想自己是不是闯祸了。我转身对开会的人说："抱歉，这样很没礼貌，但我得去接一下电话，是我妹妹学校打来的。"

我走到窗边接电话。"您需要来把纳蒂接走，她被停课了。"圣三一高中的秘书罗斯先生说。

我跟大家告别，冲到街上拦了一辆出租车，直接赶到圣三一高中。走在那条熟悉的通往校长办公室的路上，我在大厅门口站了一会儿，打量着我妹妹。纳蒂还是穿着击剑服，但袖子上的一滴血污却把纯白的服装染花了。她的坐姿不太淑女，双腿大大张开，显得蛮横，像是在自己和其他人之间划一条界线似的。她弓着背，服装的护具耸在她肩膀上，异常明显，大概把她的腰压塌了。一道抓痕在她脸颊上显现，她的眼神傲慢，似有杀人的欲望。我猜你应该能想得到，她这样子会让我想起谁。

另一个女孩从办公室出来，鼻子红彤彤的，鼻血都结痂了。她妈妈搂着她的肩膀。

"你妹妹就是个畜生。"女孩的妈妈对我说。

我不知道是怎么回事，但可不打算让她这样辱骂纳蒂。"谁也不想这样，"我说，"看样子她们都受了伤。"

"人人都知道你们姐妹是在什么样的家庭长大的。"那个母亲说。

她正要往外走。我应该任她走，但最后一秒我吼了出来："是啊，哪种家庭？"

"人渣家庭。"她说。

我的手开始握成拳。我提醒自己，我现在可是管着一项大生意，也是个成年人，不该再陷入这种暴力闹剧中。我的拳头展开了。我正打算放那女人一马时，纳蒂却冲了上去。我差点拽不住她。

"赶紧走，"我对那女人说，"走。"

"趁你还没来得及批评我，"纳蒂说，"我想说是那个女孩先动手的。"

"怎么回事？"

"我当时在上比利老师的课，学禁酒令。"

神哪，我简直可以想象得到发生了什么。

"然后他说：'最厉害的罪犯，可以利用法律达到自己的目的。比如说纳蒂的姐姐……'然后我就冲着比利老师大喊大叫，说你绝对不是什么罪犯。接着他就把我送到校长室来了。"

为什么学校不开除这个老师？"纳蒂，"我说，"你不能跟所有说我不好的人都为敌。"

她翻转墨绿色的瞳仁看向我："这我知道，安雅。"

"我不明白，另外那个女孩是怎么牵扯进来的？"

"上完比利老师的课是午饭时间，然后上初级剑道。一整节课那女孩都在说，我不懂得控制自己的情绪，真是幼稚，而皮尔斯肯定就是喜欢幼稚的人。她是皮尔斯的前女友，所以自然对我不满。我们分组练习时，她嘴里还是一直不干不净的，我就把她脸上的护具扯掉，揍了她的鼻子。她也把我的护具扯掉了，挠出了这道血痕。"

秘书把脑袋探出办公室："巴兰钦姐妹，校长现在请你们进来。"

我实在太熟悉被校长训话的场景了。纳蒂被停课一周，要不是她成绩优异，说不定惩罚会更严苛。

我把纳蒂送回家："我得回去继续上班了。我们晚一点再说这件事。我不希望你跑到别的地方去，明白吗？"

"随便。"

"我是站在你这边的，纳蒂，再说我也感同身受。记不记得我上三年级的第一天是怎么过的？"

"你把一整盘烤宽面条都倒在了盖布尔·阿斯利的头上，"她笑了两声，"不过他是活该。"

"他是活该，不过我那么干还是不对的。我应该把不满说出来，无论是找他本人、他父母、奶奶还是吉卜林先生都好。拜托，纳蒂，看着我。我的生活中也好，其他人的生活中也罢，暴力或者打架从来不能让事情变得更好。"

"听你这么说，还不如直接在我脑袋上开一枪。"纳蒂叹口气，"为什么我们会这样？为什么我们的行为这么不受控？"

"因为我们还小的时候，就经历了很可怕的事。但生活会越来越好的，纳蒂。我向上帝发誓。生活对你来说甚至会变得更好，因为你比我聪明太多了。更别说你的头发天生就是直的。"

"头发直不直跟这有什么关系？"

"你知道要把头发弄直得花我多少时间吗？我简直时时刻刻都在跟卷发抗争。我没有去杀人已经是个奇迹了。"我亲吻了她的脸颊，"你会发现，一切都会好起来的。"

"我很累，安妮。没事的话，我想睡一会儿。"我并不很确信我的话对她起了作用，不过我觉得谈心的水平可以日后慢慢提高。

那天晚上回到家（或者说，第二天凌晨回到家，那时候已经早上三点了）纳蒂并不在。她在平板电脑上给我留了一条消息，那台平板电脑我早就不带出门了。她留言说她和皮尔斯出门了。这个时候早过了最晚的回家时间，而她更是刻意忽略了我的叮嘱。

我在门厅里踱步，思索着接下来该怎么做。纳蒂还是未成年人，没有办法配手机，如果我打电话报警，她就有触犯法律的危险。我在她屋里扫视一圈，想要找皮尔斯的电话号码。我在她床头柜里发现一包避孕套——我的宝贝妹妹，是不是已经和这个男孩做爱了？在某种层面上讲，我甚至不想知道实情。最后我终于在她书桌的抽屉里发现了皮尔斯的电话号码。

他语带困倦地接电话："我是皮尔斯。"

"你好，皮尔斯。我妹妹跟你在一起吗？"

"是，她在这儿。我现在让她接电话。"

"怎么了？"纳蒂问。

"你在跟我开玩笑吧？你在哪儿？你知不知道现在几点了？"我根本不想刻意压制音量。

"放轻松点，安雅。我跟皮尔斯在一起——"

"显然是。"

"我在这里睡着了。没什么大不了的，什么都没发生。我明天早上就回家了。"

"你开什么玩笑！你才十四岁！你不能像没事儿人一样在你

男朋友家过夜。"

她挂了我的电话。我走到客厅里，把手机扔到沙发上，压根没发现沙发上躺着个人。

"嗷！"西奥喊了出来，"你什么毛病？"

"不关你的事。"我没打算和他吵架，"你什么时候能自己找个地方落脚？"

"只要我小气的老板一批假，我就去找。"西奥说。

"你竟然没出门？为什么？今晚没有约会？"西奥在纽约很受欢迎，这么说还算保守了。我都不知道，他哪来的这些时间能每晚和不同的女伴过夜。

"没有，今晚我要睡个好觉。"西奥把手机递给我。

回到房间，我甚至没有试着哄自己入睡。我盯着天花板，希望石灰墙面上的裂缝能给我一些启发，告诉我该怎么办。我想到了我自己十六岁的时候，正是躺在这一张床上。从那一年开始，一切都乱套了。对于十六岁的安雅来说，她希望别人能为她做些什么呢？

我一直等到凌晨五点才给吉卜林先生打电话："我得给纳蒂转学。找个纪律森严的地方，不过学业水准也要好。还得离这里远远的。"

吉卜林先生动作很快。几个小时之后，他就回复我波士顿有一家教会学校，愿意在学期正当中接受转学生。

"你确定要这么做吗，安雅？"吉卜林先生问，"这是个重大的决定，而重大决定是不应该仓促形成的。"

我来到纳蒂的卧室，打包行李。我正要把皮箱合上，这时候纳蒂进门了。她看看我，又看看塞得满满的行李："这是干什么？"

"听着，"我说，"我们都很清楚，我现在并没有好好地履行监护人的职责。我忙着夜总会的事，顾不上看着你——"

"我不需要你看着！"

"你需要，纳蒂。你还是个孩子，而我担心如果现在不采取行动，你的一生就要毁了。你看看斯嘉丽。"

"皮尔斯才不像那个盖布尔·阿斯利呢！"

"我发现，你跟他在一起之后就开始犯错误。我也明白你正在步入歧途。"我深呼吸一口，"我刚说过，不希望你落得斯嘉丽那样的下场，但其实我最不想要看到你的下场是——"很难承认——"是像我这样。"

我妹妹用一种哀戚的目光看着我："安妮！安妮，别这么说！瞧瞧你一手创办的夜总会。"

"我别无选择。我被学校开除了。也许现在看来，我的人生过得还不错，但我希望你的人生能比我有更多选择权。我不想看到你将来在夜总会上班。我也不希望你跟巧克力，或者我们腐朽的家庭有任何瓜葛。我发自内心地认为，你生来就注定会得到更好的生活。"

纳蒂用衣袖擦了擦眼睛："你把我弄哭了。"

"很抱歉。吉卜林先生为你找到的这所学校理科很强，比圣三一高中还要强得多。"我尽量使自己声音听起来有精神，"难道去一个没有人认识你的地方，一个没有人带着先入为主的偏见的地方不好吗？"

"别试图把我给卖了，安雅。可能你巴不得把我送到离你远远的地方，也许你想让我暂时变成别人的麻烦。"

"才不是这么回事！你难道不知道没有你在身边，我会多么寂寞难耐？你是我妹妹，在这地狱一般的乱世，你才是我最爱的人。但我很恐惧，纳蒂。我很怕自己要把一切都搞砸了。我不知道现在该为你做什么才是正确的，我大部分时候几乎不知道怎样安排自己的人生。我真希望爸爸还活着，妈妈或者奶奶活着也好。因为我才十八岁，我不知道该说什么，也不知道你需要什么。我所确定的就是，当年在圣三一高中过得狼狈不堪的时候，我很希望有人能把我送出纽约。我希望有人把我送到远离比利老师的地方去，离开像他那样的人，也躲开我们家的亲戚们。"

在前往佩恩车站的出租车上，纳蒂一路都在跟我抗争，一直争到检票口（这一幕让一队运动员看得津津有味，我是从他们所背的球袋判断出其运动员身份的，不过判断不出底是哪项运动），纳蒂还在挣扎。她扭到候车室还不放弃，在出发指示牌下和我抗争。一个乞丐推了推我妹妹，说："放她一马吧。"顺便一说，这里的"她"指的就是我，就连无家可归的人都觉得我需要保护，觉得这个十四岁的小屁孩太凶悍。

"我不去，"纳蒂说，"不管你说什么，我都不要上火车。"她双手抱臂，下嘴唇噘起来。她看起来就是个青少年原本的样子，憎恨整个世界，憎恨世界上的每一个人。至于我，我怀疑自己看上去就像个假扮大人的孩子，只是在学校剧目中演出。

"你得去。"我说，"你在家里的时候已经答应过了，为什么这会儿又改主意了？"

车站广播通知纳蒂那一班通往波士顿的列车即将检票。她哭哭啼啼、抽抽搭搭，于是我把手绢递过去。她擤了擤鼻子，然后站起来，直起身。

"你怎么能逼着我上车呢？"她用一种冷静的嗓音问道，"你推不动我。我比你高，说不定也比你壮了。"

格斗结束了。笼中的狮子终于意识到，动物园看守有多无能。"我是不能强迫你，纳蒂。我所能告诉你的不过是我爱你，而且我觉得这样做是最好的选择。"

"好吧，但我觉得你错了。"她说。我们互相盯着对方，我没有眨眼，她也没有。一秒之后，她转动脚跟向着通往列车的台阶扬长而去。

"再见，纳蒂。"我在她背后扬声大喊，"我爱你！有什么需要的就给我打电话。"

她没有回答，甚至连头都没有扭一下。

一星期之后，她给我打了电话，一直在抽泣："拜托了，安雅。拜托你让我回家。"

"怎么了？"

"我在这里什么也做不了。这里的规矩成百上千，对我这个转学生来说就更多了。如果你把我接回家去，我肯定乖乖的，我发誓。我知道我以前不对。我不应该跟皮尔斯出去过夜。我不应该对你，对比利老师不敬。"

我硬下心肠："再适应几周吧。"

"我受不了，安雅！我会死的。我真的会死的。"

"他们对你不好吗？如果他们真对你不好，你得告诉我到底怎么了。"

她没有回答。

"是因为皮尔斯吗？"我问，"你想他了？"

"不是！而是……你什么都不知道。你什么都不了解！"

"忍耐一下，忍到感恩节。你可以回家过感恩节，到时候还可以见到利奥。"

她挂了我的电话。

我真希望能见到她。要是学校不是那么远，或者夜总会没有那么忙，该多好。要是我在波士顿有什么熟人就好了，我想。

其实我有熟人，当然有了，可是我实在不想和他说话。我也不想请他帮什么忙。

再说，我连他的手机号码都没有。

我把平板电脑从抽屉里拿出来。只有还在读书的人才用平板电脑。温和我不同，他还在读书。尽管我们当时并没有怎么发信息（我们这个年代，没人发信息了，甚至短信都是爷爷奶奶甚至曾祖父祖母那会儿的传情手段）。但当下这一刻，古老的通信方式对我而言显得很有吸引力，感觉更有礼貌，又比当面说容易得多。

anyaschka66：你在吗？你还用这个吗？

他将近一小时才回应。

win-win：不常用。你想怎么样？
anyaschka66：你在学校吗？
win-win：在。
anyaschka66：在波士顿，对吧？你喜欢那里吗？
win-win：喜欢，很喜欢。实际上，我马上要赶去上课了。
anyaschka66：你一点都不欠我的，但我需要请你帮个忙。纳蒂在波士顿一所高中读书，我在想，你能不能替我去看看她。上次通电话的时候，她听起来心烦意乱。我知道这样的要求有些过分……
win-win：好的，为了纳蒂，没问题。学校在哪儿？
anyaschka66：圣心高中，在联邦区。

（注意，是为了纳蒂——也就是说，并不是为了我。）

第二天，他又给我留言了。

win-win：今天下午见到纳蒂了。她绝对没问题。她喜欢所有课程，也和其他女同学相处得很好。可能她有点想家，不过会挺过来的。我又让她给抢了一顶帽子。

anyaschka66：谢谢你，真是太感谢了。

win-win：不用客气。我下线了。

anyaschka66：如果你感恩节回来的话，可以来夜总会看看。咱们可以聊聊天。饮料我请。

win-win：我感恩节不回家，要去佛蒙特州*，我女朋友家。

anyaschka66：听起来很有趣。我从来没有去过佛蒙特州，应该会很不错。听到这个消息，我真为你开心**。

win-win：爸爸说你们的生意很成功。恭喜了，安妮。听上去你想要的一切都实现了***。

anyaschka66：是啊，嗯，谢谢你。再次感谢你替我去看纳蒂。如果见不到面，我就提前祝你感恩节快乐，我想我们估计见不到面。

win-win：保重。

（*佛蒙特州？动作倒挺快。不过也并不意外，距离上次温跟

080

我辞行已经过去五个半月了，难道我还盼着他出家做和尚吗？）

（**也许这次通信说到底还是有意义的。真开心当我在表达自己多么、多么为他开心的时候，他既听不到我的声音，也看不到我的脸。）

（***有充分的理由说，我并没有得到一切。）

06

我发表了史上最短的悼词；

办了一场聚会；

得到了一个像样的亲吻

圣诞节前两日，我接到了吉卜林先生的太太凯莎的电话。"安雅，"她泪汪汪地说，"老吉死了。"吉卜林先生已经五十四岁了，我上高三的时候，他曾经犯过一场严重的心脏病。才过了两年多一点，又一场心脏病要了他的命。我身边人的死亡率向来很高，但那一年高得出奇。那一年一月伊莫金死了，九月我堂哥米基死了，而现在轮到了吉卜林先生。基本上每个季度都有人去世。

也许正因为如此，凯莎告诉我这件事的时候，我并没有哭。

"我很遗憾。"我说。

"我打电话来是想问问你，能不能在他的葬礼上说几句？"

"这可不是我的长项。"在众人面前显露感情，我并不自在。

"但这会对他有重大意义。他为你，为夜总会相当自豪。每一篇关于你的报道，他都存着。"

对此我很意外。去世前的最后九个月，吉卜林先生一直跟我反复争论，为的就是那间我执意要开的夜总会，那间后来他"感到相当自豪"的夜总会。（这里面还涉及别的原因。）然而，自从我父亲在2075年去世起，一直到去年夏天我长大成人，吉卜林先生不但一直监督着我的每一项财政决定，而且见证了我不少的私人决定。有的时候我并不知道他的建议好不好，不过他一直尽心尽力，从未放弃过我，即便全世界都与我为敌的时候也一样。我知道他很爱我。我也很爱他。

我在纪子、终于从监狱回家的利奥、从圣心高中赶回来的纳蒂的陪同下，来到圣帕特里克教堂。我是第三个发言者，排在西蒙·格林和一个叫乔·伯恩斯的人之后，那人显然是吉卜林先生打壁球的伙伴。不过我还是排在了吉卜林先生的女儿格蕾丝和他弟弟彼得的前面。等轮到我的时候，我的手心和腋窝都湿了。当时是冬天，但我非常后悔穿针织连衣裙来。

我拿着便笺上台，说道："各位好，"便开始了致辞，"我打过草稿。"我翻动着便笺，感觉找了好久好久。我浏览自己所写的内容：

　　1.吉先生 = 爸爸最好的朋友、要打趣做一个罪犯老板最好的朋友有多难？

　　2.吉先生＝要调侃他光头的事？

　　3.吉先生也许不是最厉害的律师，但很忠诚。要说说这些吗？

　　4.吉先生很重视承诺。

　　我就写了这些大纲。一天夜里，我下班回到家，记了这些思路。那时看起来还有点道理，但当我身处圣帕特里克教堂的时候，它们看起来就相当不够分量了。我把平板电脑合上。我得发自内心地发言，本来我是尽量避免自己这么做的。

　　"我不知道该说些什么，"我蠢兮兮地开口，"他是——"我那些空洞的草稿在脑子里跑过：是个光头？是我爸爸最好的朋友？是个平庸的律师？——"是个好人。"我的双腿打战，我能听到自己的呼吸声。"谢谢大家。"

　　走下通道的时候，我无法直视凯莎的眼睛。坐回座位上的时候，纳蒂捏了捏我的手。

　　葬礼之后，西蒙·格林这个我通常尽量回避的人，走到了我和兄弟姐妹之间。纳蒂拥抱了他。"他以前对你来说就好像半个爸爸一样，"她大方地说，"你肯定伤心坏了。"

　　"是的。谢谢你，纳蒂。"西蒙摘下眼镜，在衬衫上擦了擦。他冲我点点头。"安雅，"他说道，"我能不能跟你聊聊？”

最好是不要，但我还有选择余地吗？“这实在很难开口。”当我们走到屋外面的时候，他说道。

我双手抱臂，已经不喜欢他说话的语调了。

“吉卜林先生把他的律师事务所留给了我。不幸的是，他的客户数量大大下降。我不清楚自己能不能让状况好转。你当然可以拒绝，但我还是想问问能不能在黑屋夜总会谋个职位。”

“黑屋夜总会已经有律师了。”我说。再说，我也不想看到西蒙在我身边晃。

“我知道。我的意思是，你的生意现在已经做得这么大了。如果再拓展下去，说不定你还需要再聘个律师。而像查尔斯·德拉克罗瓦这样的人，肯定不打算一辈子只在一间夜总会当法律顾问。”

“我发现其实揣测查尔斯·德拉克罗瓦在想什么是徒劳的。”

“好吧，安妮。我看出自己招你烦了。我只是问问看，你不能怪我这一问吧。”

我知道自己显得很不友善：“听着，西蒙，我这样并不是针对你，而是就事论事。”

“当然，安妮。我懂的。”他停顿片刻，“我发现利奥已经出狱了，我发现了。”

这话不是随意说的，而是一个提醒，提醒我在我哥哥去年复活节从日本回来的事上，我对西蒙好像负有责任。要是西蒙说得更直白些，我倒会对他多几分敬意。"如果我有需要，会跟你说的。"

就这样到了2084年的年尾。在低谷徘徊虽然容易（那么多人死了，我失去了温，跟我妹妹吵架等），但难得这一回，我并没有任自己沉沦。那些苦难似乎把成功的滋味反衬得更甜美。我的生意很红火，我跟胖子还有整个家族和解了。我长这么大第一次行事合法。我钱多得花不完。我成了菲利克斯的教母，还有我已经对穿高跟鞋越来越习惯。

这也许可以解释，你们那不懂玩乐的女主人公——我，怎么会下定决心做出完全颠覆本性的举动：元旦夜前夕，我在黑屋夜总会办了一场聚会。

夜总会门前贴了公告：因私人原因歇业。然后我把夜总会的每一扇门都打开，把音乐调到最大音量。

那是利奥第一次到这间夜总会来。"你觉得怎么样？"我问他。

他双手抓住我的脑袋，亲吻了我的额头、脸颊、头顶。"我真不敢相信，这里竟然是我的小宝贝妹妹一个人创造出来的！"

"有其他人帮我，"我说，"纪子，还有西奥。再加上德拉克罗瓦先生。"

"你简直是最令人惊奇的妹妹了。嘿，安妮，我能不能也来这里工作？"

"当然，"我说，"你想做什么？"

"我不清楚，但我想出点力。"

我总能想出给他安排什么活儿的，也许可以让他和一丝不苟的纪子搭配。我还在盘算这件事的时候，纳蒂一把抓住了我的手。

"温来了！我请他来的。咱们应该过去打个招呼。"

"什么？谁来了？"音乐声太大，我不确定自己有没有听清楚她说的什么。

"我们从波士顿一起坐火车回来的时候，我告诉他必须得来你的夜总会看看，因为这里简直棒极了。我说服了他，因为我说既然这家夜总会基本上是导致你们分手的元凶，他不来亲眼看看，也许永远没办法把这段感情了结。"

"纳蒂，你真不该这么做的。"我说。

"说实话，我并没有觉得他真会来。但他现在来了。"

我用手指捋了捋头发，他还没见过我剪短发的样子。

纳蒂把我带到窗口旁边的一桌。温千真万确地出现了，跟他妈妈、德拉克罗瓦先生还有一个和我年纪相仿的女孩在一起。不用说我也知道，这就是那位家在佛蒙特州的女朋友。她瘦得比皮包骨还皮包骨，高得过分，长着一头齐腰金发。德拉克罗瓦先生和温站了起来，我（但愿是）优雅地冲着一整桌人微笑，拿出最像女主人的嗓音招呼道："德拉克罗瓦先生，德拉克罗瓦太太，很高兴再见到二位。温，没想到你会来。而这位一定就是温的女朋友吧？"我伸出手，要去和那个维京人握手。

"我是阿斯特丽德。"她说。

"我是安雅，"我说。"认识你真棒。"

"这地方太迷人了，"她说，"我很喜欢。"她的手搁在他大腿上。他帮她把面颊前几缕散落的金发捋回耳后。

"的确迷人。"德拉克罗瓦太太赞同道。上次见面的时候，她还为这间夜总会还有她丈夫在这里担任的角色为难，不过现在看来似乎已经对以上两点心平气和了。"你做得实在不错。你跟查理都做得不错。"她看看丈夫，而后者的神色神秘莫测。我对他的了解不够深，难以参透这个表情的含义。我来到这桌的时候，他甚至没有跟我打招呼，反而一直盯着窗外，就好像聚会实际上正在窗外热闹似的。

"谢谢，"我说，"我们都感到自豪。"

"真的很棒，"温说得没几分激情，"很开心能来亲眼看看。"他停顿下来，"你换发型了。"

"是啊。"我把手放在后脖颈上。

"嗯，至少这发型很适合夜总会的气氛。"温说。

"干杯。"我冲着整张桌子的人说，"预祝新的一年里一切顺利！"

我走到吧台边。"我为这局面感到很抱歉，"纳蒂说，"太尴尬了，我不知道他女朋友也来了。"

"没关系，"我说，"我很开心他能来亲眼看看这间夜总会，再说我早就知道他有女朋友了。"

纳蒂正要开口，但随后摇了摇头。她给我们俩点了两杯神之可可。"看到德拉克罗瓦太太我倒是很惊讶，温说他父母之前打算离婚。"

"哦，我没听说。"德拉克罗瓦先生对于他的私生活，嘴巴相当紧。

"是真的。温倒没有多难过，他说已经拖这么久了。这应该是他妈妈提的，我猜。"

"你经常和温聊天吗？"

"有时候吧。我一直很喜欢他，你也知道。"她说，"我在波士顿见到他的时候，就不那么想家了。"她喝了一小口酒，"顺便一说，谢谢你让他来看我。"

"纳蒂，我不知道你能不能回答上来我下面这个问题：你觉得温现在是不是理解了呢？他是不是已经明白，我为什么必须这么做了？"

"我觉得是，"她慢悠悠地说，"他放下了。显然他看起来也不再那么痛苦。"她把下巴垫在双手上，"我还以为你会永远跟他在一起呢。"

"这个嘛，是因为我遇到他的时候，你还是个小孩子。"我说，"我仔细想过了，实际上是因为，有时候一段恋爱之中可能会有各种各样的情况。如此一来，人们做什么或者说什么都是没用的。完了就是完了。"

"你觉得我们之间不会'完了'吧？"纳蒂问。

"当然不会啦，你这个小笨蛋。你可以一直这么恶劣，我也会一直爱你。新学校一切都好？"

她狠狠喝了一口饮料，然后大笑起来："我很不愿意这么说，但你作的决定是对的。我跟皮尔斯当时发展得太快了。一离开他，我就感觉他瞬间变得没那么重要了。"

"有意思。"我说，"也许如果当时有人把我送到外地读书，我也会对温淡下来。"

纳蒂摇摇头："八成不会的。温是个完美的男生，而皮尔斯不过是个普通的傻男生。"

我朝纳蒂大笑。"你不能跟温在一起，"我说，"他对你来说太老了。再说了，他正在和维京人约会。"

"她看起来的确像是个维京人。我反正不想和温在一起，我永远不会和一个伤透了我姐姐心的男孩约会。"

他没有伤透我的心。我现在明白了，如果我对自己坦诚的话，得承认是自己把自己的心伤透了。（注意：说起来，人们要一颗心有什么用？）让纳蒂了解这一点很重要，所以我大声说了出来："他没有伤透我的心。没人能伤你的心，除了你自己。"

"也许她看上去更像是一个冰岛公主。"纳蒂说。

西奥走到吧台边找我们。"谁像冰岛公主？"他问。

纳蒂指了指德拉克罗瓦家那一桌。

"别说了，"我说，"我们可不想让他们发现咱们在背后议论别人。”

纳蒂摆摆手："没关系的，他们又听不见。嘿，冰岛公主！"

"很漂亮的女孩，"西奥说，"但你们俩都说错了，她长得更像人鱼。"

"没约会？"我问他。

他摇摇头。

"什么情况？你已经把纽约城的姑娘都会过一遍了？西奥私生活太随便。"我提醒纳蒂。

"是。你得找个新地方，在另外一座城市开辟分店，这样我才能跟更多新的姑娘约会。"

"是啊，我立马着手准备。"

"加拿大怎么样？在死之前，我很想去加拿大看看。"西奥说。

"或者巴黎！"纳蒂轻快地尖叫道。

"很不幸，巧克力在那边是合法的。我们的店还有什么意义？"

我离开他们，去找音乐播放员。她放了太多舒缓、浪漫的音乐。但这是个聚会，我想要聚会音乐。走回去的路上，我遇上了温，而他独自一人。

他看样子并不想和我说话，但无所谓了。我还没有当面感谢过他替我去看望纳蒂。"嘿，陌生人。"我说。

"嘿。"他就不拿正眼瞧我，他的眼睛反而盯着他父母还有那个维京女孩所在的桌子。

"我想当面谢谢你，谢谢你去看纳蒂。"

"没什么，"他说，"她的学校离我的不太远。"

"这值得我道谢，"我坚持道，"我们之间的结局并不是那么好，所以我很感激你愿意跑一趟。"

"帮你办事是我一个改不掉的坏习惯。我得回去了。"

"等一下，"我努力找理由拖延对话，"温，你觉得新学校怎么样？"

"不错。"

回答简单得就一个词，但我还是不放弃。

"阿斯特丽德真的很漂亮。真开心你遇上了意中人，"我说，"希望有朝一日，我们能变回朋友。"

他在沉默。"我不需要一个像你这样的朋友，"他终于开口了，听起来比我们分手的时候还生气，"我今晚就不该来。"

"你为什么还对我有这么多愤怒？我已经不再生你的气了。"

我听到他深深叹了一口气："我父母要离婚，这理由怎么样？"

"这事不怪我，温。你父母这几年来都不和睦，这还是你自己告诉我的。"

"他落选之后，他们俩的关系有所好转。不过一切都毁了，毁在你和你那了不起的创意上。"

"你不是认真的吧？"

"真遗憾认识你，安雅。我很遗憾追了你，也遗憾我没有在你让我一边凉快的时候就退出。真希望我永远都没有从奥尔巴尼搬走。你不值得我挨枪子。你不值得我等待。你不值得我惹上这些麻烦。你是我人生际遇中最糟糕的经历。在我的生命中，你就像一场飓风，毁灭性的飓风！"他几乎在对我大吼大叫，不过这可能是音乐太吵的缘故。音乐播放员听了我的话，一直在放聚会音乐，低音简直震耳欲聋。"不过，嘿，也不是没有人警告过我。我爸爸大概告诉过我，数不清了，大概一百万次吧，让我离你远点。所以，不，我不想跟你做朋友。和你分手最大的好处就是我们不必做朋友。"

然后他离开了。要是我紧追着不放，偏要在他如此看轻我的时候强塞给他友谊，会让我看起来很悲哀。就算我真想这么干，也不能扔下自己办的聚会不理。我也不能回家扑到床上，把被子盖在头上放声大哭。我扯出一个微笑，然后回吧台那边找我的朋友们。

音乐播放员宣布，只剩下两分钟就要倒数、就要正式进入2085年了。

利奥和纪子也加入了我们，纳蒂一直在跟他们聊应该要再办一次婚礼。既然利奥已经出狱，就该办一场真正的婚礼。

倒数进入最后三十秒，西奥牵起我的手望着我，眼睛闪亮，可能透着醉醺醺的光芒："奶奶说如果新年的午夜没有得到亲吻，会倒霉的。"

"你真是个骗子，"我说，"我打赌你的奶奶从来没说过这样的话。"

"是真的，"西奥说，"她很担心我在纽约没有得到足够多的吻。"

我翻个白眼："那说明你没有跟她说实话。"

"12……11……10……"

他牵着我的手，把我的吧台凳转向他那一边。

"人生苦短，安雅。你到死的时候会不会懊悔，曾经有一个性感的拉丁男人在你面前准备献上亲吻，而你竟然让这机会溜走了？"

"你在说哪个性感的拉丁男人？"

"9……8……7……"

他把一只手放在我的膝盖上："人生中总有一次，女孩，你该让一个懂行的男人好好地亲吻。"

"6……5……4……"

西奥用他那耶稣基督般的深灰色眼睛看着我，而我内心那个天主教小姑娘紧紧夹住双腿。

"3……2……"

如果我说，我根本没想过自己的前男友正在房间的另一边被维京人鱼公主亲吻的话，那绝对是撒谎。

"1！新年快乐！敬2085年！"

"好吧，西奥。"我说，"既然新的一年都来了，那你让我看看什么叫懂行的吻。"

07

我有了个新主意；
因为暧昧不清的原因开始一段恋情

元旦当天，天不亮我就醒了。一个主意跑到我的脑海里，而一旦出现，它就挥之不去了。

我和西奥躺在沙发上睡着了。我把自己从他手臂底下解放出来，来到屋外面给德拉克罗瓦先生打电话。

"安雅，你知不知道现在几点？"

"六点多吧？"

"才5点13分。"

"你都不用睡觉的，所以我觉得应该没关系。"

"新年第一天，我可能会睡一会儿。至少我希望没有人不让我睡。"

"我们今天能见面吗？我想和你讨论一个生意上的新想法。"

"当然。那我们早上十点见。"他说。

"反正你已经醒了,"我说,"咱们七点见怎么样?"

"由于你的生意很成功,你也渐渐变成了一个大恶霸。"他说。

"西奥也会来。"我挂掉电话。

我走进客厅,把西奥摇醒。"新年快乐,妈妈。"他困兮兮地说。他抿了抿嘴唇,但是没有张开眼睛。

"没时间了。"我说,"我们要去开会。"

我们三个在黑屋夜总会见面,因为前一夜的欢宴,那里一片狼藉。"你的眼睛红得可怕,"德拉克罗瓦先生对我说,"我见到过你这种表情,而它通常意味着麻烦要来了。"

"这是怎么回事,安雅?"西奥问。

"嗯,我在想应该在哪儿开分店。"

"你有没有想过布鲁克林的一些地方?"德拉克罗瓦先生说。我们曾讨论过在布鲁克林开第二家黑屋夜总会的可行性。

"没有。但昨天晚上我哥说想要来我们夜总会工作,前天在吉卜林先生的葬礼上,西蒙·格林也提出了类似的请求。"我看向德拉克罗瓦先生,"实际上,他想要你的职位。"

"那就应该让给他。"德拉克罗瓦先生说,"工作时长太变态,老板又有诸多苛求。"

"有时候,"我继续说,"胖子会帮我们家族的其他人打听有没有职位空缺。巧克力黑市买卖近几个月很糟糕。"

"谁能说得出原因是什么？"德拉克罗瓦先生问，"这又不是你的责任。"

"也许不是，但我会这样想。然后，昨晚我正在和你说话的时候，"我指指西奥，"我妹妹也在场，我们开玩笑说要在加拿大和巴黎开黑屋夜总会的分店——基本上聊到的都是西奥和纳蒂想要去的地方。当时我们笑得可开心了。今天早上我觉得，为什么不试试？为什么在可以同时开十家分店的时候，只增开一家？"

"哦，天哪。"德拉克罗瓦先生说。

"我们可以做到吗，德拉克罗瓦先生？我们能拿到特许经营权吗？"

"你这口气听起来，就像是让我给你弄一只小狗这么简单。"

"我并不是在征求你的同意。"我冷冷地说。

"我也没觉得你在征求同意。但是以上帝的名义，我不想看到你圣诞愿望落空时的表情。"

"我的圣诞愿望从来没有实现过，德拉克罗瓦先生。我习惯于失望了。"

"我送你弯刀的那一年圣诞也不怎么样吗？"西奥问。

"除了那一年。"我说，"我想知道的是，德拉克罗瓦先生，我们能不能筹到足够多的钱？"

"我知道，但并不仅仅是钱的事。这事儿关系到物流——还有地方政府和法律的特殊之处，各个区域对于材料和供应的缺乏程度，当地人独特的口味和习惯，以及其他好多因素。"德拉克罗瓦先生说，"不管你要做什么，摊子肯定不应该铺到国外去，仅限考虑国内地区。而且从技术角度上讲，你说的这些不算特许经营，而是连锁店。"

连锁店听上去就远远没有那么风光了。"西奥，我要问你的是，我们可以在所有分店用同一份酒单吗？还有，我们有没有足够多的可可供应？"

"如果你想要明天农场提供可可原料，我们就得扩大种植面积了。不过我倒是可以跟其他供应商接洽。"西奥说，"至于酒单嘛，已经足够精练了，我相信能在很多不同的地方受欢迎。"

"安雅，"德拉克罗瓦先生说，"这实在是个大胆的提议，不过我还是赞成的。但你必须清楚，这是个相当有风险的主意。"

我耸耸肩："我既然进入这一行，就不是为了小打小闹。你曾经告诉过我，唯一真正改变世界的方法就是要做大。"

"是吗？"

"是的。"

"听起来很傲慢。"

西奥说我们应该喝一杯。他去拿饮料，桌子边只剩下德拉克罗瓦先生和我。

"我们做得到的，"德拉克罗瓦先生说，"我会帮助你。不过你为什么不悠闲地静静享受一会儿成功呢？"

"那样有什么意思？"我说。

"我不知道。有的女孩就是把精力放在兴趣爱好、男朋友，还有这些事情的衍生物上面。"

"德拉克罗瓦先生，你得清楚，我对整个家族，还有我自己的家人们负有责任。不过更重要的是，我对于目前的生意有信心。我想要把生意扩张到能够吸纳更多人进来工作。那样不是个很伟大的成就吗？"

"伟大。是啊，当然，肯定很伟大。"他笑了，"你的口气有时候听上去很像我。一个更年轻——当然——也更有前途、更好看的我。"

我发现他有黑眼圈，但我觉得这并不是少睡一晚上觉就会造成的。尽管这举动并不像我会做的，我还是把自己的手放在了他手上。

"我知道你我之间通常不会谈到这些问题，但听到你离婚，我很遗憾。"我说。

他的眼睛里发射出愤怒的光，然后他把手抽走了。"我那点破事已经人尽皆知了是吧？"他问道。

"对不起。温告诉了纳蒂，是纳蒂告诉我的。"

"说实话，安雅，我情愿不要……"他说。

"好吧，"我说，"你有资格给我建议，你可以对我生活的方方面面提出意见，但我们从来都不能谈论到你的事。"

他没有回答。

"这很荒谬，德拉克罗瓦先生。你是我的朋友。"

"你能确定我是吗？同事？我承认，我有很多同事。但是朋友？你做不了我的朋友，因为我就没有朋友。"

"是朋友！这友情不同寻常，但的确是友情。如果你偏要假装这不是友情，就太恶劣了。我是个孤儿，在这个世界上孤孤单单的，但我非常清楚自己有哪些朋友。所以，当然啦，我们就是朋友，德拉克罗瓦先生。作为你的朋友，我当然要在看到朋友受苦的时候表达同情。"

他站起来："如果你说完了，那我就走了。我要开始寻找投资人了。"

西奥走回桌边的时候和德拉克罗瓦先生擦肩而过。"再见，德拉克罗瓦。"西奥喊道。但是德拉克罗瓦先生并没有回答。"他要去哪儿？"

"去找投资人。"

"现在？今天是新年第一天啊。"

我耸耸肩。

西奥把饮料放在桌上："那我们的确要大干一场了？"西奥跟我碰杯，然后他探过身，越过桌子想亲我。

"哇哦，西奥。"我躲开了。

"怎么了？"

“昨晚归昨晚，今早归今早。”

西奥拿了一杯酒。“那就随你啦，”他说，“我们去吃东西吧。夜总会还有好几个小时才开门，而我已经吃腻了通心粉炒冷冻豆子，再吃就要吐了。”

托罗餐吧位于一处华盛顿高地在建项目的一楼公寓中。一个皮肤厚厚的、有两撇乌黑八字胡的男人从窗口探出头，喊道：“西奥，我的朋友！看到你真好！”

“达利，我把安雅也带来了！”西奥从街对面就嚷嚷。

“外面太冷了，”达利说，“快进来吧。”

达利亲吻西奥两边的脸颊，表示欢迎。“安雅，”达利说，“我是夜总会的粉丝，但西奥可从来没说过你本人如此漂亮。”

由于新年的缘故，餐吧也提供早餐和午餐，或者对那些彻夜狂欢还没回家的人来说，这也算是晚餐。厨房飘出的香气很熟悉，只不过需要确认一下。“西奥，你究竟是怎么在曼哈顿找到摩尔[1]的？”我问。

“摩尔里面也含有可可，明天农场生产摩尔。”西奥说，“再说了，我在这里可是很受欢迎的。”

1　摩尔（Mole）：墨西哥独有的一道搭配酱料的美食。其中肉倒在其次，重点在于经过长时间烘烤的酱汁混合着坚果、香草所散发的香味，再配合着辣椒与果肉，鲜美无比。因其含有微量巧克力成分，故也经常被称为巧克力酱。

这家小餐馆只有三张桌子，另外两桌在我们踏进店里的时候已经坐满了，桌上铺着蓝白交织的桌布，浅蓝色的烛台里端坐着许愿蜡烛。壁炉边的花瓶里，插着一枝枯萎而低垂的玫瑰。

这里的摩尔也许并不如明天农场那边做得好，但也没有差多少，吃起来既美味又辛辣。我的眼睛都开始泛泪。

"安雅，"西奥说，"你哭了。你肯定饿坏了。"

"我是辣哭的。没事。"我一只手在脸边扇了扇，"我喜欢辣的东西。"

我又吃了三碗，我自己都不晓得自己有多饿。当我坐在那里沉思要不要再来第四碗的时候，西奥嘲笑起我来。

"吃不下了。"我终于说。我把碗推到一边，控制自己不要打嗝。我觉得又暖和又满足，简直不知道接下来要做什么了。

我们打不到车，所以走了很远一段路回到夜总会。我们走了好几个小时，不过我们都年轻而强壮，又有的是时间。

"这段路并不安全，"我警告他，"不过现在是白天，再说我随身带着弯刀呢。"

当我们走到中央公园最南端的时候，天空开始下雪，我有点冷。所以当西奥伸手揽过我的肩头时，我没挣扎。

"西奥，"我满怀歉疚地说，"我们做朋友不是更好吗？"

"谁说我们在公园里偶尔接个吻就做不成朋友了？"

我靠近他，打算亲他，却中途停了下来："你得清楚，我对你并不是男女之爱。"

"有什么关系呢？我对你也不是。咱们只需要一起找找乐子。我喜欢你，你也喜欢我。没有必要上升到爱或者是蠢乎乎的高度。我们都长得好看，也都单身，所以有什么不可以？"

是啊，有什么不可以？

我的嘴巴里带着浓烈的鸡肉摩尔味，但那又怎么样？西奥又没有把我当作女神，也不觉得我是个公主。也就是说，他很清楚我的口气并不一直都是薄荷口香糖加肉桂味的。我探过身，狠狠亲吻他。偶尔，只是因为对方很可爱、因为好玩、因为感觉对而接吻，也很好。

08

我又增加了两名室友

斯嘉丽刚刚生了孩子那阵儿，我不过才见了她几面。虽然她参加了夜总会的开幕式，但走得很早，什么乐子都没赶上。她也没有来参加新年聚会，因为她要和盖布尔的父母一起过年。为了尽量做一名尽职的教母，我陪她和菲利克斯一起参加了午夜弥撒，但就那一回而已。我们不上学了，不会天天见面，而且她现在住的地方比以前远了很多，远出了六十二个街区。

在复活节过去几天之后，她来到我家，抱着菲利克斯坐在客厅的沙发上。她看起来没变化，依然漂亮，不过倒是比生孩子前瘦了。她眉间添了一道明显的皱纹。"盖布尔走了。"她说，"他父母埋怨我，我待不下去了。"

"盖布尔去哪儿了？"我问。

"我不知道，"她说，"我们最近总是频繁地吵架。他特别讨厌医院的那份工作。他父母逼我们结婚，不过我们俩都不想结。然后，他就走了。"

"斯嘉丽，听到这个消息我感到很抱歉。"我觉得比起斯嘉丽，菲利克斯更可怜。我对事情发展到这个地步很遗憾，但是并不吃惊。时间一长，盖布尔·阿斯利总是人如其名，显现出浑蛋的样子。

"我们俩能不能在这里住一阵子？我不想回我爸妈家住，但盖布尔妈妈现在这么讨厌我，我更不能待在他家。"

"你当然可以住下来。"尽管说实话，目前我的房子里住着好多人：纪子、利奥、西奥，纳蒂从学校回来的时候也住在这儿。"纳蒂不在家的时候，你就住在她的房间吧。"

"还有，我得找份工作。我最近在试镜，有好几次都差点获得出演话剧的机会——"

"斯嘉丽！太棒了。"

"但是盖布尔走了，我知道自己等不起了。我现在得找到一条谋生的路。"她做了个鬼脸，"我不愿意开口，但你可不可以在夜总会给我找份活儿？舞女啊，服务生啊，随便什么活儿。我知道我做不了其他工作。如果有了一份时间自由、附带小费的工作，我还可以时不时去试试镜。"

我坐到斯嘉丽身边，在菲利克斯边上我还是不太自在。不过他爬到我大腿上来了。

"很好，"斯嘉丽说，"就坐在你教母身上吧。你越来越重了，我都抱不动了，菲利克斯。"

"嘿，菲利克斯。"我说，

"嘿。"他说。

"哦，他现在会说话了。"我说，"嘿。"我又说一回。

他晃晃手，冲我笑。

"夜总会绝对可以再添个服务生，但那样不会有点怪吗？我是说，我希望给你提供一份更好的工作。"

"纽约没有遍地都是工作等着我挑，再说我不自视甚高。我没有资格自傲。"

"那你上班的时候谁看着菲利克斯呢？我不是常常在家。"

"不，我永远不会让你照看孩子的。我父亲可以来，爸爸总是尽量帮我的忙。我妈妈才是那个一直看不上我的人，这也是我不能和他们一起住的原因。"

"如果你想要去盖布尔家拿你和菲利克斯的东西，我可以陪你去。"

她笑了："我要说些让你讨厌的话了。我知道自己已经开口找你帮了好多忙了，但你能不能……你介不介意一个人去呢？我不想把菲利克斯带回盖布尔父母家，大家都不开心，我不想让他也被搅和进来。"

这个时候，西奥走进客厅。"我可以照看孩子，"他说，"你们俩一起去吧。"他肯定在偷听我们讲话。

他来到沙发前，把菲利克斯从我的腿上抱起来："看到了吗？

孩子们都喜欢我。"菲利克斯开始上手抓西奥的胡子，这是西奥来纽约以后开始留的。

他把手伸到斯嘉丽面前："我们还没见过面，我是西奥。"

"我是斯嘉丽，"她说，"这是菲利克斯。"

"啊，你就是安雅最好的朋友。我是安雅的男朋友。"

斯嘉丽看看我："你从什么时候开始有男朋友了？"

"他不是我男朋友。"我说。

"我的英语不是特别好。"西奥说，"我只是想说，我是男的，而且是她的朋友。"

"我不明白，"斯嘉丽说，"他到底是不是你男朋友？"

我叹口气："这些名头有什么意义？如果你今晚想把东西拿回来，咱们现在该走了。"我转身对西奥说，"还有，斯嘉丽会变成你手下的新服务生。"

"等下，怎么回事？"西奥说，"不过你看起来挺不错。你有没有相关的工作经验？"

"我学东西很快的。"她笑着说。

斯嘉丽打开了盖布尔父母家的门，说："也许他们不在家。"

我们走进屋子，的确没有人。斯嘉丽让我去收拾卧室里的东西，她去打包婴儿室的。我把她的衣服丢进旅行箱，把化妆品和首饰装进盒子。我差不多要收拾妥了的时候，听到房门开了。

"斯嘉丽？"一个女人问道。我听得出来这是盖布尔妈妈的声音。

"我在婴儿室。"斯嘉丽回答。

我把旅行箱和盒子都放在前门，又回到婴儿室门口等着。我觉得他们可能会起争执，所以得待在斯嘉丽身边。

"你不能把我孙子带走！"盖布尔的妈妈嚷道。

"我没有打算带走他，我肯定不会这么干的。但我们不能在这里继续住下去了，这对大家都不好。而且现在盖布尔走了，我也没道理住在这里。"

"盖布尔会回来的。"他妈妈说，"他只是很心烦。"

"不会，"斯嘉丽说，"他不会回来了。他告诉我，他不会回来了。我相信他说的话。"

"盖布尔是个好孩子，"他妈妈坚持说，"他不会抛弃自己孩子的母亲。"

"他已经抛弃了，"斯嘉丽说，"他都走了一个月了。"

我有一点惊讶，斯嘉丽竟然足足等了一整个月才告诉我盖布尔离家出走了。

"好吧，你不能带走我孙子，"盖布尔的妈妈重复道，"我不会让你这么干。我会报警。"

我走进婴儿室："实际上，她完全有权利带你孙子走。"

"她在这儿干什么？"盖布尔的妈妈很不喜欢我。

"斯嘉丽是孩子的母亲，而法律并不会认为祖父母比父母更有抚养权。"我说。

"我为什么要信你的话？"盖布尔的妈妈问，"你又不是律师。你不过是个开夜总会的下流货色。"

"正因为像我这样的下流货色都生活艰辛，你才应该相信我说的话。"我走到盖布尔妈妈前面，"我自小在我家和管教所之间来回移动，所以我对于抚养权归谁的问题了如指掌。"

"这都是你的错！"盖布尔的妈妈对着我大喊，"你要是没有下毒害他——"

"我没有给他下毒。他吃了块坏巧克力。再说你儿子是个很差劲的男朋友，所以他变成了差劲的父亲、差劲的未婚夫也没什么好意外的。走吧，斯嘉丽。咱们该回去了。"盖布尔的妈妈堵着门，所以我把她推开了。

我们等了好久才叫到车，又花了好长时间才把斯嘉丽的东西塞到后备箱里和后座上。我们在沉默中踏上返回上城区的路。"谢谢你。"她说。车开到公园附近的时候，她才开口，"我真的很感谢你陪我来拿东西。"

"我很开心你愿意跟我说，不过我实在不敢相信你竟然足足等了一个月才告诉我盖布尔走了。"

"说实话，我之前有点儿生你的气。"她说。

"为什么？"

"我想这不全是你的错。我们没怎么见面，但我在报纸上看到夜总会的报道，也知道你的生活处处如意，相比之下我会觉得自己很惨。比方说，我一直努力地做个好人，也努力地当个尽职的好朋友，但你看我现在是个什么境况。"

"你不能这么想。"

"大部分时候我不这么想，但有时候难免克制不住。然后我就很生气，因为我觉得你在没有我参与的情况下继续过日子了。我还会觉得如果你身边有很棒的新朋友出现，就不想和我继续做朋友了。"

"斯嘉丽，我很忙，只是这样而已。我知道有了孩子后你很难为自己的将来作打算。如果你需要我，我当然会陪在你身边。"

斯嘉丽叹了口气："我知道。但我想说，这就是和你做朋友艰难的地方。有时候，我想要觉得自己是被需要的。我是说，你究竟有没有想我呢？我们今年一共才通了三次电话。"

我抱住她："真对不起，我没有更……很抱歉，我只是不擅长外露感情。"

"是啊，你的确不表露自己的情感。有一次，我甚至对自己说如果你不打电话来，我肯定不主动打给你。你知道这样的状态持续了多久吗？"

我不想知道。

"四个月。"

"对不起。我是个不合格的朋友。"

"不是的。你是最好的朋友。你是我最好的朋友，但你的确有你的问题。"

"我知道。"

"哦，别伤感。我想说的其实是我知道自己之前有多傻。我们可能不像过去那样常常见面，但今天晚上我完全不想和别人待在一起。这不是很有趣吗？我能失去得起男人，上帝知道我们都失去过一些男人。但我知道，就算我想要故意失去你，也是办不到的。"

09

听西奥长篇大论地解释建立一段长期关系的种种困难
不过他说的是跟可可的关系

2085年的上半年里，德拉克罗瓦先生找到了新的投资人，而我和西奥走遍全美，要给黑屋夜总会寻觅最佳的新地址。我们在路上的时候，纪子和利奥负责纽约店的经营。尽管我也曾经出国旅行过，但在美国这片国土内，我却从来没有离开过曼哈顿方圆七十五英里的范围。所以看看其他地方的人是怎么生活的，倒是令我很感兴趣。我犯了年轻人常犯的错误，以为全天下的人，都在和我以相同的方式生活：在公寓里晃来晃去，坐公交车，星期六的时候逛市场。但事实上并不是这么回事。在伊利诺伊州，杂货店仍然存在；在加利福尼亚州，水果和花卉遍地生长（我奶奶肯定会喜欢这里的）；在得克萨斯州，遍地有股烧着了的味道；在宾夕法尼亚州，我和西奥造访了一座鬼城，而它竟然顶着"世界上最甜蜜的地方"的名头。位于宾夕法尼亚州的赫尔希[1]曾经有座巧克力工厂，甚至还有一座巧克力主题公园。要不是亲眼看到拟人化的牛奶巧克力棒雕像，我都不敢相信这一点。雕像的眼睛瞪得圆鼓鼓的，笑得轻狂。他戴着白手套，穿着凉鞋。我猜这个造型的意图是为了讨孩子们的喜欢，但我觉得这雕像面目可怖。说到底这是座巧克力主题公园啊！读者朋友，你们能想象吗？

到了七月，我和德拉克罗瓦先生已经募集到足够多的钱，可以把新店拓展到五座城市和地区：旧金山、西雅图、布鲁克林、芝加哥和费城。"恭喜，安雅。"德拉克罗瓦先生在最后一份合同落成的时候对我说，"你现在已经正式经营着一个品牌了，而这品牌即将铺展到我们伟大国土上的五座城市。这一切都如你所愿吧？你现在是不是蜕变成一个全新的人了？"

"我还是以前的我，"我说，"不过，我倒是希望能把店开到十家。"

"你肯定会这么说。我很好奇，到底是什么驱动着安雅·巴兰钦做事这么卖力？"

"和以前的原因一样，"我轻声说道，"为了努力把父母去世的巨大阴影甩掉。我从没觉得自己得到了足够的爱，我想要证明那些想扳倒我、妨碍我的人都大错特错。我会想起那些老师、前男友、整个家族、警察还有地区检察官，所以得好好感谢这么

1　赫尔希（Hershey）是闻名世界的"巧克力城"，这里有美国最大的巧克力生产商——好时食品公司。

多人（促使我奋进）。"

"就算要'感谢'地区检察官，也应该是在任的地方检察官。"他说，"尽量让自己开心一点，好吗？尽量享受这一刻的成功。"

"那可不符合我的本性，我的同事。"我笑着说。

最后一桩生意谈妥后的那天晚上，纪子和利奥举办了小型晚宴，庆祝生意扩张。不知道是因为监禁的约束起了效果还是因为纪子的影响，利奥自从被释放出来开始变化很大。比如说，他忽然掌握了不少技能：学会开红酒瓶、学会烤鱼、学会挂窗帘、学会通水槽。他还跟住在同一栋楼的邻居做朋友。也许我有反社会人格，除了打声招呼，我在这十八年半的时光里从来没有好好跟邻居们说过话。在我看来，利奥现在变得更有能力了（甚至在某些方面比我更有能力），不再那么像个孩子似的时时需要我的照顾和看护。虽然这种情况并不多见，但是当他沮丧、烦躁的时候，纪子会搂搂他的后背。只需要一会儿，他就平静下来了。（纳蒂开玩笑说，纪子是个瞬间令利奥安静下来的法宝。）我跟哥哥之间一直有争执，但我长这么大第一次觉得他这个人还是有优点的。

另外值得一提的一件事是纪子和利奥都喜欢布置家里。有时我回到家就会发现他们把墙壁刷成了灰紫色，或者给旧沙发重新装上了灰色的羊毛沙发垫。自从父母去世后，我们的房子第一次又有了家的样子。

晚餐会上的客人有露西、斯嘉丽、菲利克斯、西奥、德拉克罗瓦先生及其新任女友菲尼洛普。菲尼洛普的嗓音太尖锐，说什么都听起来刺耳。她有一家很成功的公关公司，当晚见面没十分钟她就自报家门全告诉我了。她和温那美丽的、长着黑头发、农民出身的母亲，没有一点相似之处。

所有人都把我和西奥当成一对，但我从来没说过他是我的男朋友。除了当着斯嘉丽那一次，他再也没有自称过是我的男友。我喜欢他的陪伴、他的调笑，也喜欢他身上肉桂味的香气。我喜欢他，也喜欢和他在一起的我自己。我的性格十分内敛，而西奥恰恰相反。人们似乎更喜欢和他在一起的我，因为他温暖而富有活力，这对我是种鼓舞。然而我并不想控制他，甚至不打算阻止他和其他姑娘约会（我知道他也没停下约会）。尽管见到他的时候我总是感到开心，但我们不在一起的时候我也不会心神不宁。

不过，我仍然能明白人们为什么会觉得西奥是我的男朋友。我们一起工作，一起住，这点肯定会把奶奶吓坏的。我并不是有意要和异性同居，也并不为此自豪。但说到底，西奥是因为紧急事件来纽约帮我的，他也一直没有搬出去。

（注意：现在回想起来，我应该让他搬走。）

晚宴之后，我让纪子和利奥去睡觉，我来负责收拾打扫。纪子去睡了，但利奥留下来帮我的忙。"安妮，"利奥在我们差不多擦干所有的盘子的时候说，"你觉得派我和纪子去经营旧金山的新店怎么样？"

"你在纽约过得不开心？"我问道。

"当然不是，安妮。我爱纽约，纽约是我的家乡。但我真的，真的很想试试看去另外一座城市打拼。"

"为什么？"我小心地把洗碗布挂在椅子后背上。

"我想有你在纽约这样的影响力。如果你愿意让我去，我能让旧金山的店留下我的印记。我知道我以前那些烂摊子要你来收拾，但我现在变聪明了，安妮。我不再像过去那样容易犯错。"

"那纪子呢？"我问，"她对这个提议怎么看？"

"她对此很兴奋，安妮。她这么聪明，总是有了不起的想法。她让我觉得自己也聪明起来了。"诚实地说，我曾经真的担忧一旦纪子的英文进步了，她就会对我哥哥失去兴趣，甚至干脆抛弃他。

我看着利奥，那张我熟悉的脸上有着小男孩和成熟男人的双重影子。我知道当每次做事都需要我批准的时候，他并不好受。

"如果我真的让你们去，就会像对待其他员工那样对待你们俩。如果经营不好，我会把你和纪子都开除。"

"我知道，安妮！我没想过让你区别对待。不会出什么差错的。"

"好吧，"我说，"我想唯一的问题就在于，我会多么想念你们啊。"我已经越来越喜欢一回到家就看到他和纪子在家的感觉。

利奥狠狠地拥抱了我："谢谢你愿意信任我！我不会让你失

望的。我发誓！"利奥又一次拥抱了我，"等一下，我还有个想法。你觉得我们把西蒙·格林一起带到旧金山怎么样？我们需要一个律师，而西蒙也缺份工作。"

利奥显然是个比我更善良的人。坦白说，这并不是个坏主意，至少这样一来可以把西蒙·格林带到西岸去，跟我隔着整个美国的辽阔疆域。"这件事你来决定，利奥。"我说，"旧金山是你的舞台，你和纪子想要雇谁就雇谁。"

他们三个在我年满十九岁的一个星期后就离开了纽约。我在机场哭了，不知道为什么。我不知道自己会哭，但是当看到我哥哥和我已经相当喜欢的纪子要离开时，这场面让我被一种难以预料的情感所裹挟。利奥那么像我爸爸。为了保障他的安全，我所做的一切牺牲忽然变得非常值得。

"我会过得很好的，安妮。"利奥说。

"我知道。"我说。

"你永远都会操心我的事，是吧？"

"你说到点子上了，利奥。我以前总是担心你，现在我解脱了。这就是我哭的原因。我真心相信你会过得很好。"

利奥和纪子走了之后，我和西奥就不能再同时离开纽约。我得监管纽约店，也就是我们的夜总会旗舰店。而西奥需要到处跑，安置好其他分店的后厨事宜。2085年的下半年，我见到他的次数比上半年少了很多。十月的某个晚上，他从芝加哥的酒店给我打电话："安雅，我想你了。说，你想我。"

"我想你。"我打着哈欠说。

"你听上去一点都不想我。"他说。

"我只是累了，西奥。我当然想你了。"

"很好，那你一定要和我一起回家过圣诞节。"他说。

"我说不准。我和纳蒂一直是在纽约过节的。"

"她也来。"

"机票很贵的。"

"你现在很有钱了。再说现在我们俩出差经常飞来飞去。"

"难道你家里的人不讨厌我吗？我把他们心爱的西奥拐跑了啊。"

"才没有，他们见到你会很高兴的。你有差不多两年没有回过恰帕斯了。再说，上次餐吧吃的摩尔虽然好吃，但远远不及奶奶的手艺。"

"你要求真高。"我说。

"作为靠种植可可为生的人，就是要有高要求。可可是种消耗很高的植物，这点你很了解。水太多，会长霉。水太少了，就会干枯而死。你也不能仅仅对它倾注一腔热爱，有时候你得不管它，让它自由生长。要是把生长环境变得太简单，可可就不能结出强壮的果实。有时候你什么都做得很好，它还是不满意。你要提醒自己别难过，因为它就是这个样子。但它值得这一切的付出，我告诉过你，安雅，它真的值得。一切都控制好的话，它会

118

回报以非比寻常的甜蜜，那是种浓郁的味道，在别的地方找不到。种可可让我变得无情，但也让我变得耐心和细心。你会和我去恰帕斯过圣诞节的，对吧？我的曾祖母可是越来越上年纪了，而且你总是说，想让纳蒂去看看我的农场。"

10

**我回到了恰帕斯，在明天农场过圣诞节；
在可可园中被求婚，是我今生第二倒霉的事**

这一年过得飞快，而且没上演什么对我来说似乎是与生俱来的痛苦、眼泪、死亡或悲剧掺杂的戏码，2085年顶多是让我为工作辛劳奔波。（事实上这一年当中最难以启齿的失策，应该是和西奥约会。）十二月的最后一个星期，我将夜总会交到能力卓著的员工们手上，跟西奥和纳蒂一道登上了开往恰帕斯的飞机。

第一次去墨西哥的时候，我伪装成一个大胡子，用另外一个身份隐匿在一艘货轮上。无须赘言，这一趟行程舒服得多。这几年来，我都梦想着带纳蒂来恰帕斯，而看到恰帕斯展现在纳蒂眼中，我觉得分外喜悦。她说着空气有多纯净，天空有多蔚蓝，花朵的形状和颜色美得多么不可思议，而巧克力商店竟然在白天开张。我想把她介绍给西奥的家人，包括他妈妈卢斯、他姐姐卢娜、他那个做牧师的哥哥卡斯蒂洛，当然还有他的奶奶和曾祖母。（他另外一个姐妹伊莎贝尔在墨西哥城过节。）唯一令人遗憾的是，那位年事更高的曾祖母没有办法到卧室之外的地方活动。她已经九十七岁了，大家都觉得她快不行了。

我到的时候，卢娜直接从她弟弟身边走过，先来拥抱我。"你怎么这么久才来啊？"她问，"我们真的好想你。"

"嘿，卢娜。"西奥说，"你亲爱的弟弟也回来了。"

卢娜忽略他："这一定是纳蒂吧。那个最聪明的妹妹，对吧？"

"大部分时候挺聪明的。"纳蒂说。

卢娜冲我妹妹低声耳语："我也是家里最聪明的那个孩子。这可真是个巨大的负担啊，对吧？"卢娜转向她哥哥和我，"你们两个在可可大丰收之后才回来，真是太'棒'了。一个星期之前，我正缺人手，正用得着你们呢。"

我和纳蒂刚刚把行李放到房间里，有人告诉我，曾祖母想见我。我换了一条连衣裙，来到她的房间，而西奥已经在她身边了。

"安雅……"她的声音沙哑，又说了几句西班牙语，我听不懂。我的西班牙语已经生疏了。她用食指点着我，而我看向西奥，希望他能解释一下。

"她说见到你很高兴。"西奥翻译道，"你看起来相当不错，不胖也不瘦。但你隔了这么久才重新回到我们家农场，她觉得很难过。她想再说一次，关于索菲娅·比特的事，她觉得很抱歉。她——奶奶，我才不会说这个呢！"

"什么？"我问。

西奥和他的曾祖母嘀咕了两句："好吧，她说我们都是天主教的好孩子，她不想让我们背负着罪孽同居，上帝不会喜欢这种行为。"西奥的两颊绯红，就像是熟透了的草莓。

"告诉她，她误会了。"我说，"我们两个只是朋友，告诉她我们住的房子够大。"

西奥摇摇头，离开了房间。我牵起曾祖母的手说："他只是我的朋友。我们两个并没有罪孽。"我知道这并不完全符合实际，但我觉得如果撒个小谎能让这位可亲的老奶奶好受一些，也没什么大不了的。

曾祖母摇摇头："他爱你，安雅，他爱你。"她用手拍拍自己的心头，然后指指西奥刚刚走出去的那扇房门。

我亲了亲她布满皱纹的脸颊，假装没听懂她说的话。

上一回在明天农场过圣诞节的时候，我一直都惴惴不安，无法全然放松地享受节日气氛。那时候我逃离家乡，跟所有我爱的人分离。但这一回有纳蒂在我身边，而且我的忧虑已经降到了历史最低点，所以我容许自己在西奥家喝点酒。

我们在圣诞节早上交换了礼物。我和纳蒂带了丝巾送给马克斯家的各位女性。我给西奥买了一口新的皮箱，登机前我已经送给他了。他为了黑屋夜总会一直出差，我希望这份礼物会派上用场。西奥送我了一把弯刀鞘，上面刻着安雅·巴纳姆，也是我曾经冒用的假名。"每次你从背包里拿出那把弯刀，我就忍不住笑起来。"他说。

圣诞晚餐是地道的摩尔和三奶蛋糕[1]。纳蒂吃得太撑，直接睡着了。在明天农场，午睡是有着光荣传统的。趁着我妹妹午休的时候，西奥问我愿不愿意去可可园散步。

上次我和西奥走在这片院子里的时候受到了杀手的攻击，那个人想杀掉我。（虽然听起来耸人听闻，但我的人生向来如此。）西奥伤得很重，我砍掉了那人一只手。两年后，我仍然记得挥刀砍向人肉和骨头的感觉。

不过这片林子留给我的并不只是阴影，也正是在这片地方，西奥教我了解可可。如果没有来过这里，我永远开不了黑屋夜总会。

我看到一株可可苗要腐烂了，出于习惯地拔出弯刀，把它砍了下来。

"你的感觉仍然敏锐。"西奥说。

"大概吧。"我把弯刀收回鞘中。

"走之前，我会替你把刀磨一磨。"西奥说。他把手指探进我的手中，我们静静地走了一会儿。已经接近黄昏了，但我很愿意待在外面，让自己的皮肤趁天黑前享受墨西哥阳光的温存。

"来这里过节，你开心吗？"西奥问我。

"当然开心。谢谢你坚持让我一起来。我的确需要离开纽约

1　三奶蛋糕是墨西哥地区的一种海绵蛋糕，添加淡奶、炼乳和鲜奶油三种奶制品制作而成。

一阵子。"

"我了解你，安雅。"他说，"我比你自己更了解你。"

我们又走了一阵，走走停停，照料可可苗。走到园子尽头的时候，西奥停了下来。

"我们该往回走了。"我说。

"还不行，"他说，"我有话说。"但他接下来什么也没说。

"怎么了，西奥？赶快说吧，我觉得有点冷。"十二月墨西哥的天气可以忽然从舒爽宜人变得寒气逼人。他抓住我腰间缠绕的刀鞘皮带，把皮带卸了下来。

"你在干什么？"我问。

他把弯刀拔出鞘。"放下我的弯刀。"我说。我开玩笑地在他手腕上轻轻一击。

"伸出手来。"他说。

他把刀鞘倒转过来，一枚小小的戒指——银白色的戒臂上嵌着珍珠——跌出鞘筒，落入我的手掌。"你没有仔细看清楚。"他说。

我站在那里，傻了。我真诚地希望现在这场景并不是表面看起来的那回事。"西奥，这是要干吗？"

他抓起我的手，把戒指硬套上去："我爱你，安雅。"

"不，你才不爱我！你觉得我很丑。我们一天到晚都在吵架。你才不爱我。"

"我取笑你，我戏弄你，但你知道我这人就这样。我真的爱你。我从来没有遇到哪个人，能给我你带来的这种爱的感觉。"

我开始后退，和他拉开距离。

"我觉得我们俩应该结婚，我们是同一类人。而且曾奶奶说得对，过去一年里我们一起生活却不结婚是不对的。"

"西奥，我们不能仅仅因为惹了你曾祖母不高兴就要结婚。"

"那才不是唯一的原因，而且你心知肚明。我爱你，我家人也很爱你。这世上再没有第二个人像我这样和你有共同语言了。"

"但是西奥，我不爱你，而且我从没有说过我爱你。"

"那有什么关系？关于爱的问题，你总是欺骗自己。我了解你，安雅。你害怕被伤害，害怕被控制，所以你告诉自己，你并没有陷入爱情。你害怕幸福，所以当幸福来敲门时，你总是破坏它，生它的气。"他牵起我的手，"难道我们这一年过得不开心？"

"很开心，但是……"

"还是有其他人比我更招你的喜欢？"

"没有，西奥，我不喜欢任何人。"

"当然没有了。所以嫁给我吧，安雅。把你自己交给幸福。"他抱住我。

"西奥，"我说，"我并不想和你结婚。我不想和任何人结婚。看看我父母，再看看温的父母。"

"我们不会像他们那样的。我能想象你和我变成老太婆和小老头的那一天。我们一起做饭，调笑对方，一整天都不停歇。我们会是幸福的，安雅。我保证我们会幸福到底。"

我知道他并没有在听我说什么，我不知道怎样才能让他明白。我觉得被他下了套，被耍了，被愚弄了。但我并不想失去这个小叛徒。我看着他，我在想我到底有什么毛病，为什么这个帅气又幽默的男孩不能得到我的心？"西奥，过一阵再说吧。"我说。

"你是说，结婚之前先订婚吗？"

"我还很年轻，我需要时间考虑。"

"你才不年轻呢，"他说，"你从来没有年轻过。你生来就有一个老灵魂，而你对自己的心意一直非常了解，正如我了解你一样。"

"西奥，"我说，"就算我的确爱你，这也不足以成为结婚的理由。"

西奥嘲笑我："那什么足以成为结婚的理由？说来听听。"

我试着想出一个真正的理由。"我不知道。"戒指的戒臂太紧，我的手指开始疼了。我把戒指拔下来，结果它从我手指间飞出去，落到泥里面了。我趴在地上开始找戒指。"西奥，请原谅我。我好像把你的戒指弄丢了。"

"冷静，"他说，"我看到了。"长年累月跟可可打交道，练出了他锐利的眼光。他瞬间就发现了戒指所在。"在土里面找珍珠并不困难。"他说。

他试图再次把戒指递给我，但这一次我不能接。我双拳握紧。"西奥，拜托，"我说，"我求你了。以后再问我吧。"

"承认你爱我，我知道你是爱我的。

"西奥，我并不爱你。"

"那我们过去这一年算什么呢？"

"我不知道，"我说，"恐怕是个可怕的错误。我真的很喜欢你，我也喜欢和你接吻，而且我十分感激你。但我很清楚，我并不爱你。"

"你怎么知道的？"

"因为我……我爱过人。而那种感觉，跟对你的感觉是不同的。"

"你是说，和温的那一段？如果你这么爱他，为什么现在并没有和他在一起？"

"我们想追求的东西不一样，西奥。也许拥有爱情对于某些女孩来说已经足够了，但对我来说并不是这样。"

"你离开了温，也就是离开了你嘴上说的自己所爱的男孩，是因为你说那样的爱并不能让你满足。你和我之间有友情，有工作伙伴关系，我们相处起来也有乐趣，但这对你来说同样不够。你不想要爱情，然后又转过头来渴望爱情。你有没有意识到，没有什么能令你满足？"

"西奥，我才十九岁。我并不一定要着急明确自己究竟想要什么。"

西奥把戒指摊在自己的手掌上，静静地盯了一会儿："也许我们该分手？你是不是想要这样的结果？"

"不，我不是说要……我是说，我现在不能嫁给你。我的意思只是这样而已。"这很自私，也很懦弱，但我并不想失去他，"让我们把这件事忘了吧。我们回到纽约以后，还是可以照以前的状态生活。"

西奥盯着我，然后点点头，把戒指放回口袋里。"总有一天，安雅，你会变老，变得像你奶奶或者我的曾祖母那么老。你会生病，你需要依靠其他人，而不仅仅是靠你自己。到时候你可能会发现自己很后悔，竟然把所有试着来爱你的人都赶走了。"他向我伸出手，将我从地上拉起来。我掸了掸裙子上的土，但因为地面潮湿，大部分泥土还是留在了裙子上。

11

我差一点，就步了爸爸的后尘

十二岁的时候，我和斯嘉丽讨论过，万一将来有个男孩（说不定是个王子）求婚，而女孩处在尴尬的境地不得不拒绝的话，之后会发生什么？"那男孩大概第二天就消失了吧。"斯嘉丽当时说。不管怎么说，那次聊天的后遗症就是，我觉得直接拒绝别人会产生一种将求婚者放逐的力量。但这样不好吗？毕竟，如果一个男孩为你付出一切，结果你却对他说："谢谢你愿意付出你的心，但我比较喜欢其他男人。实际上，我觉得还是一个人比较好。"你怎么还能指望他继续留在你身边？

回到纽约以后，我想骄傲如西奥大概会搬出去，甚至会直接离开美国。当然，那很不切实际。他住在我家，而我们一起做生意。结果我们假装什么都没有改变，但这种状态很可怕。他没有再提起求婚的事，但我觉得那件事仍然悬在我头上，就像八月要下雨的阴天似的。也许他在耐心等待，也许他觉得我会改变主意。我很想告诉他，拜托了，我的朋友，离开我吧，拥抱自由。我放你走。我欠你太多了，不想成为你不幸的源泉。你值得拥有更多，比我所能给的要多。但我想自己还是太懦弱了。

偶尔，他嘲讽我的话听起来少了几丝玩笑，多了些从前没有的刻薄。有一次我们就某一款饮料至少需要多少可可的问题而争论，他说我"内心丑陋"，在这样的时刻，我会觉得我们已经走到了吵架的边缘，而这一吵就会导致彻底的爆发。

到了三月，黑屋夜总会第一拨分店已经准备开张，新店地址在布鲁克林的威廉姆斯堡。有了足够的资金以后，找场地就容易得多——物流和曼哈顿店一样用火车运输，虽然火车一小时才一班，但运输总不算是个难题。新的夜总会坐落于俄式东正教堂旧址，尽管我堂叔胖子早把一间教堂非法经营成酒吧，但这是我第一回涉足"圣"地。也许我在这桩和宗教相关的事宜上应该多斟酌斟酌，但我并没有这么想——毕竟那不是我的宗教。再说，我已经提过，我在那段见血的糟心日子里，已经或多或少放弃了有组织的宗教团体。大教堂有它的优势——地段位于城市中心，风景秀美，有黄色的砖墙，还有用黄铜封闭而成的俄式穹顶。事实上，这座建筑的俄式风格比它的宗教更吸引我。其实我实在不想让我们家在俄罗斯的那一群罪犯亲戚跟夜总会有什么瓜葛，但黑屋夜总会的曼哈顿店大受欢迎，我想这一点潜在的联系大概没有什么大的影响。再说，这里的价格很公道。

我正着装打扮，准备出席夜总会开幕仪式的时候，电话响了，是琼斯打来的。"巴兰钦女士，曼哈顿店外发现一具尸体。已经报警了，但我觉得，你应该亲自来一趟。"

当我到的时候，那具尸体还没有经过警方处理。警察这些日子都行动缓慢，我并不感到意外。一个肥胖男子脸朝下躺在台阶上，我看不到任何明伤。但就算只看背影，尸体也很眼熟。我知道在犯罪现场不应该随便碰触尸体，但我就是控制不住。我蹲下身把那个硕大的洋葱一样的脑袋抬起来，这让我想起布鲁克林店的穹顶。那脑袋捧在手里，仍然保持着温热状态。

死的是我堂叔胖子，家族事业的掌门人。

我已经不再算是严格意义上的天主教徒了，但我还是画了十字。

我指挥琼斯把胖子的尸体盖上，随后拉起丝绒绳索，把顾客通道跟尸体隔开。等待警察到来后，我进屋里给穆斯打了电话。她在相当短的时间内，已经当上了胖子的得力助手。"穆斯，胖子死了。"

穆斯跟我一样不爱哭。她静默了几分钟，我明白这是她应付难过的方式。

"你还在那里做事吗？"我问。

"是的，"她以一种平静的语调说，"我想肯定是巴兰钦斯那伙人干的。瞧瞧他们下手的时间。他们知道你要开第二家黑屋夜总会了，肯定是想用杀了胖子来警告你。这只是我的推论，但胖子这几个月来一直和他们对着干。他一直试图保护你的生意。"

"为什么他不告诉我？"

"他不想让你掺和进来，安妮。"她说，"现在胖子走了，家族内部肯定会有一番争斗，要抢家族头领的位子。我猜……"

"什么？"

"大概会轮到你吧？整个家族都很敬重你。"

"我做不来，穆斯。我有自己的工作，而且对家族事业没兴趣。"

"是啊，你肯定没兴趣。你怎么会有兴趣呢？"

"我知道你和胖子感情很好。"我说，"你还好吗？"

"我一向很好。"她说。

警察直到八点才来处理胖子的尸体，也就是琼斯报案足足三小时后他们才出现。他们把胖子丢进黑袋子里，然后告诉我这算调查完了。

"你不想找找证据吗？"我对其中一位警官说，"说不定需要问我几个问题？"

"你是打算指点我该怎么做事吗，小姐？"那位警官说，"你瞧，胖子·梅多夫卡是高级黑道头目。这里不涉及什么犯罪。他被三发子弹射穿胸膛，这只不过是时间早晚的问题。我们还有真正的工作要忙，而只有四成警力应付这所有的问题。"

我感到愤怒，正如我父亲去世的时候一样，我被同一种愤怒充斥。我堂叔和我一样生在巴兰钦家族，也由不得自己选择。"他是我堂叔，"我说，"有人关心这个人的死。"

"哦，你认识死者，是吗？你是想让我们调查你了？"那位警官说，"受害人通常都和凶手有亲密的关系。"

"你要知道，我在司法界有朋友。贝莎·辛克莱每个星期都到我的夜总会来。"

那位警官笑了："你觉得她还不知道你堂叔被杀了吗？是她告诉我们，直接把尸体带去太平间就算结案。"

距离布鲁克林店开业已经迟了四小时。当我终于赶到的时候，派对已经临近终场。看起来是场精彩的派对，但我没有参与派对的兴致。

"出什么事了？"西奥问我。

我摇摇头，对他说晚一点再告诉他。

我去吧台边拿了一杯酒，我需要清空大脑。德拉克罗瓦先生坐到我旁边来。

"你去哪儿了？"他说。

我简述了当晚的事。最后，我问："如果你在任地区检察官的时候碰上这件案子，你会采取贝莎·辛克莱的做法吗？你会直接把胖子的尸体丢进袋子里，然后跟我说，不会进行什么调查，因为我堂叔天生就是罪恶家庭里的罪犯吗？"

"我很想告诉你，我肯定要调查的，但这并不是实话，"德拉克罗瓦先生过了一会儿说，"作决定之前，要参考当下纽约城里的局势。"

"那我呢？如果我死了，有没有人会费心调查一下？"

"安雅，你现在已经变得很重要。你在做一项大买卖，而且给市政府贡献了很多钱。你不会死得无声无息的。"

我感觉好受一点了。

"对于纽约城来说，问题不在你堂叔的死，而在于谁会成为他的继任者。我们想知道将来要和谁打交道。你的朋友对此有没有看法？"

我耸耸肩。

"好吧，总会有人接管你们的家族，也许关心一下家族的事儿对你来说是个明智之举。你可不想看到一个和你的利益背道而驰的人上台吧？"

我还没有想过这一点。

"安雅，"德拉克罗瓦先生说，"如果穆斯的推论正确，这起暗杀是在警告你，可能你需要重新考虑雇个保镖——"

"德拉克罗瓦先生，我们以前讨论过这件事了。我的观点并没有变化。我宁愿死也要保持自由之身行走在纽约城，行走在地球之上。我没有什么需要隐藏的，我不需要保镖。"

德拉克罗瓦先生对我微笑："这论调听起来很高尚，但脑筋不清楚。你的确如自己所言是个自由的人。我当然不能控制你的行为，只不过是为你提建议。我并不认为雇保镖会剥夺你什么，自然也不会削弱你的成就。我们还是不要继续讨论这件事了。"他拿杯子跟我碰了碰，"布鲁克林店被打造得相当好，你不觉得吗？"

第二天，我被召集去参加"泳池会议"，那里正是巴兰钦家族的总部。我知道被邀请是受到尊重的标志，因为我毕竟不再算是家族的一员了。自从开夜总会那一年开始，我就尽量断绝家族联系。但胖子死后，继续不联系是不可能的。德拉克罗瓦先生说得对，我的确应该关注一下谁会成为巴兰钦家族的新头领。

抵达泳池的时候，穆斯正在门厅里等我："大家都在楼下。"

"我迟到了吗？"我问，"你信息里说的是下午四点啊。"

"没有迟到，你很准时。"她说，"我们走吧。"

整个地方在我看来显得异常寂静，我不禁开始琢磨自己是不是应该带个保镖来。过去，吉卜林先生会陪我来参加重要的家族会议。也许一个人来太鲁莽了，我甚至连去了哪里都没有跟任何人交代。我在最上面的一段阶梯上停了下来。

"穆斯，我不会被埋伏吧？"我问。

她摇摇头："你不觉得我是站在你这边的吗？"

在泳池周边，巴兰钦家族成员围坐在桌子旁，我大概认得出其中一半的人。不过会议上永远会出现新面孔。巴兰钦家族的人更新换代很快——总有人死掉或者进监狱。

我走进去的时候，每个人都站了起来。而我注意到，唯一空出的座位正是首位。我看向那张空椅子，琢磨着其中的含义。

还能怎么办呢？我坐了下来。

皮普·巴兰钦，他是我三堂兄还是四堂兄来着，出任家族发言人。（我有许多堂兄，但我能靠皮普的胡子认出他来。）"感谢你的到来，安雅。两年前，你同意胖子·梅多夫卡接掌整个家族事务，那个时候我们有很多人觉得应该由你出任掌权者。也许你还记得我正是当时支持你的人之一。"

"是的。"我说。

"我们对于胖子的离去深表哀痛。他死的时候跟伊万·巴兰钦斯有争执，我们认为这是他被害的原因。他们争执的关键涉及黑屋夜总会。"

"很遗憾听到这个消息。"

"胖子·梅多夫卡对你还有你的事业深信不疑，也愿意为你和你的事业献出生命。自从胖子被杀后，我们一直在讨论目前的状况。我们相信，伊万·巴兰钦斯及其俄罗斯旁支是过去的事了，而你，安雅，才是我们的未来。我们认为走上合法化道路才是生存的关键。"

一位身着紫色西装的男士发言："我们大部分人都有妻有子，已经厌倦了小心翼翼的生活，也厌倦了对于因违法而落网的忧虑。"

皮普·巴兰钦继续说:"我们今天要再问一问两年前就该问你的问题。安雅,你愿不愿意带领巴兰钦家族迈入22世纪?"

我并不想成为家族的领头人。

但是……

当我看向长条石桌边上那一张张苍白的脸,那一双双浅色的眼睛,那让我联想起我父亲、我哥哥和我自己的眼睛,一种未曾体验过的感情开始在我体内翻腾。

责任。

我觉得自己对这些男人(和女人,虽然在场的大部分是男性)负有责任。生于巴兰钦家族,它已经成为我生活环境里面的底色。巴兰钦这个姓氏已经灌注于我的生命中,并给我贴上暴力、狂野、罪恶、懒惰、愤怒、难缠的标签。而家族里的这些人顶着这份恶名,跟我一样无辜。我知道自己必须帮助他们。如果我有能力帮助他们,就不能拒绝。

我看看身后的穆斯,她紧紧站在我身旁,像个忠心的参谋。她眼中散发出期待的光。

"我不能既在名义上执掌家族事业又兼顾我的生意。"我说,"我倒希望两全,但我做不到。

"不过,我想要尽我所能帮助大家。皮普,你的话感动了我,我不会抛弃你们的。我想要为更多巴兰钦家的人提供工作机会,提供为我的夜总会工作的机会。我想要完全切断我们对巴兰钦斯巧克力走私的依赖。我们可以从巧克力黑市中走出来，让别的家族去接这个摊子。我们可以共同努力，打入可可或是医用巧克力等合法获利的市场。"

所有巴兰钦家族的人都在点头。

"但是，谁来做家族的实际指挥呢？"穿紫色西装的人问道，"由谁来负责把你的计划付诸实践？"

"也许可以从你们当中选一个人出来。"我一边说着，一边冒出了一个更好的主意。为什么不选站在我身边这个肩膀瘦削、适应力极强的女孩呢？穆斯是我在少管所里唯一的知心朋友，她甚至付出了极大的代价来帮助我越狱。她被剥夺了发言权，受到霸凌，被驱逐出家庭，在外流浪。她经历了那么多磨难，却没有抱怨，几乎没有人能做到这样。没有人比她对我更忠心，我像亲姐妹那样相信她。当然应该选穆斯来出任这个位置。我所要做的只不过是说服整个家族，让他们也同意这个决定："我不知道你们愿不愿意考虑让穆斯出任家族事业的代理人，但我作任何一项决定都愿意找她商量。我知道她并不是巴兰钦家的人，但她一直是胖子的左右手，也是我在管教所就交下的好朋友。我相信她可以来充当我的眼睛、我的耳朵。请相信我的话——没有人比穆斯更善于倾听，也没有人比穆斯对我而言更可靠。"

我转过身看向穆斯，她双目闪亮。"是这样吧？"我默默说道。

她伸手去拿挂在脖子上的笔记本。那本笔记本曾经是她与外界交流的唯一方式。"是的。"她说。

"这的确是个很吸引人的提议。"皮普说，"我们投票表决吧。"

"我也这么想。"我说，"但无论结果如何，我都会竭尽所能帮助大家。我是巴兰钦家族的一员，也是我父亲的女儿。"

我站起来，整个家族也跟着站起来。

第二天，穆斯来到曼哈顿店，身后跟着皮普·巴兰钦和一个我不认识的女人。穆斯告诉我投票是不记名的，虽然我以为她当选的可能性相当小，但这个曾是哑巴的长岛女孩竟然成了巴兰钦犯罪家族的头脑。她在进入我办公室的时候，鞠了个躬。"我等待你的指示。"她说。

在接下来的两个月里，我们削减了由海外至美国的巧克力订货量。我们为巧克力经销商重新安排了工作，让他们去开卡车或者当保安。那些不想从事类似工作的人获得了退休金，这也是犯罪组织前所未有的创举。（在这个家族里，死亡通常才是退休的最终方式。）我们利用巴兰钦家族现有的劳动力，把可可输送到全国各处的新店去。

在这一段时间内，巴兰钦斯那边都没动静。也许他们觉得，我们还在遭受着胖子之死的余波。"我们不应该将他们的沉默当作默认，"穆斯建议道，"他们准备好后，还是会再下手的。我会保持警惕。"

"跟我喝一杯，"某天，德拉克罗瓦先生在夜总会对我说，"你最近这阵子总不在店里，看到你，我觉得简直像见到了尼斯湖水怪。"

我耸耸肩。我并没有告诉他，自己就任了家族事业事实上的领袖。我曾经以为经营夜总会已经把我的生活塞得满满当当，但自从我暗中出任犯罪组织家族的负责人之后，更是忙得不可开交。

"不知道你听说了没有？外头有传言说，凯特·博纳姆成了巴兰钦家族的新头领。"

"哦？"

"嗯，在许多层面上讲，这是个很有意思的选择。她并不是巴兰钦家族的人。她是个女孩，才二十岁，而且也进过管教所。你以前认得她吗，安雅？"

我什么也没有说。

"当然了，我听过这个名字。我可能上了岁数，但我的记忆力很好。2083年夏天，我一直很关注你的一举一动。凯特·博纳姆那时候还叫穆斯，而且我记得，她甚至还是你在管教所的狱友。安雅·巴兰钦的狱友摇身一变，竟然不可思议地成为巴兰钦犯罪集团的首脑，多么巧合啊。"

我没有骗过他，我从来都骗不过他。

"我想，你很清楚自己在做什么。我想你也不需要谁帮忙。

我还是要重申那个建议，你应该雇个保镖。不过我猜无论我说什么，你还是会按照你所想的方式行事。"

"温怎么样？"我问。我已经好几个月没有提过前男友的名字了，但那个短小的名字却让我口舌僵硬，就好像在讲一门外语一样，"一两个星期之前是他生日，对吧？"

"你在转换话题。你觉得能够走进我内心的方法，就是问关于我儿子的问题。这是个不太高明的招数，但我勉强接受了。"他双手抱住膝盖，"我的好儿子温说他想去念医学院。我倒是很赞赏他这个职业选择，你不觉得吗？"

"那可不是什么新闻了。高中最后一年时，他就想当个医生。"

"好吧，看来你比我更了解我儿子。"

"我曾经比你了解，德拉克罗瓦先生。很久以前，在对温的了解这方面，我算是个专家。但是后来我拓宽了自己的兴趣面。"

12

我遇上不速之客；
故事浮出水面；求婚请求被重申

四月并不是最难熬的季节，至少在纽约城是这样。冰雪消融了，厚重的外套和靴子被收回衣橱里，而最好的一点莫过于，我又可以走路上下班了。有时候斯嘉丽会和我一起走，就好像我们又回到了圣三一的高中时期。

西奥在旧金山，帮我哥哥安置那边的厨房。我们一整个冬天都在因为不同的事情吵架，因为冷冻豆子、他和调酒师露西调情、冬天的大衣、他妹妹伊莎贝尔，甚至因为家里应该设置成多少温度而吵。

我想让他搬走，但是不知道怎么开口。这么说很令人难过，但我已经开始期待他不在的日子。也许这不是他的错，也许我骨子里是个独行侠。

这天，我很早就从黑屋夜总会出来了。大约在晚上十一点，有一辆黑色的车停在我跟前。这已经不是我第一次禁不住怀疑自己是不是要被枪击，是不是要这么死了。（不过我们这才进行到我人生第三卷的第一百四十三页，所以肯定不能在这里结束。除非我的读者，你是信仰天堂的，而我不能确定自己是否始终相信这一点。）

车门打开，一个穿黑西装的男人探出身子。"需要搭个车吗，安雅？"大野友治问道。他的语调很熟悉，就好像我只不过是有几天没有见到他，而不是好几年。

我犹豫了。我缓慢地（而且但愿是小心翼翼地）将手伸向我的弯刀。

大野友治笑了。他说话的时候，声音比我印象中更尖："你觉得我来是为了杀你？我这一趟除了带了一雄，什么武器都没带。再说他还在宾馆呼呼大睡，还是个和平主义者。再说，如果我想要你死，就不会亲自来见你。我会找个人把这事儿办了。你应该知道，就算是犯罪家庭当中没用的人，也该知道这个道理。"

"那你想要我干什么？"

"我想跟你谈谈，这是你欠我的。你曾经拒绝过我一次，所以你我之间的谈话，早记在账上了。"

除了友治和索菲娅·比特那点瓜葛，到目前为止，我并没有什么特殊的理由能判定他真的想要我死。我的确曾经在三年前的冬天拒绝了他的求婚（商业联姻），而且尽管我并不能完全理解他这些年所作所为的意图，但我也不能百分百肯定他就是我的敌人。再说，我很好奇。"来我办公室吧。"我说，指着夜总会的方向。

他的身子探出了更多，灯光一打，我发现他眼底有黑眼圈，而且比上回见面的时候瘦了。是我的错觉吗，还是他真的在打量通往夜总会大门的那几节台阶？他停顿了一下才说道："我很想亲眼看看黑屋夜总会，但我一直在旅途中，我很累。我们能不能先谈谈，明天再来欣赏夜总会？当然前提是你的确挨得过这场谈话的煎熬。"他带点邪恶地冲我坏笑。

事实上如果友治想杀了我，我早就死了。再说，过去这两年当中我一直运气奇佳，以至于我开始相信自己真的很幸运，没什么坏事会找到我头上。

（注意：著名的最后警句。）

所以我上车了。

我给司机指路，一路开到自家楼下。到达的时候，友治很费劲才从车上下来。而从街上到大厅这几步路，似乎把他累坏了。尽管他试图掩盖，但我还是能听出来他的呼吸轻浅又疲惫。

我借着电梯里的灯光又好好打量了他一次。他依然英俊，但以往那纤细的身材已经变成皮包骨。他脸上皮肤的颜色近乎透明，透过皮肤表层，我还能看出那一片片恼人的蓝色血管。他的眼睛很亮，但似乎亮得过分。

上一次收到友治的消息是他寄来了一封信，并且附上了某人的骨灰，那骨灰到最后才被证实并不是我哥的。他在信中提到自己的健康状况很差，但那是很多年前的事了。不过，他现在看起来还是不像个健康的人，甚至也不单单像个病人那么简单。我亲眼看着奶奶去世，所以我知道将死之人是什么样子。

　　"友治，你是不是快死了？"我说话很直接。

　　"我还以为自己掩饰得挺好。"他边笑边回答，"你还是这么心直口快，我为此感到很开心。我还担心你一旦长大了，你那些粗粝的棱角就会被磨掉呢。真相就是，我要死了。不过我们都是要死的，虽然这是一句陈词滥调了。"

　　"怎么会呢？为什么？"

　　"很快会真相大白。我们先坐下吧。既然我的秘密被你看穿了，我也不必再假装自己只是近些日子很容易虚弱了，我的老朋友。"

　　我并不确定我们算得上朋友。

　　我把他带到客厅的沙发上，然后去厨房给他倒了一杯水。

　　"你还剩多少日子？"

　　"医生说可能几个月吧，也可能还有一年。我也许能再耗一阵子，不过更情愿来个痛快。"

　　"最好不要慢慢耗。"我奶奶是一点一点死去的。

　　"离我近一点。"

　　我凑过去，他牵起我的手。他的手指头细长瘦弱，还冷冰冰的。他多年前失去了一根指头，但已经不费劲装假肢了。我不知道为什么竟然觉得心烦，但我的确被那根残缺的手指烦到了。

我有好多问题要问他。为什么他快死了？为什么他当时要说那些骨灰是我哥哥的？他跟索菲娅·比特到底是什么关系？他现在出现是为了什么？但问这些问题似乎还不到时机。看到大野友治身体衰弱成这样，我实在很震惊，因为我曾经一度觉得他简直像是个超人。

"安雅，我想先告诉你，我一直带着极大的兴趣观察着你的事业发展。从黑屋夜总会开张到广开分店，你做到了我所期待你做的一切，甚至做得超越了我的想象。我并不是要来邀功，但如果我对于你走上这条成功之路曾有一丝一毫的牵引作用，那我就很欣慰了。"

我知道友治并不会轻易给人如此高的赞扬。"谢谢你。我一直没有完全弄清楚，我们之间到底发生了什么，但我知道你救了我哥哥的命，说不定还救了两次。你也救过我一次。是你把我送到那座可可农场的。如果没有去过那里，我可能永远不会想到要做这门生意。你一直对我很严厉，你是第一个坚持认为我有责任学习做生意的人。我当时并没有意识到，但你的确是我的精神导师。"

"我也一直对于我们从恰帕斯分开的方式心怀遗憾。"我说，"我现在相信，你当时求婚是为了保护我和我哥哥妹妹的安全。"

"你把故事说得太快了，安雅。其实早在那之前很久，这一切就开始了。"

"那你告诉我吧。"

"我会的。但是你要知道，我并不是来这儿讲故事的。我的故事结尾会伴随一个请求。你曾经对我许诺，你是个自由的人。要不要应允我的请求，完全由你自己决定。你的成就对我来说就是最好的回报。如果你拒绝我，也不需要为你的生活感到畏惧。我会离开纽约，而且保证你今后不会再看到我。"

友治的故事

我们的故事要从哪里开头呢，安雅？如果我是个以自我为中心的人，那应该从我的出生讲起。如果受人支配，那么也许要从我的初恋开始谈。

我始终试图在你面前扮演强者。所以你可能无法认出我将要描述的这个男孩是谁。

我十二岁的时候，父亲把我送到了位于比利时的一间国际学校。

学校生活对我来说很痛苦。对于我的同学们来说，我太胆小，或者说太日本式了。我不知道要怎么应付别人的取笑，所以就不作反应，而这让情况变得更糟。我对语言的理解能力很糟糕，开始下意识地口吃，这也让状况变得更加糟糕。我没有能力让同学们喜欢上我，感到很沮丧。我在日本的学校里面很受欢迎。如果你在学校里一直是个受欢迎的人物，就会难以理解为什么自己什么都没有改变却忽然变得没人喜欢了。当周围的人觉得你有缺陷时，局势就很难向着你所期待的方向发展了。

我一个人在食堂吃饭，一个人去图书馆。有一天，就是我转来两个月之后，一个女孩坐到了我对面，开始同我讲话。

"你长得不难看，"她用轻巧、没有起伏的德国口音说，"你应该利用这个优势。而且你很高，如果你愿意，肯定可以加入一项自己喜欢的运动项目。参加个运动项目吧，这样他们就不会来烦你了，因为你背后会有队友的支持。"

"走，走，走开。"我说。

她没有动。"我只是在试着帮你。你的英文不好，但不会一直不好下去。你得跟人说话，你可以跟我说话。我觉得咱们应该做朋友，理由多的是。顺便说一句，我是索菲娅。"她看着我，"这时候你该自我介绍了。我是索菲娅·比特，你是大野友治。"她伸出了汗涔涔的大手，指甲被啃得露出肉。

我抬起头看向她。在那个年纪的女孩当中，她显得很高，身材瘦长，毛发旺盛。她有浓密的眉毛，长手长脚的身材。大鼻子，满脸雀斑还有油腻的头发。她最漂亮的部位是那双大大的，透露着聪明的棕色眼睛。

"顺便问问，你是怎么少了一根手指的呢？"我靠戴皮手套来掩盖义肢，而当时我觉得没有任何一个人看得出来。她用手拍拍我那根金属的手指头。

"你是怎么发现的？"我问。

她挑起一条毛毛虫似的眉毛："我看了你的入学档案。"

"那是我的个人隐私。"

她耸耸肩。索菲娅并不在乎隐私。

我告诉她有关手指的事情。不知道你听说过没，我小时候被绑架过。绑匪给我父亲寄去了我的右手小手指，证明我还活着。

"戴手套可是个错误的选择，"索菲娅说，"看起来好像你被感染了似的。没有人会开义肢的玩笑，相信我。这些人都跟他们的家人一样，虚伪得很。"

"既然你知道这么多事，为什么还没朋友呢？"我知道索菲娅·比特差不多和我一样没有人缘。

"我的问题在于长得丑，"她说，"不过这一点你也看得出来。再说，我很粗鲁，又比所有人都聪明。人们喜欢聪明人，但是太聪明就招人讨厌了。我家里也是经营巧克力的。估计家里人送我们来，都是为了镀镀金而已。"

我从来没有遇到过像她这样的人。她特别会挖苦人，又很大胆。她不在乎别人怎么想。她可以很卑鄙，但我一开始并不介意她卑鄙。在我的成长环境中，人们永远谦和有礼，就算他在背后捅你一刀，也不会丢了礼貌。她变成了我最亲密，而且事实上也是唯一的朋友。我生活中没有什么事是我不想跟她谈的。

我采纳了她大部分的建议，随后在学校里的确过得好一些了。我开始踢足球，交到了朋友。我不再戴手套了，英文水平也变好了。等我升上高中班的时候，开始有女孩子注意到我。一位名叫菲莉达·罗斯的女孩邀请我做舞伴，而菲儿是很受欢迎的漂亮姑娘。我很兴奋，所以还没有跟索菲娅讨论就直接答应了。

当天晚上和索菲娅一起学习的时候，我把这件事情告诉了她，她变得很安静。"怎么了？"我问。

"菲莉达·罗斯是个肮脏的贱货。"她的用词很恶毒。

"那是什么意思？"

"就是字面意思。"

我说在我看来菲儿挺好的："你这么说她有什么真凭

实据吗？"

索菲娅哼了一声，就好像答案相当明显一样。你得知道，索菲娅觉得所有人都跟她作对。

"索菲娅，并不是我邀请的她，是她来约我的。"我看向自己的双手，"你是希望我邀你去舞会吗？"

"不是。我干吗盼着那个？我只是对于你选择和这么假的人应酬感到很失望。我以为你会作出更好的选择。"她站起身走了。

后来我再见到她时，她没有提菲儿的事，我以为这桩事儿就这样被遗忘了。

舞会前一天，索菲娅没有来上学，我去宿舍找她。住在她对面寝室的女孩告诉我，她因为食物中毒进了医务室。

我去医务室探望她，但是她不在那里。她中毒太严重，已经被送到医院了。

由于医院位于校外，学校只允许我第二天晚上才能去看她。我到医院的时候，发现她正在输液，吐了整整一夜。她的脸色看上去苍白极了，虚弱极了，但是她的目光仍然锐利。"索菲娅，"我说，"我很为你担心。"

"很好，"她说，"这就是我的目的。"

"这个世界上，除了我的家人，没有任何人对我来说比你还要重要。"我说。你得知道，我是一个远离家乡的孩子，而友情的亲密显得更加重要。

她朝我得意地笑。"傻小子，"她说，"你的舞会就在今晚吧。不是吗？你错过了。"

"我不在乎。"我说。

她父亲的公司在德国是家比较小的巧克力生产商，我想你已经知道这一点了。但他是以化学制药师的身份进入这一行的。自打索菲娅·比特还是个小女孩起，她就非常了解毒药。

友治开始咳嗽了，他的脸变得发紫。"我是不是该请个医生来？"

他摇摇头。感觉过了很长时间，估计有一两分钟，他终于不咳了。

"你到底生了什么病？"我问。

"我们很快会说到这个问题的。"

"索菲娅是不是给自己下了毒，好让你去不了舞会，不能跟那个女孩跳舞？"

"很棒的猜测，你猜对了。"

"你当时生气吗？"我问。

"我并不生气。我了解她。我那时很年轻，把她的举动当作她对我爱得浓烈的证据。我当时乃至今天都强烈地觉得忠诚到那

152

种程度是应该受到赞扬的。"

我不能说我对索菲娅爱得多么忘乎所以，也许我本身不具备那样热烈地去爱的能力。但我知道，我们甘愿为对方付出一切，而且她了解我的秘密和恐惧，我也了解她的。我们之间的亲密已经是人与人之间亲密的最高级别了。

我们从学校毕业了。我父亲死了，我回去接手大野甜品公司。她也走了，想要在比特制药里面独当一面。比特公司经营得不怎么样的原因在于，他们做的巧克力吃起来就像坏了一样。拥有化学制药的专业背景，并不意味着肯定能够做出最好、最优质的巧克力。她想到了一个让比特制造厂扬名的方式，就是打入美国市场。自从利奥尼德·巴兰钦去世之后，世人皆知美国的巧克力制造产业式微，而伊万·巴兰钦斯那个令人憎恶的家伙却大大获益，但他也没进入美国市场。你父亲跟我父亲是朋友，所以索菲娅向我咨询打入美国市场的可行性。我建议她和米基·巴兰钦会个面，因为米基早些年间就已经是我们学校里有名的难缠角色了。他们似乎一拍即合，而她再联络我的时候，竟然告诉我，他们两个订婚了。

我相信这是一场政治联姻，对双方来说都是这样。你堂兄大概觉得，获得一位战略同盟能够巩固他在你们家族的地位。

"我有个想法，友治。"某一个晚上，我正在德国，她对我这样说，"如果我在美国制造一起小的意外，怎么样？"

"一场意外？"

"当我差不多到美国时，巴兰钦在美国的一支可能会遇上供货的问题。然后我以米基·巴兰钦的身份打入内部，建议巴兰钦家族抛弃以往的供货商，选择从我们比特巧克力制造厂拿货。"

"那要制造什么样的问题？"我问。

"就那种我最擅长的问题。"

"无辜的人可能因此送命。"我说。

"没人会送命的。在危及生命之前，我们会给所有人提个醒。"

我觉得那个举措太冒险。而且我已经提过了，你父亲和我父亲是朋友，我并不想要看到美国巴兰钦家族被扳倒。

"我需要你的帮助，拜托了，我的爱人。我一个人成不了事，就当这是你送我的结婚礼物吧。"

我并没有拒绝她。

大概一个月后，她给我打电话："搞定了，友治。"

我来到纽约参加她的婚礼。

"实在太荒谬了，"索菲娅说，"米基就是个笨蛋。我受不了这些人。我憎恶这个国家。过几年之后，我就和他离婚，我要嫁给你。我会当上巴兰钦和比特家族的双重首脑。我们会得到想要的一切。"

你可能会疑惑，看到我最亲爱的朋友嫁给别人，我会不会伤心？

我应该要伤心的，我想。

但我恰巧在那天下午遇上了利奥尼德·巴兰钦的女儿。我说的就是你。

我们以前见过面，但那个时候你还是个小女孩。婚礼上，你几乎已经长大成人了，至少是个十好几岁的大姑娘了，看起来很强悍。我喜欢你。索菲娅对巴兰钦家族的供货下毒，出现了意料之外的后果。结果是，你成了美国巴兰钦的家族之星。那天下午，所有人都在看着你。你能感受到他们紧紧跟随的眼睛吗？

那天晚上，我产生了个想法。让你当上美国巴兰钦巧克力家族的首脑难道不会更好吗？让索菲娅和米基在过渡时期暂时经营家族事业，几年之后，等你年纪到了就可以接手。我有种直觉，你会成为一位强有力的事业搭档。甚至比索菲娅更强有力，尽管她已经足够聪明、足够无情，也足够自私自利。而这些在生意场上，是弱点。

我并没有把这个想法告诉索菲娅。我知道她会作何反应。

我试着把自己的想法告诉你，但你当时当然还非常年轻。你有男朋友，他还是你的男朋友吗？你还有学校以及一整个关系复杂的家庭要操心。

索菲娅取笑我对你感兴趣的事，但我并不太在乎。我下定决心，只要办得到，就尽力帮助你。我收留了你哥哥。我帮助你离开了纽约。

这是一切变得复杂的开始。

索菲娅很不满意尤里·巴兰钦那么久才死掉。她想要加快计划实施的步伐。她想要为米基扫清障碍，让他当上家族负责人。然而，你们家族的很多人都开始希望你来继承巴兰钦巧克力企业，并不是只有我一个人看到了你身上闪着你父亲的影子。索菲娅觉得米基不应该跑到你那里，请求你和他共同执掌家族事业。我并不清楚她到底知不知道这其实是我的主意。

索菲娅开始打压你，她把你视作劲敌，不只是家族企业中的劲敌，还是瓦解我和米基对她的感情的敌人。你大概并没有意识到这一点。索菲娅就是这样一个人，她一直压抑着自己的憎恶之情。

我觉得自己知道怎么办才能够让你不受伤害，也让索菲娅无计可施。

我打算求婚。

我已经为那一天设想了很久。

现在回头看看，我的举动是错的。

我试着和你达成交易，但我真希望当时把自己的真情实感告诉你。我希望当时能说出来：你可能还年轻，但是我能够发现你身上有很大的潜质。我相信你。我想要竭尽所能来护你周全。我知道我所求取的很多，但也会回馈给你很多。我相信我们能够成为很棒的伙伴。我相信我们会相爱。也许你的答案还是不会变，但我仍然希望当时自己能够更坦率一些。

我并没有告诉索菲娅自己向你求婚了，但她最后还是发现了。她和西奥·马克斯的姐姐成了朋友，估计她是从那儿得来的消息。我从来没有见过她那么生气。"你怎么可以如此背叛我？"她尖叫道，"我会告诉警察，你对利奥和安雅做了什么。我要让你永远无法入境美国。你永远不会再见到安雅·巴兰钦，你这个内心不坚定的蠢蛋。"

原谅我，安雅。我并没有说得更清楚。我被你的回绝伤害了，也许当时对你说我并不爱你只是句谎话。

但还是让我们回到咱们的故事上来。你哥哥在日本的时候，有件事情发生了。他爱上了我妹妹。

纪子实际上是我同父异母的妹妹，她是我父亲的情妇生的。我不知道她究竟知不知道这一点。我们从来没有谈论过这件事，而我知道很多人误以为她是我堂妹，甚至是我侄女。但是我父亲告诉我，我对纪子有责任。在索菲娅的盛怒之下，我很担心她会对利奥和纪子不利。我决定把他们藏起来。我联系了西蒙·格林，我知道他的背景，也知道他会帮我，而且不会露馅。

最好的办法就是让索菲娅觉得自己成功了，所以我按照这个思路布局。我给你寄了骨灰。我写信告诉你，我亲眼看到了你哥哥的骨灰。

你当时把她逼出了美国。她去了德国，然后来日本找我。

她说她原谅我了，但我认为她买通了我的仆人给我下了毒。她想让我受苦，因为我不够爱她。没人会足够爱她的，安雅。

我变得很虚弱，我以为是旅途中受到了什么感染。

我经历了一次心脏病发作，后来又发作了一回。我的器官开始罢工。

我还活着，但是没剩几口气儿了。

与此同时，你在纽约开创了黑屋夜总会。我希望自己身体能好一些，好去亲眼看看你的夜总会，而现在我来了。我很高兴能亲口告诉你，我多么为你感到骄傲，安雅。你完成了我们这些人从未达成的事业。你把巧克力合法化了。

我有很多问题想问友治。

"安雅，我并不后悔自己曾经帮助你，尽管那样做似乎要以我的生命为代价。我只是后悔自己没有为你做得更多。你是这个行业的未来，这是我来找你的原因。我会死的，安雅。在不久的将来，当我死的时候，我希望你能经营大野甜品公司。我想要你在整个日本开满合法的可可酒吧。"

"但要怎样才能办到呢，友治？"

"我很遗憾自己没有办法单膝跪地，我很遗憾自己既不年轻也不健康。我还要再问一次很久之前就问过你的问题。我希望你在我死前能够嫁给我。我还有六个月的时间，也可能还有一年。而我死了之后，所有的遗产都归你，然后你就能够把我的公司打造成适应未来潮流的公司。我们的行业当中，有很多人被你的所作所为吓着了，安雅，包括你们巴兰钦在俄罗斯的分支。这些人只能在巧克力不合法的世界里面做事，他们害怕改变。如果你成为大野甜品公司的领袖，你会更有力量对抗他们。"

"友治，我……"我不知道该怎么回答。

"跟我一起共同打造一座商业帝国吧，"友治说，"我所有的资源，包括我的员工和资金都供你驱遣。在我有生之年，你的每一个敌人，我都会和你共同抵御。巴兰钦家族的敌人也会成为大野家族的敌人，即便我死后很久仍会如此。"

"很多年前，当你父亲把你和你妹妹带到我们在日本的家时，他想要寻求两家联姻。我父亲并没有同意。他有他的理由，但我相信他后来后悔了。"

"友治，为什么他会后悔？"

"俄罗斯的巴兰钦斯一脉认为你的父亲决策失误。你父亲想把产业朝更加道德的方向发展，包括更换可可供应商，还有提升工厂的条件。这让你父亲结下了很多仇家。"

"所以我父亲才招来杀身之祸？"我父亲正是因为一场可可供应纠纷而丧生。

"是的，我是这么认为。这只是一个猜测，我并没有办法百分之百肯定这就是事实。但我为你忧虑，安雅。巴兰钦斯是很无情的，而你是他们的敌人。"

"你觉得我有危险？"

"是的，你有危险。但一旦你拥有了我的影响力和资源，他们在对付你的时候就不得不更加小心。"他拉住我的手，"我真为你骄傲。很遗憾我没有办法一手改造公司的格局，让他们完全听从我的安排。我也很想直接把公司交给你管，但大野甜品是一个家族企业，而让他们尊重你的唯一方法，就是让他们觉得你是大野家的一员。"

"友治，我不爱你。我们之间没有男女之情。"

"但你也并没有爱着别人啊？"

我想到了西奥，但和他之间的那点事情似乎不值一提。

"我说得没错吧？温·德拉克罗瓦已经是过去式了，现在你身边并没有其他爱人。"

"既然你已经知道我们分手了，刚刚为什么还要问他还是不是我男朋友？"

"因为我需要看到你的眼神。我需要肯定自己所知道的的确是实情。"

上次友治向我求婚的时候，我满心确定自己唯一的爱人就是温。

友治又一次向我伸出手："面对这场婚姻，我们心里都很清楚。这世上有太多糟糕的理由使两人结合。"他看着我，"再说，我在这世上没剩多少时间了。我并不介意最后的时光是和你一起度过的。"

我告诉他，我需要考虑一下，然后送他走回汽车里。

13

我有许多想法，
而大部分想法是错误的

那个晚上，我完全无法入睡。

我想到了温，还想到了我曾经多么爱他，他曾经多么信誓旦旦地说爱我，而这一切仍然不足以让他明白我为什么一定要开夜总会。

我想到了西奥，还有他是多么了解我的生意，又了解我本身。我想到了自己是多么多么喜欢他。我想到自己似乎没有办法生发出他对我的那种爱，也无法生发出像对温的那种爱，而这让我感到自己既小气又卑劣。你到底有什么了不起，竟然胆敢拒绝一个几近完美的男孩的爱？我问自己。

我想到了自己在一整个冬天里，是如何试图了断和西奥的这段情的。我想，这肯定可以当作一个彻底了断的方式。

大部分时候我想到的是友治，他救过我的命，还有我哥哥的命。我想到了联姻带给生意的益处，还有我负有责任的那一群人。

我想到友治的生命所剩无多。

我想到，一旦他死了我也不会太过伤痛，因为我从一开始就没有爱过他。

我想到，那么多的人结婚了，却以离婚或者婚姻凄凉收场。我想到了温的父母，还有我自己的父母。

我想到了男女激情之爱，反正它也不是结婚最好的理由。人会变，爱情会枯萎。比方说，你很有可能在元旦前夕站在纽约的某间夜总会里，听到身边那个你爱过的男孩说，他希望从未遇到过你。这种事情有的时候是会发生的。

家庭。责任。遗产。想得越多，这些就越像是完美而实际的结婚理由。

我以为自己长大了。

我以为自己知道自己在做什么。

这些是我对自己撒的谎。

14

我参加了一场毕业典礼

"你竟然会考虑这个提议？"西奥大吼。三个星期后，他从旧金山返回，发现我正在收拾行李，我准备在波士顿短暂停留再飞往日本。尽管很难相信，但纳蒂真的要高中毕业了，而且她会以毕业生代表的身份，在圣心高中的毕业典礼上致辞。

西奥把衣服从我的行李箱中拿出来，扔得满屋子都是。

"别这样。"我说。

"我不，我应该更过分一些。我应该把你绑起来，或者把你锁在衣橱里面。你在犯一个大错。"

"西奥，拜托，你是我最亲爱的朋友。"

"那么作为你的朋友，我并不为你感到开心。"他说，"你不应该为了某个你不爱的人离开我。"

"这和爱不爱没关系。"

"那是为了什么呢？你已经比你父亲还富有了。你已经完成了你所期望的一切。你不能把你的心施舍给这个男人。"

"我并没有要把自己的心交给他。我只不过是把手给他一下。"

"我们很开心，安雅。我们在一起开开心心地过了一年了。为什么你想要找别人当丈夫？"

"我们并不开心。我们这几个月来都在吵架。说到底，我们的不开心跟这件事没有关系。我要和大野友治结婚，只是因为我必须这么做。不对，应该说是因为我想要这么做。"

"大野友治把我表姐索菲娅毁了。"

"并不是这么回事。"

他的语调变了："安雅，拜托了，我们必须得谈谈。如果你还是想要嫁给大野友治，那就去吧。但别这么匆忙决定。你为什么一定要这么急呢？"

"他要死了，西奥。他想要我继承家业，这样我们可以把大野甜品也改造成目前在纽约发展的夜总会这样。"

"婊子。"西奥啐了一口。

"什么？"

"意思是，婊子。"

"我知道那是什么意思。你说我是婊子吗？"

"我说你是一个把钱放在爱情之上的人。这种人就是婊子。"

"我不爱你，西奥。我不知道要用什么别的办法表达，也不知道我还要再说多少遍你才会懂。而且就算我爱你，我也不能肯定这爱是足够的。"

西奥用西班牙语嘟囔了几句。

"什么？"

"你真可悲，安雅。我可怜你。"

我的电话响了。"出租车到了，"我说，"我得走了。"

他并没有回答。

"祝贺我吧。换了我也会祝贺你的。"

"你肯定不是发自内心地这么想吧。有的时候我真觉得自己从来没有了解过你，一丁点也不了解。"他离开了我的房间，然后我听到他离开了公寓。

我把乱糟糟的衣服捡起来，全都塞回到行李箱里面。如果说我的心情没有被西奥的话弄糟一星半点，那是假的。

我走进门廊的时候，斯嘉丽正从卧室走出来——她跟菲利克斯现在住在利奥的旧房间里了。斯嘉丽还穿着前一天晚上在黑屋夜总会穿的制服，她肯定穿着它就睡着了。大概一个月前，斯嘉丽应征上了一出剧。是一出先锋性质的剧，在黑盒剧场演出，没有酬劳。她的角色叫作真相。尽管我们住在一起，但是她要在工作和演出之间两边奔忙，我几乎不怎么见得到她。"安雅！"她说，"等等。"

"你也打算阻止我然后告诉我，我是多么差劲的人吗？"

我问。

"当然不是。我凭什么评判别人？更何况是评判你，我亲爱的你。我想说注意安全，有空的时候给我打电话。"她抱住了我，"还有，替我祝纳蒂毕业快乐。"

两年前，我在一间空调坏掉的房间里面毕业了。相反，纳蒂在五月当中最完美的天气里，在花园里参加毕业典礼。海军蓝与白色丝带在遮阳棚和树间飘荡。玫瑰绽放，空气中溢散着花香。教堂里养着孔雀，地上撒满了孔雀羽毛，我觉得这看上去很奇怪，但是又很可爱。纳蒂剪了个短发波波头，在那浅黄色学士帽和同色系学士服的映衬下，显得高挑而美丽。明年她就要去麻省理工读大学了。她的毕业演讲是有关水资源以及开发新矿科技的重要性。我很喜欢看其他人听她说话时的表情。我妹妹肯定会成为了不起的人物。

毕业典礼之后，纳蒂被很多人包围着。我正朝着人群末尾走去，这时候有人拍了拍我的肩膀。

"安妮，"温说，"你好吗？"

我知道纳蒂邀请了他——他们在波士顿一直都是朋友。我不禁意识到，他们的友谊竟然超越了我和温的情侣关系的时长——所以见到他，我并不意外。他身穿浅灰色的三件套西装，裤子裁剪得非常紧，而他还是一如既往的帅。我向他伸出手，他握了握。"看到你很高兴。"我说。

他戴着孔雀翎，带来柑橘和麝香的香味。"过得好吗？"我们两个同时问道。

我笑了："你先说。你爸爸说，你还是考虑要去念医学院，是吗？"

"我完全能预感到咱们之间的对话会是什么走向。是的，没错，我是打算去医学院。"

"那你想要谈些别的什么呢？"

"随便谈什么。比如说，天气。"他说。

"真是个适合毕业典礼的好天气。"

"谈谈你的发型。"

"我正打算重新留长。"

"尽管轮不着我发表意见，但是我觉得这个主意值得支持。"

我把孔雀翎拿下来。"这是什么？"我问。

"我也不清楚。也许我应该拿它来写小说吧。"他说。

"哦，是吗？"我问道，"你的小说是写什么的？"

"嗯，坏女孩和好男孩的纠缠。野心勃勃的父亲插手捣乱。女孩选择了事业，放弃了男孩。就这种故事。"

"这故事听着耳熟。"我说。

"可能因为这故事已经流于俗套了吧。"

"故事结尾怎么样？"

"女孩嫁给了别人，我听说是这样。"他停顿了一瞬间，

"这是真的吗？"

"是的，"我说，双眼看向旁边，"但事实并不像外表看来这么简单。"

"你是不是真的会沿着教堂的通道迈入婚姻？"

"会。"

他清了清嗓子："好吧，你一向清楚自己想要什么。你一向了解自己的心意。"

"是吗？"

"我觉得是，"他说，"我……我两年前不应该插手你的决策。我仍然坚持自己当时的看法，但正因为你是如此独立、固执，又如此坚定地做自己，我最初才会喜欢上你。没人可以改变安雅·巴兰钦的任何想法。我竟然妄想改变你，这从根本上就错了。"他看向我妹妹，她正在演讲台边和某个老师说话，"你肯定觉得很骄傲。"

"是啊。"

"你做的决策都很正确，安雅。我知道她也这么认为。"

"我尽力了，但我肯定免不了犯过错。我很开心，我们之间终于可以像这样自如交谈了。"我说，"我很想念你。"

"真的吗？我还以为你不会想念任何人呢。你一心盯着未来，从不回头。再说，我知道你这两年并不缺伴儿，从西奥·马克斯到大野友治。"

"你也不缺啊！纳蒂说她每次见你，身边都是不同的女友。"

"那你应该觉得自己很重要，因为我对那些女孩都不认真。"他看着我，"你毁了我。"他已经尽可能地用一种调皮的语气说出这句沉重的话，"我挺盼着今天见到你的。有些话，我想对你说已经有一阵子了。可是时光匆匆，我却始终没有把心底话说出口。事实上，我有时候会看关于你夜总会的报道。"

"是吗？"

"我愿意关注夜总会的发展。但那只不过是这番话的背景，并不是重点。我想告诉你的其实是我多么地为你感到骄傲。"他牵起我的手，"我甚至不知道这番话对你来说还有没有意义，但我就是想要说出来。"

我几乎要说这话对我来说当然有意义，但偏偏那时纳蒂过来找我们。"温，"她说，"跟我们一起去吃午饭吧！"

"我去不了，"他说，"你的演讲非常棒，小姑娘。"他从口袋里取出一个小盒子，递给了纳蒂，"送给你，纳蒂。再度祝贺你。"

他拥抱了纳蒂，然后和我握了握手。我和纳蒂看着他离开。我手里还握着温口袋中的那根孔雀翎。我几乎要叫住他，但最后决定不这么做。

午饭的时候，纳蒂打开了温的礼物，是一把小巧的银制心形锁。"他还是把我当成个小孩子。"她说。她把礼品盒放回手包里，"你们两个今天聊了什么？"

"叙叙旧而已。"我说。

"好吧。那就别跟我说了，"她说，"你确定不想让我和你一起去日本吗？你可是要结婚呢。"

"其实场面更像是场商业会议。"

"这是我听过最可悲的事情。"

"纳蒂，我已经决定了。"我把日程表拿出来，"你得去夏令营，"她要担任顾问的角色，"然后就去上大学。我会在九月的时候飞回来，帮你收拾大学寝室。好吗？"

"安妮，我很担心你。我觉得你并不清楚自己面对着什么。"

"我清楚，纳蒂。听着，人会由于很多不同的原因结婚。世界上只有两件事对我来说是要紧的，第一是家人，也就是你和利奥；第二是我的工作。我并不浪漫，所以为了爱以外的原因结婚，对我来说并没有像对别人来说那么严重。而现在令我感到难过的是，你竟然用这种看悲悯的眼光看着我。"

"你是浪漫的。你爱过温。"

"那时候我还是个十几岁的姑娘。那不一样。"

"你一直到今年八月之前，都还不满二十岁。"她提醒我。

"严格来说，是这样。"

纳蒂翻了个白眼："即使是场糊弄人的婚礼，也还是要拍照，是不是？照目前这个状况，说不定这是我唯一看到你穿婚纱的机会了。"

15

我继续试验，使用古老的科技产品；
讨论LOL这个符号的用途和意义

我抵达东京的时候，大野甜品公司的十名代表列队欢迎了我。他们都穿着黑西装。两个女子举着旅客名牌，上面写着巴兰钦的字样。一番隆重的鞠躬后，有人献上一束粉色郁金香、一篮橙子、一盒大野牌糖果还有一个丝质小包，里面是几双刺绣精巧的袜子。

"大野先生的家近吗？"我问其中一个女人。

"不近的，安雅小姐。我们得去东京城区，从那里坐动车去大阪。"

我小的时候来过日本，但没有什么印象了。从外观上看，城市的模样在我看来跟纽约没有什么差别，虽然火车（还有空气）明显干净很多。一开始，眼中的景色仍然满是熟悉的灰色和霓虹灯交织的立体城市格局：红色的字牌标识着商场、酒吧或者卖笑的姑娘。令人印象深刻是钢筋玻璃组合而成的阳台上，挂着相当复古的晾衣绳。这景观令我放松，因为我想到了自己家，然后就真的睡着了。醒来的时候，我们正在飞速穿越一片绿色的森林。扑面而来的自然风光让我有点紧张，我又睡着了。再醒来的时候，景色又一次变换了：大海，还有并不骇人的摩天大厦。到大阪了。

我们乘坐有染色玻璃的黑色加长轿车，一路开到大野公馆。我实在摆脱不掉仿佛去参加葬礼的感觉。

终于，我们在石头围墙掩映下的两扇高耸的大铁门前停了下来。门卫向我们招手，示意直接开进去。

大野家的房子是两层的，房子边线用深色胡桃木镶嵌，屋顶布满灰色的瓦片。房子蜿蜒在院子当中，虽然很矮，但看起来很雄浑。某个迎接我的人解释说，这房子是传统的日式风格。院子周边有人工小河，还有几个池塘和修剪整齐的树木。来到房子大门口的时候，我知道自己应该脱鞋。也许这是礼物中包含袜子的原因。

友治的保镖一雄告诉我，行李会直接运到我房间里。如果我饿的话，晚餐也已经准备好了。但我并不饿。"我能去和友治打个招呼吗？"我问。有人告诉我，他已经睡了。

一位身穿猩红色和服的女仆引领我穿过走廊。走廊蜿蜒，围绕着整栋房子。女仆打开一扇推拉门，而那扇门也可以当作墙壁隔断。

我进入卧室，地上和墙上铺着榻榻米垫子，但是中间搁着一张西式床。房间可以近距离看到池塘，一只猫在院子里喵喵叫。

我怀疑，它是不是我和纳蒂十年前见过的那只猫的孩子。说不定就是那只猫呢？猫都活得久，有时候比人还久。

我打开行李箱，然后躺到床上。虽然这么说很傻，但是查清楚明天，也就是我婚礼的日子，是什么天气，开始显得至关重要。我把手机打开，但是没电了。我打开平板电脑，据说它的电容量比手机更可靠，尤其是旅行的时候。

win-win：安雅？

anyaschka66：是我。

win-win：因为你飞去国外，所以我觉得你会看一眼平板电脑。你到日本了，对吧？

anyaschka66：到了。

win-win：也就是说你明天要结婚了。

anyaschka66：你是打算阻止我结婚吗？

win-win：我再也不会拦着你做任何事了。我虽然迟钝，但也学到了教训。

anyaschka66：聪明的小伙子。

win-win：不过我在想，能在纳蒂的毕业典礼上看到你，真好。

anyaschka66：是啊。

win-win：这玩意真累人。为什么我们的爷爷奶奶以前喜欢用这个呢？为什么人们不能直接打电话？

anyaschka66：他们以前会用很多缩略词。我奶奶以前会偶尔教我一些。她十五六岁的时候，曾经赢过速记大赛呢。像是OMG和LOL。

win-win：我知道OMG，但LOL是什么意思？

anyaschka66：大笑出声。

win-win：那就是说，这个符号你不大用得着。

anyaschka66：这话什么意思？

win-win：你比较严肃，天天板着个脸。

anyaschka66：我很幽默的。

win-win：并没有幽默到LOL的程度。

anyaschka66：LOL

win-win：等一下，你真的大笑出声了吗？

anyaschka66：我没有大笑出声。可能人们打出LOL的时候，并不会真的大笑吧。实际上，我现在正ROTEL呢。

win-win：这又是什么意思？

anyaschka66：下次见面的时候再告诉你。

win-win：什么时候见面啊？

anyaschka66：可能过不了多久。我之后几个月主要待在日本，不过也会飞到夜总会的其他分店去。我会在纳蒂进入麻省理工后的新生欢迎仪式上露个面。

win-win：有空的话叫我出来吧。我要祝贺你结婚，如果你和纳蒂需要搬大箱子或者别的什么行李的话，这里有个现成的劳力。

anyaschka66：你说的那个劳力是谁啊？

win-win：LOL

anyaschka66：我得下线了，明天一早要结婚去了。

win-win：OMG

anyaschka66：瞧瞧你，把那些高端的缩略词用得多溜。

win-win：DDT YLRPANG IS IMY IHTYMYO IKIDHARBIDWAETHY ITIMSLY IDHMR

anyaschka66：你现在就是在瞎编了。

win-win：这些字母都有含义的，我保证。

anyaschka66：我一个也想不出来是什么意思。

win-win：恭喜了，安妮。恭喜，我的老朋友。我是认真的。保重，平安。无论今后在我们的人生中发生什么事，让我们彼此允诺再也不会这么长时间不联系了。LOL

anyaschka66：我觉得你可能不该在这里用LOL，温。除非你最后那句话只不过是当笑话讲。

他肯定下线了，因为他没有回复。我也下线，上床睡觉了。

我能看到行李箱顶上插着那支孔雀翎。我觉得那羽毛的眼睛似乎在看着我，所以我爬下床，把孔雀翎插到了弯刀的鞘里面。

那天晚上我无法入眠。可能是时差的缘故。

大概是因为，时差的缘故吧。

16

我觉得自己是经过考量和评估，才作出决定的；
我立马后悔了；
我尽可能忽略后悔的情绪

第二天早上醒来的时候，我才睡了不到一小时。我的脸肿了，视野模糊，双手冒汗，脑袋还一跳一跳地疼。

友治的一位女性员工帮我穿上婚服，那是件奶白色的丝质和服，裙摆和袖口绣着浅浅的樱花。我的头发长长了，可以盘起髻。金簪子插在髻上，簪头奇尖。我的脸被粉扑得很白，腮红上得很足，嘴唇被画得血红。最后，一顶相当重的丝质盖头把我蒙了起来。我觉得自己穿了一身戏服，不过可能所有的新娘子都这么觉得吧，无论婚礼周遭是什么环境都一样。

夹趾拖鞋把我的脚步收束得特别细碎，我踩着小碎步进入浴室，把身后的门关上了。我把和服拎起来，把弯刀掖进去。我觉得，情愿小心一点，也比后悔强。我照照镜子，然后把和服抻平。

我们是在神社里面举行婚礼的，大部分内容我都听不懂。别人让我点头，我就点头，适时说一声"是的"。我们就着陶瓷酒杯喝了清酒，一把曲调模糊的吉他为我们伴奏。我们用三根树枝完成了仪式动作，然后就礼成了。我估计，全程还不到半小时。

我看向我丈夫的眼睛。

"你觉得怎么样？"他低声问。

"我不敢相信我——我们竟然结婚了。"我几乎要晕倒了。他们把和服缠得太紧了，那布的重量压得我的弯刀直戳我大腿。

他哈哈一笑，看起来没有之前那么病恹恹了。

"你忽然看起来健康了很多。"我说。

"你是担心我会一直活下去吗？"

"友治，当然不是了。"我确实从来没有想过，万一他好起来我要怎么办。

我开始觉得身体相当不适。我想回纽约。我告诉我的"丈夫"我需要躺下来。他把我带到神社附近为新婚夫妇保留的房间里。

一雄跟着我们。他用日语问友治话。

"一雄问我是不是病了，"友治翻译道，"这一次，是安雅不舒服。"他乐呵呵地跟一雄说。

我和友治进入新人套房。我躺在床上，友治坐在旁边看着我。

我之前在想什么呢？我是怎么说服自己这么做是合情合理的？

我竟然嫁给了一个自己几乎不了解的男人。

我嫁给他了！

我也不能跟他离婚。

已成事实。这是我第一段婚姻生活的开始。

纳蒂和西奥，还有所有那些试着劝我别这么干的人，都是对的。

我喘不上气了。

"冷静点，"友治温和地说，"我会死的，就像我保证过的那样。"

我开始哭了："我不想让你死。"

我还是喘不上气。

"我是不是该帮你把和服上的宽腰带解开？"他问。

我点头。他把我的和服解开了，我开始觉得好一些了。他躺在我身边，看着我，然后摸了摸我的脸。

"友治，你觉得我是个坏人吗？"

"怎么这么问？"

"因为你知道我并不爱你。换句话说，我嫁给你只不过是为了钱。"

"这句话说我也很合适啊。你差不多要比我还富有了，不是吗？事实上，我压根不会用好或者坏来衡量你。"

"那你是怎么看我的？"

"我记得你还小的时候，在花园里和你妹妹一起玩。我记得你十几岁的时候愤怒而鲁莽。我能看到，你现在作为一个女人，坚定而坚强。我最喜欢你现在的样子。我比以前更喜欢你。很可惜，我们之间一切的顺序都颠倒了，但这是你我的命。如果我还年轻，还强健，我会追求你，让我成为你最爱的男人，让你神魂颠倒，赢得你的芳心。我想要确信，当我死了，安雅会心碎欲绝。"

"友治。"我侧过身来和他面对面。我的和服散开了，我又把它拉紧。

他抓住宽腰带的一端，缠在自己手上。"我希望可以和你做爱。"他拽着腰带，把我拉向他。

我的双眼瞪大了。我可不是那种下贱坯，可以随便和自己几乎不认识的男人做爱，即便这个人是我的丈夫。

"但我不行，我太虚弱了。今天实在太累人了。"他看着我，"我身体里灌满了药，但没有一样顶用。"

他实在是个漂亮得不可思议的男人，而他的病弱似乎把这种病态的美感推向了极致。他看起来就像是炭笔画中走出的男人，将死的他只剩下黑白的色彩。

"我想，如果我年长几岁之后再遇上你，也许会爱上你。"

"真遗憾啊。"

我把他拉向自己身边。我能感受到他的筋骨在我身边舒展开，咯吱作响。他肯定比我还轻，而且身上实在是太冰凉了。我们都太累了，所以我把和服敞开，把两个人都拢进和服衣襟里。

"这一生，"当我们近到彼此的眼睛对视时，他说，"这一生，"他又重复了一遍，"我会比自己曾经以为的更加怀念它。"

早上我醒来时他已经走了。一雄解释说，友治由于身体原因必须回到自己家，我们晚一点要在大野甜品公司的工厂见面。

回到房子里，我脱下那套几乎已经穿了二十四小时的婚礼和服，换上日常的衣服。仆人们似乎比之前更谦恭了，但是当他们喊我安雅·大野夫人的时候，我差一点没有反应过来他们究竟在和谁说话。我并不接受这个名字，但我的日语水平实在不够和仆人们解释，即使表面看起来像是这么回事，我仍然是安雅·巴兰钦。

友治在一群商业人士的陪伴下，在大野甜品公司的大阪工厂等着我们，这群人的数量竟然比在机场时还多。我来到日本以后，第一次看到友治穿深色西装。我能够把他和那套西装联系到一块儿，当我看到他再次穿起西装时，我感到欣慰。他把我介绍给同事们，然后我们去参观工厂。工厂里面很干净，明亮有序，完全没有一丝气味会泄露这里在制造巧克力的秘密。他们的主营产品似乎是糯米团，就是一种糯米做的黏糊糊的甜品。

"巧克力在哪儿？"我轻声问友治，"还是你们像我们家族那样，都是进口？"

"巧克力在日本是违法的，你知道这一点。"他回答道，

"跟我来。"

我们和大部队分开，搭电梯来到楼下。这里的房间里摆着一个火炉，他按了按墙上的按钮。墙壁消失了，我们进入一条秘密通道，通道里满溢着热巧克力的香气。他又按了一个按钮，把门关上了。

"我花了两亿日元打造这家地下工厂，"友治告诉我，"不过如果一切如我所期待的那样进展，很快我就不需要它了。"

他带我穿行在这间秘密工厂的时候，我发现工人们都穿着工装裤、戴着卫生口罩和手套，而且他们小心地避免眼神接触。工厂里装备着最先进的烤箱、温度计、厚厚的金属坩埚、天平，还有沿着墙边放置的一排桶，里面放着未经加工的可可原料。作为西奥培训的结果，我知道这些可可是次品。它们颜色很差，气味和稠度也不好。

"你不能用这种材料做可可系列产品的。"我告诉他，"加足糖分或者牛奶，倒是有可能在传统巧克力制作当中掩盖掉劣质可可的味道，但你不能用这种原料做可可含量高的产品。你必须换家供货商。"

友治点点头。我得给明天农场那边打个电话，问问他们能不能也给大野甜品公司供货。

我们离开了秘密工厂，上楼去见友治的法律顾问杉山，他向我解释了如果在日本开一家黑屋夜总会那样的店，可能会遇上什么样的挑战。"健康部的官员要给每样产品加盖公章，认证其中的可可成分还有对健康的益处。这些需要很多钱。"顾问说。

"一开始是这样的，"我说，"但随后就可以省钱了。比如，不用再开秘密工厂。而如果你的生意和我们的是同一个套路，那说明你们之前是要打点官员的，现在只不过是换了另外一拨官员打点而已。"

杉山没有看我，对我的话也没有任何表示。"也许我们继续维持现状，专注生产会比较好，大野先生。"他说。

"你得听安雅的。"友治说，"这也是我的想法，杉山先生。这是我们必经的转变。我们再也不会继续那种小钢珠店似的经营模式了。"

"那就如您所愿，大野先生。"杉山向我点点头。

我和友治走出去等车。"这些人保守得无可救药，安雅。他们反对改变，而你必须坚持。只要我还活着，我会陪你坚持到底。"

"我们现在去哪儿？"我问。

"如果你愿意，我想给你看看第一家可可酒吧的备选地址。随后我就向世人宣布，你已经是我的妻子了。"

尽管我们打算在日本开设五家夜总会，但友治还是为旗舰店挑选了一处古旧、荒废的茶楼，位于大阪市的城中闹市区。只要穿过灰色的石头围院，就置身于另外一片天地。茶楼里面有樱花树和小花园，花园里紫色的鸢尾花茁壮得很，并没有向蛮横的野草屈服。所有植物无望地疯长，那感觉跟纽约店一点都不一样，但这里也可以很讨人喜欢，甚至带点浪漫情调。

"你觉得这里合适吗？"友治问我。

"这里和纽约非常不同。"我说。

"我想要开一间白天营业的店，"他说，"我对于夜晚已经太过厌烦了。"

"原本我也想那么做的，但我的合伙人让我放弃了那个想法。他说一间夜总会应该是性感的。"

"我能明白他的意思，但日本人跟美国人是不同的。我觉得在这边，白天营业更好。"

"那就不能叫黑屋了。"我停顿一下，"日光酒吧？"

他考虑了一下这个名字："我喜欢。"

大概十五分钟之后，几个媒体人和友治公司的公关吉田一起来了，吉田在随后的日文新闻发布会上为我翻译。

"大野先生，你已经有好几个月没有在公众面前露面了。"其中一名记者说道，"有传言说，您身体抱恙，而您看起来的确清瘦了不少。"

"我并没有生病，"友治说，"今天请大家来的目的，也不是为了谈论我的健康状况。我有两个消息要宣布。第一个是，我的公司将在未来几个月经历重大重组。第二个是把这位女士介绍给日本。"他指向我，"她的名字是安雅·巴兰钦，是纽约赫赫有名的黑屋可可夜总会的老板，而我无上光荣地成了她的丈夫。"

闪光灯在闪烁，我对着媒体微笑。

消息传到了全世界。在这个世界上的某些地区，我丈夫和我臭名昭著，所以我想，两个犯罪集团的首脑联姻大概会变成值得关注的新闻吧。事实上，我们两个家庭早在数年前就联姻了，只不过那时候利奥迎娶的是不被大野家族承认身份的纪子。

就算他不说，我也知道友治盼望能在死前至少看到一间夜总会开张。尽管我只是名义上的妻子，仍然想让他开心。接下来的整个夏天，我和友治都忙于日光酒吧的开业准备。这工作并不容易，文化和语言障碍实在是相当大。我为友治的身体感到忧虑。任何一个生命大限将至的人，都不会像他这么不知疲倦。

大约在我二十岁生日过后的一个星期，第一家日光酒吧开业了。这家店的风格更像是面向高端消费人群的茶馆，而不像是夜总会。进门之后，玫瑰花瓣的地毯引向主屋，小圣诞灯在乱糟糟的绳子上挂得满满当当，堆叠蜡烛装在银质锻造罐子里照亮了钢铸的餐桌。餐桌上铺着白色半透明桌布。我和友治把这里打造成了人们能想象出来的最浪漫的地方，但讽刺的是，我们这两个创始人并不相爱。

他的心脏在这时候已经脆弱得不可思议，所以他并不能在开幕式停留太久。"你开心吗？"我在返回他家宅邸的路上问道。

"我很开心，"他说，"明天我们要回来继续工作。也许我还能活到东京店开幕的那一天。"

当天晚上，我穿过走廊来到友治房间。他经常彻夜难眠，我确定他的灯还亮着才敲门。

"友治，"我说，"我要回家帮我妹妹搬进大学新宿舍，两星期后就回来。我想邀请你和我一起去，但以你目前的状况……"

友治点点头："当然了。"

"我走的时候，你不要死掉啊。"

"我不会死的。你想听个秘密吗？"他问道。

"不想当着你的面听。"

"那去窗户边上，看着那片锦鲤池塘。"他说。

我听了他的话。友治的灰猫跟一只黑猫并肩坐在长凳上，灰猫舔了舔黑猫的脸颊。"哦，它们在谈恋爱呢，是吧？你觉得它们是怎么认识的？"

"沿着这条路一直走下去，不远处有个农场，我觉得它应该是从那儿来的。"

"或者它是一只来自城市的猫。"我说，"来到乡下，寻找它的梦中女郎。"

"我更喜欢你的解释。"他冲我微笑。

他拍了拍自己床边的位置，我躺了过去，挨着他。

"你觉得怎么样？"他不喜欢这个问题，但我想知道答案。

"我很开心自己能够把大野甜品推入新纪元。现在是2086年了，安雅。我们必须为22世纪做足打算。"

"你的心脏觉得怎么样？"我具体地问道。

"它还在跳，至少现在还在跳。"我把手放在他胸膛上，他轻轻颤抖了一下。"我把你弄疼了吗？"

"没事。"他深吸一口气，"不，其实我感觉挺好的。现在只有医生会碰我的身体了，我很开心能换个人来做这件事。"

"跟我说个我爸爸的故事吧。"我说。

友治想了一会儿才开口："我刚认识他的时候，正是绑架案发生不久之后。我很害怕陌生人，我记得以前告诉过你了。"

"那就再给我讲一次吧。"

"他是个人高马大的壮汉，我很怕他。他跪下来，伸出手掌，像是要接近什么害羞的小动物。'小伙子，我听说你身上有个很有趣的伤疤，是战斗中留下的。你愿意给我看看吗？'他问。我因为自己的断指觉得很不好意思，但还是把手伸向了他。他盯着我的手，盯了好久好久。'这是个应该让你感到骄傲的伤疤。'他说。"

友治把手伸向我，而我吻了他那残破之处。数年前，我父亲的手也曾经碰过这只手。

"我很荣幸，自己将永远是你的第一任丈夫。"他说。

"也是最后一任。"我说，"我觉得自己并不是婚姻或爱情的材料。"

"我并不能完全确定你说得对不对。你还很年轻，而人生是很长的。"

他说完这番话之后，睡了一小会儿。他的呼吸很困难，我手掌下面几乎感觉不到他那微乎其微的心跳。

第二天醒来的时候，床湿得像水洗过一样。为了不让友治难堪，我试着自己悄悄溜走。他颤抖着醒来了，然后坐了起来。

"不好意思。"他低头鞠躬向我道歉。他几乎从不对我说日语的。

"没事。"我看着他的眼睛。我记得奶奶总是很讨厌那些不看着她的眼睛说话的人。

床单上，尿渍混杂着血迹。

"安雅，请你走吧。"

"我想帮你。"我说。

"这太没尊严了，请你走吧。"

但我并没有离开。

他的眼睛圆睁，布满惊恐："拜托你，走吧。我不想让你在这里看着我这个样子。"

"友治，你是我的丈夫。"

"只不过是商业协作上的丈夫。"

"那你至少是我的朋友。"

"你不需要为我做任何事。我并不期待你这样帮我。"他摇摇头。

我来到他身边。"这没什么可丢脸的,"我说,"人生就是这样。"我把他扶下床,送他到浴室里,这样我就可以扶着他洗个澡。我几乎感觉不到他的重量。

"请你让我自己待着吧。"他哽咽道。

"我不要。"我说,"并不是为了我们的协议,而是因为你为我所做过的一切。你救了我哥哥的命,帮我偷渡出美国。你告诉了一个傻乎乎的十几岁姑娘她应该对自己有更多的要求。而我在你生病的时候搭把手,简直不能报答这些的万分之一。"

他垂下了头。

我帮他把湿衣服脱掉,跨进浴缸。我用热水淋湿一块坚硬的自然海绵,帮他擦背。他闭上了眼睛。

"很多个月之前,我比现在病得还重,那时候疼得更厉害。他们试图医治我,但我知道自己没救了。"他说,"我请求一雄杀了我。我把父亲的武士刀递给他,我说:'你必须把我的脑袋砍下来,这样我才能死得有点尊严。'他眼中泛泪,然后拒绝了。他说:'你还有时间。我不会把你生命中剩余的时间夺走。好好利用你的时间吧,大野先生。'他说得对。我开始想在最后的时光里做些什么。你的脸庞时时出现在我脑海。所以当我感觉身体恢复了一些,就去了美国找你,看看能不能说服你嫁给我。我当时并不确定你究竟会不会同意。"

"我很荣幸。"

189

"但如果你不来的话，我也另有计划。我另外的计划是追查索菲娅的下落，杀了她。我恨她把我害成这样。"

"我也恨她。"我把海绵拧干。

"答应我，如果你再见到她，帮我杀了她。"

我思考了一会儿这个要求："我不会杀她的，友治。我不在杀人的行当里混，你也不在。"

友治和我都是被当作狼崽养大的。他觉得开口请我帮他杀人完全没问题，但是觉得让我帮忙洗个澡非常越矩。

17

我回国几日照顾生意；
日子离了我照样过

随后，我返回了波士顿。尽管那个周末我做的事情感觉都不太真实，但是回到英语世界，回到纳蒂身边，还是令我松了口气。跟同龄人在一起很奇怪，跟还在上学的人、没有结婚的人、没有做买卖的人在一起，更奇怪。她的宿舍顾问名叫维克拉姆，是个傻乎乎的、可爱的黑头发男孩。他和我握了握手，答应我肯定会好好照顾我妹妹的。"你会在波士顿停留多久呢，纳蒂姐姐？"他问，"我可以带你去些好玩的地方。"

我把戴婚戒的手给他看："我结婚了，而且也去过好些地方了。"

"你这个周末太安静了。"纳蒂说。我们躺在她床上，那床刚刚铺好崭新的白床单。

"我有时差呢。"我说。

"我自己可以的，你本不用跑回来。"

"纳蒂，我肯定不能错过送你上大学这么重要的事。"我翻过身，在我妹妹粉嘟嘟的光滑脸蛋上亲了亲。

周末快结束的时候，我把平板电脑打开了。我想着要不要联系温，却没有付诸行动。尽管并不清楚自己为什么会这么想，但感觉如果联系温，似乎是对友治不忠。和温分手已经是两年前的事了，而且我怀疑他以后也不会再变回我的男朋友。不过能够再见到他，还是挺开心的。

我在纽约和旧金山短暂停留，然后才返回日本。在纽约，我发现西奥已经搬出了我家。我踏入办公室的时候，他也没有询问我有关结婚的事，只是开口谈工作。

"安雅，卢娜说你需要更多可可供给日本的五家分店。一开始我并不确定能不能办得成——明天农场一共就那么大点儿地方，你知道吧？但是之后她调查了一下，发现我们可以买下一座废弃的可可农场，就在距离明天农场15英里的地方。我想知道，你是不是认真地想要增加可可订货量？"

"我是认真的。"我说。

"很好。那就这么定下吧。"他冲我微笑，但笑得没什么温度。那只不过是个职业微笑。随后西奥离开了。就好像我们对于彼此来说，从来没有什么特别的意义。

我设想过他会不会辞职，会不会回墨西哥去，但他没有，这一点令我很佩服。他在城市另一端租了间公寓。我那茶花女的形象并不足以让他离开黑屋夜总会。他热爱我们的生意，尽管他恨我，但仍然爱我们共同打造的事业。

西奥走了之后，斯嘉丽很开心地把我家据为己用，只剩下她和菲利克斯两个人住。"我猜几年之后我们就各住各家了。"我们坐在客厅里的时候，她这样说。

"为什么？"

"证明我们长大成人了。我是说，我总不能到了三十岁还挤在自己最好的朋友家住吧。我长这么大一直住在上东区，也许体验一下这座城市的其他区也不错。再说，我已经不认识住在这里的人了。"她最近有了更多的剧场表演，她说她的大部分朋友都住在市中心或者周边市区。

"你有没有听说——"我压低了声音，免得菲利克斯听到，"盖布尔的消息？"

"他寄来了一些钱，并不是经常寄。他给菲利克斯寄了橄榄球当作两岁的生日礼物，是成人版的橄榄球。"她翻了个白眼。

"我猜他大概是为将来着想吧。菲利克斯再过十年就可以用得上它了。"

"他永远用不着那个破球。"她把蹒跚学步的孩子一把从地板上抱起来。原本菲利克斯正在玩积木，身上穿着件我从日本买来的小小的和服。斯嘉丽对他说："妈妈才不想要一个笨呼呼的大橄榄球来糟蹋我们宝贝的帅脸蛋。"菲利克斯亲了亲她，又亲了亲我。

"他谁都亲，"斯嘉丽解释道，"他很喜欢亲别人。"

"你不也是吗？"

"闭嘴啦，"斯嘉丽大笑着说，"反正这世界上，没什么比亲吻更好的事了。我现在还是很喜欢亲吻。"她叹口气，"天哪，我怀念接吻的滋味。"

菲利克斯又亲了她一下。

"谢谢你，菲菲。所以，安娜，我亲爱的、我最好的朋友，我们是不是该来聊聊你结婚的事？"斯嘉丽问道。

"没什么可聊的。"我说。

我和穆斯一起吃午饭。由于黑屋夜总会的新店已经开遍全国，我们成功地把将近九成的巴兰钦家族成员安置在合法的工作岗位上。我们为成功干杯，一起缅怀了一下旧时光。

"我碰到林可了，"她说，"你还记得她吗？"

"我当然记得她。"

"嗯，她没认出我来。别人对她介绍我是凯特·博纳姆，是巴兰钦犯罪集团的首脑。而她根本没有认出来我是穆斯，那个在少管所被她折磨了三年的姑娘。我以为她肯定会想当然地把你和我联系起来，但她没有。"

"她还在做咖啡生意？"我问。

"是。咖啡行业现在很不好过。"

"那个什么兰波法案，对待咖啡和对待巧克力一样，都蠢到家了。"

"我知道。"穆斯说。

"还有什么其他事情需要聊聊的吗？"

"嗯，俄罗斯那边最近挺安静的。但我并不完全喜欢这个状态，也并不相信他们真的这么平静。我听说他们已经把多余的货源卖给其他家族，也贩到其他国家。所以可能他们接受了事实，明白巴兰钦家族已经洗手不干巧克力买卖了。"她喝了一口饮料，"也许当他们意识到对巴兰钦家族不利就是对大野家族不利时，他们就冷静下来了。谁知道呢？但我表示怀疑。我们肯定还能发现他们的动静。"

"顺便祝贺你结婚。"穆斯说，"我本来要给你买件礼物的，但我不知道你想要什么。"

"一个黑帮公主不可避免地走入一场利益婚姻，这有什么好送的呢？"

"是挺难的，对吧？公主可是什么都不缺。"

"我觉得我想要的是，从今以后家族的任何人都不需要再和非法巧克力打交道了。"

"我在努力，安雅。"

"我知道。"

我们握手。我们不是喜欢拥抱的那种人。

"安雅，等一下。你走之前，我要说句谢谢你。"

"谢什么，穆斯？"

"谢谢你把我引荐给胖子。谢谢你愿意相信我能管理这么大的事业，你给的信任比任何人都多。谢谢你从来不问我犯了什么罪。谢谢你所做的一切，实际上你简直给了我新生命。我觉得你并不清楚，你对我来说是个多大的救星。"

"忠诚的朋友是很难得的，穆斯。"

离开之前我所见的最后一个人是德拉克罗瓦先生。他带我出去吃饭，庆祝我结婚。黑屋夜总会对面开了一家新餐厅，而那条街区已经十年没有新店开张了。

德拉克罗瓦先生正在谋划着去竞选市长。自从帮我开黑屋夜总会之后，他比以前受欢迎得多。我明白如果他真的要参选，那意味着他要放弃我们的生意。

"我并不确定婚姻生活对你来说是好还是坏。"他说，"你看起来很疲惫。"

"旅途劳顿。"我还是用最常规的借口。

"我怀疑除了这个，还有别的原因。"

我给了他一个最最傲慢的脸色。"我们同事之间，不谈私生活。"我说。

"好吧，安雅。"

服务生为我们拿来甜点菜单。我拒绝了甜品，但是德拉克罗瓦先生点了派。"如果你是我女儿——"他说。

"我不是你女儿。"

"让我们放下怀疑，就假设你是我女儿吧。你要知道，你有一点让我想到她。如果你是我女儿，我会告诉你，把自己有可能面临的任何愧疚感都抛开。你作出了决定，也许是对的，也许是错的。但是决定已经做了，你现在什么也改变不了，只能继续往前走。"

"你有没有作过让自己后悔的决定？"

"安雅，看看你在和谁说话。我简直就是后悔大王，但我很可能在两年内当上市长。生活总是充满转折的，亲爱的。看看我们俩。难道我不正是你十七岁时候的死对头吗？而现在，我是你的朋友了。"

"我不想夸张，德拉克罗瓦先生。我们已经说过，彼此的关系仅止于同事，再没其他。顺便一提，我在纳蒂的毕业典礼上遇到你儿子了。"

"我知道。"

"你总是什么都知道。"

"温告诉我了。他说：'我很高兴你帮助她一起开了夜总会，老爸。'或者其他什么话，反正差不多的意思。他说——你听好啊——他说他错了。我的下巴差点掉到地上。没有哪个父亲对于这么令人惊讶的话有心理准备，比如听到自己儿子亲口承认'爸爸，你才是对的'。"

"好吧，难道这好消息不是来得太迟了吗？"我转了转自己的婚戒。

"亲爱的，这永远不会太迟。现在你要不要把我点的派吃掉呢？然后好好睡一觉吧。你明天要飞很远。"

"德拉克罗瓦先生，"我说，"如果你真的打算竞选市长，我会百分之百支持你。"

"看来你已经清楚，就算离了我，黑屋夜总会照样能正常运营。"

"不，并不是这么回事。我肯定会万分想念你当顾问的日子。然而，我情愿少你这么个顾问而让公众获益。在我们共事的这些年中，你总是把我拉到正确的航道上，当然我是指，当自己听你话的那些时候。在亲眼看到贝莎·辛克莱之流的所作所为后，我情愿支持你上位。"

"谢谢你，安雅。来自同事的支持和赞美总是让人高兴的。"

18

我又一次哀悼逝去的生命

在大阪，九月末是台风最肆虐的季节，我的航班因为天气原因延误了好几天。终于返回大阪的时候，大雨瓢泼，砸向地面。我从窗口所能看到的唯一景象就是一幕雨帘。通常这样的景象足以让我冷静下来，但是这一回没有。基于和友治的保镖还有他自己的谈话内容，又基于那些说出来的和没说出来的话，我已经开始恐惧，自己究竟能不能赶在丈夫去世之前再见到他。

我直奔他的房间。他已经被戴上了氧气面罩。他很讨厌这些医疗设备，所以我知道他肯定时日无多了。我和他每见一面，他距离死亡就更近了一些。我有个奇怪的念头：如果友治不死的话，他可能会直接消失。

"我承诺过，你离开的这段日子我不会死。"他说。

"看上去，你这个承诺遵守得勉勉强强。"

"美国那边怎么样？"

我告诉他我的那些历险故事，尽量把旅程讲得妙趣横生，讲得比实际旅程令人兴奋又引人发笑得多。我想，自己是想逗笑他。他和我叙述了日本店的进展。我们聊到彼此的父母，而他们都不在世上了。我请求他如果在天堂遇到我的亲人，就替我向母亲、父亲和奶奶问个好。

他冲我微笑："我觉得你该清楚，我上不了天堂，安雅。首先，我不是个好人。其次，我也不相信有所谓的天堂。我甚至不知道你究竟信不信天堂的存在。"

"我很软弱，友治。"我说，"如果相信对我来说更有利，我会相信。我不愿意想象你最终会飘荡无依，像是在什么黑暗的空洞里。"

雨后放晴，他不顾医生的劝诫，执意要去散散步。宅邸的院落十分精致，尽管湿度很大，但我还是喜欢在户外活动一番。

事实很快证明，走路和谈话对大野友治来说太费力了，尽管他的氧气罐紧随身后，但他还是不久就上气不接下气了。我们在锦鲤塘边的长凳上稍作停留。"我不喜欢将死的感觉。"他在呼吸渐渐平稳之后温和地说道。

"你这语气，就好像是说到某种不爱吃的食物那么简单。就好像说，我不喜欢吃西蓝花。"

"我并不记得你是个幽默的人啊。"他说，"这是由我从小受的教育决定的，我们被教育成凡事内敛的行事风格。我不想死。我更情愿活下来，去对抗、去安排、去筹谋、去共谋、去争胜、去背叛、去吃巧克力、去喝奶昔、去调笑、去做爱、去笑疯掉、去在世界上留下我的印记……"

"我很遗憾，友治。"

"不，我不想要你的同情。我只想告诉你，我不喜欢这感觉。我不喜欢这痛苦。我不喜欢自己的身体状况被当作每日例行的议程来讨论。我不喜欢自己看起来像个僵尸。"

"你还是很帅的。"我告诉他。他的确还是帅的。

"我像个僵尸。"他朝我歪歪斜斜地笑，"我们真该像鱼那样。"友治说，"看看它们，它们游来游去，吃东西，然后死掉。它们并不会生产这些小东西。"

第二天上午很早时，友治就过世了。当一雄告诉我这个噩耗时，我低垂下头，但是并不放任自己哭出来。"他走得安详吗？"我问。

一雄有一会儿没回答："他走的时候很痛。"

"他有没有留下什么遗言？"

"没有。"

"他有没有留给我什么话？"

"有的，他给您留了一张字条。"

一雄把那张字条递给我。友治的笔迹很浅，我眯着眼，想要认清他写了什么，然后才意识到他写的是日文。我又把给字条递还给一雄："我看不懂。你能不能替我翻译出来？"

一雄深深地鞠了一躬："我看不出这些字是什么意思。我很抱歉。"

"如果你不介意的话，就试试看吧。也许这些字对我有意义。"

"如您所愿。"一雄清清嗓子，说，"给我的妻子。鱼不会带着遗憾而死去，因为鱼并不会爱。我带着遗憾而去，但我仍然庆幸自己并不是鱼。"

我点头。

我低垂下头。

我并不爱他，但我会非常想念他。

他理解我。

他信任我。

这比爱更好吗？

也许，鱼是会爱的。友治怎么能说得清呢？

也许是出于抗拒的心理，我并没有带任何黑衣服到日本来。一位女仆借了我一套丧服，也就是黑色和服丧礼服。我换上，看着镜中的自己。我觉得自己看上去比二十岁更老。我成了寡妇，也许寡妇本身就是这副模样。

这场葬礼如通常葬礼那样展开。到现在为止，我去过的葬礼次数，已经超过了我这个年龄一般所能经历的了。这场葬礼是日式的，但是葬礼的语言究竟是什么并不重要。小小的丧礼礼堂的墙壁是浅色松木的，好像一个穷人的棺材内部的样子，里面挤满了友治的同事、亲属，人太多，有很多人挤在后面，我都看不到。祭坛上焚着香，空气中满是呛人的甜腻，那是人造赤素馨花和檀木的味道。（无论长到多大，我永远不能把赤素馨花的味道跟死亡剥离开。）蓝色花瓶中兰花绽放，浅底木盘中一朵百合飘荡。

人们说，葬礼上的死者看起来很安详。这说法很好，但似乎并不对。死者看上去就是死了。也许尸体看起来很安详——既不会咳嗽，也不会喘息；既不会争论，也不会移动——但那只是一具躯壳，没有别的意义了。那具尸体曾经是大野友治，他身着婚礼礼服，双手叠放在他最爱的武士刀上，他的残指因为角度的巧妙而看不到了。他的嘴巴被人为地摆成一个类似微笑的古怪模样，而这表情在友治生前是从未展露过的。这根本不是我所认识的友治，这个模样也并不平和。

牧师示意我们上前，到供台前上香。随后，人们瞻仰遗容，尽管遗容已经瘦得有些不忍直视。那只不过是虚耗、干瘪的肉堆叠在层层白骨上而已。索菲娅下的毒轻松随意却又恐怖骇人地把他折磨死了。

向遗孀致意是个传统，但一个一袭黑发、头戴宽檐炭色女帽的女人，直接越过我走向供台。她几乎比参与葬礼的所有宾客都要高。

即便只看背影也能看出她的崩溃。她的双肩颤抖，默默低语。尽管听不懂她所说的词汇，也跟不上她的语言，但我觉得她可能是在祈祷。她举起手，而那只手运动的轨迹看起来很像是画十字。我看她越久，越觉得她的头发有一种假发的蜡色质感。我站起身，走了三步来到供台前。我本想把手搭在那女人的肩膀上，却一把揪住了她的假发。黑色假发套滑落，显现出棕色的真发。

索菲娅·比特转过身，她那双大大的深色眼睛通红，眼皮肿得像嘴唇那么厚。"安雅，"她说，"你以为我不会来参加最好朋友的丧礼吗？"

"我知道你会来。"我说，"你杀了他，但是有教养的人还是先会把这个过场走完。"

"我并没有教养，"她说，"再说，我只是因为太爱他才杀他的。"

"那不是真爱。"

"你了解什么叫爱吗，亲爱的？你是为了爱而嫁给友治的吗？"

我把她推到了棺木边。我们的举动吸引了其他宾客的注意力。

"他背叛了我，"索菲娅坚持说，"你知道，他背叛了我。"

我能感到自己的手指开始往弯刀上伸。我想起友治曾经请我替他杀了她，但无论是好还是坏，我仍然不是当杀人犯的材料。索菲娅·比特所行十分凶残，而我却想起了记忆中的光景，那是友治曾经描述的那个女孩的样子。索菲娅年少时曾经是个不受欢迎的女生。她觉得自己长得丑，其实她顶多是长得苍白罢了。她谋杀了这个世界上可能唯一爱过她的人。而这一切是为了什么呢？为了权力？为了金钱？为了巧克力产业？为了嫉妒？为了爱情？她告诉自己，这么做是为了爱情，但这真的不是爱情。

"走吧，"我说，"你已经来吊唁过了。无论你的吊唁有多少价值，你现在该走了。"

"我们会再见面的，安雅。祝你剩下的日本店都能成功。"

"这是在威胁我？"我能想象到她在某个分店里制造混乱的场面。

"你真是个非常多疑的年轻姑娘。"她说。

"也许吧。如果这是在美国，我早让人逮捕你了。"

"但我们并不在美国。而下毒是最完美的犯罪，这需要耐性，但是很难被验证出来。"

"顺便一提，你在葬礼之后打算做什么？"

"我们要一起吃午餐吗？"她问，"聊些女人之间的话题，再说说巧克力买卖。不幸的是，我明天就要离开。尽管你看上去好像是全天下最忙的大老板，但并不是只有你一个人有生意要管。这样一来我们就没什么时间叙旧了，真遗憾啊。"

"我真替你感到遗憾。"我说，"他爱过你，而你杀了他。

而从今以后，再也没有人会爱你了。"

她的眼睛因仇恨而暗下去，当我说这句话时，我知道没有什么事情比受到别人的同情，更能在这个女人身上产生如此大的效果了。她向我冲过来，但我并不怕她。她很虚弱，又很蠢。我把一雄叫过来，把她押出了门。

19

我立誓要保持独身

　　尽管才到正午时分，但我已经回到友治的宅邸补觉去了。我的身体很累，其实心灵也不轻松。我躺在床上，甚至懒得脱掉黑色和服。

　　醒来的时候，已经过了午夜。狭窄的房间里散发着霉味，而我的衣服散发着上香残留的气味。我很想出去走走，呼吸一下新鲜空气。尽管我并不是很担心自己的安全问题，但还是把弯刀捆在了和服下。

　　我走的还是几天之前和友治一起走过的那条石头小径。我来到锦鲤塘前，坐在了古旧的石头长凳上。我看着那橙色、红色和白色的鱼游来游去，跃进跃出水面。我凝视着这些鱼，时间很晚了——这些是不是奇特品种的方鱼呢？鱼什么时候睡觉？它们究竟睡觉吗？

我松了松和服，之前女仆把它系得太紧了。

我看着自己的双手，看着婚戒。婚姻实验进行得差不多了，我想。

那天晚上月光很亮，我能在水中看到自己的倒影。我看着安雅·巴兰钦，鱼游过了她在水中的脸。她看上去就快流泪了，可我讨厌她这个样子。我摘下婚戒，扔向了她的倒影。"你选择了这条路，"我说，"你没资格觉得难过。"

我二十岁，结过婚，现在成了寡妇。在那个时刻，我决定以后不再结婚。我不喜欢戴上首饰，标志自己的已婚身份，也不喜欢婚礼上装腔作势的华丽，更不喜欢一旦将自己的人生跟他人联结起来，就意味着敞开门迎接悲伤。无论是为了爱情，还是为了什么其他的原因。我并不适合婚姻，又或者婚姻不适合我。

这场协议对友治来说是有意义的，但整个安排到最后演变得如此复杂。我看不到未来能有什么理由，可以让我再跟任何人缔结婚姻。如果是为了爱结婚，那也总有不爱了的那一天（参照我父母和温的父母）。如果是为了生意联姻，整个关系却并不止步于生意。再说，我工作得很努力，经历艰难的抉择才创造出一番事业。我并不想要接手任何人的历史，不想承受他们犯过的错，也不想把自己的过去或者错误加诸在别人身上。再说，我上哪儿找到一个不会任意评判我的人在一起？谁能真正理解我所必须做的这一切？夜正浓，我于异国他乡，独坐在硬邦邦的石凳上想：我究竟能为了什么再结婚？

所以，我打定主意单身下去，也许时不时地可以找个情人。（我身体里那个天主教教会学校的学生不禁被这个念头吓到了，我对她说，咱们已经被教会学校开除了，所以就别啰唆了。）西奥实际上就当过我的情人，瞧瞧那下场是多么漂亮。但肯定比总是单身强。我会用丰富多彩的兴趣爱好，填充业余生活的空隙。我会像伊莫金那样，好好读书。我会去烹饪学校，我可以学跳舞，为孤儿做志愿服务，更尽职尽责地当好菲利克斯的教母。我还可以写本自传。

（注意：即便时隔多年，我仍然很难承认，跟大野友治结婚，除了对于黑屋夜总会的好处之外，可能已经渐渐演化为我一生中所犯的最严重的错误了。任何读过我这本自传的人都知道，我曾经犯了很多错。那个夜晚，我并没有准备好承认错误的根源出在我身上，而不是婚姻制度本身。）

正想着这些时，我觉得有什么东西撞到了我的后背，正撞在左肩膀的肩胛骨下方。感觉不太对，却不是很明显。这东西感觉钝钝的，撞击度中等，没什么伤害性。就像是被软式棒球或是柚子打中。但当我往下看的时候，我的胸口被闪着银光的刀刃穿透了。忽然，刀锋往回一抽，我开始流血。并不是特别疼，那只不过是肾上腺素作祟。我想从和服底下抽出弯刀，但衣服实在是太多层层叠叠，我抽刀的动作并不够快。我扭过脖子去看还有什么凶险招数需要招架，那刀刃又一次刺中我——这一次是下背部。我试着站起来，但右脚一个趔趄，我摔倒了，脸颊和脖子都狠狠撞在石凳上。索菲娅·比特俯身看着我，握着一把剑。她眼睛的神色分明写着，她誓要把我杀死才罢手。

她是怎么闯入这片宅邸的？还有没有同党？我甚至没有片刻工夫可以思索。我想活下去。我需要时间去拿到弯刀，所以决定和她说话："为什么？"我的声音勉勉强强比耳语大一些——倒在石凳上的时候，我弄伤了喉咙，"我做了什么，要你下这种狠手？"

"你知道你做过什么。我情愿毒死你，但既没有时间，也没有其他方法。我只能选择这种方法来了结。"她把剑抽回去，高举向天空。

"等一下，"我以最大的音量向她耳语，"你杀我之前要知道……友治有话要告诉你。"这于我来说是绝望、可悲的一搏，我甚至不确定会不会奏效。

她翻了翻眼珠，把武器放低了。"说。"她说。

"友治告诉我——"

"大点声。"她说。

"我大声不了。我嗓子受伤了。请你离我近一点。"

她蹲伏下来，这样眼睛就可以平视我了。我能感觉到她的呼吸喷到我的脸颊上。气味有些苦，好像她一直在喝咖啡似的。我想起爸爸在灶台上帮妈妈煮咖啡的情景。噢，爸爸，也许再见到您会很美好。我感觉自己的眼皮越来越沉。

"说啊，"她重复道，"友治说了什么？"

"友治说……他曾经是多么英俊啊，不是吗？"

索菲娅一巴掌扇在我脸上，但我几乎没感觉到疼："少废话！"

"友治说，鱼不后悔，因为……"

"你说的话都不成句了。"

我快要昏过去的时候，感觉到有什么东西擦得我大腿痒痒。不是别的，正是我放到了刀鞘中的孔雀翎——温的孔雀翎。拿弯刀，我想。弯刀的设计是为了砍，而不是刺。虽然我的伤势让我远远处于下风。但我知道，这是仅有的生还机会。

我的手指握上刀柄。我把胳膊举得尽可能的高，猛力向前推出去，但愿是向着她的心脏刺去。我抽回弯刀，她落入了锦鲤塘。奇怪的是，我竟然对扰乱鱼群感到一阵内疚。

索菲娅·比特又一次留给了我一个有用的经验。什么经验呢？如果要杀人，仅仅弄伤对方是不够的。

我想喊一雄，但出不了声。我能感觉到自己在急速失血，如果不马上得到救治，我会死的。

我试着站起来，但是没成功。我的左腿好像死了一样。我没有时间感受恐惧。我两手撑地，拖着身体在石径上爬。可能这里距离屋舍有一千英尺，我知道自己身后肯定一路血迹。

我的心跳达到有生以来的最高速，我担心它会不会忽然衰竭。

爬到差不多一半的时候，一个用铁钩替代一只手的男人，从树丛中钻出来。我认得他。我当时的优势并不在于自己还能跟谁比赛跑，而是我整个身体都与地面平行。

"索菲娅！"男人喊道。

她当然无法回答。

我看到他发现了地上的血迹，但他没有停下想一想这条血迹是指向屋舍的，所以并没有停下脚步。那个时候，大野友治的猫开始沿着石径，向锦鲤塘走去。快发现我的时候，猫停了一下——我很担心它会不会向我走来——随后它喵了一声，吸引了那个人的注意力。它继续朝着锦鲤塘走去，男人跟在它身后。

我拖着自己走向一雄的房间。肾上腺素快消失殆尽，疼痛却钻心刻骨。我抓挠着门。一雄睡觉很浅，他立刻站了起来。

"索菲娅·比特死了。她的保镖在院子里。可能还有其他人，我不清楚。还有，我可能需要去医院。"我硬撑着说完。

我一直觉得自己会英年早逝。我以为自己会因为犯罪或者巧克力相关的事情而死，但竟然是索菲娅的爱情（和我自己差劲的选择）几乎结果了我。

亲爱的神啊，在心脏停跳之前，我想到，索菲娅·比特还真是爱大野友治。这几乎让我放声大笑：有些人，总是忘不掉自己高中时期的男朋友。

爱的时代

20

虽然宣誓要独身，但我从未实践过

醒来的时候，我已经躺在了医院的床上。不知道为什么，我能感觉到这一次跟以往受伤的情形都不同。我并不觉得疼，但浑身有种古怪、不祥的麻木。

身材矮小的护士用日语说了几句鼓劲儿的话，好像她说的是："耶，你没死！"但我分辨不出来。她急匆匆出了病房。

不一会儿，一名医生进来了，紧随其后的是德拉克罗瓦先生和我妹妹。

我知道，既然纳蒂都被接到了日本，那代表我的问题肯定很严重了。"安雅，你醒了，谢天谢地。"她的眼里充满泪水。德拉克罗瓦先生待在角落里，好像被罚站似的。由于日本有相关生意要忙，他的出现并不令我感到特别意外。我的身体状况所限，他或者西奥总得来一个。

我想开口，但嗓子里插着管子。我拉管子，护士抓住了我的手。

"你记得发生什么事了吗？"医生问。真让人欣慰，他说的是英文。

我点头，因为那是我仅能作出的回应。

"你被袭击了，又被刺伤。"他给我看了一幅图表：一个一维的卡通女孩代表我，身上布满骇人的红色叉号，代表受伤的地方。那女孩看上去像是犯了无数的错误似的。

"第一个伤口从肩胛骨下方刺入胸腔，直抵锁骨下方，这一刀擦伤了你的心脏壁。第二个伤口穿透下背部，伤到了脊柱左侧的神经，这造成了你左脚的麻痹感。"

我点点头——还是出于上述原因。

"幸运的是，伤口很浅。如果再高一点，你的整条左腿可能都动不了了。如果再往中间去一些，你可能会彻底瘫痪。还有个好消息，你的右脚应该会恢复如常，你将来很有希望仍能正常行走，但是没人能说得上来恢复需要多少时间。"

我点点头，不过我倒是在考虑是不是该动动眼珠来替换点头的动作。

"你的心脏壁受损，这引发了一系列心脏问题。我们不得不进行心脏手术，对心脏壁进行修复，以恢复心脏的正常功能。

"你的脚踝骨折了，这是你脚上打着石膏的原因。我们猜想，你大概是在被刺伤之后试图站起来，那时候肯定把脚扭

216

了。"

我之前并没有注意到，但现在发现了。这似乎并没有什么影响，反正我的脚不能动，而且显然，这只不过是我身上诸多伤病之一。

"而且，你的喉咙瘀青严重，但因为你还插着管，我们还不确定你的喉咙到底伤到了什么程度。

"我们给你打的点滴里面是吗啡，目前你的痛感应该尚在可承受范围内。我并不想刻意把整个情形说得轻描淡写，巴兰钦女士。你的康复期需要相当长的一段时间。"

他其实用不着说最后那句话。事实上，他竟然花了超过两分钟的时间才对我的伤势完成粗略的描述。这本身就是非常鲜明的标志，说明我大概有一阵子不能下床、不能走动了。

"那让你的朋友陪你吧。"医生说，然后就离开了。

纳蒂坐在我床上，马上开始哭了起来："安妮，你差点就死了。疼吗？"

我摇摇头。不疼。以后疼痛才会慢慢显现。

"我会一直陪着你，直到你好起来的那天。"她说。

我又一次摇头。我很高兴能见到她，但即便以我目前的状况来看，我仍然想不出还有什么事比她原本应该上大学，却陪在我身边更糟。

德拉克罗瓦先生来到我床边。他出现以后，始终没有说过话。"在你养身体的时候，我会义不容辞地负责打理日本分店的业务。"

我想说谢谢，但发不出声音。

他看我的眼神平稳而无波澜。他点点头，然后离开了。

纳蒂亲了亲我，我醒了不到半小时，又睡着了。

现在讽刺的是，我，一个刚刚发誓要一辈子单身的人，却从未单独一人过。我从未如此卑微无助，我自己什么都做不了。没人帮忙，我甚至去不了厕所。没人帮忙，我吃不了东西。把我的右手伸到嘴巴的高度，意味着把前胸后背的缝合线撑开，所以人人都告诉我尽量躺平。我还不如婴儿，因为我既笨重，又一点也不可爱。

我不能洗澡、梳头，显然也不能走到房间的另一头。修复心脏的手术过程中，我的肋骨遭遇骨折，所以肋骨很疼。有一阵子，医生甚至觉得我连上轮椅都勉强，于是我几个星期没有去过户外了。说话也很疼，所以我就不说话，但写字更疼，我只好用气音说话。可是有什么可说的呢？我再也不觉得自己聪明。我既不关心家里，也不在乎夜总会的事。

我以前住过院，也生过病，但这一次跟以前任何一次都不同。我除了躺在床上、盯着窗外，什么都做不了。没有计划复仇的必要。我杀了索菲娅·比特，而且，我感到很累。

警察来找过我。由于索菲娅袭击了我，这个案子在他们看来是很老套的。我们都是外国人。外国人而已，所以没什么人在乎她为什么要杀我，自然也没人在乎我对她有什么仇怨。

被照料了一个多星期之后，我基本不太会感到难为情了。谁在乎换缝合线的时候，我的胸脯赤裸裸地露在外面呢？谁在乎往我身下塞便盆的时候，病号服大大打开了呢？谁在乎如果没有一个甚至更多人手帮忙，我什么都做不了？我自我放弃了。我并没有像奶奶那样跟人吵架，我会甜甜地笑，听任他们照顾我。我好像是个破烂的洋娃娃。我觉得护士们都很喜欢我。

虽然我已经对大部分事情不再关心，纳蒂仍然是我唯一的牵挂。她起先一直陪着我，尽管我遍体鳞伤，但我不会面临死亡的危险。我想要她回到学校去。

"我有护士照顾，而且我不喜欢你不上学。"我以尽可能令人愉悦的语气劝她。

"但你会很孤单的。"纳蒂说。

"我不孤单，纳蒂。我从来没有一个人待着过。"

"那不一样，氩，其实你知道的。你差点死了。医生说，要恢复需要好几个月。你不能出门，我不能把你一个人丢在这里。"

我试着从床上坐起来，但是做不到："纳蒂，你在这里陪我并不会让我觉得轻松。如果你回到学校去，学到重要的新知识，我反而会轻松。"

"这太荒谬了，安妮。我不会离开你的！"

在病房最暗的角落里，德拉克罗瓦先生开口了："我会陪着她的。"

"什么？"纳蒂说。

"我留下来陪她，她就不会寂寞了。"

纳蒂站得直直的，她脸上那特别的神情混合着女王的气势和黑道的蛮横，十分令人生畏，而我目睹过很多次了——从我奶奶脸上。"无意冒犯，德拉克罗瓦先生，我不会把我姐姐留下来让你陪她。我甚至并没有那么了解你，仅我了解的那一部分来说，我不确定自己是喜欢你的。"

"相信我，纳蒂。"德拉克罗瓦先生说，"这样做是最好的选择。我留下来陪她。我本来就已经在照顾日本的生意了。"他把夹克脱下来，放在椅子上，这动作好像昭告了他一时半会儿不打算走，"你还记得她在管教所的那一年吗？"

"记得，这正是我不喜欢你的原因。"纳蒂说。

"本质上来说，她用自己的自由保护了你，好让你能到艾莫斯特市的天才夏令营去。而正是因为安雅对你强烈的爱，我才能和她共同创建出这份事业。她当年的心愿和现在没什么两样。尊重她的希冀，回去吧。你可以随时给我打电话，等到夏天她能安全坐飞机了，我会护送她回到你身边。"

纳蒂转向我："你更情愿他留下陪你，也不要我？你情愿让温的可怕父亲留下，那个我们以前都很讨厌的男人？我是说，连他儿子——全天下最好的男孩，跟谁都处得来的温，也讨厌他。"

我当然更愿意纳蒂陪着我，但是我更愿意让她回去上学。

"是。"我说，"再说，他这一生中，难道不该为我做点什么吗？"

纳蒂转向德拉克罗瓦先生："如果她有哪怕一点点恶化的迹象，你都得马上联系我。你至少一天要来看望她一次，确保她得到最好的照料。我等着你每天向我报告进展。"她怒气冲冲地离开了病房，三天后回到了麻省理工学院。

"谢谢你。"我当天迟些时候或者是在第二天，对德拉克罗瓦先生说。我睡了很长时间，日子都过糊涂了，"但你不用那么频繁地来看我。我的确有很多护士照料。我会好起来。我现在这个状况，没什么机会惹麻烦。"

"我答应你妹妹了，"德拉克罗瓦先生说，"而我是个信守承诺的人。"

"不，你才不是呢。"

"安雅，"德拉克罗瓦先生说，"你可不可以和我说说生意上的细节？广岛那家日光酒吧——"

"我不在乎那些事。我确信，无论你怎么决定都好。"

"你得试试。"

"试什么？除了在这儿躺着，我什么都用不着做，德拉克罗瓦先生。"

他们在那一周开始给我断吗啡了，事实证明，这种惊险的恢复过程实在更适合独自体验。

21

我很虚弱；

感受疼痛的变化历程；

决定我的个性要往哪个方向发展

德拉克罗瓦先生每天都来，而且一待就是几个小时。我很确定，跟我待在一起很糟糕。十月末的一天，他带来了一副国际象棋。

"这是什么？"我问，"你觉得我有一丁点儿想要玩游戏的意思吗？"

"嗯，跟你待在一起，我感到很无聊。"他说，"你不想聊生意，也说不出什么带着丝毫幽默感的话，所以我觉得至少我们可以下下象棋。"

"我不会下。"我说。

"更好。这样我们更有事情做了。"

"如果你这么不耐烦与我相处，也许该回美国去？你在美国肯定有事要做的。"

"我答应你妹妹了。"他说。

"没人期待你信守承诺，德拉克罗瓦先生。人人都知道，你实际上是什么样。"

他在我脑袋下垫了个枕头，坐起来对我来说并不舒服，但我尽量不抱怨什么。"这样可以吗？"他温柔地问道。

我咬紧牙关，点点头。我浑身上下没有一寸感觉像以前一样，更不像以前那样可以随意行动。我想到西奥，想到他受伤的日子，我也想到了友治跟我奶奶。我之前对他们任何一个人都不够有耐心。

他把象棋棋盘放在我病床的小桌子上："兵先行。虽然看起来很无聊，但是象棋的胜败取决于兵的行动，像我这样的政客，深谙此道。皇后能力很强，她想干什么就干什么。"

"那她受伤了会怎样？"

"棋还是要继续下，但是要赢，就难得多了。最好能守护好你的皇后。"

我把黑皇后握在手中。"我觉得很蠢，德拉克罗瓦先生，"我说，"你一而再、再而三地告诉过我，应该请个保镖。如果我听了你的话，就不会落入现在这个地步。你的话是对的，你肯定对此感觉不错吧。"

"在这种情况下，我一点不为自己说对了而感到开心，你也不该再责备自己。如果不按照自己的方式行事，那就不是你了。"

"我的方式，现在看来显得相当愚蠢。"

"已经过去了，安雅。"他以一种既成事实的口吻说，"我们现在，就是现在这个样子。索菲娅·比特是个变态，我很惊讶你竟然活下来了。现在最困难的是找到那个武士，他跑得太快了。"

"你怎么知道那人是男的？"我问，"盔甲下面的人，可男可女。"

他冲我微笑："真是个好姑娘。"

十一月底的时候，我出院了，搬回友治的家里。一个护士和我一起回来，继续照料我，她把我安置在友治以前的房间里面，而这正是整座房子里最便利的房间。我尽量不去想之前住在这个房间的主人死得缓慢而痛苦的样子。

十二月的时候，我已经可以借助有轮的助行架四处移动了。二月的时候，我可以拄着拐杖走走路。三月中旬，石膏拆了，我那极其缺乏生命力的脚又青又黄又灰，看上去病弱无力。我的脚连形状看起来也不太健康：足弓扁平，脚踝变得跟我的手腕一样细，而脚趾却奇形怪状、毫无作用地蜷曲着。我看着脚趾，想不出它们以前究竟是做什么用的。我情愿不看自己的脚，却并没有别的选择，我得时不时看看它，因为它不会动！我把脚放在地上的时候，却感觉不到地面。他们给了我一个手环和一根手杖，我像僵尸一样蹒跚行走。当一个人要指挥着大脑去移动腿部，再由腿部去牵动脚步，最后还要检查每一步迈出去之后落在了地面的哪里，实在是非常无聊。

我身体的其他部分怎么样？实在称不上赏心悦目。深深的粉色伤疤爬在我的胸脯当中，蜿蜒到我肩膀下方、下背部、颈部、腿部和足部，还有脸颊下面。有些伤疤是因为受到袭击留下的，而有些是因为医生在抢救我的时候所采取的医疗手段而留下的。我看起来像是个被神经病乱刀砍过，又做了心脏手术的女孩，而这恰恰是发生在我身上的实际情况。每次洗完澡，我都尽量不去仔细打量自己的身体。我习惯了穿长长的、宽松的高领连衣裙，德拉克罗瓦先生说我这样打扮看起来像是边地居民。

实际上，伤疤并没有太让我烦恼。我对于自己的脚不能正常行走更加介意，也对于那由于脊柱被刺伤而引发的神经损伤及其衍生的疼痛，感到十分烦心。

疼……很长一段时间，我脑子里能想到的就是这一件事。曾经的安雅·巴兰钦，现在被一个浑身疼痛的身体替代了。我现在成了个跳动的、疼痛的、怪物一般脾气暴躁的球。这让我和身边的人相处得没那么愉快了，我敢肯定这一点。（我本来也不是以好相处著称的。）

由于我害怕滑倒摔跤，那个冬天，我大多时候在室内待着。

我开始读书。

我和德拉克罗瓦先生一起下棋。

我开始觉得有一些好转。我甚至想着要打开平板电脑，但是最后没这么做。以我目前的状况，我并不需要得到温的消息。我和西奥、穆斯还有斯嘉丽通过电话，有时候斯嘉丽还会让菲利克斯接电话。他不是聊天的行家，但我挺喜欢和他聊天的。至少他从来不会问我，你觉得怎么样。

"你好吗，孩子？"我说。

而我三岁教子的新消息，就是他交了个女朋友。那姑娘的名字是茹比，年纪比较大，已经四岁了。她已经求婚了，但是他并未确定自己是不是准备好了。小女朋友大部分时候都很好，但是天哪，她也可以表现得很专横。他虽然并不十分确定，但是他怀疑自己已经被对方算计着要骗入婚姻了。在衣帽间里有场模棱两可的仪式，两人亲吻了一下，对方还借或者送给他一罐黏土。由于他的词汇量相对缺乏，这个故事讲起来差不多花了他一小时，但是没问题，我有的是时间。

然后，由于世界依然无情地运转着，时间已经到了春天。

友治宅邸的樱花盛开，地面上的冰雪融解，我不再那么害怕跌倒了。我那和死去无异的脚，居然有了一丝生机，我或多或少能让脚落到自己想去的地方了，虽然迈准这一步，要花上无比漫长的时间。

我有时候会沿着小径走到遇袭的鱼塘边，几个月前我只需要五分钟走完全程，现在却要花上四十分钟。鱼都还活着。血已经被冲刷干净，没有任何迹象显示我曾经杀了一个人，而她跌入了这个鱼塘。也没有任何证据表明，我当时差点被杀死。这个世界在这方面表现得十分残酷。

德拉克罗瓦先生比以前来得更频繁，我们还是不怎么谈生意上的事。以前我们聊天的重点总是围着生意打转，现在我们谈论家庭，谈他的儿子、他的妻子，谈我的童年、他的童年，谈我的母亲、父亲、我的兄妹和我奶奶。他很小的时候就成了孤儿。他的父亲曾经从事咖啡行业，兰波法案一颁布，就自杀了。在十二岁的时候，他被有钱人家收养，十五岁的时候和一个女孩恋爱，而那个女孩成了他的前妻，也就是温的母亲。离婚之后他心都碎了，他仍然爱他的妻子。尽管已经接受了自己有错这个事实，但他对于和妻子的美好未来基本不抱希望了。

"是因为夜总会吗？"我问他，"你们是因为这个离婚的？"

"不是的，安雅，比那复杂得多。是经年累月对对方的忽略和无数错误的选择造成的，而且都是我的问题。原本有成百上千的机会让整场婚姻重回正轨，不得不说，真他妈的有过很多机会啊。但机会是不会一直留在原地等你的。"

德拉克罗瓦先生鼓励我离开友治家，哪怕只是离家一下午也好，但我很犹豫。我更情愿在没什么人能看到我的地方，独自蹒跚。"总有一天，你要离开这里的。"他说。

我试着不去设想那一天的情形。

四月倒数的第二个星期天，德拉克罗瓦先生坚持要我出门："我有个你无法辩驳的理由。"

"我很怀疑。"我说，"什么理由我都能反驳。"

"你忘了今天是什么日子吗？"

什么都想不起来。

"复活节，"他说，"在这一天，即便是像你我这样天主教徒中的'败类'，也要去败坏教堂的门楣的。看来你这个教徒，真是比我想象的更败类。"

我简直不能更败类了。我真诚地相信自己已经彻底没救了。自从上次跟斯嘉丽和菲利克斯一起去做过弥撒之后，我杀了一个人。如果你已经确信自己会下地狱，那么再相信天堂就没有任何意义了。"德拉克罗瓦先生，你在大阪是找不到天主教堂的。"

"天主教堂遍地都是，安雅。"

"我很惊讶，你竟然还过复活节。"我说。

"我猜你是说，因为我已经够邪恶了吧？但是有罪的人才更应该被救赎啊，更应该充分利用每年的赎罪份额，不是吗？"

庭院里，有很多圣母玛利亚和耶稣基督的花岗岩雕像，而雕像都日本化了。通常，耶稣的样子会让我想起西奥，但是在大阪，耶稣看起来更像大野友治。

圣餐仪式和纽约没什么差别，基本上是用拉丁语进行的，那些通常以英文进行的部分换成了日语。对我来说，理解起来并不困难。我知道仪式中都说了哪些祝词，无论是不是真心认可，我也知道什么时候该点头。

我发现自己想到了索菲娅·比特。

我仍然能回想起，当弯刀刺穿她的心脏时她脸上的神情。

我能感觉到她的血跟我的血混在了一起。

如果再给我一次机会，我还是会杀了她。

所以，我大概不会上天堂。无论去多少次教堂，做多少次告解，都救不了我。但复活节的仪式还是很可爱的，我很开心能来参加。

我们两个都决定不参加告解，因为连牧师说不说英语都没人说得清。

"你觉得自己获得重生了吗？"德拉克罗瓦先生在走出去的路上这样问我。

"我觉得没什么变化。"我说。我想问他，曾经有没有杀过人？但我觉得他应该没有。"我十六岁的时候，觉得自己坏透了，就常常去告解。我总觉得自己让人失望，让我祖母失望，也让我哥哥失望。而且那时候，我对父母抱有恶念。当然啦，那充其量不过是十几岁的女孩子身上常见的不纯念头，没什么太过可怕的。但是从那以后，当我真开始犯错的时候，德拉克罗瓦先生，我就禁不住想要嘲笑从前的自己，竟然会为那么一丁点念头就觉得自己罪大恶极。其实除了在错误的年代、错误的城市和错误的家庭里出生，那时候的我什么也没做错。"

"即便是现在，你又犯了什么滔天大罪呢？"

"我并不打算一一列举。"我停顿了一下，"但至少，我杀了一个人。"

"那是正当防卫。"

"但还是杀人了啊，我想要求生的欲望，胜过了想要给她生存希望的念头。一个真正善良的人，难道不会想情愿死在锦鲤塘边的是自己，而不是别人吗？"

"不会。"

"即便如你所说，我也不是无可指摘的。她并不是随机选择要来杀我。她选择杀我，是因为觉得我夺走了她应有的东西，而我可能的确从她那里抢了什么。"

"内疚是毫无意义的，安雅。记住，你的善良一如往昔。"

"你不会真心这么认为吧？"

"我必须这么认为。"他说。

四月底的一天，我问他："德拉克罗瓦先生，你怎么还留在这里？你在美国肯定有很多事情。上次见面的时候，你还在说要去竞选市长。"

"计划变了，"他说，"但也没有排除竞选的可能性。"

我们来到了鱼塘边，他帮我在石凳上坐下来。

"你知道，我曾经是有个女儿的？"

"温的姐姐，她死了。"

"她是死了。她以前很漂亮，像你一样。她也牙尖嘴利，像我一样。当然，这一点也很像你。我和简在很年轻的时候有了她，那时候我们还在上高中，但幸运的是，简的父母有钱支持我们，所以我们的生活并没有经历一贫如洗的劫难。我们的女儿病了，这让每个人都筋疲力尽，无论是对我前妻来说，还是对我们的儿子而言。亚历克莎很顽强地和病魔抗争了一年多一点，然后才去世。我们的家庭再也不一样了。我不能再待在家里。我做了些并不光彩的事。我强迫他们和我一起搬到纽约，这样我就可以在地方检察官办公室就职。我觉得那可能会成为新的开始，但事实并非如此。我不能忍受跟妻子和儿子在一起的生活，因为那让我感到太不快乐。"

"这真是个令人悲伤的故事。"我说。

"你想不想听听更悲伤的？"

"不想。我的心脏受损了，大概受不了这种故事的刺激。"

"我儿子在2082年搬到纽约，进了新学校不到一个星期，也就是我们所谓的崭新生活。才开始不到一个星期，他爱上了一个女孩，那女孩，像极了他死去的姐姐。并不是说长得多像，但是行为举止和气韵风度都很像。她内心的坚韧，在很多成年女性身上都很少见。如果我儿子注意到这一点的话，事情会有什么不同呢？但他从来没有提到过这一点，所以他大概很侥幸地从未察觉过。但我第一次遇到这个姑娘的时候，就被震惊了。"

"我当时倒是没看出来。"

"我很擅长隐藏情绪。"

"像我一样。"

"没错。而且在你和我儿子在一起以后，我曾经怀疑过自己那些行为的动机是什么。后来，随着我日益变老，我甚至后悔当时那样做了。"

"你？你会后悔？"

"多多少少吧。所以还是说回2087年，我发现自己有了悔过自新的机会。西奥也想来大阪，但我想要亲自来。帮助你，就是救赎我。而这救赎，是我从前无力企盼的。"

"因为我让你想起自己的女儿？"

"的确有这方面的原因，但是更因为你这个人。你是我生活当中的一部分，我说你是我的同事，但你说得对，你也的确是我的朋友。我觉得败选之后，整个世界都放弃了我，本来完全有权利对我冷酷无情的你却没有这样做。你还记得你当时怎么跟我说的吗？"

我记得。"我说我并没有把你淘汰出局，你对我来说是个无比大的麻烦。我怎么能轻易放过你？说实话，我当时说得算是客气了。"我说。

"但即便如此，这番话，却是我在没有人给我好脸色的时候听到的。而你在过去这几年中对我的友好，对我来说，也许甚至比我所能表达出来的更重要。我是个很难被了解的人。我之所以还待在这里，是因为我必须待在这里。我出现，是因为我知道你是什么样的人。我知道，就算需要帮助，你也不会开口。你是如此骄傲而顽固，我不能把你一个人丢在异国他乡，还是一副遍体鳞伤的模样。很久以前，你对我行过善，而无论你或者世人怎么看待我，我都要尽力报答。"

开始下雨了，他帮我从石凳上下来。他把胳膊伸向我，我挽了上去。石径因为沾了雨水而变滑，我那受伤的脚很难应付。

"你已经恢复得很好了，"他说，"只要慢慢走就好。"

"除了慢慢走，我没有别的选择。"

"快到夏天了，安雅。你已经恢复了一大截，日光酒吧的生意也要告一段落。我觉得该启程回纽约了。"

我有一阵子没有回话。那个被我留在身后的世界，那些阶梯、公交车、男孩子、阴谋、黑帮团伙，都显得太过纷杂，想想就觉得有负担。

"怎么了？"德拉克罗瓦先生问道。

"德拉克罗瓦先生，如果我告诉你一件事，你可不可以答应我，不要对它作任何评判？我觉得这么说很懦弱，但是我害怕回去。纽约城的生活太难掌控了，我的确好一些了，但我知道自己永远恢复不成以前那样。我不想面对自己的家人，也不想面对生意上的人，我不觉得自己已经强大到可以重回从前的生活。"

他点点头。我以为他会告诉我，不要怕，但他并没有这么说："你的确伤势惨重，我可以理解你这么想的原因。让我想想办法吧。"

"我并不是说要你帮我解决这件事。我只不过是想把自己的感受说出来。"

"安雅，只要你告诉我你有什么困难，我都会尽力去解决的。"

第二天，他向我提供了一个解决方案："我的前妻罗思柴尔德女士，在奥尔巴尼有一座农场，坐落在尼什卡纳镇。你还记得她从事农作物贸易行业吧？"

我记得。温以前帮她打理生意。我第一次遇到他的时候，就觉得他的双手看起来不像是城里孩子的模样。

"那座农场十分宁静，简会很高兴接待你和你妹妹。你们在那里过一个暑假。你可以好好休息，从城市的喧嚣当中抽身出来，我有空的时候，会去探望你们。到了夏天要结束的时候，你就能以崭新的面貌回到纽约了，我确信这一点。"

"她并不因为夜总会的事情迁怒于我？"

"那是好多年前的事了，而她就算生气，生的也是我的气，不是你。只要涉及你的事情，她都对我的处理方式感到厌恶，这一点想必你已经猜到了。如果你担心在那里遇上温，据我所知，他在波士顿进行一项医学院预科项目，他不会一直待在尼什卡纳镇，顶多会在八月末的时候去几天而已。"

"很好。"我并没有准备好要和温见面。

"所以，你会去吗？"

"我去。"我说，"我一直想在城市之外过夏天。"

"你暑假从来没有离开过纽约吗？"他问道。

"离开过一次，我差点去华盛顿参加青少年能力提升夏令营，但我后来和时任地区检察官叫板，结果把自己搞进了自由管教所。"

"我想那段经历对你性格的塑造起了至关重要的作用。"

"哦，的确是的，相当重要。"我翻了翻白眼，"虽然我的生命当中，并不缺乏塑造性格的经历。"

"那么现在，"他说，"我认为我们可以得出结论，你的性格塑造已经完成了。"

22

我感受了夏日生活；吃了一颗草莓；学习游泳

　　那所坐落于尼什卡纳的房子是白色的，有着灰色的百叶窗。房屋的后面有个河岸甲板，而莫霍克河便怡人地流淌其下。房屋边上是农田，能看得到桃树、玉米、黄瓜和西红柿。这地方看起来充满夏天的气息，但并不是我曾经度过的那种夏天。这种夏天，想来是那些更幸运的人素来享受的夏天。

　　罗思柴尔德女士以一个拥抱迎接了我，随后挂上一副忧心的表情："哦，我的天哪，你简直瘦成皮包骨了。"

　　我知道这话是真的。最近一次去医院检查的时候，我的体重比十二岁的时候还要轻。我瘦得像是生着重病的另外一个人。

　　"看看你，我就想流泪。你想要吃点什么吗？"

　　"我不饿。"我说。实际上，自从受伤之后，我再也没什么胃口了。

"查理，"她对自己的前夫说，"这样下去不行。"她转向我，"你最喜欢吃什么？"

"我不确定自己有没有最喜欢吃的食物。"我说。

她惊骇地看着我："安雅，你一定得有一样最爱吃的东西。拜托了，说说看。你妈妈给你做什么饭？"

"在家里嘛，你也知道，我父母在我还很小的时候就去世了。我奶奶那时候也病了，所以我得自己做饭，这导致我基本上是靠速食过日子。我对食物不是那么上心，我想这大概是我多多少少放弃了食欲的原因。感觉吃东西这件事，似乎犯不着这么费心。我有一阵子喜欢吃摩尔，但现在我对这食物似乎或多或少有了些阴影。"我叽里咕噜地说废话。

"你甚至也不喜欢巧克力吗？"罗思柴尔德女士问道。

"巧克力不是我最喜欢吃的东西。我是说，我吃，但并不觉得它是我的最爱。"我停了一下，"我以前挺喜欢吃橙子的。"

"很不幸，我现在没有种橙子。"她皱起眉头，"要种出橙子来，需要三个月的时间，但那时候你已经离开这儿了。住在这条路上的弗里德曼一家可能种橙子，所以我应该可以买一些来。但趁现在，来点桃子怎么样？"

"我真的不饿，"我说，"谢谢您的好意。我坐了很长时间的飞机，您能不能带我去卧室呢？"

罗思柴尔德女士冲她丈夫嚷嚷，让他把我的行李拿上。她挽上我，问："你能上下楼梯吗？"

"不太能。"

"查尔斯说过，这可能会成问题。我给你在一楼安排了一间房间。那是我最喜欢的卧室，而且可以直接看到露台上的风景。"

她领着我来到那间卧室，里面有一张很宽的木床，上面铺着纯白的棉质被子。"等等，"我说，"这是您的房间吗？"这看起来相当像主卧。

"这个夏天，它是属于你的。"她说。

"您确定？我不想占用您的房间。德拉克罗瓦先生说有空闲客房的。"

"反正这张床对我来说太大了。我最近都一个人睡，而且可能这辈子要一个人睡了。你妹妹来的时候，如果她愿意，可以跟你一起住这间房。这间房间够大。她想要自己房间的话，也可以住二楼。"

她亲吻了我的脸颊。"你有什么需要，都可以告诉我。"她说，"我很开心你来到这里。这座农场欢迎客人，我也欢迎。"

第二天，德拉克罗瓦先生返回纽约，我妹妹也到了。

我妹妹不是一个人来的，虽然这没什么值得意外的。

"温，"我说，"他们没有告诉我，你要回来。"我当时坐在餐桌旁，没有站起来。我不想在他面前走路。

"我想要来，"他说，"我一向喜欢这座房子，而我原计划要参加的暑期项目最后没成行。纳蒂说她要来这里，所以我觉得应该跟她结伴来。"

纳蒂拥抱了我。"你看起来糟透了，但与此同时，你看上去又好多了。"她说，"糟透了，也好多了。"

"真是个复杂的评价。"我说。

"带我去咱们的房间看看。温的妈妈说，我们可以住同一间，就像小时候那样。"温还在看着我们，所以我不想在他面前从桌边站起来。我猜，是不想让他可怜我。"让温领你去吧，"我说，"是那间主卧。我一会儿就过去。我要先喝完水。"

纳蒂注视着我。"温，"她说，"你能不能让我跟安妮独处一会儿？"

温点点头："见到你很开心，安妮。"他离开的时候轻松地说道。

她降低了音量："出问题了吗，怎么回事？"

"嗯，我走起路来像个老太太，而且如果没有手杖，我很难从这张椅子上站起来，我的手杖在那边。"我指了指碗柜，"而且，我会……嗯……嗯，我会不好意思。"

"安妮，"她说，"你太傻了。"她只需两步就优美而轻巧地走了过去，拿起手杖递给了我。

她向我伸出胳膊，我别扭地站起身。

"这里好漂亮，不是吗？"她兴高采烈地说，"能来这里，我真开心。温的妈妈真是美丽、善良，不是吗？她们母子长得很

239

像，对吧？我们多幸运啊。"

"纳蒂，你不该请温一起来。"

她耸耸肩："这是他妈妈家，他当然要回来的。再说，是他爸爸请他回来的，不是我，所以我觉得你应该对这个安排没意见。你们俩现在不是亲如一家了吗？"

我不禁想，德拉克罗瓦先生，还有你这个"浑蛋"参与进来？"温早知道我要来，是他问我想不想同他结伴，并不是我问的他。"纳蒂停下来，看看我，"见到他，不会让你很难受吧？"

"不，当然不会。我会没事的，你说得没错。我也不知道自己在别扭什么。我刚才大概是吃了一惊。事实上，他已经变了一个人，我也是。而这两个全新的人都互相不认识。"

"所以你们两个之间没希望重燃爱火了？这里很浪漫啊。"

"不会，纳蒂。一切都结束了。我现在对于跟任何人谈恋爱都没兴趣，估计以后也没兴趣了。"

她看起来似乎想再说些什么，但还是咬紧了舌头没开口。

尽管我还没感觉到饿，我们还是在门廊吃了晚餐。虽然我和纳蒂是那么说的，但还是对于德拉克罗瓦先生请我来到这里感到很生气，对于温也跑来这里感到很生气，对于纳蒂竟然不知分寸，没有劝温留在波士顿而生气。甜品是脆皮桃子馅饼，但还没吃到我就离席上床睡觉了。

由于我现在习惯早起散步，一大早我拖着自己的身体，在农场里面散步。我知道自己需要锻炼，但不想让别人看到我锻炼的模样。然后，我一瘸一拐地来到露台上的一张椅子前，拿了本书躺了下来。

每天，温和纳蒂都去远足，要么划独木舟，要么去逛农贸市场，要么骑马。他们想邀我一起去，但我拒绝参与这些活动。

有一天下午，他们回到家的时候带了一盒从附近农场摘的草莓。"这些是给你摘的。"纳蒂说。她的脸颊通红，而她那又长又黑的头发简直是光可鉴人。事实上，我不记得她什么时候这么漂亮过。她的美在我看来很有攻击性，甚至令人生厌，因为这正反衬出我现在有多么不漂亮。

"我不饿。"我说。

"你总那么说。"纳蒂说，把一颗丢进嘴里，"那我帮你把草莓收起来吧。"她把草莓放在桌上，就在我椅子旁边，"需不需要我们帮你拿什么东西来？"

"不用。"

她叹口气，看上去好像想要同我争辩。"你应该吃点东西，"她说，"你不好好吃东西，是不会好起来的。"

我拿起书。

当天下午迟些时候，在日落之前，温来到了甲板上。他拿起那一盒我从头到尾没有碰过的草莓。他回来了之后，我们没有怎么说过话。我不觉得他是有意躲我，但和我在一起真的很不好受，而且我也不主动开口交谈。"嘿。"他说。

我点点头。

他穿着一件白色汗衫，把袖子卷了上去。

他从篮子里拿了一颗完美无瑕、红彤彤的草莓，小心翼翼地把草莓蒂摘掉。他单膝跪在我椅子旁，把草莓放在手掌中央，看也不看我就把手伸向我，好像我是一只小狗，一会儿就会转向他似的。"拜托了，安妮，吃了它吧。"他以一种轻柔的语气哄我。

"哦，温，"我说，尽量让自己的音量保持不上扬，"我很好，真的，我没问题。"

"就吃一颗。"他恳求道，"就当是为了我们以前的情分。我知道你不再是我的，我也不再是你的，所以我大概没有权利要求你做什么事。但是我真不愿意见到你这么虚弱的模样。"

这句话原本会伤害我的感情，但他的语气听上去相当和善。再说，我知道自己看上去是什么样。我浑身上下就剩下一把骨头、一头蓬乱的头发和大大小小的伤疤。我并不是有意要饿着自己，以此达到什么戏剧化的视觉效果。我很疲惫又遍体鳞伤，这两件事加在一起，挤走了我原本用来吃东西的时间。"你真的觉得吃一颗草莓，我就会好起来吗？"

"我不知道。我希望可以。"

我把头低下去，就着他的手吃那颗草莓。有那么一瞬间，我的嘴唇碰到了他的手掌。草莓嚼进嘴里，味道很甜，但微妙而古怪的是，它掺杂着酸味和一种野性的气息。

他把手收回去，下定决心似的握起拳头。一秒之后，他一言不发地走了。

我重新拿起漫画书，又吃了一颗草莓。

第二天下午，他给我带来一个橙子。他剥掉皮以后，剥下一小块橙子，用喂草莓的方式喂给我。他把剩下的橙子放在桌子上，然后走了。

第三天下午，他给我带来了一个奇异果。他拿出一把水果刀，把奇异果的皮削掉，平分成七等份，把其中一瓣放在手掌上。

"你从哪里弄来的奇异果？"我问道。

"我自然有我的方法。"他说。

后来他又给我带来一只巨大的桃子，桃子橙中带粉，形态完美，没有一点磕碰之处。他从口袋里拿出一把刀，正准备切的时候，我拉住了他的手："我会把整个桃子都吃掉的，但是请你答应不要看着我吃，我知道这桃子吃起来会一片乱糟糟。"

"那就这么办吧。"他说，拿出一本书读了起来。

果然如我所料，桃汁从我的脸颊和双手中流下来。桃子软软糯糯，由于实在太美味，我吃的时候几乎动了感情。数月以来，我第一次大笑出来。"我弄得太脏了。"我说。

他从口袋中取出手帕，递给我。

"这桃子是你妈妈的果园里种的吗？"

"是，这看上去是个相当好的桃子，所以我给你留下来了。剩下的水果，是我跟纳蒂一起拿我妈妈种的水果和其他农场换来的。"

"我以前都不知道，同一个季节还可以长出这么多不同的水果呢。"

"眼见为实啊。你可以跟我们一起去看看。"他说，"不过这就意味着，你得从那张椅子上离开。"

"我和这张椅子紧密相连，温。我和它已经恋爱了。"

"我能看出来，"他说，"但是只要椅子愿意暂时割爱，我和纳蒂倒是不介意和你一道出门，你妹妹很担心你。"

"我不想要任何人担心。"

"她觉得你抑郁了。你不吃饭，哪儿也不想去，沉默异常，而且你还和这椅子一直待在一起。"

"她自己为什么不来对我说这些？"

"你可不是那么容易交谈的对象啊。"

"这话什么意思？我很容易交谈的。"

"不，你才不呢。曾经我可是当过你的男朋友的，难道你不记得了？"他的手在椅子边上晃荡，他的手指尖抓上我的手指尖。我把手挪开了。

忽然他站起来，向我伸出手。"跟我来吧，"他说，"我要给你看样东西。"

"温，我很想去，但是我现在走得特别慢。"

"这里是夏天的纽约州偏远地带，没什么东西移动得很快。"他还是向我伸着手。

我看看他的手，又顺着手看看他。最近，我不喜欢去到没去过的地方。

"你仍然是信任我的，不是吗？"

我把手杖从椅子底下拿出来，随后握上了他的手。

我们走了大概半英里，而对于一个不知道路程多久就没办法迈步的人来说，这是很长的一段路。

"叫我一起来，你后悔了吗？"我问。

"没有，"他说，"在跟你有关的事情上，我有很多后悔的地方。但是这件事我并不后悔。"

"我想你是后悔认识了我吧。"

他没有回答。

我喘不上气了。"我们快到了吗？"我问。

"顶多还有五百英尺就到了，在那边的一座谷仓。"

"这空气里是咖啡的味道吗？"

是咖啡的味道。温把我带来了一家非法经营的咖啡馆。在其后面的吧台上，一台浓缩咖啡古董机在冒着烟，呜呜呜叫着，运作得相当愉快，完全不知道自己制作的是毒品。咖啡机顶部是有凹痕的黄铜制圆顶，这让我想到俄罗斯式的天主大教堂。温帮我点了一杯咖啡，然后向老板介绍我。

"安雅·巴兰钦？"老板说，"不，你太年轻了，怎么可能是安雅·巴兰钦？你可是当之无愧的民间英雄。你什么时候能像改造巧克力业一样，把咖啡业也拯救出来？"

"呃，我——"

"我也希望未来某一天，不用再躲在谷仓里开咖啡馆。安雅·巴兰钦来喝咖啡，免费。嘿，温，你爸爸怎么样？"

"他在竞选市长。"

"向他转达我的问候，好吗？"

温答应了老板，随后老板带领我们走向窗边的一张熟铁铸造的桌子。

"这一带，有不少人觉得你很了不起。"温说。

"听我说，温，如果由于我的缘故，你的假期毁了，我很抱歉。我不知道你会回到这里来。你爸爸说，你可能顶多在八月的时候回来几天而已。"

温摇摇头，然后往浓缩咖啡里面加奶油搅拌。

"见到你，我很开心，我希望自己至少能对你有一丁点的帮助。"

"你对我很有帮助，"过了一会儿，我说，"你一直都对我很有帮助。"

"如果你需要什么其他的帮忙，尽管开口。"

我换了话题："你明年就大四了，然后要去念医学院？"

"是的。"

"所以你肯定已经读了医学预科。我的医学诊断是什么？"

"我还不是医生呢，安雅。"

"但是看到我的时候，你有什么想法？我很想听听别人见到我以后的真实感受。"

"我觉得你看上去肯定经受了难以想象的磨难，"他终于说了，"然而，我仍然怀疑如果我今天才遇到你，就好比说走进这家咖啡馆，但我以前从未见过你，我还是会直接穿过整家咖啡馆。如果没有人占着位子，我会坐到你对面。即便你对面有人，我还是会摘下帽子来，对你说，要请你喝杯咖啡。"

"之后我们相遇了，你会发现我身上无数的缺点，然后你大概会直接从这扇门走出去。"

"我可能会发现些什么事呢？"

我看向他："就是你能想象到的那些，那些足以让一个戴着帽子的好男孩向相反的方向离开，并竭力摒弃的事。"

"可能吧，但也可能不会。一遇到黑发碧眼的姑娘，我还是会犯蠢。"

回去的路上，天空下起了雨。在潮湿、肥沃的地面上，拐杖变得很难操控。"靠着我，"他说，"我不会让你摔倒的。"

第三天，我又回到露台上。我在办公室的书架上找到了一本旧版《理智与情感》，打算读一读。

"你最近读了很多书啊。"温说。

"因为现在足不出户，我渐渐习惯读书了。"

"好吧，那我不打扰你。"他说。

他在我身旁的另一张椅子上躺下来，捧起他自己的书。

他的出现却让我专注于读书的心力分散了："学校里怎么样？"

"你总是问这个问题。我们昨天才聊过。"

"我好奇。我没有上大学。"

"你还是可以去上。"他用手在我脸庞上方替我遮太阳，"顺便一说，你该戴顶遮阳帽。"

"现在看来已经太迟了。"

"什么太迟了？去上大学，还是戴个遮阳帽？"

"都太迟了。虽然我一直都不怎么爱戴帽子，但更多的还是指上大学吧。"我说。

他摘下自己的帽子，戴在我头上："我还不认识其他哪个女孩比你还需要戴帽子的。为什么你不想要多加一层保护来防晒呢？而且帽子还能防其他东西。顺便一提，你才二十岁而已。"

"下个月就二十一了。"

"人不一定非要在同一个年纪上大学。"温说，"你也有钱可以上学。"

我看向温："我是个隐形犯罪行业的老板。我开夜总会，我的未来里面应该不会出现上大学这条路。"

"你愿意怎样都好，安雅。"他把书放下，"你知道自己的问题是什么吗？"

"我觉得，你大概是要告诉我是什么了吧。"

"你实在太过笃信宿命论了。我很长时间以来都想告诉你这句话。"

"你为什么没说过呢？一吐为快吧。把情绪都憋在心里，并不好，这点我很了解。"

"我还是你男朋友的时候，更倾向于避免冲突。"

"所以你就一直让我觉得，我自己的做法是对的？"我说，"我们在一起那么长时间，你都这样做？"

"并不一直是这样，有时候吧。"

"直到上次，我们意见终于不同，你就走了。"我试着开个玩笑，"有几天，我觉得你还会回来。"

"我也这么觉得，但当时我太生你的气了。再说，如果我回来找你，你不会说我没骨气吗？我是这么告诉自己的——就算我反悔，她也不再爱我了。所以，还是保留些尊严比较好。"

"高中恋情并不一定要天长地久，"我说，"感觉我们好像在聊其他人的事。再想起来，我甚至都不觉得伤心了。"

"那你可真是这个露台上进化得最完美的青年了。"他又捧起自己那本旧的纸质书。

"你在读什么？"我问。

他举起书给我看题目。

"《教父》。"我看到封面上的书名。

"是的，讲的是有组织的犯罪家族。我应该几年之前就读过这本书。"

"你读这本书是为了研究我？"

"的确是，"他带着欢乐的语气说，"我终于了解你了。"

"所以呢？"

"你势必要开夜总会，而且会竭尽所能地把它经营成功。这一切，甚至在我认识你之前，就早早注定了。"

八月的时候，天气变得很糟糕。我不能继续穿长裙和毛衣，也就是不得不暴露出过多的肌肤。温的妈妈提议我们去河里游泳。她坚持认为，游泳对我的恢复有好处。她说的大概是对的，但我并不会游泳。我出生在2066年的纽约城，夏季的游泳池都被抽干了，用来蓄水。"温可以教你，"罗思柴尔德女士说，"他游泳游得很棒。"

温给他妈妈投去一个眼神，那眼神显示出对于让他教我游泳这个主意，他有着和我极其类似的态度。

"简，我觉得最好不要。"他说。

罗思柴尔德女士冲着儿子摇头："我不喜欢你喊我简。我并不是什么都不知道，温。我知道你们两个曾经恋爱过，但是那又有什么关系？安雅应该趁着在这里的时间，学学游泳，这会对她有好处。"

"我说不上来，"我说，"我连泳衣都没有。"我以前用不

250

着泳衣。

"我可以借给你。"她说。

我在卧室里穿上了她借我的泳衣,对我来说宽大不少。泳衣的剪裁很保守,但我还是觉得异常暴露。我又套上一件T恤,但还是可以看得到锁骨下的一些伤疤。

温没说什么,可能没注意到。

就算注意了,他也不会说的。他一向是个有礼貌的人。

我下水的时候,他基本上没说话。他让我趴着,把我举了起来。他演示要怎么蹬水,怎么划水。我不一会儿就学会了。我很善于游泳,因为比起走路来说游泳容易得多。

"很遗憾,圣三一高中里面没有游泳队。"我说,"或者应该说,整个纽约连个像样的游泳池都没有,真是太遗憾了。"

"有的话,你的整个人生说不定就不同了。"

"我说不定可以当个运动员。"我说

"能看出来。巴兰钦家族赫赫有名的攻击性,绝对在体育竞技中大有用场。"

"是,那样我就不会往盖布尔·艾斯利的头上倒千层面了。我会为自己的愤怒找到有效的发泄渠道。"

"但是如果你不往盖布尔的头上倒千层面,我怎么能知道去哪儿认识你呢?"

我游到离露台有一段距离的地方。一分钟之后,他在我身后开始游。"别游得太快,"他说,"你还是个初学者。"

他拉着我的胳膊，把我拉到他身边。我们在水里头，面对面。

"有时候，"他说，"我觉得我母亲跟我父亲一样，那么爱操控人。"

"这话是什么意思？"

"我母亲那荒唐又直接的建议啊，让我教你游泳。还有我父亲……我想他大概觉得，如果促使我们复合，那么多少可以为他在2082年的所作所为赎罪。"

"真是荒唐，"我说，"他可不仅仅是在2082年找我麻烦啊，还要算上2083年。"

"但是还要提出一个问题：难道仅仅因为野心勃勃的父亲的打压，那个蠢小伙子才喜欢上你吗？你不是一直都是这样告诉我的吗？我是说，也许父亲的计划是有漏洞的。也许那些可爱的年轻人正需要障碍才能在一起，就像你和我一样。也许当那些倒霉的情侣不再不幸的时候，罗密欧也会厌烦朱丽叶的。"

"嗯，我们之间仍然是有障碍的。"我说，"我结过婚，而且无论怎么看，那都是一场有关利益的婚姻。"

"你是说，我应该因此而把你看成一个品性道德不佳、人格有瑕疵的人？""是，我是这个意思。"

他耸耸肩："我很早之前就知道你是这样的人。"

"而且我杀了人。虽然是出于正当防卫，但我还是杀了人。我的身体都破碎了，差不多已经跟个五十来岁的老太太没两样。我走路走得跟我奶奶一样慢。"

"你看起来不错。"他说。他帮我把一缕头发别到耳后。

"这个时机不好。我想要在自己强健、美丽而且成功的时候，再来到你身边。"

"你是不是想要我说，你仍然强健、美丽而成功？还是我这么说的话，你会用那美丽的绿色眼眸，翻我白眼？"

"我当然会翻你白眼。我有镜子，知道自己什么样，温，尽管我尽量不照镜子。"

"在我眼中，你看上去并不难看。"

"你没见过我不穿衣服的样子。"我说。

他清了清喉咙："这话我不知道该怎么接。"

"嗯，如果你想歪了的话，我并不是要邀请你来看。我只不过实话实说。"

"我，"他又清了清嗓子，"我想，肯定不会太差。"

"靠近点。"我说。我觉得应该把这个事做个了断。我把T恤的挂脖领口拉低，让他看我身上那两条分别由心脏手术和被刺穿之处留下的大大的、凸起的粉色伤疤。

他的眼睛睁得很大，猛抽一口凉气。"的确是个很大的伤疤。"他声音压得低低地说。他把手放在我锁骨下的那条伤疤上，而那条疤距离我的胸脯近得可怕。"当时疼吗？"

"疼疯了。"我说，他闭上眼睛，看上去像是要吻我。我把T恤拉回去。我游回岸边，心脏跳得飞快。我以最快的速度爬上梯子，上了岸。

23

我以一系列感人的小插图向夏天告别

"我不喜欢夏天要结束的感觉。"罗思柴尔德女士说,她的手在脸庞前一直挥。我发现她在藏书房里哭。"不过不用管我。来坐一会儿吧。"她拍了拍沙发旁的位置,示意我坐到她身边去。我把《劝导》放回书架上,一整个夏天,我把简·奥斯汀的所有作品都读完了。我坐了下来,罗思柴尔德女士揽住我的肩膀。"这个夏天挺不错的,对吧?我觉得你看起来有了一点点肉,脸色红润些了。"

"我也觉得好些了。"我说。

"听你这么说,我真开心。我希望你在这里过得很愉快。有你和你妹妹在这里做客,真叫人开心。欢迎你们随时再回来。我对于前夫的这个安排很感激。你知道的,我一直很喜欢你,即便是查尔斯极力反对你和温在一起的时候,我也一样喜欢你。我们当时为这个事情，可是狠狠地吵过架呢。他坚持说你们之间只不过是高中生恋情，而我说不对，那姑娘很特别。经过了这么些年，德拉克罗瓦先生渐渐意识到，我当时的认识才是正确的。不过顺便一提，他总是在事后才认识到我说得没错。而我很清楚，我们两个都祈祷着你和温能够重归于好。"

"这是不会发生的。"

"我可以问问为什么吗，安雅？"

"嗯……我才刚刚守寡不到一年，而且我还伤得那么重。除非恢复到更自如的状态，我很难想象自己会跟任何人谈恋爱。而且事实上，在恋爱的事情上，我对自己所作的选择有很多质疑。我实在犯了太多错误，我自以为自己做的事情相当正确，事实上却错得离谱。我觉得自己需要从恋爱当中暂时抽离一段时间。"

"听上去好像很有道理。"罗思柴尔德女士停顿了一下说。

"再说，我觉得温对我的真实感情只不过是念旧情而已，而他对我好，只不过是出于我们共有的过往。"我说，"您养出了这世界上最善良的男孩，所以，恭喜您了。"

"并不是我一个人的功劳。"她说，"温忘了查尔斯在大部分时间也是个很好的父亲。"

"我能想象。"我说。

"是吗？大多数人听到我在为他说话的时候，都觉得我疯了……"她摇摇头，"你知道吗？我受够了——列举来说明查尔斯·德拉克罗瓦到底是什么样的人了。无论是向我的朋友们、我的父母，还是向我们的儿子。我受够了。"

"我们在日本的时候，经常谈到你。他仍然爱着你，你知道的吧。"

"知道，但那是不够的。我已经对他失望了整整25年，我也对这件事情受够了。"她说。

"我觉得德拉克罗瓦先生已经有所改变。"

"但随后他要参选，又会打回原形的。"她对着自己点点头，然后拿出手机来，"你见没见过温姐姐的照片？"

我摇摇头，然后看向屏幕。温的姐姐有着浅棕色的波浪长发，而那双蓝眼睛和温的一样。在照片里，她正在翻白眼。除了这个表情之外，我看不到其他任何相似之处。

"认识新人的问题，并不在于你可能不喜欢他们，而是在于你会太喜欢他们。现在既然我已经认识了你，我就会担心你回到城里以后的生活，安雅。"罗思柴尔德女士说。她把我的手握在了自己的手掌中。

"我这些年一直是靠自己，没问题的。"

她看向我，然后把我额前的碎发拨开："我非常确定你没问题。"

回到卧室的时候，纳蒂并不在里面，所以我又走出来找她。我发现她正在露台上哭。"拜托，安雅，让我一个人待会儿。"

"怎么了，纳蒂？发生了什么事？"

"我爱他。"她说。

"你爱谁？"我问。

"你觉得还能是谁呢？"她停了一下，"温啊，当然是他。温。"

我对于这个消息略加思索："我知道你还小的时候，对他挺迷恋的，但我并不清楚这段迷恋持续到了现在。"

"他实在太好了，安妮。看看这整个夏天他是怎么做的，一直试图让你好起来，即便过了这么长时间，他还是如此。"她叹了口气，"他仍然把我当个孩子。"

"你怎么知道？你跟他谈过吗？"

"我不止跟他谈过。我试图吻他。"

"纳蒂！"

"我们当时在帮他母亲摘苹果，第一批已经熟了。他看起来实在太英俊，穿着蓝色格子衬衫。我爱他都爱得发痴了。"她说。

"纳蒂，我不知道你是这样想的。"

"你怎么会不知道呢？我从十二岁开始，从我们在校长办公室见到他的那一刻起就爱上了他。"

"你想吻他的时候，他是什么反应？"

"他把我推开了，说对我没有那样的想法。然后我说我已经十七岁了，已经不能算是个孩子了。他说十七岁还是个孩子的年纪。然后我说，你在十六岁的时候就认识了安雅。他又说那不一样，因为那时候他自己也很年轻。他说他爱我如朋友、如兄长，而且会一直支持我。但随后我把他推开了。我告诉他，自己要的不是那样的爱。我甚至连再看他一眼，都不能忍受。"

她浑身都在抽泣，她的双肩、肚子、嘴巴还有身体的其他部位，形成一股合力，在演绎着什么叫痛苦。

"哦，纳蒂，拜托，别哭。"

"为什么我不该哭？我跟他说了你刚见到我的时候说的那些话。我告诉他，你说你永远不会再和他复合，但我觉得他可能还是抱着希望。如果他觉得你们之间真的没希望了，他可能会转而爱上我的。你我并没有那么不同。"

"我亲爱的纳蒂，你真的希望一个男孩子，因为觉得你像我而爱上你吗？"

"我不在乎他爱上我的原因。我根本就不在乎！我已经爱他爱到了不问缘由的地步！"

"我不觉得温仍然以为我们有可能复合。你是不是想要我同他谈谈呢？"我希望她幸福，更甚于希望自己幸福。

"你会去吗？"她的双眼充满眼泪，含着希冀。

"我会确保他能明白我的心意，"我说，"而且会在暑假结束前说清楚。"

晚餐之后，我问温要不要一起去散散步。

我们漫步到果园里，夏日里最后一批桃子都纷纷落地了。温找到一个还挂在枝头上的，摘了下来。他摘桃子的时候，身体拉得顾长清瘦。他把桃子递给我，但我拒绝了。

"我想和你谈谈。"我说。

"谈什么？"他咬了一口桃子。

"我妹妹。"我说。

"是啊，我估计你就是要聊这个。"

"她以为，如果你很清楚地知道，我觉得你我之间再无复合的可能，你说不定会对于……抱着更加开放的态度。对不起，这话题很尴尬。"

"也许我能缓解这份尴尬。她觉得我之所以不愿意跟她谈恋爱，是因为我对你还有感觉。而针对这个疑问，我来告诉你，她的想法是错的。我觉得她相当聪明、可爱，拥有诸多女孩子吸引人的特质，但即便没有安雅，纳蒂也并不是我的选择。你确定不想吃个桃子吗？到了每年的这个时节，桃子都很甜的。"

"那你又为什么花这么多时间和她在一起？你应该能想象她是怎么会错意的。"

"因为是你让我这么做的，难道你自己忘记了？三年前，你派我到圣心高中去探望她。"

"温。"

"我去了，因为这是我所能为你做的事。即便在我们恋爱的时候，你都很少请我帮你的忙。即便我们的恋情并不善终，但我还是为能帮你做些什么而感到开心。"

"你为什么这么好？"

"因为我父母人很好，他们竭尽全力地爱我。这应该就是原因。"

"甚至包括你的父亲，他也是这样。"

"是的，甚至包括我父亲。他想要做大事，就像你一样，而那并不容易。他尽力了。我现在长大一些了，我能明白这一点。顺便一提，是他执意要我今年夏天到这里来的。"

"你说什么？"

"他说你伤得很重，而且你和妹妹会在这里过暑假。他说自己非常欣赏你，并且希望你能在年轻人和朋友们的陪伴当中度过夏天。而我，在他的认知当中，既是年轻人，也是你的朋友。"

"他万分笃定地告诉我，你肯定不会来这里。你知道吗？"

"我爸爸就这样。"

"我几乎希望自己能爱上你妹妹。"温说，"她长得像你，只不过比你高一些，头发直一些。她没你那么情绪化，而且和她在一起挺开心的。但即便她不是只有十七岁，我也不会爱上她。她不是你。"

"让我们说回你应该怎么和纳蒂说吧。"他说，"你可以告诉她，如果她对于我对她的感情有所误会，我很抱歉。我明白她为什么会有这些误解。虽然我从来没想过，除了朋友，还会和她发展什么别的关系，但我还是接替了她姐姐的位置关爱她整整三年。我比其他任何人都更想见到她，因为我想要听到她姐姐大大小小的消息。

"你可以告诉她，早在我登上开往尼什卡纳的列车之前，我已经十分清楚，我跟她姐姐之间几乎没有复合的可能。我知道她姐姐实在太顽固，而且可能永远不会原谅我竟然在她筹备夜总会的时候，没有给予支持。我知道她姐姐会把本不存在的障碍当障碍，好比说她自己经历过的那些身体创伤。我真希望她姐姐能够了解，我是多么敬佩她，而我对于没有支持她的决定是多么后悔。将来有一天，如果她觉得自己渐渐恢复了，又不抗拒我的话，我仍然会多么情愿爱上她。你可以告诉她，一旦涉及她姐姐，我就突破了自我保护的本能，几乎把尊严抛到一边了。她可以再嫁十次，但这对我没有影响。"

"你不该等我，温。我现在做不到。我真希望自己可以，但真的不行。对不起。"

我并没想到他会冲我微笑，但他笑了。他对我笑着，轻轻擦去我脸颊上的一滴泪："我知道你会这么说。所以啊，眼下就是这么回事，简单明了。我会永远爱你。出于回应，你将来可以自主决定，要不要在我爱你的无尽之路上做些什么。但你要清楚，对我来说，除了你，这世界上的其他姑娘都没有意义。你妹妹，或是别的女孩，都一样。我就是生来注定要爱安雅·巴兰钦的。我曾经作出过错误的选择，我想，自己已经因此付出了代价。"他用手捧上我的脸。"而我不是你男友或丈夫的好处是，你没有办法告诉我什么该做，什么不该做。"他说，"所以我会等下去，因为我情愿等你，所以也不想和你以外的其他人浪费时间。我会把注意力放在长远的打算上。就好像棒球比赛，人们说输了第一局甚至第二局，并不是放弃整盘赛事的理由。如果你有一天准备好了，和我说一声。"

我看着果园的地上即将腐烂的桃子。我看着太阳下山。我看着河水流过。我听着他的呼吸，如此轻柔。我感受着自己的心在跳、在跳。整个世界静止了，而我试图想象自己未来的图景。未来，我恢复了强健，又跑得动了，但我孤身一人。"说什么？"我轻声说，"你知道我并不擅长这些事，如果我真有准备好的那一天。我要说句什么？"

"那我帮你把事情变得简单些吧。你只不过需要告诉我，让我走路送你回家。"

由于准备市长竞选的事，德拉克罗瓦先生整个夏天偶尔才出现。我和纳蒂正在帮着温的母亲收拾屋子。我去摘了一包苹果，打算带回城里去。正拎着苹果回屋里去的时候，我看到他穿过草坪走向我。

"你看起来相当有活力，"他说，"现在我对把你送到这儿来的决定，感到相当满意。"

"你一向都自我满意。"我说。

我们一起去露台边坐下。他拿出象棋，摆在桌子上。

"我发现温已经走了。"他说。

"是啊。"

"那么说，我的计划全盘落空了？"

我没有回答。

"好吧，不能怪我。我以前从来没当过媒人。"

"你真是个奇怪的人啊。你把某样东西打破，就为了好多年之后再试着把它拼起来。"

"我爱我儿子，"德拉克罗瓦先生说，"我觉得他还是没能完全忘记你，所以我就尽力安排一次见面的机会。我原以为你内心会对复合抱着开放的态度，而这样的复合有可能会让你享受到些许快乐。这些年，你过得很艰难，一想到你可能会变得快乐一点，我感到很欣慰。而且，由于我并不是个完美无缺的人，如果有一点赎罪的念头也是很自然的。"

我把自己一方的城堡移动了个位置："我不知道你怎么会觉得这样的安排有用。没有人喜欢被自己的父亲安排恋爱对象。即便我轻信到把你的谎言当真，但是温从一开始就知道你在打什么算盘。"

他把自己的国王从我的皇后边上移开。

我本打算用皇后追击他的国王，但停了下来："说实话，'顶多八月里的几天'？你真应该预先和我说说你的打算的。如果这是生意上的事，我会开除你。我不喜欢被硬牵线。"

"知道了。我很擅长筹谋，但恐怕和棋盘上的兵卒或者生活中的政客打交道，都比和人心打交道容易。我完全可以看穿你的心思，你在拖延时间。接着走吧，安雅。"

我没有移动皇后，用兵挡住了他另外一个主教。

"真是个好计划，"我说，"但我觉得自己已经和高中的时候太过不同了。"

"这我可说不准。"他说。

我打算换个话题："回到城里以后，我在想，是不是可以开创一个支线，就叫黑屋可可'糖果'，让人们可以买了产品带回家，而不是一定要在夜总会里面吃完。也就是为那些像我一样的宅男宅女生产的可可产品。我敢说，巧克力糖果还是能赚得到钱的。"

"的确是个有趣的想法。"他把皇后移动向前，然后看向我，"安雅，有些事情我需要和你说。我想，你大概也知道我要说什么了。参与市长竞选意味着我得从黑屋的工作上撤下来。我可以帮你请个别的律师——"

"不，没关系的。"我冷漠地说，"我一回到城里，会马上找个新律师。"

"我可以推荐一些人选——"

"我能找得到律师，德拉克罗瓦先生。是我找的你，不是吗？我这一辈子，认识了很多律师。我的生活方式能让我在找律师这个方面变成专家。"

"安雅，你是在生我的气吗？你肯定知道，早晚有一天我是要辞职的。"

事实是，我已经渐渐依赖他了。我会想念他，但是这实在

264

太难以启齿。我长这么大，一直坚定地维持着不需要任何人的状态。

"我们还是会见面的，"他说，"我甚至希望你能参与到竞选中来。"

"你为什么会希望一个像我这样的人参与？"我问。是啊，我是在生气。

"听着，别犯傻了，安雅。如果你有任何需要，只要能力允许，我会马上满足。你知道我在说什么吗？"

"祝你好运，同事。"我说。我站起来走了。尽管走得不是特别快，如果他真想要追上我的话，他肯定能追得上。

我快要到卧室了，而这间卧室很快要交还给夏天，留在过去。当我的手握在门把上时，我在想到底自己是什么毛病，为什么不能对他说"谢谢你，祝你竞选顺利"。

我感到有人搭上了我的肩膀。"别这样。"德拉克罗瓦先生说，"我很清楚你在想什么，我太了解你了。我十分清楚在你那喜怒不外露的外表下，内心到底转着怎样的念头。你经历过这么多次抛弃，你觉得一旦我们不再是生意上的伙伴，那么我们就不会继续留在彼此的生命当中。但我们还是会的。你是我的朋友。你对于我而言，就像自己的血与肉那么亲密。就算听起来十分不可信，但我像爱女儿那样爱你。所以祝你好运，'我的同事'，如果我们之间只能保持这样的关系的话。"他说。接着他狠狠地拥抱了我："请你一定要好好的。"

第二天，我和纳蒂一起到了火车站。

"我还是很不好意思。"她说。我把温的意思告诉了她，只不过省略了他说自己还爱着我的那一部分。

"别不好意思了，"我说，"我相信他能理解。"

"你爱他吗？"过了一会儿，她问我，"我知道你说过不爱了，但是你究竟还爱不爱呢？"

"我不知道。"

"嗯，我昨晚睡不着。越想越觉得之前我误以为他对我的好是出于对我的爱，但实际上，那是因为他爱你。我的脸变得滚烫，开始出汗，羞愧到恨不得抛弃自己的身体。我开始想到那天我告诉他，自己是多么担心你不吃饭的问题。你到现在还是骨瘦如柴，但是你一派禁欲主义的模样，很难被劝得动，而且你从来不会求援，甚至在经历痛苦的时候都不愿意承认。再说，你一直以来习惯扮演强者和关爱别人的角色。然后他说，如果我需要帮助的话，他愿意试着让你吃点东西。我回答说，如果他愿意试一试，我会很感激，但是我很怀疑他到底能不能成功。我回到房间里，但能看到你们两个在甲板上的情形。我看到他把草莓蒂摘掉，我看着他跪下来，我看着他向你伸出手，我也看着你。我看着你从他那里吃了那颗草莓。而他在那一刻，看上去万分体贴。我怎么能不爱他呢？他对我可怜的姐姐是那么好，尽管我姐姐已经和他分手超过三年了。我当时以为他那么做是为了我，但现在

266

我才明白其实是为了你。"她摇摇头，"我很聪明，但我在这件事情上多么傻。"

"纳蒂。"我说。

"你说你不再爱他，但也许你在对自己撒谎。那个男孩，我们的温，亲手帮你摘掉草莓蒂。如果那都不是爱的表现，我实在不知道什么才是了。

"我今天早上看到了未来，安妮。你想知道我瞥见了什么吗？"

"我不确定自己想不想知道。"纳蒂对未来的预见中总是有我横死的场景。

"可能是感恩节，"她说，"温在，你在，我们三个放声大笑。天才纳蒂竟然在某个夏天昏头到让自己爱上温，尽管所有人都看出来他依然多么深沉地爱着安雅。实在、是、太、明显了。然后我不再感到别扭了，因为未来就是如此，而且我是个这么棒的人。"

"我爱你，胜过爱这世上的任何一个人。"我告诉她。

"你觉得我不知道这点吗？"她问。

车站广播通知，前往波士顿的列车进站了。"祝你有个愉快的新学期。"我说。

"每天都给我打电话，氪。"纳蒂说。

24

在返回纽约的列车上，有了新的想法，
关于爱的想法

高中舞会上，只要一点点勇气，就可以去亲吻一个漂亮的少年，这几乎不需要付出什么代价。对一个犯错误只需要十分钟告解就可以抹平的完美姑娘说，你爱她，同样不需要付出什么代价。

爱，是当一个男孩子愿意单膝跪地，不是为了求婚，而是为了请求一个身心俱损的女孩去吃一颗草莓：拜托了，安妮，吃了它吧。

爱，是他摘掉草莓蒂的样子，向我伸出手掌的样子，是他低下头的样子。爱，就是这些姿势当中所体现出来的谦卑。

爱，在他离开我三年之后悄然而至，就像他手掌里的那颗草莓一样清晰可见。

我妹妹才是我们姐妹之中，怀有浪漫情结的那一个，而我并

不相信有这样的爱存在。

有时候，这个苍老的世界并不在乎你究竟相信什么。

（注意：我知道这一点，但我并没有准备好要和他走下去。）

25

我重返工作；

被我哥哥震惊到了；

又一次当了教母

九月初的纽约从来都令人苦恼，因为虽然夏天已经过去，但是天气还没有相应地跟上季节的转变。不过，我仍然很开心能够重新回到自己的生活，回到纽约去。虽然这次回来，我做事变得更加审慎多思。

我终于去剪了头发。我感觉刘海很不错，所以剪了刘海。虽然搭配上我的脸形跟我的发质看，这可能是个坏主意，但是再差也不会比2086年嫁给大野友治，或者2082年和地区检察官的儿子纠缠在一起更差。至少，我没有哭。（注意：这一点才是长远来看的关键。）

斯嘉丽和菲利克斯搬到市中心自己住了。她辞掉了夜总会的工作，靠着参与剧院的演出养活自己。她出演了《罗密欧与朱丽叶》当中的朱丽叶。我回纽约的时候，正赶上了她最后一场闭幕演出。

演出结束后，我到化妆室去找她，化妆室门上贴着一颗星星。而那颗星星让我感受到了某种情绪，大概是喜悦吧。斯嘉丽看到我的时候大哭起来。"我的天哪，真对不起，我没能到日本或者纽约州的乡下去看你。我要照顾菲利克斯，又要参与演出，实在离不开纽约。"

"没关系。真对不起，我这个教母当得相当不称职。再说，我也没准备要让人陪。顺便一说，你演得太好了。以前在学校学到这部剧目的时候，我并不喜欢朱丽叶，但是你或多或少让我喜欢上了她。你把她塑造得相当坚定而专注。"

斯嘉丽大笑起来，虽然我并不认为自己说了什么好笑的话。她把假发摘下来，那假发长长的，有黑色的大波浪。

"有那么一瞬间，我们俩简直可以被误认成一对姐妹。"我说。

"我每天晚上都这么想。我们去吃晚饭吧，"她说，"然后你可以去我那儿过夜，明天早上就能看见菲利克斯了。"

"我怀疑他会不会记得我。隔了这么久没见过了。"

"哦，我不知道。你一直给他寄礼物，所以这一点应该能帮他想起些什么来。"

晚饭的时候，我们食物点多了，什么话题都谈。我实在太久没见她，实在太想她，想到自己都觉得不可思议。

"感觉就像我们从来没有分开过似的。"她说。

"是啊。"

"刚才你说我把朱丽叶演得'坚定而专注',对吧？我有个秘密呢。"

"哦？"

"试镜那天，我一直想着你，希望自己可以去日本看你，"斯嘉丽说，"然后我想起了你高中时候的样子。我知道其他参与试镜的女孩会把朱丽叶塑造得浪漫而梦幻，但我当时想，如果把她演成安雅那样，不是很酷吗？所以我就设想，朱丽叶对于自己的不幸相当愤恨，她情愿没有遇到过罗密欧，因为喜欢上敌对家族的一员，对她来说造成了极大的不便。然后我想象，朱丽叶希望自己能够喜欢上帕里斯，因为他是那种不会给她惹麻烦的男孩子。"

"我就知道，总有某种冥冥中的原因，让我喜欢上你演的朱丽叶。"我说。

"导演觉得我的版本很独特，所以我觉得，我决定把朱丽叶演成你是个正确的选择。评价也很好。并不是说评价多重要，但是好评总比差评强。"

"恭喜你，"我说，"真心地。如果我在这里面起到过任何微小的作用，我受宠若惊。"

"唯一让我挣扎的是结尾，因为我知道，无论境遇多么凄凉，你永远不会拔剑自刎。"

"八成是不会。"但可能会拔剑刺向别人。

"咱们吃点甜点吧，好不好？我还不想回家去。有关罗密欧和朱丽叶的真相是，"斯嘉丽说，"他们缺乏远见。我是这么认为的。她当时太年轻，而他也年长不到哪儿去。他们并不知道，稍加时日，生活的困境有时候会自行解开，父母总会冷静下来的。一旦家庭之间的障碍不存在了，他们才能真正体会到，自己对对方的感情究竟是不是真爱。"

我的双颊开始升温。我忽然感到，话锋已经不在戏剧上了："最近你是和谁聊了聊吗？"

"你觉得还能有谁呢？你难道觉得，不先问罗密欧几个问题，我就能去演朱丽叶了？"斯嘉丽反问。

"我们并没有复合呢，斯嘉丽。"

"你们会复合的，"她说，"我知道的。我一直都这么觉得。"

夜总会在我离开的时候持续扩张着。有些决定我可能不赞同（像是某些店的选址，某些员工的选择之类的），但看到自己的缺席竟然没有构成任何影响，我几乎是失望的。西奥说，整个生意离了我照样运转得这么平稳，刚巧验证了我一手打造的商业结构是多么稳固。这一说法无疑表明，他已经不再生我的气了。他有了女朋友，就是露西，我的调酒师。他们看上去很幸福，但是我对于幸福又了解多少呢？我想自己的意思应该是说，他看上去被那姑娘迷住了，而且完全忘记自己曾经爱过我。

穆斯也没有怎么听到俄罗斯那边的动静。也许杀掉胖子已经是个足够强有力的宣言，又或者是出于对我重伤的同情，再不然就是他们有其他的问题需要解决，或者同时与两个犯罪集团为敌对他们来说很难应付（像友治希望的那样）。我们打算开启可可糖果支线的生产经销工作。

我在全国到处飞，视察其他分店的进展。最终站是旧金山，看望利奥和纪子。自从受伤之后，我还没有见过我哥哥，去年十月的时候，我甚至错过了旧金山店的开幕式。开业十一个月以来，经营业绩十分突出，而我们打算在旧金山开第二家分店。无论以什么标准衡量，利奥、纪子和西蒙·格林都是个很棒的团队。

利奥把我揽入怀中。"纪子等不及要见你了，而我等不及要你看看夜总会的样子。"他说。

我们搭轮渡来到旧金山海岸线外的一座离岛。轮渡有些让我想到去管教所的路，但我尽可能把这种联系从脑海里丢掉，转而享受微风拂面的感觉。这是一个崭新的、能凝神入定的安雅。

我们下了船，上了几段阶梯，攀上岩石满布的小岛。"你说，这岛以前是干什么用的？"我问利奥。

"以前是座监狱，"他说，"后来又变成了观光景点，现在是夜总会了。所以生活很有意思，不是吗？"

夜总会里面，纪子和西蒙正等着我们。

"安雅，"纪子说，"看到你恢复了健康，我们真是太开心

了。"

我并没有完全恢复。我还是得挂着拐杖，觉得自己每一步都走得不易。但我不再感到疼痛，而且我又不是这辈子都要穿着泳衣过日子。

西蒙跟我握手。"带她瞧瞧吧。"他说。

恶魔岛，这实在是夜总会最奇怪的选址了。一间间曾经的牢房小单间里面，现在放着一张张桌子。银色的窗帘挂在铁窗上，牢房里被漆成亮白色。酒吧主台和舞池设在从前监狱的咖啡厅里面，水晶加铬黄的吊顶从天花板上垂下来，所有东西都金光灿灿。你很容易就忘记，自己正身处在监狱改造的夜总会里。我被他们的布置大大震惊了。说实话，让利奥和纪子到旧金山开店的时候，我并没有抱太高的期望。我当时以为一年之后我还得重新雇一个人来经营，或者把这家店面重新装修。但哥哥和嫂子给了我惊喜。我拥抱了利奥："利奥，这里太棒了！你们干得太好了。"

他指向西蒙和纪子，那两个人都笑疯了："你真的喜欢这儿吗？"

"我喜欢。刚开始听说你们想要在监狱旧址上开新店的时候，我觉得挺奇怪，但我决定等等看，"再说我当时几乎是重大伤残，不过这倒是不相关的，"而这里的进展实在太棒了。你们把一座监狱、一个黑暗的地方，改造成了一个有趣、欢乐的地方，我实在为你们每一个人感到骄傲。我知道我一直在重复这句话，简直停不下来了。"

"西蒙觉得这个地方是个很好的隐喻，可以映射你改造的旗舰店。把一个不合法的东西，改造得合法。"纪子说。

"黑暗中，才能彰显光明，"西蒙害羞地说，"人们不都这么说吗？"

我和利奥单独返回旧金山主岸，去一家面馆吃午饭。"我去年一整年经常想到你。"我对哥哥说。

"那真好啊。"他说。

"自从我受伤以后，"我说，"我一直想道歉。"

"道歉？"利奥问道，"为什么？"

"你在出事后养伤的时候，我并不确定自己有没有对你表现出应有的耐心。我当时并不明白严重受伤是怎样的情形，也不知道得花多长时间才能恢复正常。"

"安妮，"利奥说，"永远不要向我道歉。你是这个世界上最好的妹妹。你为我做了所有的事。"

"我尽量，但是……"

"不，你真的做了所有的事。你保护我免受家族的伤害。你把我送出国。你为了我进监狱。你信任我，把这份工作交给我。而这些还没有把那些你每天帮我做的小事算在内。你看到我现在的生活了吗，安妮？我在经营着一家夜总会，而我在这份生意里说了算，手下都听我的话！我有了一位美丽、聪明的妻子，而且她有了我的孩子！我拥有了朋友、爱情，以及任何一个人能期望拥有的一切！我有两个最好的妹妹，两个人都卓有成就。我简直是这个星球上最幸运的人了，安妮。我妹妹，实在比任何人的妹妹都更了不起。"他双手捧起我的脑袋，亲吻了我的额头，"请你永远不要怀疑这一点。"

"利奥，"我问，"你是说纪子怀孕了吗？"

他把手放在嘴巴上："我们还没有打算说出来呢，才刚刚六周而已。"

"我不会告诉别人的。"

"可恶，"利奥说，"她想亲自告诉你的。纪子想要请你做孩子的教母。"

"请我？"

"还有谁比你做教母更好吗？"

西蒙·格林把我送到机场。"我知道我们的关系一直不是那么好——大多是我的问题，"在登机前我对他说，"但我真心感谢你在这里的付出。如果有什么是我可以为你做的，尽管说。"

"嗯，我十月的时候回纽约，"西蒙说，"那时候我生日。我们到时候可以聚聚。"

"我很乐意。"我说。我发现自己是真心的。

"我在想，"他说，"德拉克罗瓦先生的工作要交给谁接替？"

"你对他的位子有兴趣？"

"我很爱旧金山，但纽约才是我的家乡，安雅。即便那里有很多糟心事，但是这世上对我来说，再没有第二个家乡了。"

"我也这么觉得。"我说。我还没有决定找谁来顶替德拉克罗瓦先生的空缺，但我答应西蒙·格林，会把他当作候选人的。

26

我发现了成人聚集的地方；
在结束之前，又一次捍卫了自己的名声

纽约的天气，在十月的时候凉爽下来。而在日本的日子，开始让我感觉就像一场梦。尽管并不确定自己是不是想要知道温的消息，但我的确没听到什么消息。他说过，会等着我来联系他，而他就是这么做的。尽管常常见到他父亲，但我没怎么和德拉克罗瓦先生说上话，因为他的脸又被印到公交车上了。

从黑屋夜总会的书桌后面，我听得到夜总会的交响：搅拌机嗡嗡作响、鞋子踢踢踏踏地舞蹈，偶尔还有玻璃破碎或者情侣吵架的声音。我正想着自己是多么爱听这样的音乐篇章，更甚于任何其他的乐曲，却被汽笛鸣号声打断了思绪。

我冲出走廊，扩音器里面传出公事公办的声音："我代表纽约市警察局宣布，根据健康部条例及纽约州法律的规定，黑屋夜总会在进一步通知前将持续闭店。请有序由距离您最近的出口离

开。若您本人持有巧克力，请将其投掷于门边的垃圾桶内。若您表现出巧克力快感的症状，请在出门的时候出示您的处方。谢谢合作。"

为了弄清楚到底怎么回事，我一路挤到夜总会主场地。人群四散，而我只能逆着奔散的人流前行。然后，我看到警察在检查一个女人的处方，而另一个警察在给一个男人戴手铐。还有一个女人被裙子绊着，要不是琼斯扶住她，肯定会摔倒。

我在食品储藏室发现西奥。他正冲着一个警官疯狂地比画着什么，而后者正在拿手推车装走一袋可可。

"你没有权利抢走这些货，"西奥说，"这是黑屋夜总会的私有财产。"

"这是证据。"那位警官说。

"什么的证据？"西奥反驳。

"西奥！"我嚷嚷，"冷静点！让他们拿走吧。一旦把这个事情解决了，我们可以订新的货。但如果你被逮捕，我可受不了这个损失。"

他点头。"我们是不是应该给德拉克罗瓦打电话？"他问道。

我还没有雇用新律师，但我觉得不应该给德拉克罗瓦先生打电话。"不用，"我说，"他已经不是我们的律师了。我们会没问题的。我出去看看，有没有管事的人能解释一下，这到底是怎么回事。"

琼斯在前门附近把守："安雅，不知道出于什么原因，警察已经把门从外面锁住了。这让大家很惊慌。你得去走动一下。"我推了推门，但是推不动。我能听到对面传来有节奏的砰砰声。我已经对西奥说过务必保持冷静，但我自己渐渐开始失去理智了。

我挤过人群，从侧门挤出去。我跑——或者应该说，至少对我来说已经算跑起来了，但实际上是一边跛、一边跳——到前门。警察挤满了台阶，新闻记者也纷纷赶到了。街上竖起了路障，前门被钉上了几条木板。

我别扭地穿过某个路障。某个警察试图阻止我，但我行动比他快。走得更近一些，我发现另一个警察在张贴告示：未经通知，暂停营业。

"怎么回事？"我问那个把前门封上的警察。

"你是谁？"

"我是安雅·巴兰钦。这是我的店。为什么你们封了我的店？"

"上面的命令。"他指了指告示，"我建议你最好不要干预，女士。"

我没有办法思考，只剩下感受。我的心狂跳，那熟悉的感觉让我意识到，自己快干出什么蠢事了。我朝那个警察扑去，想要抢他手里的锤子。我声明，抢别人的锤子，我一向讨不到什么便宜。锤子敲到我的肩膀。我的身体疼痛欲裂，但我仍然很感激被敲到的地方不是脑袋或者其他部位。我已经在应对疼痛上相当熟练。我后退了几步，当下立刻被几个警察扭到了地上。

"你有权保持沉默……"这套话你们很清楚了。

西奥是跟着我出来的，幸好他很机智，没有在我和警察之间掺和。我能看到他正拿出手机。

"给西蒙·格林打电话。"我喊道。我原计划第二天晚上和他吃饭，而且知道他已经回到纽约了。

当你还是未成年人时被逮捕，警察会把你关在单独的隔间。但我现在已经是个二十一岁的成年人，这也意味着我晋级了，要被关在成年人的多人牢房当中。我保持着沉默，琢磨着自己的肩膀是不是骨折了。虽然我并不确定肩膀会不会骨折，但我觉得它没有大碍。

我被关了大概一小时，随后被传到会客区。

"那举动太蠢了。"德拉克罗瓦先生隔着玻璃瞪着我说。

"我跟西奥说的是，给西蒙·格林打电话。"我说，"我对他说过不要烦你。你已经不再是我的律师了。"

"幸好西奥并没有西蒙的电话，所以还是打给了我。你在流血。给我看看你的肩膀。"

我给他看了。他摇摇头，并没有开口。他拿出手机来拍了张照片。

"他们想关你一整夜，我甚至觉得这不是坏事。"

我没有回答他。

"但是你走运，我还是有些人脉的。我打电话叫醒了一名法官，等一会儿会有一场保释听证会。他们很可能狮子大开口。你要乖乖付钱，然后回家去。"他很严厉地看着我，我觉得自己又回到了十六岁。"你总是要把事情弄得更糟糕，是吗？对你来说，袭击警官是个了不起的主意吗？"

"他们在给夜总会贴封条！而且我没有袭击谁。我只不过是想要抢他的锤子。今晚到底是怎么回事？"

"有人跟警察告密说，黑屋夜总会里面有人未经处方就吸食可可。他们来检查到场的所有人，人们不免觉得心烦，而人们一心烦就会粗暴起来。警察开始没收可可，说夜总会在非法经营巧克力，而你我都知道，这并不是实情。"

"那结论是什么？"

"结论就是，直到市政厅有所决定之前，黑屋夜总会都得关门。"

我担心旗舰店被关会对其他分店产生影响："健康部的听证会是什么时候？"

"明天。"

"为什么他们忽然对黑屋夜总会感兴趣了？为什么是现在？我们已经开了三年多。"

"我也想过这个问题，"德拉克罗瓦先生说，"答案肯定只能和政治有关。今年是选举年，这你也知道。这个计划的目的，是为了让我看起来像是和非法交易有牵扯。我的竞选主张是废除不合理的法律，更改法令，给纽约带来新的商机。黑屋夜总会对我来说是个成就。封掉它，这个成就就不存在了。"

"你说错了，德拉克罗瓦先生。你的成就不仅局限在黑屋夜总会，也许和我还有和夜总会断绝关系，是你最好的选择。就说你只不过是起草一些合同之类的，其实这跟实际情况也没有什么差别。"

"是，的确可以这么说。"他说。

"听我说，明天我会请西蒙·格林和我出庭。他是我同父异母的哥哥，我相信他。拖了这么久都没有找人顶替你的位置，我实在不明智。你现在没工夫应付这些。距离竞选不到两个月了，我不会让你继续掺和这件事。"

"你不让我掺和？"

"我想要你当上市长。顺便告诉你，见到你很开心。"我随意地靠在玻璃上。不知道为什么，在我们之间隔上一面六英寸厚的玻璃反而比较容易说心里话，"上次以那样的局面结束，我很抱歉。我这几周以来，一直想找机会告诉你这些话，但我找不到合适的方式。"

"所以你就袭警？想要联系我，有很多其他更简单的方式。打个电话。如果想要怀旧一把，就用平板电脑发条信息。"

"我很感激你。你不欠我什么，德拉克罗瓦先生。我们扯平了，我不想要你为了帮我牺牲了竞选的机会。"

德拉克罗瓦先生考虑了我的话："好吧，安雅。争论没有意义，但还是让我帮你雇个律师吧。并不是说我质疑你找律师的水平，而是距离明天的听证会之前你的时间已不多，西蒙·格林——请原谅我的一语双关——太生了，应付不了这种案子。"

"西蒙没那么差吧。"

"再过几年，他会很完美。而且我很高兴你同他和好了，但是他并不清楚纽约里里外外的事情是怎么运作的。你需要一个了解这些情况的人帮忙。"

当天晚上我没怎么睡。第二天早上，我收到了德拉克罗瓦先生的消息，说新律师会在健康部等我，而那里正是听证会的所在地。

我到的时候，德拉克罗瓦先生正等着我。"新律师在哪儿？"我问。

"我就是新律师。"他说，"这么短的时间，我找不到其他人。"

"德拉克罗瓦先生，你不能这么做。"

"我可以。而且说实话，我必须这么做。你看，我犯过错，这不是什么秘密。但是把自己从成就当中剥离出来，并不是参与竞选的正确方式。至少，不是成功竞选的方式。我很为黑屋夜总会自豪。我要为它辩护，即便搭上竞选。是，我对这件事情的感情就是这么强烈。但是听我说，你一定要再雇我一次，不然我没办法帮你辩护。"

"我不要，"我说，"我情愿自己辩护。"

"别当烈士了。雇我吧，我是你的朋友。我想帮你，而且我有能力帮你。"

"如果你觉得自己是来救我的，我不需要任何人的拯救。"

"雇人帮你和被拯救不是一回事。我还以为几年之前，我们已经对于这件事情有共识了。这实在很好理解。我们每个人，只能做好自己分内的事。这里的事很重要，因为会直接决定旧金山利奥那边的情况，会决定日本、芝加哥、西雅图、费城还有其他所有分店的进退。我们三十秒内就要上庭了。"

我不喜欢被迫做任何事。而且我甚至不确定，他的所作所为是不是正确的。

"十五秒了。最后一个原因是，我很确定自己是引发这个状况的原因。你想要我妻子恨我，要我儿子恨我吗？如果当上了市长却被家人憎恨，有什么好处呢？我能眼睁睁看着我儿子的今生挚爱，落到只有自己辩护的境地吗？"

"并不是这回事，而且我甚至不确定这是——"

"只剩五秒了。你怎么说？"

听证会是对公众开放的，我进去的时候，人群的数量震惊了我。似乎半座城市的人都对这个小小的诉讼案感兴趣。夹层和阳台坐满了人，门边也站满了人。穆斯还有其他的家族成员来了，西奥、西蒙还有曼哈顿店和布鲁克林店的大部分员工也来了。夹层最后面，我还看到了温和纳蒂。我甚至没告诉他们有听证会，但他们出现在这里，还是在这么短的时间内来的。有一定数量的媒体记者出现，但人群中的大多数还是普通人——也就是说，我夜总会的顾客。

"本听证会旨在讨论位于曼哈顿郡第五大道与四十二街交口的夜总会的相关事宜。今日之听证会广纳视听，欢迎大家畅所欲言。最终本庭会裁决，黑屋夜总会是否可以继续营业。这并不是犯罪诉讼案件，但根据本庭所得出的结论，亦可能日后衍生出犯罪诉讼。"首席诉讼官宣读了关于黑屋夜总会提审的证词，当中自然涉及我，最主要的是指控我非法供应巧克力，还有夜总会的部分客人在没有处方的情况下食用巧克力。而所谓可可，实际上就是巧克力。"巴兰钦女士，也是前犯罪组织头目的女儿，至今仍与此犯罪家族及其他国际知名犯罪家族保持联系，她只是换了个指称，把巧克力名曰可可以试图掩盖其非法交易的事实。尽管市政厅曾经有一段时间并未采取措施干预，但现在有越来越显著的证据表明，黑屋夜总会正是非法活动的前线。"

公众席上传来整齐的嘘声。

德拉克罗瓦先生首先发言。他提供了我们的营业许可证（夜总会里面没有供应巧克力，而出于健康原因服食可可并不违法），并坚称我们没有违反纽约市任何的法律法规。"以个人的立场来看，"德拉克罗瓦先生说，"我认为此事的事发时间非常可疑。为什么在俱乐部已经开张三年多，而恰逢市长竞选的这个时间点爆发？整起诉讼充斥着蛮横无理的意味，而黑屋夜总会为纽约增添了光彩，增加了数以百计的新职位，并且吸引了无数的观光客。夜总会附近的整个中城区都因之而复兴。这位年轻的女士，也是我过去四年来的同事，对于纽约来说是光彩的，不应该由于她父亲的缘故受到无妄之灾。"

我觉得德拉克罗瓦先生说得有点夸张，但他就是这种风格。

听证会开始听取公众的想法和意见。西奥首先来到麦克风所在之处。他讲到可可对健康的益处，还有其他民族种植可可的方式。帕拉姆医生还在夜总会供职，提到了他自己和其他医生采取的预防措施，然后开始大肆痛斥兰波法案的愚昧之处。穆斯讲到巴兰钦家族试图将自身转变成合法组织的努力，以及我是如何在这个领域做先锋部队的。露西提到为了确保饮品尽可能对健康有益，我们对配方所采取的严格标准。纳蒂讲到我们小时候，我的生活是多么艰难，以及我是如何始终抱着梦想要把巧克力合法化。斯嘉丽作为一名声名鹊起的女演员，说到我是她儿子的教母，同时也是她所认识的人当中最忠诚的那一个。温提到我为了家庭所做的牺牲，以及夜总会对我的重要性。这些仅仅是我所认识的一些人而已！瘦小的老太太们讲到夜总会周边地带的变化。高中学生讲到他们有一个安全的去处，这令人多么欢喜。公众意见采集长达几个小时。令人惊奇的是，没有一个人说我或者夜总会的不好。

"但是其与组织性犯罪之间的联系并不能否认，"其中一个公诉官说，"瞧瞧看，我们是在讨论什么人。她是背负着指控的罪犯。早在未成年的时候，她就进了几次自由管教所。她还是她父亲的女儿。我注意到，巴兰钦女士在整个诉讼期间都不发一言。也许她在担心，一旦开口，会说出什么对自己不利的话。"

德拉克罗瓦先生对我轻声道："不要上他的当。现在的局势非常好。所有需要说的话，都已经说出来了。"

我确信这是个很好的建议。我站起来，走上台："是的，没错。我父亲正是利奥尼德·巴兰钦。他是犯罪集团的成员，也是个好人。有一天他睡醒后忽然发现，整个家族的生意变成非法的了。他穷尽一生都在想办法让巧克力经营合法化，但从来没有办到。他到死还在努力。我成年以后，继续他未竟的事业。我没有选择。主席大人，您说可可和巧克力之间的差别只不过是语言上的花招，我想这话说得没错。事实上，要不是因为我父亲的关系，我不会涉足可可领域，因此它与巧克力的联系明摆在这里。尽管我长到这么大，一直在努力逃避这个关联，但我是逃不掉的。据我所知——就我从灵魂的深处深深地了解到——我的夜总会对于纽约有好处。我们全体员工，只不过是想要给纽约大众带来益处。我们并不是被钱或者钻体系漏洞的投机心理驱动着，创造了这份事业，我们只不过是希望自己的城市变得健康和安全，我们希望城市的立法合理，而且能够保护人民。我是黑帮领袖的女儿。我的确是我父亲的女儿，但我也是纽约的女儿。"

我正要坐下，然后觉得自己还有很多话要说："你们认为夜总会里面有人未经处方就食用可可，所以关闭了我的店。好吧，我并不清楚这一点是真是假，但我很清楚，根本不需要什么处方。纽约城或者本庭应该对任何一家想要供应可可的店家，提供相应的可可经营许可证，而对于可可的禁令应该到此为止。你们希望降低犯罪率吗？那就从根本上减少罪犯存在的数量。"

随后，我算是彻底陈述完毕。

诉讼团投票决定，是否允许黑屋夜总会继续经营：七人赞成、两人反对，还有两人弃权。他们不会对我提出任何违法的控诉。

我和德拉克罗瓦先生握手。

"你忽略了我的建议。"他说。

"我忽略了你的部分建议，但还是谢谢你当时给我提那些建议。"

"好吧，不过我是不会对你的建议置若罔闻的。如果我真的可以升任市长，我会想办法在纽约城内修订兰波法案。"

"你真的会为了我那么做吗？"

"我会因为这是件正确的事而去做。现在，去庆祝庆祝吧。你妹妹和我儿子在等你。"

"你不跟我们一起来吗？"

"我真想来，但是我还需要去忙竞选的事。"

我又一次握了他的手，然后他用两只手握住我的手。"我知道说这话听起来像是在自抬身价，但你知道的，我已经把你当作自己的女儿。正是基于这个前提，我发觉自己很想说，我今天是多么为你骄傲。"他站直了身体，"去找点乐子吧，好吗？一想到我那死心眼的儿子和你的事，我还是坚定不移地相信最后会有个好结果。"

"你还真是感性呢。"

"我显然比自己所能想象的，对你们这段高中恋情倾注了更多的心血。我很关心恋爱中的双方，所以如果我期待着勇敢的女主角得到完美的一切，也是情有可原的。"他倾下身子，亲了亲我的头顶。

我们到佩恩车站附近的一家新餐厅吃晚饭。"我没想到你们两个会来听证会。"我对纳蒂和温说。

"我父亲给我打了电话，"温说，"他告诉我，他会在席上帮你辩护，而你也许需要我们的支持。我问他，我能帮你做什么，他说我应该上火车，回纽约，并且尽可能多地找来那些愿意为你和你的店说好话的人。"

"这很困难吧。"

"并不是。几乎每一个和我通过话的人都想来。西奥帮了我。爸爸觉得听证会会演变成公众投票，看人们对你的评价如何。"

"检验我的人品。"

"是的，你的人品。如果市民相信你是好人，他们自然会认为夜总会也是好的。"

"而你们放下所有事情来忙这个了？"

"我是这样做的。你可能会看轻我。"

"温，我现在长大了。如果有人提供帮助，我愿意接受。而且，我得说声谢谢你。"我六个小时前，不是已经学到了这一点吗？

我隔着桌子探过身去，趁着心情很好，我亲了亲他的脸颊。我有多长时间没有亲吻过这个男孩子了？

其实应该说，他已经变成一个男人了。

虽然只不过是朋友之间的那种脸颊上的亲吻，但那依然是个吻。

纳蒂开始聊一个从垃圾中汲取水的项目。她已经研究几年了，而这个项目很可能会拯救我们所有人，但我并没有太注意听。

温冲我微笑，带着一丝悲伤。

我也对他微笑——别过分解读这个笑容。

他冲我抬抬下巴，我觉得自己能读懂他的心里话——我们真的要这么做了吗？

我摇摇头，略微耸耸肩——我还是不知道。

他把手放在桌子上，掌心向上——伤害我吧。来吧，试一试，我的姑娘。一摊上你，我的外表变得最坚实，也最脆弱。我既是犀牛，又是雏鸟。

我的手放在大腿上握成拳——我不年轻了，温。我是个寡妇。我浑身残破。我有点恐惧，不敢再来一次。上一次简直是场灾难。你难道不喜欢维持朋友的关系吗？你难道不喜欢规规矩矩地坐在这儿，互相微笑着吃一顿晚餐吗？难道你这么迫不及待地想要陷入新一轮的痛苦当中吗？跟我在一起，我从来没有带给任何人幸福。至少不会幸福多久。我觉得我还是一个人过比较好。再说，人们到底为什么一定要找另一半呢？

他耸耸肩——我也希望自己能和别人在一起。我真诚地希望还有别的女孩能让我心动。但你有权利伤害我，因为你是我爱的那一个。所以我会一直坐在这里，像个傻瓜似的，直到永远。但这没关系，我已经接受了。爱我也好，不爱我也罢，我无论怎样都爱你。因为我正是那个忘不掉高中女友的男孩。我就是这个笨笨的怀抱着期待的男孩。我尽力了，我的女孩。我真的尽力了。难道你觉得我不希望自己正安心待在寝室里，读上一本《格雷氏解剖学》？但我必须来这里，和你这个世界上最好也最坏的女孩在一起。对我来说，你是这世界上唯一的女孩。

温就这样略带悲伤地朝我微笑了一秒。

但也许这样的交流只存在我的脑海里。

没人说话，所以我转向纳蒂："还有你！你应该待在学校里。"

"我得告诉他们，你是个多么好的姐姐。"

我转向温："是你给她打的电话？"

"安妮，我想给谁打电话就可以给谁打电话。"

"但还是啊——你们两个应该在学校里。"

"我们今天晚上就回去。"温说。

我陪他们走到火车站，这段距离对我来说还受得了。"嘿，温，"在纳蒂买口香糖的时候，我说，"我以后能不能帮你什么忙？"

"像是什么样的忙？"

"我是说，你已经帮过我成千上万次了。看起来都是你在帮我，我也想帮你做点什么。"

"听我说，安妮，我的生活已经很走运了。比起你这么不幸，我真的很幸运。生活对我不错。"

"也许我是你生命中最不幸的事。"

"也许吧。"他摘下帽子，弯下腰在我耳边耳语道，"下次见，好吗？"

"温，"我说，"有其他女孩存在的，你知道吧。那些比我麻烦少得多的姑娘。"

"对我而言，你是这世上唯一的女孩，安妮。而我觉得对于这一点，你已经很清楚了。"

27

最后一次试验传统科技手段；
我了解到表情符号是什么，但并不喜欢

anyaschka66：嘿，温，一般人都不会和高中男友过一辈子的。

win-win：是啊，我安全回来了。谢谢你关心。火车上没有太挤。

win-win：有的人会的，安妮。不然这句话也不会变成流传这么久的陈词滥调。

anyaschka66：我可不是那种会有幸福结局的人。

win-win：不，你当然有。

win-win：(*￣︶￣)

anyaschka66：那是什么？

win-win：你奶奶没有教过你什么是表情符号吗？

anyaschka66：好吓人。我觉得它正在盯着我看。

win-win：(^ ＿ -)

anyaschka66：呃，现在又是什么？

win-win：眨眼啊。（＾＿－）

anyaschka66：恶心。我不想看它眨眼。

win-win：（＾＿－）

anyaschka66：如果有人看我的眼神不对劲，我就开始掏弯刀。我心理很扭曲，温。

win-win：我知道，但你也够坚强。

anyaschka66：晚安，温。感恩节再见。

win-win：（＾＿－）

28

一月的时候，我发现一朵郁金香开花了；
走过了婚礼上那条通道；
吃了块蛋糕

人生很奇妙，如果走运的话，你会活得很久，并且历经起起伏伏。在一月某个苦寒的午后，我来到市政厅参加新任纽约市市长的午宴。到达的时候，他的助手告诉我，我从前的敌手只有不到半小时来吃午餐。"市长很忙。"她这么说，好像我不知道似的。

午餐的时候，我和市长谈了一会儿生意上的事，也谈到他计划通过立法手段来修正兰波法案的事。我们简要地提到了他儿子，虽然在这个话题上，我不介意多听一些细节。临近午餐结束前五分钟，我的老同事带着严肃的表情看着我。

"安雅。"他现在是市长了，但仍然是德拉克罗瓦先生。他对我说，"我请你来吃午餐，并不仅是为了聊天。我有个请求。"

以前，我也听过他提出一些令人并不愉悦的要求。现在他比以前更有权力了，会对我提出什么要求？

他平和地看着我。我没有眨眼。"我要结婚了，希望你来当我的伴娘。"

"恭喜你！"我把手伸到桌子的另一边去，同他握手，"但是，是和谁结婚呢？"德拉克罗瓦先生的私生活一直很神秘，我甚至不知道他在和谁约会。

"跟罗思柴尔德女士，也就是前任德拉克罗瓦太太。"

"你要和温的母亲复婚？"

"是。你觉得怎么样？"

"我觉得……说实话，除了震惊，我来不及想什么别的！这个反转是怎么发生的？"

"去年夏天，就是我没有把你和温撮合在一起的那回，我倒是成功把自己和简撮合了。因为要把你送到那座农场，这就意味着我肯定要到那里去，要不然我大概不会和你说这段故事。简觉得我同以前比没那么可怕和自私了。她觉得这可能是你的影响，而我对她说这个想法很荒唐。对于我而言，我是爱她的。我从未停止对她的爱。我这一生都在爱她，从十五岁开始。"

"即便她了解你是怎样的人，仍然愿意再一次嫁给你？"

"我不知道你这个问题是不是带着侮辱性的。不过是的，她愿意。无论这决定显得多么奇怪。她原谅了我，她还爱我。尽管我很糟糕，也许她还是觉得，有个人一起生活比较好。安雅，你哭了。"

"我没有。"

"你就是哭了。"他把手探到桌子这边，用他西装衬衫的袖子帮我擦眼睛。

"我很为你们开心。"我说。当你以为爱的土壤已经贫瘠了，却看到它再一次滋生出爱的花朵，这难道不令人开心吗？我双手抱住德拉克罗瓦先生，亲了他的两边脸颊。他笑得像个男孩，这笑容让我想起温。

"温怎么说？"我问。

"他翻了好多白眼。他说我们——尤其是说他母亲——疯了。他当然会在婚礼上护送简来到我身边。婚礼定在三月，很小型。但你还没有说，愿不愿意站在我身边。"

"我当然愿意。很荣幸你愿意邀请我。我真的是你最好的朋友吗？"

"是啊，就是你。我一直过得很孤单。我和简都很感激你。她莫名觉得你属于我们这个家庭，但我告诉她，安雅·巴兰钦不属于任何人，只属于她自己。无论在任何情况下，你都是我们最期望能够在婚礼上站在我们身边的那个人，当然除了我们的女儿，如果她还活着。"他把我拥入怀中，我尽量克制不要再哭起来。（再说：这本书里面——不，应该说我这一生里面——有多少次曾经"试着不要哭"？真是前功尽弃啊！）

他的助手进了办公室。半小时到了。他同我握手，我又回到了街上。一月的空气寒冷而明媚，整座城市的颜色显得更加分明了。

下水道槽边，一朵黄色的郁金香穿过层层垃圾和冰雪，不可思议地破土而出。请原谅我这陈词滥调的描述，但我必须讲得好像自己亲眼看到了这个破土的过程一样。郁金香就在那儿——轮不到我去猜测这个奇迹是为什么，以及如何发生的。

婚礼在三月举行，尽管天气感觉像是到了五月。温的父母已经不是年轻人，而且以前也办过婚礼，所以这场婚礼不是大场面——只是在黑屋夜总会曼哈顿店的一个角落里静悄悄地上演。除了温和我，参与的宾客只有新人的几个同事，包括西奥及其女伴露西。有传闻说西奥和调酒师已经订婚了，但是我和西奥并没有聊过这些事。纳蒂也想来，但是学校事太多，走不开。

我穿了一条罗思柴尔德女士帮我挑的粉色连衣裙。尽管我不同意，但是她觉得粉色最衬我，可以完全烘托出我的黑发。温穿着他常穿的那件灰色西装，我已经见过几次了，但还没有看厌。

我穿了高跟鞋，跟比较低，这是我受伤后第一次穿。我还是会明显地跛，但我仍觉得自己有女孩子气、坚强甚至带着一丝小性感。去年，我还以为我再也不会觉得自己漂亮了。

温的父母交换了誓词。我偷偷瞥了温一眼，他站在我身边，而自从圣诞节之后，我便没有见过他了。他朝我露齿一笑，然后侧身过来对我耳语道："你今天看起来相当甜美，安妮。"

婚礼三点前就结束了。西奥带了蛋糕作为仪式上的礼物——巧克力味的。德拉克罗瓦先生最近在纽约市内推进了兰波法案修正案，允许有执照的店供应可可，因此在这场婚礼上出现的巧克力蛋糕就有了特别的意义。纽约的夜总会里也不再需要处方了，取而代之的是墙上的一张证书，写着市政府允许在此地供应各类可可制品。

外面实在太温暖了，尽管这里离家的距离对我来说还算远，但我想走路回去。所以让西奥给我切了两块蛋糕带走，然后我问温愿不愿意陪我走回家："我的意思是说，如果你没别的事的话。我可能要走很久很久。"

他看了我很长时间。"你确定你可以走得回去？"他问，"路很远。"

"我确定，"我说，"我的身体比秋天那会儿好多了，温。我觉得我终于准备好了。"我挽住他的胳膊，"这样可以吗？"

"可以。"他停顿了一下说。

"我们往西走吧，"我说，"我想要路过圣三一高中。"

"那有点绕远了。"他说。

"我可能有点怀旧情绪。"

"好吧，安妮，"他说，"我来拿蛋糕吧。"他把盒子从我手中接过来，然后我们往上城区走去。

"春季有什么安排吗？"我们穿过中央公园的时候，他问道。

"我要和穆斯一起去俄罗斯。我们联络了巴兰钦斯那边，打算开可可酒吧的连锁店。"

"跟他们合作，你不担心吗？"温问道。

"不担心，"我说，"至少已经不再担心。无论我愿不愿意，他们都和我处在同一个行业里面。我觉得最好的办法是尽量帮他们往好的方向转变。"

"这话从你嘴里说出来，倒显得很乐观啊。"

"我现在变乐观了，温。为什么不呢？我才二十一岁，我以前可能过得很艰难，做过一些非常阴暗的选择。但我现在还活着，而且我生活中几乎各个方面都变得不错，不是吗？看看你爸爸。看看你父母。谁会想得到他们能再结一次婚呢？我今天禁不住觉得生活充满希望。"

"我觉得我母亲疯了，"温说，"我不记得自己是不是提过这话了。"

"我知道他们是你父母。但你不觉得这很浪漫吗？哪怕只有轻微的浪漫。他们是高中情侣啊。"

他平静地注视着我："安雅·巴兰钦去哪儿了？难道她没有告诉过我，没人会和高中情侣变成终身伴侣的吗？"

"你父母证明我当时的想法是错的。我现在学会话不要说得太满了。"

"我都不知道，现在和我说话的这个人是谁了。"他在向我微笑，眼周有鱼尾纹。我喜欢他笑起来眯着眼的样子。

"快要到春天了，空气里弥漫着花香，而且穿过整座公园却没有遭人抢劫，这还不能叫人高兴吗？"

他把手放在我额头上。"春季发烧，"他说，"明显是这回事。"他嘲笑我，"我该把你送回家了。"

"不，咱们先别回家。咱们一整天都在外面吧。可以在公园里找一张长凳，然后坐下来把蛋糕吃完。你今天不用上别的地方去，对吧？"

"不用，"他说，"还回到之前的话题。对你来说，去俄罗斯会有点危险，不是吗？"

"可能吧，"我说，"虽然我并不觉得现在还有人想要我的命。"

"嗯，这倒让人松口气。"他翻了个白眼，"我更情愿你能活着。也许这样说，对你来说太显而易见了。"

"有情况。那俊俏的小伙子不想要我死，那他肯定是非常喜欢我了！事实上，能去俄罗斯的话，我会很兴奋的。"我说，"我十分有把握自己能活下来，再说，我还从来没去过那里。人人都以为我是俄罗斯裔，但我其实对俄罗斯一无所知。"忽然，我停了下来。"温，看哪！"我们已经走过中央公园大半了，"湖里有水了！"

"你怎么知道？"温说。

"你觉得这是你爸爸推动的吗？"德拉克罗瓦先生的某个巡回演讲提到，市民生活不仅需要生活必需品。他认为黑屋夜总会

303

之所以能为当地带来那么多生机，是因为它的存在提醒了市民，生活不仅局限于生存而已。因此德拉克罗瓦先生许诺要在中央地带种植花卉，重开博物馆，当然还有一项是要在人工湖里面重新填满水。他说过，即便花费高昂，也很值得——一个有希望的城市，其犯罪率自然会下降，而市政预算的决策往往很短视。那是场很成功的演讲。但是政客们——包括我亲爱的老同事在内——都有在竞选演讲时讲些崇高的内容的倾向。我不确定德拉克罗瓦先生当选以后，是不是真会在湖中填上水。但是今天，奇迹中的奇迹发生了，我真的看到了一座有水的湖！我记得五年前，纳蒂差点被人抢劫的时候，我跑过的还是一座大泥坑。

"可能吧，"温说，"安妮，如果我和你一起去俄罗斯，怎么样？"

"你不是要来保护我吧？你要知道，我是很坚强的。"

"不，我知道你坚强。我一直想去俄罗斯。也许你并没有意识到这一点，但我还挺喜欢俄罗斯女孩的。"

我想吻他，但并没有。我并不害怕。不，我已经不再害怕了。我有十足的信心，自己将来还会吻他。我知道命运总会有它自己的安排，我甚至在余生当中都会是亲吻他的那个人。但现在看来，那再一次的初吻，就像明媚三月里的春日气息一般有希望。我十六岁时并不理解，那种在等待与期待中酝酿出的蕴含美感的快乐。看着那暂时休耕的土地，我明白在未来的某一天，花朵可能会从土里探出头，多好啊。我能到户外来，我正年轻并且清楚地感知到这一点，多好啊。哦，是的，肯定会有一个吻的。我万分确定这个未来之吻会很棒，因为我曾经吻过他。我知道那张嘴、那双唇以及那舌头是怎样的感觉。那个未来之吻像是个令人欢愉的秘密，而我们两个对此心知肚明。这一天被如此丰盈的幸福填满。为什么不为明天预留一部分快乐呢？

"你现在想吃蛋糕吗？"他问道。我们至少走了一小时了，我饿了。我们坐在湖边的一条长凳上。快日落了，整片天空被傍晚的气象充满。温把蛋糕从盒子里拿出来，递给我一块。

我咬了一口。也许我人生的讽刺之处就在于，我其实并没有十分热爱巧克力的滋味。是，我的生意是和它有关的，而且我可以区分出像是巴兰钦特浓黑巧克力那样高品质的种类。我甚至可以品尝一杯纯可可调制的饮料，也可以尽情品尝明天农场的鸡肉摩尔。但巧克力从来不是我最爱的口味——我更喜欢柑橘或是肉桂。品尝巧克力的时候，那苦味似乎停留在我的味蕾中更久，压过了其他任何的滋味，而我从来没有品尝到过其他人所描述的那种丰富的层次。但是在那个接近春天的夜晚，当巧克力迅速在我舌尖融化的时候，那个极好、极好的男人正坐在我身边，我开始体味到巧克力的魅力。一旦适应了那个滋味，就只剩下无尽的回甘。

鸣　谢

作为读者，我并不喜欢看声明。而作为作者，我必须承认鸣谢之必要。感谢阿什·贯井为我提供所有关于日本方面的素材，感谢卡里·巴舍·赫尔南德斯、斯蒂芬妮·费尔德曼·格特还有玛丽安·盖布勒所提供的德语和西班牙语翻译。当然，一切错误和自由演绎都是出于我自己之手。

这是一本关于友谊、爱情和巧克力的书，前者的成分并不亚于后两者。对于这一点，我必须感谢长期担任我的编辑的亚尼内·奥马利。奥马利女士拯救了斯嘉丽，以免其堕入不可知的命运中去，也拯救了安雅无数次，免于她作出不智的判断，免于她遭到某位不具名且声名狼藉的男士的毒手。正如读者们已经注意到的，这本书原名《死亡与巧克力的时代》——把"死亡"改成"爱情"也应部分归功于奥马利女士。而这番点石成金的魔力，没有热忱的文字编辑钱德拉·沃莱伯的额外支持，是无法达成的；感谢道格·斯图尔特，这世界上最好的经纪人；感谢汉斯·卡诺萨忍受了我无数关于女性主义和贝克德尔测验局限性的长篇大论；当然还要感谢我的出版公司的耐性与善心。

尤其感谢简·法维尔、西蒙·鲍顿、乔·佩斯金、伊丽莎白·菲西安、乔恩·耶格德、劳伦·伯尼艾克、凯蒂·菲、艾丽西娅·哈德耐特、薇罗妮卡·斯威特、艾莉森·维罗斯特、凯特·利德、露西·德·普廖雷还有波莉·诺兰。出于种种原因，我也对马德琳·克拉克、斯图尔特·盖尔沃格、里奇·格林、卡洛琳·麦克勒、让·诺辛顿、雪莉·斯图尔特以及理查德和阿伦·泽文满怀谢意。

最后，我要感谢读者们从心底里接受了本书中浑身带刺、满怀诚挚、雄心勃勃、充满防卫又老派风格的女主角。由于经常被问到这个问题，我要说我从未把这一系列小说归作反乌托邦作品。除了一两个名词，安雅的世界和我们所生活的世界并没有什么不同，而她所需要斗争的对象正是她自己，而不是来自虚幻社会中那些可怕又去人性化的力量。怎么样面对过去和自己曾经的错误？当整个世界显得黯淡无光时，要如何找到光明？当整个世界充满苦涩时，要如何寻觅甜蜜？我会问自己这些问题。我并没有找到答案，但是观察到了一点：无论是在虚拟还是真实的世界中，你想要看到几分阴暗，世界就会呈现出几分阴暗。

马上扫二维码，关注"**熊猫君**"

和千万读者一起成长吧！

图书在版编目（CIP）数据

巧克力时代/（美）加·泽文著；郭筝，范东来，张越译 . -- 上海：上海文艺出版社，2018.12
（读客外国小说文库）
ISBN 978-7-5321-6860-6

Ⅰ.①巧… Ⅱ.①加… ②郭… ③范… ④张… Ⅲ.
①长篇小说—美国—现代 Ⅳ.① I712.45

中国版本图书馆 CIP 数据核字（2018）第 202058 号

IN THE AGE OF LOVE AND CHOCOLATE:
Copyright ©2013 by Gabrielle Zevin
Published in agreement with Sterling Lord Literistic, through The Grayhawk
Agency.
Simplified Chinese translation copyright ©2018 by Dook Media Group Limited.

中文版权 © 2018 读客文化股份有限公司
经授权，读客文化股份有限公司拥有本书的中文（简体）版权
著作权合同登记号 图字：09-2018-766

责任编辑：毛静彦
特邀编辑：武姗姗　高飞宇　徐陈健
封面设计：刘　倩　苏　哲
封面插画：Xenia Rassolova

巧克力时代3：在爱与巧克力的年代

（美）加·泽文　著

张　越　译

上海文艺出版社出版、发行

地址：上海绍兴路7号

电子信箱：cslcm@publicl.sta.net.cn

网址：www.slcm.com

新华书店经销　北京中科印刷有限公司印刷

开本 890毫米×1270毫米　1/32　10印张　字数 190千字
2018年12月第1版　2018年12月第1次印刷
ISBN 978-7-5321-6860-6/I.5472
定价：142.00元（全3册）

如有印刷、装订质量问题，
请致电010-87681002（免费更换，邮寄到付）